suhrkamp taschenbuch 1092

Der 1914 geborene José Cândido de Carvalho, der heute als Journalist in Rio de Janeiro lebt, hat fünf Romane geschrieben, von denen der vorliegende zweite *O Coronel e o lobisomen* 1965, erst fünfundzwanzig Jahre nach dem ersten erschien.

Ponciano de Azeredo Furtado tritt nach nichtsnutzig verbrachten Jugendjahren ein reiches Erbe an. Als Großgrundbesitzer hat er Anspruch auf den – militärisch bedeutungslosen – Honorartitel »Oberst« und absolute Macht über Mensch und Vieh auf seinen Ländereien. Eine solche Stellung verpflichtet zu Ruhm und diesen stets erneuernden Taten, die der Oberst, ein Maulheld und Eisenfresser von hohen Graden und zwei Metern Körperlänge, unermüdlich vollbringt und propagiert.

In Ponciano de Azeredo Furtado stellt sich ein brasilianischer Nachfahre Don Quijotes vor, ein Held, der, mag er uns seine pikareske Geschichte nun zu Lebzeiten, gesunden oder verwirrten Geistes mitteilen oder als eine Botschaft aus Elysium schicken, literarischer Unsterblichkeit gewiß sein darf.

Sprachgewalt, Witz, Humor, Ironie, vor allem aber die ebenso lächerliche wie aristokratische und liebenswerte Gestalt des verwegenen und geistig unschuldigen Helden haben das Werk in Brasilien zu einer Art Volksbuch gemacht.

José Cândido de Carvalho

Der Oberst und der Werwolf

Roman

Aus dem Brasilianischen von
Curt Meyer-Clason

Suhrkamp

Titel der Originalausgabe: O *Coronel e o lobisomen*
Dieser Übersetzung liegt der Text der bei Livraria José Olympio Editôra, Rio de Janeiro, 1976 in neunzehnter Auflage erschienenen Ausgabe zugrunde.
Umschlagabbildung: Di Cavalcanti, Straße der Frauen. Ölgemälde

suhrkamp taschenbuch 1092
Erste Auflage 1985

Druck: Nomos Verlagsgesellschaft, Baden-Baden
Printed in Germany
Umschlag nach Entwürfen von
Willy Fleckhaus und Rolf Staudt

1 2 3 4 5 6 – 90 89 88 87 86 85

Der Oberst und der Werwolf

Nachlaß
des Stabsoffiziers der Nationalgarde
Ponciano de Azeredo Furtado,
gebürtig aus der Stadt
Campos dos Goitacases

I

Richtig gesagt, heiße ich Ponciano de Azeredo Furtado, Oberst mit Patent, das ich ehrenvoll und stolz zur Schau trage. Von meinem Großvater Simeão habe ich ausgedehnte Ländereien ererbt, Vieh vom fettesten, Weideland vom saftigsten. Ich lese fließend Lateinisch und habe es in meinen grünen Jahren sogar mit etlichen Priesterlehrern für zehn Tostões im Monat radegebrecht. Ich habe auch, Bescheidenheit beiseite, mehr als einen Herren mit Doktorwürde auf dem Parkett des Gerichtshofs ausgestochen und zur Strecke gebracht. Doch dessen rühme ich mich nicht, denn ich bin ein von Eitelkeit reingewaschener Mensch, zartfühlend im Umgang, wohlerzogen in der Wortwahl, Tot ist jene alte Zeit, als Ponciano in den Einöden erkunden ließ, ob es einen Fall von Werwolf zu sanieren oder sofortige Rechtsprechung zu üben gäbe. Nur auf ein Vorrecht habe ich in all den Jahren in Weide und Wind nicht verzichtet: darauf, den Mund aufzumachen, ohne Zaum vor den Zähnen, ohne Rücksichtnahme zu erwägen, sei es in einem Regierungskabinett, sei es in der Kanzlei des Landgerichtsrats. Ich behandele den Gesprächspartner sanft, wie ein junges Mädchen. Wird mir aber nicht gleichwertige Höflichkeit entgegengebracht, mache ich mir Luft:

»Wer glauben Sie, daß Sie sind, Sie Sohn einer Stute!«

In den Korralen von Sobradinho, unter dem Kragenmantel meines Großvaters habe ich die Jahre meiner Kindheit verbracht, denn Vater und Mutter habe ich beim Geschmack der ersten Milch verloren. Da ich gerne Grimassen schnitt und ein vorurteilsloses Mundwerk besaß, kratzte sich Simeão in einem jener verflossenen Winter am Kopf und bestimmte, der Enkel solle Doktor der Rechtsprechung werden:

»Dieses Kind zeigt alle Symptome der Politikerzunft. Er ist einfallsreich und zungenfertig.«

Dann, um solch angeborene Neigungen zu pflegen, fiel ich den Krallen der Kusine Sinhá Azeredo anheim, einer im Silberschrank abgestellten Verwandten, da sie, weil dürr und devot, keinen Ehemann gefunden hatte. Sie war in einer Landschaft des Regens zu Hause – einer Eulenhöhle mit Namen Sossego – Ruhe –, wo nur Tierseelen in Not umgingen. Nachts lärmte dort nur der Werwolf, der Eulenschrei, der Flügelschlag des Käuzchens, außer anderen Rückständen der Einöden. Nur in Gebetbüchern bewandert, verfügte Sinhá Azeredo über keine andere Fähigkeit als dem Verwandten das Wissen der Himmelsengel zu vermitteln. Kerzengeruch ging von der Kusine aus, ein Hauch von Hausaltar. Gegen Abend verschwand sie im Zimmer der Andachtsübungen, während ich mich ans Buchstabieren meiner Fibel machte. Sinhá war vertraut mit allen Völkern der Winde, und um deren Unarten und Ausdünstungen zu bannen, kannte sie Gebete von größter Kraft. Zum Übel meiner sündigen Seele schätzte die Kusine am meisten Gespräche über Hexenspuk, über ungetaufte Kinder, die ohne die Segnung des Weihwassers starben, oder über Ketzer, die auf einem Mönchsscheiterhaufen schmorten. Sie leckte sich die wachsbleichen Lippen und drohte:

»Ein Kind ohne Religion endet im Ketzerfeuer.«

Meine Tage in Sossego endeten, als ich beim Delikt der Schamlosigkeit auf einem Feld von Pitangueira-Kakteen ertappt wurde. Das kleine Mulattenmädchen dieser Buschwaldintimität erntete eineinhalb Dutzend Tatzen und ich eine Standpauke, die einen Mönch aus Stein zum Weinen gebracht hätte. Simeão, ein gestrenger Zeitgenosse, kam aus Sobradinho angereist, um den Verworfenheitsgrad seines Enkels zu ermessen. Ich erlitt Ohrenzerren, wurde mit den Korralkötern verglichen und zur Strafe zwei gutgerechnete Tage in eine dunkle Kammer gesperrt. Zum Abschluß dieser Rechtsprechung entschied mein Großvater, ich solle Kurs auf die Stadt nehmen:

»Durch die Hand der Patres werde ich kurzen Prozeß machen mit den Verderbtheiten dieses Lotterbuben.«

Hinter den Rockschößen der Kusine Sinhá reiste ich eines Nachmittags meinem neuen Lebensbereich entgegen. Da es Regenzeit war, schlief ich vom Schlingern des Zuges ein. Als ich das Fahren wieder bemerkte, stellte die Stadt schon ihre Häuser vor und ein Völkchen, das unter Regenschirmen dahineilte. Das Fahrscheinmännchen erschien in der Wagentür und verkündete:

»Campos! Campos dos Goitacazes!«

Jahre verbrachte ich in der behaglichen Rua da Jaca, in einem verandenumsäumten Landhaus mit Obstgarten. Die Kusine füllte ihre Zeit mit Andachtsübungen vor dem Hausaltar, während Ponciano herumstrolchte, alle Welt über seinen Lese- und Schreibunterricht hinters Licht führte und durch Nichterscheinen in der Klosterschule glänzte. Wochenlang kletterte ich gerissen über Mauern auf der Jagd nach Papageien und Falken. Großvater Simeão, in der Endlosigkeit seiner Weiden begraben, vermochte die Teufeleien des Enkels nicht zu verfolgen. Von Monat zu Monat, sogar in der Regenzeit, erschien er daher auf dem Gehsteig der Rua da Jaca. Ohne die Sporen abzuschnallen, trat er ein, um sich nach meinen Fortschritten beim Unterricht der Mönche zu erkundigen. Ich zeigte Simeão die Leseaufgaben. Ermüdeten Augenlichts wiegte er den Kopf und sagte, in dem Bücherstapel blätternd:

»Viel Bildung, viel Bildung.«

Mittlerweile, ich war bereits fünfzehn Jahre alt, warf ein zäher Husten die Kusine Sinhá aufs Krankenlager, ein Leiden, von dem sie sich nie mehr erholte. Allmählich wickelte sie sich bis zur Nasenspitze in Bettdecken, wurde immer dürrer und entschwand an einem regnerischen Augusttag auf den Schwingen eines Röhrenwindes. Noch nach vierzehn Tagen, als die Verwandte gut beerdigt und in zahlreichen Messen besser eingesegnet war, hörte ich ihr Krankengehuste in der Hauskapelle. Leuchter in der Hand, trat ich ein, um gegebenenfalls die Bedürfnisse der Verblichenen zu erfahren. Vielleicht benötigte sie ein aufwendigeres Begräbnis oder ein Paar Litaneien zur Verstärkung ihres Wohlbefindens im Himmel. Zweimal befragte ich die Erscheinung, wie das Gesetz dieser nächtlichen Schaustellungen es befahl:

»Was ist das für ein Leiden zu solch später Stunde?«

Da ich ohne Antwort blieb, kehrte ich in den Genuß der Bettdecken zurück und ließ den Husten Husten sein. Schleunigst übersprang das Geschehnis die Mauern, und so erfuhr die Nachbarschaft, daß Sinhá in der Hauskapelle der Azeredo Furtado der Rua da Jaca erschien. Niemand außer dem Gespenst brachte seither den Mut auf, nach dem Ave-Maria durch die Hausgänge zu wandern. Bis die alte Francisquinha, vom Grenzland aus dem fernen Mata-Cavalo, dem Augapfelerbgut meines Großvaters entsandt, auf den Plan trat. Ich weiß nicht, welches Verstärkungsgebet Francisquinha auf dem Gebiet des Hexenspuks anwandte. Plötzlich verloren die Klagen ihre Allmacht und die irrende Seele gab selbst in finsterer Freitagsnacht ihr Dasein auf. Ich, der ich bei jeder Lausbuberei den Kopf verlor, erinnerte mich beim Auftreten jedweden Hustens daran, daß Francisquinha für Brustbeschwerden ein Heilmittel größter Wirksamkeit besaß:

»Es ist fabelhaft. Besser als der Arzneitrank eines studierten Arztes.«

Simeão erteilte Francisquinha, einer vertrauenswürdigen Negerin, die den erloschenen Grünschnabelzeiten meines Großvaters entstammte, jede Herrschergewalt. Ich behaupte, daß diese Freundschaft die besten Früchte trug. Die Alte wußte in der Küche zu befehlen, in Saal und Salon zu regieren. Sie wohnte inmitten einer Schar von Negermädchen und Schützlingen. Da sie meinen Ruf eines auf Mädchenbeine Versessenen kannte, schloß sie beim Neun-Uhr-Läuten allesamt in den riegelgeschütztesten Kammern ein. Und versiegelte die Türen mit der gestrengen Aufforderung:

»Obacht mit dem Buben!«

Der Bub war ich, palmenähnlicher Lümmel, hochgeschossen, dickarmig, langbeinig, so bekannt bei Straßengetümmel und Keilereien der Rua das Cabeças, daß ich infolge des Machtworts meines Großvaters, der meine leichtfertige Veranlagung gezähmt zu sehen wünschte, einen Fähnrichslehrgang absolvieren mußte:

»Bei der Kampftruppe werden ihm seine Unverschämtheiten schon ausgetrieben.«

Simeão irrte. Er brauchte nur in seine Einöden zurückzukehren und schon stürzte der Enkel sich in den Rummel der Pferdezirkusse und Moulin-Rouge-Türen. Geschriebenes konnte ich nicht riechen. Die Arbeit, die Ponciano am höchsten schätzte, war ein Spaziergang in den Staubwolken eines hübschen Rockschoßes, eine Dienstübung, der noch heute meine besondere Neigung gilt. So tauchte ich, wegen eines Paares Zöpfen einer gewissen Dona Branca dos Anjos, in Gargaú, einem im Küstensand entstandenen und großgezogenen Städtchen, auf. Man brauchte Mark und gestählten Mut, um ein so entlegenes Versteck zu betreten. Ein Hauptmann, Bummelfreund von mir, wollte sich dafür verbürgen, daß ich nur durch die Gnade unseres Herrn Jesu Christi von dort lebend zurückkehren werde:

»Die wildeste Gegend, die ich je gesehen habe.«

Wegen der Gaben und des appetitlichen Hintern der Fräulein Engelweiß gelangte ich per Bummelzug und Kanurumpf dorthin. Ich sah, daß mein Freund und Hauptmann in seinem Befund nicht übertrieben hatte. Gargaú war ein Waldtier ohne jede Eignung zu höflichem Umgang. Ich zog eine mürrische Miene und suchte das Mädchen meines Wohlgefallens auf. Ihre Schönheit wohnte in einem Verandenhaus mit einem Jasmingebüschgarten, der sich noch heute, nach so vielen verflossenen und abgelaufenen Jahren, in meinen Erinnerungen regt. Doch der Vater erfuhr, daß Simeãos Enkel auf dem Stadtmarkt erschienen sei, um flugs die Reisetruhe der Kleinen zu packen und Dona Engelweiß' Jungfernschaft im stickigsten Sertão zu verstecken. Sogleich führte er die Tochter fort und hinterließ die Warnung:

»Dieser Ponciano de Azeredo Furtado ist ein Jungmächendieb. Scharf schießen!«

Gargaú schlug mir die Tür vor der Nase zu. Zu allem Unglück setzte nachts der Mondschein auf Dona Branca dos Anjos' Veranda alles frei, was an Jasminduft vorhanden war. Ich wußte, daß hinter jenen Mauern keine Mädchenzöpfe mehr winkten, daß auch mein Auge dem Schlängelgang der Kleinen für immer Lebewohl sagen mußte. Gesunkenen Herzens beschloß ich, den Rückzug anzutreten. Beim Abschied, schon im Kanu, prahlte ich mit ein paar großen Phrasen. Ich gab mein Wort, die Beleidigung würde nicht ohne Erwiderung im Straßenkot versinken:

»Ich werde Dona Branca im kommenden Monat entführen, wenn die Zeit des Mondes vorüber ist.«

Mit dieser Drohung in der Stimme kehrte ich auf der Flußplanke und im Schneckenzug zu meinem Leben in der

Stadt zurück. Tag um Tag konnte ich keinen Lokomotivpfiff hören, ohne daß das Mädchen mit den Zöpfen leibhaftig in meiner Brust hüpfte. Um meine Traurigkeit zu bezwingen, betrat ich eines Samstags einen auf dem Rossio-Platz aufgebauten berühmten und berüchtigten Pferdezirkus. Da war niemand, der nicht von jener Attraktion und ihrer Glanznummer geredet hätte: von einem Teufelslümmel, der beliebig schaltete und waltete. Als Herausforderung zu einem Zweikampf hatten sie das Riesenbild des Großmauls an eine Wand und eine unbenutzte Tür geheftet – Schrotteisengesicht, breiter Brustkorb und trichterförmige Affentaille. Sie zahlten einen Lianenkorb voller Geld an den, der fünf Minuten gegen den Bösewicht standhielt, ohne von dessen Stampferfaust niedergeschmettert zu werden. Ein Zirkusdiener pries an Straßenecken und auf Plätzen seine Stierkraft an:

»Er hebt einen Ochsen am Genick hoch und verdreht Eisenstangen, als wären es Bindfäden.«

Da ich soviel Dummdreistigkeit aus der Nähe sehen wollte, kaufte ich mir eine Eintrittskarte, grüßte ein oder zwei Bekannte und setzte mich friedlich in eine Ecke. Mittlerweile kam der Clown mit weitem Kragen, bewehrt mit einem hölzernen Riesenrasiermesser. Er schnitt auf, wie es sein Amt befiehlt. Mit blanker Waffe behauptete der Pantomimiker, niemand werde ihm ein Härchen krümmen können und so weiter und so fort. Dem Unglücksraben, der den Schneid besäße, in der Arena zu erscheinen, versprach er einen Vorgabepreis. Alsbald nahm ein bleiweißbepinseltes Krüppelchen den Fehdehandschuh auf und prügelte das Ungetüm von Possenreißer mit Ohrfeigen zu Mehl:

»Da, du Lumpenkerl. Da, du Windhund!«

Ich lachte über die überraschende Wende und klatschte dem Krüppel Beifall. Was mir nicht gefiel, war die nachfolgende Pantomime, ein Trauerspektakel, das nicht zu meiner niedergeschlagenen Gemütsverfassung paßte. Ein Galan in Frackanzug und Politikerangströhre traktierte mit seinem Spazierstock ein armseliges Weib, das ein zerlumptes Kind am Halse trug. Der Galan, Graf Soundso, der das Mädchen als Konkubine mißbraucht hatte, setzte die Ärmste auf die Straße, ohne ein Dach über dem Kopf. Ich hatte namenlosen Jammer hinter mir. Ich war in die Rua da Jaca zurückgekehrt, hatte mir feine Kleider angezogen, mir das Haar pomadisiert, Eintritt für einen Zirkus bezahlt und mußte schließlich eine derartige Mißhandlung mitansehen:

»Unverschämtheit!«

Doch kaum war die Pantomime des erwähnten Galans mit Mittelscheitel zu Ende, erschien im Vorhangschlitz der Großkerl, der jedwedes Lebewesen, Tier oder Mensch zum Vernichtungskampf herausforderte. Mächtigen Schritts stapfte er in die Mitte der Arena. Und dort, Segelbrust im Winde, zeigte er den Zwanzig-Kilo-Arm vor – ein ansehnliches Schwergewichtsstück. Ein Grünschnabel mit Kuddelmuddelstimme, Doppelschoßfrack und Zylinder in der Hand war das Sprachrohr, durch welches der große Kohlkopf seine Drohungen ausstieß. Er zahlte so und so viel an den, der es mit ihm, den keiner auf der Welt bezwungen hatte, aufzunehmen gewillt war:

»Wer will, wer will? Wo ist der Kraftprotz, der in die Arena hinabzusteigen wagt?«

Ich blieb still. Ich hatte mich nicht umgezogen und Eintritt bezahlt, um einen bestellten Ringkampf auszutragen. Da niemand sich entschließen konnte, die Herausforderung anzunehmen, wurde in den Spielraum der Clownerei ein graubraunes Öchslein losgelassen, dessen Genick in Windeseile von der Faust des großen Dümmlings herumgedreht wurde. Angewidert streckte ich das Kinn vor. Ein so hübsches Öchslein dermaßen zu schikanieren! Ich sagte mir von Ponciano zu Ponciano:

»So einer gehört kastriert!«

Nicht damit zufrieden, den graubraunen Ochsen in die Knie zu zwingen, bellte er noch ein halbes Dutzend Drohungen in die Richtung der Umstehenden. Rasch wurde eine Eisenstange herbeigebracht, die der Großkerl flink wie Kolibrigeflatter den größten Qualen unterwarf. Im Nu war die Riesenbrechstange ein Lianenknäuel. Schon begann ich, das Ganze als einen Mangel an Respekt zu betrachten, wenn ich mir ansehen mußte, wie ein Großkotz von auswärts die Leute des Landes geringschätzte, als der Mutprotz das geknebelte Eisen losließ, den

Schnauzbart zwirbelte und auf die Zuschauer losging, die der Pantomime vom Manegenrand aus beiwohnten. Beingewusel ohne Ende. Wiederum kam das Männchen im Frack mit der Mitteilung, die hochwohllöbliche Zirkusdirektion wolle die Stipendien für den verdoppeln, der bereit sei, dem Wildochsen die Stirn zu bieten:

»Wer will reich werden, wer will reich werden?«

Ein Mischling, der Ochsenrücken durch den Ladenbezirk der Rua do Rosário schleppte und Geld brauchte, nahm die Herausforderung stehenden Fußes an. Sprang in die Manege und fand kaum Zeit zu sagen, wer er sei. Der Ketzer rollte den Menschen zusammen, brachte den Arm des Mischlings dorthin, wie die Beine zu arbeiten pflegen, preßte, knetete, schlang einen Schifferknoten daraus und warf die Ware hinaus. Dort brach der Unglücksrabe so zusammen, daß es eine Mordsarbeit war, den besagten Knoten aus Beinen und Armen zu entflechten. Niemand wußte die Schandtat zu schätzen, und manch eine Dame, empört darüber, soviel Prahlerei mitansehen zu müssen, verließ ihren Platz, was die Wut des Kaltschnäuzigen noch mehr anstachelte. Er schlug sich auf die Brust, brüllte wie ein Jaguar und wollte ein Männlein von seinem Stuhl hochreißen, dem offenbar sein Gesicht nicht gefiel. Jetzt gab ich leise, halbmast, meine Meinung zum besten:

»Dieser Satan ist verrückt, völlig wirr im Kopf.«

Ein Mulatte, der mein Urteil gehört hatte, zeterte, ich verhöhne den Tapferen, worauf sogleich ein Haufen Volks in einer Lärmwoge aus Hochs und mehr Hochs meine Person packten und mit ihr in die Mitte der Manege schritt. Der Riesenkerl, von Dutzenden von Armen gefesselt, schäumte Haß. Er bellte, scharrte mit den Fußpranken auf dem Boden. Das Männchen im Frack, Zylinder zwischen den Fingerspitzen, bat um Ordnung, worauf kein Mensch achtete. Noch von den Lianen so vieler Arme umstrickt, wollte der Wildochse gegen mich anrennen, was eine neue Entsendung von Verstärkung in seinen Umkreis erforderte. Ich blieb inmitten der Volksmenge in einem Winkel stehen, während alle Welt angesichts meiner Mutprobe das Kinn hängen ließ. Der Mulatte, Anstifter des Zwistes, war derjenige, der das Zirkuszelt am meisten aus dem

Häuschen brachte. Wie ein fröhlicher Mondsüchtiger rannte er von einer Ecke zur anderen. Und wie von der Tarantel gestochen warnte ich:

»Dieses Schandmaul soll was erleben!«

Die Leute dachten, die Beleidigung gelte dem Schnabel des Heldengauchs, so daß mir keine Möglichkeit mehr blieb, das Zirkusvölkchen zu bremsen. Donnergetöse aus Klatschen und Hochrufen ließ die Zeltbahnen der Zirkuskuppel erzittern, und mehr als ein Hut flog vogelgleich über mich weg. Ich bat um Ruhe – und mit Ruhe die zwei Meter Ponciano de Azeredo Furtado in die Höhe hebend, sagte ich wohlerzogen:

»Ich kann der Ehre der erlesenen Zuschauerschaft nur deshalb keine Genugtuung geben, weil mir als Militär dazu die Sondergenehmigung eines höheren Offizierspatents fehlt.«

Mit dieser Betrachtung wollte ich zu verstehen geben, daß ich keine Angst vor dem schwarzen Buhmann habe. Doch könne ich als Fähnrich ohne Strafen und Nachteile keinesfalls die Kriegsgesetze und -bestimmungen verletzen. Trotzdem vermochte ich mit diesen rechtmäßigen Motiven den Zornesausbrüchen und Maßlosigkeiten des Rüpels nicht die Spitze abzubrechen. Und sagte zum Abschluß:

»Doch dieser Flegel verliert nichts beim Warten!«

Nach diesen Worten wollte ich schon meinen Platz verlassen, als ich von einem Stuhl einen Stock aufragen sah und dahinter einen Alten, ausgestattet mit der notwendigen Verfügungsgewalt, damit der Fähnrich der anwesenden Bevölkerung Genugtuung erteilen könne. Er war Oberst eines Linienregiments, ein Mann mit Macht und Befehlsgewalt. Voller Ehrerbietung verbürgte er sich dafür, daß die Korporation der Militärs der Herausforderung alle Ehre angedeihen lassen werde:

»Der junge Herr Fähnrich hat unsere Ermächtigung.«

Der Zirkus war reines Gebell. Man wollte meinen Geburtsnamen wissen. Eine Dame bekam einen nervösen Tick, eine andere warf als Andenken eine Nelke herüber. Ich wollte die Sache noch in Frage stellen, sagen, daß niemand dem Flegel Vertrauen schenken dürfe. Vergebens! Als Antwort hob die Volksmenge Ponciano unter Geschrei und Hallo in die Höhe:

»Es lebe der Fähnrich! Es lebe der Fähnrich!«

Ohne mich herausstreichen zu wollen: ich behaupte, daß der Zwist jeden Reizes entbehrte. Er endete, noch bevor er losgebrochen war. Auf dem Haß einer alten Schlange reitend, rückte der Riesenkerl mir mit einem hinterhältigen Satz zuleibe. Ich besitze gutgeölte Scharniere und noch heute, nach so vielen durchlebten Jahren, kann ich, was manch ein Grünschnabel nicht fertigbringt, meinen Bart mit dem großen Zeh kitzeln. Mit einer Körperbiegung wich ich dem Anprall aus, und schon torkelte der Kraftprotz ungehemmt durch die Gegend. Nun sah ich den Augenblick gekommen, der Bestie den Garaus zu machen. Eine Handvoll Zirkushelfer verscheuchend, welche die Manege verstellten, setzte ich meinen auf dem Marktplatz wohlgeübten »Pöbelschwanz« in Aktion. Poncianos Stiefel stiegen in die Luft, und schon krachte der von rasendem Wehgeheul begleitete trockene Schlag. Als ich das vom Purzelbaum des »Pöbelschwanzes« blinde Auge öffnete, strampelte der Querulant wie ein Huhn im Todesgegacker auf allen Vieren in der Manegenlohe. Wiederum erschallten Bewunderungsrufe durchs Zirkusrund:

»Heilige Mutter Gottes! Der Hacken des Fähnrichs ist schlimmer als der Hufschlag des Maulesels.«

Ich brauche nicht zu erwähnen, daß der Zirkus außer Rand und Band geriet. Die Menge hüpfte und ließ den jungen Fähnrich hochleben. Auf den Schultern wurde ich bis zur Grenzmarke der Rua da Jaca getragen. Mein Großvater, der sich eines festen Schlafs erfreute, wachte vom Gejohle so vieler Kehlen auf. Ich mußte dem Alten das Geschehnis erklären. Ich konnte meinen Bericht nicht beenden – Simeão rannte mit mir auf die Veranda hinaus. Laterne hoch erhoben, schrie er, ich sei ein Versager:

»Du lernst nur, was zu nichts taugt. Kein Buchstabe eines Paters geht in dein Hirn hinein.«

Ich mußte einen schweren Verweis einstecken. Dafür erntete ich im Zirkuskrieg mit Lobes- und Höflichkeitsbezeugungen das Patent eines Hauptmanns, das ich stolz zur Schau stellte.

2

Dann brachten Jahre der Nachtmusik und Nachtschwärmerei Ponciano de Azeredo Furtados Patent auf Hochglanz. Das war die Zeit, als ich mir einen Bart im Gesicht wachsen ließ. Um mir die Erlaubnis meines Großvaters zu erwirken, fuhr ich eigens nach Sobradinho. Bequem in seinen Ledersessel gerekelt, gab der Alte dem Antrag seines Enkels mit dem Ratschlag statt:

»Der kleine Hauptmann wisse, daß ein Mann vor allem zwei Dinge sein eigen nennen muß. Einen gepflegten Bart und eine tiefe Stimme.«

Wer in Wahrheit diesen meinen Besitz am Kinn förderte, war nicht Simeãos Genehmigung. Es war Dadá Pereira, Eigentümerin einer Pension für entgleiste Mädchen, die Stunden um Stunden mit dem Kraulen meines Bartes verlor. Und sie zerfloß vor Wonne, wenn sie sagte:

»Ein Mann, der Mann sein will, muß sein wie der Hauptmann.«

Auch verstand ich es, ein frommer Jünger des Heiligen Georg, des Heiligen Antonius und des Heiligen Josef zu werden. So trat ich an Prozessionsnachmittagen als erster an, mit schimmerndem Bart, um das Traggestell zu schultern. Mit geblähter Brust schritt ich durch die Rua do Sacramento und sang mit voller Stimme, die fast meine Kehle zum Bersten brachte, die Choräle der Patres. Das Volk, eingedenk meiner Großtat im Zirkuszelt, tuschelte bewundernd:

»Dort, an den Stangen der Traggerüste, geht Ponciano de Azeredo Furtado. Der Bärtige mit dem Feuerhaar.«

Kaum war ich meiner Prozessionspflichten ledig, stürzte ich mich in die Café- und Billardsaalamüsements. Was Simeãos Enkel dabei zugute kam, war die Güte Francisquinhas, die mein Großvater in einer Gottesstunde bestellt hatte, um dem Haushalt in der Rua da Jaca vorzustehen. Die Alte drohte nämlich mein bis in die Morgenstunden ausgedehntes Treiben zu verraten. Gerissen wie ich war, machte ich Francisquinhas Unmut spottend zunichte:

»Nichts werden Sie verraten. Morgen hänge ich Ihnen ein goldenes Kettchen um den Hals.«

Plötzlich aber wurde meine sorglose Lebensweise unterbrochen. Eines Nachts, als ich bummelnd auf der Veranda eines jungen Mädchens eine wohlgerüstete Serenade vom Stapel ließ, erschien atemlos ein Bote aus Sobradinho. Pater Malaquias de Azeredo, Simeãos Beichtvater, ließ mir im Tone tiefsten Bedauerns sagen, Gott Unser Herr habe Seine Barmherzige Hand an das Leiden meines Großvaters gelegt – Er habe den alten Herrn für ein und alle Mal von seinen Milzbeschwerden erlöst. Der Botengänger, ein redegewandter Grauling, fügte seine Mitleidsbezeugungen hinzu: »Ein tief gefühlter Tod, jawohl Senhor, der innigst beweint zu werden verdient, jawohl Senhor.«

Wie eine Windsbraut flog ich in die Rua da Jaca, um Trauerkleidung anzulegen. Francisquinha inmitten ihres Anhangs Simeãos Tod beklagen zu sehen, hätte das versteinertste Herz erweicht. Sie klebte am Stuhl des Verstorbenen und strich über die Lehne, als genieße er in diesem Augenblick sein Sonntagsschlummerstündchen. Ich hielt es nicht aus – ich spürte einen Stoß in der Brust und ließ mit gekappten Masten das Wehklagen der Alten hinter mir mit dem Versprechen, unverzüglich zurückzukehren:

»Allerspätestens nach der Messe des Siebten Tages.«

Im Zug rief ich mir in meinem einsamen Winkel den Toten wach, was ich bislang nie getan hatte. Ich hatte so lange in seiner Nähe und dabei so fern von ihm gelebt. Nie war ich in Sobradinho oder in Mata-Cavalo erschienen, um ihm Enkelhilfe zu leisten, um meine Rufe einer jungen Kehle in die Anweisungen des Alten zu mischen. Tröstlich war nur zu wissen, daß Simeão nie daran gedacht hatte, daß ich auf den Weidegründen erscheinen könne, befürchtend, Ponciano möchte das Pflichtbewußtsein der kleinen Korral-Negerinnen nachteilig beeinflussen. Er kannte den Hauptmann nicht. Worauf ich am meisten Wert legte und stolz war, betraf Gemeinsamkeiten mit den Rockzipfeln der Bühnen. Es gab keinen jungen Mann, der in Theatern und im Moulin Rouge stadtbekannter gewesen wäre als ich. Als die Mädchen der Rampenlichter meine Abwesenheit feststellten, fragten sie mit erhitztem Kocher:

»Wo bleibt denn Ponciano im Barte?«

Und schon rannte ein Laufjunge hinter meinen Stiefelschäften her. Der in seine Einöden verbannte Simeão war weit davon entfernt, über die Fortschritte seines Enkels in den Jagdgründen der Gaunereien Bescheid zu wissen. Nur gelegentlich, in jäh aufwallendem Verdacht, den Bart zwirbelnd, was ich selber gerne tue, wollte er nach Art eines Schlaubergers wissen:

»Finden Euer Gnaden nicht, daß er für diese literarische Mühsal zu alt ist?«

Ich überzeugte Simeão, daß das Studium des Wissens so geartet war und Zeit erforderte. Tomé de Azeredo Furtado, mein verstorbener Onkel, hatte er nicht seinen Diplomwisch eines Justizdoktors im Alter von einigen Vierzig erworben? Simeão brummte und zwirbelte von neuem seinen Bart. Später dann, im Winkel des Morgengrauens, machte er sich zu seinen Rindervölkern auf. Der Alte ging zur einen Tür hinaus, und ich zur anderen, da mehr als ein Fenster leichter Mädchen auf meinen Sprung wartete. Als Schlußwort solcher Abschiede stellte Simeão stets fest:

»Es ist an der Zeit, daß Euer Gnaden Verantwortungen auf den Weiden übernimmt.«

Ich saß in meiner Wagenecke und dachte an diese und andere Erlebnisse, während der Zug die Fernen hinter dem Fenster verschlang. An der Biegung von Santo Amaro pfiff die Lokomotive. Ich brach die Unterhaltung mit meinem Großvater in der Mitte ab, denn schon sah ich Sobradinhos Völkchen auf der Bahnhofsstation. Der Priester sank mit todtrauriger Miene in meine Arme:

»Welch ein Kummer, welch ein Kummer.«

Abends nach der Beerdigung, eine Zeremonie, die man gesehen und gehört haben mußte, aß ich trauervoll am langen Eßtisch von Sobradinho zu Nacht. Und im hinteren Teil des Wohnzimmers nahm ich stehend die Beileidsbekundungen der Korrale entgegen. Der Tod des Alten lockte Leute herbei, die ich nie gesehen hatte, und bis nach Mitternacht füllte Sporengeklirr die Veranda. Beim Fortgang des letzten Besuchers forderte Pater Malaquias eine Negerin für die Fußwaschung. Wie bei solchen Gelegenheiten üblich, wurde Hochwürden das silberne

Becken der Azeredo Furtados gereicht. Seufzend tauchte der Sutanenträger die Zehen ins Wasser und versank bei diesem Wohlgefühl in hemmungslosen Schlaf. Ich blieb allein, und wieder kamen die Erinnerungen an meinen Großvater. Da es bereits tiefe Nacht war und eine Eule auf der Veranda ihr Unheil verkündete, ließ ich Hochwürden in die Geruhsamkeit der Leintücher befördern und fiel meinerseits aufs Kopfkissen. Traurig schlief ich ein, und dieser Trübsinn begleitete meine Schritte für den Rest der Woche. Nachdem die Messe des Siebten Tages gebetet war, beschloß ich Inventur von Simeãos Hinterlassenschaft zu machen. Sie erwies sich als beträchtlich, nicht nur in Ländereien, sondern auch in Immobilien und Geldbeträgen. Angesichts solch verbürgter Urkunden und Wertpapiere zwirbelte ich meinen Bart und durchmaß den Raum mit martialischem Schritt. In Wahrheit war Ponciano de Azeredo Furtado über Nacht ein reicher Mann geworden. Ich sagte zu meinen Westenknöpfen:

»Der Hauptmann ist mit Rückenwind auf die Welt gekommen.«

Nach Fertigstellung des Nachlaßverzeichnisses, der rechtlich nichts im Wege stand, da ich rechtmäßiger, unbescholtener Erbe war, ließ ich zum Andenken an meinen Großvater ein weihevolles Grabmal errichten. Ich legte Wert darauf, die Grabstätte durch zwei Engel mit ausgebreiteten Flügeln zu krönen, es sollte etwas Großartiges sein, um den Ruhm des Friedhofs von Santo Amaro zu mehren. Notar Timóteo da Cunha, der alle Beglaubigungen besorgt hatte, rief, nachdem das Werk vollendet war, bewundernd aus:

»Herausragend!«

Meine Tage des Bummellebens waren vorüber. Ich nahm Vernunft an, nicht nur in Anbetracht meiner Erbschaft in Rindern und Weiden, wie auch wegen des Obersten-Patents, das ich gleich darauf erhielt. Es kam eine stolze Abordnung, um mir die Auszeichnung zu überbringen. Das Haus in der Rua da Jaca mit seinem Garten voller Aprikosenbäume wimmelte von Menschen. Bei soviel Ruhm zu meiner Verfügung gedachte ich in den Stand der Ehe zu treten, was ganz im Sinne von Pater

Malaquias war. Überdies bewegte ich mich bereits im Haus der Dreißiger, und meine neue Lebensweise erforderte Nachkommenschaft. Eine Kusine, Tochter des beerdigten Onkels Tomé de Azeredo, war völlig vernarrt in mich. Sie wohnte weit weg, doch als sie Hochzeitsdüfte roch, flog sie im Eisenbahnzug herbei und landete in der Rua da Jaca. Sie kam nicht in Betracht. Ich wünschte mir ein junges vollhüftiges Mädchen, in dem ein angesehener Mann Wurzeln schlagen konnte und das mir einen Schock Söhne gebären würde. Die Kusine war ungeeignet – ein angekleideter Bambusstecken war ansehnlicher als sie. Juca Azeredo, mein Verwandter vom Morro do Coco – dem Kokoshügel –, der eine Woche bei mir verbrachte, riet mir ab:

»Sowas ist ein Plättbrett. Ein Mädchen für den Vetter muß stämmige Schenkel haben, damit sie das Stoßen aushält.«

Ich stimmte ihm zu. Untröstlich über meine Interesselosigkeit, kehrte die Kusine zu ihrem welken Leben zurück. Bei dieser Gelegenheit verschloß ich die Türen der Rua da Jaca mit dem Argument, Sobradinho bedürfe meiner.

»Die beste Mast des Rinds ist das Auge des Besitzers.«

Ans Ruder des Sertão-Hauses stellte ich Dona Francisquinha, die Haus und Obstgut gerne versiegelt sehen wollte, da ihr, außer dem Kroppzeug der Buben, von Negerinnen und Mulattinen gut bestücktes Regiment in den Korralen weit mehr zur Geltung kam. Wenn die Geschäfte meine Anwesenheit in der Stadt erforderten, bestellte ich Zimmer in irgendeinem Gasthaus des Largo da Quitanda. Nachdem die Umzugsarbeiten zur Ruhe gekommen waren, vertiefte ich mich mit Unterstützung von Dr. Pernambuco Nogueira, einem Fuchs in Juristerei, in das Studium von Simeãos Erbschaft. In Begleitung vierer Viehhüter durchritt ich den ganzen Besitz vom Schwanz bis zum Hals, nicht ohne auch den geringfügigsten Baumstamm beschnüffelt zu haben. Für die Besichtigung der Korrale von Mata-Cavalo verwendete ich eineinhalb Wochen. Ich verglich die Maße mit denen der Urkunden und sah, daß bösartige Nachbarn, das hohe Alter meines Großvaters nutzend, sich einen Teil meines Besitzes mittels Pfosten und Drähten widerrechtlich angeeignet hatten. Ich machte die Diebe auf ihre Übergriffe aufmerksam. Ich ging nicht mit der Gewalt der

Anmaßung vor, um zügellos einen Zwist vom Zaun zu brechen. Ich sandte einem jeden ein wohlerzogenes Billet. Antão Pereira, Viehhändler aus Sobradinho, Stotterer von Geburt, fand mein mimosenhaftes Vorgehen ulkig. In seiner holprigen Sprache ließ er sagen, Weidenvolk werde nie einen spitzenverzierten Brief verstehen, eine Ansicht, mit der Saturnino Katerbart, einer meiner Viehtreiber aus Simeãos Zeiten, übereinstimmte:

»Der Gevatter Pereira redet vernünftig. Ein Weidendieb weiß mit einem wohlerzogenen Handschreiben nichts anzufangen.«

In der Tat stellten die rücksichtslosen Kerle sich taub, und keiner schickte eine Rückantwort. Ich verlor keinen Stich – ich forderte die Kerle in die Schranken. Ich bestimmte, daß Dr. Pernambuco Nogueira mit der Angelegenheit vor Gericht gehe, und bei der Arbeit, Simeãos Erbschaft in Ordnung zu bringen, verbrachte ich ein halbes Jahr. Ich vergrub mich in die Gerichtsakten und Urkunden. Ich las mehr Landgerichtsratsurteile als ein bestallter Protokollführer, so daß Pernambuco Nogueira beteuerte, ich sei imstande und stelle das Wissen manches Volljuristen in den Schatten:

»Der Herr Oberst steckt manches Bürschchen mit Akademikerring in die Tasche.«

Sehr gütig von ihm, obgleich ich eine Neigung für Gerichtshändel nicht leugnen kann. In den alten Tagen hatte ich in einem Anwaltsbüro gearbeitet und mehr als einen Schriftsatz gesetz- und fachgerecht aufgesetzt. Von Vieh freilich verstand ich wenig, weil mein Großvater nicht gewünscht hatte, daß ich mich in den Korralen herumtrieb. Diese Unkenntnis habe ich mir indes nie anmerken lassen. Männer, die Befehlsgewalt haben, dürfen im Umgang mit Leuten der Einöden nicht ihre Schwäche zeigen. Ich habe Sobradinho an einem Montag übernommen und am selben Tag zu erkennen gegeben, wer hier der Herr ist. Ich wünschte dieses, ich wünschte jenes. Glücklicherweise, während ich Krieg gegen die fremden Pfosten führte, erschien in Sobradinho ein gewisser Juquinha Quintanilha, der als junger Mann unter Simeãos Zügel gedient hatte. Ich fühlte beim ersten Wortwechsel mit dem Mulatten, daß dieser sich im Sertão auskannte und mit dem Vieh und dessen Zicken vertraut war. Mit Feuereifer unterhielt ich mich mit ihm über die Güte des Honiggrases. Wer Ponciano so redegewandt loslegen sah, mußte überzeugt sein, daß er es mit einem Kenner der Winterweiden zu tun hatte. Ich will hinzufügen: in der Hitze des Gefechts erfand ich eine ganze Familie von Grassorten, von deren Existenz kein Mensch etwas wußte. Mit der Verschlagenheit eines Anwalts verbürgte ich mich für die Güte dieses Futters. Ich nannte sogar ihren Namen:

»Affenschwanzgras.«

Ich tat dies wohlweislich, damit Juquinha Quintanilha nicht merkte, daß er sich in Gegenwart eines Nichtskönners befand. Wie alle Welt weiß und mich kennt, bin ich weder ein Lügenbold noch ein Verbreiter von Latrinenparolen. Ich schlage die Schlange tot und zeige den Knüppel. Ich verbürgte mich für mein Affenschwanzgras bei der Ehre meiner Unterschrift. Juquinha gab sich geschlagen und sagte, er kenne die Sorte nicht und habe nie von ihr reden hören, worauf ich gleich einwand:

»Sie müßten sie aber kennen, Herr Gevatter. Es ist das landläufigste Weidengras von Piauí.«

Ich empfand Sympathie mit ihm und seiner zeremoniellen Art, mit dem Gesprächspartner umzugehen. Er war ein einziges »Herr Oberst hier, Herr Oberst dort«. Das Abendessen wurde zum vollen Wohlgefallen Francisquinhas aufgetragen, die den Besucher zu Lebzeiten meines Großvaters gekannt hatte, als er blutjung war und in der Kraft seiner fünfzehn Jahre. Ich entsandte Quintanilha auf das Erbgut von Mata-Cavalo, ausgestattet mit einem Freibrief und der Empfehlung, die Holzpfosten nicht aus den Augen zu lassen:

»Ich werde diesen Gaunern die Regeln des guten Anstands beibringen. Ich werde allesamt mit dem Hintern auf die Anklagebank zwingen.«

Der Goldzahn des Mulatten strahlte in seinem Mund. Das unvoreingenommene Lachen eines gutherzigen Naturburschen. Er versprach, Mata-Cavalo von allen Zeckenplagen und Unkrautsorten zu säubern. Er kannte den Besitz aus den Lebenstagen meines Großvaters:

»Wie die Innenfläche meiner Hand, Herr Oberst.«

Die Gerichtsverhandlungen, die Litaneien der Herren Doktoren machten Ponciano zum Reisenden. Ich fuhr im Zug nach Art eines Handlungsreisenden oder eines vorwitzigen Verkäufers von Stoffen und Spitzen. Bei diesem Zigeunerleben zwischen Gerichtssaal und Eisenbahn eignete ich mir das Laster der Politiker an – ich begann, feine Zigarren zu rauchen und protzige Rauchwolken zu verströmen. Ich verpestete die Räumlichkeiten, durch welche die Macht meiner Flor de Ouro schwebte, keine Gerichtskanzlei entkam dieser meiner Prozedur. Ich machte mir in den Anwaltbüros einen Namen, ich wurde allbekannt in den Gängen des Gerichtsgebäudes. Vor der tiefen Stimme, die Gott Simeãos Enkel in die Kehle gelegt hat, hielt keine Zwistigkeit stand, die ich nicht kraft meines Gebells zu Brei zerstampft hätte. Ich brach mehr als einen Wortstreit mit einem Rechtsverdreher vom Zaun und träufelte sogar Ratschläge in Advokatenohren. Ein Rotbart wie ich, ausgestattet mit nahezu zwei Meter Körpergröße von der Stiefelsohle bis zum Hut auf dem Kopf, war von niemandem zu verachten. Ich erschien bei den Gerichtssitzungen mit meiner über die Veranda meines Kinns geneigten Zigarre. Ich stieß Wolken einer rasenden Dampflokomotive aus und mein Bart wirkte zwischen Flor-de-Ouro-Schwaden nur noch grimmiger. Die Gerichtsdiener tuschelten:

»Nicht um das Vermögen eines Nabob würde ich gegen den Oberst Ponciano de Azeredo Furtado einen Prozeß anstrengen.«

Die Arbeit lohnte die Mühe. Kraft der Gesetze und Schliche säuberte Pernambuco Nogueira nicht nur die Besitzungen von Übergriffen und Diebereien, er stieß mit seinen Gesetzen auch auf Land vor, das mir nicht gehörte. Ich fauchte:

»Dergleichen ist nicht mein Fall, Doktor! Ich will nur, was mir gehört!«

Doch ein Schnapsbrenner namens Cicarino Dantas mit seiner Schnapsbrennerei in Paus Amarelos wollte die Streitsache auf die Spitze treiben. Man warnte ihn:

»Dieser Ponciano ist jener, der in alten Tagen einem Draufgänger im Zirkus das Handwerk gelegt hat.«

Doch der zeigte nur die kalte Schulter. Er hatte vor niemandem Angst, etwas, was es seit der Erfindung der Schießprügel nicht mehr gegeben hatte. Er war ein rachsüchtiger Genosse und gelobte, der Oberst aus Sobradinho werde die Regenzeit nicht mehr mit Leben im Leib erleben. Da wir den Monat August schrieben, nutzte ich die Gelegenheit zu einer spöttischen Bemerkung:

»Dann sagt diesem Kuhglockenochsen, daß ich noch eineinhalb Monate vor mir habe, um ihm seine Hörner zu demolieren.«

Ich hatte ins Schwarze getroffen, denn, wie ich später in Erfahrung brachte, hatte die Frau des Unverschämten den Namen der Dantas im Bett eines Akademiker-Vetters befleckt. Als er mein Urteil erfuhr, schwor der Dieb vor der Tür der Kapelle, er werde meine Vipernzunge in Pulverdampf räuchern:

»Und wenn ich mein Oberhemd oder mein Schlafbett verscherbeln muß.«

Schwur geleistet, Schwur erfüllt. Noch war keine Woche verstrichen, ich war gerade dabei, ein Pony zu kaufen, das mir wegen seines Sterns auf der Stirn gut gefiel, wurde mir durch den Mund von Dioguinho vom Brunnen, einem Einödnachbarn, die Nachricht zugetragen, José Mateus, ein zielsicherer Heckenschütze, umschleiche die Gittertore von Sobradinho. Mit der ihm eigenen schwerfälligen Redeweise warnte Dioguinho:

»Es wäre vorteilhaft, wenn der Herr Oberst sich in acht nähme.«

Ich besänftigte die Befürchtungen des Nachbarn und hieß Francisquinha die Speisekammervorräte verstärken, damit ich mit vollem Magen sterben könne. Mit diesen und anderen Spöttereien tat ich Cicarino Dantas' Drohung ab. Und die Hand auf Dioguinhos Schulter legend:

»Herr Gevatter, die Kugel, die diesen Oberst umlegt, ist noch nicht gegossen worden.«

Wenn ich in den folgenden Tagen mit einem Totschläger als Rückendeckung ausging, so geschah das nicht aus Angst, eine Krankheit, an der ich nie gelitten habe noch je leiden werde. Es geschah einzig und allein, um meinen Leuten auf den offenen Feldern zu genügen und die Feuerrohre von Sobradinho zu entrosten. Der Besitzer eines entlegenen Weidengrunds mit

Namen Sinhozinho Manco, der über das Geschehnis nicht unterrichtet war, erschrak beim Anblick von soviel Waffen und Munition. Er dachte, Simeãos Volk führe wütenden Krieg gegen die Leute der Regierung. Und sagte feinsinnig:

»Ich habe nie so viele Schießeisen gesehen, Seu Ponciano. Ich habe nie so viele junge Burschen Verantwortung tragen sehen, Seu Ponciano.«

Ich wußte die Freundschaft Sinhozinhos zu schätzen, den ich aus Sossegos früheren Zeiten kannte, als ich in Kusine Sinhá Azeredos Schule Lesen und Schreiben gelernt hatte. Der Alte war Simeãos Busenfreund und einer der wenigen gewesen, die mit meinem Großvater von gleich zu gleich verkehrten, ohne Kriecherei oder Förmlichkeit. Er betrat Sobradinho bei Tag oder bei Nacht, als sei es sein Besitz, weil niemand auf die verrückte Idee gekommen wäre, ihm in den Weg zu treten. Eine Eule war kein so guter Weissager wie Sinhozinho. Alles sah er mit schwarzem Auge voraus – ein Korral gab nichts mehr her, Vieh war ein ausgemachtes Bankrottgeschäft. Sobald er aber von einer Krankheit erfuhr, bestieg er seinen kleinen Klepper und kam stets brummend, stets verdrießlich, dem Bekümmerten zu Hilfe angeritten. Manches Mal in tiefer Nacht habe ich in all meinen Weidejahren Sinhozinho als Hilfskraft für diesen oder jenen Bedürftigen begleiten müssen. Bei einer bestimmten Gelegenheit rettete ich auf seine Bitten einen kaum den Windeln entsprungenen Dreikäsehoch, der das Haus verlassen hatte, um zu urinieren und sich auf dem Heimweg verirrt hatte. Ich schlief gerade meinen Militärschlaf, ein Auge offen und das andere geschlossen, als Sinhozinhos Stimme bereits im Zimmer rief:

»Ponciano! Ponciano!«

Ich sprang aus dem Bett und rückte in die Einöde. Es war kurz vor Morgengrauen. In der Höhe leuchtete der Blitz und über der Erde lag jenes Regenlaken, das einen kein Rind, geschweige denn einen Busch fünf Klafter vor der Nase erkennen ließ. Während des ganzen Rittes tat Sinhozinho keine andere Arbeit als seine Bitterkeit gegen die Mächte des Donners loszuwerden:

»Ein Froschwetter, Seu Ponciano, wo ein Krokodil eine Decke braucht, Seu Ponciano.«

Aus einer Felsenhöhle, welche die Sintflut zu verschlucken drohte, zog ich mit Sinhozinhos Hilfe den Verschwundenen heraus – kaum hatte meine Hand den Ausreißer in Sicherheit gebracht, als schon jene Wasserdecke näherkroch und alles überschwemmte. Und während ich den Geretteten unter meinem Militärmantel bettete, erklärte ich die Dienstleistung für beendet:

»Genau genommen, Sinhozinho, ist der Kleine neu geboren.«

Als wir in Sobradinho angelangt waren und der Entschwundene seinen Angehörigen zurückerstattet war, verfiel der Alte von neuem seinem Gebruddel, er halte die Weidenarbeit nicht mehr aus, er habe eine mündliche Zusage aus der Stadt, in einer Regierungsstelle Dienst tun zu können:

»Ich will an einem sauberen Ort leben, meine Halbstiefel tragen, Kleider wie ein Weißer anziehen, Seu Ponciano.«

Das war Sinhozinho, wie er leibte und lebte. Weinerliche Stimme, ein Blick, der nur Schäden ringsum sah. Indes hat unser Herrgott nie einem Menschen von ähnlicher Unschuld und Güte Lebenskraft geschenkt. Denn kaum erfuhr der Alte durch mich von Cicarinhos Schwur, als er auf seinem lahmen Bein hüpfte und sagte, er werde dem Kerl die Schnauze einschlagen:

»Und das macht noch nicht mal Arbeit, Seu Ponciano.«

Ich dankte für seinen Feundschaftsdienst:

»Der Fall gehört mir, den gebe ich nicht aus der Hand. Gott sei Dank reichen die Waffen von Sobradinho aus, um zwanzig Dantas zu bekriegen, und umso eher, einen einzigen.«

In der Tat ließ ich ein halbes Dutzend Viehtreiber Karabiner und ausreichende Munition schultern. Tags standen sie an den Holzpfosten Wache. Nachts lösten sie sich als bewaffnete Wachtposten an den Ecken des Herrenhauses ab. Juquinha Quitanilha, der nicht gerade ein Held war, hielt den Kriegsgeruch nicht aus und fand daher den Vorwand, seine Anwesenheit in Mata-Cavalo sei wegen der Fertigstellung eines Getreidespeichers und einer Kapelle erforderlich:

»Hochwürden Malaquias wünscht, daß die Bauten vor der Regenzeit abgeschlossen werden.«

Während dieses Waffengerassels erhielt ich eines Nachmittags einen versiegelten Brief von Totonho Borges. Ich kannte ihn flüchtig von kurzen Begrüßungen, vom üblichen »Wie geht's, wie steht's«. Selbst ohne verwurzelte Freundschaft gab Totonho Borges sich mir gegenüber leutselig und als Bewunderer meines Ansehens. Er setzte in Notariatsbüchern Schriftsätze auf, nahm zwischen einem Federstrich und dem nächsten einen Pferdedieb fest und sprach im Namen der Regierung vermischtes Recht. Er besaß ein vermietbares Gefängnis und einen Feldjäger in São Conçalo. Bei mehr als einer Gelegenheit hatte ich auf seinen Wunsch immer wieder erzählen müssen, wie ich die Tapferkeit des Zirkusgiganten zunichte gemacht hatte. In Erinnerung an den Casus lachte Totonho und schwor, jener ausgewachsene »Pöbelschwanz« sei nicht mein letzter gewesen:

»Der ist nicht Ihr letzter gewesen.«

In dem von einem zuverlässigen Feldjäger überbrachten versiegelten Brief teilte Totonho mir mit, seine Uniformierten hätten einen Braunen mit Namen José Mateus, der gedungen worden sei, einen Hinterhalt gegen den Obersten Ponciano de Azeredo Furtado zu legen, eingelocht und verprügelt. Nach der ersten Ladung Dresche habe der Flintenmann den Anschlag in allen Einzelheiten gestanden. Der Feldjäger erklärte selbst voller Stolz:

»Schon beim Anblick des Knüppels hat der Dickschädel in die Hose gepißt.«

Bereits verdrossen legte ich Totenhos Botschaft beiseite und machte mich ebenso verdrossen auf den Kriegspfad, um den gedungenen Hinterhaltsteller in Augenschein zu nehmen. Mißhandlungen der erwähnten Art waren mir zuwider. Auch war ich viel zu sehr Oberst, um in São Gonçalo anzukommen und Totonho Borges' Autorität zu untergraben. Wie konnte ein getaufter Christ, Familienvater, einen anderen mit dem Kopf nach unten aufhängen und dem Häftling so lange die Weichteile traktieren, bis er ihm Geständnisse und Geheimnisse entlockte? Ich habe stets Brutalitäten und Niedertracht verurteilt. Ich bin Manns genug, um den Kläger lebend zu verspeisen. Doch wenn Poncianos Zornesausbruch verraucht und mein Naturell wiederhergestellt ist, springe ich sogar zur Seite, um einen Regenwurm zu verschonen. Daher verspürte ich schon keine Lust mehr, den Hinterhaltsteller abzuurteilen, angewidert wie ich von den unterwegs vernommenen Aufschneidereien war, denen zufolge der Feldjäger in der Hoffnung, meine besondere Wertschätzung zu gewinnen, den Gefangenen weidlich hergenommen hatte. Nach einer dieser Großmaulereien hieß ich ihn den Schnabel halten:

»Euer Gnaden verzapfen nur Eseleien. Sie sind von Geburt ein Dunkelmann.«

Der Feldjäger steckte seine Bratsche in den Sack und rülpste während der restlichen Reise keine neue Heldentat mehr hervor. Ich ritt in São Gonçalo ein wie in eine eroberte Festung. Mehr als zehn bis an die Zähne bewaffnete Viehtreiber schützten meine Nachhut. Fast alles Sprößlinge aus Sobradinho, eine Lieferung vorlauter Burschen, versessen darauf, den Abzugshahn zu kitzeln. Saturnino Katerbart, in mutiger Haltung, mit pockennarbigem Gesicht, ritt hinter meinem Hufschlag, mit zwei Pferdelängen Abstand folgte Antão Pereira. Das kunterbunte Batallionsgewinde aus Handlangern und Kötern beschloß kraft meines militärischen Machtworts der Feldjäger, Überbringer des versiegelten Briefs. Totonho Borges legte angesichts so vieler berittener Waffenträger die Hand aufs Haupt:

»Um der Liebe Gottes willen, Oberst, töten Sie den Menschen nicht.«

Ohne auf Totenhos Bitte zu achten, befahl ich, ohne abzusitzen, der gedungene Mordbube solle geholt werden. Im Hufstaub meiner Pferde schloß der Kleinhandel von São Gonçalo seine Ladenpforten wie an einem Feiertag. Er war am meisten daran interessiert, die Rechtsprechung des Obersten aus Sobradinho mitzuerleben. Diese Leutchen waren stolz darauf, dachten, ich würde den Totschläger verbluten lassen, wie es einst ein gewisser Zacarias Valadão getan hatte, Nabob von zehn Großgrundbesitzen, Herrscher über verschiedene Betten und zahlreiche Barvermögen. Das Ladenbesitzervolk hatte sich verrechnet. Barsch bestimmte ich:

»Ich will diesen Helden aus der Nähe sehen, Seu Totonho Borges.«

Sie brachten José Mateus, mit dem »Schweineholz« genannten Steppengras gefesselt. Die Feldjäger von São Gonçalo warfen das Bündel unter mein Pferd auf die Gefahr hin, den

Häftling möchten zwei Huftritte und der sichere Tod ereilen. Angewidert befahl ich, der Verdächtige solle losgebunden werden, ein schmächtiges Kerlchen ohne Menschengewicht, von Wechselfieber schlotternd. Sobald er Totonhos Wurzelstricke ledig war, flehte er alle Azeredos und sonstige Furtados um eilige Barmherzigkeit. Ich verfügte, Saturnino solle dem Gefangenen die prächtigste Waffe der Gesandtschaft überreichen:

»Die Doppelbüchse.«

Dann, mit aufgerissener Hemdenbrust, befahl ich José Mateus, er solle auf den Abzugshahn drücken:

»Schieße, Sohn einer Stute, das Schießeisen trifft.«

Das Volk ringsum nahm die Beine unter den Arm aus Angst, einen Blindgänger abzubekommen, manch einer rannte hinter seine Haustür. Das schmächtige Kerlchen, nicht einmal imstande, die Waffen zu halten, fiel vor meinem Pferd in die Knie. Es erzählte, er schulde Cicarino eine Vorschußzahlung, und der Schnapsbrenner drohte in seiner Überlegenheit, er werde ihn für den Rest seiner Tage in den tiefsten Kerker sperren. Ich möge doch verstehen: er habe eine Kinderschar zu ernähren und wisse seit Monaten nicht mehr, wie Schmalz schmecke. Dabei zeigte er seine eingefallene Hühnerbrust, in der die Rassel der Rippen zu sehen war:

»Habt Erbarmen, Oberst. Habt Mitleid mit diesem Dulder.«

Ich hielt es nicht aus – und hätte José Mateus eine neue Ladung Elend berichtet, ich wäre Azeredo genug gewesen, um dem Bedürftigen mein Hemd vom Leibe zu geben und meine gesamte Barschaft. Mitleidigen Herzens, doch noch immer gewaltig bellend, befahl ich ihm aufzustehen:

»Ich bin kein Altarheiliger, kein Sankt Georg oder Sankt Onophrius, damit einer vor mir im Staub niederkniet.«

Ich sage ohne Prahlerei: Gott hat den Enkel meines Großvaters nicht knappe zwei Meter lang werden lassen, damit er diese ganze Größe in Zwergenwut vergeudet oder im Haß auf einen Zeitgenossen, dazu geboren, in den Fingerhut einer Näherin zu passen. Solch eine Schande sollte mir nie passieren. Ich habe immer Größe zu schätzen gewußt und in Größe will ich sterben. Als das verschreckte Volk von São Gonçalo gewahrte, wie Ponciano seine Tasche kitzelte, sah es sogleich eine Messerspitze oder einen treffsicheren Stutzen vor sich. Was aber hinter den Hosenbeinen zum Vorschein kam, war ein sauberes Paar Banknoten in der Ordnung von zweihundert Mil-réis, die ich José Mateus mit der ausdrücklichen Bedingung aushändigte, seine Schuld bei Cicarino Dantas abzutragen. Und zum Schluß dieser Unterweisung übertrug ich ihm diese Botschaft:

»Sag dem Ekel, daß Euer Gnaden losgekauft ist, und daß der Oberst von Sobradinho bei passender Gelegenheit Paus Amarelos besuchen wird.«

Infolge dieser Drohung setzte Cicarino Himmel und Erde in Bewegung, in der Hoffnung, mit mir Frieden zu schließen. In einem Brief mit gedrechselter Handschrift verbürgte er sich, all das sei reine Erfindung von José Mateus, die Rache eines gerissenen Dreckbuben. Er beschuldigte auch Totonho Borges, seine Person nicht zu schätzen, aus welchem Grund er »einem Landstreicher, den ich als hartnäckigen Dieb aus meinen Portalen geworfen hatte, eine unsinnige Beichte entpreßt hat.« Allem Anschein nach stammte der Brief nicht von Cicarino, einem Schnapsbrenner mit stumpiger Schrift, der kaum Schriftsätze und Schnapsquittungen zu unterschreiben verstand. Irgendein Doktor-Anwalt, der meinen Ruf als streitsüchtigen, gebildeten Oberst kannte, kritzelte das Schwarz auf Weiß im Tausch gegen ein halbes Dutzend Tostões. Ich blieb standhaft und öffnete nicht gleich die Arme. Ich wollte Cicarino ein wenig zwiebeln und ihm eine Lektion der guten Nachbarschaft erteilen. Juquinha Quintanilha, der den Fall bereinigt und Dantas in gutem Einvernehmen mit Sobradinho sehen wollte, bat, ich möge den Zwist als beigelegt betrachten:

»Der Mann ist es leid, nicht zu essen und nicht zu schlafen, Herr Oberst.«

Ich sagte Juquinha, er solle nichts überstürzen.

»Es hat Zeit, Herr Gevatter. Hier handelt es sich nicht um ein Blutbad.«

Doch gegen Jahresende ließ ich durch die Mühewaltung des Notars Pergentino de Araújo das Kriegsbeil begraben. Ich unterhielt mit dem Bittsteller Pergentino enge Beziehungen, er war mein alter Freund aus den Moulin-Rouges und anderen

Rampenlichtern. Er war wie ich nach außen eine gestrenge Anstandsperson. Aber innen gab es keinen ausgekochteren Schlawiner. Auf seine Bitten unterzeichnete ich ein Friedensdokument zugunsten von Cicarino Dantas, der in Pergentinos Gesellschaft herbeigereist kam, um dem Oberst auf Sobradinhos Grund und Boden Lehenspflicht zu leisten. Ich revanchierte mich mit einem toten Hammel und anderen Tafelfreuden. Der Notar, der die Ruhe der Stadt mit dieser Friedensarbeit vertauscht hatte, wußte sich vor Glückseligkeit kaum zu fassen. Es war ein ständiges Absetzen und unermüdliches Reinigen seiner Brillengläser, was unter dem Volk von Sobradinho Gelächter hervorrief. Überdies ließ Araújo nicht seinen Stock mit goldenem Knauf aus den Händen, nicht einmal bei einem kurzen Gang ums Herrenhaus, im Nebel oder im Schatten der Kasuarinen, da er wahnsinnige Angst vor Giftschlangen hatte:

»Als Junge bin ich gebissen worden und habe seither auf Schlangen einen Mordshaß.«

Das Abendessen wurde auf einem neuen Tischtuch aufgetragen und dauerte über eine Stunde lang vom Zicklein bis zum abschließenden Kaffee. Bei der Zigarre hielt jener Mondschein, der sogar eine Eule blendet, seinen Einzug in Sobradinho. Verwundert über solche Pracht, genoß Pergentino die Helligkeit, und hätte nicht das Pfeifen des Käuzchens dem Notar eine Gänsehaut über den ganzen Körper gejagt, er hätte den Fuß nicht mehr von der Veranda gesetzt. Er ließ nicht ab, die Wohltaten des Mondlichts zu preisen:

»Wie herrlich, wie heilsam!«

Die Nacht wurde tief, und die Leute vertieften sich ins Gespräch, in Erinnerungen an Früheres, an Auftritte vor Theatereingängen und Serenadenfenstern:

»Eine gute Zeit, Ponciano, mit ihren kessen Französinnen. Mehr als ein Lebensmittelhändler hat zwischen den Prunkschenkeln der Zazás aus den Moulin-Rouges Bankrott angemeldet.«

Pergentino, in den Sessel meines Großvaters gerekelt, wollte gleich darauf den Namen einer kleinen Mulattin mit bauchigem Gesäß wissen, die mit dem Servieren des Kaffees beauftragt war.

Ich muß sagen, daß mein Frauenkennerblick nie bei den Schönheiten von Sobradinhos subalternem Volk gestrandet ist. In Unkenntnis dieser meiner grundsätzlichen Einstellung bat Araújo, ich möge ein Gutachten über die kleine Braunhäutige abgeben. Zum Glück trat sie gerade mit einer neuen Lieferung von Kaffee und Maisbrei herein. Sogleich rückte der Notar seine Brillengläser für die genußreiche Überprüfung zurecht. Tatsächlich besaß die Hausgehilfin von Sobradinho ihre Vorzüge, welche das Mollige ihrer Arme noch unterstrich. Cicarino, um nicht hinterherzuhinken, rühmte die Rockzipfel seiner Zuckerrohrpflanzung.

»Alles saubere Mulattinnen, Kopfkissenlippen.«

Und er strich ihre Güte heraus, die Freiheiten, die er sich auf Grund seiner Autorität als Herr und Besitzer herausnehmen konnte. In der Regenzeit gab es keine andere Arbeit. Wenn der Regen aufs Dach klopfte, sumpfte er unter der Bettdecke:

»Eine Mulattin pro Nacht, dreißig am Ende des Monats.«

Als die Unterhaltung an Kraft verlor, führte ich die Besucher ins Schlafabteil. Dona Francisquinhas Leintücher blitzten vor Sauberkeit. Während ich ihnen eine gute Nacht wünschte und den Docht der Nachtlampe belebte, scherzte ich mit den Freunden:

»In diesem Zimmer geht ein wohlriechendes Gespenst um. Ein Mädchen, das mein Großvater Simeão gehalten und ausgehalten hat.«

Cicarino kehrte wegen eines Verkaufs von Vieh mehr als ein halbes Dutzend Mal nach Sobradinho zurück. Bei einer dieser Besuche, da er seine Weiden und seine Schnapsfabrik flüssig machen wollte, besprach ich den Handel im Namen von Juca Azeredo, meinem Verwandten aus Morro do Coco, der schon immer einen Besitz in meiner nächsten Nähe erwerben wollte. Kaum erhielt er meine Benachrichtigung, kam er herbeigeeilt und schloß das Geschäft notariell mit ihm ab. Für vierzig Contos in bar und vierzig weiteren in Wechseln wurde der Vetter Besitzer der besten Schnapsfabrik, die ich gesehen habe, mit blitzblankem Metall, mit gescheuerter Turbine, mit gewährleisteter Produktion – die Zuckersiederei von Paus Amarelos.

Auf seine Bitten stellte ich ihm für zweieinhalb Wochen die Dienstleistung meines Pferdeknechts Janjão Caramujo zur Verfügung, eines unverbesserlichen Schnapsbruders, immer in Hausecken eingeigelt, jedoch Francisquinhas Patinnenschaft genießend, weil er seit zarter Jugend dem alten Simeão gedient hatte. Abgesehen von dieser Unvollkommenheit, nämlich wie eine Hühnerstallbeutelratte zu trinken, war Caramujo ein brauchbarer Bursche, wenn es galt, einen Sattel herauszuputzen oder eine Flanke zu striegeln, seine hauptsächliche Berufsausübung während seiner langen Dienstzeit in Sobradinho. Nachdem der Braune mit dem entsprechenden Schutzbrief (»Vorsicht mit den Flaschen, denn Janjão saugt gieriger als eine Fledermaus«) auf den Weg geschickt war, ließ ich den Gutshoftoren des Vetters eine weitere Wohltat zukommen. Ich bestimmte, Juquinha Quintanilha solle die Weiden von Mata-Cavalo den Hufen von Jucas Vieh freigeben. Nun gehörte alles den Azeredo Furtados.

3

Ich hatte den Stuhlsitz meines Großvaters noch nicht richtig angewärmt, da kam der Fall des gefleckten Jaguars aufs Tapet. Das vom Weidenwind herbeigewehte Summsumm verkündete Großtaten von der Erscheinung: es handle sich um einen Jaguar ohne Maß und Vorsicht. Er dringe an jedem ihm genehmen Tag in die Korrale ein und wähle unter dem Bart ihres Besitzers das Rind, das ihm gefiele. Ich bestimmte, João Ramalho, Markierer des Viehs von Sobradinho, ein bewanderter und bedächtiger Mensch, solle die Wahrheit herausfinden und sie mir berichten:

»Ich gebe Ihnen einen Monat Zeit und auch mehr, wenn Sie wollen.«

Ich brauchte nicht zu warten – João Ramalho kehrte im Handumdrehen von seiner wohlerfüllten Mission zurück. Der Jaguar, ein gefleckter mit dicken Pfoten, verteilte die Karten und spielte aus der Hand und verspeiste zum Mittag- und Abendessen einen Jungstier nach dem anderen:

»Ein ansehnliches Biest, verheerend wie die Teufel, aufgetaucht auf den Besitzungen des Majors Badejo dos Santos.«

Als ich den Namen des Nachbarn hörte, unterbrach ich jäh den Bericht:

»Seu Ramalho, wer über den Jaguar Nachricht verlangte, hört schon nicht mehr zu.«

Da ich Manns genug bin, die Schlange zu töten und den Knüppel vorzuzeigen, setzte ich dem Viehmarkierer, bevor er sich verwundern konnte, die Warums meiner Maßnahme bis ins Kleinste auseinander. Ohne den Glanz meines Patents zu trüben, konnte ich nicht den Krieg auf die Weiden des Badejo dos Santos tragen, eines Waffenbruders, der mein Vorgehen womöglich als Beleidigung seiner Litzen auffassen würde. Der gefleckte Jaguar entzog sich im Buschwald des Majors meinem tödlichen Schuß. Ich verlor mich in Einzelheiten:

»Das ist militärische Praxis, Seu João Ramalho. Das sind Kriegsbestimmungen, Herr Gevatter.«

João Ramalho, auf die Gefahr hin, seines Auftrags verlustig

zu gehen, gab zu bedenken, daß der Major auf ein so erhabenes Hoheitsrecht keinen Wert lege – beim ersten Röcheln des Gefleckten verlasse er die Weiden im Ochsengespann mit einer Schutztruppe von zwanzig Totschlägern, ein jeder bis an die Zähne bewaffnet. Ich könne getrost sein Patent übersehen, wissend, daß der Major dem Christen, der seine Einöden von dergleichen Unrat säubere, eine halbe Rinderherde schenken werde.

»Der Mann ist imstande und betet eine Messe und schlachtet obendrein ein Zicklein zu seinem Lobpreis, mein Patron.«

Ich wurde streng und hob die Stimme. Niemand (»Niemand, Seu João Ramalho, niemand!«) könne Simeãos Enkel die Regeln des Wohlverhaltens lehren. Er möge seine Rinder markieren, ein Beruf, den er in- und auswendig kenne. Von Kriegsregeln und -gesetzen verstünde ich hingegen einiges. Nicht umsonst wäre ich bei einem Pater in die Schule gegangen und hätte in zurückliegenden Jahren mein Praktikum in einem Notariat absolviert. Manch ein Jurist habe mich konsultiert, als ich Verfahren bei Gericht laufen hatte. João Ramalho solle Pernambuco Nogueira fragen, wer ich sei und von dem Sausen erfahren, das ich in den Ohren der Landgerichtsräte des Forums verursachte. Daher könne ich als Mann von Bildung ohne Furcht vor Widerspruch behaupten, der Jaguar falle in den Machtbereich des Majors Badejo dos Santos.

Und ich schloß:

»In seinen und ausschließlich seinen!«

Den am selben Tag eingetroffenen Quintanilha klärte ich über die João Ramalho erteilte Lektion auf sowie über das Hemmnis, das mich davon abhielt, den Jaguar auszurotten:

»Dies und kein anderes ist der wahre Grund, Seu Quintanilha.«

Seinen Goldzahn zeigend und mit seinem Wäldlerauge blinzelnd, befand der Mulatte:

»In Sachen Kriegsrecht und Gerichtsgesetz gibt es keinen Fachmann wie den Herrn Oberst.«

Francisquinha, die in der Nähe das Wohnzimmer saubermachte und sicher war, Juquinha käme in Jaguar-Mission, ließ ihrer Zunge freien Lauf. Wie kam es, daß er über soviel

Weideland segelte, nur um Buschwaldmären nach Sobradinho zu bringen? Mit grünem Mais, einem Posten Weizenmehl, frischem Wildbret – mit dergleichen käme er nie. Nur Reisegerüchte lade er bei uns ab:

»Am Grips fehlt's ihm, am Kopf.«

Ich mußte Quintanilha zu Hilfe eilen – denn schon hielt die Alte ihren Spanholzfinger unter die Nase des Mulatten. Ich schwor beim Heiligen Georg und beim Heiligen Josef, den Schutzheiligen meiner Andachtsübungen, niemand in Sobradinho werde einen blutigen Zwist mit dem Jaguar vom Zaune brechen, Juquinha wisse von meiner militärischen Verpflichtung, da der Bösewicht unter der Flagge von Badejo dos Santos stehe. Und meinen Arm um die magere Schulter der Alten legend:

»Das rettet den Gefleckten, mein Mütterchen. Das rettet ihn.«

Noch immer angestachelt, ohne mir glauben zu wollen, brummte Francisquinha, der junge Herr sei imstande und falle ins fremde Gehege und bringe den Jaguar bei erster Gelegenheit zur Strecke. Ich besänftigte die Befürchtungen der Alten und bekräftigte meinen Schwur:

»Bin ich der Mann, der ein dem Heiligen Georg und dem Heiligen Josef gegebenes Gelübde bricht?«

Als der Abend verblich, kehrte Quintanilha, von Francisquinha in Gnaden entlassen, nach Mata-Cavalo zurück. Er beschrieb einen großen Bogen, um nicht das Land des Jaguars zu streifen. Als ich von solch übertriebener Angst erfuhr, lachte ich bis zum Hosenknopfplatzen:

»Einen solchen Angsthasen gibt's nur in Bahia!«

Nachdem Juquinha sich aus dem Staub gemacht hatte, war ich kein Oberst mehr, der Ruhe fand, der seine Flor de Ouro rauchte, der einen bequemen Sessel zu schätzen wußte. Ein aufgeregter Wind lief zwischen dem Jaguarbau und der Veranda von Sobradinho hin und her. Eine Kundgebung von Viehtreibern mußte ich niederschreien, so voll hatte ich die Nase von der Wut des Jaguars, der Raserei des Jaguars, der Niedertracht des Jaguars. Einer überbot den anderen mit Schauergeschichten über seine Schandtaten. Schließlich war er schon so unverschämt und machte Sätze wie ein Pferd, und mehr als einer wollte wissen, daß er gelenkig wie ein Affe auf Bäume springe. Als Dioguinhos vom Brunnen stämmige Stimme in Sobradinho erklärte, der Jaguar speie Feuer aus seinem Rachen, mußte ich ein ernsteres Wort sprechen:

»Was heißt hier Feuer, Seu Dioguinho. Ich bitte mir mehr Respekt aus!«

Und angesichts des Viehtreibertrupps stellte ich den Nachbarn zur Rede, nach allen Regeln der Rede. Was sollte das heißen, daß der Jaguar Feuer speie? Das fehlte noch, daß ein Mann wie Dioguinho do Poço, Besitzer von Winterweiden, Vater eines Mädchens, das bald Pflichten einer Erwachsenen übernehmen werde, sich von der Großkatze ins Boxhorn jagen lasse.

»Das geht zu weit, Seu Dioguinho. Das geht zu weit!«

Ich führte meine Standpauke weiter, bis der gute Nachbar mit geknickter Miene am Boden zerstört war. Dann streckte ich die Arme weit aus und schwächte meinen Verweis ab:

»Seu Dioguinho, wo hat jemand jemals eine buntere Hanswursterei gesehen? Ein Jaguar mit einem Nachtlicht im Hals!«

Angesichts meines versöhnlichen Tonfalls faßte der Nachbar von neuem Mut. Und mit seiner von allen Rauheiten der Einöden geschaffenen Stimme, welche die weitesten Räume zu füllen vermochte, setzte er sich für den Feuerherd des Jaguars ein. Ich möge entschuldigen, aber viel Volk aus dem Sertão, Leute ohne Lügen und Phantastereien, habe das Leuchten gesehen, habe es wirklich gesehen. Es sei ein Mordsstück von Jaguar, besessen vom schlimmsten Wahnwitz:

»Gevatter Badaró do Rosário hat Wasser gelassen, sobald er nur den Gestank des Ungeheuers roch.«

In freundschaftlichem Gespräch mit Dioguinho bei einem Gang durch den nahegelegenen Kasuarinenwald brachte ich ihn von seiner Vorstellung der eingebildeten Rachenfunzel ab. Das war Unsinn, ein Ammenmärchen, das nicht zu einem gereiften und lebenserfahrenen Mann paßte. Wer in der Tat Rachenfeuer spie, war der listige Drachen, ein Untier, das seit dem Tag, als der wundertätige Heilige Georg auf seinem Schimmel den Ritt durch die Welt angetreten hatte, verschwunden sei:

»Das und kein anderes Tier, Gevatter.«

Aber ich sage: für den Rest des Monats wurde von nichts als dem Jaguar gesprochen. Vetter Juca Azeredo, dem die Angelegenheit ziemlich zuzusetzen schien, sandte eine verschlagene Epistel. Auf der letzten Zeile fragte er mit verwandtschaftlicher Vertraulichkeit, wann ich in Francisquinhas Kochtopf eine Jaguarkeule tauchen würde, da das Fleisch des Gefleckten allgemein für höchst nahrhaft gehalten werde.

»Verflixter Hosenscheißer!«

Ängstlicher als ein Karnickel, gab Juca sich mutig auf dem weißen Papier. Ohne den Empfang zu bestätigen, ließ ich durch denselben Botengänger in meiner im Unterricht der Patres und beim Notariatsdienst erlernten abgerundeten Handschrift dem Verwandten aus Paus Amarelos ausrichten, das Volk von Sobradinho rechne felsenfest mit ihm, um der Raubkatze den Garaus zu machen. Nebenbei vertraute ich dem Ohr des Überbringers hinterlistig:

»Sag er dem Vetter, wir erwarten hier kommende Woche seine Flinte, begleitet von seiner Person.«

Mein Brief flog auf Pferdebeinen – die Antwort kam mit dem Gang des Jabuti gekrochen. Sie kam in einem kärglichen Brief – als Grund für seine Ablehnung, an der Jaguarjagd teilzunehmen, gab mein Verwandter eine geschwollene Milz an, weshalb er den in Mitleidenschaft gezogenen Körperteil ärztlicher Meditation überlassen müsse. Juca Azeredos Erfindungsgabe amüsierte mich so sehr, daß ich, seine Kritzelei schüttelnd, zu Antão Pereira sagte:

»Der Vetter braucht bloß von einem Jaguar reden hören, und schon zieht er die Bettdecke über den Kopf.«

Die Zeit eines Monats verstrich, es regnete in den Korralen, ich verlor einen Jochochsen durch den Zahn einer Brillenschlange. Antão Pereira erlitt eine halbseitige Lähmung. Und über dergleichen Widrigkeiten hinaus blies die Küste ihre wütenden Winde herüber. Nachts stachelte Sankt Bartolomäus, ihr Schutzheiliger, die Horde der Werwölfe an, die durch Türen und Fenster pfiffen und fauchten. Verdrossen zog ich meinen Wintermantel über und verbrachte ein paar Tage in Paus

Amarelos am Tisch und im Bett meines Vetters Juca Azeredo. Es war ein lang versprochener und lang aufgeschobener Besuch. Nach dem, was in Sobradinho bekannt wurde, ging es dem Verwandten mit seiner an tückischer Stelle inkrustierten Schwellung nicht berühmt. Kaum angelangt, erkundigte ich mich eingehend nach der Krankheit, die ihn belästigte:

»Hast du sie bei einem Rockzipfel erwischt oder ist es ein Altersleiden?«

Juca Azeredo stöhnte in einem Winkel des breiten Betts, in dem Cicarino Dantas, bevor er seine Zuckermühle verschleudert hatte, seine Mulattinnen nach dem Rezept »Eine pro Nacht« verbraten hatte. In Erinnerung an diese Ausschweifungen scherzte ich von neuem mit Vetter Juca:

»Sag's gleich, Seu Azeredo, wo hast du dir diesen weichen Schanker geschnappt?«

Der Ärmste! Er hatte sich Hakenwürmer geholt und die Dummheit begangen, den Juckreiz über die genehmigte Zeit, nämlich fünf Tage, hinaus auszukosten. Dieser Mißbrauch hatte auf dem großen Zeh des Vetters jene bösartige Rosenknospe sprießen lassen. Auf Bitten Juca Azeredos stach die Frau des Distilliermeisters den beschädigten Körperteil auf. Die besagte Dame erwartete ein Kind und hatte einen Siebenmonatsbauch. Sein derart leidender Zeh konnte daher dem betroffenen Verwandten nur zusätzliche Unpäßlichkeiten einbringen. Und genau das traf ein. Der Tag war noch nicht verblichen, als der Vetter schon die erste Sendung des Übels anlangen sah – sein Bein wurde bleischwer, die Kälte des Wechselfiebers lief ihm durchs Rückgrat, und als Dreingabe bekam er Bauchweh, das ihm keine Ruhe ließ:

»Seit einer Woche bin ich schon so schwach.«

Ohne ihn um Erlaubnis zu bitten, zog ich den Verband von dem mitgenommenen Körperteil, um aus der Nähe beurteilen zu können, ob Juca seine Beschwerden übertrieb. Ich sah, und es gefiel mir nicht. Mit aufgekrempelten Ärmeln befahl ich, ein paar Buben sollten mir im Wald Wildenkraut suchen, ein für solche Fälle beliebtes Heilmittel. In der Küche ließ ich Mehlbrei in heißem Öl zubereiten, für ein stärkendes Senfpflaster, imstande, das Gift abzusaugen und den Pfropfen aufzuweichen.

Zwei Tage und zwei Nächte verbrachte ich am Kopfende seines Krankenbetts. Ich sah das Fieber zu Backofenhitze ansteigen. Stundenlang fabulierte Juca Azeredo und verkündete Unsinn, Großtaten, die er nie ausgeführt hatte und nie ausführen würde. Bis ich eines Abends, als ich sah, daß die Geschwulst eine Männerhand benötigte, da Juca Azeredo im Fieber dahindämmerte, den Abszeß ausdrückte. Juca stieß sein erstes Brüllen aus, das den First des Ziegeldachs durchfegte und gegen das Metall des Destillierapparats prallte. Erschrockene Leute liefen herbei – ein Bündel Augen und Köpfe erschien in der Kammertür, um zu sehen, was für ein Arzneimittel ich dem Kranken verabreicht hatte. Doch von dieser Stunde an begann der Vetter, des Geschwürpfropfens ledig, wieder Menschengestalt anzunehmen. Schon gegen Abend waren seine Augenhöhlen verschwunden und die Lehmfarbe seines Gesichts. Gegen Tagesanbruch fiel ein Regenguß. Morgens, als ich das Zimmer des Leidenden betrat, strotzte Juca wie eine neusprießende Pflanze, als habe der Regen seine Wurzeln begossen. Er rühmte mein Handgelenk:

»Die Hand des Vetters ist tüchtiger als eine Beißzange.«

Ich ging in die Zuckerrohrschnapsfabrik und besah mir das letzte Mahlen des Zuckerrohrs, eine Aufgabe, der ich mich nicht unterzogen hatte, weil des Verwandten Leiden mich die ganze Zeit in Anspruch genommen hatte. Im Treberschuppen traf ich Tude Gomes, den Destilliermeister von Paus Amarelos, den ich von seinen gelegentlichen Besuchen in Sobradinho her kannte, einen Albinomulatten von verbindlichen Umgangsformen. Er war gerade von einer weiten Reise zurückgekehrt und trug noch den Staub der Straßen auf seinen Kleidern. Sobald er den Oberst auf das Destillierhaus zugehen sah, trat er zu meiner Begrüßung vor. Den Hut achtungsvoll gegen die Brust haltend, fragte er nach meinem Ergehen, denn über seinen Herrn war er im Bilde. Eine halbe Tagesreise von Paus Amarelos entfernt, an einer Straßenkneipe, um seine Kehle zu erfreuen, hatte er von der guten Arzthilfe erfahren, die ich der großen Zehe des Dulders hatte angedeihen lassen. Und scherzend sagte er:

»Es heißt, der Pfropfen sei herausgesprungen wie der Korken einer Ingwerbierflasche im Vierklafterflug.«

Ich wollte die Übertreibung zurückweisen, doch der Mulattenalbino bat um Verlaub:

»Wenn der Herr Oberst nichts einzuwenden hat, möchte ich mich jetzt gleich über die Besserungsfortschritte meines Chefs erkundigen.«

Ich inspizierte die Schnapsfabrik, ein Juwel von Anlage, jedes Stück blanker poliert als das andere. Die Kupferteile blendeten mich vor Sauberkeit. Ich begrüßte den einen oder anderen Turbinenarbeiter und gelangte auf meinem Rundgang in das Faßdepot. Bei dieser Gelegenheit sah ich vor einem Haus mit kleiner Veranda und Kletterpflanzen ein Mordsweib, das sich mit Koffern und Truhen zu schaffen machte. Es war Tude Gomes' Frau, die mit ihm im Ochsenwagen heimgekehrt war. Sie hatte in der Tat einen Siebenmonatsbauch, und ihr Kleid saß so stramm, als sollten nächstens die Nähte platzen. Aber ihr gezopftes Haar verlieh ihrer Haltung einer erfahrenen jungen Frau etwas Mädchenhaftes. Ihres Kindes ledig, war sie unter der Bettdecke sicherlich eine höchst appetitliche, liebenswerte Gefährtin. In welche schöne Hand hatte der schamlose Vetter Azeredo seine Hakenwürmer gelegt ...

Ich kehrte zu meiner Tagesarbeit von Sobradinho zurück. Als ich dort eines Sonntags in der Pulverkammer des Dachbodens beim Waffenreinigen war, hörte ich im Schatten der Kasuarinen die Hunde bellen. Es war Juquinha Quintanilha, der kam, ohne gebeten oder gerufen zu sein. Er übergab Janjão Caramujo die Zügel und blieb nicht an der Küche stehen, wo Francisquinha gerne die Höflichkeitsbezeigungen und Geschenke der Reisenden entgegennahm. In zwei Sätzen sprang er die Treppe zur Pulverkammer herauf und bat auf der Schwelle um Verlaub:

»Ich muß mit dem Herrn Oberst sprechen.«

Ich wandte nicht den Blick von dem verklemmten Hahn einer Schußwaffe, die ich gerade ölte. Quintanilha sagte angesichts der Waffen, er komme zur rechten Stunde:

»Der Auftrag, der mich herbringt, erfordert die Hilfe von Schießeisen.«

Ich nahm keine Notiz von seinen Worten, da ich wußte, daß der Mulatte in Sachen Jaguar gekommen war, die einzig und allein den Major Badejo dos Santos betraf, eine Meinung, von der ich keinen Fußbreit abwich. In der Tat verstand sich Juquinha auf einen geschickten Schwatz und ließ sich von Ablehnungen nicht so leicht entmutigen. Geschmeidig, wie es seine Art war, bat er um Nachrichten vom Vetter Juca Azeredo und lachte über den Pfropfen, der unter der Kraft meines Fingers wie ein Grünling herausgehüpft war:

»Der Herr Oberst kennt sich aus wie ein ausgebildeter Arzt.«

Ich ließ mich von Juquinhas Palaver nicht aufs Glatteis locken, da ich es nicht komisch fand, über die Leiden anderer zu spotten. Angesichts meines Unmuts veränderte der Mulatte die Tonart und sang ein anderes Liedchen. Er erzählte von einer Lobeshymne, die er bei einer Tauffeier auf den Herrn Oberst von Sobradinho hatte singen hören, wobei ein Viehhändler namens José Feijó geschworen habe, ich ließe den Jaguar nur nicht über die Klinge springen, weil ich durch eine Verpflichtung gegenüber einem jungen Mädchen oder ein einem Heiligen gegebenes Versprechen gehindert werde:

»Er ist ein Militär von Ansehen, ein Mann von Bildung.«

Und im Staubwirbel von José Feijós Preislied erzählte der Mulatte, ein gewisser Hauptmann Zuza Barbirato, Ritter von hundert erlegten Jaguaren, mache für zweihundert Mil-réis in bar auf das Fell des Gefleckten dem Übeltäter unverzüglich den Garaus. Juquinha bat um meine Erlaubnis, mit dem Hauptmann zu verhandeln – einem Mann, der hochberühmt sei, aber keine Zeit zu verlieren habe und sich nur lohnender Wildbeute annehme:

»Kroppzeug lehnt er ab.«

Ich sagte nicht ja, ich sagte nicht nein. Ich ließ meine Entscheidung in der Schwebe, denn der Fall war nicht brandeilig. Nachdem ich den Flintenhahn entrostet hatte, stieg ich in das Eßzimmer hinunter, wo Juquinha den Fall mit dem Jaguar weiterspann:

»Der Hauptmann leistet saubere und ganze Arbeit.«

Ich zwirbelte meinen Bart, zündete mir eine Zigarre an und sah nachdenklich aus dem Fenster. Da ich nach dem Militärgesetz den Untaten des Jaguars kein blutiges Ende bereiten konnte, war es eine Überlegung wert, eine fremde Kriegsflinte unter Kontrakt zu nehmen. Durch dieses Manöver säuberte ich die Weide und kränkte den Nachbarn nicht. Ich versprach Juquinha, die Sache im Verlauf des Nachmittags gründlich zu überlegen:

»Ich werde nachdenken, werde nachdenken.«

Bei dem in Quintanilhas Gesellschaft verspeisten Abendessen wurde nicht über den Jaguar gesprochen. Man redete von allem, von einem Nest Brillenschlangen, welche die Weiden von Mata-Cavalo verpesteten, und vom Unglücksfall des Paters Malaquias, der mit eingerosteten Gelenken aufs Krankenlager geworfen worden war. In der Stunde des Zahnstochers erinnerte Juquinha mit gedämpfter Stimme, damit sie nicht über den Eßtisch hinausdringe, daran, daß ich im Fall des gefleckten Jaguars an keinerlei Schwur gebunden sei, solange dieser nicht im Namen Unseres Herrn Jesu Christi oder eines anderen Heiligen von ebenbürtiger Kraft geleistet worden war:

»Das sagen alle. Ein anderer Schwur hat überhaupt keine Gültigkeit.«

Ich erwiderte sofort, um Zweifel und Mißverständnisse auszuschalten, daß ich hinsichtlich Heiligengelübden immer Katholik von Kaliber gewesen sei. Und ernst, als befände ich mich in der Kirche:

»Gelübde ist Gelübde, und ein solches muß respektiert werden.«

Zigarre im Mund, Hände im Rücken, durchmaß ich den Raum mit militärischem Schritt. Und bei diesem Durchmessen klärte ich Juquinha über meine Zugehörigkeit zur Bruderschaft auf und über meinen festen Platz an den Stangen der Traggestelle. Wegen einer Dämlichkeit aus Fell und Zähnen wollte ich nicht meine Ehrenstellung aufs Spiel setzen:

»Denn ich sage Ihnen, Seu Juquinha, es gibt keinen Jaguar, um den es sich lohnt, schlecht mit der Religion und ihrem Sutanenvolk zu stehen.«

Wieder wollte der Mulatte einen Einwand vorbringen. Doch mein Einwand, begleitet von einem Schlag auf den Tisch, war stärker:

»Ich kenne meinen Platz. Ich mische mich nicht in die Angelegenheit mit dem Jaguar.«

Angesichts solch gerechter Bedenken gab der Verwalter von Mata-Cavalo mir recht und lobte sogar meine Frömmigkeit:

»Der Altar verdient immer Ehrerbietung.«

Ich öffnete die Arme:

»Euer Gnaden haben Verstand, Euer Gnaden haben gut gesprochen.«

Und da nun alles bereinigt war, brauchte ich Juquinha nur die Vollmacht zu erteilen, den besagten Hauptmann mit seinen hundert erlegten Jaguaren für die vorgeschlagenen zweihundert Mil-réis zu kontraktieren:

»Mit einem ›Jedoch‹, Herr Gevatter. Ich zahle nur auf das Fell des Jaguars.«

Quintanilha zeigte Befriedigung und seinen Goldzahn. Ich fügte sogleich hinzu, die beste Zeit, mit dem Fall des gefleckten Jaguars ins Reine zu kommen, sei in einer Vollmondnacht, wenn die Fleischfresser in höchster Brunst stehen. Ich gab Empfehlungen, ging auf Einzelheiten, auf Listen und Launen der Jaguare ein:

»Seu Quintanilha, Vorsicht mit dem Wind. Im Jaguarkrieg ist der Wind soviel wert wie das Kaliber der tüchtigsten Flinte.«

Angesichts so großer Gefahren (»Vorsicht mit diesem, Vorsicht mit jenem«) zog der Mulatte beschämt das Genick ein. Jetzt gab es kein Halten mehr. Bei einem bestimmten Punkt angelangt, hatte ich den Jaguar bereits unter dem Arm und erteilte Juquinha eine Lektion, daß ihm die Spucke wegblieb. Doch mehr als all das, solle er wissen, täte mir eines leid:

»Nicht mitmachen zu können, Herr Gevatter. Würde ich mich in die Balgerei mischen – ein Schuß genügte für das Biest.«

Juquinha pflichtete mir bei und, beipflichtend, nahm er Abschied – er müsse mit Antão Pereira ein Wort wechseln wegen einer Meute Hühnerhunde, geeignet, um Wild in pechschwarzer Nacht und im undurchdringlichsten Dickicht aufzustöbern. Ich scherzte aus der Tiefe des Zimmers:

»Lassen Sie die Hunde beiseite und sorgen Sie sich um den Jaguar, Mann Gottes!«

Juquinha lachte gezwungen, übellaunig. Als er in Reichweite meines Arms vorüberging, klopfte ich ihm leicht auf die Schulter:

»So ein Pech! Da wartet ein wilder Braten brav auf uns, und ich hänge hier angeseilt wie ein lahmer Esel.«

Ich streckte mich in meinen Liegestuhl, ich hatte gut gegessen und gut geraucht, mein Bart ruhte auf meiner Brust. Ein Schwarm Sanhassus lärmte in den Kasuarinen, und in Dickichtferne knirschte ein Ochsengespann. Das lähmte meine Willenskraft, und ich verfiel der Schläfrigkeit und der Schwere eines wohlgenährten Abendessensbauchs. Aus dieser Benommenheit erwachte ich, als jemand versicherte, das Wetter habe sei seinen Schwanz gewendet:

»Es kommt Blitz, vom dicken. In den Außen-Korralen regnet es bereits.«

Tatsächlich fegte schon ein Regenwind nach südlicher Art über das Herrenhaus und ließ aus der Küche ein Rudel Negermädchen schwärmen, die sich mit wedelnden Armen und Beinen daran machten, Türen und Fenster zu schließen. Im Schlepptau der Dienstbotenschar erschien ein Hund mit eingezogenem Schwanz, Wahrsager des Gewitters. Schlaff und unlustig verkroch er sich unter das Sofa. Nur die Drohung eines Blitzes brachte einen so wertlosen Köter dazu, sich der Gegenwart von Ponciano de Azeredo Furtado zu stellen. An gewöhnlichen Tagen war kein noch so rassereiner Hühnerhund befugt, sich näher als zehn Klafter an meinen Standort heranzuwagen. Ich wollte schon den Hund verscheuchen, als ich aus dem Hinterhaus das Summen der Betversammlung vernahm. Das war Francisquinhas Volk, vereint zum Lobpreis Santa Barbaras, der Schutzheiligen gegen die Zügellosigkeiten des Blitzes. Von dieser Andachtsübung eingelullt, schloß ich das Auge und döste mit meiner erloschenen Zigarre im Mundwinkel von neuem ein. Wann ich aus diesem Schläfchen erwachte, weiß ich nicht. Die Nacht war eingefallen, und das Gewitter nahm zu. Juquinha, wiederum im Wohnzimmer und in achtungsvoller Entfernung von mir seßhaft geworden, wartete darauf, daß ich meine Schlummerstunde beende. Ich streckte die Beine, zündete meinen Zigarrenstummel an und kam wieder auf den Fall des Jaguars zu sprechen:

»Und der Gefleckte, Gevatter?«

Seinen Stuhl näherschiebend, strich Juquinha die Tapferkeit

des Hauptmanns Zuca Barbirato heraus. Einen Schützen wie ihn gab es nicht auf Weiden, hundert Léguas weit, auch nicht auf Land, das mit Wildkatzen reich gesegnet war. Der Kolben des Töters wies bereits mehr als hundert Scharten auf, denn so verbuchte der Hauptmann seine Jagdtrophäen. Der Mann war ein Großmaul und redete derb nach Art des Dioguinho vom Brunnen. Die Jagd hatte er bei den Wäldlern gelernt, daher machte es Spaß, den Hauptmann Barbirato bei seinem Waidhandwerk zu beobachten:

»Der Herr Oberst wird seine Dienste zu schätzen wissen.«

Ich sagte Juquinha, er möge sich bei seiner Lobrede kurz fassen:

»Ich möchte diesen Hauptmann einmal bei einem Verfahren mit Werwölfen sehen.«

Der Mulatte, vor Angst erbleichend, brummte, in einer Blitzesnacht sei es unheilig, Gespenster zu beschwören. Kaum hatte Juquinha mir seinen Rat erteilt, als hinten auf der Veranda eine Eule das Leichentuch zerschnitt. Entweder war sie vom Wind herbeigeweht oder vom Öl der Andachtsübungen angelockt worden. Jedenfalls nahm ich das Unheilgeschrei zum Anlaß, um die Angst des Mulatten anzustacheln. Und warf mißgestimmt hin:

»Es gibt keinen Respekt mehr, es gibt überhaupt nichts mehr. Bald wird eine Eule eines Abends an Simeãos Tisch mitessen.«

Juquinha schlug sogleich Gegenmaßnahmen vor:

»Machen Sie sich keine Sorgen, Patron. Ich werde einen Beter bestellen.«

Aus Lausbuberei, worin ich Meister bin, machte ich mich über den genannten Eulenverscheucher lustig. Quintanilha legte sich für ihn ins Zeug, der Mann sei dies und das, er besitze ein todsicheres Gebet und sei ein Kräuterräucherer, imstande, einen Ochsen zu töten, und daher um so leichter eine Käuzchenschwinge:

»Es ist ein Beschwörungsakt von großer Wohltat, von höchster Kraft.«

Ich verbürgte mich dafür, daß es dergleichen nicht gebe:

»Schwindelgeschwätz, Schwindelgeschwätz. Ich habe mit diesem Eulenfluch die ganze Nacht zu tun.«

Und Rauch ausstoßend, bekräftigte ich, daß das Gebet eines Beters allein nicht genüge. Ein Knüppelschlag gegen die Käuzchenplage, das möge Juquinha ein für allemal zur Kenntnis nehmen, sei, in drei aufeinanderfolgenden Freitagsnächten, sofern ein Sternhimmel zu sehen sei, den heiligen Namen von Onophrius anzurufen:

»Keines bleibt übrig. Alles trocknet am Ast. Nest, Flügel, Schnabel, der Teufel!«

Da ich bereits in vollem Schwung war und es spät wurde, führte ich mit Hilfe der finsteren Nacht meine Pantomime fort, Quintanilhas Furcht gegen den Strich zu bürsten. Draußen pfiff der Wind und der Blitz erleuchtete die Fensterscheiben des Wohnzimmers. Zum Glück drang zur Verstärkung meiner Machenschaften aus dem Hinterhaus dann und wann das Geräusch rasselnder Ketten. Entsetzen heuchelnd, hieß ich den Mulatten das Ohr spitzen:

»Seltsam, was, Herr Gevatter? Klingt wie Ketten gefangener Neger.«

Quintanilha sprach den Namen eines Heiligen und schneuzte mit seiner Ochsentreiberhand den Docht der Messinglampe. Das Eisengerassel auf dem Fußboden kam aus den Hintergebäuden von Sobradinho. Es war kein Gespenstergeräusch, weil das Nachtvolk nie am Heck eines Gewitters auftaucht. Dieser Wahrheit gewiß, die von Kusine Sinhá Azeredo zu Lebzeiten immer wieder erzählt worden war, ging ich in meiner Quälerei Juquinha Quintanilhas noch einen Schritt weiter. Wie um festzustellen, ob die Fenster die Wut des Windes aushielten, grub ich ein Buch des Heiligen Zyprian aus, das verängstigt in der Tiefe meiner Zigarrenschublade hauste. Der Mulatte glaubte, es sei ein Gebetbuch, ein Wunderbuch, um die Blitze zu zähmen, ein Andachtsbüchlein der Heiligen Barbara oder eines sonstigen Gewitterheiligen. Ich lachte insgeheim und schlug das Buch an einer mir bekannten Stelle auf: es war der Fall eines tiefteuflischen Gespensts, das zu Zeiten der Alten im zweistöckigen Herrenhaus eines gewissen Barons sein Unwesen getrieben haben sollte. Ein vor so langer Zeit zurückliegendes Ereignis, daß dieser Werwolf schon lange nicht mehr in leiblicher Gestalt existieren konnte. In diesem Augenblick erinnerte Juquinha daran, es sei nicht die Stunde für Lebende, um mit Verwünschungen der Nacht zu spaßen:

»Patron! Reizen Sie nicht die Gespenster der Finsternis.«

Mit geblähtem Segel ging ich freizügig über Juquinha Quintanilhas Befürchtungen hinweg. Ich trieb den Werwolf aus Sankt Zyprians Buch tief in seine Ohren hinein. Ein Spuk, der jeden Christen zum Erstarren bringen, dessen Geheul das härteste Herz erweichen konnte. Ich gestehe, ich wandte die Kniffe eines altgedienten Doktors an, denn ich folgte nicht dem Bericht Wort für Wort. Vielmehr sprang ich, vermengte, erfand zugunsten des Werwolfs die haarsträubendsten Schlechtigkeiten. Juquinha wurde quittengelb und glich in der Tiefe seines Sessels einer verschreckten Maus. Und ich arbeitete im Dienst des Verhexten. Als ich allmählich zur Schilderung des Verwünschten in Lebensgröße mit glühenden Augen und zusammengebissenen Zähnen gelangte, hielt es Mitspieler Juquinha nicht länger aus. Er heftete sich das Zeichen des Kreuzes auf die Stirn und versenkte auf die Gefahr hin, dem Kettenschlepper zu begegnen, seinen Riesenkorpus in den Hausgang. Leuchter in der Hand, blieb er noch einmal stehen, um mir den Rat zu geben:

»Herr Oberst, lassen Sie das Volk der Nacht aus dem Spiel.«

Ich habe zu erzählen vergessen, daß ich schon vor dem Bericht über den Werwolf Quintanilha eine Gänsehaut verschafft hatte mit dem Besuch, den mein Großvater mir ein paar Monate vorher in einer Regen- und Blitzesnacht abgestattet hatte. Ich deutete nach draußen und sagte:

»Wie diese, Gevatter. Wie diese und keine andere.«

Quintanilha war in seinen Wurzeln erbebt. Ich war in Einzelheiten gegangen. Mein Großvater, riesig, bärtig, war erschienen, in seinem mächtigen Ledersessel thronend (»In demselben, von dem Euer Gnaden, Seu Quintanilha, jetzt umrahmt sind«), im Mund seine übliche Strohzigarette. Erst als ich Simeão in die dicksten Leichentücher gewickelt hatte, war ich's zufrieden und ging zu dem berüchtigten Werwolf aus Sankt Zyprians Buch über. Als daher Juquinha im Rahmen des Hausflurs riet, ich solle nicht die Verfluchungen der Nacht auf uns ziehen, dankte ich ihm hohnlächelnd:

»Verbindlichen Dank, Seu Quintanilha. Aber Vorsicht mit dem Luftzug.«

Draußen verdickte sich die Nacht in Blitz und Wasser. Glückselig lachte ich über die Pantomime, die ich für den guten Mulatten aus Mata-Cavalo aufgezäumt hatte. Und da die Stunde vorgerückt war, ergriff ich die Lampe und wollte nachsehen, in welcher Region mein Pantoffel gelandet war. Während ich mich, auf dem Boden gekrümmt kauernd, dieser Aufgabe widmete, vernahm ich jene meinem Großvater eigene Klage, wenn der Südwind seinen Scharnieren zusetzte:

»Ai! Ai! Ai!«

Ich sprang zur Seite, denn fix bin ich immer gewesen und bin es noch an dieser Wegbiegung meines Lebens, doch sprang ich so forsch, daß ich gegen den Hund prallte, der vor dem Unwetter geflüchtet war. Ich verwünschte das Vieh, weil es meine Bewegung gehemmt hatte, blieb aber an der Gangtür festen Fußes stehen. X-beliebiges Gejammer aus der Tiefe des Hauses würde Simeãos Enkel noch lange nicht unter die Bettdecke jagen wie irgendeinen Juquinha. Ruhig geworden fragte ich:

»Wer hat hier die Stirn, zu dieser Stunde mit mir spielen zu wollen? Wenn's ein Lebender ist, so trete er vor, denn solchem verwehre ich nicht den Zutritt. Wenn's ein totes Gebild ist und friedhofsreif, so tue es Buße vor dem Hausaltar von Sobradinho.«

Antwort erhielt ich keine. Der besagte verfluchte Hund, der wie ein Lumpenmodell in seinem Winkel hockte, blickte entsetzt geradeaus auf Simeãos Ledersessel. Blickte und stöhnte meterlanges Gestöhn. Und nun sah ich, wie zu Lebtagen in seinen Sessel gerekelt, den Großvater Simeão de Azeredo Furtado. Ich bin kein Hasenfuß, und das Volk der Weiden, Léguas um Léguas im Umkreis, kennt meine Lebensart. Doch das sage ich: ich spürte einen Stich im Rückgrat wie in jener Nacht, als ich beim knabenhaften Herumstrolchen von einer Brillenschlange gebissen worden war. Angesichts Simeãos in seinem Sorgensessel wurde ich wieder von dem gleichen Unbehagen befallen. Ich hörte nicht mehr die Zügellosigkeiten des Windes, ich sah auch nicht die feurigen Tausendfüße des

Donners. Ich stand und vermochte nicht das Auge von meinem Großvater zu wenden, gegenwärtig und spitzenzart, uralt wie in den Tagen seiner Krankenhaft. Einmal hatte ein Viehmarkierer Simeão erwischt, der, tot und mit den Sterbesakramenten ausgestattet, sich auf der Weide um ein paar entlaufene Jungstiere kümmerte. Der Viehtreiber fand noch seine Zunge, um mit verhexter Stimme zu sagen:

»Auch wenn ich ungeschickt frage, was tun Euer Gnaden hier zu dieser nachtschlafenden Zeit, mein Patron und Pate?«

So wenig wie jetzt mir, hatte Simeão dem Ochsenknecht eine Antwort erteilt. Und war verschwunden, in rasender Reise, auf seinem Mondscheinschimmel. Knie auf dem Erdboden, denn er war fromm, machte der Kalbmarkierer das Zeichen des Kreuzes und sprach ein starkes Gebet. Und mitten in seiner Anrufung des Heiligen Lifoncius, die in Fällen von Spuk stets ein gutes Ergebnis zeitigt, hörte er, aus den Fernen der Einöden kommend, jenen Bußruf, welcher der Klage des Werwolfs glich:

»Ui! Ui! Ui!«

All diese Vorkommnisse wälzte ich im Kopf, ohne die Blicke von den Tüllschwaden zu wenden, die den Großvater Azeredo darstellten. Merkwürdig! Hätte es sich um den Teufel oder eine Seeschlange gehandelt, ich wäre Ponciano genug gewesen, um dieses Schaustück zwischen einem Donnerschlag und dem nächsten in Staub zu verwandeln. Doch so, vor meinem Großvater im Ledersessel, wurde ich wieder der kleine Junge, den schon ein Zittern befiel, wenn er Simeãos Stiefel auf der Türschwelle hörte. Was wollte er von mir? Litaneien, Dutzende ließ ich jedes Jahr für das Wohlergehen und die gute Tageskost der vom Leibe getrennten und noch mit dem Leibe verbundenen Seelen der Azeredo Furtados beten, Gebete, die sogar die entferntesten einschlossen, die, welche in den Zeiten der Waldrodungen gestorben waren. Ich wußte nur, daß ich nicht das Opfer eines Alptraums war, weil ich unter dem Sofa das qualvolle Gewinsel des Hundes hörte und das Pfeifen des Windes. Ich versuchte Quintanilha zu rufen – die Stimme des Obersten respektierte die Gegenwart des Alten, daher tönte sie schwach, fast wie die Stimme Sinhozinho Mancos. Damit war rechtsgültig bewiesen, daß ich nur über auswärtigen Spuk

Macht besaß. Angesichts einer Familienerscheinung stand ich gelähmt und ohne die Kraft, auch nur ein halbes Dutzend der Schimpfwörter auszusprechen, deren ich genug kenne. Gegen mein Inneres vermag ich nichts, weshalb ich an Rückzug dachte. Ich streckte die Hand nach der Lampe aus, und plötzlich erstrahlte alles wie durch die Kraft von tausend Leuchten mit großen Lampenzylindern. Entsetzt wich ich zurück wie eine Eule vor dem Tageslicht. Als der Schrecken überstanden war, blickte ich von neuem dem Großvater Simeão ins Gesicht, und bei diesem Anblick sah ich, daß er Stiefel und Sporen trug. Nun, der Befürchtungen und Rücksichten für einen Verwandten ledig, brach ich ohne Umschweife in Gelächter aus. Ich rief Quintanilha:

»Herr Gevatter! Herr Gevatter!«

Juquinha, versteckt unter seiner Decke, kam meinem Ruf nicht nach. Ich wollte, der Angsthase solle mit seinen sterblichen Augen den Schwindelspuk von Sobradinho sehen. Was heißt hier Hexenspuk! Mit einem Lidschlag machte ich die Scharade zunichte, weil ich aus Buchlektüren und Unterhaltungen mit der Kusine Sinhá Azeredo wußte, daß eine Erscheinung ohne Füße geht und ohne Schwinge fliegt. Nie würde Simeão mit gesunden Beinen auftreten, wieviel weniger dann mit dem Wagnis von Stiefel und Sporen! All das war nichts als Aberwitz, Augentäuschung, Lügengespinst einer finsteren Nacht. Und mit dieser Gewißheit schlief ich seelenruhig ein.

Mit der Sicherheit von sieben Schlüsseln verwahrte ich Zuca Barbiratos Angebot. Inzwischen, und während Juquinha Quintanilha mit dem Hauptmann handelseinig wurde, nahm ich Antão Pereiras Einladung an, im Sumpfgebiet Wasserschweine zu jagen, da er mir versicherte, es sei eine Beute, welche die aufgewendete Munition lohne. Ich warnte ihn noch:

»Meinen Sie wirklich, Seu Antão! Denn Kroppzeug ist nicht meine Sache.«

Wir folgten der Fährte der Wasserschweine. Hinter mir, die Flinte geschultert, auf guten Reittieren und in gebührendem Abstand, kam die Streitmacht von Sobradinho in der Person von Antão Pereira, von Saturnino Katerbart und João Ramalho.

Unterwegs, weniger als eine halbe Stunde mit losem Zügel danach, stieß das Schießeisen des Schlangenbißheilers Tutu Militão als Verstärkung der Heerschar der Azeredos zu uns. Nachdem er um meine Erlaubnis gebeten hatte, fragte er, die ringschimmernden Finger durch seinen schütteren Bart gleiten lassend, gewandt, ob all unsere Waffenmacht dazu diene, das Wasserschwein zu jagen oder etwa Tiere größeren Ausmaßes:

»Allem Anschein nach handelt es sich um etwas Bedeutendes.«

Mit der Stimme des Totenwächters, als befände man sich in einem Trauerhaus, brach ich seiner Neugierde die Spitze ab:

»Euer Gnaden haben's getroffen. Die Jagd ist eine andere, es geht um mehr . . .«

In meinem Rücken spürte ich wie den Stich des Windes die Röhrenängste der Ochsentreiber, die natürlich sofort an den gefleckten Jaguar dachten. Ich lenkte die Unterhaltung ab und bat um Nachricht über Tutu Militãos Blutegel. Ich wollte wissen, wie es um das Geschäft mit der Reinigung von Schlangenbissen bestellt sei:

»Es heißt, Euer Gnaden sei wohlbestallt und halte gutes Geld in der Truhe.«

Der Pfleger erwiderte, über einen Monat schon habe er keinen Fall von Vergiftung mehr gehabt:

»Mit Verlaub, Herr Oberst, Schlangen bringen nichts mehr ein.«

Militão, ein dunkler Mulatte mit vielen Ringen am Finger, lebte davon, Bisse von Brillen- und anderen Giftschlangen zu heilen, mit denen die Weidegründe gut bestückt waren. Das Volk beschrieb einen großen Bogen um ihn und die Kinderschar machte sich in die Hose, sobald sie den Eselsgeruch des Heilers roch. Kein Mensch mochte glauben, daß ein getaufter Christ, sofern er nicht mit dem Teufel unter einer Decke steckte, mit Schlangenzähnen umzugehen verstünde, wie es Tutu tat. Man erzählte sich, vor Zeiten, in den Jahren von Simeão, sei der Mulatte von einem São Gonçalos Streitkräften zugehörigen Feldjäger zwei Tage und zwei Nächte lang verprügelt worden. Doch kaum war er dem Prügelholz entronnen, sann er auf Rache. In tiefer Nacht sah man im öden Friedhof Tutu den

Brotfruchtkopf einer Brillenschlange streicheln. Und er streichelte sie nicht nur, sondern flüsterte ihr auch Dinge, echte Schlangengeheimnisse ins Ohr. Mit dem Finger reizte er den Giftbeutel der Kobra, die alsbald von wahnsinniger Wut gepackt war. Ihr Pfeifen glich dem Odem des Todes. Es verging keine halbe Woche, ein für die Reise der Brillenschlange gerade ausreichender Zeitraum, und der prügelnde Hundetöter war tot, hart wie Stein, violett wie ein Verstorbener. Die Schlange respektierte nicht einmal seinen Schlaf und biß den Todeskandidaten durch ein Loch der Bettdecke in eine tödliche Ader. Sogleich schob das Weidenvolk wie aus einer Kehle den Tod dem Heiler in die Schuhe:

»Er war's und kein anderer, denn nur Tutu besitzt den geheimen Zugang zu den Mächten des Buschwalds.«

Ich habe auf derlei Schandgemunkel nie etwas gegeben. Habe die gute Erziehung des Heilers immer zu schätzen gewußt, denn er war ein ehrenwerter und umgänglicher Mulatte. Nie betrat er Gelände von Sobradinho, ohne vorher Durchgangserlaubnis zu erbitten, worin er den alten Pires de Melo, meinen Nachbarn der Winterweiden, nachahmte. Auf der Höhe der Kasuarinen, ohne abzusitzen, sandte er einen Laufburschen herüber, um zu fragen, ob er hereinschauen dürfe, ob der Oberst es ihm genehmige. Von der Veranda herab erteilte ich ihm manches Mal mit eigener Stimme die Erlaubnis:

»Tutu ist hier zu Hause, er braucht nicht zu bitten.«

Er war ein Mensch von zartfühlenden Umgangsformen und hatte nur einen Stolz: Ringe am Finger zu tragen, zwei oder drei an jeder Hand. Da ich somit Tutus gute Eigenschaften kannte, sah ich es gerne, daß er die Gesellschaft der Wasserschweinjagd vermehrte. Ich hieß ihn neben mir reiten:

»Auf der linken Seite, Herr Gevatter, damit ich beim Abnehmen meines Karabiners nicht behindert bin.«

Es war ein lustiger Ausflug – ich sprach vom Jaguar und Militão von der Schlange. Und so, von einem Gesprächsstoff zum anderen, gelangten wir zu den Jagdsümpfen, einem ziemlich ungemütlichen Zitterboden – hier führten mehr als hundert Lianen einen Vernichtungskrieg gegen alles, was Grünzeug war, und da kroch weder Blatt noch Wurzel, die nicht die

Ameisenbärumarmung der Würgestricke empfingen. Hier wütete Nahkampf, ein Erstickungsgerangel, dem nicht einmal der in allen Schlichen und Mucken geübte Teufel zu entwischen vermocht hätte. Ich sage mehr: das Unwesen der Lianen war so verheerend, daß sie sogar des Rotdorns, der sich mit dem schlimmsten Zahn der Brillenschlange in Böswilligkeit und Schadenwut vergleichen läßt, spotteten. Denn ich wunderte mich sehr, daß in solch roher Öde, wo der Pesthauch des Sumpfes wie Watte auf dem First des Blattwerks schwankte, das Wasserschwein, das stets lebendigen Buschwald, frische Gewässer und wohltuenden Schatten benötigt, sich wohlfühlen sollte. Da ich diese Vorlieben und Annehmlichkeiten des Wilds kannte, ließ ich meinen Zweifeln und Vorbehalten freien Lauf:

»Seu Pereira, das hier kommt mir eher vor wie ein Aussätzigenloch, Seu Pereira!«

Ohne eine Erwiderung ließ Antão seine Hunde ins Dickicht ausschwärmen, damit nicht das gewöhnlichste Kürbisgemüse undurchstöbert bliebe. Doch kein Anzeichen von Wasserschweinen. Ich stellte den Viehtreiber zur Rede:

»Seu Pereira, Seu Pereira! Wie können Sie es wagen, einen Oberst mit echtem Patent wegen eines falschen Wasserschweinalarms aus dem Bett zu holen?«

Meine forsche Redeweise gefiel, doch ich zog keinen Nutzen daraus, um Antão Pereira nicht zu demütigen, einen besonnenen Genossen, der einem Mitmenschen nie einen hämischen Zahn zeigte. Und sogleich fand ich einen Ausweg, um die Schuld auf Militãos Schulter abzuwälzen:

»Tutu, Gevatter Pereira, war's, der uns auf das Wasserschwein verwies.«

Der Mulatte wich dem Scherzwort nicht aus. Ich möge ihm verzeihen, aber er sei Antão Pereiras Wasserschwein freundschaftlich verpflichtet, weshalb er eine Stunde vorher eine Brillenschlange mit einer Botschaft im Maul hingeschickt habe, um das Wild zu warnen:

»Das Wildschweinchen befolgte den Rat, denn dieses Tierchen ist schlau wie erwachsene Leute.«

Ich übertrumpfte den Scherz des Heilers mit einem noch dickeren Scherz. Ich verspottete die Schlangen und noch mehr eine Ziege, die ein gewisser Cazuza do Rego, Tutus Gevatter, mit den Ehren einer Gevatterin aufzog, weil diese in zurückliegenden Tagen seines Lebens einen seiner Söhne, der halberwachsen in einem Flußbrunnenloch ertrunken war, gesäugt hatte. Und wohin Cazuza reiste, sei es zu einer Taufe, sei es zu einer Hochzeit, stets führte er die Ziege auf einem besonderen Maulesel mit. Und ich fuhr fort:

»Sogar in Amtskanzleien der Regierung erschien er, ausgestattet mit seiner Ziege.«

Die Viehtreiberbande lachte über die Torheiten von Cazuza do Rego und einem blieb fast der Atem aus, als ich erzählte, der Grillenvogel sei bei einem Reiterfest in Santo Amaro mit seiner Ziege erschienen, sie ganz in Seide und mit einem Mädchenkopftuch um den Hals. Mit einemmal habe das Tier allen Anstand verloren und sei losgetobt. Hinter ihr, über Stiefeletten und Beine des Volkes stolpernd, habe Cazuza gefleht:

»Gevatterin, habt ein Einsehen! Seid doch nicht bockig!«

Nachdem der Fall der Ziege abgetan war, brachte ich plötzlich die Frage des Jaguars aufs Tapet:

»Ihr alle, Leute von bewährter Tapferkeit, seid beauftragt, um den Gefleckten einzufangen.«

Ein Unhold von Werwolf, erschiene er dem Henker, würde dessen Mut nicht so erschüttern wie meine Genossen jetzt erschüttert waren. Ich blickte meiner Abordnung in die Angstgesichter – sie waren bleich wie von Papayamilch übergossen. Ich packte ihre Furcht beim Wickel und heuchelte Unmut:

»Ist das eine Jagdabordnung oder ein Leichenzug?«

Ich ließ den Blick vom einen zum anderen gleiten, als suchte ich den Verstorbenen und seinen Sarg. Wer war es? Wie hieß er? Noch immer heuchelnd, verhöhnte ich die Mitjäger, indem ich nach Wäldlerart witterte und halb im Sattel kauernd, leise sagte:

»Ich spüre einen Geruch nach bedeutender Beute, so in der Größenordnung eines gutgesäugten und besser ernährten Jaguars.«

Wieder fegte Werwolfkälte über die Rückgrate der Viehtreibergesellschaft und erzeugte Friedhofsstille. Würde jetzt eine Wurzel sprießen, ihr Geräusch dränge an die Oberfläche. Die Hand muschelgleich hinters Ohr gelegt, behauptete ich, im

Umkreis einer halben Légua gehe Großwild um, und ich begann mich in der Erläuterung von Kriegslisten zu verbreiten. Sollte der Gefleckte frontal angreifen, müsse der Trupp so und so vorgehen:

»Auf eine Gefahr mache ich aufmerksam. Nie mit dem Wind stehen, denn das hieße, sein eigenes Todesurteil unterschreiben.«

Jedesmal wuchs die Angst der Viehtreiber mehr, und ich trieb den Stachel in die schwächsten Stellen des einen und anderen:

»Was ich damit sagen will, Seu Antão Pereira, ist: ein Jaguar ist nicht für jedermann. Das ist keine Wildkatze oder ein Gürteltier, das einer mit einem kurzen Stecken aufspießt.«

Doch unversehens, wie es meine Art ist, brach ich meine Spötterei ab und versicherte, alles sei nichts als reine Pantomime. Was sie gut totschlagen würden, bruzzle bereits in Dona Francisquinhas Bratpfanne:

»Ein besonderes Zicklein.«

Es war, als schenke ich einem Negersklaven die Freiheit. Freude drang mit geblähten Segeln in die Brust der Gevattern. Tutu, von Jaguarnot befreit, nahm Abschied – er lehnte die Einladung zum Zicklein dankend ab, denn er war an den Strick eines Gelübdes gebunden und durfte vierzehn Tage lang kein Fleisch essen:

»Grob gesprochen, ich befinde mich noch in der Fastenzeit. Und darf die Andachtsübung nicht unterbrechen.«

Ich pflichtete ihm bei:

»Sie tun gut daran. Ich weiß Ihr Verhalten zu schätzen. Gelübde ist Gelübde.«

Ohne weiteres Säumen schlug Tutu Militão die Straße nach Ponta Grossa dos Fidalgos ein, wo er ein Tier des Dr. Caetano de Melo gesundbeten wollte:

»Ich werde einen Kampfhahn, Lieblingstier des Herrn Doktors, beweihräuchern.«

Als der Heiler Tutu Militão abgezogen war, ließ ich einen neuen Scherz vom Stapel, da ich mit eiserner Faust, aber sanftem Handgelenk je nach Gebot der Stunde zu herrschen weiß. Ohne es an gebührender Achtung fehlen zu lassen, ließen die Viehtreiber ihren Zungen, welche die Angst vor dem Jaguar gelähmt hatte, freien Lauf. João Ramalho gab ein paar Heldentaten zum besten, und Saturnino Katerbart berichtete von einem Strauß, den er mit einem Brillenschlangenpärchen in struppigem Busch durchgefochten hatte. Er erlegte das Schlangenmännchen und ließ das Weibchen am Leben, das einen Monat lang nicht von seinen Fersen wich. Bis es eines Abends in der Umgebung eines Weidenwäldchens hinterrücks zubiß, aber so unglücklich, daß sein Rächerzahn nur den Sporenstahl traf und keine tödliche Ader:

»Das war das Gegengift, das war die Rettung, Herr Oberst.«

Ich wußte, daß all das nur Kehlkopfprahlen und Korralgesabbel war. Sobald die Nacht einbrach, brachte der gewöhnlichste Käuzchenruf mein Volk dazu, die Bettdecke bis über die Ohren zu ziehen. Um den Schwindeleien ein Ende zu bereiten, schnitt ich ihnen das Wort ab, indem ich versicherte, es sei Zeit, an den Rücktritt zu denken:

»Schluß mit dem Geschwätz. Rechtsfragen warten auf meinem Tisch in Sobradinho.«

Und die Armada, der Herr Oberst am Bug, ritt dahin durch die Buschsteppe, die Hufe im Streit mit Bromelien und Affendorn. Nachdem wir eine Légua zurückgelegt hatten, beschloß ich, um mein Zielauge zu üben, einen frechen Kolibri abzuknallen, der den Jagdtrupp von der Tribüne eines Aoreira-Baums herab zum Narren hielt. Keiner von ihnen sah auch nur eine Feder des armen Teufels mehr. Und im Pulvergeruch, während ich den Karabiner ablegte, prahlte ich:

»Ich kann nur sagen: Ich tausche meine Schützenkunst nicht gegen das gute Visier von manch blutjungem Zielauge ein.«

Kaum hatte Ponciano seine Fähigkeiten herausgerülpst, als am Eingang zu einem Bambusdickicht jenes Mordstück von Jaguar auftauchte, das mit dem Maßstab des bloßen Auges Gewicht und Umfang eines Jungstiers gewann. João Ramalho warf die Arme in die Luft, schrie nach dem heiligen Namen unserer Lieben Frau von der Niederkunft und verschwand im Untergehölz. Als ich die Lage abwog, sah ich, daß ich von Gott und der Welt verlassen war, ohne zu begreifen, wie ein Mordskerl von Saturnino Katerbart in so schütterem Gestrüpp, das kaum einem Meerschweinchen ein Versteck bieten konnte, hatte unterkriechen können. Ich bin nie so unvernünftig gewesen, in freiem Feld ohne wohlüberlegte Strategie und geeignete Bewaffnung einem solchen Jaguargewicht gegenüberzutreten. Ohne anderen Waffenschutz als meine eigene Flinte, ohne Rückendeckung gab ich meinem Fahrzeug, einem Pferdchen mit wohlerzogenem Rücken und weichem Maul, die Sporen. In den Weichen getroffen, wieherte das Tierchen, bäumte sich auf der Hinterhand, machte kehrt und trug Ponciano zu einem sicheren Ort – einem Moorbruch mit fauligem Wasser, dem, weil er eine Höhle von Würmern und Ausdünstungen war, keiner zu nahe kam. Säße ich nicht fest im Sattel und verstünde ich nicht ein Paar Zügel zu zähmen, der Zitterboden hätte meinen Tagen ein Ende bereitet, denn nie habe ich einen so sauggierigen Schlamm kennengelernt. Ich langte in Sobradinho eine Stunde vor den Jaguarflüchtigen an, doch eher Moderwasser als Mensch. Nachdem ich mich umgezogen und meinen Bart gewaschen hatte, war meine erste Entscheidung, das Zicklein abzubestellen:

»Schamlose Tröpfe essen nicht an meinem Tisch.«

Mit Brennesselzunge empfing ich die Hasenfüße. Sie kamen mit eingezogenem Schwanz, mit welker Kerze, ohne Wind und Wort. Ich schob den Seidenplüsch der Patres beiseite, die gute Erziehung der Gerichtshöfe und stürmte krakeelend aus dem Wohnzimmer, durchstob den Flur und raste aus der Küche. Ich beschuldigte sie alle der Feigheit bis in vergangene und kommende Geschlechter. Jedes Bartgezwirbel wurde von einer polternden Schmähung begleitet:

»Feiges Volk! Wäre ich nicht ein Militär mit Patent und Kriegsdienst, der Jaguar hätte ein Unheil angerichtet.«

Unter Dona Francisquinhas Schutz stahl sich eine Schar von Negerinnen herein, um den Anlaß meines Unmuts auszuspionieren. Ich nutzte die Anwesenheit der Alten, um kraft eines Faustschlags auf den Tisch zu verbürgen, daß Francisquinha an der Grenze der Achtzig ein männlicheres Benehmen zur Schau stellte als mancher Mehlfresser, der in Hosen stecke und einen Bart trage. Jedenfalls wäre sie nicht wie ein Stutensohn vor einem Gefleckten fortgelaufen:

»Jawohl. Sie hätte eine bessere Figur gemacht.«

Die Ankunft eines Boten aus Santo Amaro, Überbringer eines Briefchens vom Pater Malaquias, unterbrach meine Maßregelung. Nachdem ich Hochwürdens Anfrage, ob ich bei einem Wohltätigkeitswerk die Patenschaft übernehmen würde, beantwortet hatte, kehrte ich zu meinem Mißmut zurück. Doch noch bevor ich die Botschaft gelesen und dem Botengänger geantwortet hatte, waren die vom Jaguar Verschreckten bereits in die Einöden geflüchtet. Von der Veranda aus sah ich nur noch ihre Staubwolken.

»Hundebande!«

Mit Oberstschritten das Wohnzimmer durchmessend, käute ich nach Rinderart das Abenteuer in allen Einzelheiten wieder. Söhne einer Stute! Einen Christen wie mich, Träger eines Patents, belastet mit Verantwortlichkeiten, mutterseelenallein dem Zahn eines Jaguars zu überlassen! Da konnte einer die Lust verlieren, daran denken, alles unter dem Hammer zu verschleudern (»Wer gibt mehr, wer gibt mehr«), sich in Niterói niederzulassen unter gebildeten Leuten. Aus diesen und anderen Gründen war Sinhozinho wild darauf, einen Posten bei der Regierung zu erlangen. Der Alte wurde nicht müde, zu warnen:

»Seu Ponciano, Weideland ist ein Ort für Werwölfe, ein Feld für Schurken.«

Der Abend kam, die Nacht sproß und ich hatte noch immer einen Kloß im Rachen sitzen, angesichts des Ereignisses. Und nicht einmal der sanfte Ackerregen, der gegen Ende des Abendessens fiel, beschwichtigte die Schlangenbisse und Giftspritzer meines Hasses. Ich zerkaute drei Zigarren, und erst beim vierten Stummel benebelte der Schlaf meine Augen. Um mein Bett zu überprüfen, eine allabendliche Aufgabe, kam Francisquinha. Sie wollte nachsehen, ob die Leintücher, ob die Kopfkissenbezüge des jungen Herrn nach frischer Wäsche rochen, ob das Schlafzimmer in Ordnung sei und der Trinkwasserkrug nachgefüllt. Ich entließ sie aus ihrem Diensteifer:

»Alles bestens, alles bestens, meine gute Alte.«

Ich dankte ihr für Ihre Besorgnis und ließ mich vom Regenlied einwiegen. In solchem Absinken lasse ich den Ausschweifungen des Obersten freien Lauf. Und erfinde die haarsträubendsten Lustorgien, die nicht einmal in den verworfensten Hurenhäusern gefeiert werden. Ich durchschiffte also den besten Teil des Traums und entblätterte gerade freizügig Dona Engelweiß aus ihren Dessous, als ich an einen Schrank stieß, der donnernd umstürzte. Ich erwachte, und schon entschwand die Junge wie Spitzenrausch im Wind. Ich kratzte mich am Kopf und brummte unmutig:

»Na so was! Daß ich gerade im schönsten Augenblick aufwachen muß!«

Rasch kehrte ich zu meinem Kopfkissen zurück und zu der Hoffnung, die Dame meiner Wahl doch noch in einer Flurecke oder auf einem Lottersofa zu erhaschen. Ich zwang die Schäfchen der Schläfrigkeit herbei und bereitete gerade neue Lustbarkeiten vor, als im nämlichen Augenblick nahe am Fensterbrett jenes Teufelsröcheln losbrach. Ich mußte die Bilder des Einschlummerns verscheuchen und mit Ziegenbocksprüngen Sperriegeln und Vorlegebalken zu Hilfe eilen. Da ich von unbeherrschter Natur bin, war meine erste jähe Eingebung, das Fenster aufzureißen und das Geheul an seiner Geburtsquelle abzuwürgen. Ich führte den Entschluß nur deshalb nicht aus, weil ein neues, weit stärkeres Geröchel die finstere Nacht zerriß. Ich dachte:

»Der Jaguar.«

Und es war so sehr der Jaguar, daß seine Pfote alsbald an der Außenseite zu kratzen begann, hoffend, die schwache Stelle des Sperriegels in die Fänge zu bekommen. Eine größere Unverfrorenheit hat es in der Geschichte der Ammenmärchen, zu den Zeiten, als die Tiere noch sprachen, nicht gegeben. Da ich gewissermaßen allein war, mit einem halben Dutzend Röcken unter meinem Dach, beschloß ich, Klugheit walten zu lassen, was nicht zum Militärgesetz gehört und auch nicht zu meiner aufbrausenden Veranlagung, doch es empfahl sich für diese Gelegenheit, um so mehr, als ich an ein Gelübde gebunden war und an die Verpflichtung, den Jaguar nicht mit eigener Hand unschädlich zu machen. Innerhalb dieses vernünftigen Vorgehens zog ich mich in Richtung Wohnzimmer geordnet zurück, noch rechtzeitig, um Türen und andere Öffnungen des Hauses zu verstärken. Zur größeren Sicherheit holte ich aus dem Kleiderschrank ein Feuerrohr, das stets schußbereit war, eine

Waffe mit großer Mündung und verheerender Kugel. Ich empfand sogar Bedauern über den Schaden, den das Blei im Fell der Katze anrichten mochte, im Falle ich nicht an ein Heiligengelübde gebunden gewesen wäre. Mit diesen Gedanken im Kopf murmelte ich, um draußen nicht gehört zu werden:

»Der Schuß wäre so vernichtend, daß sich nicht einmal das Fell verwerten ließe.«

Wissend, daß hinter den Mauern von Sobradinho Militärkunst lauerte, wandte sich der Gefleckte dem Hühnerstall zu, weshalb bis zum heutigen Tag Francisquinhas Zucht im Himmel Unseren Herren fliegt. Nicht zufrieden mit dem Gemetzel, umschlich die Großkatze das zweistöckige Herrenhaus und ließ sich auf der Veranda nieder, eine Handbreit vom Sessel des verstorbenen Simeão entfernt. Hätte sie eine Zigarre geraucht, wie es Fabeltiere tun, würde das Volk rasch verbreitet haben, der Oberst sei vollkommen verrückt geworden:

»Nun raucht er schon seine Flor de Ouro im Morgengrauen.«

Währenddessen verfolgte ich durchs Fenster die Machenschaften des Jaguars auf der Veranda. Er war ein beachtliches Exemplar. Sein Schweif, ohne den Flederwisch zu rechnen, maß mehr als eine der dicksten Brillenschlangen von guter Schlingkraft; dann kam die Raubkatze, ein Prachtstück mit Zornesfeuer im Auge, so machtstrotzend, daß mehr als ein Riemen des Holzbodens stöhnte. Zwischen diesem Auswuchs der Urwälder und Sobradinho existierte nur ich und sonst niemand, denn die übrigen Hausbewohner zählten nicht, weil sie Rockzipfel waren, totes Gewicht, in den Kopfkissen versunken. Francisquinha konnte nicht mehr tun als vor dem Hausaltar in Ora-pro-nobis zu verfallen, eine Kerze für Sankt Onophrius oder Sankt Benedikt anzuzünden und Litaneien betend durch den Hausflur zu eilen:

»All das nutzt mir nichts.«

Ich erging mich in derlei Betrachtungen, als aus den Kasuarinen ein Eulenruf herüberdrang, den ich mitten entzweischnitt, als er gerade an mir vorüberglitt:

»Ich beschwöre dich, ich beschwöre dich!«

Und ich nutzte die Gelegenheit, mir Rechenschaft über den Fall des Gefleckten abzulegen. Ich vermaß, bedachte und da ich die Pfote des Heillosen am Fensterladen kratzen hörte, suchte ich Boden zu gewinnen, indem ich wie es einem geschulten Militär gebührt, ordnungsgemäß zurückwich. Gut verriegelt war der hintere Teil des Hauses, in dem die alte Francisquinha und ihre Gehilfinnen schliefen. Nicht der kräftigste Jaguar konnte ein so gut verbarrikadiertes Bollwerk überrumpeln. Dieser Sicherheitsvorkehrungen gewiß, bat ich im Waffenverlies um Asyl, einer mit Feuerrohren und Pulver bewehrten Kammer. Vielleicht beabsichtigte der Fleischfresser, wer weiß, was ein Jaguarkopf denkt, in meinem Ruhestuhl zu übernachten, beschirmt gegen Regen und Wind. Wäre ich ein Angsthase wie ein Saturnino oder ein João Ramalho, ich würde jetzt bellend davonlaufen und Léguas weit die Weiden wecken. Ohne Prahlerei sage ich und beweise es auch, daß ich mit Bedacht vorging und den Rest der Nacht in Waffenwachsamkeit verbrachte. Sobald der Morgen anbrach und draußen der Hahn sang und der Jaguar abgezogen war, beendete ich meinen Sicherheitsdienst auf Sobradinho. Beim Frühstückskaffee ließ ich meine Vipernzunge auf dem Rücken aller Welt tanzen, ausgenommen der alten Francisquinha, die meine besondere Achtung verdiente. Was waren das für Leute, die von meinen Bohnen aßen und von meinem Wasser tranken? Ich konnte zehn Spannen Jaguar gegenüberstehen und kein Mensch sagte: Hier bin ich, Herr Oberst.

»Kein Mensch!«

Dies gesagt, ging und vermaß ich im weichen Lehmboden das Ausmaß der Katzenpfoten. Ich machte soviel Wind davon, daß ein Klugredner, Salim Nagibe, der auf der Durchreise in Sobradinho seine Spitzen feilhielt, die Nachricht von dem Zwist zwischen dem Gefleckten und dem Oberst in seinem Posamentenkasten eilends mit auf den Weg nahm. Er hätte diese Zeitung nicht mitzuführen brauchen – in den Viehkorralen hält kein Geheimnis es in einem Mund oder einer Schublade lange genug aus, um Schimmel anzusetzen. Es zieht mit dem ersten Windchen los, und wenn der Wind nicht weht, reist die Neuigkeit auf dem Flügel des Käuzchens oder des Trupials. Ich sage mehr: kein Mensch ist unabhängig genug, um einen Ziegenbraten ungestört an seinem Tisch zu essen oder das Haus einer

Mulattin zu umstreichen, ohne daß am nächsten Tag der x-beliebigste Korralbursche das Ereignis erfährt, nämlich, ob das Zicklein saftig war oder die Mulattin erster Wahl. Dennoch war ich recht erstaunt, als ich Sinhozinho Manco, den Lahmen, nach dem Mittagessen die Stufen von Sobradinho erklimmen sah, ausgerüstet mit allen Einzelheiten über den Besuch des Gefleckten. Der Alte wartete nicht einmal meine Bestätigung ab. Finger gegen die Stirn gedrückt, sagte er mit seiner Kinderstimme:

»Seu Ponciano, Seu Ponciano! Niemand mit Verstand im Kopf geht in pechfinsterer Nacht aus und hänselt den Jaguar!«

Ich zog den Alten in eine Ecke des Wohnzimmers, weil ich nicht wollte, daß der Besuch des Gefleckten auf der Weide Wurzeln schlage. Ich führte Sinhozinho vor, wie ich den Jaguar nach bester Vorsicht und Militärkunst an der Nase herumgeführt hatte. Zu behaupten, ich sei hinter dem Raubkater hergelaufen, sei reiner Unsinn, Torheit des Volkes, das nie ein Jaguarfell gesehen hat. Eine Wahrheit solle Sinhozinho erfahren:

»Ich habe das Untier nicht niedergestreckt, weil ich an ein Gelöbnis gebunden bin.«

Ich führte den Alten an den Ausguck des Fensters, um festzustellen, wo der Kälberknacker Aufstellung genommen hatte. Alle Kampfvorteile waren auf meiner Seite. Ich brauchte das Tierchen nur an der Stelle, die es wählen mochte, zusammenzuknallen, vom Schweif bis zur Brust. Und auf den Fußboden der Veranda deutend:

»Sehen Sie nur, wie unvernünftig er ist! Sich da aufzupflanzen auf die Gefahr hin, eine Ladung Munition auf den Latz gebrummt zu bekommen, daß es sogar im Ausland Jaguarklein regnet.«

Sinhozinho maß mit nachschleppendem Bein die Entfernung zwischen dem Fenster und dem Ruheplatz des Jaguars. Dies getan, gab er mir recht, pries meine Klugheit, den Spaziergang des Jaguars auf dem Bretterboden von Sobradinho ohne Aufhebens und Aktionen zu verfolgen:

»Sie haben weise gehandelt, sehr weise.«

Schon am Samstag hatte der Fall des Jaguars Kreise gezogen.

Der Handlungsreisende Nagibe, kaum von Ponta Grossa dos Fidalgos eingetroffen, veranstaltete vor der Tür des Dr. Caetano de Melo eine Kundgebung und verbreitete sich über den Streitfall zwischen dem Oberst und einem Jaguar aus dem Wildbusch. Dabei stellte der Spitzenhändler meinen Mut dergestalt heraus, daß mehr als ein Zuhörer Mitleid mit dem Raubtier bekam, das in dem abgelaufenen Zweikampf als schwerverwundet oder halb tot geschildert worden war. Mein Nachbar Pires de Melo ließ anfragen, ob ich ihm das Jaguarfell überlassen wolle, weshalb ich, amüsiert, ihm witzelnd antwortete:

»Das geb ich nicht ab, weil ich mir daraus einen Umhang machen lassen will.«

Ich nutzte die Brandung, um bei Juquinha Quantanilha Erkundigungen über den Hauptmann Zuza Barbirato einzuziehen. Kam der Mann oder kam er nicht, um sein Versprechen einzulösen? Sollte er säumen, war ich die Verpflichtung der zweihundert Mil-réis los und machte der Katze durch einen eigenen Schuß den Garaus:

»Das ist's, was ich sage. Am Ende übernehme ich die Aufgabe.«

Bald kam der Bote mit dem endgültigen Bescheid zurück. Der Hauptmann werde mit geladener Waffe in der Frühe des kommenden Samstag in Sobradinho eintreffen. Ich zählte an den Fingern ab – Montag, Dienstag, Mittwoch, Donnerstag, Freitag, Samstag. Das fiel auf den siebten:

»Lügenrechnung. Aber wenn schon!«

Antão Pereira, João Ramalho und Saturnino Katerbart, die seit dem Ärgernis am Bambuswäldchen verschwunden waren, wurden zur Besprechung gerufen. Am Kopfende des Tisches sitzend, gab ich die Kriegsregeln bekannt. Nur den Tag setzte ich nicht fest:

»Kriegsgeheimnis.«

Da mein Zorn verraucht war, sprang ich von einem Thema zum anderen. Ich erinnerte sie daran, wie sie vor dem Jaguar Reißaus genommen hatten auf die Gefahr hin, von einer Bambusspitze aufgespießt zu werden oder in einem Sumpfloch zu ertrinken. Sie mögen die Fährnisse bedenken, die sie durchlaufen hatten. Wäre ich nicht ein ausgepichter Jäger, der sich auf die Tücken eines Jaguars versteht, ich hätte nie die Sicherheit meines Jagdgefolges zu gewährleisten vermocht:

»Das ist's, was ich zu sagen habe. Ich weiß nicht, was hätte passieren können.«

Zum besseren Verständnis der Beteiligten stellte ich auf dem noch vom Kaffeeservice bedeckten Eßtisch das Versteck des Gefleckten dar. Das Bambusdickicht war die Zuckerdose und die Tapiocastückchen sollten die Viehtreiber sein:

»Das hier ist Antão Pereira, dort, weiter weg, kommt Saturnino. Und dies da ist João Ramalho.«

Mit den Fingerspitzen schob ich die Maniokstücke an ihre Standorte. Die Kaffeekanne war ich, die Zahnstocherbüchse der Jaguar. Nachdem das Bühnenbild aufgebaut war, forderte ich Antão Pereira auf, mir zu sagen, ob er je in seinem Leben einen Zusammenstoß mit einem nennenswerten Raubtier gehabt habe:

»Heraus mit der Sprache, reden Sie frei weg.«

Antão zog den Kopf ein und brauchte lange, um seine Antwort vorzubereiten, da die Zunge des Stammlers über Listen verfügt, die nicht einmal Gott lösen kann. Und als er loslegte, war es nur, um mich zu bitten, ich möge seine Unwissenheit in der Kunst des Krieges und in den Kniffen des Jaguars offenbaren. Ich rieb mir die Hände.

»Ausgezeichnet. Offenherzigkeit gefällt mir.«

Wieder, den Finger auf den Figuren, bewies ich meinen Viehtreibern, sie hätten Glück gehabt (»Ihr alle seid mit dem Nabel zur Erde geboren worden, um nicht noch etwas anderes zu sagen«), daß der Gefleckte sie nicht einen um den anderen gebeutelt habe. Ich hätte nur die Arme zu verschränken und ihm freie Pfote zu lassen brauchen. Und die Stimme hebend:

»Seht euch die Gefahren an, die ihr alle bestanden habt.«

Und von der Höhe meiner militärischen Autorität hob ich die Zahnstocherbüchse, die den Jaguar darstellte, und ließ das Stück auf die Maniokstückchen fallen. Der Jaguar, nach alter Gewohnheit, fraß seine Opfer, das Volk von Sobradinho. Beim ersten Schlag kam Antão an die Reihe, beim zweiten Saturnino und beim letzten João Ramalho:

»Da bleibt keiner übrig, meine Herren Gevattern. Kein einziger.«

Mit schlaffem Kamm begleiteten meine Gefolgsmänner die Phantasieschlacht, die mein gereckter Finger auf dem Spielbrett des Tisches entwickelte. Nachdem ich ihnen meine Lektion serviert hatte, kaute ich auf dem Stummel meiner Zigarre und bat um Feuer. Als Saturnino *sie* mir anzündete, erzählte er die letzte Neuigkeit:

»Patron, der Jaguar ist beim Haus von Dioguinho vom Brunnen gewesen.«

Mit aufgeheiterter Miene, auf meinem Stuhl thronend, bat ich um die Einzelheiten des Falles, wie er sich zugetragen oder nicht zugetragen habe. Und zwischen dem Geschwätz der Viehtreiber und dem Gewölk des Zigarrentabaks erfuhr ich von Dioguinhos Posse angesichts des Jaguars. Da er kein Mann mit Offizierspatent war, hielt er nicht den halben Hauch eines Jaguarfauchens aus. Kaum machte die Raubkatze den Rachen auf, sprang Dioguinho wie eine Katze aufs Dach, auf die Gefahr hin, sich eine tödliche Schwäche zuzuziehen:

»Die ganze Nacht hat er Hagel und Wind über sich ergehen lassen müssen.«

Ich fühlte mich gedrängt, den Bericht durch eine Überlegung zu unterbrechen:

»Das kommt davon, wenn man keine Kriegsausbildung hat. Das kommt davon.«

Saturnino, der sich immer mehr für das Ereignis erwärmte, brachte neue Einzelheiten über die Fehde zwischen dem Jaguar und dem Hasenfuß ans Tageslicht, Schicksalsschläge, welche die mürrischste Henkerseele zum Lachen gebracht hätte. Oben auf dem Dach, Regen auf dem Buckel, und Dioguinho vom Brunnen im Nachthemd. Drunten in der Wärme des Wetterdachs der Jaguar und seine Frechheiten. In dieser Stellung mußte jener die Nacht von einem Ende zum anderen aushalten:

»Erst gegen Morgen konnte Dioguinho von den Dachsparren herabklettern.«

Ich fuhr mit meinem Holzlöffel dazwischen:

»Seu Saturnino, nach dem Vorfall müssen wir seinen Namen umtaufen: statt Dioguinho vom Brunnen in Dioguinho vom Dach.«

Dank dieser Randbemerkung verlor der Viehtreibertrupp

völlig die Steigbügel. Endloses Gelächter erfolgte. João Ramalho, Hand auf dem Bauch, wollte sich dafür verbürgen, der Oberst hätte Einfälle, da sei keiner wie der Oberst, um einem einen passenden Spitznamen ans Horn zu hängen:

»Dioguinho vom Dach! Das sitzt, das sitzt!«

Und dann kam Freitag, der Vorabend vom Tag des Jaguars. Gegen Abend brachte ein Bote aus Mata-Cavalo die Bestätigung der Vereinbarung. Juquinha ließ sagen, daß er den Hauptmann begleiten werde, der Oberst möge einen Begleittrupp bereitstellen. Ich schnippte mit den Fingern, zwirbelte meinen Bart und ließ den Botengänger gehen:

»Ausgezeichnet, ausgezeichnet.«

Ich freute mich sogar über die Ankunft des ersten Kleinkrams der Dunkelheit, Käuzchen- und Fledermausflügel, die wegen des Regens und Windes aus Sobradinho verschwunden gewesen waren. Und fröhlich ließ ich aus der Küche, wo er einen Schwatz mit Francisquinha hielt, den Stammler Antão Pereira zu einem Spielchen um einen Zwanziger holen, eine Ehre, die ich nicht irgendeinem meiner Gutspflichtigen angedeihen ließ. Und ich mischte gerade die Spielkarten für ein Sieben-und-Halb, als Janjão Caramujo durchs Fenster meldete, Tutu bäte um die Erlaubnis, mein Gelände zu betreten. Ich lachte listig, und ohne die Karten aus der Hand zu legen, gab ich persönlich seinem Gesuch statt. Forderte ihn auf, hereinzukommen:

»Kein Hund in der Nähe, Seu Militão. Kommen Sie herauf.«

Der Heiler, Hut in der Hand, sagte, er sei sehr dankbar, und bedaure, den Vorzug nicht annehmen zu können, aber er habe mehrere Léguas von Mohn und Sandboden zwischen Sobradinho und Ponta Grossa dos Fidalgos zu bewältigen:

»Wenn der Oberst einverstanden ist, komme ich nächste Woche wieder.«

Ich war nicht einverstanden. Er solle unverzüglich heraufkommen – das Kartenspielchen warte auf seine Meisterschaft:

»Ich möchte Ihren Reichtum beim Sieben-Ein-Halb lichten, Herr Gevatter.«

Tutu erwiderte von draußen, ich erwiderte von drinnen. Schließlich obsiegte meine Erwiderung, und der große Mulatte stieg vom Maulesel. Janjão Caramujo half dem Reisenden die Schlangenkiste abschnallen, mit der Tutu stets ausgestattet war. Ich verweigerte ihm die Genehmigung, das Otterngezücht hereinzubringen aus Angst, eine möchte aus der Galeere entweichen und die Ferse eines müßigen Beins beißen:

»Die Kiste nicht, Seu Tutu. Die soll hinter sieben Schlüsseln im Keller verwahrt werden.«

Militão kam förmlich heraufgestiefelt, streifte einen Fuß hier ab, streifte einen zweiten dort ab, als sei Francisquinhas Holzboden ein frischgewienerter Spiegel. Mehr als ein Lausbube schlüpfte aus der Küche und bespähte von weitem Tutus Gestalt. Der Ruhm des Heilers lief léguaweit seinem straßenfrommen Maulesel voraus. Kaum war er bei einem Korral angelangt, da wurde auch schon in weiter Ferne das Pfeifen seiner Brillenschlangen vernommen. Ich scheuchte die vorlauten Knirpse von dannen – sie sollten lieber nach den Käuzchen und den Eulen schauen:

»In Sobradinho fehlt es nicht an Geisterspuk.«

Antão wollte aufbrechen. Er war schon schläfrig und mußte noch einen bestimmten Wurf junger Hunde überprüfen. Überdies befand der Oberst sich in guter Gesellschaft. Er stammelte noch ein paar Entschuldigungen, klopfte Tutu auf die Schultern und erbat sich meine Befehle. Da der Plan feststand, entgegnete ich, Sonntag sei der Tag Gottes, da ein Christ Haut und Knochen ausruhen solle:

»Geht in Frieden, Seu Pereira. Im Frieden des Heiligen Georg und des Heiligen Josef.«

Ich gewann gegen Tutu zwei Runden Sieben-Ein-Halb, dann bat er um die Erlaubnis, zwei gleiche gewinnen zu dürfen. Beim Geben und Nehmen der Karten spürte ich den ersten Stoß der Schläfrigkeit. Nach einiger Zeit kam es mir vor, als sei Militãos Faust der Kopf einer Schlange, die über dem Kartenspiel vorrückte und zurückwich. Es war Zeit, zu Bett zu gehen. Beim Hahnenschrei sollte der Krieg gegen den Jaguar beginnen:

»Seu Tutu, beim Morgengrauen habe ich eine große Arbeit vor mir, drum muß ich das Spiel abbrechen.«

Und während ich die Karten aufeinanderschichtete, bereitete ich den Mulatten auf ein Gespräch über den Gefleckten vor. Ich holte aus, pirschte mich näher, pries seine Gefälligkeit und seine Umsicht, mit den Gefahren der Buschwälder umzugehen. Mit solch schmeichelhaften Erwägungen bedacht, hellte sich Tutus Gesicht von einem Winkel zum anderen auf – alles, was Zahn war, genoß meine Rühmung. Der Mulatte war reif. Ich stieß zu:

»Euer Gnaden, ein Mann von Wert, ein Ringträger, ist bestellt, an der Niederwerfung des Jaguars teilzunehmen.«

Militão fiel fast vom Stuhl. Er tat, als suche er etwas in seiner Tasche, um Zeit zu gewinnen und sich eine geschickte Antwort auszudenken. Ich wußte, daß der Schlangenheiler nicht beschaffen war, sich militärischem Zwang, geschweige denn einem Befehl von Ponciano de Azeredo Furtado zu stellen, einem Oberst, der um wenig bat und nichts erzwang. Ich machte dem Furchtsamen Mut:

»Haben Sie keine Angst. Wir haben alle Vorteile des Krieges auf unserer Seite, Mann!«

Mit der ringbesetzten Hand über das Kinn streichend, wie es seine Gewohnheit war, erkundigte er sich nach dem Zeitplan:

»Wenn ich fragen darf, soll die Sache bei lotrechter Sonne oder im Morgengrauen stattfinden?«

Ich spielte den Jäger auf falscher Fährte:

»Ich habe es noch nicht beschlossen. Legen Sie sich in Frieden schlafen.«

Er bat um Erlaubnis, seine in der Maiskammer sichergestellte Kiste mit Schlangen, einer Brut Brillenschlangen vom schlimmsten Biß, holen zu dürfen. Von dort aus (»Wenn Euer Gnaden nichts dagegen haben«) würde er sich im Gesindehaus von Sobradinho zur Ruhe legen, da die Nacht vorgeschritten sei. Zeremoniell und wohlerzogen stieg er stracks die Stufen hinab, seiner Giftkiste entgegen:

»Mit Verlaub, mit Verlaub.«

An das Verandageländer gelehnt, putzte ich noch den Pfau heraus:

»Euer Gnaden sind einer der Unseren. Sie laufen nicht vom Hahnenkampf weg.«

Ich legte mich seelenruhig schlafen, denn endlich war die Sache mit dem Jaguar herangerückt. In meiner Schlafzimmertür, nach beschnittenem Lampendocht, legte ich letzte Hand an den Zwist. In aller Frühe, schon kriegsbereit, würde ich die Truppen von Sobradinho einberufen. Plötzlich würde der Oberst am Fenster erscheinen, keiner könnte sich krank stellen, eine Arbeit vorschützen oder den Todesfall eines Verwandten. Und diese List überdenkend, vertraute ich mir im Selbstgespräch:

»Der Oberst hat Kopf, er hat Verstand.«

Da der Schlaf nicht kam, zählte ich Schäfchen, und als nach etwa dreihundert alles wolkenweiß wurde, nickte ich ein. Kaum war ich eingeschlafen, krähte der Hahn in erster Morgenhelle. Angezogen wartete ich im Wohnzimmer auf die Ankunft Juquinhas und des besagten Hauptmanns mit den hundert Jaguartrophäen. Ich brauchte nicht lange zu warten. Hundegebell voraus, sah ich den Großgoldzahn des Gevatters Quintanilha heraufkommen. Den Finger auf den Mund gelegt, mahnte ich zur Vorsicht. Es empfahl sich nicht, Francisquinha und ihre Klagen zu wecken. Er möge Tutu Militão aus seinem Stauwasserschlaf holen:

»Ich will den Burschen in Wehr und Waffen sehen.«

Der Mulatte machte kehrt, ging fort und kam wieder – von Tutu keine Spur. Das Bett war frisch, als hätte darin niemand übernachtet. Juquinha wollte noch Sobradinhos nächste Umgebung nach ihm durchstreifen, wähnend, der Heiler sei vielleicht schon auf die Suche nach Waldkräutern gegangen, wie es sein Brauch war. Ich widersprach:

»Lassen Sie das Suchen und bringen Sie mir wie vereinbart den besagten Zuca Barbirato her.«

Quintanilha blieb ohne Erwiderung mitten im Wohnraum stehen. Wieder befahl ich, er solle den Jaguarhauptmann holen:

»Lassen Sie den Mann heraufkommen. Ich will den Draufgänger sehen.«

Der Verwalter von Mata-Cavalo brummte etwas, sperrte sich gegen meinen Befehl, worauf ich nicht einging. Beim dritten Drängen erst (»Hast du einen Ohrenverschluß oder willst du mit mir scherzen?«) packte er aus. Ich möge entschuldigen, aber der Hauptmann sei wahnsinnig hochmütig und ein launisches Haus:

»Er mag nicht, wenn man sich bei ihm etwas herausnimmt.«

Ich zwirbelte meinen Bart und war bereits verstimmt und verletzt. Ich wies den Hochmut des Hauptmanns zurück. In Sobradinho nahm sich niemand etwas bei jemandem heraus, auch nicht, wenn es ein hochgestochener Politiker, ein Großkopf aus der Regierung war. Juquinha Quintanilha möge wissen, daß ich mit zwei Bellern Barbirato wie eine Ordenanz aus dem Sattel kippen könne, wie es das Militärgesetz vorschreibt:

»Sag ihm, daß ich dafür die Macht habe. Es hängt nur von meinem Willen ab.«

Der arme Juquinha war eilends bestrebt, meinen Giftschlangenzorn zu besänftigen. Sagte, nach reiflicher Überlegung erfordere der Fall keine derartigen Vorkehrungen. Wenn der Hauptmann für die vereinbarten zweihundert Mil-réis die Raubkatze prompt umlegen würde, wäre die Sache erledigt:

»So lautet unsere Abmachung, Herr Oberst.«

Ich klopfte ihm liebevoll auf die Schulter:

»Sie haben recht. Lassen Sie das Großmaul ruhig da unten stehen.«

Ich ging hinunter. Festen Schritt erreichte ich die letzte Stufe, wo der von Janjão Caramujo gehaltene Steigbügel meinen Stiefel erwartete. Bequem im Sattel sitzend, begrüßte ich den Jaguartöter:

»Guten Tag. Wie geht's, Hauptmann?«

Der Kerl, von guter Breite und Höhe, Großbart, brummte ohne ein »Besten Dank, Oberst«, es gehe ihm, wie es Gott gefiele. Die Antwort gefiel mir wenig, doch mußte ich einem Mehlverkäufer ein Ohr leihen, der eine Nachricht von Tutu Militão brachte. Der Heiler ließ sagen, einer seiner Regenwürmer, zu allem Unglück seine Meisterbrillenschlange, sei aus seiner Sicherheitskiste entwischt. Noch lange vor Tagesanbruch habe er sich auf die Verfolgung der Giftigen machen müssen, weshalb er an der Ausrottung des Jaguars leider nicht teilnehmen könne:

»Das ist der Auftrag, den Tutu mir zur Erledigung hinterlassen hat, junger Herr Patron.«

Der Hauptmann Barbirato spöttelte dem Mehlhändler ins Gesicht:

»Was heißt hier Schlange! Was er mit sich herumschleift, ist ein Rucksack voller Angst. Ich behaupte es und beweise es.«

Barbiratos Geringschätzigkeit mißfiel mir – einer, der auf anderen Weidegründen zu Hause war, hatte kein Recht, den Mut Dritter abzuwerten. Doch in Anbetracht von Juquinhas guten Ratschlägen ließ ich die Anmaßung des Vorlauten ungeahndet, der noch Tutus Dienstleistungen als Fälschungen hinstellte und behauptete, der Heiler sei nicht einmal imstande, den Biß einer Seekröte zu kurieren:

»Ich sag's ihm in die Visage hinein. Behaupte es und beweise es.«

Der Mann hatte den Brustton der Überzeugung und eine Kehle, die der des Schreihalses Dioguinho vom Brunnen in nichts nachgab. Ich nahm seinen Tonfall an und warf zum Hauptmann hin:

»Was halten Euer Gnaden von der Frechheit des Jaguars?«

Er bellte herüber, ich bellte hinüber, denn es ist weidenbekannt, daß ich niemandem das Recht einräume, lauter zu sprechen als ich. Angesichts solchen Geschreis, das sich nach einem Marktauflauf anhörte, stob der Kleinhandel des Morgenrots auf: der Kuckuck, der Lackschnabel und sogar eine ganze Gesellschaft von Regenpfeifern. Eine solche Säuberung im Knochengerüst der Bäume hätte keine Arbeiterameise auf Reinigungsreise fertiggebracht. Das breite Koppel festschnallend, sagte der Hauptmann hochnäsig:

»Alles läuft vor mir weg. Ich behaupte es und beweise es, daß sogar das salzige Meer in Gegenwart von Barbirato zittert.«

Mittlerweile hatte Juquinha auf meine Anweisung hin den Kampftrupp von seinen Kopfkissen hochgeschüttelt: Antão Pereira, Saturnino Katerbart und João Ramalho, abgesehen von Janjão Caramujo, der stets hinterherzockelte, da er unwichtig war und meist schnapslastig. Die heranlatschenden Viehtreiber waren ein Anblick, der einen Christen betrüben mußte. Einer wirkte gebrochener als der andere, die Köpfe hingen wie bei einer trauerpflichtigen Beerdigung. Wirklich ertrug mein Volk kaum das Gewicht der Sporen. Ich stellte Zuza Barbirato vor:

»Das ist der Hauptmann, der mit dem Erlegen des Jaguars beauftragt ist.«

Hoch und hochmütig im Sattel vergeudete Barbirato nicht einmal einen Begrüßungsblick an die Neuankömmlinge. Das einzige, was er tat, war, sein Buschmesser zu zücken und wütend ein Sankt-Caetano-Melonenpflänzchen zu köpfen, das ein paar Akazienstaketen schmückte. Nachdem er diese Untat vollbracht hatte, schwor der Hauptmann, während er seine Stahlklinge in die Scheide steckte, er habe mehr Vertrauen zu diesem Schneidemesser als zu Weidenleuten oder selbst zu einer Linientruppe:

»Ich behaupte es und beweise es, ohne Angst, mich zu täuschen.«

Ich rollte meinen Bart um den Finger, um damit meinen reizbaren Militärschädel zu besänftigen, der darauf und daran war, ausfällig und beleidigend zu werden. Juquinha hüstelte und lenkte auf die Rinderzucht und den Verkauf von Kälbern ab, worauf Barbirato entgegnete, in seiner Gegenwart dulde er kein dummes Korralengeschwätz, er habe keine Lust, sein Patent durch untergeordnete Redereien zu beschmutzen:

»Ich behaupte es und beweise es, Seu Quintanilha, daß dieses Rinderlied schlecht in den Ohren eines Hauptmanns klingt.«

Aller Bremsen ledig, bekam die Anmaßung des Rüpels beim Einreiten in den Buschwald einen dicken Bauch. Er lenkte und leistete eine Großtat nach der anderen, Teterete, er arbeitete um zu arbeiten, Teterete, denn das hatte er nicht nötig, Teterete, denn wer einen steinreichen Vater hatte, war er:

»Einen Gefleckten abzuknallen ist für mich ein Bummel, denn Geld brauche ich nicht.«

Als er bald darauf zwischen Spöttereien und Gelächter hervorrülpste, er habe über zwanzig Dutzend Jaguaren den Todesschuß verabreicht, gab ich mit extratiefer Stimme den Fall des Spuks zum besten, den ich in zurückgelegenen Zeiten als blutjunger Student und Stutzer bezwungen hatte:

»Ein blitzwüstes Gespenst, Herr Gevatter.«

Der Hauptmann hielt inne, um mich über die Art der Vision auszufragen: ob es am Friedhofstor oder auf offenem Feld gewesen sei. Überdies hatte er die Unverschämtheit zu behaupten, es gäbe auf der Welt zwischen zehn und zwanzig Beschaffenheiten von Spukgestalten:

»Ich behaupte es und beweise es. Wenn Sie es nicht wissen, wissen Sie es jetzt.«

Er ließ sich nicht weiter über das Thema aus, weil wir am Jaguarwald angelangt waren. Für die vereinbarten zweihundert Mil-réis war meine Zuständigkeit an dieser Grenzlinie beendet. Der Rest gehörte in Zuza Barbiratos Verantwortung, in die seine, einzig und allein. Und um ihm seine Spöttereien heimzuzahlen, wies ich darauf hin, daß er fortan für den Ablauf der Jagd verantwortlich sei:

»Sie haben die Leitung. Ich wasche meine Hände in Unschuld.«

Im Schatten eines Inga hielt der Hauptmann sein Pferd an. Und von dort oben, den Hut in den Nacken verschoben, spielte er den Urwäldler. Er schnüffelte in den Wind auf der Suche nach dem ranzigen Geruch des Jaguars. Dreimal schnupfte er und dreimal blickte er zum Himmel auf. Insgeheim fand ich die Äfferei des Großkotz komisch. Nie im Leben würde ein so verschlagenes Tier wie der traumstill schreitende Gefleckte zulassen, daß das Ohr des Jägers sein Versteck erlauschte. Ich ließ den Hauptmann sein Narrenspiel weitertreiben, das bei den Wäldlern längst außer Gebrauch war. Ich rühmte sogar sein Vorgehen:

»Der Hauptmann geht behutsam vor, er beobachtet sogar den Wind.«

In vorschriftsmäßiger Entfernung wartete mein Völkchen schlaff und verdreckt auf die Entscheidung. Anmaßend entließ Barbirato den Trupp:

»Ich brauche keine Bettnässer an meinem Schwanzende.«

Und schon verspritzte er Beleidigungen, die nur deshalb nicht mehr an den Mann kamen, weil die Viehtreiber, Juquinha vorneweg, außer Reichweite jeder Kränkung waren und niemand gemerkt hatte, wie rasch sie in der spärlichen Buschsteppe verschwunden waren. Ich mußte dem Katzentöter recht geben. Und machte mir gegen Janjão Caramujo Luft, dem einzigen, aus Sobradinhos Garnison übriggebliebenen Begleiter. Mit Schlagseite im Sattel sitzend, wurzeltief im Schnaps untergegangen, wirkte der Pferdepfleger wie betäubt. Mit zwei unverunvermittelten Brüllern schüttelte ich Janjão aus seinem Dösen auf und befahl ihm, sich zu den anderen Schlampern zu gesellen, denn ihr Platz sei in einem Nähzimmer und nicht bei einem Jaguarstreit:

»Schamloses Gesindel! Ich werde euch Jungfernröcke anziehen, jedem einzelnen.«

Ohne Hast, mit gesenktem Kopf, trat Caramujo den Rückweg an. Das nutzte der Hauptmann Barbirato, um wieder in Späße und Prahlerei auszuarten. Bat, ich möge in meiner Tasche kratzen, da das Jaguargeld nach seinem Gesetz auf dem Fell des toten Tiers zu zahlen sei:

»Das behaupte ich und beweise ich. Ich werde ihm eine Kugel zwischen die Augen knallen, um nicht den Mantel der Raubkatze zu verderben.«

Bei diesen Reden zerfetzte er den Flügel eines einbeinigen Kobolds mit einer Bleiladung und nannte den Grund:

»Um mich einzuschießen.«

Da ich nicht gewohnt bin, an zweiter Stelle zu stehen, traf ich einen Töpfervogel an der Schlagader. Er tat dasselbe mit einem lärmenden Kuckucksschwarm. Ein Waldarbeiter, der in der Nähe wohnte, öffnete das Fenster und erschien noch morgenschlaftrunken. Blickte, spuckte aus und sagte ins Haus hinein:

»Es ist der Oberst aus Sobradinho. Armer Jaguar!«

Noch immer vertrödelten wir unsere Zeit, und ich schickte mich an, den Hauptmann, wie verabredet, seiner Aufgabe zu überlassen, als, höchstens eine halbe Légua von uns entfernt, ohne Warnung noch Röcheln, der langgesuchte Jaguar auf seinen vier Pfoten vor uns wuchs. Er brüllte seine Unwissenheit Barbirato geradewegs in die Schnauze und schon entwich dem Rachen des Vermessenen ein widerlicher Pesthauch. Ich sprang aus dem Sattel, und bei dieser Tätigkeit vernahm ich das Wiehern eines Pferdes in Todesangst – Nachricht vom Hauptmann fehlt mir bis zum heutigen Tag. Wieder einmal, im Verlauf von wenig mehr als vierzehn Tagen, hatte der Oberst einen Jaguar vor sich. Alles wog gegen mich, doch sage ich ohne Schamgefühl, daß der Bösewicht nicht einmal Zeit hatte, Simeãos Enkel zu Gesicht zu bekommen. Plötzlich sah ich meine Person in einem Sumpf, zehn Klafter vom Standort des Jaguars, und schwamm wie ein Hündchen, im Schwimmstil meiner Kinderzeit. Mit Hilfe einiger Bretter und Moorhölzer brachte ich meinen Bart in Sicherheit und meine Flinte in Trockenheit, für alle Fälle und Felle. Kein Jaguar und kein noch so scharfes Auge konnte ein so tiefes Wasserversteck entdecken. Und so, aus dem Hinterhalt, wartete ich auf die Vorkehrungen des Hochfahrenden, der am Saum des Sumpfgewässers Land und Busch beschnupperte. Auf den Mangobäumen hockend, kaum einen Atemstoß entfernt, warteten die Aasgeier auf das Ergebnis des Krieges, einer langhalsiger als der andere, als sei ich ein vertragssicheres Stück Aas. Insgeheim fluchte ich:

»Geht und verkündet eurer Hurenmutter Unheil!«

Ich warf noch einen prüfenden Blick ringsum in der Hoffnung, Sobradinhos Waffen zu Gesicht zu bekommen. Mit dieser Inspektion beschäftigt, sah ich hinter einem Ameisenhügel den vaterlosen Schuß losgehen. Der Gefleckte, der kein Blei erwartete, machte einen flugartigen Satz und fiel in Todeszukkungen zu Boden. Ich war ganz Auge, um Barbirato zu entdecken, und wer im Spiralenrauch erschien, war der junge Bursche und Rotkehlchenfänger und Bauernjunge, der hin und wieder in Sobradinho übernachtete. Arglos kam er näher, Flinte geschultert, ohne an Folgen zu denken. Ich ließ aus dem Zitterboden meinen Warnruf erschallen:

»Fort! Fort!«

Mit zwei Sprüngen war ich aus dem Wasser, rechtzeitig genug, um den Jungen mit der Stiefelspitze zu verscheuchen, eine Aufgabe, die ich erst aufgab, als ich den Kopflosen in sicherem Abstand außer Lebensgefahr sah. Als Abschluß, neben ein paar Zwergpalmen stehend, wetterte ich noch:

»Hohlkopf! Sieh dich vor, ein Jaguar ist keine Herdkatze.«

Dann, zurückgehend, verschoß ich ins Ohr des Gefleckten all meine Munition meines Schießprügels, den nicht einmal das Sumpfwasser hatte blockieren können. Von einem gebrochenen Schwur, von tausend gebrochener Schwur. Und lauter als der Knall des Schusses brüllte ich:

»Kapiert, Großmaul!«

Währenddessen tauchte, wie Würmer aus der Erde, einer um den anderen des Viehtreibertrupps von Sobradinho auf. João Ramalho machte angesichts des toten Raubtiers das Zeichen des

Kreuzes. Juquinha vermaß den Umfang des Gefleckten und meinte:

»Was für ein Ungeheuer!«

Man sehe und staune! Nur wegen des Bubenstreichs eines streunenden Burschen, eines Fängers von Lackschnäbeln und Sanhassus habe ich die verlockendste Wildbeute verpaßt, die ich je im Korn meiner Flinte gehabt habe. Von Zuza Barbirato hat nie wieder jemand etwas gehört. Er wurde im Umkreis von hundert Léguas gesucht und in weiteren hundert nicht gefunden. Mir verblieb Glanz und Gloria, der Raubkatze den Rest gegeben zu haben. Da es nicht in meiner Natur liegt, mich mit dem Ruhm Dritter zu schmücken, stritt ich die Heldentat im Sumpf mit triftigen Gründen und Erwägungen ab. Doch bald hieß es, ich hätte mich nur so bescheiden gegeben, um nicht als Brecher eines Gelübdes dazustehen. Angesichts dieses Einwands wusch ich meine Hände in Unschuld.

4

Jahre von Wind und Regen verflossen über dem Tod des Jaguars. Zum Andenken an das Ereignis ließ ich im Wohnzimmer von Sobradinho das gegerbte Fell der Großkatze ausspannen und mußte mehr als hundert Mal den Fall des Gefleckten erzählen. Ein Regierungsarzt, der auf die Korralengehege kam, um eine Viehwurmplage auszumerzen, war baß erstaunt, als er auf ein so seidiges Fell trat:

»Was für ein Schuß! Was für eine tödliche Treffsicherheit!«

Er bestand darauf, den Tatsachenbericht mitzunehmen. Ich erwiderte, das sei nichts Außergewöhnliches, das ganze Jahr habe man mit dem Ausrotten des gefleckten Jaguars zu schaffen. Und um die Belanglosigkeit zu beweisen, fügte ich hinzu:

»Das ist Routinearbeit, die den Appetit meines Abzugshahns längst nicht mehr reizt.«

Der Wurmplagenarzt, durch das Remisengeschwätz von Saturnino oder Antão Pereira unterrichtet, zwinkerte nur. Er wußte von meiner Zurückhaltung, von meiner reservierten Art, daß ich imstande sei, einen Tiger zu erlegen und zu sagen, es sei ein Panther gewesen:

»Ich weiß Bescheid, ich weiß Bescheid.«

Ich ließ die Unterhaltung laufen, wie sie lief, denn ich binde niemandem einen Maulkorb vor. Das Ergebnis war, daß der besagte Regierungsveterinär in seiner Verwunderung das Abenteuer ausschmückte. Zum Abschluß fehlte nur noch, daß ich den Jaguar mit Sattel und Zügel geritten hätte. Da die Übertreibung meinem militärischen Ehrgefühl keine Einbuße tat, zuckte ich nur mit den Achseln. Eine Zeitlang danach, während einer Eisenbahnfahrt, die ich unternahm, um eine Woche in der Rua da Jaca zu verbringen, flüsterte ein Kerl einem anderen ins Ohr:

»Der Rotbart ist jener Ponciano, der aus einem Jaguar einen Sattelesel gemacht hat.«

Die Wahrheit ist, daß ich während all dieser Januar-Monate nie mehr von Jaguaren belästigt wurde. Dann und wann ergab sich ein unbedeutender Fall in Form einer Kobra oder eines Maulesels ohne Kopf. Doch um diese Kleinigkeiten kümmerte ich mich persönlich nicht. Ich schickte einen Viehtreiber hin, um die Lichtung oder den beschädigten Kreuzweg zu entrümpeln. Von kälberfressenden Jaguaren wurde in Sobradinho nichts mehr gehört. Gewissermaßen zum Zeitvertreib fragte ich bei Verandaunterhaltungen immer, ob es in den Einöden nicht eine lohnende Aufgabe für den Oberst gäbe, damit er sich einmal wieder einschießen könne.

»So etwas wie einen gefleckten Jaguar, eine Bestie von Gewicht, etwa einen Werwolf.«

Das Personal von Sobradinho, das den Jaguarzahn bereits vergessen hatte, lachte über diese und andere Späße, die ich ihnen auftischte. Und so kam und ging die Zeit durch die Tür meines Großvaters Simeão. Ich sah Juquinha Quintanilha im Monat der Zikade in den Stand der Ehe treten. Sonntäglich herausgeputzt, den Hut in den Fingern drehend, in drückenden Stiefeln und ladenneuen Kleidern kam er in Sobradinho angeritten. Ich rief Dona Francisquinha:

»Meine Gevatterin, kommen Sie und schauen Sie sich den größten Galan der Weiden an.«

Juquinha Quintanilha, auf dem Stuhlrand sitzend, zeigte seinen Goldzahn. Ich sagte, er solle es sich bequem machen:

»Der Stuhl ist aus Perobaholz, der wird nicht wurmstichig und bricht nicht.«

Eigenhändig befühlte ich seine Stoffe, rühmte das Gewebe und die Eleganz des Schnitts:

»Euer Gnaden sehen aus wie ein Landgerichtsrat.«

Nachdem der zeremonielle Teil vorüber war, erzählte Quintanilha, er sei gekommen, um mich um Heiratserlaubnis zu bitten, weil er gedenke, in den Stand der Ehe zu treten:

»Wenn der Patron nichts einzuwenden hat, werde ich meine Papiere bei der Regierung einreichen.«

Ich umarmte den Mulatten und wollte unverzüglich wissen, wer die Glückliche sei. Juquinha, nun ganz gelassen, zögerte nicht mit der Antwort:

»Mein Patron kennt sie nicht. Sie ist ein Mädchen von außerhalb des Weidengebiets.«

Wenig später band Pater Malaquias, Beichtvater meiner Sünden, das kirchliche Band um Leben und Tod Juquinhas und Dona Alvarina Quintanilhas, die bald einen Bauch bekam. Ich wurde ihr Gevatter – ich taufte ihren Jungen, der, kaum den Windeln entwöhnt, an einer Nabelentzündung starb. Juquinha litt furchtbar unter dem Unglück. Den Kopf auf der Zehe, lief er ohne Lebenswillen und niedergeschlagen umher. Ich mußte ihm mit Püffen Mut machen:

»Seu Quintanilha, ein Mann ist ein Mann, eine Katze ist eine Katze. Wer eins macht, macht hundert.«

Es war zu Beginn der Regenzeiten. Die Dachtraufe hörte nicht auf sich zu entleeren. Und außer dieser Trostlosigkeit rumorte ein bösartiger Wind in einem bestimmten Leiden, das ich zu tragen habe, etwas, was ich mir in meinem einstigen ausschweifenden Leben zugezogen habe, als ich noch kein achtbarer Mensch war und keinen Oberstentitel mein eigen nannte. Kraft des Heidezuckerrohrs und des Versprechens, keine schwere Kost zu essen wie Kaiman oder Wasserschwein, konnte ich meine Blase und umliegende Körperteile in Ordnung bringen, worauf ich zu meiner gut gezullten Zigarre zurückkehrte, um die beschwerliche Weideneinsamkeit leichter zu verkraften. Bei der geringsten Anfechtung schüttete ich meine Ausbrüche in den Wind:

»Land von Irrlichtern, Nest von Zackenblitzen und Gespensterseelen.«

An einem dieser Abende der Verstörung, während ich meinen Bart im Wohnzimmerspiegel überprüfte, hob ich das erste Büschel ruinierten Haars – einen bereits in schmutziges Weiß übergehenden Wisch. Meine Eitelkeit stöhnte. Juca Azeredo, der gerade in Sobradinho übernachtete, wurde sogleich herbeigerufen:

»Herr Gevatter, kommen Sie her und schauen Sie!«

Und näher auf den Spiegel zutretend:

»Ich werde ein Werwolf.«

Der Vetter, der im Schaukelstuhl seinen Verdauungszahnstocher genoß, rüstete sich zum Spotten, ohne sich aus seiner Bequemlichkeit aufzuraffen. Ich solle Bart Bart sein lassen und mich um meinen Bauch kümmern:

»Zuviel Pansen für einen Oberst allein.«

Plötzlich, ohne zu wollen, betastete ich den von Juca Azeredos Spöttelei angeschwärzten Körperteil, und dieses Betasten verursachte mir Kummer. In der Tat war mein Bauch über meinem breiten Gürtel zu einer Art Doppelkinn angeschwollen. Ich würde wie der alte Pedro Pita werden, der seit manch zurückliegendem Jahr nicht mehr seinen Pint sehen konnte:

»So ein Verhängnis! Pedro Pita, nicht mehr und nicht weniger.«

Nachts, bei einer Besprechung mit meinem Kopfkissen, beschloß ich, in den Stand der Ehe zu treten. Ich würde nicht zulassen, daß mein Pansen noch mehr wuchs, daß er nicht mehr durch die Tür ging, um einer besseren Mädchenhälfte die Ehe anzutragen, was kein Vater einer solch unmäßigen Leibesfülle zugestehen würde. Das beste war, auf den Weiden auszuposaunen, der Oberst Ponciano de Azeredo Furtado sei hinter einem jungen Mädchen her, das gewillt sei, Sobradinho zu übernehmen. Gut gedacht, gut getan. An einem besonders wichtigen Nachmittag ließ ich Juquinha Quintanilha rufen, der sich in den Korralen besser auskannte als irgendeiner. Er möge die Einöden durchstöbern und mir in irgendeinem Gutsbesitz eine mit allen Nachweisen ausgerüstete Jungfrau ausfindig machen, fähig, mit mir in den Stand der Ehe zu treten. Und als abschließenden Befehl:

»Wenn der Oberst an dem Stück Gefallen findet, lasse ich alle Hindernisse ausräumen und das Aufgebot bei den Behörden ausschreiben.«

Der Mulatte rieb sich das Kinn, zeigte den Goldzahn und lehnte den Auftrag mit den Worten ab:

»Eine Dame nach dem Geschmack des Herrn Oberst gibt es nicht in hundert Léguas im Umkreis dieses Fußbodens.«

Ich verlor meine Steigbügel:

»Gibt es nicht? Warum gibt es das nicht, Seu Quintanilha? Bin ich ein Krüppel, bin ich ein Pferdedieb? Bin ich oder nicht auf dem laufenden mit meinen Abgaben und Steuern?«

Juquinha schluckte. Ein paar Wochen darauf, bei einem meiner Gänge nach Santo Amaro, streifte ich den Fall, um die Meinung von Juju Bezerra zu hören, dem Besitzer der Hoffnung-Apotheke und Major mit zwei Feldjägern unter seinem Befehl. Er war berechtigt, festzunehmen und freizulassen; dafür besaß er von der Regierung einen Freibrief. Doch von Gerichtsverfahren und derlei Darlegungen wollte Bezerra nichts hören. Sein Lieblingsthema waren Rockzipfel, darin konnte er den Ring eines Vollakademikers vorweisen. Er war über alle Ludereien der Moulin-Rouges und Bummelhäuser auf dem laufenden:

»Oberst, in Compos ist ein Franzenweib gelandet, das einen Mönch weichmachen könnte. Sie hat alles draußen bis zum Nabel.«

Juju ließ alle seine Verantwortlichkeiten als Regierungsvertreter liegen und hockte sich in die erste Reihe des Theaters. Er war mir sehr zugetan wegen der Hilfe, die ich ihm gewährt hatte, als er nach Santo Amaro kam und einen Handel mit Heilgetränken und Senfpflastern eröffnen wollte. Wenn ich zugegen war, konnte niemand mit Juju Bezerra rechnen, der eine Klette an meinem Rock wurde. Er ließ Rezeptabfertigung links liegen und sogar Haft- und Freilassungsbefehle, um meine Gegenwart zu genießen. Wer uns in der Hoffnung-Apotheke sah, mich in meiner Bartfülle und ihn dicht an meinem Ohr, mußte vermuten, hier gehe es um Staatsaktionen, um Viehdiebstahl oder Geldgeschäfte. Doch was am meisten im Kopf des Majors umging, war Lumpengewerbe. Das Volk von Santo Amaro sprach von einem kleinen Gut, das Juju an einem entlegenen Ort besitzen sollte. Vor mir, Bruder derselben Gilde, öffnete er seine Preziosenkassette. Allein in einem Zufluchtsort in Boa Vista nahe am Meer, bekräftigte er mit erhobenem Ringfinger, als sei er verheiratet, fünf Mulattinen erster Wahl:

»Und ich habe sie alle zu Frauen gemacht, Ich bin ihrer aller Schöpfer.«

Als ich Juju meinen Entschluß zur Kenntnis brachte, mich in den Stand der Ehe zu begeben, machte der Major einen Satz:

»Begehen Sie doch keinen solchen Kapitalfehler! Was Euer Gnaden braucht, ist eine gut Gehaltene und Ausgehaltene.«

Und unter dem Siegel des Geheimnisses, wie es seine Art zu reden war, berichtete er mir von den Schönheiten einer gewissen Dona Alonsa dos Santos, die sich auf der Durchreise in São Gonçalo befand. Über den Ladentisch seiner Hoffnung-Apotheke gebeugt, mit herausgestreckter Zungenspitze und dem Bleistift in den Fingern, entwarf Juju auf einem sauberen Blatt Papier die vorderen und subalternen Teile der Mulattin:

»So etwa sieht sie aus, Oberst, so etwa sind ihre Umrisse. Jedes Fach, jede Abteilung, um sogar einen Landgerichtsrat außer Dienst verrückt zu machen.«

Der Liederjahn meines Auges übersah kein Strichlein des Majors; da er aber die Taille allzu wespenartig einschnürte, hieß ich ihn Obacht geben:

»So bricht sie ab, Gevatter. Nicht einmal eine Blattameise hat so eine Gürtellinie.«

Bezerra, den Bleistift beiseitelegend, schwor, Dona Alonsa dos Santos sei mit dem gefälligsten Paar Heckhälften ausgestattet, die er je zu Gesicht bekommen habe:

»Es zittert sogar unter ihrem Satin wie Meeresbeben.«

Vom Gewicht meiner Zigarre und des Majors Liederlichkeit sabberte mein Schnabel genießerisch. An die Theke gelehnt, beschloß ich, Jujus Rat zu folgen:

»Das Geschäft ist abgeschlossen, Seu Bezerra. Ich werde mir diese Dona Alonsa dos Santos ansehen.«

Doch wieder in Sobradinho, fern vom Sirenengesang des Majors, machte ich vor meiner Entscheidung kehrt. Schließlich war ich ein Mann von Geld, ein Mitglied der Bruderschaft und im Verwaltungsrat des städtischen Krankenhauses. Was würde das gestrenge Volk des Gerichtshofs sagen, wenn es von meinen Zügellosigkeiten auf der Matratze einer alleinstehenden Dame mit festem Wohnsitz erfuhr? An Hochwürden Malaquias durfte ich schon gar nicht denken. Der würde sofort eine Bischofsbulle gegen mich in Bewegung setzen. Er würde vorgehen, wie er bei Juju Bezerra vorgegangen war, dem er nicht einmal das Recht einräumte, einen Stein seiner Kirche zu betreten. Hochwürden tat alles, damit der Major den Weg zur Finsternis verließ. Er erteilte ihm Ratschläge, hielt ihm eine Predigt. Er bat sogar mich als Inhaber eines höheren Patents, ich solle Juju zur Verantwortung rufen:

»Sie sind dafür zuständig, Sie sind dafür zuständig.«

Ich lachte insgeheim über den Gedanken. Ausgerechnet mich wählte der Pater? Äußerlich, angesichts meines mächtigen Barts und meiner tiefen Stimme, gab ich eine zurückhaltende Figur ab. Drinnen aber war der Oberst von Sobradinho vollgestopft mit Lumpereien, hundertmal schlimmer als der berühmte Bock aus der Sintflutarche, der so lange Zeit von einer einzigen Ziege bedient worden war. Ich lehnte den Auftrag ab. Ich war bereit, alles zu geben: für die Kapelle, für ein Heiligenbild, für Altarschmuck sowie Stipendien für Notleidende, nur keine Ratschläge an Juju Bezerra:

»Nur das nicht, Hochwürden, Bester.«

Malaquias, die Hände in der Sutane vergraben, zählte die Bodensteine der Sakristei. Und sprach mit tiefer Trauer von dem finsteren Leben, das Bezerra erwartete. Er würde unwiderruflich und unwiederbringlich in die Lohe der Hölle stürzen:

»Das erwartet den, der in Gottlosigkeit und Unflat lebt.«

Ich erzitterte in meinen Grundfesten, als ich mir den Major im Handgemenge mit der Höllenglut vorstellte. Der Pater machte das Zeichen des Kreuzes, und schon spürte ich ringsum den Windhauch von versengtem Stoff. So daß ich zur mir selber sagte:

»Juju ist geliefert!«

Denn ich hatte nicht die geringste Lust, wegen des Blödsinns eines ausgehaltenen Weibstücks ins gleiche Abseits zu rutschen. Daher war es das Beste, von neuem das Weideland zu durchsuchen, ob nicht ein wohlerzogenes junges Mädchen zu finden sei, und dann die Hochzeitsvorbereitungen zu beginnen. In dieser Verfassung schickte ich mich an, den einen und anderen auszufragen. Eines Nachmittags, während der Pause einer Viehversteigerung, der ich vorstand, suchte ich ein Wort mit Antão Pereira über die Mädchen der Familie Pires de Melo, von denen eine sich gerade auf die Verlobung vorbereitete. In einem Billet bat ich Juquinha, er möge auf einen Sprung nach Sobradinho kommen. Ohne Säumen, im Staub des Botengängers, erschien der Mulatte. Ich schnitt dies und das an, sprach von einem bereits mündlich abgeschlossenen Viehkauf in Piauí und der Neubepflanzung eines Weidenstücks, die ich nach Beendigung der Regenzeit vorzunehmen gedachte. Nach

Abschluß dieser Gesprächsthemen kam ich auf meine Kernfrage zu sprechen. Meinen Bart zwirbelnd, erkundigte ich mich nach dem Verbleib der Töchter des Herrn Pires de Melo und ob da eine wäre, reif genug für Schleier und Orangenblüten:

»Besitzt der Gevatter Nachrichten von ihnen?«

Ohne Umschweife tötete der Mulatte meinen Wunsch ab. Die eine sei einem jungen Mann aus der Stadt versprochen und die kleine andere, Dona Beatritz de Melo, sei noch zu zart:

»Sie hält Verantwortungen noch nicht stand, Herr Oberst.«

Mehr sagte Juquinha nicht, der im übrigen keinen redseligen Mund hatte. Nachmittags, gut gespeist und gut zahngestochert, trat der Mulatte seine Rückreise an, um beim ersten Abendstern in Mata-Cavalo einzutreffen. Nachdem Juquinha mir den Rücken gekehrt hatte, vergrub ich im Grund der Truhe meine Gedanken an Eheschließung. Und dachte erst wieder an den Gevatter zwei Sonntage später, weil ich eine Einladung erhielt, in Mata-Cavalo vorzusprechen, zum Wochenende, da Dona Alvarina meiner Gabel ein wie einen Sohn aufgezogenes Spanferkel vorsetzen wollte. Die Bitte einer Senhora von der Güte der Gevatterin konnte ich nicht abschlagen. Ich stattete meinen Dank ab:

»Sagen Sie dem Gevatterpaar, daß ein Affe keine Banane zurückweist.«

Da wir im Monat des Rebhuhns waren, machte ich meine feine Schrotflinte fertig und ritt beim ersten Morgenschimmer des Samstags ab, um rechtzeitig beim Spanferkel einzutreffen. Unterwegs, in einem Wald aus guten Hölzern, rief ich das Rebhuhn auf der Lockpfeife. Es kam eines, es kamen zwei und drei, und ich: Feuer in den Bauch des Kunden. Ich schoß, wie ich wollte und zerfetzte noch aus reiner Lausbuberei einen kleinen Sperber, Kückenfresser, der das Dach eines Hühnerstalls durchstöberte. In Paus Amarelos angekommen, zögerte ich meine Reise hinaus, um nicht verfrüht an Juquinhas Tisch zu erscheinen. Ich nahm von einigen Viehtreibern, damit beschäftigt, Lebensmittel nach Ponta Grossa dos Fidalgos zu befördern, einen Blechbecher Kaffee an. Ihr Vormann, Nico Ferreira, kehrte gelegentlich in Sobradinho ein, um die Hufe der Maulesel zu erfrischen. Er wachte eifersüchtig auf das Leittier der Herde, das er achtungsvoll und behutsam wie ein junges Mädchen behandelte. Das Tierchen trug ein Silberglöckchen und ein rotes Tüchlein um den Hals. Ich erkundigte mich nach seinem Ergehen und erfuhr zu meinem Leidwesen, daß es von Ungeziefer aufgefressen wurde und lendenlahm war. Sofort riet ich Nico, den in Mitleidenschaft gezogenen Teil mit Rolltabak zu säubern und Umschläge mit Knoblauch und Schwefel anzulegen. Und fügte hinzu:

»Außerdem ein gutes Paar Gebete, denn das stellt die Kur sicher.«

Im Hauch des Mittags bei lotrechter Sonne betrat ich den Boden meines Erbguts. Bevor ich den Schritt meines Pferdes in Richtung auf das Wohnhaus lenkte, ließ ich einen Besitzerblick über die Weiden und Gutsgebäude mit ihren Verbesserungen, eine vorteilhafter als die andere, gleiten. Selbst die von Besenkraut, der wurzelreichsten, bösartigsten Plage verheerten Niederungen hatten unter Quintanilhas Pflege neues, saftiges Gras angesetzt, so daß ein halber *alqueire* bereits den Huf zahlloser Rinder aushalten konnte. Nach der Inspektion meines Erbguts schlug ich den schmalen Pfad zum Haus der Gevatter ein, das ich unerkannt betrat. Vom kletterpflanzenüberwucherten Eingang aus rief ich mit verstellter Stimme:

»Wo steckt nur ein gewisser Juquinha Quintanilha, Gevatter eines gewissen Ponciano de Azeredo Furtado, der nur gefleckte Jaguars zu reiten versteht?«

Die Antwort kam in Gestalt eines gutaussehenden jungen Mädchens, die unter dem Vordach stand, eine Blume im Haar und ein Buch unter dem Arm. Und so, überraschend, lernte ich Isabel Pimenta kennen, Eigentümerin verschiedener Schönheiten, imstande, sogar die Tanzgirls der Rampenlichter in die Tasche zu stecken. Ihre Hände an der Schürze abwischend, kam Gevatterin Alvarina aus der rückwärtig gelegenen Küche gerannt, ganz befangen durch meine Anwesenheit:

»Kusine, komm und lerne den Gevatter kennen.«

Wie eine Wäldlerschleuder bog ich meine zwei Oberstmeter, denn wenn ich will, kommt kein Stadtgalan in Anstand und Ritterlichkeit gegen mich auf. Ich beschloß meine Begrüßung nicht mit einem Handkuß, weil eine derartige Etikette nicht zu wildem Weideland paßt. Die junge Isabel, die ein feines Benehmen an den Tag legte, erwiderte seidenweich:

»Es ist mir eine große Ehre, Herr Oberst.«

»Die Ehre ist ganz auf meiner Seite und die gebe ich auch nicht her.«

Die bereits freudig erregte Gevatterin nahm mir meinen Hut ab. Ich möge mich ganz zu Hause fühlen, solle mich mit der Kusine unterhalten, während sie Juquinha holen wolle, der in Rufweite von der Veranda mit dem Bau eines Brunnens beschäftigt sei. Achtungsvoll machte ich es mir bequem – sie im Schaukelstuhl und ich auf der Kante des Sofas. Zum Schaden meiner Sünden fiel mir beim Überschlagen der Beine mein beschädigter Stiefel auf. Rasch zog ich die Havarie unter den Sitz. Das Mädchen Isabel sprach gelassen und sanft, so daß sie mein wohlerzogenes Naturell rasch gewann. Sie sagte, sie kenne den Oberst bereits dem Namen nach, aus den Briefen und Erzählungen Alvarinas:

»Meine Kusine spricht von nichts anderem.«

Wieder, wie es einem gebildeten Menschen geziemt, bog ich den Nacken. Bald darauf war ich mit den Verhältnissen des jungen Mädchens vertraut. Sie gab Unterricht in einer städtischen Schule, in Caju. Vom Keuchhusten stark mitgenommen, machte sie in Mata-Cavalo Erholungsurlaub:

»Ich bin anfangs der Woche hergekommen und habe schon zwei Kilo zugenommen.«

Ich ließ mir keinen Stich entgehen:

»Bitte machen Sie von meinen bescheidenen Diensten Gebrauch, Dona Isabel. Ich kenne einen Arzneitrank, der für solche Beschwerden wie ein Hufschlag ist.«

Die Lehrerin stellte ihr Jungmädchenlachen zur Schau, und ich schwöre, ich spürte ihren Blütenatem im ganzen Raum. Sie dankte, wie eine wohlerzogene Dame zu danken weiß. Ihre Erkrankung war dank des ärztlichen Rezeptes bereits im Abklingen. Und scherzend:

»Es bleibt für das nächste Mal, Oberst.«

Vom Keuchhusten ging sie auf ein feinsinnigeres Thema über. Sie war eine passionierte Gärtnerin und in ein Nelkenbeet hinter dem Haus verliebt:

»Einfach herrlich. Ich möchte, daß der Oberst es sich anschaut.«

Und den Oberkörper wendend, deutete sie auf eine Tonvase, in der einige Nelken vor der Komparserie des Gartengrüns feierten. Dieses Manöver ließ mir Zeit, alle natürlichen Vorteile Dona Isabels in Augenschein zu nehmen – zimtähnliches Brünett, wasserblaues Auge und Bettmund. Würden mir diese Wohltaten und Kurven zuteil, niemand würde je wieder Nachricht vom Oberst Ponciano de Azeredo Furtado erhalten. Nie mehr! Angesichts so viel wohlgeordneter Schönheit leckte ich mir die Lippen und stellte mir meine Person vor dem Altar von Santo Amaro vor, eine Predigt im Ohr und ein breites Bett, das mich in Begleitung von Dona Isabel Pimenta in Sobradinho erwartete. Doch schon wurde ich aus dieser schmeichlerischen Phantasie gerissen, denn Juquinha Quintanilha stand vor mir. Des Gevatters Goldzahn war reine Befriedigung:

»Herr Oberst, entschuldigen Sie mein Säumen.«

Es kam die übliche Umarmung, es kam das Thema der Rinder. Und schon fand Quintanilha Mittel und Wege, um meine Behaglichkeit zu zerstören. Er wollte, ich solle mir frischgerodetes Gelände ansehen und einen Maisspeicher, in den die letzten Nägel eingeschlagen wurden. Wider Willen warf ich einen Blick auf die neue Anlage. Von der Veranda aus empfahl Dona Alvarina, neben sich die Lehrerin, wir sollten es kurz machen:

»Das Spanferkel ist so gut wie fertig.«

Im Verlauf der nächsten zwei Monate hatte ich keinen anderen Dienst. Jeden Samstag, ob es regnete oder wehte, hielt ich auf Mata-Cavalo Einzug, wegen des Abendessens der Gevatterin Alvarina und wegen der bezwingenden wasserblauen Augen der jungen Lehrerin. Ich habe mich nie so herausgeputzt wie in all diesen Tagen. Doch sage ich es frei heraus: meine Unterhaltung war nicht nur darauf aus, ihr zu schmeicheln. Immer fand ich das junge Mädchen in Lektüre vertieft. Sanft und gemessen verurteilte ich ihr Vorgehen:

»Dona Isabel wird sich noch die Augen verderben.«

Ich pflegte also das Äußere des Obersten. Ich kam nach Mata-Cavalo mit Duftwasser besprüht, das der verwöhntesten Nase Bewunderung entlocken mußte. Allein aus der Reisetruhe eines fahrenden Händlers holte ich mir alle vorhandenen Seifensorten, neben den Bestellungen, die Salim Nagibe für mich aus der Stadt mitbrachte. Francisquinha überwachte auf meine ausdrückliche Anordnung das Waschen der Wäsche ihres jungen Herrn. Ich spielte den Negerjungen beim Wienern meiner Stiefel, während Janjão Caramujo das Silber von Sattelzeug und Sporen putzte. Das Volk tuschelte über dergleichen Aufwand:

»Der Oberst hat ein junges Mädchen in Aussicht.«

Kein Rampenlichtgalan konnte mit mir wetteifern. Wenn ich mein Taschentuch aus der Backentasche zog, dem Ort, in dem ich diesen Gebrauchsgegenstand zu verwahren pflege, sprang der Duft der Kölnischwasserflasche weit in den Raum, so daß Dona Alvarina bei einer Gelegenheit feinsinnig bemerkte:

»Der Gevatter ist schick geworden. Sie wollen anscheinend heiraten.«

Ich gab im gleichen Scherzton zu bedenken:

»Hören Sie, Dona Alvarina, wer wird schon einen alten Junggesellen wie diesen Ihren Gevatter wollen?«

Vor den Rockfalten der jungen Isabel schrumpfte meine Kühnheit. Die Zunge des Obersten, Herrin solcher Redegewandtheit, verlor unter diesen besonderen Umständen ihr Gift. Nur dann und wann, und zwar in eher furchtsamem Tonfall, entschlüpfte ihr eine unbeherrschte Frage:

»Sind Euer Gnaden schon einmal von einer Kobra gebissen worden?«

Das junge Mädchen lachte über diese und andere Entgleisungen, denn etwas anderes konnte sie nicht tun. Eines Abends, als wir unter dem Vordach behaglich in Schaukelstühlen saßen, entzündete und löschte ein Leuchtkäfer die Glut seines Schwanzes dicht neben ihr. Sogleich ließ ich folgende Dummheit vom Stapel:

»Hat Dona Isabel je ein Irrlicht umhergeistern sehen?«

Sie hatte keines gesehen und glaubte auch nicht an die Phantastereien des ungeschlachten Volks der Einöden. Ich hingegen, statt das Irrlicht in die Tasche zu stecken, hatte noch die Stirn, den wasserblauen Augen des jungen Mädchens voll ausgerüstet und ungetauft einen Werwolf vorzustellen, den ich in den entlegenen Tagen meiner Kindheit kennengelernt hatte:

»Sie können sich keinen Begriff machen. Ein wahres Ungeheuer.«

Die Lehrerin, gut erzogen wie sie war, ließ meine Rederei, behaglich schaukelnd, über sich ergehen. An einem bestimmten Punkt angelangt, fand auch ich, daß es des Werwolfs genug sei. Ich wechselte das Liedchen und sprach vom Wetter:

»Es wird Regen kommen. Es weht aus Süden.«

Mehr kam nicht aus meinem Kopf, Geschwafel, Gefasel eines Kälberfängers. Hätte es sich um einen Rechtsfall gehandelt, um eine Gerichtsangelegenheit, ich wäre Oberst genug gewesen, unermüdlich meine Klinge zu schwingen. Aber auf dem Gebiet der Empfindungen, um mit einem jungen Mädchen Süßholz zu raspeln, war mit mir nicht zu rechnen, es sei denn, die Unterhaltung wurde von Gaunereien untermischt sowie Bett- und Kopfkissengeschichten. Für solche Gelegenheiten, ich sage es ohne Prahlerei, war ich bestens gerüstet. Nicht einmal Juju Bezerra, erfahrener als ein Sultan aus Arabien, konnte mir das Wasser reichen. Dadá Mesquita, Besitzerin eines Hauses mit offenen Türen, sagte immer:

»Ponciano ist unerreichbar ...«

Daher war es wirklich zu verwundern, daß ein Mann von meinem Kaliber, schon fortgeschritten in Jahren, vor der jungen Lehrerin ins Zittern geriet wie ein Bambusrohr. Fern von Mata-Cavalo, auf der Landstraße oder auf der Veranda von Sobradinho, taute ich dann auf. Alles, was in meiner Brust gestaut war, sprudelte ohne die Gegenwart der Jungen hervor. Ich erging mich in zartfühlenden Betrachtungen, in Briefen, einer besser als der andere! In der Einsamkeit dieser Unterhaltungen, meinen Bart glättend und zwirbelnd, versprach ich mir, den Fall der Lehrerin zu bereinigen:

»Nächsten Samstag werde ich mich ihr erklären. Sie soll sehen, wer Poniciano de Azeredo Furtado ist.«

Der Samstag kam, der Samstag ging, und noch immer hatte ich nicht das lösende Wort gesprochen. Bis ich eines Nachmittags, fast am Tag, an dem die Lehrerin zu ihren Schulpflichten zurückkehren sollte, beschloß, mit der Sache ins Reine zu kommen. Doch vorher setzte ich Juquinha privatim in Kenntnis. Der Gevatter zeigte den Goldzahn und versicherte mir, daß mein Antrag ihm gefiel. Nach den Regeln der Höflichkeit, obwohl ich Besitzer von Mata-Cavalo war, konnte ich nicht umhin, Juquinha zu unterrichten, da das umworbene junge Mädchen unter seinem Dach wohnte. Nachdem diese Höflichkeitspflicht erfüllt war, sandte ich ein gedrechseltes Billet an Dona Isabel Pimenta mit der Bitte um eine private Unterredung. Die Antwort kam mit demselben Pferdehuf – Dona Alvarinas Kusine erwarte mich am Samstagnachmittag. Mit dieser Zustimmung in der Tasche brüllte ich in den Küchentrakt:

»Ich brauche eine gestärkte Uniform. Ich habe eine förmliche Besprechung vor mir.«

Den Rest der Woche verbrachte ich fröhlich wie ein Vogel. Ponciano Azeredo Furtado brauchte nur noch zu fliegen, so leicht schwebte mein Schritt. Vereinbarungsgemäß zog der Oberst gut beritten und besser geschrubbt in Mata-Cavalo ein. Am Verandenvorsprung ließ ich meinen Schecken auf der Hinterhand steigen, ein Kunststück, das Juquinhas Augen füllte. Ein Bursche in frischgebügeltem Zeug kam und bat um die Erlaubnis, die Zügel des Patrons halten zu dürfen. In einem noch nach Laden riechenden Kleid, einen Kamm im Haar, wartete Dona Alvarina auf der obersten Stufe. Ich sagte so leise, daß nur der Oberst es hören konnte:

»Seu Ponciano, diesmal kommt es zu einer unterschriebenen Urkunde und einem Ring am Finger.«

Beim Hinaufsteigen klirrten die Sporenrädchen am Stein und meine gestärkten Uniformhosen knisterten am Knie. Quintanilha, knapp hinter Dona Alvarina stehend, paßte kaum in seine frisch eingeweihten Stiefel. Nach den Vorschriften der Höflichkeit spielte ich Staunen:

»Allem Anschein nach gehen die Gevattern zu einer Tauffeier.«

Die Figur des Obersten, ein Bild, das in Saal und Salon Aufsehen erregt hätte, rief die Verwunderung der Gevattern hervor, die daran gewöhnt waren, mich in gewöhnlichem Aufzug zu sehen, da ich Uniform nur an militärischen Feiertagen oder bei einer Prozession im Dienst der Traggestelle und nie bei alltäglichen Besuchen anlegte. Im Hausflur, während ich mir mit dem Taschentuch übers Gesicht fuhr, vertraute ich Juquinha den Grund für Tressen und Stärke – einen Heiratsantrag durfte ein Offizier nicht in Zivil machen:

»Das ist Vorschrift, das ist Militärgesetz.«

Die junge Lehrerin wartete in all ihrer Schönheit im Besuchszimmer neben einer großen Vase mit Dahlien und Hahnenkamm. Ihr weißes, an der Taille enges und unten duftig weites Kleid belegte das Sofa. Auf der Stuhlkante sitzend, mein Taschentuch in der Hand pressend, brachte ich meinen Antrag mit Anstand vor. Ich sei ein reifer Mann, besäße Léguas in Weiden, Sparguthaben auf der Hypothekenbank, Schulbildung außer anderen Vorteilen wie hoher Offizier und Mann der Bruderschaft. Und schloß meinen Antrag mit etwa diesen Worten:

»Ich erwarte von Euer Gnaden einen günstigen Bescheid.«

Sie würde mir eine Antwort geben, sobald sie mit den Eltern gesprochen habe, Menschen alten Stils, die alles bis ins Kleinste zu wissen wünschten. Ich spendete diesen Vorsichtsmaßnahmen Beifall:

»Sehr gut, sehr richtig.«

Vier Tage nach dieser Verwegenheit begleitete Ponciano, silbernen Sporn am Fuß und gestärktes Zeug am übrigen Körper, das Mädchen Isabel nach Santo Amaro zum Nachmittagszug. Das Stationspersonal blieb angesichts meines vornehmen Aufzugs stehen – wallender Bart auf blütenweißer Hemdenbrust und auf dem Haupt der Hut der forensischen Kämpfe, denn ein dunkler Anzug forderte immer eine derartige Ergänzung. Zum ersten Mal in meinem Leben hielt ich einen Strauß Nelken in der Hand, ein Arrangement für zwanzig Abschiede. Aus dem Fenster gebeugt, dankte Dona Isabel für die Blumen, entzückt über die Pracht des Geschenks. Und während Juquinha ihr Gepäck im Packwagen verstaute, zog die Lehrerin die hervorstechendste Nelke von leuchtendem Rot heraus, die sie küßte und mir als Beweis ihrer Wertschätzung zurückgab.

Und mit lieblicher Stimme versicherte sie, sie werde soviel Güte auf einmal nie vergessen:

»Ich bin ganz verwirrt, Oberst.«

Die Lokomotive zischte, Eisen knirschte, schnaubend fuhr der Zug ab. Quintanilha reiste als Begleiter des jungen Mädchens mit. Er hatte in der Stadt den Kauf einer Partie Salz und Stacheldraht abzuschließen. Hut vor der Brust zum Zeichen meiner Hochachtung, wartete ich, bis der letzte Wagen hinter der Biegung verschwunden war. Nach einem guten Zug aus meiner Zigarre rieb ich mir die Hände:

»Ich bin bedient, ich bin beritten. Ich werde Vater vieler kleiner Azeredos sein.«

Fröhlichen Schritts eilte ich durch die Läden von Santo Amaro auf der Suche nach duftendem Papier, auf dem ich meinen Gefühlen freien Lauf lassen konnte, sobald der Briefverkehr mit der jungen Lehrerin eingeweiht wäre. Ich fand nicht die Ware meiner Wünsche, und wäre auch verwundert gewesen, wissend, daß im Provinzhandel keine Nachfrage für feinere Artikel bestand. Im Bazar Almeida, der als gut sortiert galt, tat der Verkäufer alles, damit ich Briefbögen von derber Ausführung mitnähme:

»Es ist beste Qualität, Patron. Das Beste, was wir führen.«

Ich schleuderte die Schachtel in den hintersten Winkel des Ladentischs:

»Ich habe Briefbögen verlangt und kein gegerbtes Fell.«

Und weit ausholenden Schritts, wie es mein Gang ist, trat ich auf die Straße in Richtung auf das Haus des Priesters. Ich wollte, der Beichtvater von Sobradinho sollte vor irgendeinem anderen den Beschluß des Oberst Ponciano de Azeredeo Furtado erfahren. Ich sah bereits Hochwürden sein Kirchenhüstchen husten und sagen, meine Entscheidung falle zur rechten Stunde:

»Es war an der Zeit, an der Zeit.«

Ich traf den Priester nicht an. Ein Sakristeigehilfe, der den Glockenschwengel bediente, flink, wie ich nie einen erlebt habe, sagte, Hochwürden sei lange vor Sonnenaufgang fortgeritten, auf Eselsrücken, um einem fast schon gestorbenen Kranken, der zu der Gemeinde gehörte, die Letzte Ölung zu bringen:

»Wenn es sich um eine Taufe oder Messe handelt, kann ich die Botschaft überbringen.«

Ich dankte und pries die Zungenfertigkeit des Chorknaben:

»Der Kleine hat eine fixe Zunge. Er wird einen prächtigen Prediger abgeben.«

Als die Sakristei hinter mir lag, beschloß ich, meine Gedanken am Ladentisch von Juju Bezerra zu lüften. Weit weg vom Haus des Priesters konnte man, frei von Bullen und Exkommunikation, einer Unterhaltung über Rockzipfel freien Lauf lassen. Ohne seine Aufmerksamkeit von der Bereitung eines Rezepts zu wenden, gab der kleine Mulatte des Pillendrehers sogleich bekannt:

»Seu Bezerra ist in aller Frühe in Regierungssachen fortgereist.«

Ich wußte, dies war die Auskunft, welche der Major dem Lehrling hinterließ, wenn er sich in den Sertão auf Lumpenabenteuer stürzte. So ließ ich Sporen und Rädchen durch den Staub von Santo Amaro rollen, immer wieder von den einen und anderen bewundert, immer wieder die einen und anderen hutziehend begrüßend, Guten-Abend-wie-stehts-wie-gehts-der-Gemahlin. Der Verantwortung eines Soldaten, der vor der Polizeiwache auf Posten stand, hinterließ ich eine Empfehlung an Juju Bezerra:

»Sag er, es sei vom Oberst Ponciano de Azeredo Furtado.«

Der Feldjäger präsentierte das Gewehr, wie er es mir schuldete. Damit kehrte ich dem Völkchen von Santo Amaro den Rücken. Ich lenkte mein Tier, einen tüchtigen Traber mit weißen Fesseln, über einen wenig begangenen Weg, eine Schneise, welche die Entfernung zwischen Santo Amaro und Sobradinho stark verkürzte, einen für einen rachsüchtigen Hinterhalt wie geschaffenen Durchhau, ziemlich unwegsam, wo höchstens Hakenkaktus und Pfaffenkopf gediehen. Da aber meine Gedanken auf Dona Isabel Pimenta gerichtet waren, kam mir alles wohlgestaltet vor und ich fand sogar den Gesang des Kobolds gefällig, des falschesten Flügeltiers, das je in Rinderland gelebt hat. Ponciano war ganz Güte, und eine Eule, die ihrer Anmut Luft machen würde, sollte nicht verwünscht werden. Ich sage noch mehr – wäre ich nicht mit militärischer

Vollmacht ausgestattet gewesen, mit einer eher fürs Befehlen als für Gefühlsspielereien ausgestatteten Brust, ich hätte die Kehle einem Liedchen aus meiner Serenadenzeit geöffnet. In Wahrheit hatte ich nicht in Jahren ein solches Glücksgefühl empfunden. Ich sah die junge Lehrerin bereits in der Üppigkeit von neun Monaten und im weich fallenden Umstandskleid auf die Niederkunft warten. Mehr als zehn kleine Azeredo Furtados in die Welt zu setzen, traute ich mir zu. Mehr als zehn!

Zwei volle Wochen lang bewegte ich meinen Hosenboden nicht aus Sobradinho fort. Ich schaute mir die Augen aus, durchforschte die Straßenmündungen, aus denen Dona Isabels Antwort kommen sollte. Schon plagte mich der Juckreiz der Ungeduld, als ich eines Samstagnachmittags Tutu Militão heranzotteln sah. An der Angst der Lausbuben, die alle vor der Kiste des Mulatten einherliefen, erkannte ich, daß es der Schlangenbißheiler war. Er übergab seine kleine Mauleselin Janjão Caramujos Sorge und ankerte nach einem großen Bogen in der Küche, um Dona Francisquinha seine Aufwartung zu machen. Von dort entsandte er nach absolviertem Handkuß ein Negermädchen, um die Erlaubnis zum Eintritt in das Wohnzimmer des Herrn Oberst zu erbitten. Ich übermittelte unverzüglich die erbetene Zusage:

»Er soll kommen, er soll nur kommen.«

Achtungsvoll erschien Militão mit seinem Matrosengang, während seine beringten Finger das verschmutzte Kinn kratzten. Ich wußte die gute Erziehung des Schlangenbißheilers zu schätzen und erinnerte ihn nur zum Scherz an den Fall des gefleckten Jaguars, als Tutu den Ausweg gefunden hatte, auf dem Buckel einer aus seiner Giftkiste geflüchteten Kobra zu entweichen. Immer wieder hielt ich ihm diese Schwäche vor. Als ich daher den Heiler vor mir stehen sah, stellte ich ihm die übliche Frage über die besagte gerissene Brillenschlange, welche die Sprache der Menschen verstand, und kaum, daß sie von Jaguaren reden hörte, auf Tutus Befehl hin fahnenflüchtig wurde:

»Wie steht es mit ihrem Studiengang? Hat sie schon ihren Doktortitel?«

Wie bei den anderen Malen kaute der Mulatte nicht lange auf seiner Antwort herum. Bat um Erlaubnis zu sagen, daß es nicht so sei, der Oberst überschätze die Lernfähigkeit des Wurms:

»Genau genommen steckt er noch im Abc.«

Ich ersetzte die Weisheit von Militãos Brillenschlange durch ein weit aufregenderes Ereignis, den Fall eines Zirkuskaimans, eines Bekannten von mir aus alten Tagen. Der Alligator war ein Teufelssassa, vom Flor de Ouro-Rauchen bis zum Liedchenspielen auf einer Tonflöte:

»Ein Hochschulkaiman, ein hochgebildetes Vieh.«

Der Heiler heuchelte Staunen. Wenn der Oberst sich nicht dafür verbürgte, würde dergleichen kein Mensch glauben. Und sich am Kinn kratzend:

»Wer hätte das gedacht, wer hätte dergleichen gedacht!«

Nun kam Tutu an die Reihe, mir meinen Lausbubenscherz mit einem neuen Kobrakunststück zurückzuzahlen. Seit langem mästete er nach Kräften eine Brillenschlange, von den gelben, in der Hoffnung, die Haut der Rundlichen im Schuhhandel zu verkaufen. Da die Kobra aber Tutus Absichten ahnte, faßte sie einen kurzen Entschluß: Als die Zeit des Häutens kam, rieb die Schlange ihren Mantel solange am Geröll, bis sie eine einzige Wunde war:

»Ich legte die Halsstarrige in Arnikalauge, um ihre Verletzungen zu heilen.«

Ich konnte nicht umhin, herauszuplatzen, wenn ich mir die Brillenschlange in Binden vorstellte, eingesalbt und gepäppelt, gesäugt wie ein Neugeborenes. Und scherzend warf ich Tutu seine riesigen Gewinne vor, daß er in einem Monat mehr Geld in die Tasche stecke als die Einkünfte eines Bistums für eineinhalb Jahre Weihwasser:

»Sie machen es sehr richtig. Eine Brillenschlangenzucht ist rentabler als Priesterdienst plus Viehhandel.«

Tutu bat um Erlaubnis, mich über die Wahrheit aufzuklären:

»Wenn ich Ihnen widersprechen darf, Herr Oberst: die Kobra ist ein schwieriges Geschäft, das nicht einmal die Unterhaltung der Mauleselin einbringt.«

Er ließ seine Zunge noch eine weitere Stunde laufen. Draußen zeigte der Abend am Himmel Hahnenschweife und Schäfchen aus Wolken. In meinen Ledersessel gerekelt, neckte ich Tutu mit seinem Schlangenhandel:

»Euer Gnaden greinen mit vollem Bauch.«

Seufzend erinnerte der Mulatte sich an andere Zeiten, als er den Bestellungen der Weidengründe nicht nachkam.

»Nicht, wenn ich hundert Finger gehabt hätte, Patron.«

Da aber, zu seinem Unglück, erschien auf den Borden der Läden von Santo Amaro und São Gonçalo ein Heilmittel, das Schlangengift in der Wurzel entkräftete. Doch sollte das unwissende Weidenvolk wissen, das gleichviel welches Fläschchenwasser sich nicht mit der Kraft eines gläubigen Gebets messen könne, das im Namen von Sankt Benedikt oder einem anderen wundertätigen Heiligen, der alle Übel des Buschwalds zunichte machte, gesprochen werde. Aus diesen und anderen Gründen halte Tutu den Beruf des Heilers in den Korralen für erledigt und wertlos. Es kam und ging ein Monat, und kein Ruf wegen des Stichs eines Skorpions, geschweige denn des Bisses einer Jararaca oder eines Surucucu, erreichte ihn. Irgendwann gedenke er die Arzneikiste in die Ecke zu stellen und sich auf einen anderen Erwerbszweig zu werfen:

»Ich fühle eine Berufung als Zimmermann, jawohl Senhor. Ich weiß, wie man Edelhölzer bearbeitet, Vinhático beispielsweise, oder Óleo-Vermelho.«

Plötzlich völlig erschlagen stand ich auf. Jetzt hätte ich gewünscht, eine Schlangenplage überschwemme die Welt mit den verschiedensten Giften, nur damit Tutu seine Futtersäcke mit Gaben und Reichtümern füllen könnte. Als das Mädchen Kaffee und Maniok brachte, war meine Wehsal mit einemmal beendet. Der Mulatte rühmte den Kuchen und wollte wissen, ob er aus Sobradinho stamme oder von Lasttiertreibern erstanden sei. Sofort befriedigte ich seine Frage:

»Weder das eine noch das andere. Es ist Tapioca, hergestellt von Juquinha Quintanilha.«

Kaum hatte ich den Namen des Verwalters von Mata-Cavalo genannt, schlug sich Tutu gegen die Stirn:

»Wahrhaftig. Der Gevatter hat mir für Sie einen Brief mitgegeben.«

Ich hielt meinen Becher in der Luft an, mein Adamsapfel

keuchte, während Tutu seine Taschen befühlte. Das war Dona Isabel Pimentas Antwort. Drinnen tanzte Poncianos Herz aus der Reihe und schlug Purzelbäume gegen die Brustwand. Dennoch war ich geistesgegenwärtig genug, um Tutu zu sagen, er solle sich dieserhalb kein böses Blut machen:

»Es ist sicher nichts Brandeiliges, Mann. Es wird ein Ärger mit der Steuer sein, eine Belämmerung seitens der Regierung.«

Ich wußte, daß es das nicht war. Ich ließ meinen Tapiocakuchen liegen und holte mir eine Sonderzigarre, denn die Gelegenheit erforderte ein solches Vergnügen. Ich verbarg meine Erregung, indem ich einem Burschen, der Jajão Caramujo beim Wienern des Pferdegeschirrs half, unwirsch befahl, den Raum zu verlassen. Von dem vorlauten Jungen befreit, biß ich meine Flor de Ouro ab, ein Manöver, auf das ich immer viel Technik verwendete. Dies getan, klopfte ich dem Mulatten, der noch immer seine Taschen durchstöberte, auf die Schulter:

»Bringen Sie endlich dies Briefstück zum Vorschein oder nicht, Herr Gevatter?«

Mit einemmal fiel Tutu ein, daß er die Bestellung in Gesellschaft von Briefschaften Dr. Caetano de Melos in seinem Arzneikasten verstaut hatte. Und blitzschnell mit einem »Verlaub, Herr Oberst, bin gleich wieder da, Herr Oberst«, verschwand er auf der Treppe. Auf seinem Rückweg brachte er das, was ich am sehnlichsten wünschte – Dona Isabel Pimentas Brief, den ich an der wohlerzogenen, sanftgeformten Schrift erkannte. Um das Mitbringsel in Ruhe lesen zu können, verabschiedete ich Tutu mit Umarmungen und anderen Höflichkeitsbezeugungen, außer einer Partie Flor de Ouro, die er nach dem Abendessen genießen solle. Lebensfroh stellte ich die Bedingung, er solle sich vor dem ersten Zug den Mund spülen und seiner gelehrten Brillenschlange im Namen des Oberst eine Zigarre verehren:

»Auch eine Kobra weiß solch eine Köstlichkeit zu schätzen.«

Ich drehte die Postsendung um und um – da prangte mein Name in Jungmädchenschrift, das *P* von Ponciano rank und ragend und das *A* der Azeredos stolz verziert. Die maniokkrümeligen Finger des Obersten, ungewohnt, mit zarten Gebilden umzugehen, stifteten fast Unheil. Mühsam entblätterte ich den

Umschlag, und duftend keimte der Brief der Lehrerin hervor. Mit beklommener Brust und zittrigen Beinen begann ich die Lektüre. Gleich nach den ersten zwei Zeilen, dicht nach den Grußformeln (»Wie geht's, wie steht's, Oberst?«) kam die erste Enttäuschung. Zwischen großen und kleinen Entschuldigungen lehnte die Lehrerin meinen Antrag ab. Sie lehnte ihn mit der Mitteilung ab, ein Vetter von ihr, Akademiker ungenannter Disziplin, der eigens aus Rio hergereist sei, habe ihr einen Verlobungsring an den Finger gesteckt. Sie gedenke bald zu heiraten, denn abgesehen vom Einverständnis der Familie (»Der Oberst weiß, wie so etwas ist, Familienzwang«) sei auch eine heimliche, spielerische Jungmädchenliebe wieder aufgelebt.

»Hündin!«

Was hieß hier heimliche, spielerische Jungmädchenliebe! Sie sollte wissen, daß auch ich meine Lausbubereien getrieben und die kleinen Mädchen an bestimmten Stellen zum Erglühen gebracht habe. Ich brauchte bloß aufzutauchen, und schon war es Schluß mit den Gesellschaftsspielchen, gleichgültig ob es »Wie-gesegnet-ist-der-Frater« hieß oder »Ich-bin-eine-arme-Witwe«. Daher war ich befähigt und befugt zu beweisen, daß die genannten heimlichen Spielereien nichts als Luderei waren.

»Hündin!«

Einen Mann mit Bart und Achtbarkeit endlose Tage warten zu lassen, um ihn schließlich mit einer derartigen Ablehnung vor den Kopf zu stoßen. Nein, eine so schwerwiegende Beleidigung konnte nicht übergangen werden, ohne giftsprühende Antwort. Was würde Juju Bezerra sagen, für den die junge Lehrerin bereits zu Sobradinho gehörte? Und der alte Pires de Melo, dem ich mit aller Etikette davon Kenntnis gegeben habe, ich würde in den Stand der Ehe treten? Juca Azeredo, mein Vetter von Paus Amarelos, hatte sich schon das Tuch zu seinem Patenanzug abschneiden lassen, nicht zu reden von Sinhozinho, der in einem neuen Schweinestall bereits eine Spanferkelin als Geschenk für unser erstes Nachtmahl mästete. Wenn ich alles gut bedachte und wog, schnitt ich mit beschmutztem Patent und entwürdigten Tressen ab. Was aber am bittersten schmerzte und schlimmer biß als ein Kobrazahn, war nicht der verratgespickte Brief der Lehrerin. Es war der

Abschiedskummer. Ich, ein ernsthafter Soldat, hatte Pulverdampf gegen Kölnischwasser getauscht. Und nicht mit dergleichen Unterwürfigkeit zufrieden, war ich noch mit einer Nelke in der Hand erschienen, wie ein x-beliebiger, dienernder und bibbernder Laffe:

»Nur als Geschenk für die Kleine, nur zum Schmuck für die Kleine!«

Und was hat mir dies gezierte Auftreten eingebracht? Gar nichts! Man könnte fast meinen, das junge Mädchen, als es meine respektvolle Art »Mit Verlaub, Dona Isabel, wenn ich bitten darf, Dona Isabel« sah, habe gedacht, ich sei für eine handfeste Liebschaft von der Sorte »Halt mich weiter unten, halt die Tür im Auge, es kann jemand kommen«, völlig ungeeignet. Sie sollte ruhig wissen, daß es keinen forscheren Hengst im rücksichtslosen Zupacken gab. Das schamlose Luder verwechselte wohl einen Oberst, der über ein Patent zu wachen hatte, mit den Lackaffen der Billardsalontüren. Er schuldete Juquinha Quintanilha Respekt, wenn auch nur kraft ihrer Gevatterschaft. Doch Juju Bezerra hatte nur allzu recht. Weiberröcke, die in Atementfernung an ihm vorbeirauschten, gleich ob eine Prozessionsdame oder eine Hausfrau, hüftenüppig oder platt wie ein Plättbrett, alle nahm er aufs Korn:

»Alles ist brauchbar, Oberst. Alle haben ihren Nutzwert.«

Wenn er im übrigen alles überdachte und maß, konnte ein Mädchen, das in ihrer frühen Jugend verborgene Spiele mit einem Vetter getrieben hatte, bestimmt keine Jungfrau mehr sein. Was konnte ich von Schamlosigkeiten wissen, die unter Treppen, in hintersten Winkeln von Landhäusern, auf Streifzügen durch Schlafzimmer und im Dunkel von Kleiderschränken getrieben worden waren? Ich konnte niemals schwören, daß sie eine Jungfrau aus erster Hand war:

»Nie im Leben!«

Erst gegen Mitternacht schlief ich ein, so müde war mein Kopf und so schmerzte mein Bart vom Ziehen und Zwirbeln, denn dieser ist das Werkzeug, welches am meisten unter meinen Verstimmungen zu leiden hat. Und nur mühsam vermochte ich die mächtigen Schlangen, die in der Brust des Obersten pfiffen, in ihre schwarzen Schlupfwinkel zurückzustoßen. Ich wälzte mich von einer Bettseite zur anderen – mein Bett war ein am Kopfende geschnitztes Prunkstück, das schon manche Ausschweifung der Azeredo Furtados erlebt hatte und, wie Juju Bezerra verhieß, imstande war, die erhebendsten Flitterwochenweihen auszuhalten:

»Eine Baronswiege, Oberst, wie man sie heutzutage nicht mehr sieht.«

Dieses und anderes Kopfkissengequassel und dazu der Eulenschrei brachten mir schließlich den Schlaf. Gute Stunden später erwachte ich von einem Alptraum auf, mit nassem Bart und triefender Brust. Das Wetter hatte umgeschlagen, und der Südwind fegte durchs Zimmer. Ich stand auf, um die Klinken zu überprüfen, und die Fensterscheibe zeigte ein wetterleuchtendes Knäuel, das von der Küste her heraufwuchs. Wieder zog ich die Bettdecke hoch und fiel von neuem in die Krallen des Alptraums. Zweiköpfige Untiere, die es nur in den Tagen gegeben hatte, als der Heilige Georg durch die Welt ritt, um sie von ihren Sünden zu läutern, beleckten Beine und Bart des Obersten. Von den Wänden rann Nachtschneckenschleim, und vom Dachfirst hingen wie Hanfschnüre Tausendfüßler und andere Ausgeburten der Feuchtigkeit. Ich glaubte, in einem Nebelloch zu schwimmen, aus dem alles kroch, was Unheil verhieß. Eine Kröte mit behaarten Fesseln und den altersschwachen Zähnen eines Landgerichtsrats im Ruhestand hurte, meiner spottend, mit Skorpionen und lehmfressenden Riesenwürmern. Ich schrie aus meinem Nachtmahrgrund:

»Treib es mit deiner Mutter, verfluchtes Biest!«

Ich schlug mich mit diesen und anderen Alptraumgesichten herum, als ein Donnerschlag Sobradinho in seinen tiefsten Grundsteinen erschütterte. Im Blitzgezuck sah ich den Oberst in Engelsgestalt mit goldenen Schwingen, den geschnitzten Engeln der Kirche von Santo Amaro zum Verwechseln ähnlich. Und zugleich linste aus der Zimmertür der Räudige mit Bockbeinen und feurigen Äuglein. Mit einem Satz war ich aus dem Bett und rief die Heiligen meiner Andacht an:

»Heiliger Georg, Heiliger Onophrius, Heiliger Josef!«

Und schon verlor die Erscheinung die Züge des Gehörnten

und wurde Francisquinha, die nachsehen wollte, ob ihr junger Herr sich wohl befände, ob er nicht ein Fenster im Donnergetöse hatte offen stehen lassen. Das Lämpchen der Alten untersuchte Riegel und Klinken und verschwand im Hausflur. Im Wind verblieb nur ein Gebetszipfel zum Lobpreis der Heiligen Barbara, und wieder drangen meine Schritte ins Land der Tausendfüßler und Milchwürmer. Ich ging am Rande eines spärlich bewachsenen Sumpfgebiets entlang, einem Ort der Ausdünstungen und des fauligen Fiebers, aber einsamer als ein Todeskandidat. Kein Kriechgebüsch, keine Vogelschwinge. Alles Föhnluft, Backofenhitze. Von ferne rief eine Sünderkehle meinen Namen:

»Ponciano! Ponciano!«

Ich nahm meine Beine unter den Arm, eine Schwäche, die einem hohen Miliär nicht einmal im Traum erlaubt ist. Ich stolperte über Kletten und Besenkraut, dabei blieb ein Sporenrädchen in einem Mönchsbusch hängen, und schon schlug der Oberst in den Lehmbrei, donnernd und ehrlos. Ich erwachte vom Lärm meines Falls und zeitig genug, um meine zwei Meter auf dem Fußboden liegen zu sehen. Mein Bett war ein Gewühl, ein Schlachtfeld, das Leintuch ein Wirrwarr, das Kopfkissen auf dem Boden. Ich nutzte den unliebsamen Zwischenfall, um meine trockene Kehle am Trinkwasserkrug zu ölen und den Docht der Nachtlampe zu schneuzen. Draußen herrschte das Blitzen und es zuckte so erheblich, daß ein Nachttier, ich weiß nicht ob eine Eule oder eine Wildente, gegen die Scheibe stieß. Doch ich verlor keinen Stich und verfluchte den nächtlich Verirrten:

»Schlag an Satans Fenster!«

Vom Regen eingelullt, schlief ich wieder ein. Am Morgen, während das Wasser auf dem Dach lärmte, blieb ich faul im Bett liegen, soll-ich-aufstehen-oder-nicht, mein Kopf war Blei, mein Bein ein Stampfer. Ein im Schulterblatt entstandener stechender Schmerz umkreiste als peinsame Umarmung die gesamte Person des Obersten. Francisquinha, über die Werwolfnacht, die ich durchgemacht hatte, in Kenntnis gesetzt, flößte ihrem jungen Herrn literweise Beruhigungstee ein und verabreichte ihm ein Kamillenklistier. Damit nicht zufrieden, nahm sie eine verstärkte Gebetsdurchräucherung vor, konnte doch noch ein böser Blick in mir steckengeblieben sein. Am fortgeschrittenen Vormittag stieg ich mühsam aus dem Bett, um mir die Beine im Flur zu vertreten. Durchs Fenster blickte ich zum schmutzigen Himmel mit seinen Wolkensträngen auf, eine Schicht dunkler als die andere. Es tat weh, Janjão Caramujos Kasuarinen tropfen zu sehen, denn das schaffte eine Friedhofstrostlosigkeit, eine tote Welt. Was den Oberst noch schlaffer machte. Um diese Last loszuwerden, erleichterte ich mich in einem Revanchebrief für Dona Isabel Pimentas Rücksichtslosigkeiten. Den ganzen Tag lag ich mit Papier im Hader – ich schrieb, ich zerriß, ich verbesserte. Wer mir zugesehen hätte, wie ich den Schwanz des Federhalters gegen die Stirn preßte, um meine Gedanken zu beleben, hätte gemeint, ich wolle zum Studium der Lehrbücher zurückkehren. Müde des Kritzelns und mit glühendem Kopf, verschloß ich die Angelegenheit in meiner Schublade:

»Ich werde mein Patent nicht demütigen, indem ich eigenhändig antworte.«

Bei erster Gelegenheit bat ich Dr. Pernambuco Nogueira, er möge einen Briefbogen mit ein paar Buchstaben schwärzen, damit der Fall der Lehrerin erledigt werde. Nach gefaßtem Entschluß (»Kurz und bündig, Doktor«), lichtete ich meinen Kummer in der Kameradschaft einer Zigarre, im Frieden meines Lehnstuhls. Im Rauchgeschlinger unterschied ich, was ich zu sehen wünschte: Engelsköpfchen, Jungmädchenbeine, Rinder und eine riesige Schafherde Unseres Herrn. Ich habe immer die Wahngebilde des Rauchs geliebt. Ich bewegte mich also in diesen Bummelgefilden, als ich bei Einbruch der Nacht von neuem jene bösartigen Schauer spürte, die nach dem Bett verlangten. Ich tat ihnen den Gefallen und erstickte unter der Decke meinen Schüttelfrost. Wieder durchschiffte ich Schlangenland, ein jedes Reptil geringelter als das vorige. Im Fieberwahn rief ich nach Tutu Militão. Wo steckte, mein Gott, seine Giftkiste? Ich schlief in Backofenhitze ohne richtigen Platz auf der Matratze. Ich erwachte, wann weiß ich nicht, in Schweiß gebadet. Mein Zähneklappern hatte aufgehört. Aus Sobradinhos Hinterräumen drang Kerzengeruch und dahinter leises Beten. Mühsam, falle ich oder nicht, betrat ich den Hausflur.

Vielleicht war der Oberst mitsamt seinem Patent und Vorrecht schon im Himmel und ohne Nachricht von dem Ereignis. Aus Sicherheitsgründen betastete ich meine Weichteile und fuhr mir den Bart ab; ich fand alles wie gewohnt. Ich brauchte nicht lange zu gehen – der Kirchengesang, den ich für Engelssang hielt, rührte vom Küchenvölkchen vor Francisquinhas Hausaltar her. Kraft der Andachtsübung suchte die gute Negerin die Mattigkeit des Obersten zu vertreiben. Auf Katzenpfoten kehrte ich zu meinem Kopfkissen zurück und schlief einen Schlaf der Vernunft. Im sauberen Morgen erwachte ich bei nagelneuem Himmel, den der Regen in zwei Tagen und zwei Nächten geseift und gewaschen hatte. Von meinem Schlafzimmerfenster aus genoß ich einen Wildentenzug am Himmel im Wanst der Wolken. Ich konnte kaum glauben, daß Ponciano de Azeredo Furtado durch Schlangenland und Alptraumnebel gewandert war. Mein Denken ging leicht, mein Bein forderte eine Straße. Ich ließ Francisquinha kommen:

»Was für eine Neuheit, diese Litanei in der Ödnis der Nacht?«

Die Alte, beglückt, den Bart ihres jungen Herrn von neuem sprießen zu sehen, sagte, ich solle den Schnabel halten:

»Nehmen Sie Vernunft an, nehmen Sie Vernunft an.«

Bei einem zahmen Spaziergang zog ich den Rost aus den Knien. Nahe bei den Kasuarinen, schon vorgerückt im Schnapsgenuß, ließ Janjão Caramujo sich von der Sonne heizen. Im Hinterhaus von Sobradinho mit einer Tischlerarbeit beschäftigt, kam Antão Pereira, um den Oberst zu begrüßen. Ich tadelte seine Gleichgültigkeit mir gegenüber:

»Ein Christ stirbt, wird begraben, und da ist niemand, der nach dem Sarggriff greift, Seu Pereira!«

Antão machte den Mund auf, rollte die Zunge ein, wurde feuerrot, denn die Redeweise von Stammlern kennt diese Verzögerungen. Sobald er sprechen konnte, schob er alle Schuld des Versäumnisses auf João Ramalhos Schultern ab, der zu verspäteter Zeit Masern bekommen hatte, und zwar so stark, daß sie den Patienten aufs harte Lager warfen. Mit meinen Wünschen für gute Besserung sandte ich dem Kranken die Botschaft:

»Sag dem Menschen, daß Masern eine Kinderkrankheit ist. Sie geht mit dem Urin weg.«

Von Antão befreit, der wieder zu seinem Fuchsschwanz zurückkehrte, ging ich an der Pulverkammer vorbei und gelangte zu den Brunnen. Ein Wäscherinnenliedchen stieg ringsum auf, dessen genauer Ton meine Aufmerksamkeit erregte. Sogleich gewahrte ich die Herkunft des Gesangs – ein Paar Arme wuchs hinter einem Kürbisbaum beim Wäscheaufhängen. Es war eine präsentable Albinonegerin. Ich verbarg meinen Umfang hinter einer Unkrauthecke, um in Ruhe ihre Reize abschätzen zu können. Alles, was mein Blick umfaßte, nahm ich wahr und wieder wahr, und erst dann, beim letzten Überblick, räusperte ich mich, um zu zeigen, daß jemand in der Nähe sei. Als sie mich bemerkte, verlor die Albinonegerin nicht ihre stolze Haltung. Nachdem sie die Wäsche auf die Leine gehängt hatte, schritt sie hochgemut von dannen, mit dem vom Kleid verborgenen Hinterteil wackelnd. Etwas so Vollendetes verdiente Bartzwirbeln. Jawohl mein Herr, da wohnte man in denselben Mauern und ahnte nichts von all dem. Das war eine Machenschaft von Francisquinha, die stets auf der Hut blieb wegen meines Rufs als Mulatinnenjäger. So versteckte sie ihr Völkchen wie jemand, der seine Goldtruhe versteckt. Daher ließ ich nach meiner Rückkehr ins Herrenhaus von Sobradinho die Alte rufen. Und den Wohnraum mit Armsündergesicht durchmessend, führte ich ihr das unschickliche Benehmen der Hausgehilfin vor Augen. Ich tadelte ihr Betragen, ihren hautengen Rock, der von einem Augenblick zum anderen platzen und zur Schau stellen konnte, was hübsch anständig verborgen bleiben sollte:

»Ich will keine Schamlosigkeiten vor meinen Augen!«

Die Alte rühmte meine Strenge und versprach, der Unverschämten die Ohren lang zu ziehen. Das war der Erlaubnisschein, den ich brauchte. Eine vom Bügeltisch weggelaufene Büglerin kam gerannt und erzählte Klatschgeschichten über die Albinonegerin, die sich gerne als Weiße ausgab. Sie war Francisquinhas Patenkind und erhielt, schon erwachsen, vor dem Weihwasserbecken den Namen Nazaré. Da sie aufsässig war, wurde sie zur Patin zurückgeschickt, damit diese ihr

Liederlichkeit und Laschheit austreibe. Worauf sie sich aber am besten verstand, war, sich das Gesicht mit Spanisch-Weiß zu färben und mit dem Hintern zu geigen:

»Ohne Übertreibung, einen größeren habe ich noch nicht gesehen.«

Mit verschlossener Miene befahl ich, die Büglerin solle sich um ihre Bügelwäsche kümmern.

»Sie sind eine Stänkerin. Kümmern Sie sich gefälligst um Ihr Bügeleisen. Jeder Affe auf seinem Ast.«

Tatsächlich wußte ich den hinterbrachten Klatsch wohl zu schätzen. Ich würde Juju Bezerra ein loses Briefchen schreiben. Er solle in Windeseile kommen und das Stück, das ich auf dem Kieker hatte, begutachten, etwas, das bloß geschrubbt und herausgeputzt und sodann zur Verantwortung gezogen zu werden brauchte. Ich sah schon den Major mit heiterem Gesicht den Nutzen preisen, den ich aus einem so prächtigen Braten ziehen könne:

»Ein Reittier für viele Sättel, für Luxusdienste, Oberst.«

Für den Rest des Tages, so sehr ich auch darauf hoffte, bekam ich die Albinonegerin nicht mehr zu Gesicht. Gegen Abend empfahl ich Antão Pereira, mir in aller Herrgottsfrühe ein Pferd bereitzustellen, da Vetter Juca Azeredo meinen Rat bei einem Holzschlag benötigte. Der Stotterer hielt die Maßnahme für angebracht – der Monat war günstig, fürs Schlagen gab es keinen besseren Mondstand. Ich konnte den Verwandten Azeredo nicht zufriedenstellen. Kaum brach die Nacht ein, schlotterte mir wieder das Kinn. Eingewickelt in seine Decken, schwitzte der Oberst wie ein léguamattes Pferd. Juju Bezerra kam von Santo Amaro nach Sobradinho angetrabt. Bestürzt über den Notruf der alten Francisquinha, traf er zu unguter Stunde ein. Und brachte seinen Apothekerkasten mit, von Abführmitteln bis zur Furunkellanzette. Ich benötigte keine lange Untersuchung. Sogleich legte er den Finger auf den wunden Punkt:

»Der Oberst hat einen Schüttelfrost abgekriegt, Wechselfieber von der schlimmsten Sorte.«

Zwei Monate hintereinander siechte ich in der Stumpfheit

schleichenden Fiebers dahin, verzehrt von der Lohe des Dämons. Ich sühnte Sünden, die ich begangen und nicht begangen hatte. In den Zwischenzeiten des Schüttelfrostes, der alle drei Tage zu Besuch kam, quetschte der Major mich aus. Bei einer solchen Gelegenheit befahl ich, er solle einen Blick auf Francisquinhas Patenkind werfen. Ich brauchte es nicht zweimal zu sagen. Bezerra verschwand im Hausflur, und als er zurückkehrte, rühmte er die Albinonegerin vom Fuß bis zu den Haarspitzen. Und schon war das Stärkungsmittel verordnet, das ich während der Rekonvaleszenz nehmen sollte:

»Albinolippe zweimal in der Woche.«

Da Juju Bezerra plötzlich seine Besuche in Sobradinho vervielfachte, ließ ich Nazaré an einen sicheren, wohlanständigen Ort versetzen, zum Rocksaum der Gevatterin Alvarina. Die alte Francisquinha versuchte noch ihre Zustimmung zu verweigern, doch Juquinha Quintanilha, von mir in Bewegung gesetzt, flüsterte ihr zwei Fälle Juju Bezerras zu und brauchte sich über keinen dritten auszulassen. Die Alte versteckte die Jungfernschaft ihres Patenkindes in einer gutverriegelten Kammer, welche jenes nur für die Reise nach Mata-Cavalo verlassen durfte. Um den Sündenpfuhl, welcher Bezerra war, aufzuwiegen, kam gegen Ende der Woche Hochwürden Malaquias de Azevedo. Ich ließ für sein Wohlergehen eine kleine Mauleselin mit Paßgang kaufen, mit wohlerzogenem Maul und seidenweichem Sattelrücken. Der Pater reiste kapokweich auf den Straßen der Regierung und auf den Wegen Gottes. Francisquinha lebte in stolzem Hochgefühl, sobald der Pater im Haus weilte. Kaum überschritt der Sutanenträger die Schwelle von Sobradinho, stand für ihn schon ein Becken lauwarmen Wassers und ein frisches Handtuch bereit. Aufgeputzt und in spiegelblank gestärktem Kleid, setzte die Alte den Schwarm der Negerinnen zum Dienst des Paters in Bewegung. Vom Ruhesessel aus, den Fuß im Wasserbad, teilte Hochwürden seinen gebetsreichen Segen aus und andere mönchische Wohltaten. Von Janjãos Kasuarinen bis zur Großveranda von Sobradinho lief ein Strang von Leuten, die dem Priester die Hand küssen kamen. Malaquias brummte für nichts und wieder nichts, als sei das Weidenvolk ein schweinischer Haufen, der im Pfuhl der Sünden hause. Da der Alte seine gesamte Herde namentlich kannte, schrie er einen an:

»Seu Micael, ich habe erfahren, daß Euer Gnaden nichts tut als Zwanziger spielen.«

Mit einem anderen zeterte er:

»Seu Pedro Lima, rede er dicht vor meiner Nase, ich will die Marke seines Schnapses kennenlernen.«

Doch keiner verließ den Handkuß des Paters mit leeren Taschen. Er war ein Stärkungsmittel, ein Arzneisaft, ein Bittersalz, um die Eingeweide zu entpesten und die Nieren zu säubern, abgesehen von Mundmunition und Hemdenstoff. Samstags widmete der Pater sich diesen Routinearbeiten. Und sonntags, in der Frische des Morgentaus, zog er auf Taufmission in die gesäuberten Korrale. Das war ein Versprühen von Weihwasser ohne Maß auf die Köpfe der kleinen Heiden, so daß Juju Bezerra heimlich sagte, wenn das Sumpffieber des Oberst noch lange währe, werde Malaquias de Azevedo noch Baumstämme segnen:

»Dann bleibt nichts mehr übrig, Oberst. Kein Besenkraut, keine Affenwurzel oder gar Sankt-Caetano-Melone. Alles muß vom Weihwasser geläutert werden.«

Seit ich in die Tiefen des Sumpffiebers gefallen war, gab es keinen gebetlosen Samstag mehr auf Sobradinho. Doch trotz des Trostes der Religion wollte das Fieber nicht weichen. Sein Besuch kam pünktlich nach der Uhr. Gegen Abend, auf der Schwinge der ersten Fledermaus, im regelmäßigen Abstand von drei Tagen, traf das böswillige Leiden ein. Es kam leichtfüßig und war anfangs sogar angenehm. Dann aber verhärtete es sich. In meinem Nachthemd klapperte ich wohldurchlittene Stunden lang wie eine Klapperschlange. Juquinha Quintanilha wünschte angesichts der gelben Hautfarbe seines Gevatters, ich solle mich in der Stadt behandeln lassen:

»Da kann nur ein Arzt helfen.«

Ich verwarf den Ratschlag:

»Was heißt hier Arzt! In der kommenden Woche bin ich die Pestilenz ein für allemal los.«

Dona Alvarina, die Arme, kam im Staubwirbel ihres Mannes. Sie wollte ihren Gevatter betreuen, bei der Leitung des Haushalts helfen. Die Großprinzessin von Sobradinho, die alte Francisquinha, machte Schwierigkeiten. Sie knurrte, sie weinte. Zu dem Leiden ihres jungen Herrn durfte niemand seinen Senf dazugeben. Mein Großvater Simeão hatte schlimmer zu leiden gehabt, und dafür war auch niemand von außerhalb gekommen:

»Das war nicht nötig gewesen, nicht nötig gewesen.«

Das Dreitagefieber des Obersten rief Volk auf den Plan, das ich nie gesehen, von dessen Dasein ich keine Ahnung hatte, das aber irgendwann einmal eine Wohltat von mir empfangen hatte, eine Anleihe oder eine Hilfe. Dioguinho vom Brunnen sandte aus seinen endlosen Weiten ein Gelübde, ein nie gesehenes Weihgeschenk – einen Ponciano de Azeredo Furtado ganz aus Wachs, ein fast zwei Meter großes Werkbild. Auch Tutu Militãos Anteilnahme gewann meine Dankbarkeit. Seine Schlangenkiste kam jeden Sonntag, um sich nach dem Befinden des Kranken zu erkundigen. Kraft Forderung des Paters mußte der Mulatte seine Giftspritzer an abgesondertem Ort hinterlassen. Malaquias konnte nicht von Schlangen reden hören, ohne sofort einen Schauer über den Rücken rinnen zu fühlen, einen Ekel, den er nicht zu bezwingen vermochte. Tutu, nicht mit Verbeugungen geizend, willigte ein:

»Mein guter Taufpate befiehlt. Ich bin Katholik von Sankt Onophrius und ein Schützling des Heiligen Georg.«

Von den Nachbarn erschien nicht Badejo dos Santos, der sich beim Fall vom Pferd eine Rippe verbogen hatte. Er sandte eine Botschaft und das Versprechen eines baldigen Besuchs. Ich zahlte mit gleicher Wohlerzogenheit heim – hätte ich von seinem Schaden erfahren, ich wäre der erste gewesen und in einer Freundschaftsreise zu ihm geeilt. Am meisten fehlte mir Vetter Juca Azeredo, der in Rio de Janeiro aus den Krallen der Regierung eine Turbine für seine Schnapsfabrik loseiste. Liebevoll war auch Sinhozinho, der nicht vom Bett des Kranken wich. Er hatte sich an der Tür des Krankenzimmers eingenistet, um Tag und Nacht mit seiner Hilfe zur Stelle zu sein. Francisquinha und Juju Bezerra halfen bei der Zubereitung von Chinin und Haustränken. Bei einer derartigen Gelegenheit ertappte ich den Alten bei einer Arbeit, die nicht die seine war, und machte ihn darauf aufmerksam:

»Was soll das, Mann? Euer Gnaden, Freund meines Großvaters, der sich mit mir an den Tisch setzt, ist doch kein Laufbursche für untergeordnete Dienste.«

Ich hörte gerne das Geräusch von Sinhozinhos krankem Bein im Flur. Ich lachte über seine Heftigkeiten. Er wünschte kein lauteres Schreien in Zimmernähe, und ein Besucher, der ohne die Stimme zu senken, ungebührlich eintrat, erntete den Tadel des Alten:

»Könnten Sie, Gevatter, Ihre Posaune nicht draußen lassen?«

Eines Nachmittags hörte ich Sinhozinho sagen, hoher Besuch sei eingetroffen. Es war Pires de Melo. Ein Schwarm Helferinnen Francisquinhas lief zum Saubermachen des Zimmers und zum Aufschütteln des Bettes herein. Es war in so vielen Jahren das erste Mal, daß Pires de Melo den Fußboden von Sobradinho betrat. In neuer Wäsche und frischem Leintuch empfing ich den Nachbarn, halb sitzend, den Rücken an die Kopfkissen gelehnt. Pires de Melo sprach wenig, um den Leidenden nicht zu ermüden, wie es die Etikette befiehlt. Und als der Alte, von Antão Pereira und Sinhozinho Manco geleitet, das Zimmer verließ, fiel ich wieder in Halbschlummer und hörte noch mit halbem Ohr das Geklimper von Pires de Melos Uhrkette, einem recht schweren und wertvollen Schmuckstück. Es gefiel mir, daß der Nachbar nicht seinen Stuhl anwärmte, denn während des Besuchs des Wechselfiebers war ich unberechenbar. Wer an mir klebte, bekam garantiert Gräßliches zu hören. Das im Brutwasser entstandene Großfieber stieß den ganzen Abfall nach draußen, den der Oberst drinnen aufbewahrt hatte, damit keine Unreinheit zurückblieb, die nicht einen Ausgang fände. Bei einer Gelegenheit sah Juju Bezerra sich gezwungen, die Türe abzuschließen, solch unflätige Schimpfwörter stieß ich in der Hitze des Dreitagefiebers von mir. Später erzählte mir der Major lachend die Beleidigungen, die ich im Alptraum hervorgebellt hatte. Über vierzig haarige Schmähnamen zählte Juju auf, neben leichtgewichtigen Verbalinjurien wie Mutterschwanz, Kuh und Sohn einer Stute:

»Jawohl Senhor, Oberst Ponciano. Euer Gnaden haben einen goldenen Mund. Ich werde sterben, ohne einen Ihresgleichen kennengelernt zu haben.«

Als der Makel im Körper zwei Monate alt wurde, legte ich die Sucht nach Rockzipfeln beiseite und betrat das Gebiet der Heroismen. Ich sprach von Streit, Zwist, von Kämpfen mit Feuer und Schwert, die ich bestanden und nicht bestanden hatte. Die Föhnluft des Großfiebers nahm Pulvergeruch an, so daß niemand das Zimmer betrat, ohne einen militärischen Auftrag zu erhalten. Mit der Lautstärke des Obersten forderte ich Waffenverstärkung, weil ich mir einbildete, ein Haufen Ketzer wolle Sobradinho durch die Kaminröhre nehmen. Bei einer dieser Fieberwahnerfindungen erschien ich im Nachthemd in der Küche und begann Befehle zu erteilen, Zügellosigkeiten von mir zu geben. Sogleich hieß es, der Oberst von Sobradinho, schwachsinnig geworden, bringe keinen vernünftigen Satz mehr zusammen. Ich wurde wütend, als ich von der Marktschreierei erfuhr und hielt wütend Sinhozinho und Saturnino Katerbart vor Augen, daß ein gefleckter Jaguar nichts gegen mich ausrichten könne, wieviel weniger dann ein lächerliches Sumpffieber, geboren aus Dünsten und fauligem Wasser. Und unter der Nase der beiden, während ich mir das Hemd in die Hose stopfte, schwor ich:

»Sehr gut denn! Ich werde einen Schlußsatz hinter die Angelegenheit setzen!«

Der zur selben Zeit angereiste Juquinha erhielt den Auftrag, Gevatterin Alvarina in die Rua de Jaca zu bringen, um mein Stadthaus zu lüften und auf Hochglanz zu bringen:

»Ich will euch zeigen, Herr Gevatter, wer Ponciano de Azeredo Furtado ist.«

Bei seinem Mittwochenbesuch setzte ich Juju in Kenntnis von meiner Maßnahme. Er stimmte mir zu – es gibt nichts Besseres als einen Luftwechsel, um das Wechselfieber auszutrocknen:

»Sie tun gut daran. Ich werde Dr. Sousa Bastos ein Billet zuschicken.«

Vierzehn Tage waren noch nicht vergangen, und schon hielt der Oberst, ohne daß es jemand erwartet hätte, seinen Einzug in der Rua da Jaca. Gevatterin Alvarina hatte alles zu meiner Zufriedenheit vorbereitet. Das Haus meiner Kindheit roch nach Wasser und Seife, geschrubbt von einer Ecke zur anderen, es war wunderschön. Juquinha Quintanilha, der mit mir gereist war, sandte eine dringende Botschaft an den von Juju Bezerra empfohlenen Arzt. Die Bettdecke bis unters Ohr hochgezogen, erwartete ich Sousa Bastos' Besuch. Es wurde sechs Uhr abends, und kein Zeichen des zweirädrigen Arztwagens. Juquinha, nicht gewohnt, mit Akademikern umzugehen, wich nicht von meiner Seite und wußte nicht, was tun. Glücklicherweise erschien am nächsten Tag Vetter Juca Azeredo. Auf seiner Herreise von Rio, noch im Zug, erfuhr er von dem Geschehen. Er eilte nach Sobradinho, und von dort in die Rua da Jaca. Setzte nicht einmal den Fuß auf Paus Amarelos:

»Ich bin gekommen, so wie ich war, Ponciano.«

Ich dankte ihm für seine Anteilnahme, die ihn sogleich auf die Spuren des besagten Sousa Bastos schickte. Der Arzt hatte den Nerv, Juca Azeredo zu erklären, er nehme keinen neuen Patienten an. All seine Zeit sei von langjährigen Kranken ausgefüllt. Fast hätte ich das Bett zerschlagen, als ich eine derartige Beleidigung hörte. Ich rief nach Straßenkleidern, denn ich wollte dem Unverschämten, gleich wo er sich befände, einen exemplarischen Verweis erteilen. Das Großfieber, das meinen Querkopf kannte, kam meinem Vorsatz zuvor. Unter meiner Decke, in Glut getaucht, durchwanderte ich Alptraum um Alptraum auf der Jagd nach etlichen feuergewandeten Teufelsfratzen, die unseres Herrn spotteten. Zwei rottete ich aus, ein Satansspross blieb übrig, den ich nicht kalt machen konnte, weil das Sumpffieber nachließ und ich wieder Ponciano de Azeredo Furtado wurde, frei von Mattigkeiten und in der Vollkraft meines Verstandes. Mein geschwollenes Gesicht betastend, brummte ich unmutig:

»Wäre ich nicht aufgewacht, hätte das Dreitagefieber den Gewaltmarsch durchgehalten, der Oberst hätte mit der Teufelsbrut des Alptraums aufgeräumt.«

Juca Azeredo, der sich mit dem Sumpffieber nicht auskannte, glaubte, sein Verwandter sei darauf und daran, abzukratzen. Ich machte mich über ihn und die Krankheit lustig:

»Ich werde noch ein Leiden erfinden müssen, das diesen deinen Vetter in den Friedhofslehm spediert.«

Bei Einbruch der Nacht erschien in der Rua da Jaca der

Notar Pergentino de Araújo. Wissend, daß sein Freund und Oberst mit einer üblen Krankheit im Streit lag, kam er zu einem Besuch anspaziert. Er hielt nicht lange seine Brillengläser vor den Haufen Bart und Gelbheit, die ich war. Zog ab, ohne seinen Stuhl anzuwärmen, in Juca Azeredos Gesellschaft, auf der Suche nach einem ihm zufolge besonders vertrauenswürdigen Arzt, einem jungen Mann, dessen Doktordiplom noch kaum getrocknet war:

»Er ist ein gut ausgebildeter Junge mit dem Ruf großen Fachwissens.«

Gevatterin Alvarina, um mein Wohlergehen bemüht, brachte ein Becken und ein duftendes Handtuch für den Gebrauch des Besuchers. Ich schlummerte ein, und als ich meiner wieder gewahr wurde, war schon der Arzt da. Er sprach verständig, so als kenne er den Oberst seit Jahren und Jahren, hieß mich die Zunge herausstrecken. Ich tat ihm den Willen, und eine gute Viertelstunde verbrachte der junge Arzt bei der Arbeit des Hier-Betastens, Dort-Befühlens, abgesehen davon, daß er den Fiebermesser in meiner Achsel erhitzte. Nach beendeter Prüfung wusch der gute Onkel Doktor seine Hände im frischen Wasser des Beckens. Dies getan, bat er um einen Federhalter und kritzelte auf das Papier Buchstaben, die nur Gott verstehen konnte. Dann warnte ich:

»Sie haben einen Monat Zeit, um mich für vollständig geheilt zu erklären.«

Nach Ablauf der ersten vierzehn Tage sah ich, daß Pergentino den Oberst in der richtigen Gesellschaft gelassen hatte. Der Arzt hatte mit Mitteln und Wegen Pillen aufgetrieben, die im Nu über das Sumpffiebernest herfielen. Ohne den Kopf wieder hervorstrecken zu können, zog das Übel mit dem Urin ab, in rotem Strahl. Juquinha Quintanilha fragte erschrocken, ob dies Vorgehen zur Natur der Krankheit behöre. Ich beruhigte den Gevatter:

»Es ist das Schwanzende des Leidens, ein Abschied. Noch zweimal vierzehn Tage werde ich Lehmwasser lassen.«

Wir schrieben Januar, den Donnermonat. Von meinem Krankenbett aus sah ich die Saison der Zikaden vorübergehen und die Zeit der Fastenblumen einziehen. Hinter ihren violetten

Schattierungen kam jenes Lampenwindchen auf, Künder der Kälte. Der Winter hob den Kopf. Ich sagte zur Gevatterin Alvarina:

»Es ist Zeit, daß der Oberst sein Versteck verläßt.«

Anscheinend erriet ich das Richtige. Beim Abendbesuch, nachdem er meine belegte Zunge geprüft und den Wärmegrad meiner Achselhöhle gemessen hatte, sprach der junge Arzt sein endgültiges Urteil:

»Der Herr Oberst ist frei bis zum nächsten Fieber.«

Ich wollte sofort eine Kiste Zigarren in Teilhaberschaft mit Coelho dos Santos, so hieß der Arzt, einweihen. Doch er verwehrte mir seine Zustimmung:

»Später, später dürfen Sie rauchen.«

Ich sank der Rekonvaleszenz in die Arme. Coelho dos Santos schrieb die Speisenfolge auf, die Dona Alvarina beachten sollte. Kein Gramm Fett zuviel, kein Gramm Fett zu wenig. Dann und wann forderte mein Appetit eines Militärs eine Pfeffertunke, ein Spanferkelbein oder ein Seebarschfilet. Der Teufel wollte es, daß die Gevatterin Alvarina nicht von der strengen Einhaltung der vom Arzt verschriebenen Diät abzubringen war. Soviel Salzlosigkeit langweilte schließlich meine Eingeweide. Coelho dos Santos bat mit den guten Sitten, die er von seiner Wiege und seinem Studium empfangen hatte, ich möge mich gedulden:

»Am Ende dieser vierzehn Tage werde ich Sie gesund schreiben.«

Eines Nachmittags hielt ohne Anmeldung oder Billett eine vornehme Kutsche vor der Tür. Es war Pernambuco Nogueira in Begleitung seiner Gemahlin, einer jungen Salondame, und kaum hatte sie die Schwelle der Veranda überschritten, durchduftete ihr Parfum das ganze Haus. So lernte ich Dona Esmeraldina kennen. Major Juju Bezerra, der eine Woche in der Rua da Jaca zubrachte, hielt einer so bildhübschen Gegenwart kaum stand. Er verbarg seine Betretenheit im Blattwerk des Gartens. Ich brauchte nicht lange hinzuschauen, um zu wissen, daß der Anwalt meiner Streitfälle mit seiner Senhora gut beschuht war – allein das Paar Grübchen in ihrem Gesicht war die Geburtsstätte großer Anmut. Gleich von ihrem Eintritt an erhellte Dona Esmeraldinas Lachen das Wohnzimmer und fegte jede Hemmung zwischen den Gesprächspartnern hinweg. Es war, als stünde eine alte Bekannte vor mir. Es ermüdete mich keineswegs, ihrer sprühenden Unterhaltung allein standzuhalten. Unterstützt von Dr. Nogueira, rühmte sie die Einrichtung des Hauses, die Hübschheit meiner Gegenstände:

»Man darf dem Oberst gratulieren. Sie haben viel Geschmack.«

Doch der Besuch der Nogueiras dauerte nicht länger als eine Arztvisite. Genau genommen kamen und gingen sie wie ein Wirbelwind. Die Zeit reichte nicht aus, damit Gevatterin Alvarina einen Jenipapolikör anbot. Der Doktor, Hut in der Hand, bat um Entschuldigung:

»Ein andermal. Ich kenne ja jetzt den Weg.«

Juju Bezerra, der aus seinem Versteck aus Kletterpflanzen und Sankt-Georgs-Schwertern auftauchte, kam noch rechtzeitig angelaufen, um Dona Esmeraldinas Duftschwaden am Schwanz zu erwischen. Und er schnüffelte wie ein witterndes Jungschwein.

»Seu Ponciano, Seu Ponciano! Ich habe nie ein so gut gedrechseltes Stück Weib gesehen.«

Ich zwirbelte meinen Bart und streckte meine Beine auf dem Fußboden. Juju, noch immer von soviel Hübschheit benommen, begann Dona Esmeraldinas körperliche Vorteile, einen nach dem anderen, aufzuzählen. Er kam nicht bis zum Ende. Er blieb an den Ausbuchtungen, an den oberen Schwellungen hängen, denn Dona Alvarina bat um seine Anwesenheit am Eßtisch, das Abendessen werde auf dem Teller kalt. Ich wollte es Bezerra nachtun, von weitem die Reichhaltigkeit des Gereichten zu bespähen, was die Gevatterin mir verwehrte. Sie drohte meine Übertretungen Dr. Coelho dos Santos zu hinterbringen:

»Jetzt gleich beschwere ich mich beim Arzt.«

Von der Veranda aus sah ich die Nacht sich entfalten. Es war Vollmondmonat, und schon brachen viele Blüten lustvoll auf im Blattwerk des Gartens. Da der Nachttau den Überrest meines Wechselfiebers ungünstig beeinflussen konnte, brachte ich den Oberst an sicheren Ort. Beim Allerwertesten! Mit einem Weibe wohlversehen war Pernambuco Nogueira. Ein akademisch gebildeter Mann besaß diese Vorteile, und soll sie auch immer haben – stets konnte er sich in den guten Familien die besten Stücke auswählen. Juquinha Quintanilha sagte immer:

»Nichts ist so wertvoll wie ein Diplomring am Finger.«

Vor dem Spiegel des Besuchssalons blieb ich stehen. Und wich entsetzt zurück – die Augen des Obersten versprühten einen Feuerbrand. Jählings zählte ich in meinem Innern über eineinhalb Dutzend Böcke. Es gab keinen Zweifel. Ponciano war kuriert.

5

Auf Verordnung Dr. Coelho dos Santos' nahm ich vierzehn Tage Erholungsurlaub in Paus Amarelos, wo Vetter Juca Azeredo schaltete und waltete. Ich wurde wie ein König behandelt. Das Beste war für den Oberst gerade gut genug, der im weichsten Bett schlief und vom Feinsten zu essen bekam. Die Arbeit der Schnapsherstellung ging ihrem Ende zu, und das letzte Zuckerrohr wurde gemahlen. Da mein Kurarzt Meerbäder vorschrieb, stürzte ich mich beim ersten Morgenstrahl in die Wellen. Die Welle kam, wuchs, wurde Kamm – und laichte auf meiner behaarten Brust. Es war, als klatsche sie an den Fels der Küste, tosend wie die Brandung. Zurück vom Kampf mit dem Meer, fiel der Oberst in einer Vernichtungsschlacht über die Tafel her. Abends, bis der Schlaf mich trübte, spielte man Karten. Ich gewann Stich um Stich gegen Juca Azeredo, der, ärgerlich über die vielen verlorenen Tostões, die Karten weit weg warf und, den Tisch verlassend, brummte:

»Der Vetter mogelt ja schlimmer als ein Zigeuner.«

Bei diesem sorglosen Leben gewann ich wieder, was ich im Streit gegen das Sumpffieber verloren hatte. Gegen Ende der zweiten Woche verbog ich fast eine Handelswaage, die unter meinem Stiefel stöhnte. Juca schrie scherzend:

»Wenn's so weiter geht, hält keine Fabrikwaage mehr meinen Vetter aus.«

Was mir bei meinem Aufenthalt in Paus Amarelos sehr fehlte, waren die Rockzipfel. Während der ganzen Tage dort sah ich nicht ein Bein oder Gesäß, das meine Fastenzeit unterbrochen hätte. Nur alte eingefallene Münder, in denen die Zähne seit vielen Wintern gestorben waren, und noch häßlicher als verwelkte Jenipapoblüten. Ich rühmte des Vetters Auswahl:

»Jawohl mein Herr, Seu Juca! Nicht einmal ein Mönch würde sich mit dergleichen Häßlichkeiten begnügen.«

Vetter Azeredo, ein Geheimniskrämer, ein Leisetreter, wich aus. Er behauptete, er sei außerhalb von Paus Amarelos Weiberheld. Auf der Pflanzung sei der Kapaun und verlange

Anstand. Ich wußte seit dem Unfall mit dem Fußwurm wohl, daß in diesem Schnapsland nicht alles Häßlichkeit war. In der Nähe des Faßdepots, in jenem verandaumgebenen Häuschen, herrschte die bessere Hälfte von Tude Gomes, Dona Mercedes, eine junge Frau von großen Talenten, selten von der Hand des Ehemannes gejätet, der nur eine Vorliebe für Branntwein hatte. Gegen Abend vertrat ich mir gerne die Beine – und mein Stiefel machte beharrlich auf der kleinen Veranda des Brennmeisters halt, um einen kleinen Schwatz im Tonfall von »Wie geht's, Dona Mercedes«, »Wie steht's mit Ihren schönen Augen«, anzufangen. Doch ich konnte nicht, wie ich wollte und es gerne tue, die Tugenden der jungen Frau gebührend herausstreichen, denn sie wurde stehenden Fußes aus der Reichweite meines Bartes entfernt. Braves Zicklein blökt nicht – ich bat nicht einmal um Neuigkeiten von ihr. Ich suchte vielmehr meinen Aufenthalt in Paus Amarelos abzuschließen. Eines Abends nach dem Abendessen beschloß ich:

»Morgen, und nicht später, setze ich den Oberst auf die Landstraße.«

Schon war mein Koffer gepackt, schon mein Pferd aufgeschirrt, als Vetter Azeredo flehte, ich möge meine Reise um ein Kurzes aufschieben, er benötige meinen Rat bei einem verwikkelten Schriftsatz, ich sei doch ein ehemaliger Gerichtsschreiberlehrling und sicher imstande, ein Gesetz nach dem günstigen Wind hinzubiegen:

»Was ich immer sage. In zwei Dingen nimmt es niemand mit Ponciano auf. In Rockzipfeln und Rechtskniffen.«

Ich konnte die bescheidene Bitte Juca Azeredos, der sich an meinem Krankenbett so hilfreich gezeigt hatte, nicht abschlagen. Ich packte also wieder aus und gab eine Woche zu, damit er mit seinen Schriftstücken aufkreuzen konnte:

»Ich möchte sehen, ob die Ansprüche des Vetters zu Recht bestehen.«

Ohne Umschweife trabte Juca in der Morgenfrische durch den Staub der Straße, um seine Besitzurkunden zu holen. Kaum war er abgeritten, als Major Serapião Lorena erschien, der dem Vetter durch Bande der gegenseitigen Wertschätzung und Hilfeleistung verpflichtet war. Ich kannte den Major weniger der Person als dem Namen nach, man hatte sich zwei oder dreimal auf der Landstraße begrüßt. Er war ein Einzelgänger, ein Einsiedlerkrebs. Ich spürte sofort, daß er an einem schweren Kummer litt. Sein von Geburt an kleiner dürrer Körper verschwand fast im Sessel, so daß ich Lorena fast aus dem Blickfeld verlor. Sichtbar blieb bloß ein Schnurrbart – zu beiden Seiten des Mundes herabfallende Spitzen, welk wie Pflanzen ohne Wasser. Dahinter erregte das Gesichtchen des Verbitterten Mitleid. Ich fragte, was ihm denn so sehr zu schaffen mache:

»Was haben Sie, Major, Sie sehen aus, als seien Sie vom Werwolf verfolgt?«

Aus der Tiefe des Sessels stob ein Wirbelwind aus Wörtern, das eine schien das andere über den Haufen rennen zu wollen. Er sagte, wäre es doch ein Werwolf, ein sattsam bekanntes Übel und außerstande, der Soutane eines Paters oder einem Rautenast zu widerstehen:

»Mein Fall ist ein anderer und viel mißlicher.«

Ich ließ der Zunge des Knochengestells freien Lauf. Lorenas Gaumenboden schien von Käfern zu wuseln. Als er im Verlauf seiner Sprudelrede schwor, ein Kaiman habe sich in einer Wassergrotte seiner Besitzung eingenistet, ließ ich fast die Schere, mit der ich einen in meinem Nasentrichter sprießenden Haarbüschel beschneiden wollte, zu Boden fallen. Staunend rief ich aus:

»Was Sie nicht sagen, was Sie nicht sagen!«

Als er meine Verwunderung sah, unterstrich der Major noch die Wildheit des Untiers. Es war ein geröllbedecktes Krokodil, das aus entrücktesten Zeiten stammte, und kein Papier sei groß genug, um seine Jahre auszurechnen. Nachts, in einer Entfernung von etwa eineinhalb Léguas, höre man nichts als Kaimanbrüllen, begleitet von teuflischer Lohe. Und vom Feuersherd der Erscheinung besessen, betonte er:

»Und er speit Feuer, mein Herr!«

Der Fall war witzig, ein Hirngespinst, das eine frische Zigarre erheischte. Und während ich das Mundende meiner Flor de Ouro vorbereitete, was ich stets mit Liebe tue, fuhr Lorena mit der Beschreibung der Künste des Kaimans fort. Innerhalb hundert Klafter der Küste, wo der Gelbling sein Nest gebaut hatte, konnte sich kein Lebender vorbeiwagen:

»Kein Pferd, kein Mensch, kein Himmelsflügel.«

Doch Lorena war eigentlich nur deshalb so bekümmert, weil er nicht Juca Azeredo angetroffen hatte, einen Menschen von viel Urteilskraft in einem so schwerwiegenden Verfahren. Und er machte sich Luft:

»Azeredo ist einer, der diese Teufelserscheinungen zu manövrieren weiß.«

Um ein Kleines, und ich hätte meine Zigarre verschluckt, als ich den Verwandten als Draufgänger hingestellt sah, imstande, eines Einödübels Herr zu werden. Armer Vetter! Wenn er von der vom Major mitgebrachten Pfründe erfuhr, war er Juca Azeredos genug, um bei einem fremden Volk um Asyl zu bitten. Doch vor Lorena, der auf des Vetters Machtbefugnis so fest zu bauen schien, bestritt ich natürlich nicht seine Tapferkeit. Ich stieg ins selbe Boot und brachte Serapião Lorena etliche bewaffnete Teufeleien Juca Azeredos aus der Kinderzeit des Würgertöters zur Kenntnis:

»Er hat einen Werwolf entzaubert, Herr Gevatter!«

Um dem Besucher nicht ins Gesicht lachen zu müssen, verbarg ich mich mit meiner halbgerauchten Zigarre auf der Schwelle der Tür. Dort, im Vogelhimmel segelte der Rauch der Fabrik. Der saure Rülpsgeruch des Tresters verlor, vermischt mit dem Duft blühenden Waldes, seinen Pesthauch und drang aromatisch an meine Nase, was mir half, Dona Esmeraldina und ihre Rundungen in Erinnerung zu bringen. Aufs Treppengeländer gelehnt, schweifte ich in die Ferne, ohne den Stiefel auf Juca Azeredos Wohnzimmerboden zu setzen. Drinnen hackte der Major noch immer auf seinem Bericht über den Kaiman herum und schwor, das Gespenst speie Feuer:

»Mehr als einer hat's gesehen und bezeugt, mein Herr!«

Lorena kannte Ponciano nicht, auch nicht die Touren, die er zu drehen vermochte. Etliche Ausschweifungen genießend, wie es im Fall Dona Esmeraldinas nichts wie billig war, trieb der Oberst seinen Gesichten nach, schweifend, schwebend. Immer wieder versuchte Lorena, sich aus seinem Sessel erhebend, mit dem Zahn des Kaimans meine Erinnerungen zu zerreißen, doch vergebens, denn in derlei Umständen bin ich lasch und stumm. Um Ponciano aus einer so weiten Reise zurückzuholen, mußte sich Lorena mit seinem Persönchen tatsächlich an meinen Rockärmel hängen:

»Oberst, gestatten Euer Gnaden mir ein Geständnis?«

Und an meinen Anzugstoff geklammert, beteuerte er, das innerhalb von hundert Léguas, von Kante zu Kante, nur ein Mensch existiere, imstande, die entsprechenden Maßnahmen für die Ausmerzung des Kaimans zu teffen:

»Dieser Mann sind Euer Gnaden und sonst niemand.«

Ich ging nicht, wie es sein Wunsch war, sogleich auf sein Begehren ein. Meine Zigarre genießend, die stark heruntergebrannt war, blieb ich einsilbig und mundfaul. Der Alte wanderte hin und her mit hängenden Bartenden, mit gebeugtem Nacken, Trostlosigkeit in Kinderstiefeln. Ich bin nicht der Mensch, der andere mißachtet und quält. Angesichts eines so erloschenen und hilflosen Lorena, dem der Schwanz des Kaimans in der Kehle steckte, eilte ich ihm zu Hilfe:

»Machen Sie sich keine Sorgen. Ich werde mich um den Fall kümmern.«

Es war, als lege der Major ein schweres Leiden ab, schon war er ein anderer, neugeboren und voller Mut. Sein Bart sproß aufwärts und unter seinem Haarwuchs sprudelte Dank an alle alten Azeredos und Furtados sowie an die der voraufkommenden hundert Jahre. Im Besitz meines Soldatenworts wartete er nicht den Abend-Kaffee ab. Bevor ich einen Einwand erheben konnte, lenkte er lebensfroh sein Pferd in den Straßenkot. Er erwarte also den Freund und Oberst am nächsten Tag, der Tisch sei bestellt und das Zimmer frisch geschrubbt:

»Alles vom Guten und Besten.«

Ich hielt mein Versprechen. Noch unter dem bestirnten Himmel, lange ehe das Morgenrot aufzog, reiste ich Richtung Kaiman.

Bei Einbruch der Nacht erreichte ich den Sandstrand des Majors. Grund für meine Verspätung war der Ruf meiner Größe, die mir vorauseilte und den einen herbeirief, den anderen. Ich mußte zahllose Male absitzen. Da wurde mir eine Tasse Kaffee angeboten, ein Stück Tapioca, ein Geschenk, das ich ohne Verletzung der guten Erziehung nicht zurückweisen konnte. Ich grub Leute aus, die ich seit Jahren nicht mehr gesehen hatte. Ich hatte gedacht, manch einer von ihnen schlummere bereits in seiner Sieben-Handbreit-Ruhestätte. Von soviel Höflichkeitsbezeugungen befreit und wieder auf der Landstraße, wurde ich gleich nach Mittag von einer tüchtigen Regendecke überrascht. Die Rinnsale schäumten, die Sümpfe füllten ihren Pansen, und das Wasser stieg bis übers Zitronenkraut, das höchstgewachsene Gras. Daher mußte ich meine Marschrichtung wechseln und den Huf auf einen wenig gebrauchten Pfad treiben, an Handmühlen dem Küstenstreifen entlang. Der regengetränkte Küstensand erstreckte sich endlos vor mir. Dann, da ich von einem Salzwasservogel verfolgt wurde, dessen Gattung ich nicht kannte, beschloß ich, daß er in gebührender Entfernung vorauszufliegen habe, wie es jedem Oberst mit Patent zusteht:

»Sonst brenne ich ihm tödliches Blei aufs Gefieder.«

Schon um diese Zeit, besorgt, ich könnte mich im Busch verirren, sandte der Major eine mit Lampen und Geschrei ausgerüstete Abteilung junger Burschen hinter meiner Ferse einher. Doch ich sah und roch keine Spur des Suchtrupps, betrat allein die Türschwelle Serapião Lorenas und rief laut:

»Ich bin da, ich bin da!«

Das Haus geriet in Aufruhr, ein Kommen und Gehen von Arbeitsameisen, die Lampe hellerleuchtet in der Mitte des Wohnzimmers. Ich wurde begrüßt wie ein Arzt am Kopfende des Krankenbetts. Alles war für mich gerichtet, vom Wasserbecken bis zum Hanfpantoffel. Ein schmutziges Völkchen glotzte aus der Entfernung wie Wäldler der Wildnis. Kaum hatte ich Sporen und Reiseumhang abgelegt, als ich wissen wollte, unter welchen besonderen Umständen man den gelben Unhold angetroffen habe:

»Nachts oder tags, bei Sonne oder zur Stunde der Sterne, Freund Lorena?«

Es war, als hätte man Ingwerbier entkorkt. Lorenas Zunge sprühte und hüpfte behende vom Kopf des Kaimans zu seinem Schwanz. Ich bat, er möge ohne Hast erzählen:

»Langsam, Mann Gottes. Langsam.«

Serapião machte sich Luft – er wußte von dem Krokodil nur

das Schlimmste zu berichten, ein Wust von Schuppen und Schleim, etwas, was nur alle Jubeljahre einmal vorkomme und das, wie sich jedermann erinnere, seit hundert Jahren nicht mehr gesichtet worden sei. Lorena schmähte den Kaiman und seine Sippe und beendete seinen Bericht mit der Bemerkung, sein größter Kummer bei alldem sei, daß er den Oberst nicht nach Verdienst und Würde empfangen könne. Seit der Kaiman auf seinem Besitzgrund vor Anker gegangen sei, habe er Frau und Kinder an einen sicheren Ort schaffen lassen:

»Habe ich richtig gehandelt, Oberst?«

Ich stimmte seiner Entscheidung zu:

»Sie hatten recht. Der Kaiman ist ein Tier, auf das man sich nicht verlassen kann.«

Mittlerweile, ich weiß nicht woher, tauchte jener stachlige Adamsapfel auf, um zu sagen, der Kaiman sei kein Krokodil, das vor irgendeinem Mehlfresser weglaufe:

»Nicht mal, wenn es ein Militär ist.«

Ich zwirbelte meinen Bart und maß von oben bis unten jenen, der sich derartige Freiheiten mit mir herausnahm. Es war ein Wäldler ohne bestimmte Farbe, ein Baumbusbein, außerstande, Windrosenwind auszuhalten, ohne das Rückgrat zu beugen. Ich übersah einfach sein vorlautes Wesen. Es war, als sei im Raum niemand zugegen außer mir und Lorena. Überdem gab der Hagerzwerg mit dem vorstehenden Adamsapfel neue Unverschämtheiten zum besten. Er wollte wetten, daß nicht irgendein Viehfänger auf Kaimanland etwas ausrichten könne:

»Nicht irgendwer, selbst, wenn er ein Militär ist.«

Angesichts so großer Unvorsicht hielt der Major ihm den Finger unter die Nase:

»Norato, Norato! Zügeln Sie Ihr Mundwerk.«

Ich wollte schon eine Ladung Wut gegen das Kerlchen loslassen, als der Major halblaut Entschuldigungen vorbrachte. Norato sei nicht richtig im Kopf. Zur Mondzeit verliere er jeden Halt und treibe sich Tage um Tage wie ein Geistesgestörter zwischen den Windmühlen und Pitangabüschen umher. Abgesehen von diesen Leerzeiten sei er ein gutwilliges Haus, Hunde- und Pferdezähmer, ein Beruf, den er seit seiner Kindheit ausübe:

»Noratos Unglück ist, daß er einen Rappel hat.«

Über dieses sein Leiden in Kenntnis gesetzt, verscheuchte ich meinen Unmut und bat Lorena, er möge den Mann, der sich im dunkelsten Winkel des Raums hinter einem Schrank versteckt hatte, herbeirufen. Mühsam ließ sich Norato, von Brummen und Frechheiten gebläht, aus seinem Schlupf locken, doch noch immer mit dem Kaiman zugange und auf seine Wildheit setzend. Kein Einwand gegen den Kaiman, so vielversprechend und überzeugend er klingen mochte, konnte den Verblendeten von seiner Parteinahme abbringen. Es war immer die gleiche Litanei:

»Gegen den richten Sie nichts aus, auch wenn Sie ein Militär sind.«

Beim Abendessenstisch machte ich mich über den Mittelteil eines Seebarsch her, der auf einer hübschen Platte meinen überfälligen Hunger erwartete. Ich schnalzte mit der Zunge:

»Er ist so, wie ich ihn schätze, Seu Lorena, richtig und saftig.«

Norato wurde auf den hintersten Verbannungsstuhl am Tisch beordert. Ein gewisser Afonsinho von der Kirche, als fachkundiger Heiligenbildmaler so benannt, stieß während des Seebarschs zu uns. Er schüttelte den Regen ab und wählte den Stuhl neben mir. Gewandt zollte er dem Oberst, den er vom Sehen, vom Hin-und-Her der Eisenbahnfahrten kannte, seinen Tribut. Er wußte, wie hoch Pater Azevedo mich schätzte:

»Er schwört auf die Kirche von Santo Amaro und auf den Oberst in Sobradinho.«

Im Verlauf der Unterhaltung sprach er über seine Abwesenheiten von den Weidengründen im Dienst der Kirche in anderen Pfarreien, weshalb er den mir befreundeten Vikar seit mehr als eineinhalb Jahren nicht mehr gesehen habe. Und angesichts einer so gut gedeckten Tafel beteuerte der Meister des Heiligenbilds, was der Pater außer Predigt und Taufe am meisten wertschätze, sei ein Hühnertopf:

»Dann verliert er die Sprache und steht nicht mehr vom Tisch auf.«

Ich warf ein:

»Ich schlucke mehr als das Regierungsvolk, Herr Gevatter.«

Der Heiligenbildmaler fand meine lose Rede so komisch, daß er sich verschluckte. Ich mußte ihm auf den Rücken klopfen:

»Was ist denn das, Mann Gottes? Vorsicht mit den Gräten.«

Norato, angesichts solcher Fröhlichkeit, kam von seinem Tischende angekrochen und quasselte dem Afonsinho von der Kirche die Untaten des Kaimans ins Ohr. Der große Gelbe sei dazu geboren, jedes Lebewesen mit Bein oder Flügel, das sich in einem Umkreis von hundert Klafter an sein Nest heranwage, zu verschlingen. Und mit einem Seitenblick auf mich:

»Selbst wenn es ein Militär ist.«

Ich wischte mir mit dem Handrücken über den Mund und schleuderte plötzlich, wie ich es gerne tue, Norato folgende Frage ins Gesicht:

»Da Euer Gnaden so viel reden und einen so behenden Adamsapfel haben, sagen Sie mir flugs, aus wievielen Teilen ein Kaiman besteht?«

Der Befragte, ohne Befangenheit zu zeigen, gab geschickt Bescheid. An den Fingern, eins-zwei-drei, zählte er Stück für Stück des Kaimans auf: Krokodilschwanz, Schlangenschuppen, Pferdekräfte und Menschensaugauge. Norato fügte noch, nicht ohne mit dem Anflug von Hoffart, hinzu, eine gewisse Art der Gattung sprühe ein Feuerband aus dem Bauch:

»Wie es beim Kaiman des Majors der Fall ist.«

Ich überbot die Erfindung mit einer größeren Erfindung:

»Und ich will nicht Ponciano de Azeredo Furtado heißen, wenn ich nicht meine Zigarre an der Glut des großen Gelben anzünde.«

Kaum hatte ich mein Versprechen beendet, als ein Windzug kam, und der Lampendocht züngelte und erlosch. Im verdunkelten Raum ertönte etwas, was wie aus den Tiefen des Salzmeers kam, jenes Röcheln, das den Unerschrockensten erstarren ließ. Und so sehr war das Ding den Wassern verwandt, daß sogleich Meer- und Schlammgeruch das Zimmer füllte. Der Major stieß hervor:

»Er ist's! Ich glaube an das Kreuz! Es ist der Kaiman!«

Ein losgelassener Menschenhaufen füllte den Hausflur, so daß ich mir nur gewaltsam einen Weg bahnen konnte. Als ich wieder zu mir kam, fand ich mich inmitten des Aufruhrs an untergeordnetem Ort hinter ein paar Körben in Lorenas Abstellkammer wieder. Und auf der Ferse des Tumults erschien irgendein Stumpf von lampenbewehrter Schwarzer. Verwundert über eine derartige Ansammlung im Küchentrakt, wobei sich einer hinter Trockenfleischseiten und anderen Lebensmitteln besser versteckte als der andere, blieb sie stehen. Ich bin behende im Erfinden von Ausflüchten und rettete rasch die Ehre der Erschrockenen mit der Erfindung, man habe vor, Juca Azeredo, dessen Ankunft bereits überfällig sei, mit einem Streich zu überraschen. Und bevor die Untergebene noch Fragen stellen konnte, hieß ich sie, auf den Flur deutend, den Besuch erwarten:

»Gehen Sie hinein und machen Sie ihm Ihre Aufwartung.«

Den Fall befehligend, gab ich der Schwarzbraunen den Auftrag, alle vorderen Räume zu durchsuchen und mir unverzüglich zu berichten. Lorenas Küchenkraft brauchte keine zwanzig Schritte zurückzulegen, und schon war alles aufgeklärt – ein Windstoß, der das Fenster der Vorratskammer aufgestoßen hatte, zeigte einen Blitzschwanz am pechschwarzen Himmel. Ich platzte heraus:

»Was heißt hier Kaiman!«

Lorenas Völkchen war vor einem in der Nähe des Hauses eingeschlagenen Blitz in die Knie gegangen. Das also jagte den Leuten solche Angst ein. Ich fragte mich, ob ich der Bande von Hasenfüßen, dem fassungslosen Haufen tüchtig den Kopf waschen sollte. Doch aus Achtung vor dem Gesetz der Gastfreundschaft besann ich mich eines Besseren und führte die Entsetzten im Frieden Gottes und im Schutz meines Offizierpatents zum Seebarsch auf dem Eßtisch zurück. Ja noch mehr: da ich ein menschfreundlicher Mensch bin, machte ich meinem Gastgeber wieder Mut. Niemand verliere an Ansehen, wenn er ohne die entsprechenden Schutzmaßnahmen einen Streit mit einem Tier verweigere, das nach Aussage manches Fachmanns der Höllenfinsternis entstamme:

»Niemand, Seu Lorena! Niemand!«

Mit zwei oder drei derartigen Ermutigungen herrschte wiederum Fröhlichkeit am Tisch des Majors. Beim ersten Acht-Uhr-Glockenschlag, vom Seebarsch nur noch Gräten, zog

Eintracht in Serapião Lorenas Wohnzimmer ein. Alle anerkannten achtungsvoll, daß Oberst Ponciano de Azeredo Furtado richtig gehandelt und nicht zugelassen hatte, daß einer von reizbarer Gemütsart unter ihnen die Dummheit beging, dem großen Gelben oder sonstwem tollkühn und trotzig die Stirn zu bieten. Der falsche Alarm nahm ihm nichts von der Meisterschaft seines Manövers:

»Es war kein Kaiman, hätte es aber sein können.«

Selbst Norato rühmte nach jäher Überlegung meinen Lehrgang:

»Der Oberst war unser Glück! Der Oberst war unsere Rettung!«

Jetzt gab ich durch den von meiner Zigarre freigelassenen Mundwinkel dem Major zu verstehen, daß nur, um übereiltem Handeln vorzubeugen, ich mich dazu bereitgefunden hätte, in ein so untergeordnetes Gelaß wie eine Speisekammer zu steigen:

»Nur aus diesem und aus keinem anderen Grund!«

Was den der Schwarzhäutigen erteilten Auftrag betrifft, das Wohnzimmer zu durchsuchen auf die Gefahr hin, von dem großen Gelben angegriffen zu werden, so bewies ich den Anwesenden, dies sei eine weitere Lust von mir gewesen, die Maßnahme eines Kaimankenners. Längs der Küsten und Weiden war allgemein bekannt, daß ein Kaiman nie eine Rockträgerin überfallen habe. Seine Erhabenheit hatte immer darin bestanden, Damen zu achten, gleich ob schwarz, weiß oder braun, das spielte keine Rolle. Stets benimmt er sich rücksichtsvoll wie in dem Fall einer Wäscherin, die sich ahnungslos in Kaimanland vorwagte in dem Augenblick, als das Pesttier sein Gebiß wetzte, um ein paar Unschuldige zu zerfetzen. Doch kaum sah er die Wäscherin, da tauchte er mit einem Guten Abend und Ehrenbezeigungen unter und schürfte sich dabei den Schwanz so heftig an Steinen auf, daß er durch Blutverlust einging. Da ich diese Schwäche des großen Gelben kannte, durfte ich in Anbetracht der Befehlsgewalt meines Patents keinen von Lorenas Hausgehilfen in einem sinnlosen Kampf opfern:

»Keinen einzigen, keinen einzigen!«

Als der Regen aufgehört hatte und der Mond am Himmel stand, spürte ich zwei Nächte darauf im Staub ein Wasserschwein auf, das am Sumpfrand meinen Todesschuß erforderte. Als ich mich entschloß, das Tier zu töten, scherzte ich:

»Kommt mir gerade recht, um mich einzuschießen.«

In Übereinstimmung mit Lorena verschob ich den Fall des Kaimans auf das Wochenende, einen Zeitpunkt, an dem Sobradinhos Armada erwartet wurde, einem Briefchen gemäß, das ich vom Besitz des Majors aus Juquinha Quintanilha mit der Anweisung hatte zukommen lassen, meine Lieblingswaffen mitzubringen. Und während ich auf mein Volk wartete, vertrieb ich mir mit dem Wasserschwein die Zeit. Seit Monaten hatte meine Schulter nicht mehr das Metall eines Karabiners verspürt. Lebensfroh, Lorena mir zur Seite, zog ich daher im Acht-Uhr-Mondschein aus, um mit dem Major die Schliche des Wilds kennenzulernen. Da er die Verstecke und Wassermühlen seines Erbguts besser kannte, überließ ich dem Alten die Aufgabe, das Wasserschwein aufzuspüren. Am Sumpfrand wollte ich mit schußbereiter Flinte den Rückstoß aushalten:

»Auf Knall und Fall, Freund Lorena.«

Mein Reittier, ein Mucker mit feinen Gängen und weichem Maul, scharrte im Grund und schnupperte in den Wind, bevor er ins Dickicht vordrang. Wäre er ein Maulesel gewesen, so hätte ich vermutet, daß er die Gefahr, Falle oder Schlangenzunge, erriet. Ich mußte das muckende Tier mit dem Spornrädchen nahe der Weichteile kitzeln. Sogleich reagierte das Tierchen, und nach einer starken halben Stunde im Sattel fand ich den vom Major angegebenen Ort, einen Teich, in dem sich das Wasserschwein zu tummeln liebte. Dicht am Sumpfboden bezog ich Posten in der Hoffnung, auf die Jagdbeute zu stoßen, deren hohes Gewicht Lorena gerühmt hatte. Vor meiner Kimme zog vorbei, was der Busch am besten verbarg, vom Protz eines Gürteltiers bis zu den mickrigsten, belanglosesten Lebewesen wie das Meerschweinchen oder die Eidechse. Von der Höhe der Baumwipfel auf einem Mangrovenfeld fiel das Getier reichlich – der Mondschein machte alles reif. Immer wieder sank ein Flügel in den Schlamm, und mehr als ein Reiherpaar streifte mein Versteck in gemächlichem Flug. Nur das feiste Wasserschwein gab kein Lebenszeichen von sich. Ich wetterte:

»Verfluchtes Biest, giftiges Wild.«

Ich war mit diesen Buschbeobachtungen beschäftigt, als ich bemerkte, daß aus dem Wasserspiegel ein Zackengewebe aufstieg, fraglos der Atem des Sumpfs. Ich sah zu, daß ich auf trockenem Gelände blieb, da die Sumpfluft ein Fieberherd sein kann. Mein Mucker hatte auf nichts anderes gewartet. Wieder spürte er den Oberst im Sattel und preschte los, Hals über Kopf. Und landete mit mir kopflos auf einer wohlriechenden Pflanzung. Ich habe nie so viel ausgegossenes Weiß gesehen. Es war ein ausgebreiteter Brautschleier, eine Ladung Wasserlilien nach der anderen. Ich konnte mich nicht halten:

»Wie schön, welche Unendlichkeit von Weiß!«

Plötzlich ergriff mich verzehrende Sehnsucht nach Dona Engelweiß. Sie hätte jetzt bei mir sein können, kleine Furtados austragend im Hin-und-Wider der Arbeit unter der Bettdecke, im üblichen Verkehr zwischen Mann und Frau. Immer, in Momenten der Schwäche, erscheint mir das Mädchen mit den Zöpfen. Auf dem sich am Horizont verlierenden Lilienfeld stellte ich mir Sobradinho vor, von einer Kinderschar bevölkert, Dona Branca dem Herrenhaus vorstehend, Francisquinha glücklich, Ponciano als verantwortungsbewußter Familienvater zu sehen. Gegen Abend kamen dann Leute, die um Hilfe baten, um meinen Rat, wenn es ein Rechtsfall war, um Unterstützung des Offiziers, wenn die Angelegenheit des Zugriffs eines Militärs bedurfte. Und drunten, bei den Kasuarinen, fragte der Besucher zuerst nach dem Ergehen meiner Gemahlin:

»Herr Oberst, wie geht es der Herrin, was treiben die kleinen Mädchen?«

Von diesen Träumereien verzückt, sah ich nicht, daß mein Satteltier die duftschwere Anpflanzung hinter sich gelassen hatte und daß sein Huf bereits in Bromeliengestrüpp und Stranddisteln tauchte. Vor mir, erhellt von einem Ende zum anderen, rollte das Meer. Ich trat aus einer Schönheit in eine andere. Überwältigt zog ich am Zügel:

»Heilige Mutter Gottes! Was ist das für ein Ort!«

Gegen den Willen des Muckers, der sofort kehrt machen

wollte, hielt ich an einem Mandelbaum. Einen Froschsprung weit weg spülte das Wasser den Sand sauber im Widerspiel der Dünung. Ich saß ab, um solch versammelte Gewaltigkeit aus nächster Nähe zu betrachten. Doch kaum knirschte mein Stiefel im Sand, als das Röhren eines fernen Gewitters ertönte. Ich musterte den Himmel – hinter der Kuppe des Mandelbaums blinkten zehn gutgezählte Sterne. Kein Wolkenflaum, reinste Mondscheinnacht. Der Lärm war wohl ein Schuß Major Lorenas beim Aufstöbern des Wasserschweins gewesen. Und ich dachte mir bereits einen Scherz zum Empfang des Alten aus, als ein Windstoß schlangengleich unter meinen Bartenden vorüberpfiff. Ich fluchte:

»Winde du bei deiner Mutter.«

Der Mucker, den ich an einem hohen Ast angebunden hatte, stieg auf der Hinterhand und wieherte häßlich wie ein von einem Jaguar gehetztes angstbedrängtes Tier, hoch oben, am letzten Zügelloch. Ich sage ohne Stolz noch Hochmut: jeder, der nicht die Ausbildung des Obersten Ponciano de Azeredo Furtado hat, wäre in die Leere der Welt gestürzt, hier, auf dem Strandpfad der Handmühlen. Ich hielt den Stoß aus und brachte mich hinter Strandbromeliengestrüpp in Sicherheit. Ich kitzelte mein Schießeisen, das sogleich auf meinen Ruf antwortete. Der Hahn sprang fröhlich im Pulverdampf. Überdem heulte auf dem Mandelbaumwipfel die Eule Unheil, das ich sofort verfluchte:

»Geh und piepse in der Höllentiefe, Flügelhündin!«

Und dann durchzuckte es mich jäh, wie es meine Natur ist. Das war echt Oberst: in Kaimansland zu sein – ahnungslos. Vielleicht war all das Getue, Donnergrollen und Schlangengepfeif nichts als ein Schwindelwahn seines Kopfes. Und dessen war ich mir bereits sicher, als eine neue Geräuschladung, diesmal wie Katzengekreische, aus den Eingeweiden des Meers heraufdrang. Inmitten des Aufruhrs ertönte mein Name:

»Ponciano! Ponciano!«

Ich schätze dergleichen Vertraulichkeiten nicht, jedermann weiß, daß ich mein Patent hochhalte und meinen Vornamen ungern allein höre, eine Anbiederung, die ich niemandem zugestehe. Ich lief dem Dunst der Stimme nach und sah Simeaos

Enkel im Wasser stehen, Schießprügel geschultert und die Frage auf den Lippen:

»Wer verlangt nach meinen Diensten?«

Wieder, diesmal von der Landseite, kam die Klage:

»Ponciano! Ponciano!«

Ich wollte umkehren, doch mein Fuß steckte fest im umschlingerten Grund, während der Mondschein den ins Unerträgliche gedehnten Schatten Ponciano de Azeredo Furtados auf die Unermeßlichkeit der Wasser streckte. So gesehen, hatte ich die Figur eines Riesen der Ammenmärchen – die Helligkeit der Einöden war immer Meisterin in diesen Listen und Launenlügen gewesen: aus einer Eidechse ein Kalb in natürlicher Größe zu machen. Ich warnte alsbald:

»Ich bin für Nachtschönheiten sehr empfänglich, habe aber für derlei Taktlosigkeiten nichts übrig.«

Ganz verhext betrachtete ich meinen eigenen Schatten und sah jetzt, daß er schrumpfte, wie von mächtigerer Kraft aufgesaugt. Richtig gesagt: der Oberst verflüchtigte sich. Doch sogleich, ohne Aufhebens, nach Art des Soldaten, klärte ich den Fall:

»Er ist's, das gelbe Ungeheur!«

Ringsum wirbelnd kochte das sprudelnde Wasser wie ein Teekessel auf loderndem Feuer. Und wie ein Frosch vom Auge der Schlange, wurde Ponciano immer mehr angesogen. Leblos, willenlos sank und schlitterte ich wie Jungmädchenseife. Die alte Haut des Obersten begann zu sinken. Das Wasser war lauwarm, blütenduftend. Mit einem Ruck schüttelte ich die Flinte los und warf sie aufs Trockene, den Sand. Jetzt streifte ein beschupptes Stück den Besen meines Barts, der vor meinem Kinn schwamm, ohne Ruder und Lenkung. Schlaffheit aller meiner Kräfte überkam mich, mein Inneres zerfaserte ganz und gar. Ich dachte:

»Ponciano ist verzaubert.«

In der Tat dachte der Oberst nicht mehr nach. Ich hörte auch nicht mehr das Geräusch des Meeres, nicht den Küstenwind. Alles verfinsterte sich, als stünde ich in mondloser Nacht. In den Krallen des Zaubers war ich nicht mehr wert als ein durchlöcherter Weidenkorb oder eine abgebrochene Nadel. All das empfand ich als einen Mangel an Achtung, der meinen militärischen Stolz beleidigte. Ein Oberst mit Patent konnte nicht in einem Warmwasserbad enden, ohne die Kraft seiner Waffen zu zeigen:

»Nie und nimmer!«

Und außer mir und wutbesessen nahm ich alle Bravouren der Azeredos und sonstigen Furtados zusammen, zerriß den Zauber und schlug mit solcher Gewalt auf das Wasser ein, daß ein Wellenstrauß bis zur Mandelbaumkrone hochsprühte. Im Kampfgewirr, von Kopf bis Fuß überwassert, fühlte ich in Reichweite jenen Fächer, der mir den Bart zerzaust hatte. Ich versäumte nicht meine Chance – behende, mit einem Jaguarsprung streckte ich die Hände nach den schlüpfrigen Schuppen aus, bis ich eine unerwartete Kurve zu fassen bekam. Wenn der Oberst sterben sollte, dann wollte er nicht allein reisen:

»Alles nehme ich in die Tiefe des Salzmeers mit.«

Um die Wahrheit zu bekennen: das war meine Rettung. Ich machte aus meiner Faust ein Drehkreuz und preßte den Gefangenen wie man einen Furunkel auspreßt. Je mehr ich drückte, desto klarer wurde die Sicht des Oberst, fern und errettet aus Trugtraum und Zauberspuk. Es mochte sein, was es wollte, Seepferd oder Kaiman, von mir erhielt es keine Freilassungserlaubnis. Ich war so siegesgewiß, daß ich hahnengleich sang:

»Hast's gesehen, Großmaul! Poncianos Arm ist keine Seife, die im Geplätscher zergeht!«

Mein rohes Gerede ließ das freie Feld aufhorchen. Von einem Ende zum anderen kam die Küste, um meinem Streit beizuwohnen, Nachttiere und Himmelssterne. Sofort beruhigte ich das Wasser, und der Wind stellte sein Pfeifen ein. Was es auch immer war, mein Arm hielt es gut gefangen. Mochte der Wüstling mit Schwanz oder Kehle sprudeln, er kam mir nicht frei, nicht einmal durch Regierungsbeschluß, nicht einmal durch Richterspruch. Von neuem rief ich geringschätzig:

»Hast's gesehen, Großmaul!«

Genau in diesem Augenblick erlebte ich meine größte Überraschung in all den Jahren in Weiden und Wind. Woher weiß ich nicht, kam zarter Gesang, der aus den reinsten

Engelskehlen zu dringen schien. Sogleich hüpfte Poncianos Herz sehnsuchtsvoll. Und bevor mich ein neuer Schwächeanfall überrumpeln konnte, hob ich den Häftling aus den Wellen, auf Brusthöhe. Und im Mondschein erschien ein liebliches Gesicht mit tropfendem Goldhaar und wohlriechendem Mund, der mich rief:

»Ponciano, Ponciano . . .«

Doch zu meinem Verdruß endete es in einem Fischschwanz. Es war eine Sirene.

Später wurde verbreitet, der Oberst von Sobradinho habe sich an den oberen Körperteilen der Sirene vergangen, da die unteren, nur aus Schuppen bestehenden, unbrauchbar gewesen seien. Nur wer nie mit dem verzauberten Wasservolk zu tun gehabt hat, kann dergleichen Unsinn im Umlauf setzen. Ich habe mir nie Freiheiten mit dem Mädchen des Meeres herausnehmen wollen, obgleich es mit ein paar Rundungen ausgestattet war, die mir ausnehmend gefielen und die nicht in die Muschel der Hände gepaßt hätten. Da ich mit einer militärischen Aufgabe betraut war, hielt ich mich an die Regeln und Vorschriften des Krieges. Ich ging achtungsvoll vor. Ohne Zorn oder Stolz gab ich Ratschläge und Erwägungen ab. Wenn sie eine Sirene war, konnte sie entzaubert werden, und Oberst Ponciano de Azeredo Furtado würde ihr einen Gatten und eine Mitgift besorgen. Wenn sie aber Fisch mit Schwanz und Schuppen war, sollte sie ihre Seefahrt im Frieden Sankt Peters, des Schutzheiligen der Wasser, fortsetzen:

»Wählen doch euer Gnaden!«

Nach erteiltem Rat rühmte ich ihre Sangeskunst:

»Ich möchte einmal eine besser geschulte Kehle hören.«

Nach diesen Worten schleppte ich die Gefangene in zärtlichen Armen aufs Trockene – ihr Schwanz verblieb im Becken des Meeres, wie das Gesetz der Sirenen es befiehlt. Das Übrige, ihr bester Teil, paßte ganz und gar auf meinen Schoß. Das Mädchen, wie von Leidenschaft getroffen, lehnte den Kopf an meine Schulter und ließ in dieser bequemen Haltung alle Gesänge der Gewässer ertönen, Wunderklänge, die in fernsten Léguas von Meer und Küste gehört wurden, sogar auf Hochseeschiffen. Ich mache darauf aufmerksam, daß es ein Gesang allertiefster Zauberwirkung war. Wissend, mit wem ich es zu tun hatte, und darin vermag keiner mich zu übertrumpfen, heuchelte ich Staunen:

»Wie herrlich, wie herrlich!«

Ich tat, als wäre sie ein den Wellen enttauchtes Mädchen, denn Simeãos Enkel schwebte in großer Gefahr. All diese Kunstgriffe waren nichts als neue Fallen der Zauberin, fest dazu bestimmt, diesen großen Azeredo in die Tiefen der grünen Wasser zu ziehen. Doch sie kannte den Oberst nicht und die Ausweichmanöver, auf die er sich verstand. Ein Streithengst meines Kalibers, Lehrling aus Mönchsschule und Notariat, konnte unmöglich einer Sirene auf den Leim gehen, und mochte sie noch so raffiniert sein. Ich tastete, lockte, ließ aber die Verhexte im Unklaren über meine Macht. Ich zeigte Verständnis für ihren Kummer und bot ihr die Dienste meines Patents an:

»All meine Macht und Waffen und Barschaft stehen Euer Gnaden zur Verfügung.«

Sie lehnte ab:

»Vom Oberst will ich nur eine Gabe.«

Jetzt senkte die Sirene die grasgrünen Augen, wie es jede Jungfrau aus erster Hand tut. Und ohne Umschweife begann sie die Wurzel meines Barts zu kraulen, was meine größte Schwäche ist. Ich sagte, sie solle sprechen und den Beutel ihrer Geheimnisse auftun:

»Sag, was ist dein Begehr, meine gute Sirene.«

Und nun, mit der Seide ausgestattet, welche die Sirenen zu weben verstehen, sprach das Mädchen etwa folgendermaßen:

»Einen Mann vom Kaliber des Oberst wünsche ich mir zum Ehemann. Ich besitze Paläste, goldene Kutschen und eine reichgedeckte Tafel. Warum tritt der Oberst nicht in den Stand der Ehe mit mir?«

Tröstlicher war das Röcheln des Jaguar als die wohlerzogene Rede der Wasserjungfrau. Ich erbebte. Wenn ich die Bitte des Mädchens ablehnte, konnte ein Unheil geschehen. Wenn ich ihr stattgab, war der Oberst tot und begraben. Ich drehte meinen Bart und fütterte meine Antwort mit feinstem Samt. So wohlerzogen wie nur möglich erwiderte ich:

»Die Wahl der guten Sirene, die ein so gebildeter und vielgereister Mensch ist, schmeichelt mir. Doch es ist nicht gut, von Heirat zu sprechen, da Euer Gnaden die von mir ausgehaltene Mulattin nicht kennt. Sie ist der Teufel in Röcken!«

Ich hatte absichtlich das Verhältnis mit einer Mulattin erfunden, da alle Welt weiß, daß keine hübsche Fratze einen Mann wie des alten Simeãos Enkel gefangen zu halten versteht. Ich wußte, daß nur eine so faustdicke Erfindung die Leidenschaft des Sirenenkindes ohne Schaden und Gefahren zu heilen vermochte. Kaum war meine Lüge ausgesprochen, als ich die traurigste Klage vernahm, die je ans Ohr Lebender gedrungen ist. Das Meer wuchs, der Mond verlor seine Strahlkraft. Die angstgepackte Nacht verstieß von den Bäumen alles, was Vogelschwinge war. Und die Sirene entwand sich wie ein schillernder Aal meinem Drehkreuz und entglitt Poncianos Fingern heil in die Wellen des Salzmeers. Mit einem letzten Ruck versuchte ich die Verzauberte an den Flechten festzuhalten. Doch sie entwischte, denn keine Menschenkraft vermag einer enttäuschten Sirene standzuhalten. Nur eine goldene Haarsträhne behielt ich und überreichte sie Serapião als Beweisstück meiner Pflichtleistung:

»Hier, Major, diese zaubrige Gabe.«

Lorena, von meinem Dienst beeindruckt, betonte:

»Der Oberst gehört zu denen, die die Schlange totschlagen und den Knüppel zeigen.«

Wenn der Donner drohte, wenn das Wetter umschlug, geriet die Hinterlassenschaft der Sirenenjungfrau in Wut, die Angst machte. Und der Wind, der sie streifte, entführte in Fernen die wohllautenden Klänge, die ich so gut kannte. Den Gesang der Sirene, die Ponciano de Azeredo Furtado gefangen hatte, gewiß, daß er einen Krieg mit Feuer und Eisen führte gegen den Bösewicht eines Kaimans, verwünscht als mächtig und verrufen als roh.

6

Ich bin kein Mensch der Spiegelfechtereien und Prahlereien. Von mir aus, meiner zurückhaltenden Art gemäß, hätte ich die Frage der Wasserjungfrau im Keim erstickt, ohne zu erlauben, daß der Ruhm des Geschehens über Serapião Lorenas Schwellen hinausdrang. Aber ich muß immer wieder sagen: einem Viehweidenmund schiebt niemand einen Riegel vor. Es ist ein aufsässiges Tier, das weder Zaum noch Zügel annimmt. Fernhin wehte der zungenfertige Wind den Fall von der Sirene in Gestrüpp, das nichts ahnte von der Existenz eines so verzauberten Wesens. Daher und um den Vorfall nicht immer wieder erzählen zu müssen, denn manch einer mochte ihn als Ammenmärchen abtun, packte ich meinen Koffer und verfügte mich für eine Woche ins *Familienhotel.* Ich benachrichtigte Francisquinha:

»Ich fahre nach Campos auf Bitten der Rechtsanwälte.«

Es gab in der Stadt ein Moulin-Rouge, das Juju Bezerra, Zuschauer aus der ersten Reihe, als mit Beinen und Gesichtern bestens bestückt pries. Noch im Reiseanzug kaufte ich mir einen guten Platz, von dem aus ich bequem die Vorzüge der Rampenlichtmädchen abschätzen konnte. Ich rief den kleinen Alten der Theaterkasse und sagte:

»Mir ist nur mit einer Proszeniumsloge gedient, Gevatter.«

Abends, umgezogen, mit beschnittenem Bart, frische Zigarre im Schnabel, erschien ich in den Cafés und Billardsälen. Vor der Tür des *Goldenen Billardstocks* wurde ich von einigen Viehtreibern aufgehalten, die mich über Viehzucht und Neubepflanzung von Weiden ausfragen wollten. Unmutig erwiderte ich:

»Was geht mich Korralgerede an.«

Und ich rieb den Langweilern mein Moulin-Rouge-Billet unter die Nase:

»Ich bin beim Bummeln, und ganz auf Rockzipfel eingestellt.«

Mit dem Zeitvertreib, hübsche Beine zu besichtigen, verbrachte ich den Rest der Woche. Der Rampenlichter überdrüssig, machte ich am Sonntag meinen ersten Höflichkeitsbesuch.

Ich klopfte an die Tür des Junggesellen Pergentino de Araújo. Der Justizrat im Ruhestand wohnte in der Rua do Barão in einem fliesengeschmückten Häuschen mit Garten. Die Veranda war von einer Laube beschattet, und in diesem Vogelparadies pflegte der Pensionär gerne seine Trägheit, las er seine Gazetten, hielt er mit Vorliebe seine freundschaftlichen Zwiegespräche. Dort vergnügte ich mich den ganzen Nachmittag im Austausch von Liederlichkeiten. Dabei zählte er an seinen Fingerspitzen die Rockzipfel auf, die seine Bettpfosten geschmückt hatten, mehr, als ein Kopf erinnern konnte:

»Ein dickes Heft vermöchte alle die Namen nicht zu fassen.«

Und als Beweis seiner Schürzenjägerei zog er aus einem Korb eine Menge Hüftgürtel und andere Intimartikel, welche die Madamchen in der Eile des Abzugs in den Ecken hatten liegen lassen:

»Von vergessenen Taschentüchern ganz zu schweigen. Von denen habe ich eine Schublade voll.«

Ich zahlte ihm mit gleicher Münze heim und, auf mein Kinn deutend, bewies ich ihm, das ich ein Drittel meines Bartes im Kampf mit streitbaren Damen eingebüßt hätte:

»Oder mehr, Herr Gevatter, oder mehr.«

Nachmittags, nach dem gemeinsamen Verzehren eines Stockfischfilets, begleitete ich Pergentino auf seinem Pilgergang in die Rua do Mafra. Jeden Abend, gleich ob es wehte oder stürmte, mußte er seinen Seufzer in der Umgebung eines bestimmten Etagenhauses einer bestimmten Dona Estefânia Portinho hinterlassen, mit der er in grüner Jugendzeit eine zarte Liebelei unterhalten hatte. Dies Liebesgestöhn eines Ruheständlers fand ich abgeschmackt und einen Mangel an Ehrgefühl. Ein Mensch von seiner Bildung, der ohne Hilfe eines Akademikers einen Schriftsatz von A bis Z aufzusetzen verstand, einer Dame nachzugirren, die gehorsam neben ihrem Ehemann schlief, während er, Brille auf der Nase, wie ein erstmalig verschossener Jüngling an der Hausecke seufzte! Wäre er auf den unglückseligen Gedanken verfallen, mich um Rat zu bitten, ich hätte ihm sogleich den Kopf gewaschen:

»Nehmen Sie doch Verstand an, und etwas mehr Haltung!«

Nachdem ich meine Pflichtübung beim Notar erfüllt hatte,

machte ich am nächsten Tag Pernambuco Nogueira meine Aufwartung. Ich traf den Anwalt der Streitfälle von Sobradinho beim Verlassen seiner Kanzlei an. Bei der Umarmung vertraute er mir an, eine vortreffliche Madame erwarte ihn für einen Nachmittag der Laken, für die Praxis im verschlossenen Schlafzimmer:

»Eine verantwortungsvolle Sache.«

Ich dankte ihm für sein Vertrauen und half dem Rechtsberater beim Verstauen seiner Papiere im Schreibtisch. Auf der Straße, schon auf dem Kutschersitz seines Wagens, deutete er mit dem Finger auf mich:

»Später, bei mir zu Hause, nach sieben.«

Zur vereinbarten Stunde zog ich den Glockenstrang der Nogueiras in der Rua dos Frades. Höchstpersönlich mit offenen Armen empfing der Anwalt seinen Besucher. Bevor seine Frau eintrat, sprach er vom wohlgenutzten Nachmittag:

»Das war ein Kampf! Ich bin wie gerädert.«

Er wollte in Einzelheiten gehen, als auf der obersten Treppenstufe der Umriß Dona Esmeraldinas auftauchte. Sie glich einer Märchenprinzessin, ganz in Weiß, das Haar wie eine Flamme. Allem Anschein nach war sie mit ihrem Mann zerstritten, vielleicht wußte sie auch von seinen Seitensprüngen, denn ein Frauenrock ahnt dergleichen. Beim ausgedehnten, hochförmlichen Abendessen wechselte sie kein Wort mit ihm. Der Streit der beiden kam mir zugute.

»Bitte schön, Oberst, kosten Sie doch diese Tunke. Ein Familienrezept.«

Die Unterhaltung kehrte zu gerichtlichen Zwistigkeiten und Streitfällen zurück. Immer wieder aber kam Dona Esmeraldina auf Weidengeschichten zu sprechen – ob der Oberst einen neuen Jaguar in Sicht habe:

»Ich brauche ein Fell für das Schlafzimmer.«

Ich war nahe daran, den Fall der Meerjungfer zu erzählen, tat es aber nicht, weil mir ein Strandabenteuer nicht in eine so gebildete Umgebung zu passen schien. Daher hörte ich lieber Nogueiras Bericht über seine Arbeit im Gerichtshof zu und schenkte besondere Aufmerksamkeit einem Verfahren wegen Ländereien, das er durch Rechtsverdrehung zu Gunsten dessen, der im Unrecht war, gewonnen hatte. Mit zwei Federstrichen hatte er den Schriftsatz von jedem Makel gereinigt. Und der Kläger, sein Klient, blieb im Besitz des Grund und Bodens, der ihm gehörte und auch wieder nicht gehörte:

»Das war ein hübsches Stückchen Arbeit.«

Selig über sein Lausbubenstück, wischte Nogueira sich mit dem Mundtuch über den Schnabel und gedachte des Nutzens, den Selatiel de Castro aus alldem gezogen hatte:

»Ein Mordsgeschäft für den großen Castro von der Provinzbank!«

Nach dem Dessert rauchte ich in Partnerschaft mit dem Anwalt eine Flor de Ouro in der Ecke des Salons und der Behaglichkeit des Sessels. Dona Esmeraldina, die der Rauch belästigte, entschuldigte sich:

»Lassen Sie sich nicht stören, Oberst. Ich bestelle den Kaffee.«

Beim vierten Zug sank Nogueira, dem schon die Augen zufielen, auf dem Sofa in seinen Verdauungsschlaf. Ich mußte meinen Kaffee in der Gesellschaft Dona Esmeraldinas und ihrer Grübchen einnehmen. Als Salonlöwe raspelte ich mit ihr Süßholz, wie es sich gehört. Sie lachte über meine Betrachtungen und bald, als ich ihr Landhaus rühmte, machte sie sich anheischig, mir ihr Gastzimmer zu zeigen:

»Vielleicht bekommt der Oberst auf diese Weise Lust, hier ein paar Tage mit Nogueira zu verbringen.«

Ich dankte Dona Esmeraldina für ihre Güte, und an ihrer Hand, die in meinen knotigen Fingern verschwand, folgte ich ihrer üppigen Gestalt – der Taille einer Gottesanbeterin und einem Sofaglätter mit hübschen Kissen. Im wohlgelüfteten und wohleingerichteten Eheschlafzimmer ließ ich meinen prüfenden Blick schamlos lange auf dem Ehebett haften, einem schweren Möbel aus Palisander, stark genug, um ohne Knirschen auszuhalten, was sich in der Nacht darin ereignen mochte. Da sie meine Aufmerksamkeit auf der Schlafstatt haften sah, erzählte Dona Esmeraldina die Herkunft des Stücks. Es sei aus einer altadligen Familie von Generation zu Generation auf sie gekommen:

»Von den Barbalhos de Macaé, Verwandte von Nogueira.«

Das im hintersten Teil des Landhauses gelegene Gästezimmer

war sehr behaglich. Türen und Fenster gingen auf den Garten, ohne Verbindung mit dem übrigen Haus. Zwei glänzende Messingbetten standen den Besuchern jederzeit zur Verfügung. Die Herrin des Hauses bestand darauf, die Güte der Sprungfedermatratzen vorzuführen:

»Schauen Sie, Oberst, reiner Kapok.«

Halb über das Bett gebeugt, brachte sie die Messingstäbe leicht in Bewegung, während ich, halb abseits stehend, ihren Nackenflaum und umliegende Reize genoß. Von den Leintüchern stieg Wäscheschrankgeruch auf, der Hauch von duftbesprengter Wäsche. Schon stellte ich mir Ponciano vor, wie er in den molligen Hüften von Nogueiras Gattin versank. Glücklicherweise verscheuchte ein Heiligenlichtchen, das an der Wand zu Ehren Unserer Lieben Frau von den Schmerzen brannte, diese sündigen Gedanken aus meinem Kopf. Ich rühmte die Bequemlichkeit des Zimmers:

»Ein wirklich fabelhaftes Appartement, Senhora!«

Und in der Hitze des Rühmens versprach ich, ein paar Tage im Landhaus der Rua dos Frades zu verbringen. Dona Esmeraldina, die ihre Flammenfrisur vor dem Flurspiegel ordnete, nahm das Versprechen ernst:

»Ein Versprechen muß gehalten werden. Ich erwarte den Oberst.«

Im Wohnzimmer lag Nogueira mit aufgeknöpftem Kragen und im Schnabelrand entschlafener Zigarre noch immer versunken in seinem Verdauungsschlaf und erwachte erst, als der Kuckuck beim Zehn-Uhr-Schlagen sein Uhrhäuschen öffnete:

»Teufel, ich hab zu lange geschlafen, zu lange.«

Poncianos Höflichkeitsbesuch bei den Nogueiras in der Rua dos Frades war beendet. Damit war auch mein Abstecher in die Stadt abgeschlossen. Ich reiste zu meinen Korralen zurück.

In Sobradinho erwartete mich als Andenken an meinen Kampf mit der Meerjungfrau ein besonderes Geschenk: ein Kampfhahn. Ich behaupte und beweise es: in den nächsten hundert Jahren wird kein Großsporn wie dieser mehr im Grund und Boden unseres Herrn Jesus Christus scharren. Anfangs war er nichts als ein zuckender Federwisch, ein fadendünner Hals,

Reisigbeinchen, schlaffe Haut. Alle machten ihn herunter. Juquinha Quintanilha wurde nicht müde, die Gabe geringzuschätzen:

»Ich werde nicht sterben, bevor ich nicht diese Spatzenration in Dona Francisquinhas Reis verspeise.«

João Ramalho, von Geburt auf dem linken Ohr taub, kam auf meinen Ruf herbei. Ich wünschte, er möge sich das Federvieh ansehen, da er als Kenner des Hahnenkampfs galt. Er kam und sprach das Todesurteil über das Tierchen. Es gehöre zur Rasse der Weichlinge ohne Sporenkraft, ohne Kampfeslust. Genau genommen war es nicht den Mais wert, den der Oberst für seinen Unterhalt aufbrächte:

»Das Tier ist ein Hasenfuß und läuft beim ersten Schnabelhieb davon.«

Ich bat, er möge ihn nochmals untersuchen und mich nicht mit einem übereilten Urteil abspeisen:

»Ich bitte um ein wohlüberlegtes Gutachten.«

João Ramalho, der Widerspruch ungern hörte, warf das Geschenk des Majors in die Luft und verspottete es nach Kräften. Damit nicht zufrieden, schleuderte er den Hahn in die Höhe auf die Gefahr hin, daß der ärmste sich in den Zweigen der Kasuarinen den Hals breche. Wutentbrannt schrie ich:

»Sehen Sie sich an, was Sie tun! Das ist doch keine Dörrfleischseite, Seu Ramalho!«

Der Viehtreiber bestätigte sein voriges Urteil:

»Was ich sage, Patron. Er taugt nicht den Mais, den er fressen wird.«

Ich bin ein Dickkopf. Ich verbohrte mich darein, weil ich entschlossen war, aus dem Hähnchen ein berühmtes Kampftier zu machen. Ich erwärmte mich für ihn. Und dieser Ehre eingedenk, zahlte der kleine Teufel sie mir mit gleicher Freundschaftsmünze heim. Er wich nicht von meiner Spur wie ein Hund nicht von der Ferse seines Herrn. Wohin immer ich ging, war er schon da, krähtend, stolz auf seinen Paten und Oberst. Francisquinha fand meine Zuneigung spaßig und verglich mich mit meinem Vorfahren:

»Genau so war der Großvater.«

Nach zwei Monaten der Maiskur und der guten Behandlung

war das Federvieh wie ausgewechselt. Er bekam ein dichtes Gefieder, ein kraftvolles Kikeriki, flinke Läufe. Er hatte eine lustige Art, seitlich hochzuschauen. Und neugierig war er! Der Oberst brauchte nur eine Zeitung aufzuschlagen, damit der Gauner den Hals reckte. Ich witzelte:

»Deine kleine Person möchte anscheinend über die politischen Neuigkeiten auf dem laufenden sein?«

Eines Nachmittags, als ich nach dem Essen mein Schläfchen hielt, hörte ich in der Nähe der Kasuarinen einen Mordsradau. Leute schrien, Hunde bellten, Lausbuben hüpften herum. Ich schaute nach, was los war, bereit, mit Schimpfwörtern, deren ich genug auf Lager habe, um mich zu werfen. Im Umkreis einer Ladung Mehl rupfte mein Rassehahn in wütendem Krieg einen Landhahn, über eine Arroba schwer. Janjão Caramujo, dem der Schnaps aus den Augen trat, versuchte verzweifelt, die Sporenfechter auseinanderzubringen. Es gelang ihm nicht, die Zeit reichte nicht aus. Mit zwei blitzschnellen Hieben fegte Major Lorenas Geschenkhahn das Gelände rein. Das arrobaschwere Tier, im Weichen, an der Wurzel des Kropfs getroffen, stolperte und stürzte mit Schlagseite, den Kopf schon unterm Flügel versteckt. In dieser Stellung zuckte er noch zweimal zu Ehren der Firma und erlosch. Antão, der in der Nähe ein paar Hühnerhunde abrichtete, schrie mit Stammlerstimme, einen Rassehahn mit solch tödlichem Schuß habe er nie gesehen und werde er für den Rest seines Lebens auch nie mehr sehen. Saturnino Katerbart, mitten im Kampf dazugekommen, erfand sogleich einen Spitznamen für den Streithelden:

»Roter Stampferfuß.«

Ich genehmigte den Taufnamen. Und gleich nach der Genehmigung sandte ich Antão Pereira nach Poço Gordo, eine Hahnengegend, um einen Trainer aufzutreiben, der das Tierchen in seinen Künsten vervollkommne. Ich wünschte, daß es alle Kampflisten erlerne, mit dem Sporenmesser, mit dem Sperberflügel, mit dem Maultiertritt umzugehen verstünde:

»Ich möchte den kleinen Teufel besser ausgerüstet sehen als einen Kriegszug.«

Und so trat mein Lieblingshahn eines Morgens seine Lehrreise an. Es war herzzerreißend anzusehen, wie er seinen Paten anblickte. Er vertropfte Trauer, als ginge es in die Gefangenschaft, als müsse er die Strafe der Nimmerwiederkehr verbüßen. Ich gab ihm in die Muschel seines Öhrchens eine Lektion des Muts mit auf den Weg:

»Euer Gnaden, mein Negerlein, wird Mark ansetzen.«

Fort war er. Sechs im Herzen und auf dem Kalender gutgezählte Monate lang sah ich sein rotes Kämmchen nicht mehr. Dank Antão Pereiras Vermittlung gelangten Nachrichten von seiner Tüchtigkeit nach Sobradinho. Er machte in der Kampftechnik gute Fortschritte und hatte bereits mehr als einem Dutzend Mestizen den Todessporn gegeben. Sogar der Trainer, der einen guten Hahn schon am Geruch kannte, fiel von einer Bewunderung in die andere. Aus Poço Gordo erreichte mich ein Tauschangebot – den Hahn gegen vier Jochochsen:

»Außer einem entsprechenden Geldbetrag, Herr Oberst.«

Unwirsch wies ich den Vorschlag zurück:

»Da tausch ich noch eher den Hintern der Mutter.«

Als der Januar zu Ende ging und es vom Himmel kübelte, kehrte Roter Stampferfuß aus der Schule von Poço Gordo zurück. Fast hätte ich in Sobradinho ein Fest mit einem Zicklein auf dem Tisch und Feuerwerk am Himmel veranstaltet. Ich rief sofort João Ramalho, damit er das Werk begutachte. Der Landarbeiter kam ganz verdattert an. Er hatte gegen das Hähnchen ein abfälliges Urteil gefällt (»Er ist nicht den Mais wert, den er frißt, Patron«), und nun sah er sich gezwungen, seinen Irrtum anzuerkennen. Er stand abseits und glaubte nicht, was er sah. Ich ließ mein Hahnenmännchen von Hand zu Hand gehen. Das Volk sollte sich ruhig das Stück ansehen und die stolze Haltung des Teufelchens abschätzen:

»Schaut euch sein Kaliber an, schaut euch die Rasierklinge des Sporns an!«

João Ramalho, ein Kerl mit hartem Kinn, lachte noch immer schlabberig und urteilte spöttisch:

»Ich trau' dem nichts zu . . .«

Ich reizte den Stolz des Kampfhahnzüchters. Er solle mir die beste Zucht seines Kampfplatzes bringen, und ich, Oberst Ponciano de Azeredo Furtado, würde zehn Contos gegen einen

Korb Ingwerfrüchte wetten, daß sein Hahn nicht über die erste Runde käme:

»Er schafft es nicht, Seu Ramalho. Ich sage es Ihnen. Er schafft es nicht.«

Der Arme! Er verlor die Wette und mußte noch den Kummer erleben, daß sein berühmtester Hahn mit gespaltener Hirnschale am Boden lag. Weit spritzte die Gehirnmasse. Leute von auswärts, die der Schlacht beigewohnt hatten, trugen die Nachricht mit aufgerissenem Mund in alle Richtungen, der Mestize aus Sobradinho sei mit den Dämonen verwandt. Tutu Militão war angesichts der vernichtenden Schlagkraft des Roten freimütig:

»Dem Fußtritt hält nicht mal ein Rind stand.«

Von dieser Kampfhandlung an gab es für den Ruhm des Rassehahns kein Halten mehr. Er übersprang die Korrale und erreichte so ferne Hahnenzuchtgebiete, daß ein dort mit der Post abgesandter Brief erst nach mehr als einem Monat in Sobradinho anlangte. Aus einer dieser entlegenen Einöden wollte ein Mensch mit Namen Penalva de Brito Einzelheiten über Stampferfuß wissen, seine Geburt, Herkunft und Kreuzungen. Da die Anfrage ungezogen abgefaßt war, ließ ich ihm sagen, er solle sich an den Leisten kratzen:

»Der bekommt mir nichts zu wissen.«

Doch muß ich sagen, daß der mit so viel Ruhm ausgestattete Hahn von Sobradinho deshalb nicht hochmütig wurde. Er blieb der gleiche, von fröhlicher Gemütsart, frei von Stolz. Jedem anderen ohne seinen felsenharten Charakter hätte es den Kopf verdreht, etwa wie einem Griesgram von Hauptmann Aristeu Beda, der nach zwei oder drei gewonnenen Herausforderungen sich die größten Unverschämtheiten herausnahm. Er wurde streitsüchtig und wollte von einem Porzellanteller essen, als sei er ein Christenmensch. Stampferfuß benahm sich völlig anders und war außerhalb der Kampfbahn von höchst umgänglichem, uneitlem Wesen. Für seine Behaglichkeit ließ ich ein Häuschen im Wert von einem Conto de réis bauen mit einer Glastränke und einer gedrechselten Hahnenstange von dem besten Drechsler aus Santo Amaro. Als der letzte Nagel eingeschlagen war, rief ich den Hahn:

»Sieh, wie großartig, mein kleiner Hauptmann.«

Für all diese Wohltaten zeigte er nur Geringschätzung und blieb auf dem Ast seines galizischen Zitronenbaums dicht vor meinem Zimmer hocken. Von diesem Ausguck aus erteilte er bei Tagesanbruch seine Befehle. Bei seinem ersten Krähen sprang ganz Sobradinho aus dem Bett und lief zum Kaffeefilter. Ich wuchtete meinen Riesenleib an den Fensterrand – dort war sein Gesichtchen und ergötzte dienstfertig Ponciano. Da ich Militär bin, liebte ich es, den Mestizen ehrenvoll zu begrüßen:

»Guten Morgen, Hauptmann, wie geht es seiner kleinen Person?«

Auf dem Ast des Zitronenbaums sitzend, senkte und hob der kleine Rote den Kopf, glücklich, mit hochgemutem Pips. Das Volk fand Spaß an soviel Freundschaft, soviel gegenseitiger Zuneigung, und beteuerte:

»Der Oberst vertauscht seinen Kriegshahn nicht um zehn Piauí-Rinder.«

Sonntags, nach der Kirchentaufe, schlug das Hähnchen im Schatten der Kasuarinen mit den Sporen. Pater Malaquias, mitsamt Francisquinha und dem übrigen Personal von Sobradinho, brummte, weil ihm Bosheit gegen die Tierchen Gottes wider den Strich ging. Er drohte sogar, dem Rummel mit der Macht des Altars zu Leib zu rücken:

»Ich habe soeben den Herrn Bischof um Maßnahmen gebeten, dieser Gottlosigkeit ein Ende zu bereiten.«

Mehr als rasch förderte ich Feiern und Taufen in Sobradinho. Das Volk brachte seine Hähne zum Kampfplatz und seine Kinder zum Taufbecken. Eine Hand wusch die andere. Und so, der Verwünschungen des braven Soutanenträgers ledig, ließ ich den kleinen Roten seinen Sporn am Kropf der Mestizenbande wetzen. Das war ein Hähnesterben ohne Zahl und Zittern. Über zwanzig Stück von bewährtem Mut bluteten unter den Waffen von Stampferfuß, außer kleinem Kroppzeug wie Gockel und Landhähne. Der kleine Teufel konnte keinen Kapaun sehen, ohne ihn stehenden Fußes in Francisquinhas Knoblauchbeize zu spedieren. Von weit her kamen Kampfhahnzüchter mit manchem Sattel und Gefolge angereist, um einen Fußtritt meines Preishahns anzusehen. Soviel Hochmut juckte den Stolz des Majors Badejo dos Santos aus Degredos Weidegründen. Von seinen Korralen aus bat er in dem Brief eines Menschen, der weiß, wo seine Nase sitzt, einen Tag für einen Hahnenkampf mit Wette festzulegen. Ich antwortete, ich nähme die Herausforderung an und gewähre ihm das Übergewicht seines Hahns als Vorgabe. Durch Antão Pereira war ich auf dem laufenden, daß Major Badejos Tier ein Waagenbrecher sei – ein Mordshahn mit vernichtenden Tritten. Militão, als er von der Vereinbarung erfuhr, kam nach Sobradinho gerannt:

»Oberst, machen Sie keinen Blödsinn wie diesen.«

Ich spottete seiner Ratgebersucht, seiner Naseweisheit. Wovon er viel verstand, war Schlangengift, aber niemals von Hahnensporen. Und um das Gequassel des Mulatten Tutu wieder geradezubiegen, stichelte ich:

»Stimmt es, daß Euer Gnaden eine Brillenschlange von der Regierungsmiliz anwerben ließ?«

Zu Tutus Verdruß sagte ich dem Major, er solle seinen Rassehahn bringen und den Wettbetrag obendrein. Und an einem mit Flaggengirlanden geschmückten Sonntag traf das böse Tier unter Badejo dos Santos' eigenem Arm ein. Es war ein Exemplar, um einen Christenmenschen in Staunen und Schrekken zu versetzen. Es scharrte auf dem Fußboden der Veranda wie ein Stier in der Arena, hoffärtig, verächtlich. Der Major meinte angesichts meiner Verwunderung halb spöttisch:

»Der Herr Nachbar hat noch Zeit, von der Verpflichtung zurückzutreten. Ich bin ein friedlicher Mensch.«

Ich hielt den Seitenhieb aus und zog eine Zigarre hervor, um meine Gelassenheit zu zeigen. Antão Pereira, gekommen, um Anweisungen in Empfang zu nehmen, blieb angesichts einer solchen Masse von Hahn verdutzt stehen. Er bekreuzigte sich und stammelte ein paar Beschwörungen:

»Cre .... Cre .... Credo!«

Ich nahm keine Notiz von Pereiras Verblüffung. In geringer Entfernung von mir sitzend, erging Badejo sich in großen und kleinen Ruhmeshymnen. Er rief sein Prunkstück von Hahn:

»Komm her, Machadinho. Komm und begrüße den Oberst, Machadinho.«

In der Ecke unter dem Vordach drehte und wand sich der

Mestize und verrenkte den Kropf, als wolle er sprechen, und, nach wie vor auf dem Bretterboden scharrend, kam er auf den Ruf seinen Herrn und Majors näher. Er war reine Tücke in Gefieder und Sporn. Mit Kraulfinger kitzelte Badejo den Kopf des Hahns und heuchelte Unmut:

»Was ich wegen diesem Lumpenkerl schon für Scherereien gehabt habe, lieber nicht davon reden!«

Und glückselig, noch immer den Kopf des Hahns kraulend, erzählte er, in Cruz das Almas habe Machadinho bei einem Freundschaftskampf fast den Magen eines Lieblingshähnchens von Aristeu Fortunato, seines Gevatters und Paten aller seiner Buben, aufgefressen:

»Das war ein Verdruß, an den ich mich lieber nicht erinnern will.«

Ich blickte den Bösewicht an. Da war er und schielte aufmerksam auf mich, allem Anschein nach bereit, mein Patent zunichte zu machen. Hätte er den Nerv, noch einen einzigen Schritt zu tun, er wäre ein toter Hahn mit zwei Flintenschüssen an der Wurzel seines Kropfs. Zu seinem Glück erschien Sinhozinho verbittert und brummig. Er war außer sich. Einen Sporenkampf in Sobradinho zu veranstalten und ihm davon nichts zu sagen, sei ein Mangel an Höflichkeit:

»Ich bin nie so beleidigt worden, Seu Ponciano. Ein Mangel an Achtung, Seu Ponciano.«

Mit dieser Wut im Kamm fiel des Alten Blick auf den Hahn und Badejo dos Santos' kraulenden Finger. Ohne Rücksicht auf den Major zu nehmen, beschimpfte Sinhozinho das Tier, etwas, das kein Mensch bei einem Wettkampf vorzeigen könne:

»Nichts wie Hülle. Der macht beim ersten Hieb schlapp.«

Kaum angestoßen, wurde der Major zum Jaguar und blähte den Brustkasten gegen Sinhozinho:

»Wer nicht wettet, hat keine Stimme.«

Badejo dos Santos wußte, daß der Alte, der, arm wie Hiob, nichts besaß als eine kärgliche Weide, nicht einmal einen Zwanziger verwetten konnte. Ich eilte ihm zu Hilfe. Aufs Geld sollte es mir nicht ankommen – drum bäte ich den guten Major um die Erlaubnis, in Sinhozinhos Namen den Betrag zu wetten, den er bestimmen möge:

»Von einem bis zwanzig Contos, Herr Nachbar.«

Badejo machte einen Rückzieher:

»Ich bin für so hohe Wettbeträge nicht gerüstet.«

Da seine Wut verraucht war, wurde der Major wieder verträglich, da ein Mann von seiner Erziehung seinen Vorteil wahrzunehmen wußte. Er umarmte Sinhozinho, vermischte seinen mit dessen Zigarettenrauch, und alles endete in guter Korralfreundschaft. Gleichwohl wettete er ein Mastschwein gegen eine Partie Maniokmehl, daß der Hahn des Obersten beim zweiten Fußtritt den Schnabel aufreißen werde:

»Oder sogar schon beim ersten, Freund Sinhozinho.«

Bangen Herzens sah ich Antão Pereira den kleinen Roten auf den Schnabel von Badejo dos Santos' Großhahn loslassen. Ich biß sogar auf meine Zigarre, als jene Kriegsmaschine auf mein Juwel zusteuerte. Der Major, in der Hitze der Begeisterung, fühlte sich stark:

»Herr Nachbar, ich verdopple meine Wette, mit Vorgabe für Sie.«

Es muß gesagt werden: Er kam nicht einmal dazu, seine Tasche zu kitzeln. Mit einem gutgezielten wuchtigen Tritt mitten in den Kropf, setzte mein Rassehahn das Stück des Majors an seinen Platz mit hängendem Kopf und dem Schweif im Wind. Gelächter erschütterte den Kampfplatz, und ins fröhliche Staubgewirbel hinein setzte ich zum Gegenschlag an. Ich zwirbelte meinen Bart, belebte die Glut meiner Zigarre und fragte ausgelassen:

»Seu Pereira, fängt der Kampf endlich an oder fängt er nicht an?«

Badejo dos Santos zahlte seine Schulden und verließ Sobradinho mit schlaffem Kamm. Tage später erfuhr ich in der Unterhaltung mit einem Viehtruppvormann, der im Schatten der Kasuarinen hielt, um die Hufe seines Tieres zu kühlen, daß der Major infolge des erlebten Verdrusses alle seine Zuchtställe geleert hätte und seine Züchterlaufbahn als beendet ansähe:

»Ich bin die Hähne leid. Ich werde Kanarienvögel züchten.«

Ich brachte die Nachricht dem kleinen Roten zur Kenntnis:

»Kleiner Hauptmann, Euer Gnaden machen damit jeden Kampf in der Gegend zunichte.«

Doch das Schönste kam auf Eselsrücken. Es kam ohne Voranmeldung noch Briefchen. Eines Abends brachte Tutu Militão auf der Durchreise über Sobradinho (»Mit gebührender Erlaubnis, Euer Gnaden, mein Herr Oberst und Pate«) eine Botschaft aus Ponta Grossa dos Fidalgos. Dr. Caetano de Melo wünschte einen Kampf mit meinem Hahn, dessen vernichtenden Tritt er vom Hörensagen kannte, zu vereinbaren. Ich lehnte ab. Mein Rassehahn war nicht auf der Höhe, vielleicht hatte er den Pips. In einem wohlerzogenen Antwortbrief dankte ich und betonte, bei nächster Gelegenheit würde ich auf sein Angebot zurückkommen. Kaum war eine Woche vergangen, kehrte der Heiler mit einer neuen Mission wieder. Er kam befangen, verlegen:

»Ich bin Freund des Herrn Oberst, ich bin Freund des Doktors.«

Ohne Zeit zu verlieren, sagte ich, er solle auspacken:

»Raus mit der Sprache, Mann Gottes.«

Immer noch voller Entschuldigungen (»Ich bin Freund des Herrn Oberst, bin Freund des Doktors«) ließ der Heiler endlich die Katze aus dem Sack. Caetano de Melo bestand darauf, mit einem hohen Wettbetrag die Tüchtigkeit meines Kämpfers zu bestimmen, selbst wenn er Sobradinho mit all seinen Ländereien kaufen müsse:

»Das ist seine Bedingung, Herr Chef.«

Ihn unterbrechend, erwiderte ich aufgebracht:

»Seu Militão, sag er mal ganz offen, ist dieser Doktor aus Ponta Grossa nicht völlig verdreht im Kopf?«

Und ohne seinen Hosenboden in Sobradinho auszuruhen, kehrte der Heiler auf derselben Straße mit meiner wütenden Antwort um:

»Sag er diesem Herrn Doktor, er soll mir seinen Preis für seine Korrale und sonstigen Besitzungen mitteilen, da ich wie er in der Laune bin, Neuanschaffungen zu machen.«

Und von der Veranda aus, während Tutu nahe den Kasuarinen den Sattelgurt seines Maultiers festzog, ergänzte ich meinen Bescheid:

»Das ist noch nicht alles, Herr Gevatter. Sage er in Ponta Grossa dos Fidalgos, daß der Oberst von Sobradinho Hahnenkämpfe nur mit wohlerzogenen Leuten abschließt.«

Fast hätte der Schlangenbißheiler über all dem Hin und Her von Botschaften das Zeitliche gesegnet. Seine Schlangengiftkiste reiste von einem Ende zum anderen wie die wilden Augustwinde. Und der Fall wurde ruchbar und wurde so oft besprochen und wieder besprochen, daß Juju Bezerra, ein Intimus von Caetano de Melo, in einer Mission des Friedenstiftens nach Sobradinho kam:

»Was soll das heißen, Freund Ponciano? Was für eine Kobra hat den Obersten gebissen?«

Ich lehnte sein Vermittlungsangebot rundweg ab. Er möge von allem sprechen, nur nicht vom Doktor aus Ponta Grossa:

»Ein Grobian, Seu Bezerra! Ein Rüpel, Seu Bezerra!«

Juju wollte antworten, als Nazaré, wiederum in Sobradinho, den Raum durchschritt. Als sie Bezerras Auge auf ihren Rundungen ruhen sah, begann sie mit ihrem Hintern zu wackeln, und zwar so schamlos, daß fast die Nähte ihres Kleides platzten. Juju wollte Einzelheiten über sie wissen:

»Ist sie schon im Dienst? Hat sie Ihre Bettpfosten schon eingeweiht?«

Bei solchen Gesprächen sagte Bezerra, seinen Arm in den meinen hängend, ein bildhübsches Mädchen, die einem den Blick blenden könne, wohne just in Ponta Grossa dos Fidalgos, das nicht zu betreten ich mir vorgenommen habe:

»Sie heißt Dona Bebé, eine Kusine Caetano de Melos.«

Noch immer sauer, verwarf ich den Rockzipfel:

»Was geht mich Dona Bebé oder ihre Mutter an!«

Ohne auf meinen Unmut zu achten, ging Juju dazu über, die verschiedenen Gaben Dona Bebé de Melos bekanntzugeben, bis er mit seiner Rechtsprechung an der Taille haltmachte und mit den Fingern einen winzigen Kreis anzeigte:

»So etwa, Seu Ponciano, kaum stärker als ein Bambusstamm.«

Ich sah sogleich, daß diese Dona Bebé de Melo zur Rasse der Blattameisen gehörte – die schlanke Taille diente nur dazu, die Fülle des Oben und den Überfluß des Unten zu betonen. Doch auch angesichts eines so reichbedachten Rockzipfels hielt ich noch am Rest meiner Wut fest:

»Der Major soll mich nicht einzuwickeln versuchen. Mit

Leuten wie Caetano de Melo verkehre ich nicht einmal im Himmel.«

Ich wollte jetzt der Unterhaltung eine andere Wendung geben, doch dazu fand sich Juju Bezerra nicht bereit und beharrte auf der eingehenden Schilderung von Dona Bebés Schönheiten. Bald darauf, als der gute Major augenzwinkernd seinen Wunsch durchblicken ließ, sich zu verehelichen, wurde Simeãos Enkel weich und vermochte nur aus Charakterstärke die Tugenden der Kusine des Doktors herabzuwürdigen:

»Sie werden sehen, sie ist nichts als ein Pipimädchen von den Weiden, die kaum ihren Namen kritzeln kann.«

Bezerra brauste auf. Er sei sehr verwundert, daß der Oberst, ein gebildeter Mann, einen so unangebrachten Argwohn nähren könne. Ich müsse wissen, um nicht falsch zu urteilen, daß Dona Bebé eine Reihe von Jahren in der Klosterschule fleißig und achtsam gelernt habe, was sie zu jeder Unterhaltung in Salon und Saal bestens befähige:

»Niemand als Euer Gnaden, der bei den Mönchen in die Schule gegangen ist, vermöchte eine solche Ausbildung besser zu bestimmen.«

Ich senkte den Nacken und antwortete willfährig:

»Soutanenschule ist keine Spielerei. Sie legt Wert auf Bildung.«

Als Juju sah, daß meine Abneigung gebrochen war, kam er dem Mulatten Tutu Militão zu Hilfe, den ich in gespieltem Zorn bereits beschuldigt hatte, die Beziehungen zwischen Sobradinho und Ponta Grossa dos Fidalgos enger verschlungen zu haben als eine Kobraluftwurzel:

»Tutu ist ein grundguter Mensch, ein ehrerbietiger Mulatte, Oberst.«

Ich ereiferte mich: »Versuchen Sie nicht, mich zu erweichen, um Himmels willen.«

In diesen Pantomimen bin ich Spezialist und niemand versteht besser sein Gesicht zu verziehen, seinen Bart zu zwirbeln, den Fußboden zum Zeichen des Unmuts zu durchmessen. Mich vor Juju aufpflanzend, wirkte ich wie der Vater allen Zanks. Ich blickte Tutu Militão verächtlich an und lud dem Mulatten alle Schuld für das Mißverständnis auf die Schulter:

»Seu Bezerra, von dieser Stunde an betrachte ich den Streit mit dem Doktor für erledigt. Nun habe ich nurmehr mit Tutu zu tun, mit ihm und mit niemand anderem, Seu Bezerra!«

Zur Verstärkung schlug ich zweimal mit der Faust auf den Tisch:

»Seu Bezerra, mit mir wird nicht gescherzt!«

Als Juju nach einem guten Tisch und Nachtisch unter dem Abendstern Sobradinho verließ, nahm er in der Tasche einen Freibrief mit – er sollte nach Gutdünken handeln. Mein Hahn stand vom Schnabel bis zum Sporn Caetano de Melo zur Verfügung. Sollte mir andererseits das junge Mädchen gefallen, sollten mir Dona Bebés Reize behagen, würde ich mich als ihr Galan bewerben. In diesem Fall sollte Bezerra auftretende Schwierigkeiten beseitigen, und so weiter und so fort. So sagte ich zum Major:

»Wenn sie mir gefällt, heirate ich sie. Ich möchte Sobradinho mit Windeln und neuem Kindergeschrei füllen.«

Im Austausch dagegen bat ich den Major, er möge Caetano de Melos Schreibfeder einen Brief entpressen, der den Ärger als beigelegt betrachtet:

»Ich muß mich absichern, Juju.«

Der gute Major pflichtete meiner Forderung bei:

»Genau das wollte ich sagen. Der Oberst ist nicht irgendwer. Er ist ein Mann von Verantwortung.«

Bezerra erfüllte sein Versprechen. Kaum zeigte eine Woche ihren Schwanz, langte Caetano de Melos Brief in Sobradinho ein. Der Bote, ein Schwarzbrauner mit den Gesichtszügen eines Weißen, kam auf einem prachtvollen, prächtig aufgezäumten Pferd angeritten. Das Sattelzeug glänzte von eingelegtem Silber. Der Bote tauchte unter einem breitkrempigen weißen Hut hervor, wie ihn reiche Leute tragen. Er gab sich höchst ehrerbietig zu erkennen:

»Nicanor do Espírito Santo, ich komme im Namen meines Paten Dr. Caetano de Melo, Euer Ehren zu Diensten.«

Die Sprache des Schwarzbraunen war sauber wie die eines, der die Schulbank gedrückt hat. In höflicher Umgangsart überflügelte er selbst Tutu Militão und andere guterzogene Zeitgenossen der Weidengründe. Er bat wegen allem um

Erlaubnis, selbst um sich den Schweiß abzuwischen. Ich befahl, er solle sich setzen:

»Machen Sie sich's bequem, wie zu Hause.«

Der Schwarzbraune verbeugte sich, als wolle er den Fußboden mit der Hutkrempe fegen:

»Ich bin Euer Ehren sehr verbunden.«

Wie es die gute Erziehung verlangt, erkundigte ich mich nach dem Wohlergehen von Caetano de Melo und den übrigen Mitgliedern seiner Familie. Der Schwarzbraune, redegewandt, ließ keine meiner Fragen in der Luft hängen – unverzüglich beantwortete er eine jede. Nachdem diese meine Pflicht erfüllt war, bat ich um Erlaubnis, den mir überbrachten Brief lesen zu dürfen. Es war ein formvollendet abgefaßtes Stück Prosa in winzigkleiner Schrift, die wie ein Tausendfüßler von Rand zu Rand des Briefbogens lief. Darin lud der Doktor den Oberst nach allerhand Liebenswürdigkeiten ein, »mir die Ehre Ihres Besuchs in Ponta Grossa dos Fidalgos zu schenken, innerhalb der von Major Juju Bezerra getroffenen Vereinbarungen«. Ich gab hierüber meine Genugtuung zu erkennen:

»Ja, mein Herr, der Doktor ist ein hochgebildeter Mensch.«

Befriedigt faltete ich den Brief zusammen und rief das Küchenpersonal, das in der Person der Nazaré erschien. Als sie den Schwarzbraunen gewahrte, nahm die Rotbraune eine stolze Haltung an, schritt geziert und knöpfte ihr Kattunkleid enger zu, so daß ihre Rundungen und Ausbuchtungen hervortraten. Mit gebieterischer Stimme, ungehalten über dergleichen Gefakkel, befahl ich ihr, Schreibzeug, neue Feder und feine Bögen, für Briefe an Landgerichtsräte, herbeizubringen:

»Ein Stoß, der im Palisanderschrank liegt.«

Ich ließ mir mit der Antwort eine halbe Stunde Zeit. Wegen des anwesenden Schwarzbraunen sah ich darauf, nicht die Zunge herauszustrecken, wie es meine Natur in solchen Umständen will. Ich brachte ein ansehnliches Werk zustande – ich montierte eine gerundete, stark verzierte Schrift, die ich in meinen Tagen als Notariatsschreiber gelernt hatte. Ich trocknete die Tinte mit Sägemehl. Sodann, vom Tisch zurückgelehnt, las ich mein Werk von neuem, und da alles in Ordnung war, setzte ich die Unterschrift von Ponciano de Azeredo Furtado mit solcher Wucht darunter, daß die Feder auf dem Bogen kreischte. Dies getan, entließ ich den Boten:

»Gute Heimkehr und meine Empfehlungen an Dr. Caetano de Melo.«

Stehend, meine Bestellung in seiner Tasche, beeilte sich der Schwarzbraune mit meiner gebührenden Erlaubnis zu sagen, er kenne den Obersten von Sobradinho seit langen Zeiten, als er auf Anordnung seines Paten die Stadtschule besucht habe:

»Zurückliegend etwa zehn Jahre, mein Patron. Zurückliegend etwa soviel.«

Auf der letzten Treppenstufe zog Caetano de Melos Patensohn mit einer letzten Höflichkeitsverbeugung achtungsvoll den Hut vom Kopf:

»Nicanor do Espírito Santo, ein Diener Euer Ehren.«

Der Schwarzbraune kehrte mir den Rücken, und schon wehte zwischen Sobradinho und Ponta Grossa ein Freundschaftswind. Jede Woche kam ein Bote von Caetano de Melo. Einmal war es Goiabasaft, dann eine Partie Anonen oder eine Sendung Zuckerrohrschnaps. Ponciano, dessen Interesse an Dona Bebé erwacht war, ließ sich nicht lumpen. Ich sandte mein bestes Zicklein, und eines Nachmittags ließ ich dem Besitz des Doktors ein olivenfarbenes Pferdchen mit zarten Fesseln zugehen, imstande, dem Augustwind wegzulaufen. Mit diesen Geschenken wollte ich bei Caetano de Melo und seiner delikaten Kusine Eindruck schinden. Eines Tages, als ich mir in Santo Amaro einen neuen Anzug schneidern ließ, erinnerte ich Juju Bezerra an die Notwendigkeit, ein hübsches Geschenk für den Finger oder den Hals der jungen Bebé de Melo zu besorgen:

»So etwas wie ein Ring, ein Halsband oder ein Talisman in Gold.«

Juju stimmte dagegen, das sei etikettewidrig. Überdies sei Caetano de Melo wahnsinnig verwöhnt und ziemlich grillenhaft:

»Möglicherweise paßt ihm das nicht.«

Gegen Ende der Regenzeit, dem für den Hahnenkampf bestimmten Termin, flehte ich bereits zum Heiligen Georg und zum Heiligen Josef, abgesehen von anderen Heiligen, der

Mestize von Sobradinho möge den Krieg verlieren. Ich wollte den Doktor, den ich nur von ferne ohne »Guten Tag« oder »Guten Abend« kannte, den ich aber hoch schätzte, unter keinen Umständen verstimmen. In meinen Unterhaltungen mit dem Hahn vergaß ich nie, ihm zu empfehlen:

»Sieh dich vor! Sieh dich vor! Du wirst mir dem Tierchen des Doktors nicht allzu arg zusetzen!«

Bis ich eines Samstags an der Spitze eines langen Kriegszugs zu der versprochenen Reise aufbrach. Bei Tagesanbruch, zur Stunde, da die Morgenfrische ausbricht. Antão Pereira, von Verantwortung gebläht, führte den kleinen Roten im Schrittgang mit. Sein Pferd war kapokweich, sein Sattel geeignet für Mädchenhintern. Auf diese Weise wollte Antão vermeiden, daß der Rassehahn durchgeschüttelt werde, denn dies war der von seinem Trainer erhaltene Rat. Es machte Spaß, Sobradinhos Viehtreibertrupp so stolz einherreiten zu sehen. Ein jeder hatte aus seiner Truhe den besten Anzug geholt und das schmuckste Geschirr. Saturnino Katerbart hatte sich sogar die Achseln mit Duftwasser besprüht. João Ramalho, der, seitdem er Masern gehabt hatte, sich nicht mehr viel zumuten konnte, fehlte mir sehr. Er hatte als besondere Gunst gebeten, ich solle sein Pferd reiten, ein rötlicher Schecke mit wohlerzogenen Gängen, imstande, Tag und Nacht über Weiden zu traben, selbst bei wenig Wasser und Rast:

»Das ist ein Vorrecht, das ich mir vom Herrn Oberst ausbitten möchte.«

Ich gab seiner Bitte statt, und der beste Sattel meines Großvaters bekleidete João Ramalhos Rotschecken. Auf ihm ritt der Oberst von Sobradinho im nagelneuen Sonntagsanzug und Stiefeln mit erster Sohle. Sein Bart fiel stattlich über seine Hemdenbrust herab. Genau genommen roch ich nach Einweihung. Hinter meinem und Juquinha Quintanilhas Hufschlag ritt die Kette der Viehtreiber, die sich an jedem Gatter oder Kreuzweg verstärkte. Am Schwanz der Abordnung segelte das Kroppzeug Sobradinhos, Janjão Caramujo an der Spitze. Schon weit in den Einöden vorgerückt, mußte ich die faustdicken Ammenmärchen eines Weidenroders von Badejo dos Santos zurückweisen, der ohne Furcht, des Schwindels überführt zu werden, Lügen hervorschäumte. Er wolle sich nämlich dafür verbürgen, einer Kobra von einigen zweihundert Spannen Länge und dreißig Arrobas Gewicht den Garaus gemacht zu haben:

»Ich kann es beweisen, und zeige Ihnen die Haut.«

Ich stopfte ihm und seiner Riesenschlange das Maul mit dem Fall eines Ungeheuers, das auf dem Maniokfeld von Santinho Belo, einem entfernten Vetter Großvater Simeãos, aufgetaucht war. Das Scheusal konnte nur aus dem Salzmeer gekommen sein, denn keine noch so saftige Weide hätte ein so übertriebenes Kaliber ausgehalten. Als die Bestie tot war, tat das Volk von Santinho Belo zwei Tage und zwei Nächte nichts anderes als Geringel aus der Schlangengrube zu zerren. Es war ein endloses Vipernziehen. Die auf dem Gerbermarkt verkaufte Haut reichte für Dutzende langer Gürtel und ergab noch einen Salonteppich:

»Dergleichen hat man im Busch nie gesehen!«

Der Mensch, der sich auf die Materie zu verstehen schien, pflichtete mir bei:

»So, wie der Herr Oberst es schildern, konnte es sich in der Tat nur um jene Riesenschlange aus dem Meer handeln.«

Dies gesagt, versank er in seiner Unwichtigkeit. Ich kehrte zum Oberbefehl meiner Armada neben Juquinha Quintanilha zurück. Eine dieser Marschunterbrechungen bereitete mir großes Vergnügen für Auge und Herz. Abgesessen, Regenschirm unter dem Arm, goldene Kette über dem Bauch, wartete Pires de Melo im Schatten einiger Oiticica-Bäume auf mich. Er bat um Erlaubnis, Sobradinhos Trupp vergrößern zu dürfen:

»Ich möchte die gute Gesellschaft des Obersten genießen.«

Hut vor der Brust, wie es die gute Erziehung erfordert, saß ich von meinem Schecken ab und begrüßte den Freund:

»Ich hatte nicht soviel Ehre erwartet, Herr Nachbar.«

Und so, neben ihm, setzte ich den Fuß auf Caetano de Melos erste Besitzungen. Bald darauf tauchte das Haus des Doktors im Schmuck einer hübschen Wetterfahne auf, umgeben vom Grün der Jackbäume und Mangostämme. Der Anblick eines so prachtvollen Landhauses machte Freude. Ich pries den Bau:

»Der Doktor hat Geschmack und weiß zu leben.«

Mir wurde ein königlicher Empfang zuteil. Juju Bezerra hielt eigenhändig den Steigbügel meines Rotschecken fest. Von der Veranda trat ein Mann mit schneeweißem Haupt und offenherziger Miene herab. Ich brauchte nicht mit »Oberst, das ist der Doktor, Doktor, das ist der Oberst« vorgestellt zu werden. Ich sah sofort, daß es Caetano de Melo war. Ich drückte seine Knochen an meine Bretterbrust, denn der Mann war von eindrucksvoller Statur. Und schon regnete es Höflichkeiten:

»Der Besuch des Herrn Oberst ist eine Ehre für uns.«

Ich vergalt seine Wohlerzogenheit mit vermehrter Wohlerzogenheit:

»Die Ehre ist ganz auf meiner Seite, und die gebe ich nicht für alles Geld der Regierung her.«

An Caetano de Melos Arm trat ich ins Haus, wo Juju Bezerra mich den Anwesenden vorstellte. Im Wohnzimmer machte eine stattliche Dame in Schwarz, die eine Brosche mit dem prunkhaften Abbild des Doktors trug, die Honneurs für die Gäste. Juju stellte uns einander vor. Es war Dona Antônia, Schwester Caetano de Melos, die dem Haus vorstand, seit seine Frau aus dem Leben abgerufen worden war. Ich sagte ihr einige Liebenswürdigkeiten, worauf sie mich bat, es mir bequem zu machen:

»Wie bei Ihnen zu Hause, Oberst.«

Pires de Melo, der zur Familie gehörte, tat, als sei er zu Hause. Doch wer in Wirklichkeit das Sagen hatte, war Juju Bezerra, mehr Hausherr als selbst der Doktor. Von einer Ecke zur anderen eilend, erteilte er Anweisungen und traf er Vorkehrungen. Juquinha fand in einem Winkel des Wohnraums sogleich ein williges Ohr, das er mit Weidenbepflanzung und Rinderzucht vollmeckern konnte. Ich sah mich in eine Unterhaltung mit Caetano de Melo verstrickt, der von dem Tick besessen war, andauernd seinen Rockärmel zurechtzuzupfen und dabei mit Arm und Hals zu zucken. Die ganze Zeit behaglich in seinem Stuhl neben mir sitzend, erkundigte er sich eingehend nach Sobradinho, nach dem Umfang meiner Zucht, nach der Güte der Weiden, ob viel unbrauchbares Feld darunter sei und ob ich unter der Zeckenplage zu leiden habe:

»Soviel man hört, haben Sie für Ihren großen Viehbestand Winterweiden mit reichlichem Ertrag.«

Ich ließ keine Frage unbeantwortet und war vorsichtig genug, mein Erbe in Stücke Vieh und Geld im Kasten nicht zu übertreiben. Ich machte mich klein:

»Aber was denn, Doktor! Ihres ist ein Erbgut mit großen Wasserflächen und perennierenden Weidegründen.«

Er seinerseits versicherte, es gäbe keine Felder für Mastvieh wie auf Sobradinho, das sei bekannt und werde gerühmt von der Meeresküste herauf bis in die Cafés der Stadt:

»Allein an Guineagras ist der Oberst mit Überfluß gesegnet.«

Mit diesem Süßholzgeraspel ging es bis kurz vor Mittag, als Dona Antônia ankündigte, Handwaschbecken und Handtuch erwarte den Oberst im Vorzimmer:

»Bitte sehr, bitte sehr.«

Von Jujus Arm umhegt, säuberte ich mir den Bart und fuhr mir über das Haar. Hinter verriegelter Tür bat ich den Major rasch um Nachrichten über Dona Bebé de Melo:

»Herr Gevatter, wo steckt denn die junge Schönheit?«

Mit erloschener Stimme gab Bezerra mir die Gründe für die Abwesenheit des jungen Mädchens. Eine Halsentzündung zwinge sie, Zugluft zu vermeiden:

»Ich selber habe sie zu Bett geschickt.«

Ich verbarg nicht meine Enttäuschung darüber, daß ich mich in meinem neuen Anzug nicht der Kusine des Doktors vorstellen könne. Das war wirklich Pech, eine Pleite sondergleichen:

»Fortan werde ich mich mit einem Rautenzweig hinterm Ohr gegen Unheil zu wappnen wissen.«

Sogleich verscheuchte Bezerra mit einer hintertriebenen Überlegung meinen Kummer:

»Kaufen Sie sich ruhig Blutreinigungsmittel.«

Lachend tauchte ich den Kopf ins Becken und säuberte meinen Bart. Und während ich mein Borstenhaar glättete, pries ich Dona Antônias Konturen. Sie waren wunderbar und mitnichten zu verachten. Seufzend wies ich darauf hin, niemand verstehe sich in gleichem Maß wie Simeãos Enkel darauf, die Weichteile solcher Damen zu bearbeiten:

»Ich zulle gieriger als ein neugeborenes Kälbchen, Seu Juju. Ich weiß an diesen Hügeln besser zu weinen als ein Säugling, Herr Gevatter.«

Tadelnd sagte der Major, ich solle doch Verstand annehmen – Dona Bebé sei von der Natur reicher gesegnet als die Kusine Antônia:

»Das junge Mädchen ist wie geschaffen, um den Oberst zu bezwingen.«

Ich wollte noch etwas entgegnen, doch Bezerra, die Tür öffnend, lief in den Flur voraus. Ich mußte Schritt halten. Im Wohnzimmer drehte sich die Unterhaltung eines lebhaften Kreises hauptsächlich um den Hahn aus Sobradinho. Pires de Melo verwarf zum Mißfallen des Doktors Hahnenkämpfe:

»Das ist eine Schinderei, Vetter Caetano. Die Regierung müßte eingreifen.«

Der Doktor warf sich als Verteidiger der Hahnenzüchter auf. Worauf die Regierung ihr Augenmerk halten müßte, seien die Gaunereien der Politik, daß Leute von einem Tag zum Abend reich würden wie etwa Chiquinho de Lima, der als Zuckerrohrbankrotteur plötzlich in einer Verandavilla wohnte, seit er einer Steuerabteilung vorstehe:

»Darum müßte die Regierung sich kümmern, Herr Pires de Melo, und nicht um Hahnenkämpfe.«

Ich mischte mich vermittelnd ein. Ich breitete zwischen den Streitenden die Arme aus und wanderte mit ihnen auf die Veranda. Beim Gehen wurde bereits das Thema gewechselt und bald darauf, als ein Tablett mit Erfrischungen herumging, dachte kein Mensch mehr an den Disput. Was Caetano de Melo sehen wollte, war der besagte Hahn von Sobradinho, dessen Sporn angeblich ganze Hahnenkampfplätze verwüstete:

»Lassen Sie doch Ihren Helden heraufkommen, Freund Oberst.«

Ich beauftragte Antão Pereira, das Tierchen zu bringen. Überdem klopften ein paar schwarze Finger auf meine Schulter. Es war der Schwarzbraune, der Caetano de Melos Brief gebracht hatte. Ich begrüßte den Botengänger:

»Wie geht es denn Ihnen?«

Der Schwarzbraune beugte die Brust vor und revanchierte sich achtungsvoll:

»Wie es Gott gefällt, Herr Oberst. Und wie ist es Euer Ehren ergangen, mein Patron?«

Nach ausgetauschten Höflichkeiten blieb er in angemessenem Abstand stehen und machte nicht mehr den Schnabel auf. Mittlerweile erschien der kleine Rote im Arm Antão Pereiras. Ich übernehme meinen Meisterkämpfer und stellte die Beteiligten einander vor:

»Hier sollst du Dr. Caetano de Melo kennenlernen, kleiner Hauptmann.«

Man fand seinen Offiziersrang komisch, und selbst Pires de Melo mußte zugeben, daß er ein Prachtstück von Hähnchen sei. Der Doktor jedoch verzog das Gesicht und war noch immer mit dem Zerren seines Rockärmels zugange. Wissend, daß Stampferfuß die Kriegskünste in Poço Gordo erlernt hatte, wußte er über den dortigen Hahnenkampfmeister nur das Schlimmste zu berichten:

»Ich kenne den Schlamper. Er hat mir einen Gebirgshahn völlig verdorben, den ich wie einen Sohn aufgezogen hatte.«

Juju Bezerra wollte von ihm wissen, ob er an den Hahn aus Sobradinho glaube, ein Tier, das mehr als ein Dutzend Kämpfe siegreich bestanden habe:

»Der hat einen Fußtritt, den man gesehen haben muß.«

Caetano de Melo ließ wie ein Arzt in seiner Sprechstunde den Finger durch seinen schütteren Bart gleiten und sprach gemessen. Juju wisse, daß er, was Hahnenkämpfe anlange, offenherzig sei vom Kopf bis zum Fuß:

»Ich wickele niemanden ein. Ich bin Hahnenkampfzüchter seit meiner Kindheit. Ich kenne diese Rasse schon im Ei.«

Daher und ohne die Anwesenden kränken zu wollen, verbürge er sich, daß der Hahn von Sobradinho nicht das Zeug habe, um einem Kampftier zu wiederstehen wie dem Kahlhals seines Kampfplatzes:

»Ich wette ein Joch Ochsen gegen zwei Hammel, daß der Hahn von Freund Ponciano nicht über die erste Erfrischungspause hinauskommt.«

Ich hatte gute Lust, des Doktors Vorwitz zurückzuweisen, beherrschte aber den Juckreiz. Ich wollte nicht die wohlsortierten Gaben Dona Bebés wegen einer Belanglosigkeit wie einem Hahnenkampf aufs Spiel setzen. Ich hatte ein leeres Bett zu füllen, ein Palisanderprunkstück, wie geschaffen, um den hübschesten Rockzipfel, der mir vor die Flinte käme, zu beherbergen. Caetano de Melo sollte ruhig seinen Meisterkämpfer zu den Mondhörnern hinaufheben. So erzählte er freiweg und immer wieder die Abenteuer des Kahlhalses von Ponta Grossa, seitdem der aus dem Ei geschlüpft und in den Heeresdienst eingetreten war. Er fraß nur Vogelfutter, ausgesuchten Reis und Knochenmehl. Er reiste Légua über Légua, um in der Schule eines guten Trainers Festigkeit im Hals zu gewinnen. Und zu all diesen Tugenden war der Bösewicht von Ponta Grossa mit einem Tick ausgestattet, den ihm niemand abzugewöhnen vermochte:

»Er sticht gerne dem Gegner die Augen aus, der Körperteil, den er am sichersten trifft.«

Angesichts derartiger Rücksichtslosigkeiten klapperte die Zunge des Stammlers Pereira im Gaumenbogen auf der Suche nach einer Antwort. Doch mit Bartgezwirbel unterbrach ich das Gestotter und hieß ihn den kleinen Roten wegbringen. Ich wünschte nicht, daß mein Lieblingstier die Großtaten des anderen ohne Widerspruch einstecken müsse. Als der Hahn draußen war, rief ich Juju Bezerra zu einer Privatfrage in die Ecke:

»Meint der Major wirklich, ich sollte mir Stärkungsmittel und Tonika kaufen?«

Das Ehrenessen dauerte lang. Es begann mit zwölf Hähnchen und endete mit zwanzig Spanferkeln in Maniokmehl. Verdaut wurde in Liegestühlen unter den Jackbäumen. Und der frische Küstenwind des Nachmittags schob den Kampf nur hinaus. Die wohltuende Meereskühle war willkommen. Daher kam der Hahnenkampf erst gegen vier Uhr zustande, als Juju Bezerra in die Hände schlug und bekanntgab, die Hähne seien bereit:

»Dr. Caetano de Melo, Oberst Ponciano de Azeredo Furtado!«

Der Kampfplatz war gut angelegt. Strohbespannte Stühle umstanden die Manege, und dahinter eine hölzerne Rundtribüne wie im Zirkus. Der Viehtreibertrupp von Sobradinho unter Quintanilhas Kommando breitete seine Hintern hinter mir aus. Ich bekam einen Ehrensitz in einer Sonderloge dicht neben der Manegenöffnung. Auf der anderen Seite stand ganz allein Caetano de Melos Weidensessel, da dieser sich ungern unter das Volk mischte. Was Hahnenkämpfe betraf, war er grillenhaft und verwöhnt. Der Doktor selbst verbarg nicht seine Eigenheiten:

»Ich kann Hahnenkämpfe nur genießen, wenn das Volk nicht um mich herumwuselt.«

Pires de Melo beehrte uns nicht mit seiner Gesellschaft. Er blieb auf der Veranda am Rockzipfel der Kusine Antônia und brummte gegen die Schinderei:

»Meine Natur weigert sich, solche Scheußlichkeiten mit anzusehen.«

Juju Bezerra, der als Schiedsrichter bestimmt war, gab sich hochwichtig. Er war längst nicht mehr der Rezeptierer von Arzneitränklein oder der Kommandant der Feldjäger von Santo Amaro. Verschlossener als ein Landgerichtsrat am Tag der Urteilsverkündung ließ er sich mit niemandem ein. Und er war so sehr der Herr des Kampfplatzes, daß Antão Pereira, der ein Wort mit ihm wechseln wollte, zur Ordnung gerufen wurde:

»Halten Sie den vorgeschriebenen Abstand. Und sprechen Sie aus der Entfernung.«

Und als befehlige er einen Truppenteil, rief er die Kampfteilnehmer herbei:

»Die Hähne, die Hähne!«

Da kam der kleine Rote auf Antão Pereiras Arm. Unverzüglich danach, gewandet in Gefieder und Angriffslust, erschien der Hahn des Doktors, ein Kahlhals mit schlechtem Charakter. Das Tier wirkte wie eine Sichel, und ein tollwütiger Hund kam kaum gegen ihn an in Wut und Rachsucht. Saturnino Katerbart staunte:

»Ein gerissenes Tier und Schlitzohr.«

Ich drehte mich halb, um einer Bitte des Gevatters Quintanilha nachzukommen, doch in diesem Augenblick gab Juju das Zeichen zum Kampfbeginn. Schon hatte der kleine Rote den ersten Tritt gegen den Kamm abbekommen, einen Mordsschlag. Nach dem ersten kam der zweite und hintereinander wie ein Maracujástrick ein dritter und vierter. Unvorbereitet getroffen, wurde Stampferfuß gegen den Manegenrand geschleudert. Und kaum sammelte er wieder seine Kräfte, versetzte Caetano de Melos Kahlhals einen weiteren bösartigen Tritt gegen den Soldaten. Da segelte mein Hähnchen im Purzelbaum dahin, und ich glaubte schon, alles sei vorbei und der Sturz sei das Ende. Wie von Teufeln besessen, raste das Volk von Ponta Grossa los und polterte:

»Ist das ein Hahn oder eine Henne?«

In diesem Durcheinander flog ein Federchen des kleinen Roten vogelgleich durch die Lüfte, und das stachelte das Gebell der Zuschauer nur noch heftiger an. Inmitten des Getöses rief ein Witzbold die höhnische Frage:

»Wann ist seine Beerdigung?«

Caetano de Melo genoß in seinem Weidensessel die Spöttereien. Ich spürte im Rücken den Traueratem meiner Viehtreiber. Antão Pereira am Manegentor knackte mit den Fingern. Ich zwirbelte meinen Bart, um Sicherheit zu zeigen, und steckte mir eine Zigarre an. In der Manege sprang der Kahlhals mit meinem Hahn nach Belieben um, er stieß unten zu und ging ihm oben zu Leibe, an den Flanken und am Schweif. Weh mir und meinem Augapfel! Er wechselte das Bein und hielt nicht einmal mehr dem Wind stand. Ich brummte nur, als ein Topfschlecker aus Caetano de Melos Küchen rief, der Kahlhals solle doch meinem Tierchen die Augen ausstechen:

»Mach ihn blind!«

Fraglos verstand der Kämpfer von Ponta Grossa Menschensprache – plötzlich versetzte er einen bösen Hieb gegen den Augenbogen meines Rassehahns. Der Kampfplatz tobte von einem Ende zum anderen. Einer suchte den anderen zu überschreien. Caetano de Melo zupfte quietschfidel an seinem Rockärmel und ließ mich durch seinen schwarzbraunen Patensohn fragen, ob ich den Kampf eingestellt zu sehen wünsche:

»Herr Oberst, mein Pate bittet darum, um Blutvergießen zu vermeiden.«

Ich zeigte Verwunderung:

»Um was zu vermeiden, Mann Gottes? Sag er seinem Paten, daß mein Hahn sich erst in der zweiten Runde erhitzt.«

Durchbohrten Herzens wies ich des Doktors Vorschlag ab. Denn der kleine Rote torkelte bereits wie ein völlig beschwipster Nachtbummler. Halb benebelt, segelte er steuerlos und drohte zu stürzen. Sinhozinho Manco, der verspätet in Ponta Grossa eingetroffen und daher nicht auf dem laufenden der Ereignisse war, gab bekannt, er würde zwanzig zu eins auf den Hahn des Obersten Ponciano de Azeredo Furtado setzen:

»Ich nehme jede Wette an, hoch oder niedrig.«

Er wurde nur belächelt. Ein großer heller Mulatte, der gerne witzelte, machte sich über Sinhozinhos Armseligkeit her. Bellte, in Ponta Grossa nähme keiner Geld von Blinden oder Lahmen.

»Ein Armer gehört an eine Kirchentür, Mann.«

Der Großkotz wußte nicht, mit wieviel Bosheit der Geist des Alten gesegnet war, der nie eine Kränkung ohne Antwort ließ, und nun über den Manegenrand eine größere Kränkung schrie:

»Ich zahl mit dem Gold, das deine Mutter mir unter meinem Kopfkissen hinterlassen hat.«

Der große helle Mulatte, im Kern getroffen, machte Anstalten, aufzustehen:

»Sag das noch mal, wenn du ein Mann bist.«

Absichtlich blähte ich meinen Brustkasten, und alles schien befriedet – er schluckte die Beleidigung, und Sinhozinho sägte darüber hinweg:

»Ich zahl mit dem Geld deiner Mutter, hab ich gesagt.«

In der Tat war der Mestize des Doktors gerissen und querköpfig und kannte sich aus in Kriegskünsten und -finten. Zum Glück kam der kleine Rote in einem so ungleichen Kampf auf den Gedanken, das Köpfchen unter der Achsel des anderen zu verbergen, um den furchtbaren Schlägen auszuweichen. Aber schon änderte der Kahlhals, der Schlauberger, seine Technik. Und kämpfte im Staub, das Doppelkinn dicht am Boden, wodurch er dem kleinen Roten seinen Unterschlupf entzog. Ich mußte dem Kampfgeist des anderen huldigen:

»Jawohl mein Herr! Der hat's in sich!«

Sinhozinho dagegen sah keine Größe in Caetano de Melos Prachtstück. Von seiner hochgelegenen Holzbank aus wurde er nicht müde, Ratschläge zu geben:

»Kleiner Hauptmann, tritt ihn in den Kropf, in den Maissack, die Rasse schafft's nur am Anfang. Strohfeuer, weiter nichts, Gevatter!«

Da war keiner, der nicht den Alten aufzog und seine Narrheit, auf einen dummen Hahn Geld zu setzen. Von seinem stolzen Thronsitz aus gab Caetano de Melo Weisheiten von sich. Bei einer Gelegenheit sagte er so laut, daß es ein Tauber hören konnte, der Mestize des Oberst werde die erste Runde nicht lebend überstehen:

»Er macht schlapp, er macht schlapp.«

Einen übleren Geierschnabel habe ich nie gesehen! Kaum hatte er gesprochen, schnäbelte schon der kleine Rote, im Weichen getroffen, mehr Blut als Hahn im Sand. Nach diesem Stoß brach fast die Tribüne zusammen:

»Mach ihn fertig! Mach ihn fertig!«

Als das Gejohle verebbte, tat Sinhozinhos kleine Sprechstimme von neuem einen herausfordernden Hupfer:

»Hundert zu eins auf den Hahn des Oberst!«

Als die erste Pause kam, entspannte ich meine zwei Meter Länge und ging mein Tierchen trösten. Ich blies den Rauch meiner Flor de Ouro den Umstehenden so heftig ins Gesicht, daß ich drauf und dran war, den Schopf des einen oder anderen zu versengen. Damit nicht zufrieden, rülpste ich angeberisch hervor:

»Der Kampf wird sich schlagartig ändern.«

Ich traf den kleinen Hauptmann an, wie er gewaschen, wie sein Kopf bandagiert wurde. Er blickte seinen Herrn traurigen Auges an, als wolle er ihm »Adieu-ich-gehe-von-dannen« sagen und ihn wegen eines so großen Kummers um Verzeihung bitten. Ich sag's: Mein Herz wollte springen, und fast hätte ich Tränen an seiner kleinen Brust vergossen. Schon wollte ich Schande auf mich häufen, den Hahn aus dem Streit ziehen, als ich Sinhozinho in hitzigem Redegefecht inmitten einer Horde von Viehtreibern sah. Ich durfte mich des Vertrauens des Alten nicht unwürdig erweisen, daher sagte ich zu Antão Pereira, er solle mir jetzt den kleinen Roten überlassen:

»Ich möchte ein Wörtchen mit meinem kleinen Liebling wechseln.«

Ich trug den Verstörten in den verlassenen hinteren Teil der Arena und dort, im Schatten eines Oitibaums, rief ich das Tier zur Ordnung. Welche Schande, Sporenhiebe am eigenen Kamm einzustecken, ohne sich zu wehren? Wo war sein vernichtender Tritt geblieben, ein Vetter des Maultiertritts? Und streng setzte ich hinzu:

»Was nützt es, dich zum Hauptmann zu befördern, wenn du des Patents unwürdig bist?«

Diesen und anderen Verhörfragen unterzog ich ihn in aller Offenherzigkeit und Freundschaft. Mit hängendem Kopf glich der Hahn einem Tier, das sein Herz ausschütten möchte, aber mißtrauisch und verbiestert ist. Plötzlich zuckte es in mir. Ob er meine Empfehlungen, den Hahn des Doktors nicht zu überwältigen, vielleicht ernst genommen hatte? Es konnte nur das sein und keinerlei sonstige Hemmung. Das wohlerzogene Tierchen wollte nicht Caetano de Melos junge, gedeihende Freundschaftsgefühle für mich aufs Spiel setzen und hielt es daher für richtiger, die Kriegszügel dem Streiter von Ponta Grossa zu überlassen. Ich dachte von Ponciano zu Ponciano:

»Es kann nur das sein und keinerlei sonstige Hemmung.«

Bei diesem Gedanken und um jedes Mißverständnis aus dem Weg zu räumen, nahm ich die Zigarre aus dem Schnabel und erteilte dem Öhrchen des Hahns einen neuen Befehl. Er solle alle Dummheiten sein lassen und mit Vertrauen und Gift seinen Tritt gegen die Brustwehr des Kahlhalses führen:

»Genau wie Euer Gnaden es mit dem Hahn von Badejo dos Santos gehalten haben.«

Ich brauchte nicht mehr zu sagen. Als verstehe er alles, machte der kleine Rote einen Sporensatz. Ich mußte ihn festhalten, denn plötzlich wurde er quicklebendig. Schlug mit den Flügeln, und hätte ich nicht einen harten Griff und wäre ich nicht gewohnt, mit Rindern umzugehen, ich hätte der Rotwut des kleinen Teufels nicht standgehalten. Ich sagte, er solle ruhig bleiben:

»Nimm Haltung an, Hauptmann, nimm Verstand an.«

Antão Pereira kam neugierig herbeigeeilt und blieb verwundert stehen, weil er einen neuen Kämpfer in meinen Händen sah, einen kriegsgestählten, rücksichtslosen Draufgänger. Und angesichts von Pereiras offenem Mund stellte ich das Hähnchen auf meine Handfläche. Da oben glich sein Kamm einer Kampfstandarte. Ich war stolz auf ihn und sagte im Mundwinkel:

»Jetzt wird das Volk von Ponta Grossa sehen, was ein Hahn mit der Wut einer Giftschlange ist.«

Und so, aus der Spitze meines palmstarken Arms fast die Wolken streifend, kehrte der kleine Rote in den Kampfring zurück, wo Juju Bezerra bereits den Neubeginn des Streits vorbereitete. Ein Alter, der eine Tonpfeife schmauchte und den Mestizen in solcher Erhabenheit sah, fragte frotzelnd:

»Haben Sie den Hahn gewechselt?«

Wiederum entsandte Caetano de Melo, kaum hatte ich mein Gesäß gesetzt, einen Emissär in mein Lager mit der Bitte um die Erlaubnis, den Kampf einzustellen. Wiederum wies ich des Doktors Antrag zurück:

»Was für einen Kampf, Mann Gottes? Bislang hat es überhaupt keinen Kampf gegeben. Jetzt erst wird der Wind wehen.«

Genau in diesem Augenblick erteilte Juju Bezerra den Befehl, die Hähne loszulassen. Der Kahlhals, gewohnt, Kleinholz aus dem kleinen Roten zu machen, kam wie ein Pfau daher mit ausgestopfter Brust, mit losem Flügel, Herr des Kampfplatzes. Der kleine Hauptmann, Freibrief im Großsporn, lockte, köderte. Das Luderkerlchen tat, als sei er ein Hahn ohne Ziel mit kraftlosem Bein und lahmem Schnabel. Ein Witzbold ganz hinten auf der Tribüne hohnlachte in die Arena:

»Sinhozinho, um welche Zeit findet die Beerdigung statt?«

Der Alte brauchte nicht zu antworten, denn gleich darauf erlebte das Hahnenzüchtervolk etwas, das in Hahnenkampfgegenden bisher nie gesehen worden war. Es sah den kleinen Roten den Hahn des Caetano de Melo fünf Klafter weit über die Manege hinausfegen. Es traf sich nämlich, daß der Kahlhals, in Unkenntnis der neuen Entscheidung, hochfahrend und ohne Vorsicht gegen den Rassehahn aus Sobradinho loszog. Ich sage es ohne Stolz: es war auch die letzte Arbeit, die er in besagtem Kampf auszurichten hatte. Seine Waffen versammelnd, verschoß der kleine Rote aus nächster Nähe seinen Kriegstritt. Der Großkämpfer aus Ponta Grossa, völlig unvorbereitet, flog hoch und fiel außerhalb der Manege zerfleddert, mit offenem Schnabel, tödlich getroffen, zu Boden. Wie ein Blitz schoß mein Hahn herbei. Warnend rief ich von meinem Sitz:

»Der wird Kahlhals töten! Er wird ihn töten!«

Die Leute rieben sich die Augen, wähnend, einen Kopfkissentraum erlebt zu haben. Sinhozinho sprang als Ordnungsleiter in die Arena, als bringe er den Freibrief für alle Teufel, und schrie besessen:

»Ich hab's euch gesagt, ich hab euch gewarnt! Es war Strohfeuer, mehr nicht.«

Mittlerweile flogen die Hüte der Viehtreiber schwalbengleich von einer Ecke zur anderen. Armer Juju Bezerra! Er wollte die Strenge und Würde des Richters aufrechterhalten und wurde vom Wirbelwind der Arme und Beine, der über seinem Kopf hereinbrach, fast mitgerissen. Mehr als ein Zeitgenosse lief dem Kahlhals zu Hilfe, der in dem Gehaspel und Gerenne seine Haut in einen Hühnerstall für den Küchenbedarf rettete. Ein Kapaun, der sich als Herr des Gebiets aufspielte, plusterte sich auf und wollte ihn zur Rede stellen, als der kleine Rote eintraf. Der Ärmste sollte nie erfahren, wie er den Tod durch den Großsporn meines Hahns fand. Da er hier keine Sicherheit für sich sah, wechselte der Kahlhals des Doktors die Marschrichtung. Schleppte sich durch ein Bambusgitter, doch schon so kraftlos, daß er des kleinen Roten Flinte zum Opfer fiel. Antão Pereira rettete mit Katzenfingern die Lebensreste von Caetano de Melos Hahn, als mein Rassetier seine Kanone schüren wollte. Der in diesem Augenblick herzutretende Sinhozinho fragte verächtlich:

»Seu Antão, sag mir gleich, ob ein Eisenbahnzug über den Hahn des Doktors gefahren ist!«

Über fünfhundert Mil-réis kassierte Sinhozinho in einzelnen Wetten, außer dem Rasserind, das Dr. Caetano de Melo, der als großer Herr Gerechtigkeit zu üben verstand, ihm zum Geschenk machte. Obwohl verdattert, sparte er nicht mit Lob und Preis für den Kämpfer von Sobradinho. Den Arm freundschaftlich in den meinen verhakt, mit manisch zuckendem Hals, erklärte der gute Doktor:

»Oberst, ich habe eine vierzigjährige Erfahrung mit Hahnenkämpfen, doch dergleichen habe ich nie erlebt. Machen Sie Ihren Preis, Oberst, ich zahle durch Bankscheck.«

Ich habe meinen Hahn nicht verkauft. Ich bekräftigte meine Freundschaft mit Caetano de Melo durch das Versprechen, ich würde Major Serapião Lorena um ein dem meinen ähnliches Hähnchen bitten:

»Lorena wird sich die Ehre geben, Ihnen dieses Geschenk auszuhändigen.«

Es war an der Zeit, an Abschied zu denken. Hut auf der Brust, bat ich, Dona Bebé de Melo meine Empfehlungen zu übermitteln mitsamt meinen Genesungswünschen für ihre Halsentzündung. Von Dona Antônia empfing ich einen sichtlich warmen Händedruck. Ich umarmte Pires de Melo und bat Juju Bezerra in einem Abschlußwort, er möge meine Interessen am Bett des kranken jungen Mädchens wahrnehmen:

»Ich werde mir eine Flasche voll Jurubeba-Saft und Männerkraft mischen, Herr Gevatter. Ich will meine Stärkungsmittel nicht umsonst schlucken.«

Der Major lachte, scherzte, zwinkerte:

»Der Affe ist im Sack. Sie können Ihre Schußwaffen ölen, Herr Gevatter.«

Die Nacht brach ein. Nach Ableistung dieser Lehenspflichten verließ ich das Herrenhaus. Der schwarzbraune Nicanor do Espírito Santo brachte die Abordnung bis zum letzten Gatter von Ponta Grossa dos Fidalgos, eine Aufmerksamkeitsgeste des Doktors. In der Ferne ging ein Weidenmond strahlend auf. Am Bug meiner Armada, auf Antão Pereiras Schulter gestützt, folgte ich dem Hahn von Sobradinho. Er glich einem König.

7

Dann kam August und mit diesem Monat der Ärgernisse der Fall des Werwolfs. Sankt Bartolomäus schüttete seinen Sack Wind über die Einöden aus. Es war ein heilloses Pfeifen, ein Stöhnen ohne Ende. Und im Gefolge dieser Teufel fiel zu Beginn der Woche weideneinweichender Regen und fiel zwei Wochen lang. Francisquinha, die Ärmste, schleppte ihr Leiden zwischen Wohnzimmer und Küche einher. Der Winter verursachte Schwellungen und Risse in Mensch und Tier. Ich selber, der ich hart im Nehmen bin, fühlte Stiche im Kniegelenk, Reste eines Luderleidens, das ich mir im Hause von Freudenmädchen zugezogen hatte. Genau genommen nahm das Winden alles mit, was lebte, gleich ob aus Wurzel oder Fleisch. Größere Büsche oder Feldbesenkraut verrichteten Tag und Nacht Lehnsdienste und fegten den Boden wie Straßenfeger. Es schien, als sei eine Sippschaft von Gespenstern losgelassen, die einen zischender als die anderen. Vom lauten Seufzen verloren Sobradinhos Kasuarinen fast ihre Kräfte. Angewidert von so viel Gejammer dachte ich daran, diese Bäume umzulegen:

»Ich werde diese Unheilverkünder absägen, diese Eulenstangen.«

Francisquinha eilte zu ihrer Rettung herbei. Nein, der junge Herr durfte nicht an den Baumbestand rühren, den Simeão eigenhändig gepflanzt hatte:

»Sie lassen es an Verstand fehlen, an Urteilskraft fehlen.«

Ich gab die Idee auf, warnte aber:

»Das ruft Unglück herbei, zieht sogar Himmelsblitze an.«

Eines Nachts, als ich eine vom Winterwind getriebene Flotte Wildenten dahinsegeln hörte, zwirbelte ich meinen Bart und machte mir vor dem Spiegel Luft:

»So eine Kälte, und der Oberst im Junggesellenbett ohne Mädchenbeine und -rippen.«

Zu allem Unglück war das Mischlingskind Nazaré von neuem von Gevatterin Alvarina als Aushilfskraft abberufen worden. Da ritt der Rockzipfel auf Pferderücken davon und ich war außerstande, die Reise zu verbieten. Ich bestimmte daher, daß der seidenweichste Sattel unter ihren Hintern gebreitet würde – ein wohlgeformtes, schön gepolstertes Etwas. Ein reich ausgestatteter Stuhlglätter wie der ihre sollte nach meinem Willen keinesfalls beim Segeln auf harten Hufen Schaden und Einbußen erleiden, um so weniger, als Ponciano sich von Francisquinhas Patenkind die besten Dienstleistungen für kommende Nächte erwartete. Über einen Monat sollte sie Sobradinho fernbleiben, um der Gevatterin zu helfen, die an einer Milzschwellung erkrankt war. Wäre nämlich das Mischlingsmädchen mitten im wüsten Augustwind, dem Monat des Kindermachens, zur Hand gewesen, hätte sie Beischlafdienste in meinem Zimmer leisten, die Farbe meines Nachthemds, die Güte meines Palisanderbetts kennenlernen können. Da er auf Grund des Berichteten Nazarés Schönheiten nicht genießen konnte, hielt der Oberst sich für den Kummer ihrer Ferne mit der Erinnerung an Bebé de Melo schadlos, die Juju Bezerra für mich in Ponta Grossa dos Fidalgos erwärmen sollte. Dann und wann bat ich den Major in meiner Ungeduld um Bericht:

»Seu Bezerra, was ist das für eine Arbeit der Heiligen Engrácia, die nie mehr aufhört?«

Juju ließ sagen, ich solle mir keine Sorgen machen:

»Das junge Mädchen nutzt sich nicht ab, Mann Gottes! Sie reift gerade erst.«

Ich käute also diesen und jenen Kummer just in dem Augenblick wieder, als die Abordnung des Korrals eintraf. Voraus kam als Fackelträger das Wichtelmännchen Dioguinho vom Brunnen. Ich befahl, niemand solle auf der Veranda bleiben, um sich nicht der Zugluft auszusetzen:

»Meine unvergeßliche Kusine Sinhá Azeredo bekam an einem solchen August einen messerscharfen Windzug ab, der sie aufs Krankenbett warf und ihr den Garaus machte.«

Die Viehtreiberbande verdrückte sich mit einem »Guten Abend, Oberst, wie geht's dem Herrn Oberst« in die Ecken. Angesichts des Mangels an Kehlenkraft fragte ich befremdet:

»Was für ein wildes Tier hat euch denn bei diesem Windwetter aus eurem Bau gelockt?«

Niemand gab ein Lebenszeichen. Wieder fragte ich spottend:

»Wenn ich fragen darf: Hat euch ein Ameisenüberfall oder ein Heuschreckenschwarm aus dem Bett gescheucht?«

Jetzt erst ergriff Dioguinho vom Brunnen, weil er in Sobradinho am bekanntesten war, die Zügel der Unterhaltung und machte den Sprecher für die anderen. Seine im Raum losgelassene tiefe Stimme duckte sogar den Kamm des Windes. Sie waren als Abordnung gekommen, um meine Ratschläge und Erfahrungen im Hinblick auf den Auftritt eines Werwolfs zu erbitten, der sich auf Ländereien von Pilar mausig gemacht habe. Der Oberst müsse wissen, daß in jenen gottverlassenen Einöden kein Mensch mehr Herr genug sei, eine Serenade zu veranstalten oder nach eingebrochener Nacht einen Gevatter zu besuchen. Denn schon käme der böse Geist mit seinem Weidenkorb voller Schlechtigkeiten. Nicht zufrieden, Unrast in Lichtungen und Kreuzwege zu bringen, besaß er auch noch die Tücke, schlangengleich vor den Fenstern des schlafenden Volkes zu pfeifen. Da gab es Türenschlagen und herzzerreißendes Jaulen. In aller Hergottsfrühe begann das Vieh zu stöhnen. Gatter ging auf und Gatter ging zu, ohne daß eine Hand zugriff. Das war der Werwolf auf seiner Gespensterspur. Traurig war die Hundemeute anzusehen, angstgeschüttelt, mit gesträubtem Rückenfell, Schwanz zusammengerollt, in Ecken unter den Stühlen. Die Eingeweide der Hühnerhunde vom alten Serafim Feijós waren zerstreut aufgefunden worden, wie der Werwolf auch Mittel und Wege ersonnen hatte, ein sumpfiges Reisfeld zu zerstören, nur weil sein Besitzer, ein frommer Mann, in der Mitte der Pflanzung einen an das Kreuz erinnernden Stecken aufgepflanzt hatte:

»Es ist ein Werwolf schlimmster Sorte.«

Ich tauchte den Löffel der Azeredo Furtados in diesen Topf von Torheit. Wie ein Landgerichtsrat in Anwesenheit der Parteien hieß ich alle Einzelheiten beiseitelassen und zum Kern der Sache kommen:

»Ich habe keine Zeit zu verlieren, Herr Gevatter.«

Und bevor Dioguinho vom Brunnen Luft holen konnte, warf ich die Sachverständigenfrage in den Raum:

»Sagen Sie mir, wenn Sie dazu imstande sind, ob der in Pilar Erschienene zu der Rasse der Braunen oder Rötlichen gehört?«

Ohne Rücksicht aufeinander wollten alle zugleich Antwort geben. Es ergab sich keine Übereinstimmung zwischen den Beteiligten, weshalb ich die Fragestunde abbrechen mußte, wobei ich freilich äußerst höflich vorging. Und alles versprach in Küssen und Umarmungen zu enden, hätte nicht ein Lotterbube, ein Stöpsel mit gespaltener Unterlippe, falsches Zeugnis gegen Pires de Melo abgelegt, nur weil der aufgetauchte Werwolf wie mein Freund und Nachbar eine über den Bauch gespannte Uhrkette getragen habe:

»Er sah ihm zum Verwechseln ähnlich.«

Es war, als rühre der Stöpsel in einem Schlangennest. Eingedenk der Tatsache, daß ich fast verwandt war mit Pires de Melo durch das Dona Bebé gegebene Heiratsversprechen, erging ich mich in Verwünschungen gegen das Kerlchen mit gespaltener Unterlippe. Ich fragte ihn, wer er sei, aus welchem Loch er komme. Und platzte heraus:

»Euer Gnaden ist nachgerade unverschämt. Hatten nichts Besseres zu tun als falsches Zeugnis ablegen. Pires de Melo, Vater von Kindern, getauft und wiedergetauft!«

In der Zorneshitze, entgegen meinem bedächtigen Naturell, erschütterte ich das Wohnzimmer der Azeredos und sonstigen Furtados mit meinem Militärschritt. Der draußen sausende Wind reizte noch mehr die Schlangen in meiner Brust. Und haßerfüllt mit der Zigarre auf Dioguinho vom Brunnen deutend, zeigte ich, wie gefährlich es sei, ohne die entsprechende Ausbildung für solche Konflikte Ärger mit einem Werwolf auszulösen. Solch ein Vorfall mußte mit größter Vorsicht behandelt werden und durfte nicht in falsche Zeugenaussagen und Verleumdungen ausarten. Daß der alte Pires de Melo eine goldene Uhrkette trug, gab niemandem das Recht zu behaupten, er sei das durch Finsternisse und Kreuzwege geisternde Gespenst. Bei derartiger Handhabung käme kein aus dem Bauch eines Weibes Geborener ungeschoren davon, es brauchte bloß eine Erscheinung mit üppigem Bart und Feuerhaar aufzutauchen, und schon zappelte Ponciano in den Maschen des Klatsches, denn sogleich würde irgendein kleiner Lump beim Weihwasser und Rosenkranz schwören, ein seltsamer Hund streiche des Nachts auf den Weiden von Sobradinho umher:

»Es ist, wie ich sage, Herr Gevatter. Wenn das so weitergeht, dauert es nicht lange, bis der Unhold von Pilar Pater Malaquias ist. Es wird nicht lange dauern.«

Ich entließ die Bittsteller ohne das Versprechen, mich mit dem Fall des Werwolfs zu befassen:

»Ich habe keine Zeit dazu, ich bin beschäftigt mit Verpflichtungen und Unternehmungen.«

Streng vertraulich erzählte ich in einer Ecke des Raums Dioguinho, sein Freund und Oberst stehe am Vorabend der Eheschließung mit einem Familienmitglied der Caetano de Melos und habe daher nichts anderes zu tun als an seine Heirat zu denken:

»Und das erfordert manche Vorkehrung.«

Fröhlich puffte ich seinen Arm.

»Ich bin schon bei den Blutreinigungs- und Stärkungsmitteln angelangt.«

Falscher Alarm. Hätte ich doch nicht zu früh frohlockt, nicht vor dem Fest das Feuerwerk losgelassen. Kaum kam der Oktober heran und der Wind flaute ab, gelangte nach Sobradinho eine niederschmetternde Nachricht. Davon in Kenntnis gesetzt, daß der große Azeredo sie einer Eheprüfung unterziehen wollte, gewann Bebé de Melo, von den Resten ihrer Halsentzündung befreit, das Weite. Bat im Haus einiger Vettern von Macaé um Asyl und ließ von dort aus verkünden, sie werde ihr Domizil nur verlassen, um in eine Klosterzelle überzuwechseln, denn heiraten werde sie nicht:

»Ein Leichentuch wäre mir lieber.«

Caetano de Melo, der sich verpflichtet hatte, die Hand seiner Kusine Bebé seinem Weidennachbar zu geben, verlor die Steigbügel. Er wurde zum Wildtier – ein losgelassener Stier war nicht gefährlicher als der Doktor in seiner Wutbrandung. Er ließ der Verwandten sagen, sie solle nie mehr den Fuß auf Ponta Grossa setzen, denn er habe nicht vor, einen Freund von Format eines Ponciano de Azeredo Furtado und obendrein einen Oberst derart rücksichtslos zu behandeln und in Mißkredit zu bringen. Damit nicht zufrieden, schickte er Nicanor do Espírito Santo mit einem Entschuldigungsbrief nach Sobradinho. Und im Schlepptau des Briefs ein Pferdchen als Geschenk, Gabe, die ich zu schätzen wußte, denn es war ein Tier mit Blesse, tüchtig und sehr brauchbar für einen kurzen Trab oder Galopp auf Waldwegen. Ich war so glücklich über seine Aufmerksamkeit, daß ich in der Woche darauf Juju Bezerra beauftragte, meine Heiratsideen in Richtung Dona Antônia de Melo zu lenken. Sie besaß eine empfehlenswerte Büste, ein Paar Rundungen, die mich ansprachen. Ich verkündete:

»Sie ist, was ich brauche, Seu Juju. Altes Huhn gibt gute Brühe.«

Doch kaum hatte der Major einen ersten Sondierungsbesuch gemacht, kam mir ein Viehhändler zuvor und bat um Dona Antônias Hand, wodurch er eine vierzigjährige Jungfräulichkeit beseitigte. Caetano de Melo hatte nichts einzuwenden – er lief mit dem Augustwind und holte Dona Antônia aus dem Silberschrank, ließ sie von den Hausnäherinnen herausputzen und zum Altar geleiten. Aus Höflichkeit ging ich hin, um die Schwester des guten Nachbarn im Schleppenkleid und Orangenblütenkränzchen getraut zu sehen. Noch in der Kapelle fragte ich Juju Bezerra, ob in der Familie der Melos kein junges Mädchen mehr übrig sei:

»Selbst eine entfernte Verwandte, Bezerra.«

Zu seinem Bedauern, halb widerstrebend, sagte der Major:

»Das war die letzte, Oberst.«

Ich machte kehrt. Und auf der Rückreise bewies ich Juju in beiläufigem Gespräch, daß ein Mensch meiner Veranlagung nicht geschaffen sei, seine Freiheit an einen Rockzipfel zu ketten:

»Nie in Leben, Seu Bezerra, werde ich in diesem Affenschwanzlianendickicht hängen bleiben.«

Erleichtert, seinen Freund aus den Fallen von Ponta Grossas Junggesellinnen befreit zu sehen, verbürgte Juju sich dafür, daß er sich für kein Geld auf der Welt verheiraten würde:

»Bin ich verrückt, will ich in Kinderpisse hausen?«

Ich machte mich über den Viehhändler lustig, der, in seine neuen Stiefel geklemmt, mit schmerzenden Hühneraugen umherstakte:

»Er sah aus wie ein Krippenochse, Freund Bezerra.«

Als es auf Sobradinho zuging, wurde das Gespräch ausschweifender, wir lästerten über Viehtreiber, die völlig unvorbereitet ins Ehejoch schlitterten wie Totonho Rosa, Jujus Gevatter, den genau in der Nacht der Verpflichtung all seine Kräfte verlassen hatten:

»Kein Catuabatee half dem Gevatter wieder auf.«

Das war zuviel für mich, ich verlor fast den Verstand vor Lachen. Totonho Rosa, Totonho Kapaun!«

Eines Nachmittags hörte ich die Zikaden in den Kasuarinen zirpen. Das Jahr ging zu Ende. Mittlerweile hatte ich auf den Weiden Recht zu sprechen, eine belanglose Angelegenheit, ein Streit zwischen Mann und Frau und ein Fall mit einem gewissen Pedro Braga, der ein bei ihm aufgezogenes Bürschchen ohne Vater noch Mutter bis aufs Blut quälte und kujonierte. Der Bösewicht prügelte den Kleinen derart, daß diese Mißhandlung schließlich zu den Ohren des Oberst und Francisquinhas gelangte. Ich entschied:

»Ich will mir die Sache aus der Nähe ansehen.«

Und ich ritt dorthin, um Gerechtigkeit zu üben und festzustellen, was an dem Gerücht wahr war. Tatsächlich war der arme Wicht nur Haut und Knochen und hockte verstört in den Ecken. Niemand konnte den Arm heben, ohne daß der Ärmste losstöhnte. Nachdem die Mißhandlung nachgewiesen und der Geschädigte nach Sobradinho verfrachtet war, erließ ich Fahndungsbefehl gegen den Schädiger, der sich bei einem Kanarienvogelkampf in der Umgebung herumtrieb. Über meine Anwesenheit unterrichtet, schlug Pedro Braga sich in Bromeliengestrüpp und ward nicht mehr gesehen. Nach einer Woche sehe ich den gesuchten und unauffindbaren Pedro Braga die Stufen von Sobradinho erklimmen, einen Mordskerl, dessen Riesenkopf fast ein paar Lieblingsspinnennetze von mir mitnahm, die ich seit Jahren nicht von der Decke meines Wohnzimmers fegen lasse. Doch der Bubenprügler kam nicht allein, er brachte einen wertvollen Freipaß mit, einen Brief von Caetano de Melo. In gepflegter Ausdrucksweise (»Wie geht es dem kleinen roten Hahn, wie ist es dem Oberst ergangen?«) bat der mir befreundete Doktor, ich möge dem Schuldigen die Strafe erlassen. Kaum hatte ich den Brief zu Ende gelesen, stand mein Urteil fest:

»Ihre Schuld im Archiv des Oberst Ponciano de Azeredo Furtado ist gelöscht.«

Schon glaubte der Bösewicht von Sobradinhos Gerichtshof freigesprochen und reingewaschen zu sein, als er den Befehl erhielt, nicht von der Stelle zu weichen:

»Bleiben Sie stehen, Seu Pedro Braga, diesen Raum verläßt niemand ohne meine besondere Genehmigung.«

Und mit auf dem Rücken verschränkten Armen, wie es bei diesen Verweisen meine Art ist, ging ich auf und ab, von einer Ecke des Wohnzimmers zur anderen. Zweimal schritt ich um den Bittsteller herum und beobachtete dabei seine auffällige Haltung. Dies getan, las ich ihm stracks die Leviten:

»Sie sind also mit all Ihrem Kaliber der besagte Pedro Braga, der die armen Kinder der Korrale schindet?«

Und mit angewidertem Gesicht auf seinen Leibesumfang deutend, gab ich dem Riesenroß zu verstehen, es sei eine Vergeudung unseres Herrn Jesus Christus gewesen, eine zwei Meter messende Mordsmasse wie ihn auf seine zwei Stiefel zu stellen. Fraglos hätte das Himmelsvolk aus ihm eine Riesenpalme machen wollen, etwas, was den wilden Wind und den heimtückischen Blitz zu bekämpfen verstand, er indessen hätte durch sein Verhalten alles verspielt und ein so schönes Werk im Keim verdorben:

»Genau genommen sind Euer Gnaden geschrumpft wie billiger Kattun. Sie sind ein Stöpsel von Mensch, Seu Pedro Braga. Sie sind zum Zwerg eingeschnurrt, Seu Pedro Braga.«

Mit dieser Belehrung gab ich den Fall für bereinigt und erledigt. Nur in einem Punkt ließ ich Gerechtigkeit walten: hinsichtlich des Besitzes des Jungen. Das geschundene Bürschchen von Haut und Knochen ging mir nicht von Sobradinho weg:

»Er bleibt unter meiner Obhut, in der Heil- und Mastkur der alten Francisquinha.«

Noch rollte der Fall des Pedro Braga im Wind, und schon bat ein neuer Kummer um Einlaß in Sobradinho. Eine Feuerschlange, die sich in einer Fettgrashöhle sonnte, biß mein Blessenpferdchen, das Caetano de Melo mir zur Erinnerung an die widerrufene Eheschließung zwischen Ponciano und Dona

Bebé geschenkt hatte. Ich sandte Viehtreiberbeine auf die Spuren nach Tutu Militão aus, der seit dem Mißverständnis mit den Leuten von Ponta Grossa dos Fidalgos aus Sobradinho verschwunden war. Ich gab strikte Anweisung, den Heiler unbedingt herbeizuschaffen:

»Und auch wenn an Händen und Füßen gefesselt.«

In mehr als zwei Wochen des Suchens und wieder Suchens wurde der Mulatte nicht gefunden, auch gelangte keine Nachricht von ihm nach Sobradinho. Glücklicherweise benötigte mein Blesseträger nicht mehr Tutus Hilfsdienste. Der Schlangenbiß hatte eine unwichtige Ader getroffen, und das Unheil ging mit dem Urin ab. Nach etlichen Abführungen kehrte das Pferdchen in die Lehre des Sattels zurück, der ich es seit seiner Ankunft aus Ponta Grossa unterzogen hatte. Und ich dachte nicht mehr an Tutu Militão, als ich auf der Reise durch Santo Amaro Juju Bezerra und den Beichtvater meiner Sünden besuchen wollte. Da aber der Major sich um einen Patienten kümmerte, der an Darmverschluß litt und Malaquias' Soutane die Korrale in Trau- und Taufmission heimsuchte, schickte ich mich an, nach Sobradinho zurückzukehren. Doch hielt ich kurz am Eingang des Bazars Almeida, um mich mit Zigarren einzudecken und eine Partie Lampendochte zu kaufen. Bei dieser Gelegenheit bat ein Vogelhändler, der dann und wann seine Fallen in Sobradinho aufstellte, um meine Hilfe für Tutu Militão:

»Er liegt im Hospital, von den Ärzten aufgegeben.«

Ich hielt den Rauch der Flor de Ouro an und bat den Vogelhändler um Einzelheiten:

»Was für ein Unsinn, Tutu im städtischen Spital, Tutu von den Ärzten aufgegeben?«

Frage ging, Antwort kam. Zu meiner Verwunderung erfuhr ich von den auf des Heilers Kopf hereingebrochenen Kümmernissen und Qualen. Von einer Hautkrankheit, anscheinend von dem Siebenhautgeschwür angesteckt, wurde Tutu von Freunden mildtätig nach São Sebastião verfrachtet, wo er in die Eisenbahn verladen werden sollte. Er war in Bananenblätter gewickelt, eine einzige schmerzhaft tropfende Wunde. Die Behörden bestimmten angesichts des pestilenzialisch riechenden Kranken, der Tote dürfe nicht in einem Zug für Lebende reisen:

»Der Ort eines Pestkranken ist im Lazarett.«

Beim Anhören von soviel Böswilligkeit spürte ich die erste Viper im Brustkasten rumoren. Das haßdurchtränkte Tier kam hoch und stieg bis in meine Kehle. Ich bedurfte aller Selbstbeherrschung, damit mein Jähzorn, ein Teufelssack mit hundert Schlangen, nicht in der Tür des Bazars Almeida platzte. Der Vogelhändler, der mein Innenleben nicht kannte, breitete die Bosheiten aus, die sie Tutu Militãos Person angetan hatten:

»Über eine Stunde lag er wie ein Schwein im Bahnhofsdepot.«

Ich sah den in Bananenblätter gewickelten Heiler vor mir und den brüllenden Lumpenkerl, der befahl, der Kranke dürfe nicht in einem Personenzug reisen. Ob Tutu in seinem Leiden an mich gedacht hatte und an seinen Schutzheiligen: »Sankt Georg! Oberst Ponciano de Azeredeo Furtado!« Nein, das durfte nicht ohne Antwort oder prompte Rechtsprechung bleiben:

»Dabei bleibt es nicht, mein Herr, Gott ist groß und Tutu hat einen Paten.«

Ich sprach leiser, denn schon verstopfte, ohne daß ich es merkte, eine Menschenansammlung, ganz Ohr, die Tür des Bazars Almeida. Ich zog den Vogelhändler in eine geschützte Ecke, damit er mir vertraulich den Namen des Unmenschen, Beruf und Patent angäbe, sofern der Kerl dergleichen besäße:

»Sagen Sie mir's gleich, gleich.«

Ich erfuhr, daß der Besitzer von soviel Giftmasse ein gewisser Jordão Tibiriçá war, eigens hergesandt, um der Dieberei auf den Weiden ein Ende zu bereiten. Der Mann redete nur davon, die Hintern der Bevölkerung auf die Anklagebank zu zerren. Seine Macht wanderte von Winterweide zu Winterweide, er durchstöberte Korrale, in denen ich nie einen Feldjäger oder eine höhere Behörde gesehen hatte. Sogar Steuerschulden, die schlimmste Abgabe im Weidenland, trieb das Untier ein. Ein Regierungspapier, das er mitbrachte, mußte geldgefüllt zurückgeschickt werden. Antônio do Areal mit seinem Handel in Lompenzucker, der kaum ausreichte, um die Mäuler seiner zehn Buben zu stopfen, mußte nahezu ein Conto-de-réis ausspucken in Abgaben und Sporteln, neben einem Säumniszuschlag. Der Ärmste verkaufte seine ererbten Goldmünzen und kam zittrig, von der Demütigung geknickt, angewackelt, um die Steuerrechnung zu begleichen. Da er nicht einmal die Hälfte der festgesetzten Summe aufbringen konnte, schwitzte er zwei Tage und zwei Nächte in der Galeere des Jordão Tibiriçá. Er kam frei, als der Pfarrer von Santo Amaro, der von dem Übergriff erfuhr, den Fall vor das Bistum zu bringen drohte, da Antoninho do Areal ein besonderer Verehrer der Heiligen Efigênia war und Sakristan:

»Das war Antônio do Areals Glück und seine Rettung.«

Ich rühmte das Vorgehen des Priesters:

»Er ist aus meinem Geblüt, er hat Mark und Mumm.«

Ich dankte dem Vogelhändler für seinen Bericht und kehrte auf glühendem Sattel nach Sobradinho zurück, der Steuereintreiber saß mir quer in der Kehle. Doch dann mußte in Mata-Cavalo Holz geschnitten werden, und der Fall verlor sein Gift. Ich wäre auch weitergetrottet wie ein Prozessionszug, wäre nicht Juca Azeredo in Sobradinho aufgetaucht und auf das Geschehnis zurückgekommen. Ich sah den Verwandten bei den Kasuarinen absitzen und auf die Veranda zugehen. Jucas Gesicht verriet frischen Ärger. Über einen so unvermuteten Besuch wunderte ich mich. Seit dem Fall mit der Sirene hatte der Vetter Abstand von mir gehalten, weil er fand, ich hätte seinen Mut unterschätzt, weil ich seine Beteiligung bei dem Streit mit der Meerjungfrau verschmäht hatte. Ich empfing den Vetter mit offenen Armen, als ob nichts gewesen wäre:

»Solch ein Einfall erfreut meine Augen. Ich wollte schon ein Briefchen schicken.«

Juca, ohne auf meine Höflichkeitsbezeugung einzugehen, kam sofort auf den Kernpunkt zu sprechen:

»Was hat dir Vetter Jordão Tibiriçá angetan, daß der Mann Rache schäumt?«

Ich fiel aus allen Wolken. Ich kannte den Betreffenden nicht einmal, wisse nicht, ob er arm oder reich, mager oder dick sei. Ich hätte nur gehört, daß er scharf heranging, sogleich den Knüppel schwang und nur davon redete, den Hintern des Volks auf die Anklagebank zu zerren, daß er geschickt worden war, die Steuerschulden der Weidenbesitzer einzutreiben. Ich hätte nie die geringste Auseinandersetzung mit ihm gehabt:

»Wenn Sie mir gestatten, Vetter, ich weiß nicht mal, wie der Schnabel dieses Jordão beschaffen ist.«

Juca Azeredo rückte seinen Stuhl näher an den meinen und blickte sich im Raum um aus Angst, ein fremdes Ohr möchte sich heranschleichen. Und sagte, noch immer mit erloschener Stimme, Jordão Tibiriçá brauche nur meinen Namen zu hören, um sofort weiß und wutverzerrt zu werden, da ihm durch einen Vogelhändler zu Ohren gekommen sei, ich hätte mich inmitten einer Ansammlung von Viehtreibern scheußlich über ihn ausgelassen. Es sei landbekannt, daß ich mich an der Tür des Bazars Almeida dafür verbürgt hätte, Tutu Militãos Schmerzen zu rächen. Und sollte Tibiriçá die Kühnheit besitzen, in Sobradinho zu erscheinen, und wenn auch als Steuerfahnder, werde er ein Pferdeabführmittel schlucken müssen. Der Vogelhändler hatte sich alles gemerkt und die Drohung weitergegeben. Ergebnis: Jordão schnüffelte in den Finanzämtern der Stadt nach Sobradinhos Schulden und Rückständen seit den fernsten Zeiten der Wäldler:

»Die Sache kommt dick, die Sache kommt häßlich, Vetter!«

Und Juca Azeredo redete im gleichen unterwürfigen Ton seinen Kleinkram über die Vollmachten und Heldentaten Jordão Tibiriçás weiter, der ein jähzorniger, unberechenbarer Mensch sei. Keiner wie er sei so gewitzt, um in Ämtern nach Steuerschulden zu fahnden und den Schuldner verrückt zu machen. In weniger als einem halben Jahr der Amtstätigkeit hatte er den gesamten Handel von São Sebastião durch den Wolf gedreht und in die Maschen des Gesetzes verwickelt und arbeite bereits in Richtung Weiden. Leute, die bislang nicht gewußt hatten, was ein Regierungsformular ist oder das Gesicht eines Büttels, spuckten Steuerrückstände aus und zahlten Abgaben, die zehn Truhen stopfen konnten. Außer diesen Meisterschaften verfügte Tibiriçá auch über politischen Flankenschutz:

»Er ist ein Scharfmacher. Er hat Rückhalt bei den Mirandas, Leute, die sogar in der Regierung mitmischen.«

Ich wartete nicht, bis Juca Azeredo seinen restlichen Bericht abgespult hatte. Aufstehend und schon vor Wut kochend, schüttete ich dem Vetter einen Sack voller Beleidigungen in den Schnabel. Ich sage: Sobradinhos Wohnraum, groß genug, um einen Tisch und eine Garnitur von zwanzig Stühlen zu beherbergen, war zu klein für den Wortschwall des Obersten Ponciano de Azeredo Furtado und seinen Bart. Von zwei Faustschlägen auf den Tisch, welche die Maniokmehlkürbisschale zum Kippen brachte, wurde mein Verwandter bleich wie Wachs. Denn ich müßte mich sehr wundern, daß er, Vetter ersten Grades, nach Sobradinho mit den Großtaten eines Menschenschinders hausieren käme, den ich nicht einmal kannte, ein Schädiger der Armen, ein Aasgeier der Abgaben. Er, und gleichermaßen Jordão Tibiriçá, mögen wissen, daß des alten Simeãos Enkel keine Angst vor der Regierung habe:

»Es macht mir sogar Spaß, Seu Azeredo, mich mit diesem Drecksvolk anzulegen.«

Und vor dem Vetter aufgepflanzt, die Hand am Gürtel, sagte ich Juca, er solle seinen Verwandten und Freund einmal gut ansehen. Es sei kein Zufall, daß Unser Herrgott zwei Meter auf meine Füße gestellt habe. Und wisse der Verwandte das Warum all dieses Umfangs? Damit ich den Nacken in Gegenwart von niemandem beuge, gleich ob König, ob Landgerichtsrat oder Priester:

»Vor niemandem, Seu Azeredo, mit Ausnahme von Gott und seinen heiligen Aposteln.«

Ich achtete die Menschen aller Art, vom unbedeutendsten bis zum großkotzigsten. Mein Litermaß war das gleiche für alle. Nie hob sich mein Arm in Verteidigung einer Ungerechtigkeit, nie sprach mein Mund ein falsches Zeugnis. Wie kam daher ein Stutensohn von der Marke eines Jordão Tibiriçá dazu, Haß und Rache gegen mich zu schüren, der ich still in meinem Winkel lebte, ohne mich um das Leben Dritter zu kümmern?

»Wie, Seu Azeredo? Wie?«

Poncianos auf Jucas Kopf niedergegangenes Gewitter lief durch Sobradinho von der Veranda bis zum verstecktesten Winkel. Und schon tauchten aus allen Ecken Gesichter auf. Das Kohlenschwarz der Küche stellte die Klatschmäuler. Daher dauerte es nicht lange, bis die alte Francisquinha, hinter sich ein

Schock Negerinnen und Mulatinnen, von ihrer Bügelarbeit auftauchte, um zu erfahren, was für ein Leiden ihren jungen Herrn so aufgebracht hatte:

»War es ein Luftzug, war es eine verschluckte Gräte?«

Ich beruhigte mich. Das wünschte Juca Azeredo am dringendsten. Unter dem Vorwand, ihres Rats zu bedürfen, sank er in ihre Arme. Und verschwand im Schutz von Francisquinhas weitem Faltenrock im Hausgang. Als sie verschwunden waren, machte ich meinem Unmut Luft:

»Scheißkerl!«

Genau von dieser Stunde an, im Schwalbenmonat und danach in der Winterzeit, wehte ein rastloser Pulverwind zwischen Sobradinho und São Sebastião, wo der besagte Tibiriçá der Steuern herrschte. Die Küstenbrise führte, wie weiß ich nicht, alles, was an meinem Tisch und in der Küche vorging, im Flüsterton davon. Niemand konnte seinen Hakenwurm genießen oder seine Mulattinnennacht, ohne daß Jordãos Meute es in allen Einzelheiten erfuhr. Diese Klatschpost verschärfte den Zwist immer mehr. Auf eines war ich stolz – auf die Freundschaftsbeweise, die ich erhielt, ohne einen Schritt aus meines Großvaters Schaukelstuhl zu tun. Es verging kein Gottestag, ohne daß nicht ein Viehtreiber in Sobradinho zur Aufmunterung des Oberst absaß. Dioguinho vom Brunnen ritt eine ganze Nacht hindurch, um mir seine Dienste anzubieten. Aus Ponta Grossa dos Fidalgos sandte Caetano de Melo mir einen gevatterlichen Brief. Sollte ich seine Hilfe brauchen, möchte ich ihn rufen, »da eine Hahnenzüchterfreundschaft nicht auf dem Kampfplatz und beim Hahnensporn aufhört«.

Kurz vor der Unterschrift riet der Doktor witzelnd, den kleinen Roten, »durchaus imstande, den Steuereinnehmer in den Straßenkot zu befördern«, mit ins Spiel zu bringen. Ich zeigte meinem kleinen Rassehahn den Brief des guten Freundes:

»Schau, kleiner Hauptmann! Ein Schriftstück des Doktors, der von deiner kleinen Person spricht.«

Der Kriegswind brachte den alten Sinhozinho Manco im Schlepptau. Er war ausgestattet mit Truhe und Schießeisen. Nach alter Gewohnheit bat er weder um Erlaubnis noch bot er einen Guten Abend. Dicht vor meiner Kammertür stellte er sein Bett auf. Das war ganz seine Art. Sobald Sobradinho Gefahr drohte, tauchte als erstes Sinhozinhos Gesicht auf. Ging es um Blattern oder Sumpffieber, kümmerte der Alte sich um die Arzneitränke und hielt lange Besprechungen mit Francisquinha über die Heilkraft dieses oder jenes Krauts. Handelte es sich hingegen um einen Nachbarnstreit, ein Alltagsereignis im Weidenland, zückte er seine Waffen:

»Ich halte mir keinen Schießprügel nur zur Verzierung.«

Francisquinha sah den Alten gerne unter unserem Dach. Seit den Tagen meines Großvaters bewahrte sie stets ein ungebrauchtes Hemd auf, das sie mit der Schere auf sein Spillerbrüstchen zurückschneiderte. Die Viehtreiberzunft genoß Sinhozinhos Heldentaten. Einen Spintisierer wie ihn gab es kein zweites Mal. Er mochte erzählen, was er wollte, keiner wagte sich mit seinem ungezügelten Temperament anzulegen. So wollte der eine oder andere von ihm wissen:

»Sinhozinho Carneiro, wie ging noch der Krawall mit den Regierungssoldaten aus?«

Meistens stellte der Alte sich taub. Er erzählte nie zweimal dasselbe Heldenstück, denn sein Käsekopf behielt nicht mehr die Hirngespinste, die er sich zusammenspann. Wenn jemand nach einem blutigen Streit fragte, den er mit einem gewissen Oberst Würger von den Boa Vista-Weiden gehabt hatte, zuckte Sinhozinho mit den Achseln – er rührte nicht gerne an Tote. Oberst Würger gehörte seit unvordenklicher Zeit dem Friedhof an:

»Möge Unser Herrgott ihn an einem guten Ort bewahren.«

Das Volk konnte keine alte Keilerei aufgreifen, auf die Sinhozinho nicht sofort einging:

»Haben Euer Gnaden nicht dem verstorbenen Tatão Gonzaga einen »Pöbelschwanz« verpaßt, so daß der Mann über zwei Tage und zwei Nächte für tot gehalten wurde?«

Der Alte gab sich kurz und bündig:

»Jawohl, und er hat's verdient.«

Was Jordão Tibiriçá betraf, so machte Sinhozinho den Mund so weit auf, daß er damit meine Verteidigungsmöglichkeiten schädigte. Mit seiner brüchigen Stimme pinselte und bosselte er am Konterfei des Steuereinnehmers. Es gab keinen Straßenverkaufsstand oder Laden von Santo Amaro, der nicht im Bild war über die Schmähungen, mit denen Sinhozinho Jordão Tibiriçá verfolgte:

»Ich hab den Scheißkerl kennengelernt, wie er im Dienstbotentrakt der Mirandas herumschmarotzt hat.«

Ich mußte dem Freund ins Gewissen reden:

»Sie treiben es zu weit, Mann Gottes!«

Ich war kaum ein Drittel meiner Vorhaltung losgeworden, und schon wurde Sinhozinho zur Wildsau. Er hinkte auf und ab – und seine Stimme glich einer zischenden Giftschlange. Ich möge wissen, daß kein aus einem Weib Geborener ihm einen Maulkorb vorlegen könne, denn furchtlos zu reden sei der Stolz, auf den er nicht verzichte. Ich solle meine Vorhaltungen vorbringen, wo ich wollte, in Sobradinho, in Santo Amaro, im Regierungspalast oder Jordão Tibiriçá ins Gesicht:

»Ich habe keinen gepolsterten Hintern, Seu Ponciano! Ich bin nicht der Sohn eines Hasenfußes, Seu Ponciano!«

Ich bekam Sinhozinho für den Rest des Tages nicht mehr zu Gesicht. Da ich João Ramalho besuchte, der an Verstopfung litt, kehrte ich erst in vorgerückter Nacht nach Sobradinho zurück. Am anderen Morgen, bevor ich mir das Gesicht wusch und die Zähne mit Rolltabak reinigte, erfuhr ich durch Francisquinha vom Verschwinden des Alten, und achtete nicht weiter darauf. Ich unterhielt mich noch mit Saturnino Katerbart über ihn. Während Juca Azeredo, mein Vetter ersten Grades, wie ein Huhn vor Jordão Tibiriçá weglief, hatte Sinhozinho mir seine Dienste und Waffen gebracht:

»Ein treuer Freund, der im Feuer nicht wankt noch weicht.«

Saturnino, der den kleinen Alten schätzte, pflichtete mir bei:

»Sinhozinho ist Hartholz, ist echt.«

Nachmittags, als ich mich mit meinem Kampfhahn vergnügte, sah ich einen von Juju Bezerras Feldjägern in Janjão Caramujos Gesellschaft daherkommen. Er schlug die Hacken zusammen und wartete in militärischem Habacht auf meine Erlaubnis, die ich ohne Säumen erteilte:

»Legen Sie los, legen Sie los.«

Der Feldjäger sagte, er sei nach Sobradinho mit dem

Auftrag gekommen, von den Geschehnissen auf dem Markt von Santo Amaro zu berichten. Es war ein Krawall entstanden, der die Mutigsten verscheucht hatte – Sinhozinho hatte auf einen Steuereinnehmer, einen Schützling von Jordão Tibiriçá, gefeuert. Dem Abgabeneintreiber zu Hilfe war einer seiner Lehrlinge geeilt, ein pockennarbiger Schwarzbrauner, der drohte, Sinhozinho niederzuknüppeln. Glücklicherweise kam Major Bezerra zeitig genug, um den Menschenauflauf auseinanderzutreiben. Er nahm den Alten in Schutzhaft und schickte das Steuervolk auf die Landstraße. Der Pockennarbige schwor, er werde zu einem Rachefeldzug nach Santo Amaro zurückkehren, während Sinhozinho vor der Tür der Hoffnung-Apotheke in des Majors Armen sich dafür verbürgte, der Oberst werde die Stadt von Jordão Tibiriçás Rattenbrut in Kürze säubern:

»Alle werden die Anklagebank mit ihren Hintern drücken.«

Kaum hatte Juju Bezerras Botengänger seine Mitteilung abgeliefert, hüpften meine Befehle wie Jungziegen vor dem Wind dahin und riefen die Viehtreiber zum Waffendienst zusammen, und im Nu vereinigte ich dreißig Karabinerschützen unter meinem Befehl. Der Abend, den bereits das Geflatter der ersten Käuzchen und Eulen säumte, erbebte von so vielen Abzugshähnen auf dem Kriegspfad. Das Schwierigste war, Francisquinha einzuwickeln, die ihren jungen Herrn nur ungern ziehen sah. Ich erfand ein Machtwort der Regierung und meine Pflicht als Oberst:

»Reine Routinesache, völlig belanglos.«

Noch bevor mein Trupp Santo Amaros Staub aufwühlen konnte, hatte ein Schandmaul schon die Größe der Armada gerühmt, die zu Sinhozinhos Rückendeckung anrückte. Der Bursche bellte vor der Tür des Bazars Almeida:

»Schließt eure Läden, denn der Oberst aus Sobradinho wütet schlimmer als eine Bande Teufel.«

Kein Kleinhandelsgeschäft blieb offen. Genau genommen lag ganz Santo Amaro unter dem Bett, das Volk war verschwunden, der eine oder andere spähte von ferne, als hätte der Oberst die Mission, die ganze Welt über die Klinge springen zu lassen. Ich verstopfte den kleinen Kirchplatz mit Pferdehufen und stellte auch an anderen strategischen Punkten Posten auf. Als es meine friedlichen Vorkehrungen sah, kam das Volk aus seinen Unterschlupfen gekrochen und umschwärmte alsbald bewundernd den Trupp in Waffen und die Viehtreiber in ihrer Ausrüstung. Einer scherzte sogar:

»Gibt es einen neuen Bürgerkrieg?«

Pater Malaquias wartete in einem Rollstuhl auf mich. Er ließ mich ersuchen, in der Sakristei zu erscheinen. Mit einem Sprung führte ich mein Patent dem Beichtvater meiner Sünden vor, der ungehalten mit den Fingern auf ein Meßbuch klopfte. Hut vor der Brust, bat ich um Entschuldigung dafür, daß ich ohne sein gebührendes Einverständnis so unverfroren Waffenlärm nach Santo Amaro gebracht hätte:

»Der Entschluß wurde überstürzt gefaßt, und ohne daß Zeit blieb, eine Warnung abzusenden.«

Der Priester, der von aufbrausendem Naturell war, beruhigte sich, und ich nutzte dies, um mich nach seinem Leiden zu erkundigen, ob die Stiche in den Kniegelenken nachgelassen hätten:

»Ich kenne diese Beschwerden, es ist zum Knochenausreißen.«

Mit schmerzverzerrtem Gesicht erwiderte Malaquias, all das sei die Strafe Gottes, weil er nicht genügend auf eine Sünde geachtet habe, die seine Soutane umstreift habe:

»Ich werde es verdient haben, muß es verdient haben.«

Und seinen Rosenkranz schüttelnd, hieß er mich meinen Viehtreibertrupp zusammenrufen, widrigenfalls er es selber tun werde:

»Ich habe die Vollmacht dafür und noch für mehr.«

Ich wollte es mit Hochwürden nicht auf Zwistigkeiten ankommen lassen, indem ich auf meine Rechte hinwies. Ohne Gegenrede kam ich seiner Anweisung nach:

»Vater Malaquias, Ihr Wille ist mein Gesetz.«

Vor der Tür zur Hoffnung-Apotheke stand umringt von Volk und Feldjägern in militärischer Positur Juju Bezerra, seit langem des Paters Weihwasser fern, weil er in Ungnade gefallen war. Daher empfahl es sich nicht, meinerseits fröhliche Intimität und Umarmung mit dem Major zu zeigen. Darum bat ich den guten Hochwürden um Erlaubnis, meine Klage an Juju weiterzugeben und seine Autorität um heilsame Vorkehrungen gegen die Übergriffe von Jordão Tibiriçás Personal zu bitten. Und fügte in Übereinstimmung mit dem Zeremoniell hinzu:

»Wenn Euer Hochwürden keinen Einwand haben, werde ich dem Major die Verantwortung übertragen.«

Der Pater stimmte zu und ich sah an der Art seiner Zustimmung, daß er mein Vorgehen zu schätzen wußte:

»Gehen Sie mit Gott, Oberst.«

Und mit einer geknickteren Miene als zwei arme Sünder am Pranger überquerte ich den Markt mit militärischem Schritt und zog hinter meinen Sporen Sobradinhos Viehtreiber her. Vor Juju Bezerra sagte ich im Brustton meiner Befehlsgewalt, so laut, daß ich weitab vom Beichtvater meiner Sünden gehört werden konnte:

»Major, ich möchte mit Euer Gnaden eine dornige Angelegenheit besprechen, die Überlegung erfordert.«

Juju, dieses Unterhaltungstons, der eher in einen Gerichtssaal paßte, ungewohnt, wich erschrocken zurück:

»Was sagt da der Oberst?«

Ich zwinkerte ihm schnell zu, damit er meine Komödie, die nur dem Pater galt, nicht ernst nahm. Und mir mit Schulterpüffen durch den die Hoffnung-Apotheke versperrenden Menschenauflauf einen Weg bahnend, gewann ich in Begleitung des Majors die rückwärtigen Räume. Und hinter verschlossener Tür, fern von Malaquias' Vermutungen, ließ ich meine finstere Miene fallen und fiel Juju in die Arme:

»Los, einen festen Freundesdruck, Seu Bezerra! Wie geht's den Rockzipfeln, Gevatter?«

Darüber informiert, daß Sinhozinho nach beendetem Zwist verschwunden war, rief ich Saturnino und löste den Trupp auf. Alle sollten Santo Amaros Umgebung nach dem Alten durchstöbern. Sobald er eingefangen sei, solle Saturnino den Trupp nach Sobradinho zurückführen:

»Und alles ohne Krawall, im guten Gottesfrieden, Seu Saturnino.«

Pater Malaquias' Wunsch gemäß wurde Santo Amaro von Pferdehufen und Oberst Poncianos Stutzen befreit. Am Abendtisch des Majors aß ich mein Hühnchen, verzehrte ich mein

Seebarschfilet, eine Arbeit, die über zwei Stunden dauerte. Immer wieder rühmte Juju Sobradinhos Armada:

»Hat mir gefallen, jawohl mein Herr! Glich einem Linientrupp.«

Ich antwortete bescheiden. Es empfahl sich nicht, die Auseinandersetzung mit Jordão Tibiriçá zu verschärfen, um so mehr, als der Arzneitranklehrling uns begierig nach Gesprächsfetzen mit gespitztem Ohr umschlich. Ich gab meine Vorsicht erst auf, als Juju den Steuereinnehmer heruntermachte und über den Lumpenkerl herzog:

»Einen größeren Mistbock gibt es nicht. Ein echter Hundesohn!«

Dann, meine Tasche nach einer Zigarre durchsuchend, gab ich Bezerra zu verstehen, über welches Wehrpotential ich verfügte. Er solle wissen, daß die in Santo Amaro aufgetauchte Einheit nichts sei im Vergleich zu dem, was ich in Sobradinho auf die Beine stellen könne:

»Es macht nicht den dritten Teil aus, Freund Bezerra. Und noch weniger.«

Meinen Bart um den Finger rollend, auf meine Zigarre beißend, berichtete ich dem erstaunten Juju, das Gros der Armada sei Gewehr bei Fuß in Santo Amaros Umgebung postiert geblieben, gefechtsbereit. Die Kriegskunst erfordere dergleichen Listen:

»Ich habe militärische Schulung, Seu Bezerra, außer der Schulung durch Mönche und Lehrlingszeit im Notariat.«

Nach Abschluß des Abendessens und Beendigung meiner Belehrung trat ich in Jujus Gesellschaft in die Abendluft vor dem Eingang der Hoffnung-Apotheke. Es war bereits zehn Uhr und der Mondschein fiel lotrecht auf die Mitte des Platzes. Hinter den Fensterscheiben des Pfarrhauses floß Lichtschein. Es mußte Malaquias bei der Andacht sein. Ich erzählte Juju von dessen Krankheit, von seiner Lähmung, die nicht einmal der Macht des Gebets wich, nicht Bittersalz, nicht Blutreinigungsmitteln:

»Es sind Stiche, die den Knochen zerfetzen.«

Der Major, am Oberlicht der Tür lehnend, hielt im Rollen seiner Strohzigarette inne, um sich dafür zu verbürgen, daß auf seinen Borden Mittel von mächtiger Heilkraft gegen dergleichen Beschwerden stünden, imstande, das hartnäckigste Leiden im Mark zu säubern:

»Es ist ein Schlager. Nach dem dritten Löffelvoll ist der Soutanenträger kuriert.«

Nun kam mir eine Idee – den Major mit dem Pater zu versöhnen, der Predigtjahre hindurch nicht müde geworden war, Jujus Gottlosigkeiten, sein schmutziges Lotterleben zu geißeln. In der Absicht, mich in der Kirche zu verabschieden, schleppte ich meine Sporen über den Platz und klopfte an der Tür des Beichtvaters von Sobradinho, der seine Seelenhirtenlesungen beim Lampenschein absolvierte. Als er vor seinem Stuhl Poncianos zwei Meter aufragen sah, hielt der Vikar verwundert inne. Sofort beruhigte ich sein Erstaunen mit höflichem Hutziehen:

»Ich reise ab, Hochwürden. Und komme, Eure Befehle entgegenzunehmen.«

Malaquias gefiel meine Geste, doch um keine Schwäche zu zeigen und sein goldenes Herz nicht zu enthüllen, brummte er, es sei nicht seine Art, irgend jemandem Befehle zu erteilen und am wenigsten noch einem mit Waffen und Totschlägern so gut ausgerüsteten Oberst. Ich ließ den Pater reden, denn das ist sein Beruf. Nachdem sein Gebrummel vorbei war, kam ich auf den Kern der Sache zu sprechen. Ich bin ziemlich erfinderisch und ein Teufel, wenn es gilt, meine Rednergabe zur Geltung zu bringen – bei meiner Flechtkunst wird ein Haar zu einem Zopf. Ich nahm den Pfarrer bei der Hand und führte ihn, wohin ich zielte. Bis ich den Namen Juju Bezerras ins Spiel brachte, worauf der Pater, wie von einer Wespe gestochen, einen Satz in seinem Stuhl machte. Um keinen Preis wollte er den Major in der Nähe sehen:

»Er ist ein Raufbold, der abseits von Gott lebt.«

Ich ließ nicht locker. Ich musterte all meine gute Wiegen- und Schulerziehung an. Ich erfand, erläuterte, denn bei einer frommen Mission habe ich keine Bedenken, zu lügen und mich ins Zeug zu legen. So stellte ich einen Juju vor, der, von des Paters Leiden in Kenntnis gesetzt, völlig außer sich sei und nicht mehr esse und schlafe:

»Der Major ist wie ausgewechselt. Plötzlich führt er Selbstgespräche.«

Ich fühlte des Paters Willenskraft schwinden. Nach zwei gutgezielten Volltreffern brach Malaquias' Voreingenommenheit zusammen. Er brummte, stöhnte – gab aber seine Erlaubnis, daß Juju vor ihn träte:

»Aber ich mache darauf aufmerksam, daß er allerhand zu hören bekommt.«

Ich lief in die Hoffnung-Apotheke und entriß den Major seiner Arbeit und seinen Befürchtungen. Zunächst sträubte er sich:

»Oberst, überlegen Sie, was Sie tun.«

Ich schnitt seine Bedenken kurzerhand ab:

»Keine Hirngespinste, Mann! Der Pater ist gewonnen.«

Seit Monaten war der Major nicht mehr über Malaquias' Schwelle getreten, weshalb er halb reumütig, Augen am Boden und ohne die Macht seines Patents eintrat, da der Vikar unter dem Dach unseres Herrn Jesus Christus keine Vorrechte gelten ließ:

»Ehrentitel bleibt draußen. In der Kirche Gottes ist alle Welt gleich.«

Juju Bezerra mußte eine Feuerpredigt einstecken. Mit hängendem Kopf nahm er alles hin wie ein Weidenbub, der mit einer Ziege auf frischer Tat ertappt wird. Nach verabreichter Kopfwäsche wandte Malaquias seine Predigerzunge gegen mich, weil ich auf die Gefahr hin, Unheil zu stiften, einen bewaffneten Heertrupp nach Santo Amaro geworfen habe:

»Welcher Mangel an Einsicht, welch windiger Kopf!«

Ich schlug mit Jordão Tibiriçás Böswilligkeiten zurück, und von neuem sprang Hochwürden von seinem Stuhl auf. Von so einer Sünde dürfe ich in seiner Gegenwart gar nicht reden. Der sei noch einer, der das Gewicht seiner Zunge zu spüren bekommen werde. Sobald er wieder gut zu Fuß sei, werde er nach São Sebastião reisen, wo der Unmensch wohne:

»Ich werde mit dem gewissen Jordão Tibiriçá abrechnen.«

Der Strafrede ledig, lief Juju fort, auf der Suche nach dem geeigneten Arzneifläschchen. Er ging auf einem Fuß fort und war auf dem zweiten zurück. Malaquias sträubte sich zunächst,

Beistand vom Major anzunehmen. Auf meine Bitten, noch immer brummend und stöhnend, schluckte er schließlich einen Löffelvoll, verweigerte jedoch den zweiten:

»Was ist das für ein Getränk, das wie Galle schmeckt?«

In tiefer Nacht, Santo Amaro lag auf dem Kopfkissen, verließ ich das Haus des Paters. Der Mondschein draußen verlangte eine andere Unterhaltung. Ich stubste Bezerra:

»Und das Volk der Röcke, Seu Juju?«

Noch von der Predigt beeindruckt, winkte der Major ab:

»Habt Erbarmen, Oberst. Wir kommen gerade von einem geweihten Ort, Oberst.«

Ich wetterte:

»Wofür halten Sie sich? Für einen Mönch, einen Altarheiligen?«

Er lachte, und schon kehrte er zu seinem Naturell des Liederjans, des Schürzenjägers zurück. Bald erzählte er die größte Neuigkeit der Weidengründe: der alte Neco Moura habe sich mit einem jungen Ding zusammengetan, ein scharfes Luder, kaum zwanzig, womöglich jünger:

»Eine Wucht, ein Auge voll.«

Ich hatte meinen Spaß daran, wenn ich an Neco Moura und seinen Ruf als Mulattinnenjäger dachte. Aber ich hätte nie geahnt, daß er sich noch eine so junge Schürze zulegen würde. Da er um die achtzig war und schon auf seine Schuhe pinkelte, würde die Junge in seinem Häuschen vermodern, ohne den gutverbrachten Jahren des Alterchens die geringsten Dienste geleistet zu haben. Keinesfalls hielt Neco den Anforderungen eines jungen Mädchens stand. Ich rechnete:

»Der macht es keinen Monat mehr mit, Seu Juju. Der wird das Kalenderblättchen des Monats Januar nicht mehr abreißen.«

Eine Erinnerung nach der anderen, eine Liederlichkeit nach der anderen. Mitten auf dem Platz stehend, die Hand auf des Majors Schulter, wollte ich wissen, wie es Dona Bebé de Melo ging, ob sie nach Ponta Grossa dos Fidalgos zurückgekehrt und vom Vetter in Ehren aufgenommen war:

»Man munkelt, sie stehe von neuem in freundlichen Beziehungen zu dem Doktor.«

Bezerra bejahte, Caetano de Melo habe auf Wunsch der

Verwandtschaft die Kränkung vergessen, das Mädchen genieße von neuem sein volles Vertrauen:

»Sie ist jetzt seidenweich und hat ihre Füllenwildheit ganz verloren.«

Bevor ich mich noch über des Doktors Inkonsequenz wundern konnte, kehrte Bezerra seine Flinten gegen mich und versicherte, ich trüge die meiste Schuld daran, daß Dona Bebé nicht in Sobradinho wohne, standesamtlich und kirchlich getraut:

»Einen Menschen mit mehr Glück als den Oberst müßte man auf Bestellung anfertigen.«

Juju bekräftigte mit vielen vernünftigen Überlegungen, wenn ich mich aufs Pferd schwänge und die Strecke zwischen meinem Haus und dem des Doktors zurücklegte, würde die Junge dem Oberst dank seiner Bildung und seinen galanten Umgangsformen unversehens erliegen:

»Das behaupte ich. Sie würde ihm sofort erliegen und keinen Tag länger fern von ihm leben können.«

Im selben Atemzug warf Juju Ponciano die Geschichte mit der in Liebe zu mir entbrannten Dona Isabel Pimenta ins Gesicht. Aber ich machte mir eben nichts aus röcketragenden Tierchen, ich behandelte alle mit Fußtritten und verstand die Herzen der Anwärterinnen nur zu verletzen:

»Das ist pure Böswilligkeit und Mangel an Erbarmen.«

Ich gab dem Freund und Major recht:

»Es ist wahr, es ist wahr. Meinem militärischen Charakter nach bin ich kein Salonmensch, der sich gerne herausputzt. Bei mir heißt es Brot-Brot und Käse-Käse, Seu Juju.«

Bezerra hob die Arme:

»Wenigstens sieht der Oberst es ein.«

Erst beim Hahnenschrei verließ ich Santo Amaro und ritt nach Sobradinho zurück. Schon brach der Tag im Buschwald an, als ich auf die Landstraße gelangte, frei nun von den Tieren der Nacht und unbehindert von Käuzchen und Eulen. Die richtige Zeit, um Juju Bezerras Betrachtungen zu bedenken und einzusehen, daß er völlig recht hatte. Ich war in der Tat unbesonnen und ungestüm. In Ponta Grossa verzehrte sich Dona Bebé de Melo fraglos nach mir und Dona Antônia weinte sicherlich ihrer verpaßten Hochzeit mit mir nach. Juju Bezerra hatte sehr richtig bemerkt: ich machte mir nichts aus dem röcketragenden Völkchen. Hartherziges Mannsbild, dieser Ponciano de Azeredo Furtado!

Wie er entbrannt war, so erlosch der Krieg mit Jordão Tibiriçá. Der Wind hat's gebracht, der Wind hat's genommen. In der Tat blies der Abendwind, der so viele Pferdehufe und Waffen in Santo Amaro gesehen hatte, die Kunde von dem Ereignis rasch ins Handelsviertel von São Sebastião, das seine Türen schloß, kein Ochsenwagen blieb zurück, kein Sattel blieb leer, einer verschwand schneller als der andere. Ein Handlungsreisender, Spitzenverkäufer, wollte wissen, der Trupp des Obersten hätte die Eisenbahnlinie blockiert, um Jordão Tibiriçá und seinen Handlungen den Rückzug abzuschneiden:

»Über hundert Landleute mit geladenem Karabiner stehen dort bereit.«

São Sebastiãos Erdbeben verebbte erst in tiefer Nacht, als ein Viehhändler mit erhobener Hand schwor, er habe gehört, wie der Oberst von Sobradinho den Befehl gegeben habe, das Personal des Steuerfahnders auszurotten (»Ich lasse alles über die Klinge springen, denn vor Gericht wasche ich mich noch jeden Tag rein«), ein bald darauf zurückgenommener Befehl, weil der über alles informierte Pfarrer von Santo Amaro Poncianos Wut besänftigt und sein Vorgehen sogar mitten auf dem Kirchplatz beanstandet hatte:

»Das war mutig. Das war die Rettung.«

Denn es ergab sich, daß Jordão Tibiriçá, statt daß ihm der Kamm schwoll und daß er schrie, er werde Kampftruppen bei der Regierung anfordern, den Schwanz einzog. Er wartete nicht einmal darauf, daß der Viehhändler seine Neuigkeit zu Ende erzählte – beim ersten Sonnenstrahl betrat er Juca Azeredos Hoheitsgebiet und bat um Schutz. Er erzählte meinem Verwandten, ich hätte Santo Amaro den Rücken gekehrt, nachdem ich vom Vikar zur Ordnung gerufen worden wäre. Da er ein friedliebender Mensch sei, bäte er den Vetter, er möge Mittel und Wege finden, den Streitfall aus der Welt zu schaffen:

»Ich bin ein Mensch der Arbeit und will keinen Zwist.«

Über die Schwäche des Steuertaxators im Bilde, klopfte Juca Azeredo noch am selben Tag in Sobradinho an:

»Jordão hat klein beigegeben. Ich bringe seinen Vorschlag.«

Nach militärischer Regel konnte ich den Unterlegenen nicht mißachten, ohne das Kriegsgesetz zu verletzen. Aus diesem Zwang heraus empfing ich den Verwandten mit ausnehmender Höflichkeit. Schon herrschte in Sobradinho nicht mehr der Oberst, der noch vor einem Monat Juca am Kragen gepackt und vor die Tür gesetzt hätte. Da der Verwandte die unter meinem Befehl gestandenen Truppen übertrieb, bagatellisierte ich die nach Santo Amaro geworfene Einheit:

»Völlig belanglos, Seu Juca. Ich hatte allerhöchstens ein halbes Dutzend Flintenträger bei mir.«

Im Rahmen seiner Friedensmission tischte Juca einen Korbvoll Überlegungen zugunsten des Abgabeneintreibers auf. Tibiriçá sei dieses und jenes, ein guter Christ, ein Mann der Traggestelle und des Weihwassers wie ich, unfähig, Mißbrauch zu treiben. Er wolle mit mir in Frieden leben, ohne Übergriffe oder Beleidigungen. Er storniere Sobradinhos Steuerschulden, zerreiße die gegen die Erbschaft des alten Simeão erlassenen Zahlungsbefehle, sofern der Oberst gewillt sei, mit dem Schwamm über den entbrannten Zwist zu fahren. Bei diesem Punkt angelangt, schlug mir Juca aufs Knie:

»Der Vetter sackt dabei gutes Geld ein und gewinnt einen Freund.«

Ich antwortete nicht sogleich. Ich zündete meine Flor de Ouro an, ich dachte nach, denn es war nie meine Art, eine Entscheidung übers Knie zu brechen. Absichtlich ließ ich Juca Azeredo im Ungewissen schmoren, auch er sollte sein Fett abkriegen. Erst nach dem dritten Zug, den Läusetöterfinger unter der Achsel, entschied ich:

»Also sehr gut, sehr gut. Ich habe nur einen Einwand . . .«

Juca war auf die Folter gespannt. Nun nannte ich meine Bedingung. Ich forderte, daß der Lausbub von Vogelhändler, der schuld an dem Schlamassel trage, mir in Reichweite meines Tatzenstocks herbeigeschafft werde:

»Ich werde diesen schamlosen Lumpen Mores lehren.«

Juca schnippte mit den Fingern, wie er es in höchster

Befriedigung tat. Jawohl Senhor, die Maßnahme war gerecht, die Maßnahme war gut. Er werde mit Jordão Tibiriçá reden und die Entsendung des zungenfertigen Früchtchens nach Sobradinho verlangen:

»Der Vetter wird spätestens eingangs nächster Woche den Frechling zur Hand haben.«

Sitzend wartete ich auf das Erscheinen des Flegels, dessen Fratze oder Hammelbeine nie jemand mehr zu Gesicht bekam. Jordão durchkämmte seinem Versprechen gemäß die Einöden auf der Spur des Vogelhändlers. Sobald der Hundling erfuhr, daß der Oberst seine Gegenwart in Sobradinho forderte, beantragte er einen Paß und läuterte seine Angst im tiefsten Sertão von Cacimbas, Unterschlupf der Werwölfe, Sumpfgebiet der Dämonen, Mutter und Vater der Wechselfieber. Ich kann nur sagen, ich dankte Gott, daß der Lausbub nicht auftauchte, denn ich bin nicht der Mann, mich an Kroppzeug zu rächen. Jordão Tibiriçá berichtete in einem höflichen Briefchen, daß der Vogelhändler verschollen sei, weshalb er um Verzeihung bat. Ich zeigte sein Schreiben Antão Pereira, der damit beschäftigt war, sein Pferd von Zeckenschwären zu säubern:

»Es sind alles Hosenpisser, Seu Pereira. Sobald es hart auf hart geht, nehmen sie die Beine unter den Arm.«

Gegen Nachmittag über das Verandageländer gelehnt, sah ich das Lila der Fastenzeitblüten. Ich erschrak. Der April hob die Schwingen.

8

Es ergab sich nun, daß der Wind Monat um Monat ohne Unterlaß blies, die ältesten Leute konnten sich nicht erinnern, dergleichen Ungereimtheit erlebt zu haben. Ich machte mich auf die Jagd und reihte auf der Fährte eines Wasserschweins Tag an Nacht. Bei einem dieser Streifzüge durch den Busch, dicht an den Zaunpfählen des Majors Badejo dos Santos, traf ich Nicanor do Espírito Santo, den Schwarzbraunen im Dienste von Ponta Grossa dos Fidalgos. Er stieg von seinem Pferd, einem hübschen Tier mit weißen Fesseln, und bat, mit tiefgezogenem Hut näherkommend, um die Erlaubnis, den Oberst Ponciano de Azeredo Furtado zu begrüßen:

»Mit Ihrer Genehmigung, mit Ihrer Genehmigung.«

Ich sagte, er solle wieder aufsitzen, zumal ich in die gleiche Richtung ritt wie er. Wieder im Sattel, vor uns die lehmige Straße, erzählte Nicanor von mehreren Reisen nach Mata-Cavalo, wo er Juquinha Quintanilha, den guten Gevatter des Obersten, um ein Rezept gegen die Maulseuche seiner Stute gebeten habe:

»Er ist in diesen Dingen sehr bewandert.«

Ich pries Juquinha:

»Was Weidenarbeit angeht, so gibt es keinen wie den Gevatter.«

Wir ritten so dahin, der Neger überquellend vor Höflichkeit, als ich in einem windgeschützten Waldstück ein Steißhuhn witterte. Ich gab meinen Lockpfiff ab und auf den Pfiff kam das Wild, ohne Säumen. Unglücklicherweise fuhr dadurch eine große Eidechse, die ihren Mittag auf einem dürren Laubbett genoß, mit säbelndem Schwanz auf und entfloh. Das Steißhuhn wünschte sich keine bessere Warnung, wissend, daß die Waldtiere einander helfen. Der Vogel flog auf. Ich traf das Steißhuhn am weichen Bruststück. Ein Schuß nur – und es fiel hart wie ein Stein in sumpfiges Unterholz voller Weidengestrüpp, Moorbruch und anderem Gewächs böser Gewässer. Nicanor wollte die Jagdbeute dort herausholen, doch ich ließ es nicht zu, weil dasböswillige Strauchwerk eine Giftschlange oder sonst ein Übel verbergen konnte:

»Bleiben Sie sitzen, bleiben Sie oben.«

Caetano de Melos Schützling, der gerade absitzen wollte, ließ sich von meiner Überlegung leiten:

»Euer Gnaden ist ein Mann von Verstand und weiß, was er tut.«

Und erging sich im Lob meiner Schießkünste:

»Schlecht verglichen, ist der Oberst ein so guter Schütze wie Major Badejo dos Santos.«

Ich wies den Vergleich nicht zurück. Denn die Regeln verbieten, die Meisterschaft eines Waffenbruders herabzusetzen, mag dessen Patent auch niedriger sein. Tatsächlich konnte der Abzugshahn des Majors dem meinen nicht das Wasser reichen. Doch darüber verlor ich vor dem schwarzbraunen Nicanor kein Wort. Und versuchte, der Unterhaltung eine andere Richtung zu geben. Ich sprach von dem fegenden Weidenwind:

»Er ist wie eine Bande Werwölfe, Herr Gevatter.«

Bei dieser Anspielung bat der Schwarzbraune von Ponta Grossa, eine Zwischenbemerkung machen zu dürfen, und sagte, das Volk von Pilar sei dabei, eine Abordnung von mehr als zwanzig Pferden zu entsenden, um den Oberst um Hilfe bei einer Werwolfbeschwörung zu bitten:

»Davon geht jedenfalls die Rede, Herr Oberst.«

Dank meiner scherzhaften Natur fragte ich wie üblich nach der Farbe des Pestbringers:

»Einer von den bläulichen oder lehmfarbenen?«

Nach seinem Kopfkratzen zu schließen, hatte Nicanor eine Heidenangst vor Werwölfen. Ich bestärkte ihn in seiner Angst, so daß Caetano de Melos Patensohn auf einsamer Straße in der Stunde der lotrechten Sonne, die Gesichten und Verhexung am willigsten entgegenkommt, den Schwanz einzog. Ich erwies mich als Kenner aller Arten von Erscheinungen, von kleinen Heidengespenstern bis zum hoffärtigen Irrlichtstier vor dem Friedhofstor:

»Welcher der schlimmste der Hexenspuke ist, Seu Nicanor.«

Ohne die nötige Ausbildung, eine Unterhaltung über Jenseitsseelen zu führen, schien der Ärmste in einem Ameisentopf zu sitzen, eingesunken im Sattel, fern von jedem Schneid. Und so, von Angst zu Angst, gelangte ich mit ihm ans Ende der offenen Landstraße. Der Rest war Schlangenlandschaft voller Bromelien und Pitangas. Nicanor blickte in die sandige Weite, vor Caetano de Melos erstem Gatter lag manche Légua Land. Ich nutzte des Schwarzbraunen Trostlosigkeit, um mir einen neuen Scherz zu erlauben:

»Seu Nicanor, welche Farbe hat Ihr Scheusal?«

Halb vorgebeugt berichtete er, daß die Erscheinung von Pilar Juca Azeredos Leute beleidigte, weil der Vetter dadurch, daß er auf eine Eheschließung mit einer Tochter aus dem Hause Pires de Melo zusteuere, das Übel nicht aus der Welt schaffen konnte:

»Im Haus des Alten kommt die Schere nicht zur Ruhe. Tag und Nacht wird Stoff zugeschnitten.«

Es war, als habe die Zunge einer Brillenschlange meine tödlichste Stelle getroffen. Ich war darauf und daran, gegen Juca Azeredos Treulosigkeit loszuwettern, weil er sich ohne das Wissen seines Verwandten verehelichte. Doch ich beherrschte meinen Unmut und ließ Caetano de Melos Patensohn nichts merken. Ich machte aus meinem Herzen eine Mördergrube und rühmte sogar Juca Azeredos Vorkehrungen. Der Vetter tat recht, er war reif genug, hatte das Gesicht einer alten Eidechse und unter seinem Kinn baumelte der Lappen eines Zeburindes. Er hätte kein besseres Stück wählen können. Pires de Melos Tochter, zwar blutjung, aber üppig ausgestattet, sei ein fruchtbarer Acker:

»Überdies, Herr Gevatter, verlangt ein alter Gaul nach jungem Gras.«

Dies gesagt, ohne Weiteres reden zu wollen, entließ ich Nicanor de Espírito Santo mit einer freundschaftlichen Empfehlung an seinen Paten Dr. Caetano de Melo:

»Dieser Tage werde ich einen Kaffee mit ihm trinken.«

Mit gezogenem Hut achtungsvoll stehen bleibend, wartete der Schwarzbraune nach höflicher Weidensitte, bis ich mich genügend entfernt hatte. Ich legte das Spornrädchen an die Weichen meines Reitpferds – das Tierchen stieg, gewann Flügel, und dahinflog Ponciano de Azeredo Furtado zornentbrannt Richtung Sobradinho. So ein Schurke, der Vetter Azeredo.

Wenn er Bauchschmerzen hatte, kannte er den Weg zu meinem Haus. Ich half ihm finanziell, gab ihm Ratschläge, erledigte für ihn dieses und jenes. Selbst in Schreibereien ging ich ihm an die Hand, da ich die Kunstgriffe aus meiner Zeit als Notariatsschreiber noch nicht verlernt hatte. Als ein Nachbar von ihm, ein Mordsangeber vor dem Herrn, erfuhr, daß Juca Azeredo Vetter des Obersten von Sobradinho war, tat er ihm schön und leitete ein Tauschgeschäft in Ländereien mit ihm ein, daß für den Verwandten Azeredo einen bedeutenden Gewinn abwarf. Und als Belohnung dafür erfuhr alle Welt von seiner Verlobung, nur ich nicht! Ein Scheißverwandter. Daß er sich bei mir so etwas herausnahm! Ausgerechnet bei mir! Und all das aus Angst, aus Furcht vor der Lippe eines gebildeten, redegewandten Menschen. Juca Azeredo solle ruhig wissen, daß ich nicht in die Familie Pires de Melo einheiratete, weil ich es nicht wollte. Als Dona Bidu, Mutter der Mädchen, Poncianos Interesse an der jüngsten, einer mit Puppenzöpfen, roch, versteckte sie das junge Mädchen im hintersten Alkovenzimmer. Mit dieser List gedachte sie das Feuer des Obersten anzustacheln. Dona Bidu zielte nämlich darauf ab, daß ich in tiefster Nacht durchs Fenster einsteige und die Kleine auf Pferderücken entführe. Da ich nicht auf diesen Leim ging, verbreitete sie, wie ich später erfuhr, ihre Tochter würde weder für Gold noch für Silber den Feuerbart von Sobradinho heiraten:

»Ich sehe mein Kind lieber im Leichentuch als in Poncianos Klauen.«

Ich ließ die Beleidigung unbeantwortet, da ich größte Hochachtung vor dem alten Pires de Melo empfand. Überdies hatte ich damals ein Auge auf Dona Isabel Pimenta geworfen, was aus den sattsam bekannten Gründen wie Kindereien und Eifersüchteleien des jungen Mädchens dann nicht zur Verehelichung führte. Auch sollte es nie jemand wagen, Vergleiche zwischen Dona Isabel Pimenta und Dona Bidus kleinen Pißmarias anzustellen! Nie und nimmer! Darum und aus anderem Anlaß hätte der Vetter eine so stadtbekannte Poussage nicht vor mir verbergen dürfen. Er hätte nach Sobradinho kommen und frei herausreden sollen:

»Ich habe es auf eine von Pires de Melos Jungmädchen abgesehen. Was sagt der Vetter dazu, der ein alter Hase in Sachen Rockzipfel ist?«

In der Vertraulichkeit einer Vetternfreundschaft hätte ich Juca Azeredo beigebracht, wie er sich mit dem jungen Mädchen nach zehn Uhr abends verhalten müsse und so weiter und so fort, damit er keinen falschen Schritt mache und sich keine Unannehmlichkeiten zuziehe. All diese Wohltaten hat Vetter Azeredo verworfen aus reiner Angst, bei der kleinen Pires de Melo von mir ausgestochen zu werden. Nun sollte er auch ohne meinen starken Arm den Werwolf festhalten, der nach allem, was man hörte, zu den widerstandsfähigsten, böswilligsten und rachsüchtigsten gehörte. Wer Fleisch ißt, esse auch den Knochen. Juca Azeredo sollte sich ruhig des Werwolfs annehmen. Wenn die besagte Abordnung in Sobradinho anklopfte, würde sie eine entsprechende Abfuhr erhalten:

»Wie bitte! Ein geeigneter Mann als Juca Azeredo, um einen Werwolf unschädlich zu machen, muß noch geboren werden.«

Und mit dieser Spötterei würde ich die Emissäre entlassen:

»Lassen Sie es sich gut gehen, lassen Sie sich's gut gehen.«

Und würde ihnen ein paarmal eine »Banane« nachsenden.

Schlecht zu Abend gegessen, den Kopf von Undank schwer, fiel ich ins Bett. Mühsam schloß ich die Augen. Ob wegen des Windes, ob wegen der unruhigen Nacht, ich träumte, die Hexenerscheinung von Pilar sei Pires de Melo. Gejagt von Weide zu Weide, erschien er in Sobradinho und bat um Schutz. Vom Schnabel des Verfolgten tropfte der Sabber eines verfluchten Hundes. Ich eilte zur Verteidigung des Bußfertigen gegen das Geschrei von hundert Mündern:

»Umbringen! Umbringen!«

Schweißbedeckt erwachte ich. Der Teufel wollte es, daß der Krawall draußen weiterging, eine Zeterei, die kein Kopfkissenrummel mehr war. Wütend riß ich das Fenster auf, gerade noch um in der Nähe des Hahnenhauses eine Prozession aus Nachtlichtern zu sehen, welche der Wind hochspielte und niederdrückte. Von dort schrie ein Hausbursche herüber, Stampferfuß liefere eine geharnischte und hitzige Schlacht gegen ein Waldtier. Sogleich dachte ich an eine Giftschlange, die einmal das Rassehähnchen ins Bein gebissen, eine Beleidigung, die er nie mehr vergessen hatte. Ich sage dies: ich weiß nicht, wie ich den Oberst Ponciano de Azeredo Furtado plötzlich inmitten des Lampengewühls sah und Befehle ausgab:

»Fort mit euch! Fort mit euch!«

Ich mußte eine Lampe kommen lassen, um damit die Auswüchse der Nacht und des Windes zu bekämpfen. Dies getan, ließ ich das Hahnenhaus erleuchten. Der kleine Rote sprang wutbesessen gegen die Dachsparren an und lief dabei Gefahr, sich an den Luftziegeln den Schnabel abzuschleifen. Ich rief von der Tür hinein:

»Was ist das für ein Affentheater, kleiner Hauptmann? Sind Euer Gnaden eine Sumpfratte geworden oder eine Mauereidechse?«

Funken stoben aus den Äuglein des Vogels. Ich mußte annehmen, sein Verdruß rühre von irgendeiner Beutelratte her, auf die er besonders schlecht zu sprechen war. Schon wollte ich den Hühnerstall betreten, schneuzte sogar den Docht, als ich vom Dach her ein Zischen vernahm, worauf ich gerade so rechtzeitig zurückwich, um in der Spannenwand zwei glühende Kohlen zu sehen. Es war ein Schlangenblick, den die Lampenhelle schürte. Mit einem behenden Satz packte ich den kleinen Roten und stürzte mit ihm in Sicherheit vor dem Todesgift. Doch die Anstrengung hätte einer sehen müssen, mit welcher der Rüpel sich aus meinem Würgegriff zu winden suchte! Ich mußte meine militärische Machtbefugnis anwenden und den Hahn kräftig schütteln:

»Beruhige dich, nimm Verstand an!«

Ich rettete vor der Vipernzunge die Bubenschar mit den Lämpchen, da ein Kinderfuß in Schlangennacht einen Toten am Tisch bedeutete. Im Hahnenhaus zischte das Schlangenbiest mit dem Wind um die Wette. Janjão Caramujo, der aus seinem Bau hervorgekrochen war, hielt sich im Hintergrund – auch andere von Sobradinhos Hausgehilfen waren kopfkissentrunken im Staubwirbel des Krawalls aufgetaucht, doch das Schlangengezisch kühlte rasch ihr Mütchen. Nur der kleine Rote tobte noch immer, daher fand ich keinen anderen Ausweg als den Undankbaren im Bügelzimmer einzusperren, wo er sich weiterhin kratzbürstig und aufsässig gebärdete. Derart viel Lärm weckte schließlich Francisquinha, die an der Spitze ihrer Negerinnen angelaufen kam, als sei das Ende der Welt gekommen:

»Was ist das für eine Unordnung in dunkler Nacht?«

Ich deutete auf das Hahnenhaus:

»Dort hockt eine Brillenschlange.«

Ich brauchte meine Stimme nicht anzustrengen, um die Schlange herauszustreichen. Ein beherzter kleiner Brauner bestätigte, der Kopf der Hinterlistigen sei so groß wie eine Brotfrucht. Ein anderer, der stockend sprach wie Antão Pereira, maß auf dem Fußboden den Umfang des Surucucu, mehr als einen halben Flur war die Rundliche lang. Brüllend hieß ich Janjão meine Doppellaufflinte holen:

»Die schwere mit verziertem Kolben, mit der ich den Jaguar starr gemacht habe.«

Ich wollte die Kobra derart zerlöchern, daß alle Welt seine Lampen anzünden würde. In diesem Augenblick verbot die in der Tür stehende Francisquinha die geplante Maßnahme. Ihr junger Herr solle in pechfinsterer Nacht nicht wegen dergleichen Umtriebe aus dem Haus, die auch bei Tage Unsinn seien:

»Der junge Herr braucht seinen Schlaf.«

Mit höflicher Lippe wies ich das Machtwort der Alten ab. Ich ging auf und ab und schmähte die Kobra:

»Es ist ein x-beliebiger Wurm, den man tags mit einem Klaps niederstreckt.«

Mit unbeirrtem Kinn beharrte Francisquinha auf ihrem Standpunkt – ihr junger Herr dürfe mit seinem hitzigen Temperament nicht hinaus, überdies könne niemand schwören, daß die im Hahnenhaus Erschienene nicht der Teufel in Schlangenhaut sei:

»Kein Mensch, kein Mensch.«

Zu Francisquinhas Unterstützung mischte sich eine Büglerin ein und erzählte, was ihr vor Jahren in den Tagen passiert sei, als sie Wäsche bleichte für eine Familie Vasconcelos, wohlhabende Leute aus Limão. Hinterhältig, denn der Vater der Höllen kennt sieben Listen und zwei mehr, habe er das ganze Haus durchschnüffelt, wie es die Natur abgerichteter Tiere ist. Vor der Tür der Hauskapelle sei er stöhnend stehen geblieben und schon sei ein Mordsgetöse losgebrochen. Aus den Eingeweiden der Rauchschwaden sei ein schwarzer Bock gesprungen und in Feuer und Schwefel verschwunden:

»Sein Gestank blieb über ein Jahr im Hause hängen.«

Ich erlaubte nicht, daß die Büglerin ihr Lügengespinst weiter ausmalte. Brüsk hieß ich sie den Mund halten:

»Kümmern Sie sich um Ihre Bügelwäsche, und lassen Sie die Ammenmärchen beiseite.«

Francisquinha kam der Hausangestellten zu Hilfe. Daraus ergab sich, daß meine Doppelflinte überflüssig wurde. Sie blieb, ohne zu ballern, auf Janjãos Schulter. Meines Todesschusses ledig, gewann die Giftschlange das Weite. Ich schwor, beim ersten Sonnenstrahl ihr nachzuspüren, und müßte ich das Weidenland auf den Kopf stellen:

»Die wird ihr Leben nicht mehr lange genießen.«

Das Versprechen wurde eingelöst. Beim Kaffeegeruch und ersten Morgenlüftchen machte ich mich auf die Suche. Aus der Entfernung verfolgte die Lausbubenbande mein Manöver – erst stieß ich mit der Stiefelspitze einen Trog um, dann durchfegte ich ohne Schlangenangst ein Weidenstück. Wie eine Blattameise am Arbeitstag. Kein Zeichen einer Kobra, kein Schatten einer Kobra. Ich verschränkte die Arme und hielt Sobradinho für befreit:

»Die Schlange hat Verstand. Das Tier ist schlau.«

Ich war schon auf dem Rückzug, als Saturnino in Antão Pereiras Begleitung bat, mir eine Unannehmlichkeit mitteilen zu dürfen. João Ramalho, mein tüchtiger Markierer von Sobradinho, sei in Mondscheinnacht geflohen und habe in einem Korb die Tochter eines gewissen Antônio Pio, Messe- und Litaneidiener der Kapelle von Tocos, entführt:

»Der Alte hat sich auf die Verfolgung der Entflohenen gemacht.«

Ich fand das lustig, was den guten Saturnino und auch Antão Pereira erleichterte. Ich stellte mir João Ramalho mit der Kleinen im Korb vor und ihm auf den Fersen den frommen Vater der Kleinen. Ich scherzte über den Markierer und pries seine Diebesnatur:

»Mädchendiebstahl, Seu Saturnino, schädigt niemand.«

Vom Fall des João Ramalho sprang Saturnino auf die in Sobradinhos Nacht umgehende Schlange über. Ich fiel aus allen Wolken – ich war höchst verwundert, daß er, der in fernen Weiden zu Hause war, schon von der kaum ausgeschlüpften Neuigkeit wußte:

»Anscheinend sind Euer Gnaden mit dem Telegrafendraht verwandt.«

Saturnino bat um Erlaubnis, das Mißverständnis aufzuklären. Es sei nämlich so, daß die Kobra, meines sicheren Schusses ledig, seinem Hühnerstall einen Besuch abgestattet und kein Stück Zuchtfleisch ohne Giftbiß übriggelassen habe:

»Sie hat saubere Arbeit geleistet, mein Patron. Hat kein Kückennest verschont.«

Ich verschränkte die Arme, wiegte den Kopf, meine Verblüffung nahm zu. Die Entfernung zwischen Sobradinho und Saturninos Arbeitsgebiet maß viele Léguas, eine für eine einzige Schlange viel zu lange Strecke:

»Den Schaden muß eine andere verursacht haben.«

Mit Antão Pereiras Hilfe bat der Mulatte von neuem um Erlaubnis, gegenteiliger Ansicht zu sein. Es war die Schlange von Sobradinho, daran sei kein Zweifel, und mehr als ein Christ wisse von ihrer Existenz:

»Sie ist eine brotfruchtköpfige Wanderschlange, rascher als ein Komet.«

Beim Mittagessen traf im Gepäck eines Maultiertreibers eine neue Ladung Neuigkeiten ein. In den Außen-Korralen, wo mein Erbgut an Badejo dos Santos' Pfähle grenzt, waren zwei Jungstiere gebissen worden. Einer blieb lahm am Leben, der andere ging kohlenschwarz ein, dafür verbürgte sich der Maultiertreiber:

»Eine Brotfruchtkopfschlange ist schuld an dem Schaden.«

Ich schlug zweimal mit der Faust auf den Tisch. Das hatte man davon, wenn man schwachen Menschen folgte. Wäre Francisquinha nicht mit ihrem Verbot gekommen (»Der junge Herr geht mir nicht in pechfinsterer Nacht hinaus, sowas gibt es nicht«), hätte die Kobra zwei Schüsse in den Kopf abgekriegt, daß ihr Gehirnschmalz wolkenhoch gespritzt wäre:

»Das Tier wäre erledigt gewesen. Das sage ich. Erledigt.«

Ich war nicht meinem Kopf gefolgt. Ergebnis: zwei Kälber eingebüßt, außerdem mußte ich eine Woche lang meinen blitzwütenden Hahn beruhigen, der seinem Paten und Oberst grollte, weil dieser ihm den Kampf mit der Giftschlange verboten hatte. Ich will nicht mehr an sein Gezeter denken. Er trug den Schnabel hoch und ließ mich links liegen. Nur mit Mühe konnte ich ihn bewegen, zum guten alten Frieden, zu seinem freundlichen Wesen zurückzukehren. Ich bin keiner und werde auch keiner sein, der sich mit seinen Diensten dicktut. Aber getan habe ich viel für den Hahn unter den obwaltenden Umständen, viel, was manch ein Vater nicht für einen Sohn oder Anverwandten tut. Ich setzte einen Vorarbeiter an seine Hahnenstange. Ich wünschte, der Rassehahn solle frei sein von Waldtierbissen, und das wurde gewährleistet durch die Verstärkung der Wände und die Veränderung der Dachsparren des Hahnenhauses. Dies getan, rief ich den kleinen Roten:

»Sieh doch, was für ein Herrenhaus mein kleiner Hauptmann bekommen hat! Keine Kampftruppe, und wieviel weniger dann eine Brillenschlange, hat die Kraft, einen Bau wie diesen zum Einsturz zu bringen. Keine Kampftruppe!«

Mein Hahn entwickelte solch einen Zorn auf die Ringelschlangen der Buschwälder, daß er von diesem genauen Augenblick an ein Schlangentöter ohne Grenzen und Gnade wurde. Zu Saturninos Verdruß vernichtete er eine ihm besonders liebe Blindschleiche. Er ließ die Ärmste durchlöchert auf der Strecke, stach ihr das Auge aus und zerfetzte sie vom Kopf bis zum Schwanz. Der kleine Teufel wollte unbedingt die rasende Giftschlange zu unvermuteter Stunde treffen. Auf der Suche nach dieser Rache durchstöberte er die Umgebung von Sobradinho, und oftmals fand noch der Morgenstern den kleinen Roten auf der unermüdlichen Suche nach dem Surucucu. Als Sinhozinho, von der Marotte des Hahns erfuhr, behauptete er, er setze beim Schlangenkampf auf den Sporn – der kleine Rote würde leichterdings gewinnen:

»Der Tritt von Poncianos Hahn ist reines Hartholz, zum Wahnsinnigwerden.«

Zu dieser Zeit erhielt ich einen Brief aus der Stadt, wo Dona Esmeralda Nogueira um die Anwesenheit des Oberst bei einer Geburtstagsfeier bat. Die Einladung traf zusammen mit einigen von Juju Bezerra aus seiner »Hoffnung« genannten Apothekerhöhle übersandten Schmierzeitungen ein. Der Major, den auch seine neue Freundschaft mit dem Priester nicht von seiner ausschweifenden Lebensweise hatte abbringen können, machte mich auf ein aus Rio eingetroffenes, mit Rockzipfeln wohlausgerüstetes Moulin-Rouge aufmerksam. Die Namen der Damen hatte der Major mit Bleistift unterstrichen. Es war eine endlose Reihe ausländisch klingender Zuzus und Mimis. Ich mußte über den Liederjan Juju lachen:

»Er ist ein Teufelsbraten. Der ändert sich nicht mehr.«

Ich drehte Dona Esmeraldinas Brief in der Hoffnung um, den Duft ihres Kleides, ihr bestimmtes Parfum darin zu finden. Den Rest des Tages verbrachte ich schlaff, stöhnend, lustlos. Die junge Frau wollte mir nicht aus dem Kopf, ich verspürte sogar angenehmen Schmerz, an sie zu denken, an ihr Feuerhaar, an ihre oberen und unteren Rundungen. Von dieser Erinnerung getrieben, entschied ich:

»Die Sache ist beschlossen. Ich werde in die Stadt bummeln gehen.«

Denn tatsächlich rostete in Sobradinho jedes Ausschweifungsgelüst ein. Nazaré, mit der ich zu meiner Zerstreuung gerechnet hatte, die aber in Mata-Cavalo benötigt wurde, verband eine immer stärkere Freundschaft mit Dona Alvarina, und sie tauchte nie mehr auf, um mit ihren Üppigkeiten gelegentlich Sobradinhos Stumpfsinn aufzumuntern. Obendrein lief der Korralbetrieb wie am Schnürchen, der Monat wurde kälter, die Nacht erforderte geschlossene Fenster und eine dickere Bettdecke. Was mir in Erwartung der heißen Jahreszeit zu tun blieb, das war Vieh von auswärts einzukaufen, Holz in Mata-Cavalo zu schlagen und dafür den günstigen Mondstand zu nutzen. Davon abgesehen band Ponciano nichts an Sobradinho, weder die Schönheit eines Mädchens, noch ein Heiratsversprechen. Es war somit beschlossen – ich würde mir ein Zimmer im *Familienhotel* nehmen, die Freunde aus Gerichtshof und Cafés besuchen, mir einen Orchestersessel in dem von Juju Bezerra empfohlenen Moulin-Rouge bestellen und im Schweigen der Nacht mit über die Augen gezogenem Hut anrüchige Häuser besuchen. Während ich mir den Lustbummel vorstellte, in dem ich versacken würde, dachte ich laut:

»Der Oberst wird sich eine neue Kleine zu Gemüte führen, er wird genießen wie ein Sultan.«

Ich setzte Francisquinha von meinem Entschluß in Kenntnis, und bevor die Alte losbruddeln konnte, wie es ihre Art war, lud ich ihr die Verantwortung für Sobradinho auf den Buckel:

»Euer Gnaden wird die Oberleitung übernehmen. Euer Gnaden und sonst niemand.«

Und ich wandte ihr den Rücken, wohl wissend, daß eine Entscheidung dieser Ordnung Francisquinha überwältigte und ihr die Tränen in die Augen trieb. Nachdem die Alte zufriedengestellt war, verbrachte ich die Woche damit, mein Erbgut bei einer Abschiedsvisite zu überprüfen. Ich gab Belehrungen ab und erteilte Saturnino Katerbart Anweisungen, wie er in Abwesenheit des Patrons vorzugehen habe. Bei meiner Rückkehr wünschte ich das Vieh sauber und ohne Zecken zu sehen, ohne Ungeziefer oder andere Schäden. Sofern die Witterung es gestattete, solle er Hand an die Korrale legen, die Dachsparren seines Hauses auswechseln, denn es war bekannt, daß der gute Saturnino, eingefleischter Witwer, mit einer ehrbaren Senhora eine neue Familie zu gründen gedachte:

»Darin tun Sie gut, Seu Saturnino, damit handeln Sie vollkommen richtig.«

Eine weitere Aufgabe übertrug ich Antão Pereira, dessen Hauptarbeit in der Betreuung des kleinen Roten lag:

»Vergessen Sie nicht, daß er mir wie ein Sohn am Herzen liegt.«

Eine längere Besprechung, die einen ganzen Nachmittag dauerte, hielt ich in Sobradinho mit meinem Gevatter Quintanilha ab. Ich weihte Juquinha in meine Vorhaben ein. Ihm und Saturnino Katerbart legte ich die Verantwortung für mein Erbgut auf die Schultern. Solange der Wind anhielt, würde ich in der Stadt bleiben, mein Wissensgut erweitern, meine bei Mönchen erhaltene Schulung entrosten:

»Ich muß mich auslüften, Gevatter.«

Juquinha pflichtete meinem Entschluß mit ernster Miene bei, ohne seinen Goldzahn zu zeigen. Ein Mann von meiner Bildung konnte nicht in den Weiden begraben bleiben, wie ein Rinderhorn oder ein Akazienpfosten:

»Sie müssen sich umsehen, sich die Beine vertreten.«

Zwei Tage nach meiner Vereinbarung mit Juquinha Quintanilha saß ich vor der Tür der Hoffnung-Apotheke ab. Juju Bezerra schrieb in Hemdsärmeln Rezepte aus. Als er die zwei Meter des Obersten sah, ließ er alles stehen und liegen und stieß fast die Pillenmaschine und die darumstehenden Arzneiflaschen um:

»Welches Vergnügen, welche Ehre!«

Ich dankte ihm für die Zusendung der Zeitungen mit ihren Tingeltangelverheißungen:

»Nach der Ankündigung muß das eine scharfe Sache sein, Herr Gevatter.«

Juju hob die Arme – nicht einmal ich könnte mir eine Vorstellung davon machen, was sich hinter den Rampenlichtern von Campos abspielte:

»Eine gewisse Zuzu macht im Großhandel Furore.«

An meinem Palisanderarm geklammert, landete Bezerra mit mir im Hof der Apotheke, im Schatten einer Jasminlaube. Ich wunderte mich über seine Geheimniskrämerei, doch der Major sagte, in Santo Amaro mache Pater Malaquias übertrieben lange Ohren. Nur wegen eines Schwatzes über Weiberröcke wolle er nicht Hochwürdens Vertrauen verlieren:

»Gerade jetzt, wo ich das Gröbste überstanden habe.«

Der Fall sei, daß er, Juju Bezerra, sich in eine bestimmte Kleine aus dem Vergnügungspark Coliseu vergafft habe. Da er meine Erfahrung im Umgang mit den Leutchen vom Rampenlicht kenne (»Was der Oberst nicht weiß, weiß kein anderer«), erbat er sich von mir Aufklärung:

»Ich muß ein paar Handhaben wissen, die nur Freund Ponciano geben kann.«

Ich strich meinen Bart glatt, hob den Kopf. Zwischen des Majors Anfrage und meiner Antwort vergingen ein paar gute Minuten, die ich nutzte, um ein halbes Dutzend Schritte bis zum Ende des Hofs zu machen. Nach meiner Rückkehr sagte ich Bezerra, Verkehr mit Bühnenmädchen erfordere bestimmte Sachkenntnisse. Er solle sich nicht wie Pergentino de Araújo, Notar im Ruhestand, Mann des Gesetzes, aufspielen, der, wenn er sich eine Schnepfe aus dem Moulin-Rouge schnappe, mehr für Gartenblumen ausgebe als ein reicher und vielbeweinter Toter:

»Das ist Unsinn, Seu Bezerra, eine Torheit Pergentinos.«

Ein so gewinnendes Verhalten wisse ein Theaterkind nicht zu schätzen, das sei für eine heiratsfähige Sofamamsell angemessen. Bei mir gehe die Arbeit völlig anders vor sich, ohne viel Ehrgepussel und Speichelaufwand. Nicht daß einer vorpreschen und mir nichts dir nichts aufs Ganze gehen dürfe. Der Galan, darauf müsse Juju besonders achten, solle seine gute Erziehung nicht vergessen, um die Wachtel nicht von vorneherein zu verschrecken:

»Aber keine Blumen wie Notar Pergentino, Seu Bezerra. Nichts von diesen Schwulhengstpraktiken.«

Kurz, ich riet dem Major, die Kleine seiner Leidenschaften in einem Separée mit einem Souper nebst Cognac und Getränken zu traktieren:

»Wie etwa im *Goldenen Billardstock*, Gevatter. Für diese Art der Vormassage ist kein Ort geeigneter als der *Goldene Billardstock.*«

Dort solle er nach Machadinho fragen, einem mit kinnlangen Koteletten, der werde ihm sofort einen Tisch in einem schummerigen Winkel besorgen:

»Der Major braucht gar nicht erst den Mund aufzumachen. Wenn Machadinho das Ölgemälde des Weibstücks sieht, weiß er sofort Bescheid.«

Über Juju Bezerras Gesicht floß Bewunderung für Ponciano de Azeredo Furtados Meisterschaft im Manövrieren von Varietéleutchen. Er meinte, ich hätte vortrefflich gesprochen, ich hätte ins Schwarze getroffen:

»Es ist, wie ich sage. In einer Streitfrage vor Gericht oder der Praxis im Weibergeschäft ist der Oberst nicht zu schlagen.«

Anschließend suchte ich in Gesellschaft des Majors Malaquias auf, um meinen Beichtvater um Maßnahmen zugunsten der noch ungetauften Kinder von Sobradinho zu bitten. Seit er an Kniebeschwerden litt, hatte der Pfarrer nicht mehr den Weg nach Sobradinho gefunden, weshalb meine Weidengründe und Umgebung ohne die Wohltaten von Weihwasser und Predigt geblieben waren:

»Es erweckt nachgerade den Anschein, Seu Juju, als ob ich seinen Andachten keine Hilfe, ich ein Ketzer, und von einer bischöflichen Bulle gerichtet wäre.«

Tatsächlich fand meine Vorstellung kein Ohr. Ich mußte die Beschwerde in Juju Bezerras Händen lassen, da Hochwürden unterwegs und seine Rückkehr unbestimmt war. Ein Steinmetz, der in der Sakristei Reparaturen vornahm, machte meine Hoffnungen, den Pater doch noch zu Gesicht zu bekommen, zunichte:

»Er kommt frühestens gegen Einbruch der Nacht heim.«

Jetzt, auf dem Rückweg in die Hoffnung-Apotheke, lud Juju Bezerra, nachdem er festgestellt hatte, daß niemand in der Nähe war, mich ein, an einer Einweihung in der Schule teilzunehmen:

»Dieses Weihwasser lohnt die Mühe. Da gibt's massenhaft kleine Mädchen.«

Mit gesenkter Stimme vertraute Bezerra mir geheimnisvoll die Tugenden der dortigen Schulmädchen an. Es seien junge Dinger aus der Gesellschaft, aus Familien wie die Nogueiras. Die Mädchen erschienen nur dann und wann auf den Weiden, da sie alle in die Stadtinternate gingen:

»Alle mit Diplom, eine gebildeter als die andere.«

Und noch leiser, fast im Falsett eines Schwindsüchtigen:

»Mit Beinen, Waden und Schenkeln . . . !«

Er riet mir, in Uniform zu kommen, da die Familie Nogueira nahe Beziehungen zum Offizierscorps unterhielt:

»Ich gehe in Majorsuniform. Ich habe schon meine Leinenkluft stärken lassen.«

Ich sagte zu, nicht nur wegen der Mädchenbeine, sondern auch, weil ich eine freie Woche vor mir hatte. Kaum war ich in Sobradinho angelangt, bat ich Franzisquinha, sie möge die Uniform ihres jungen Herrn frisch stärken und bügeln lassen:

»Meine Alte, ich werde eine Einweihung in der Schule befehligen.«

Mitten in der Woche, als ich gerade mit dem Markieren von Vieh beschäftigt war, sah ich die angekündigte Werwolf-Abordnung ankommen. Ich ließ die Arbeit des Markierens nicht unterbrechen. Es war, als lebe keine Seele ringsum. Die Bittsteller blieben außerhalb stehen, ohne Mut, näherzukommen. Nachdem der Dienst beendet und die Werkzeuge eingesammelt waren, trat ein Beherzter, den ich aus Juca Azeredos Zuckermühle kannte, mit fix und fertiger Botschaft vor. Der Sprecher wirkte wie ein Politiker, so gewandt handhabte er seine Sprache. Er lobte meine Fertigkeit, mit der Rasse der Werwölfe umzugehen, über den grünen Klee, der Oberst Ponciano de Azeredo Furtado erkenne ihr Zauberwesen meilenweit schon am Gang:

»Das jedenfalls rühmt alle Welt.«

Innerlich lachte ich über den Schwätzer. In seinem Sermon sah ich den verschreckten Finger des Vetters Juca Azeredo. Ich ließ den Hanswurst seine Litanei ableiern, sein Sprüchlein abhaspeln, denn in meiner Gegenwart, einem Mann mit Patent und Bildung, will jeder Christ sein Wissen ausbreiten. Als das Garn des Männchens abgespult war, gab ich meinen gedrechselten Bescheid bekannt, der eher der Kostprobe eines Oberlandesgerichtsrats glich. Ich stellte den Werwolf-Abgesandten in den Schatten mit Gesetzen und Vorschriften, die ich zitierte. Ich gab zu verstehen, daß der Fall Schwierigkeiten mit sich brächte:

»Das Ganze ist im Grund ein Rechtsfall, jawohl mein Herr.«

Nicht genug, daß ich mich der Sprache der Staatsanwälte bediente, ließ ich sogar einen Fall mit Werwölfen aufleben, der zu den fernen Zeiten der Barone vor den Schranken des Gerichtshofs gelandet war. Damals mußte ein Verdächtiger die Anklagebank drücken. Der Rechtsstreit, ob er ein Werwolf oder kein Werwolf sei, zog sich bis in die Nacht hinein, es war ein Freitag. Und im Fenster des Gerichtsgebäudes erschien der Mond und der Verdächtige, mit einer vor Gericht nie gesehenen Respektlosigkeit, heulte los wie ein in die Enge getriebener Hund. Und ohne um Erlaubnis zu bitten, wie es bei solchen Gelegenheiten Pflicht ist, fiel der Verdächtige über die Akten und sonstige Schriftstücke her und zerriß sie mit den Zähnen. Aufregung und Auflauf folgten. Der Oberlandesgerichtsrat stürzte, der Tisch fiel um, es fielen Stuhl und Stühlchen. Der Werwolf aber, Herr des Gerichtssaals, durchschnüffelte Schubladen und alles, was ihm in den Weg kam. In der Aufregung trank er die Tinte aller Tintenfässer aus und beschmierte damit Türen und Wände:

»Das hat Wind aufgewirbelt, jawohl mein Herr. Der Fall hat zu reden gegeben, jawohl mein Herr.«

Aus diesen und anderen Gründen, und weil ich aufrichtig bin und niemand aufziehen will, könne ich dafür einstehen, daß Werwölfe eine ausgepichte und bösartige Rasse sind:

»Sie sind ein Spukvolk, das sich in Jurisprudenz auskennt.«

So beendete ich etwas geringschätzig meine Unterhaltung mit der Werwolf-Abordnung. Der unliebsame Bescheid des Obersten machte rasch die Runde. Die einen fanden, ich hätte richtig entschieden, andere wie Sinhozinho Manco, tadelten mein Vorgehen. Da er wegen einer Blasengeschichte fern von Sobradinho weilte, kam er extra angereist, um mir sein Mißfallen und seine Einwände kundzutun. Ungehobelt trat er herein und brummte wie verteufelt. Und er äußerte ohne Umschweife seine Beschwerde:

»Ponciano, Ponciano, was für eine Illusionslosigkeit gegenüber diesen nächtlichen Unholden?«

Am Verandageländer lehnend, hatte ich meine Mittagessenszigarre schon halb geraucht, als Sinhozinho meine Ruhe störte. Sein Fingerchen, das eine Strohzigarre an Magerkeit nicht unterbot, gebärdete sich gelegentlich wie eine Peitsche. Bei solchen Ausbrüchen war es angezeigt, den Alten sein Mütchen kühlen zu lassen, da er von der Natur des wilden Strandwindes war, der niemandem gehorcht. Dies wissend, vertiefte ich mich in den Genuß der Zigarre und ließ auf diese Weise, Rauchring auf Rauchring ausstoßend, Sinhozinhos Verdrießlichkeiten über mich ergehen. Sein Kinderstimmchen wälzte und wuchtete den Werwolf siebenmal umeinander, um dafür geradezustehen, daß das Hexengespenst sich früher oder später rächen würde. Ich solle daran denken, daß Hauptmann Jonjoca do Queimado wegen einer geringfügigeren Spötterei in die Gummizelle gesperrt werden mußte und mit so zugerichtetem Hintern herauskam, daß er keinen Sattel mehr drücken konnte:

»Er wurde vom Krebs praktisch aufgefressen.«

Der unmittelbarste Weg, um Sinhozinhos Nachsicht zu erlangen, war Zerknirschung zu zeigen. Als unschlagbarer Komödiant ließ ich den Kopf hängen, glättete mein Feuerhaar und dankte ihm für seinen Eifer und die bedenkenswerten Überlegungen:

»Ich habe mich geirrt, ich habe mich geirrt.«

Und im Zuge dieser Heuchelei legte ich mit unterwürfiger Gebärde dem Alten (»Damit Euer Gnaden alle Seiten beurteilen können, Seu Sinhozinho carneiro«) den Fall vom Werwolf dar und den Nutzen, den mein Vetter Juca Azeredo daraus zu meinen Lasten ziehen wollte:

»Was Sinhozinho darüber beschließt, lasse ich wie einen Richterspruch gelten.«

Ich brauchte nicht dicker aufzutragen. Der Alte wurde weich bis ins Mark, gab sich geschlagen, entschied sogar zu meinen Gunsten gegen den Werwolf und meinte, ich hätte brillant argumentiert:

»Sie haben richtig und vorschriftsmäßig gehandelt.«

Im Morgentau, mit Arzneimitteln und Mundvorrat gut ausgerüstet, kehrte der Alte zu seiner kleinen Viehweide und seinem Blasenleiden zurück. Es war Freitag, der Tag des Schulfestes. Ich gab Antão Pereira Anweisung, mich mit keinerlei Angelegenheiten der Korrale zu belästigen:

»Ich bin nicht in Sobradinho, nicht für den König, nicht für die hohen Herren der Politik.«

Mit gestriegeltem Maultier, in glänzender Uniform, auf gewichstem Sattel, ritt ich auf dem Buckel des Abends dem Schulfest entgegen. Juju erwartete mich vereinbarungsgemäß im Haus der Nogueiras. Nach zwei Stunden im Sattel würde Oberst Ponciano de Azeredo Furtado mit klingendem Geschirr in der Schule sein, um den jungen Mädchen, die Juju Bezerra zufolge mit glühenden Wangen darauf warteten, im Ehebett ihre Jungfernschaft loszuwerden, die Hand zu küssen. Ich würde ihnen allen meine Redegewandtheit, meine erlauchte Erziehung vorführen. Ein Bambusrohr an windigem Tag würde sich nicht höflicher zu verbeugen wissen:

»Ponciano de Azeredo Furtado, zu Diensten Euer Gnaden.«

Und so, die jungen Mädchen vor mir auf der Kruppe, ritt ich meines Weges. Der Abend sank, und vom Meer blies ein Winterwind, der den Himmel von allem säuberte, was Vogel war. Leute blieben stehen, um den Oberst auf seinem Festmaultierchen vorüberreiten zu sehen. Wenn ich mein Patent gebrauche sowie Uniform und Litzen trage, mache ich eine ernste Miene wie an Prozessionsabenden, denn bei solchen Gelegenheiten lasse ich nicht mir mir spaßen und verzichte nicht auf militärische Haltung. Ich sage dies, denn nur deshalb hielt ich nicht an, wie es mein Naturell will, um mit dem einen oder anderen einen Gutenabendgruß zu tauschen. Auf seinem Maultierchen reiste der Oberst Ponciano de Azeredo Furtado und nicht der Viehbesitzer von Sobradinho. Und als Oberst Ponciano de Azeredo Furtado betrat ich den ersten Meter Grund und Boden der Nogueiras. In der Tat war ich wild darauf, in der Schule abzusteigen, die jungen Mädchen Revue passieren zu lassen und, meinen Bart um den Finger wickelnd, in vertraulichem Mundwinkelgespräch von Oberst zu Oberst zu sagen:

»Diese da kommt in Frage, weil sie mit bloßem Auge alle Eigenschaften einer Jungfrau hat, die dort nicht, weil sie scheint's ihr angeborenes Dingsbums verloren hat.«

Von den Internatstöchtern kannte ich nur den Ruf ihrer vielgerühmten Hübschheit, denn zu Gesicht bekommen hatte ich sie weder aus der Nähe noch der Ferne. Ich wußte, daß sie vielbelesen sein sollten, und Juju schwor großmäulig, wer eine von ihnen heiratete, werde ein Mädchen mit Kinderstube und Buchwissen heimführen:

»Außer der Mitgift, Seu Ponciano, die weit über viele Contos-de-réis beträgt.«

Der Oberst hatte bereits das zweite Gatter der Schule durchritten, als der Mond aus einem Bambushain brach, und ich nutzte die Helligkeit, um meine Uniform zu überprüfen und meinen Hals mit dem Kölnischwasserduft meines Taschentuchs zu erfrischen. Dies getan und wieder im Sattel, ließ ich das Maultier seinen Trott gehen. Es hatte einen wohlerzogenen Gang und ein so weiches Maul, daß ich eine schlafnahe Schlaffheit verspürte. Mühsam wehrte ich mich gegen den bleischweren Vorhang der Lider:

»Der Oberst wird doch nicht im Sattel einschlafen wollen!«

Vergeblich kämpfte ich gegen diese Anwandlungen. Wie lange ich so mit losem Zügel unter dem Mond dahintrabte, weiß ich nicht. Als ich Poncianos inne wurde, war das Wehen des Küstenwinds fern, und eine Arme-Seelen-Stimmung strich über die Einöde. Mittlerweile fiel mein Blick auf ein paar Kürbisbäume, hinter denen eine Gestalt versteckt schien. Jäh zügelte ich mein Tier für den Fall, daß mir eine Falle gestellt worden war. Ich kitzelte meine Schußwaffe, bereit, meine Straße mit Feuerstößen reinzufegen. Doch der Mondschein sprang vorwärts und verwischte den Umriß des Buschwerks, das nichts als ein Trugbild der Nacht war. Erleichtert gab ich meinem Maultier einen leichten Sporendruck. Es reagierte nicht. Ich stach von neuem zu. Es rührte sich nicht von der Stelle. Ohren gespitzt wie ein Tier angesichts von Gefahr, blieb es hartnäckig im Kiesgrund stehen. Noch einmal wagte ich, ihm die Sporen in die Weichen zu graben, und noch einmal verweigerte das Tierchen meinen Befehl. Da ich die Listen der Finsternis kenne, wollte ich nicht den Willen des Obersten durchsetzen, obgleich ich die Macht dazu besaß. Ich sah daher von meinem Recht ab und suchte mich mit dem Dickkopf zu verständigen:

»Was sind das für Zicken? Respekt für mein Patent, und laß deine Mucken.«

Jetzt drang mir nichts dir nichts ein hauchdünnes Pfeifen von irgendwo her an mein Ohr. Das konnte eine Kobra beim Mondscheinbummel sein. Wenn es sich so verhielt, hatte das Maultier völlig recht. Darüber sauste ein neuer Pfiff dicht an meinem Bart vorbei, und zwar so bösartig, daß mein Maultier von der Kruppe bis zum Huf erzitterte, während aus dem Busch das Rascheln niedergetretenen Laubs kam. Ich rief im Befehlston:

»Wer da?«

Als Antwort neuer Pfiff. Plötzlich fiel mir ein, daß ich mich in einer Werwolfnacht befand – es war Freitag. Ich hatte derart über Juca Azeredos Völkchen gelästert, daß der Verhexte sich dies zu Herzen genommen hatte und sich an mir rächen wollte, wie Sinhozinho gewarnt hatte. Daher bedauerte ich sehr, daß ich in diesem Zustand nicht die entsprechenden Maßnahmen ergreifen konnte. Ich war im Dienst des Weihwassers als Militär und brauchte daher die Genehmigung, mich mit einem Werwolf einzulassen oder sonst einer durch die Weiden irrenden Seele, und mochte es selbst der Geist eines ungetauften Kindes sein. Ich habe immer eifersüchtig über den Gesetzen gewacht und würde nie in einer Einweihungsnacht im Straßenkampf Patent und Litzen beflecken:

»Nie im Leben!«

Das verantwortungsbewußte Maultierchen, denn das Maultier ist besonders verständig, stampfte im Staub. Doch nicht etwa vorwärts, sondern rückwärts sprengte es, Richtung Sobradinho, mit Rückenwind. Es hatte schon eine gute Strecke zurückgelegt, als auf einem Maniokfeld eine Hundegestalt auftauchte, ein Zwanzig-Spannen-Brocken aus Fell und Wut. Angesichts einer solchen Haßparade floh Poncianos Maultier ohne meine Erlaubnis querfeldein durch Mohn- und Lianengelände, wo jede Sorte von Stachligem, Krötenkraut und Mönchssporn wucherte. Der Mondschein war so sauber, daß seiner Helligkeit nicht das unscheinbarste Buschgehölz entging – alles trat fast bis zur Wurzel an die Oberfläche. Ich ließ mein Maultier laufen, wie es wollte, gewiß, daß kein Werwolf sich in solch dichtes Gestrüpp wagen würde. Ich täuschte mich. Hinter uns bahnte der rachsüchtige Werwolf sich einen Weg durchs Unterholz. Dergestalt in die Enge getrieben, verschärfte das Maultierchen seinen Gang, doch so unglücklich, daß es mit der Hinterhand in einer Kriechwurzelschlinge hängenblieb. Ich verlor die Herrschaft über Sattel und Zügel. Ich stürzte, wie ich zu stürzen verstehe, in militärischer Haltung, bereit, jeden Angriff zurückzuweisen. Ich sage ohne Prahlerei: Der Werwolf hätte ohne Schaden oder Havarie aus dem Zweikampf hervorgehen können, wäre er nicht ein Sack Bosheit gewesen. Da ich mich als Träger von Tressen und Patent auf dem Rückzug befand, stand es mir nicht zu, mich ohne höhere Erlaubnis in ein Zwiegefecht einzulassen. Dies ließ ich den Verhexten nicht wissen, was zu seinem Verderben führte. Wie ich schon sagte, ich wälzte mich im Gras, bereit, dem Fall eine schneidige Wendung zu geben, gerade als der Angreifer ein spöttlich-verächtliches Lachen entließ:

»Qua-qua-qua . . .«

Es bedurfte nicht mehr, damit der Genius der Azeredos und sonstigen Furtados mit geblähtem Segel auffuhr. Wie ein Zicklein sprang ich auf die Beine und war für den Krieg mit dem Werwolf gewappnet. Zur Entlastung meines Gewissens, was ich nicht einmal nötig hatte, rief ich die Heiligen, die ich verehrte:

»Heiliger Georg, Heiliger Onophrius, Heiliger Josef!«

Angesichts solcher Anrufung gebärdete sich das Ungeheur noch wütender. Es scharrte im Grund, spritzte Erde und Unkraut zehn und mehr Klafter weit. Das Treiben hätte das Blut jedes Christen, der nicht den Namen Ponciano de Azeredo Furtado trug, erstarren lassen. Aus den Augen des Werwolfs tropfte Lohe und drohte das umliegende Grünland in Brand zu stecken. Das Gespenst ließ so reichlich Funken sprühen, daß ein Pakajäger, der in respektvollem Abstand stehen geblieben war, meinte, der Wald brenne. Mittlerweile hatte ich mich auf einem Feigenbaum in Sicherheit gebracht und erwartete von der Höhe eines dicken Astes aus die weiteren Schritte des Werwolfs. Mit entsicherter Flinte bat ich nur, daß der Verhexte mich zum Schießen befugte. Gerissen wie er war und voller Schliche und Listen, führte er Affentricks aus, die ich einem Werwolf nie zugetraut hätte. Sein Paar Glutaugen lauerte da und dort, um mich glauben zu machen, es sei eine ganze Bande und nicht ein einzelner. Der Witzbold wollte, ich, ein tollkühner Oberst, solle zu Boden gehen und meine Uniform in den Dreck ziehen und mein Patent besudeln. Ein auf Werwölfe getrimmter Mann wie ich würde nicht auf einen so billigen Leim gehen. Ich saß oben auf dem Feigenbaum, und ich blieb oben auf dem Feigenbaum. Angesichts solch festen Entschlusses wechselte der Rachsüchtige die Kriegstaktik. Er fiel mit den Zähnen, als sei er eine Säge, über den untersten, trichterförmigen Teil des Stammes her:

»Racke-racke-racke.«

Ich fackelte nicht lange – sofort flogen zwei Schüsse aus meinem Schießeisen. Tumult im weiten Busch. Schwingen von allem, was Nachtgetier war, stoben auf, und eine ganze Gesellschaft von Fledermäusen verdunkelte den Mondschein. Inmitten des Aufruhrs sah ich, schon flüchtig, den Werwolf mit havarierter Keule und heraushängender Zunge humpelnd davonhüpfen. Beim ersten Tropfen Blut verlor die Bosheit ihren Spukzauber, wie es Gesetz und Regel dieser Rasse verfluchter Seelen ist. Wer bei Tagesanbruch jemanden mit durchschossenem, noch frisch blutendem Bein sah, konnte sagen, es war der Werwolf. Doch obwohl der Verteufelte schon auf dem Rückzug und ich im Kriegsvorteil war, verlängerte ich meinen Verbleib auf dem Feigenbaumast. Hoch oben leuchtete klar und kräftig der Mond, und erst nach einer Viertelstunde gab ich in seinem Schein die Sicherheit meines Baumstamms auf. Doch kaum hatte ich den Stiefel auf den Lehm gesetzt, als das unkluge Untier auf mich zusprang. Es kam wie ein Eisenbahnzug, schnaubend und röchelnd. Ich fand nur Zeit, meinen Körper seitwärts zu wuchten, während der Haufen Bosheit im Wutwind vorbeisauste und eine Mordsschneise durch das Unterholz riß. Solch blinde Rachsucht bewegte ihn, daß er sich in seiner Raserei mit dem Fuß in der erwähnten Lianenfalle verstrickte und schmähend hervorstieß:

»Halt deine Mutter auf, nicht mich!«

Flink auf den Beinen, gelenkig in den Gliedern, nutzte ich seinen Hader mit der Kriechwurzel, um das Weite der Landstraße zu suchen. Doch der Vorsprung half mir wenig. Wieder von dem Hemmnis befreit, rannte der Großhund hinter meiner Staubfahne einher. Zu allem Unglück verschmutzte eine Wolkenbank den Mondschein an seinem Standort. Und schon spürte ich in meinen unteren Körperteilen seine scheußliche Schnauze. Das war zuviel – nie hatte ein Azeredo Furtado dergleichen Beleidigung erfahren müssen. Sofort zerriß ich die militärische Vorschrift und fiel brüllend und wetternd über den Sauzahn her:

»Da! Da!«

Die vom Oberst verabreichte erste Ladung Hiebe wirkte vernichtend auf den Angreifer. Sie zerfetzte das Maul des Werwolfs, das Zähne und Zahnfleisch spuckte. Vom Anprall wurde das Bußgespenst leichterdings zwanzig Klafter weg geschleudert. Es schlug mit dem Rücken gegen einen Akazienzaun und kehrte wildentschlossen zurück. Wieder stieß ich ihm die Stößelfaust in den Bauch – Poncianos Handgelenk, das keinen Knochenwiderstand fand, hielt erst an der Wurzel der Rippen an. Jetzt stieß der Werwolf ein Todesgeheul aus, und am Ende des Gebells bekam mein Würgegriff den Gefangenen an der Stelle zu fassen, die er am meisten liebt: an der Kehle. Nun fand ich die Zwietracht sogar komisch, da ich die Oberhand gewonnen hatte. Ich sah das Ende des Kampfs gekommen und schrie:

»Ihr seid in der Gewalt von Oberst Ponciano de Azeredo Furtados Arm und entkommt ihm nicht mehr, es sei denn durch die Gnade unseres Herrn Jesus Christus, welcher ist der Vater aller Lebenden auf dieser Welt.«

Wie im Fall der Sirene behandelte ich das Gespenst mit allem Zeremoniell, »Ihr seid dies, Ihr seid jenes«, genau wie ich es in der Klosterschule bei den Mönchen zu zehn Tostões im Monat gelernt hatte. Auf diese Weise wurde dem Häftling sofort klar, daß er sich nicht in den Händen eines hergelaufenen Buschoberstlings befand, der nichts gelernt und nichts studiert hatte, da die Bummelanten der Finsternis sich von der Bildung ihrer Widersacher stark beeindrucken lassen. Im vorliegenden Fall des Werwolfs brauchte ich keine weiteren Kenntnisse ins Spiel zu bringen. Kaum hatte ich ihm mein Urteil verkündet (»Aus meiner Macht entkommt ihr nicht mehr«), hörte ich, aus den Tiefen aufsteigend, von weither ein Stimmchen flehen, mehr oder minder so:

»Habt Mitleid mit mir, Oberst Ponciano de Azeredo Furtado. Ich bin ein ängstlicher Werwolf, von Hunden gejagt, von Vipern gebissen. Im kommenden Mond will ich meine Bußzeit antreten, denn das Regierungsvolk hat mir schon eine Stellung zugesagt, mündlich.«

Angesichts des so schmerzvollen Bittgesuchs eines müden Bußfertigen wußte ich nicht, welche Partei ergreifen: die des Würgegriffs oder die des Werwolfs. Doch plötzlich beschloß mein weiches Herz den ausgesprochenen Urteilsspruch zu widerrufen. Ich erteilte dem Verurteilten einen Freipaß:

»Ihr seid frei!«

Ich lockerte meinen Würgegriff und sogleich entglitt die behaarte Kehle dem Reif meiner Finger. Mit geknicktem Kopf und erloschenem Blick tauchte der Büßer in die Weidennacht.

Der von neuem entwölkte Mond erstrahlte wie vorher. Von all der Anstrengung verblieb ein Hauch Schwefelgeruch auf der Walstatt hängen. Ich weiß nicht, ob von meinem Schießprügel, ich weiß nicht, ob von dem Werwolf.

Eine neue Ladung Ruhm fegte über die Weidengründe – und ich auf der Kruppe. Sobradinho, ich sage das ohne Hochmut, denn dieser Sünde fühle ich mich nicht schuldig, war zu klein für soviel Bewunderung auf einem Haufen. Niemand sprach von etwas anderem als der Lektion, die der Oberst dem Werwolf verpaßt hatte. Bei solchen Gelegenheiten gingen natärlich viele Lügen um, wie es auf den Korralen Art ist. Ich mußte ein halbes Dutzend verbreiteter Ammenmärchen, die mich in den Himmel hoben und den Werwolf heruntermachten, als falsch zurückweisen. Ich tat recht daran, ich merzte im Mark aus, was nicht des Obersten war:

»Dem Manne, was dem Mann gebührt.«

Privat, in Unterhaltungen mit Freunden, rühmte ich sogar das Gespenst, das nach seiner Redeweise ein gebildetes Menschenkind sein mußte:

»Vielleicht ist das ein Buchhalter oder sogar etwas Besseres.«

Es waren etwa fünf Tage seit dem Zusammenstoß vergangen, als ich, nachdem ich dem Kalben etlicher Kühe beigewohnt hatte, beim Nachhausekommen eine ungewohnte Ansammlung von Menschen unter den Kasuarinen sah. Ein Feldjäger von Santo Amaro, noch im Sattel, berichtete vor den betroffenen Mienen von Antão Pereira und Janjão Caramujo offensichtlich etwas sehr Ernstes. Vielleicht wollte er wissen, wo João Ramalho steckte sowie das von ihm entführte junge Mädchen. Doch wenn das der Fall war, wäre Juju Bezerra persönlich gekommen, nicht nur aus Freundschaft für mich, sondern auch aus Respekt meinem Patent gegenüber. Daher, weil ich Jujus innere Friedfertigkeit kannte, maß ich dem Feldjäger und der Ansammlung im Schatten der Kasuarinen keine Bedeutung bei. Ich saß in einiger Entfernung ab und verscheuchte noch eine Kinderschar, die nahe an der Treppe des Herrenhauses Kreisel tanzen ließen, durch einen Befehl an Antão, er solle dem Trubel ein Ende bereiten:

»Laß die Hühnerhunde auf die Waden der Rasselbande los, Seu Pereira.«

Ich erstieg gerade die erste Stufe der Treppe, als der Feldjäger von Santo Amaro, der mittlerweile abgesessen war, um Erlaubnis bat, mir eine Trauerbotschaft zu überbringen – Major Juju Bezerra war nach dem Mittagessen gestorben:

»Ich bin auf Bitten des Vikars eigens hergekommen.«

Ich fuhr auf, wie vom Blitz getroffen:

»Was sagen Sie da, was sagen Sie da?«

Der von Sobradinhos Völkchen umringte Feldjäger wiederholte die Botschaft, sagte, wie Juju Bezerra geendet und welchen Kummer dies Santo Amaro gebracht habe:

»Es ist eine Wallfahrt, die einem das Herz zerreißt.«

Halb betäubt erreichte ich die Veranda. Ich warf Poncianos zwei Meter in den Liegestuhl, noch halb benommen von der Unheilsnachricht. Und noch benommener wurde ich, als ich durch eine Einzelheit des Boten erfuhr, daß Juju eines liederlichen Todes gestorben war:

»Ganz unter uns, Herr Oberst, in den Armen eines Mädchens.«

Sobald die alte Francisquinha von meinem Kummer erfuhr, öffnete sie die Hauskapelle und zündete eine Reihe Kerzen an, um Jujus Weg zu erhellen. Spät schlief ich ein, mit dem Toten auf meinem Kissen, und dachte an seine Streiche. Er hatte geendet, wie er es sich gewünscht hatte, beim Mädchenkrieg:

»Glücksvogel!«

Am Morgen, als ich in Santo Amaro anlangte, fand ich den Kirchplatz voll von Menschen, Kopf an Kopf, keine Stecknadel konnte zu Boden fallen. Jujus Unglück hatte zur Folge, daß sich hier Barfüße mit Silbersporen vermengten. Nie hatte ein Weidenland eine so prunkvolle Beerdigung erlebt. Aus den Feldern war all der Samen der Güte gekeimt, den Bezerra in seinen Jahren als Apotheker und einflußreicher Mann verstreut hatte. Aus den vergessensten Winkeln kamen Abordnungen, die dem Verstorbenen den Zoll ihrer Ehrfurcht entbieten wollten. Ich bezweifle, daß bei uns je ein Toter dergleichen Wertschätzung verdienen wird. Es war so, wie ein Verkäufer des Bazars Almeida bewundernd bemerkte:

»Ein Begräbnis zum Ladenschließen!«

Neben Caetano de Melo, der in Trauerkleidung kam, faßte ich einen Ring des Sargs. Vor dem offenen Grab, zur Stunde der Einsegnung, gedachte Hochwürden Malaquias Jujus Verdienste und fegte gleichzeitig alle seine zu Lebzeiten begangenen Sünden als unverübt fort. Mit versagender Stimme verbürgte sich der gute Vikar, der Major verlasse diese Welt makellos und frei von Schuld:

»Gott wird die Wohltaten, die er gespendet hat, zählen und wiegen.«

Und mit wütendem Finger auf die Schuldigen deutend, sagte der Prediger, Juju Bezerra habe sich nicht wie so viele andere aus den Weidengründen bereichert, eben weil er von Geburt ein mildtätiger Mensch gewesen sei. Niemand, und sei es der Ärmste der Lebenden gewesen, habe an seiner Ladentür angeklopft, ohne mit Rezept und Arznei abzuziehen. In Wind und Wetter sei der Major herbeigeeilt, um einen Fieberanfall oder sonst ein Gebrechen zu verscheuchen, gleich, ob der Patient reich gewesen sei oder hiobsarm. Und mit der Hand auf der Brust:

»Sein großes Herz umfaßte alle mit der gleichen Güte.«

Der Priester deckte noch andere Seelenschönheiten des Verblichenen auf und entlockte so manch einer Brust Seufzer und mehr als einem Paar Augen Tränen. Ich selber, der ich nicht so leicht in die Knie gehe, fühlte einen Kloß in der Kehle. Juquinha Quintanilha neben mir hielt den Andrang der Trauer nicht aus – und versteckte seine Niedergeschlagenheit in der Friedhofskapelle. Ein zweiter, der, von Schluchzen geschüttelt, die Flucht ergriff, war Dioguinho vom Brunnen:

»Ich kann nicht mehr, Oberst, ich brauche Luft.«

Härte heuchelnd, hielt ich stand, wenngleich am Rande der Tränen. Hätte ich mich nicht für mein Patent und meine Litzen verantwortlich gefühlt, ich wäre Oberst genug gewesen und hätte die Predigt des Priesters mit einer schwungvolleren Lobrede auf Juju ausgestochen. Doch ich dankte ihm innerlich, als Hochwürden, zum Himmel empordeutend, den Verstorbenen für die Reise in die sieben Handbreit Erde freigab:

»Und nun ruhe Major Juju Bezerra in Gott!«

Dann senkten sie den Toten ins Grab – in jene Erdöffnung, die den kleinen Leib des Majors verschlingen sollte. Ich warf die erste Handvoll Erde auf ihn, und als Caetano de Melo desgleichen getan hatte, erwähnte er Jujus Hochachtung für mich:

»Für ihn gab es Gott im Himmel und den Oberst auf der Erde.«

Ich hatte genug. Von neuem begann Schmerz meine Brust zu füllen, und ich fühlte das Bedürfnis, mir Luft zu machen. Ich stahl mich zwischen den Kreuzen davon, ohne mich von jemandem zu verabschieden. Hinter mir ging die Zeremonie zu Ende – das Trommeln der Erde auf den Sargbrettern des Majors. Auf der Flucht vor all der Trauer gewann ich einen Pfad, von Kletterpflanzen überwuchert, die in einem Krieg, bei dem niemand wußte, welches Grün obsiegte, mit tausend Unkrautfingern kämpften. Schon hundert Klafter entfernt, schob ich das Blattwerk für einen letzten Blick beiseite. Ich sah nichts mehr – die Gräber verdeckten die frische Stelle. Nur das unheilvolle Geräusch der Totengräberspaten drang herüber. Sie begruben Jujus Lotterleben.

9

Der Tod des Majors führte mich in die Stadt. Ich mußte seinen von Schulden und anderen Unannehmlichkeiten belasteten Nachlaß ordnen. Ich rief Dr. Pernambuco Nogueira und legte die Arbeit des Sichtens in seine bewährte Hand:

»Doktor, handeln Sie, als wäre es für mich.«

Diese Gerichtsangelegenheiten hielten mich über vierzehn Tage in Campos auf. Ich stieg im *Familienhotel* ab, weil es sich nicht lohnte, für eine so kurze Zeitspanne mein Haus in der Rua da Jaca zu öffnen. Ich hatte ein Zimmer mit Blick auf den Fluß, einen Schmuckwinkel, von dem aus ich Ankunft und Abfahrt der Wasserfahrzeuge beobachten konnte. Der Besitzer, Hauptmann Totonho Monteiro, tat alles, um meinen Aufenthalt angenehm zu gestalten. Seine Frau, Lehrerin im Ruhestand, doch noch gesegnet mit üppigen Einfassungen, unterhielt sich gerne mit mir und schob mir mehr als einmal ein Buch unter den Arm:

»Es wird dem Oberst gefallen. Eine nutzbringende Lektüre.«

Monteiro rügte das Angebot:

»Hör, Estefânia, belästige doch den Oberst nicht, er ist ein Mann von Verantwortungsbewußtsein und großer Bildung.«

Ich fand Gefallen am Bummeln durch die Rua Direita, an meinen Besuchen in Dr. Pernambuco Nogueiras Kanzlei. Sonntags aß ich in seinem Landhäuschen zu Mittag, in der sympathischen Gesellschaft Dona Esmeraldinas, die stets ein besonderes Gericht für mich bereithielt. Infolge dieser abwechslungsreichen Besuche verschob ich meine Rückkehr nach Sobradinho. Nachdem die Erbschaftsangelegenheit Juju Bezerras erledigt war, erfand ich neue Obliegenheiten in der Stadt. Zwischenhinein fuhr ich für einen Sprung auf mein Gut, war aber nach zwei Tagen wieder im *Familienhotel.* Francisquinha brummte. Was hatte ihr junger Herr alles in der Stadt zu tun, daß er so selten in Sobradinho auftauchte? Ich beschwichtigte das Gebrumm der Alten mit meinen Obliegenheiten eines religiösen Menschen:

»Ich stehe dem Werk der Bruderschaft des Heiligen Benedikt vor und Euer Gnaden wissen, wie viel Arbeit das macht.«

Die Alte, fromm wie sie war, ließ meine Erklärungen gelten. Doch sie gab sich erst ganz bezwungen, als ich eines Nachmittags nach Sobradinho eine ganz vergoldete Heilige mit Glasaugen und seidenem Umhang heimbrachte. Ich bat, sie möge die Schachtel öffnen:

»Schauen Sie sich diese Pracht an. Ein Andenken der Bruderschaft für Euer Gnaden.«

Der Sorge für Sobradinho und Mata-Cavalo, die von Saturnino Katerbart und Juquinha Quintanilha geleitet wurden, dergestalt ledig, zog ich meine Abwesenheit in die Länge. Ich machte mich rar, und mehr als einmal mußte Juquinha eine Angelegenheit der Korralarbeit mit mir im *Familienhotel* regeln. Stets fragte der Gevatter bei diesem Kommen und Gehen nach dem Stand der Bruderschaftsarbeit:

»Wann sind Ihre Verpflichtungen abgeschlossen?«

Ich beruhigte den Mulatten:

»Vor dem Auguststurm, spätestens, ist meine Arbeit beendet.«

Aber der August kam und ging – und ich versackte immer tiefer in den Cafés, bei den Abendessen in der Rua dos Frades. Andererseits vertiefte ich meine Freundschaft mit Pergentino de Araújo und speiste in seiner Gesellschaft im *Goldenen Billardstock*, klapperte die Billardsäle ab und die Varietétheater. Freilich nahm ich dann und wann an Prozessionen teil. In meiner Uniform, wie es Militärbrauch ist, schulterte ich ein Traggerüst – und der Feuerbart des Obersten aus Sobradinho löste Bewunderung aus und gebot Ehrerbietung. Man deutete auf mich:

»Der Vornehme dort ist Ponciano de Azeredo Furtado.«

Ohne die Heiligen kränken zu wollen – am meisten gefiel mir das Landhäuschen der Rua dos Frades, wo ich meinen besonderen Stuhl hatte und mein sicheres Gedeck. Nogueira, wie es seine alte Gewohnheit war, sank, seine Verdauung genießend, auf dem Sofa zusammen:

»Ich muß ein Schläfchen machen.«

Auf Zehenspitzen ging ich hinter Dona Esmeraldina in den

Garten hinaus. Auf den Gängen konnte ich ohne anklägerische Zeugenblicke wiegende Hüften unter ihren Kleiderfalten bewundern. Ein Beben, das Gelüste wachrief und das ermattetste Gemüt zum Leben weckte. Der verstorbene Juju, der mit Nogueiras Frau einige Male zusammengetroffen war, hatte schwören wollen, ein Christ brauche soviel Schönheit nur einmal anzuschauen und werde sofort ein blutjunger Jüngling:

»Sie ist soviel wert wie hundert Flaschen Catuaba-Saft und dergleichen Stärkungsmittel.«

Auf einem Eisenstühlchen am Wasserbecken, in dem ein bäuchiger Porzellanfrosch Wasser spie, genoß ich meine Nachmittage der Rua dos Frades, während Dona Esmeraldina ihren Stickkasten öffnete und sich an ihre Handarbeit machte. Mit übergeschlagenen Beinen belebte ich diese geruhsamen Stunden durch Erzählungen aus dem Weideland. Ich erging mich über Keilereien, Streitfälle mit den Nachbarn, über Schlangenjagd, Werwolfspuk, Hahnenkämpfe und andere Ereignisse von ähnlichem Gewicht. Mehr als einmal verlor ich den Faden der Erzählung und übertrieb die eine oder andere Wahrheit:

»Ich habe auch die berühmte Seeschlange gesehen, Dona Esmeraldina, das ist etwas, was ein Lebender nicht zweimal mitansehen möchte. Sie maß hundert Klafter und einiges darüber.«

Ohne ihre Aufmerksamkeit von ihrer Handarbeit zu lenken, bat Pernambuco Nogueiras Frau, kaum hatte ich einen Fall erzählt, um einen neuen:

»Die Geschichte mit der Meersirene, Oberst.«

So verliefen meine Sonntage in der Rua dos Frades. Und diese Freundschaft zwischen den Nogueiras und Ponciano de Azeredeo Furtado schlug noch tiefere Wurzeln, als ich meinem Freund und Doktor in einer Verlegenheit mit fünf Ein-Conto-de-réis-Paketen und einer Bankbürgschaft für weitere fünf aushalf. Der Wahrheit zuliebe muß ich erklären, daß Nogueira sich anfangs sträubte, meine Hilfe anzunehmen. Er wies sie sogar zurück, um nicht unsere Freundschaft zu stark zu belasten:

»Das ist nicht recht, Oberst. Es paßt sich nicht für uns.«

Ich mußte den Doktor zu einem Seebarschfilet in den

Goldenen Billardstock schleppen, wo er schließlich mein Angebot annahm:

»Da der Oberst darauf besteht, will ich mich nicht länger zieren.«

Nach diesen fünf schoß ich vierzehn Tage später weitere zehn vor. Dabei blieb es nicht. Eines Nachmittags, fast im Flüsterton, berichtete mir Dona Esmeraldina, Nogueira sei in Teufels Küche. Er habe für einen Vetter einen Großhandel in Niterói finanziert, und der Verwandte habe ihm einen Verlust von nahe an zwanzig Contos eingebracht. Und eine Träne mit ihrem Tüchlein auftupfend:

»Nogueira ißt nicht, Nogueira schläft nicht, Oberst. Er denkt nur noch an seine Verpflichtungen.«

Über das Verandageländer gelehnt, tröstete ich die junge Frau. Versehentlich stieß mein Ellbogen an ihren Arm. Doch da sie die Nachbarschaft nicht zurückwies, rührte ich mich nicht und genoß die warme Tuchfühlung. Und wäre auch für den Rest des Nachmittags so verblieben, hätte Dr. Nogueira nach seinem Verdauungsschläfchen nicht den Oberst gesucht. Sogleich verließ Dona Esmeraldina das Fenster. Und bevor ihr Ehemann ins Wohnzimmer trat, bat sie, ich dürfe mir Nogueira gegenüber keinesfalls merken lassen, daß ich im Bilde sei:

»Um Himmels willen nicht, Oberst.«

Ich bin schlau wie eine Waldkatze. Anderntags, vor dem Mittagessen nach einem Besuch in der Hypothekenbank, betrat ich Nogueiras Kanzlei. Dort saß mein Doktor mit tiefliegenden Augen in seiner Trübsalsecke wie jemand, der kein Kopfkissen gesehen hat. Ich spielte den Ahnungslosen, darauf verstehe ich mich wie Theatervolk. Ich bot dem Doktor ein paar Flor de Ouro an – sein Fischmaul dankte mit der tonlosen Stimme eines tief Bekümmerten:

»Vergeuden Sie nicht Ihre guten Kerzen für einen schlechten Toten.«

Meine Zigarre ansteckend, bat ich Nogueira wie einer, der von nichts weiß, um den besonderen Gefallen, im Kassenschrank seiner Kanzlei eine bestimmte Summe, die ich im Augenblick nicht benötigte, zu verwahren:

»Loses Geld, Doktor, das ich nicht so rasch brauche.«

Nogueira sagte, er verwahre sehr ungern den Betrag, da er über keinen Sicherheitsschrank verfüge, weshalb er dem Oberst rate, einen zuverlässigeren Aufbewahrungsort zu suchen:

»Ich kann ein so hohes Risiko nicht überehmen.«

Das Zwanzig-Conto-Bündel auf seinen Schreibtisch werfend, erwiderte ich, ich vertraute vollkommen auf seinen Safe:

»Es ist ein Kassenschrank, Doktor. Englisches Fabrikat, wie ich sehe.«

Er antwortete, er übernehme die Verantwortung nur, wenn ich ihm das Geld in Form einer Leihgabe mit allen Garantien und Zinsendienst überlasse:

»Wie eine Banktransaktion, Freund Ponciano.«

Jetzt schob ich ihm das Geld zu. Nogueira wollte mir eine gesetzlich gestempelte Quittung ausstellen, was ich ärgerlich zurückwies:

»Papierkram ist nichts für mich, Gevatter.«

Als Dona Esmeraldina von meiner Kriegslist erfuhr, sagte sie, ich sei ein Teufelskerl, gegen mich könne niemand ankommen. Sie sei mir sehr dankbar, werde mir aber nie wieder ein Geheimnis verraten:

»Das war das erste und letzte.«

An jenem Nachmittag, einem Regensonntag, zog sich Nogueiras Mittagsschläfchen bis in die Nacht hinein. Ich blieb bei Dona Esmeraldina auf dem warmen Sofa im Nähzimmer sitzen. Zum fünften Mal mußte ich ihr die Geschichte mit dem Werwolf in allen Einzelheiten erzählen. Dazwischen sprach ich von dem großen Kummer, den ich durch Juju Bezerras Tod erlitten hatte. Und wollte schon einen etwas freieren Ton anschlagen, als Nogueira im Nebenzimmer Anzeichen verriet, daß er erwacht war. Ich schob Juju Bezerra und seine Mulattinnen weit weg. Und vertiefte mich in ein Familiengespräch.

Auf Befehl Dona Esmeraldinas ließ ich mir bei Dr. Pernambuco Nogueiras Schneider, einem grimassierenden, katzbuckelnden Klappergestellchen mit Ladengeschäft am Marktplatz einen Anzug anmessen. Eine starke Woche nach Maßnehmen weihte ich das Prachtstück, einen über meine zwei Meter tadellos fallenden schwarzen Anzug ein. In neuen Stiefeln mit gekämmtem Bart eilte ich zur Vorführung in die Rua dos Frades. Dona Esmeraldina schlug in die Hände und rief ihren Ehemann:

»Nogueira, sieh nur, wer da ist!«

Der Doktor, Zeitung unter der Achsel, blickte den Anzug einmal, zweimal an, lief um den Oberst herum und erteilte dann sein rühmendes Urteil:

»Vortrefflicher Schnitt, blendender Sitz.«

Abends, da es eine Zeit religiöser Besinnung und die Fastenwoche war, führte ich die Nogueiras ins Theater São Salvador aus, wo unser Herr Jesus Christus von den Ketzern gepeinigt wurde. Ich saß hinter Dona Esmeraldina, die dann und wann den Hals zurückbog und mich auf das eine oder andere aufmerksam machte:

»Wie gefühlvoll, wie anschaulich, finden Sie nicht, Oberst?«

Den Kopf wiegend wie das Öchslein in der Krippe, stimmte ich allem zu. In dieser Stellung empfing ich bei einem Seufzer der jungen Frau die Wohltat ihres Parfumduftes und konnte sogar den Haarflaum ihres vor mir schwebenden Milchnackens zählen. Doch dieser Rausch war von kurzer Dauer. Nogueira, von Schläfrigkeit unterhöhlt, hielt der Vorstellung nicht stand. Er schloß die Augen, sein Kopf sank vornüber, und mehr als einmal mußte er von Dona Esmeraldina mit sanften Püffen zur Ordnung gerufen werden:

»Benimm dich, Nogueira. Man sieht auf uns.«

Der Doktor wischte sich mit der Hand über den Mund, riß die Augen auf, fiel aber wieder in seine Schlafseligkeit zurück. Und als auf der Bühne das Unwetter hereinbrach, die Lichter erloschen und Judas an einem Ast des Feigenbaums baumelte, nutzte der Doktor die Gelegenheit, aufzustehen:

»Ich gehe heim. Mein Andachtspflicht ist getan, Freund Ponciano.«

Ich brachte die Nogueiras in einem geschlossenen Krümperwagen in die Rua dos Frades. Da es schon spät war, trat ich nicht mehr mit ein. Doch ich empfing Dona Esmeraldinas langen, innigen, vielversprechenden Händedruck:

»Ich erwarte den Oberst am Sonntag zum Abendessen.«

Die neue Lebensweise erforderte verfeinerte Gewohnheiten. Ich schaffte mir Hemden mit steifer Brust und goldenen Zierknöpfen an. Ich ließ mir weitere Anzüge vom Meister auf dem Marktplatz anmessen. Dona Esmeraldina wählte die Stoffe aus – dieser hier ist hübsch, der dort kommt nicht in Frage:

»Dunkle Anzüge stehen dem Oberst besonders gut.«

Mein Gevatter Juquinha Quintanilha, der von diesen Neuerungen nichts ahnte, blieb staunend vor meiner Prachtgestalt stehen, als er eines Morgens meine Genehmigung für den Verkauf von Vieh erbitten wollte. Er zeigte einen Goldzahn und sagte:

»Oberst, welche Eleganz, welche Linie!«

Voller Bewunderung zog er ab und verbreitete über die Weidengründe hin, sein Gevatter sehe jetzt wie ein echter Doktor aus. Der Wind trug sein Wahngespinst weit, so daß mehr als ein Viehtreiber ins Familienhotel angereist kam, um mich über Viehstreitigkeiten, übers Einschlagen von Grenzpfosten zu befragen, ich mußte sogar über den Fall eines jungen Mädchens befinden, das durch die Verführungskünste eines verheirateten Lügenmauls seine Unschuld verloren hatte.

»Verloren bleibt verloren, Jungfernschaft ist wie die Bananenstaude, die trägt nur einmal.«

Durch mein streitbares Wesen und meine Eigenschaft, in Gesetzen und Gerichtsverfahren bewandert zu sein, lernte ich João Fonseca, einen Zuckerhändler kennen. Vor Erkältung triefend, das Hälschen dick verpackt, bat er in einer Erbangelegenheit um meine Meinung. Hauptmann Totonho Monteiro, sein Gevatter, hatte darauf gedrungen, daß ich mein befugtes Urteil abgebe:

»Der Oberst kann den Fall mit einem Federstrich zu Gunsten des Gevatters Fonseca entscheiden.«

In einer Ecke des *Familienhotels* hörte ich den Bittsteller, wie es sich gehört, mit größter Aufmerksamkeit an. Bei dem einen oder anderen Punkt stellte ich Fragen, um den Fall besser beleuchten zu können. Und gab Fonseca mit einem Schlag auf den Rücken zu verstehen, der Fall sei so gut wie gewonnen:

»Wie die Wurst im Spinde. Sie können Ihre Papiere einreichen. Sie werden in allen Instanzen gewinnen.«

Monteiro, der bei mir für seinen Gevatter bürgte, pries mein Fingerspitzengefühl:

»Es gibt keinen wie den Oberst, um ein Gesetz auszulegen.«

Mit etlichen Ratschlägen (»Tun Euer Gnaden dies, tun Euer Gnaden jenes«), mit neuem freundschaftlichen Schulterklopfen (»Es war eine Ehre für mich, Seu Fonseca, es war mir eine Ehre«), entließ ich den Bittsteller. Ich dachte nicht mehr an den Streitfall, als ich einen starken Monat nach der Erteilung meines Ratschlags João Fonseca beim Sieben-ein-Halb-Spiel im *Familienhotel* traf. Er spielte mit Totonho Monteiro, in Erwartung des Obersten. Ich bat um Entschuldigung für meine Verspätung. Hätte ich geahnt, daß er da war, ich hätte meine Verpflichtungen laufen lassen und beim Sieben-ein-Halb mitgespielt:

»Ein Zeitvertreib, den ich schätze.«

In Vertraulichkeit schwelgend, schwor Hauptmann Totonho Monteiro, ich sei bei der weiblichen Bevölkerung der Stadt der beliebteste Mann:

»Der Oberst versteht das Leben zu genießen. Die Damenwelt läuft ihm in Scharen hinterher.«

Ich fand dies spaßhaft. In der Tat, an diesem Abend hatte ich in einem Haus entgleister Damen zu Abend gegessen, in einem Landhäuschen, versteckt auf einem Obstgut des Eulenwinkels. Es war das Abschiedsessen des Notars Pergentino, der auf Anraten seiner Ärzte am nächsten Tag zu einer Wasserkur abreisen sollte, um seine Eingeweide zu säubern und andere Kleinigkeiten durchzuspülen. Ich erzählte Totonho nichts von den Abschiedslumpereien, von den Kitzeleien, welche die kleinen Mädchen meinem Bart angedeihen ließen. Im *Familienhotel* wurde ich nämlich als zurückhaltender Mann und Prozessionsträger angesehen und behandelt, ich konnte einen so guten Ruf nicht aus Eitelkeit aufs Spiel setzen. Daher suchte ich Totonhos Anspielung abzuwerten:

»Der Hauptmann übertreibt, Seu Fonseca. Er ist ein Witzbold.«

Da der Uhrzeiger schon auf elf Uhr ging, forderte ich die Freunde zu einem Bummel am Fluß auf. Die Nacht war mild, der Himmel klar, ein Lüftchen reinigte Brust und Bronchien. João Fonseca, unverwandt seinen Schal hochziehend, dankte mir für den Rat, den ich ihm für seinen Erbschaftsfall erteilt hatte. Es war ein komplikationsloser Streitfall gewesen – er war in der ersten Gerichtsinstanz zu seinen Gunsten entschieden worden:

»Genau wie der Oberst es mir versichert hatte.«

Er bestand darauf, den guten Ausgang der Streitigkeit auf mein Konto zu buchen:

»Das Gutachten des Oberst war mir von großem Wert.«

Ich mimte Bescheidenheit:

»Nichts dergleichen, Seu Fonseca. Euer Gnaden haben sich einfach geschickt verhalten.«

So ging es hin und her, bis Totonho Monteiro, die Uhr im Mondschein konsultierend, daran erinnerte, daß die Stunde der Kater gekommen sei, er müsse früh aufstehen, um einige Reisenden zum Fünf-Uhr-Zug zu spedieren:

»Überdies ist dieser Wind nicht gut für das Leiden des Gevatters.«

Vor der Tür des *Familienhotels* schlug Fonseca, noch immer seinen Schal zurechtrückend, beim Abschied vor, mich an seinen Zuckertransaktionen zu beteiligen:

»Ich kenne mich seit meiner Kindheit im Zuckergeschäft aus.«

Ich dankte ihm, verwarf aber sogleich seinen Gedanken:

»Ich bin auf den Weidengründen zu Hause, verstehe nichts vom Handel, Seu Fonseca.«

Am Morgen vor dem Frühstückskaffee versuchte Hauptmann Monteiro mich von neuem für den Vorschlag seines Gevatters zu erwärmen. Ich sträubte mich – was wußte ich vom An- und Verkauf von Roh- und Kristallzucker? Überdies würde ich über kurz oder lang auf die Weiden zurückkehren und wollte niemand anderem Verantwortungen aufbürden:

»Ich will auch keine Scherereien, Herr Gevatter.«

Totonho schwor, daß das eine dem anderen nicht im Wege stehe, denn João Fonseca war ein Mann von großer Achtbarkeit:

»Sie können ihm Gold anvertrauen, er wird Ihnen für das kleinste Körnchen Rechenschaft ablegen.«

Fonseca, stets eingemummt, mit seinem welken Hustenbrüstchen, war mir recht sympathisch. Und diese Neigung für ihn führte schließlich den Oberst dazu, ins Zuckergeschäft einzusteigen. Ich ließ Totonho Monteiro rufen:

»Bringen Sie mir den Gevatter, damit ich eine Vereinbarung mit ihm unterschreiben kann.«

Fonseca erhielt von mir fünf Contos-de-réis für Marktspekulationen. Inzwischen mußte ich einen Wochensprung nach Sobradinho machen, wo Saturnino Katerbart meine Anwesenheit wegen Umbau und Verbesserungsarbeiten forderte. Dabei stillte ich meine Sehnsucht nach Francisquinha und dem Hahn. Wieder zurück im *Familienhotel*, dachte ich nicht mehr an João Fonseca, als dieser gleich darauf, in Decken vergraben, erschien. Ich staunte, als mein Teilhaber mir zwei Contos und einiges Kleingeld auf den Tisch blätterte:

»Gewinn aus einem Kauf von Rohzucker.«

Nun begann diese Bußarbeit – mit seinem Büchlein bewaffnet, brachte João Fonseca jeden Samstag meinen Gewinnanteil aus seinen Handelsgeschäften. Auf seine Bitten verdoppelte ich meinen Spekulationseinsatz. Totonho Monteiro verlor keine Gelegenheit, den Gevatter in den Himmel zu heben:

»Schade, daß er so blutarm ist. Er ist ein Ei, das von einer Stunde zur anderen zerbrechen kann.«

Tatsächlich erwies sich João Fonseca als vertrauenswürdig. Über alles legte er an Hand seines Kontenbüchleins Rechenschaft ab. Bei einer Gelegenheit, einem größeren Einkauf, gewann ich fast ein halbes Dutzend Contos-de-réis. Zur Feier des Geschäfts aß ich im Haus seiner ausgehaltenen Freundin zu Mittag, einem behaglichen Ruhesitz in der Rua do Gás. Es war mir eine Freude, Dona Celeste kennenzulernen, die Fonseca aufs trefflichste umsorgte. Das Haus meines Teilhabers war, von der Veranda bis zum Ende des Grundstücks, ein einziges Vogelreich. Vogelbauer waren Fonsecas ganzer Stolz. Er duldete für nichts auf der Welt, daß jemand seine geflügelten kleinen Schönheiten berührte. Eifersüchtig über ihnen wachend, gab er seinen Kanarienvögeln und Lackschnäbeln Kosenamen. In seine Decken gewickelt, legte er ihnen eigenhändig Vogelfutter vor und wechselte ihr Trinkwasser. Er wachte nur vom Vogelgezwitscher auf:

»Ein Orangenpicker aus Cabiúnas ist mein Wecker.«

Der Weg zu Fonsecas Haus, das seine Gefährtin blitzblank hielt, wurde mir vertraut. Sie war eine junge Frau von verborgenen Reizen, von sanftem Wort und gefügigem Wesen. Sie schritt, als besäße sie Flügel, sie war wie ein Vögelchen. Doch ich sage ohne Bosheit: sie war ein Betthäschen und vermutlich eine raffinierte Partnerin beim nächtlichen Zweikampf. Sie hing förmlich an Fonsecas Jackenschößen und verfolgte ihn mit Empfehlungen und Ermahnungen:

»Vorsicht mit dem Windzug, Mann Gottes. Bleib nicht im Flur stehen.«

Fonseca hier, Fonseca da, so ging es den ganzen Tag. Ich für meinen Teil bewunderte ihre Pflegebesorgnis und rühmte die junge Frau mehr als ein Mal in der Gegenwart meines Teilhabers:

»Sie weiß, was sie will, eine Dame, die Respekt verdient.«

Im Lauf der Monate vertiefte sich die Freundschaft zwischen dem Oberst und João Fonseca. Ich gewöhnte mein Ohr an das Armesünderhusten und vermißte seine Gegenwart, wenn ich allein war. Nur ein Kohlenstäubchen kratzte an meiner Wertschätzung – Fonsecas Haß auf alles, was nach Pernambuco Nogueira roch. Nicht, daß er seine Stimme in vernichtenden Urteilen oder in Geringschätzung gegen ihn erhoben hätte. Doch spürte ich seine Befangenheit in Anwesenheit des Doktors. Er schrumpfte förmlich in seinen Hüllen und verstummte mit einemmal. Und zog sich schleunigst zurück. Fonsecas Benehmen fiel so sehr auf, daß Nogueira selber eines Tages die Gründe seiner Ablehnung wissen wollte:

»Der Kerl muß bescheuert sein. Ich habe nie ein Wort mit ihm gewechselt.«

Ich entschuldigte meinen Teilhaber, erwähnte seine Anfälle, seinen Friedhofshusten:

»Er ist ein guter Mensch, Doktor. Er mag ein Eigenbrötler sein, aber ein guter Mensch ist er.«

Bis eines Nachmittags vor der Tür des Café Lord Nogueira platzte. Er war kaum erschienen, als Fonseca auch schon mit seinem Krankenschritt verschwand. Ich habe nie einen Menschen in seinem Zorn soviel Gift verspritzen sehen. Pernambuco Nogueira, der eine Gerichtsakte unter dem Arm trug, warf das Papierbündel auf den Fußboden und lief João Fonseca nach. Ich streckte meinen Riesenarm aus, und an seinem Ende kam der Doktor, seine Rachegelüste nachschleppend, zurück. Noch strampelte er, doch vergebens, denn Poncianos Handgelenk ist immer eine Gefängniszelle mit sieben Schlüsseln gewesen. Durch gutes Zureden vermochte ich seinen Unmut zu besänftigen:

»Was wird das Gerichtsvolk sagen, Doktor?«

Sich die Stirn wischend, kehrte Nogueira zu seinem bedächtigen Naturell zurück. Und schon auf dem Rückweg in die Kanzlei, nachdem Haß und Rachsucht verraucht waren, dankte er mir für meine Bedenken:

»Sie haben Kopf bewiesen. Ich hätte eine Dummheit begehen können.«

Aus dem gleichen Grund hatte ich Tage später ein Mißverständnis mit dem alten Setembrino Machado von der Hypothekenbank, der mir durch seine Freundschaft mit meinem Großvater Sobradinho sehr nahe stand. Als ich einmal einen größeren Geldbetrag abhob, wagte er es, mir Ratschläge zu Ungunsten von Pernambuco Nogueira zu erteilen:

»Kennt der Oberst diesen Doktor gut?«

Ich blieb still, zählte die Geldscheine, wie ich es zu tun liebe, indem ich meine dicken Finger beleckte. Nachdem ich dies getan und die Scheine eingestrichen hatte, legte ich einen Hundertmilreisschein dem Alten auf den Tisch:

»Das ist für Ihren Rat, Seu Setembrino.«

Die Provinzbank, die von der Unstimmigkeit erfuhr, ließ in einem höflichen Brief anfragen, ob »Oberst Ponciano de Azeredo Furtado nicht dieses Bankgeschäft mit seiner Präferenz beehren wolle«. Ich drehte den Briefbogen um – da stand die Unterschrift von Selatiel de Castro, jenem Castro, der die Theatereingänge von Rockzipfeln reinfegte. In Erinnerung daran lehnte ich das Anerbieten ab:

»Mein Geld paßt nicht auf eine Bank. Es ist wenig, und das trage ich in der Tasche bei mir.«

Und schlug mir kräftig aufs Knie. Der redselige, pomadisierte Überbringer der Botschaft dankte. Auf jeden Fall stehe die Direktion der Provinzbank zur Verfügung des Herrn Oberst.

Und in der Tür des *Familienhotels*, mit tiefhängendem Hut, schloß das Knochengestell:

»Fontainha, zu Diensten, Artur Fontainha, um Euer Gnaden zu dienen.«

Mit seinen tiefen Bücklingen glich er einem Regenschirmgriff, ein Aussehen, das er in Jahren und Jahren der Unterwürfigkeit erworben haben mußte. Mehr als ein Mal begegnete ich im Verlauf der Monate dem geleckten Jüngling der Provinzbank in Straßen und Billardsaaltüren. Er senkte den Nacken, zog den Hut und wischte fast den Staub vom Boden, wenn ich vorüberschritt:

»Es freut mich, Euer Gnaden begrüßen zu dürfen.«

Wieder erschien eines Sonntags Fontainha im *Familienhotel* als Überbringer eines günstigen Vorschlags. Die Provinzbank bot dem Oberst eine Sonderverzinsung für sein Geld an, »nur für die Ehre, Euer Gnaden unter unsere geschätzten Depositenkunden zählen zu dürfen« – wie der Brief betonte. Meinen Bart zwirbelnd, versprach ich gelegentlich eine Antwort zu geben:

»Ich werde darüber nachdenken, ich werde Dr. Nogueira konsultieren.«

Seit jenem Tag erschien der Pomadenjüngling jede Woche im *Familienhotel.* Es war immer dasselbe Geseire:

»Wie geht es dem Herrn Oberst? Haben Sie gut geschlafen? Haben Euer Gnaden diesem Ihrem Diener irgendwelche Orders zu übermitteln?«

Anfangs fand ich das Ganze befremdend und hatte gute Lust, den Lackaffen nach Art der großen Azeredos von den Korralen abzuhalftern. Doch bei einer Gelegenheit, als ich spät erwacht war, sah ich Fontainha sich mit Teufelsquirligkeit aufgeregt in Totonhos Armen winden. Ein Stoffreisender hatte, um sich wichtig zu machen, gefragt, wer dieser Ponciano sei und was für ein Instrument er spiele:

»Dieser Großbart, der seinen Zigarrenqualm nach allen Seiten bläst!«

Bevor Hauptmann Monteiro antworten konnte, war Fontainha auf den Handlungsreisenden losgestürzt und brüllte, er solle zunächst einmal das Patent anderer Leute ehren:

»Achten Sie auf Ihre Zunge! Beherrschen Sie sich!«

Der Wortwechsel war kurz – der angstgepackte Kommis gab klein bei und entschuldigte sich, die Vorschriften und Ehrenämter der Militärs nicht gekannt zu haben:

»Ich bin kein Mensch, der Zivilisten beleidigt, wieviel weniger dann Säbelträger.«

Ich fand den Vorfall lustig und erzählte ihn Pernambuco Nogueira. Der Doktor schwor, Fontainha sei ein schneidiges Kerlchen:

»Ich kenne Fontainha. Einen hilfsbereiteren Menschen gibt es nicht.«

Ich tat der Provinzbank den Gefallen. In Begleitung Nogueiras eröffnete ich dort ein Konto. Nach Beendigung der Formalitäten klopfte Selatiel de Castro mir auf die Schulter:

»Das Haus ist Ihres. Wir erwarten Ihre Befehle.«

Bei mir eingehängt, begleitete er mich bis an die Tür. Und während Nogueira in einer Ecke des Schalterraums mit Artur Fontainha ein privates Wörtchen wechselte, erinnerte der Finanzmann, meinen Bauch tätschelnd, daran, es gäbe niemanden wie mich, um Varietédamen anzumustern, und fügte in zwinkerndem Scherzton hinzu:

»Ich möchte Ihr Rezept, Oberst.«

Ein geistreicher Kopf, dieser Selatiel de Castro.

Ein Monat in der Stadt hat tausend Füße, eilt behende dahin wie der Wind. Als ich zu mir kam, war ein Jahr vorüber, seitdem ich Juju Bezerra beerdigt und mich im *Familienhotel* eingemietet hatte, und ein neues schlug sein Kalenderblättchen auf. Ich beschwerte mich beim Hauptmann Totonho Monteiro:

»Gevatter, wie die Zeit fliegt! Ich muß heim nach Sobradinho.«

Beim Sonntagabendessen in Nogueiras Haus verkündete ich meine Absicht, zu meinen Korralen heimzukehren:

»Doktor, ich habe mein Weidenland über ein Jahr nicht gesehen. Es ist an der Zeit, die Bummelei zu beenden.«

Nogueira stieß seinen Teller zurück. Erhob Einspruch. Eine größere Dummheit könne ich nicht begehen, genau jetzt, wo ich im Großhandel zu Hause, der Herr des Marktes sei, ein

Mann mit Großkredit und gemachtem Namen weit und breit:

»Wahnsinn, Oberst. Tun Sie das nicht.«

Dona Esmeraldina, ohne eine Bemerkung zu machen, wurde traurig. Und traurig, als hätte ich eine Nachricht von Tod oder Siechtum mitgebracht, endete das Abendessen. Anschließend vertiefte Nogueira sich in seine Gerichtsakten und Schriftsätze. Fern von ihrem Ehemann machte sich die junge Frau Luft. Mit entstelltem Gesicht und bekümmerter Miene sagte sie, ich könnte nicht unpassender handeln:

»Erst erwirbt sich der Oberst die Wertschätzung der Menschen, und dann geht er fort.«

Hüpfend vor Freude verließ ich die Rua dos Frades. Nogueiras Frau war erobert; von Gefühl überwältigt, hätte sie fast Tränen an meiner Brust vergossen. Wie schade, daß Juju Bezerra nicht mehr am Leben war! Er hätte sich vor Befriedigung vollgesabbert, hätte er erfahren, daß der Oberst von Sobradinho, sein Freund, in hoher Minne wandelte. Ich stellte mir den Major vor, wie er, strahlend vor Lachen, mit mir scherzte:

»Jawohl mein Herr, nicht einmal im Ausland gibt es einen Frauenheld wie Ponciano!«

Ich schlief wie ein Engel. Erwachte spät, bei hellem, prallem Tag. Fonseca, der mit Hauptmann Totonho Monteiro schwatzte, schien mein Inneres zu lesen. Er machte mir den Vorschlag, mein Spekulationskonto um einige Contos zu erhöhen:

»Die Stunde ist günstig, der Markt aufnahmebereit.«

Mit einer Umarmung schlug ich ohne weitere Fragen ein:

»Mein Sozius hat das Sagen, mein Sozius braucht nur zu befehlen.«

Es war eine große Zeit. In der Rua dos Frades stieg ich immer mehr in Dona Esmeraldinas Gunst. Im Großhandel segelte die Firma mit Rückenwind. An meinem reservierten Tisch im *Goldenen Billardstock* plante ich mit dem Teilhaber die neuen gewinnträchtigen Transaktionen. Ich wurde im Zuckergroßhandel bekannt, und alle Welt wollte mit mir Geschäfte tätigen. Fonseca hingegen, von kleinlicher Natur, erwies sich als Hemmschuh. Er hatte nichts übrig für draufgängerische, große

Käufe. Sein Krämerblick war nur auf kleine Gewinne aus. Unablässig riet er mir:

»Zucker ist ein heikles Geschäft. Es hat mehr Windungen als eine Spule.«

Wer Teilhaber von João Fonseca war, mußte sich mit Geduld wappnen. Er rechnete alles ab, Groschen für Groschen. Anläßlich eines höheren Gewinns erinnerte ich ihn daran, es sei an der Zeit, daß die Firma ein Büro aufmache mit Schreibtisch und Stuhl. Es passe nicht zu uns, am Kaffeehaustisch zu hökern wie ein Kattun- oder Spitzenhändler:

»Wir müssen uns auf unseren Hosenboden setzen und Wohlstand zeigen.«

Fonseca lenkte ab, und die Idee vom eigenen Büro und Schreibtisch fiel ins Abseits. Anfangs bewunderte ich noch seine Ehrlichkeit. Doch im Verlauf der Monate ermüdete mich soviel Zurückhaltung, soviel Pfennigfuchserei:

»Senhor Fonseca, unsere Firma darf nicht in Routine erlahmen. Sie muß wachsen.«

Doch mein Versuch, den Teilhaber aufzurütteln, war vergebens. Er versteckte seine Antworten im Husten, in seinem Halswickel. Fontainha, der anhänglich geworden war, wurde nicht müde, mir einzureden, der Mann würde mir dickes Pech bringen:

»Seinetwegen haben allein am Ort bereits fünf Firmen Schiffbruch erlitten.«

Wenn, ganz in Schwarz und in seine Schals gewickelt, Fonseca auf der Straße auftauchte, machte Fontainha drei Kreuze und flüchtete in das erstbeste Café oder hinter eine unverschlossene Tür:

»Ich beschwöre dich! In drei Teufels Namen. Der Aasgeier naht.«

Ich mußte neue Anschuldigungen gegen João Fonseca abwehren. Selatiel de Castro riet mir eines Abends, als ich am Eingang zum Vergnügungspark die heraustretenden Damen überprüfte, ich solle mich von meinem Teilhaber trennen:

»Das ist ein Schmalspurmensch, der kann dem Oberst nicht das Wasser reichen.«

Mich stimmt so leicht keiner um – ich führte meinen

Zuckerhandel mit Fonseca weiter. Doch nach ein paar Monaten hatte ich die Nase voll. Mein Teilhaber kam mir immer mickriger vor und kleinkarierter. Unser Geschäft schrumpfte. Eine Woche um die andere verging, ohne daß wir einen Gewinn erzielten. Ich machte ihm Vorhaltungen, bewies ihm, daß wir uns große Chancen entgehen ließen:

»Riesenbeträge, Seu Fonseca, Riesenbeträge.«

Er rückte seine Schals zurecht, glättete seinen Hut und sagte, er wolle niemandem im Wege stehen:

»Herr Oberst, ich bin bereit, die Firma zu liquidieren.«

Es war höchste Zeit, sein Wort beim Schopf zu ergreifen und all die Lasten und Verluste abzuschütteln. Doch im richtigen Augenblick des Handelns (»Jawohl, mein Herr, ich bin einverstanden, Seu Fonseca«) wurde das verfluchte Herz der Azeredos weich und kampfunfähig. Schließlich landete ich am Eßtisch seiner Lebensgefährtin zu einem saftigen Hühnertopf. Noch beim Verdauungskaffee versuchte ich Fonseca davon zu überzeugen, daß wir groß in den Markt einsteigen sollten:

»An Geld fehlt es nicht, Herr Gevatter. Der große Castro deckt unsere Nachhut.«

Ich vermochte meinen Teilhaber nicht von seiner Engstirnigkeit abzubringen. Ich verließ die Rua do Gás, wie ich sie betreten hatte: mit gebundenen Händen. Auf Pernambuco Nogueiras Rat begann ich ohne João Fonsecas Beteiligung zu operieren. Ich tätigte meine Käufe, machte meine Schnitte. Einmal riß ich mir eine Partie Rohzucker unter den Nagel, die einen großen Batzen abwarf. Die Chance ergab sich, als mein Sozius, von Furunkeln geplagt, das Bett hüten mußte, und die nutzte ich, um Artur Fontainha auf den Markt loszulassen. Der Blitz von Lackaffe, wüster als ein Hühnerhund, schnüffelte allerwärts Geschäfte auf. Selatiel de Castro hieß die Maßnahme gut:

»Jetzt ist der Oberst auf dem richtigen Weg.«

In der Tat hatte ich nach zwei Wochen Spekulationen genug gescheffelt, um eineinhalb Truhen zu füllen. Bei einer Rohzuckerhausse, in die ich fünfzig Conto-de-réis steckte, strich ich fast ebenso viel ein. Diese Transaktion begründete endgültig meinen Ruf am Markt als umsichtigen Geschäftsmann, der nicht vor Verantwortung zurückzuckte. Nogueira klatschte Beifall:

»Der Oberst ist wie ich, er gehört zu den Draufgängern.«

Fonseca, der mit seinen Furunkeln zu tun hatte, erfuhr von den Gewinnen erst, als er, von seinen Eiterköpfen befreit, im Café Lord erschien. Ich berichtete meinem Teilhaber und präsentierte ihm die Abrechnung:

»Über fünfzig Contos, reiner Nettogewinn, Herr Gevatter.«

Er sagte nichts und zeigte keinerlei Begeisterung. Kurz darauf leistete ich einem Büttel, einem Bekannten aus der Gerichtshofzeit, Rechtsbeistand. Während dieses Kommens und Gehens verschwand Fonseca von der Bildfläche. Eines Abends übergab Hauptmann Monteiro, sein Gevatter, mir eine Nachricht von ihm. Er lehnte den Gewinnanteil aus der Rohzuckertransaktion ab und bat um die Erlaubnis, die Firmengemeinschaft aufzulösen:

»Er stellt nur eine Bedingung, Oberst. Der Gevatter möchte Ihre Freundschaft behalten.«

Ich fühlte mich innerlich leicht. Es war Freitag. Die Firma Ponciano und Fonseca endete in einer Werwolfsnacht.

Meines Teilhabers ledig, befreit von seiner finsteren Miene, stürzte ich mich tollkühn aufs Gewinnen-und-Verlieren des Spekulationsmarktes. Ich bat Selatiel de Castro, er möge Fontainha aus seinen Befugnissen bei der Provinzbank entlassen, was er unverzüglich tat. Der Pomadenjüngling erwies sich als höchst brauchbar. In einem Lidschlag besorgte er Zimmer und Vorzimmer auf der Höhe von Livro Verde, Praça da Quitanda. Vom Balkon aus konnte man das Volk vorbeiflanieren sehen und erhaschte noch einen Fetzen vom Flußufer. Ich erteilte Fontainha Vollmacht, das Büro mit allem Notwendigen herauszuputzen. Ich brauchte es ihm nicht zweimal zu sagen. An einem Montag, nach eineinhalb Tagen in Sobradinho, fand ich alles eingerichtet. Da stand ein Schreibtisch aus Hartholz auf der einen, ein Polstersesselchen auf der anderen Seite, Vorzimmer und Zimmer waren vorbildlich herausstaffiert. Auf dem Fußboden dämpfte ein schwerer Teppich mit Zweigmustern das Stampfen der Stiefel. An der Wand hing goldgerahmt ein

Gemälde, das anmutige Meer und seine Wellen darstellend, Fontainha zufolge gab es nicht einmal in Bahia etwas Großartigeres:

»Eine feine Arbeit, erstanden zum Preis eines Erhenkten.«

Ich gestehe, angesichts der aufwendigen Aufmachung empfand ich zunächst Befangenheit, doch nach einer Woche waren Schuhe und Gesäß an die Bequemlichkeiten des Büros gewöhnt. Und so, wie ein Lord, empfing ich denn die Geschäftskunden und fertigte ich die Bittsteller ab. Im Vorderzimmerchen stand Fontainhas Arbeitstisch, verschönt mit einer Blumenvase und einem silbernen Tintenfaß. Wer mit mir sprechen wollte, gelangte zuerst vor das Sieb des Mägerlings. Er wies den einen ab, einen anderen ab:

»Der Oberst kann leider nicht empfangen. Er hat eine Privatkonferenz.«

Drinnen, in meinem Sessel gerekelt, sichtete ich die Geschäfte. Ich verlor keine Zeit mit so belanglosen Transaktionen wie in den Tagen João Fonsecas. Wenn ich meinen Bart glättete, war es das Zeichen, daß die Operation abgeschlossen war. Wer alltägliche Vorschläge vorlegen wollte, kam nicht an Fontainhas Schmuckvase vorbei. Er wurde prompt abgefertigt:

»Interessiert nicht, João Fonsecas Zeiten sind vorbei.«

Pergentino de Araújo, der bei seiner Wasserkur über ein Jahr fortgewesen war, erstieg eines Nachmittags, den Spazierstock unter dem Arm, die Stufen von Livro Verde zu einer Ankunftsumarmung. Ich hätte dergleichen nie erwartet, da der Notar seine Rückkehr brieflich für die Zeit des Oktoberregens angekündigt hatte, richtiger: zum Ende des Jahres. Daher war ich verwundert, seine Stimme zu hören, und bevor Fontainha ihn unhöflich abwimmeln konnte (»Der Herr Oberst kann leider nicht empfangen, der Herr Oberst ist beschäftigt«), stürzte ich mit ausgebreiteten Armen ins Vorzimmer:

»Pergentino, was für eine Freude. Was für eine Freude, Herr Gevatter.«

Ich preßte den Freund an meine Brust, fast hätte ich seinen Brustkorb in meiner Klammerumarmung eingedrückt. Soviel Freundschaft auf einmal erblickend, lief Fontainha und rückte einen Stuhl herbei:

»Haben Sie die Güte, haben Sie die Güte.«

Bevor Pergentino sich setzte, bewunderte er die Schönheiten meines Büros. Dicht vor dem Meerbild stehenbleibend, säuberte er seine Brillengläser, wie es seine Gewohnheit war. Und auf Zehenspitzen, um größer zu sein, betrachtete er eines um das andere Mal das Kunstwerk. Nach gebührender Musterung geizte er nicht mit Lob:

»Sehr hübsch. Der Oberst versteht zu wählen.«

Ich deutete auf Fontainha – ich bin kein Mensch, der den Ruhm eines Dritten verdeckt. Überdies entsprach es nicht einem Militär von hohem Patent, sich um die Verschönerung von Büroräumen zu kümmern. Ich machte Pergentino darauf aufmerksam:

»Ich habe keine Begabung für solchen Firlefanz, mein lieber Gevatter!«

Ohne zu antworten, noch immer seine Brille befingernd, begutachtete er das Büro von einer Ecke zur anderen. Er wollte die Preise der einzelnen Stücke wissen, betastete die Polstermöbel und bewies beim Bewerten der Weichheit der Vorhänge einen fachmännischen Finger:

»Feinster Samt, erstklassige Ware.«

Fontainha platzte vor Stolz. Unter Verbeugungen verdrehte er die Finger und ging dem Notar fürsorglich voraus:

»Bitte Vorsicht zu nehmen, Euer Gnaden, Sie könnten stolpern.«

Und zog einen Gegenstand beiseite, schob einen Spucknapf weg, um ihm den Weg freizumachen. In einem Augenblick, als Fontainha uns den Rücken drehte, schwor Pergentino, ich hätte in der Wahl meines Adjutanten großes Glück entwickelt:

»Dieser Fontainha ist flink, dieser Fontainha bringt es weit.«

Abends im *Goldenen Billardstock* lud ich den Ruheständler zu einem Abendessen meiner Erfindung ein, zu einem Hähnchen vom Rost. Aus eigenem Antrieb überwachte Fontainha die Zubereitung. Mit aufgekrempelten Ärmeln erteilte er in der Küche die entsprechenden Befehle. Der Chef solle nicht zuviel Essig nehmen, der Herr Oberst stehe nämlich unter ärztlicher Diätüberwachung. Aus der Küche tönten die brummigen Beschwerden des Mägerlings:

»Keine Gewürze, kein Fett, der Arzt will das nicht.«

In der Tat hatte ich an Furunkeln gelitten und war zu Dr. Coelho dos Santos gelaufen, der mich von meinem Sumpffieber geheilt hatte. Seitdem ließ Fontainha meinem Leiden alle seine Sorge angedeihen. Kaum betrat ich das Büro, fragte er schon:

»Haben der Herr Oberst die Arznei von Dr. Coelho dos Santos eingenommen?«

Seine Brillengläser reinigend, lobte Pergentino die Fürsorge des Büroangestellten:

»Fontainha tut gut daran. Er ist dem Obersten ein Freund, er ist ein hilfsbereiter junger Mann.«

Kurz darauf, als das Gericht aus der Küche kam und ich mich an der Beilage gütlich tun wollte, einer fetten Senfsauce, wollte mir Fontainha fast die Soßenschüssel aus der Hand reißen. Ich versuchte noch, ihn an seinem Ärmchen zu packen:

»Ein kleiner Klecks bringt niemanden auf den Friedhof, Seu Fontainha.«

Er fing an zu toben, überbot sich in Bemühungen, drohte die Tunke auf den Fußboden zu schütten:

»Ich lasse es nicht zu. Haben Sie doch ein Einsehen.«

Nach eingefallener Nacht, nach einer guten Abendmahlzeit und Unterhaltung nahm ich Pergentino ohne Fontainha, der sich nach dem Dessert wegen einer Geburtstagsfeier verabschiedet hatte, zu einem ausgedehnten Spaziergang mit. Unterwegs füllte ich mir im Café Lord die Taschen mit meiner Flor de Ouro. Es war die Stunde der Theater, und die Kutschen versperrten die Straßen. In einer saß mit einer Zigarette im Mund Selatiel de Castro fettwanstig zwischen zwei geschminkten Mädchen. Inmitten des Kleiderflitters zog der Finanzmann fröhlich-höflich den Hut:

»Guten Abend, Oberst.«

Ich antwortete im gleichen Tonfall:

»Guten Abend, guten Abend.«

Pergentino, der mit dem Reinigen seiner Gläser beschäftigt war, setzte das Gestell rasch auf den Nasenrücken, um zu sehen, ob er Selatiel de Castros Rockzipfel erkennen könne:

»Ich kenne keine von beiden. Aber nach ihren aufgetakelten Hüten müssen sie Theaterdirnen sein.«

Ich beanstandete die Liederlichkeit des großen Castro, seine Unbekümmertheit, mit Varietédamen aus dem Vergnügungspark mitten durch die Stadt zu rollen:

»Das geht zu weit. Er sollte sich mehr zurückhalten.«

Pergentino stimmte mir zu. Selatiel de Castros Benehmen war unzulässig, zumal da er mit Geld umging, ein Beruf, der zum Maßhalten und Bewahren eines guten Rufs am Markt verpflichtete:

»Das kann Castro nur schaden, schaden.«

Und meinen Arm anstoßend:

»Selatiel sollte bei einem mir bekannten Oberst in die Schule gehen.«

Den Regeln der guten gesellschaftlichen Erziehung zufolge tat ich, als verstehe ich nicht, obwohl ich wußte, wo Araújo seinen Gaul festbinden wollte, nämlich an Nogueiras Haustür. Nach der Spritzigkeit seiner Redeweise zu schließen, mußte der Ruheständler bereits im Bild sein, vielleicht durch ein leidenschaftliches Geständnis Dona Esmeraldinas, da Pergentino als weitläufiger Verwandter im Landhaus der Familie aus- und einging. In der Tat konnte ich anständigerweise nicht vor meinem Freund meine Neigung zu seiner Kusine verbergen, selbst wenn dies zu einer Abkühlung unserer Freundschaft führen sollte. Wenn Pergentino mir auf den Zahn fühlte, würde ich die Katze aus dem Sack lassen. Ich würde ihm von meiner Schwäche für Dona Esmeraldina sprechen und ihm erklären, daß ich bereit sei, die Verantwortung für alle Folgen zu übernehmen. Ich wäre Manns genug, Simeãos Erbe zu verschachern, mit dem beträchtlichen Erlös ein Haus in Niterói zu kaufen und meine Tage am Busen von Nogueiras Frau zu beenden. Schon legte ich mir eine vollständige und gutgezimmerte Beichte zurecht, als Pergentino mitten auf der Straße stehenblieb und, auf mich deutend, mit Kupplermiene sagte:

»Es gibt nichts so Schönes wie ein Häuschen voller Kanarienvögel in der Rua do Gás.«

Ich fiel flach auf die Nase. Ich hatte erwartet, daß der Notar den Fall seiner Kusine aufs Tapet brächte (»Ich weiß alles, Esmeraldina hat es mir erzählt«), und nun tischte er mir solch einen Unsinn auf:

»Freund Ponciano scheint ein Kanarienvogelzüchter der Rua do Gás zu sein, oder?«

Ich zwirbelte meinen Bart und schon kam mir eine Idee. Ob vielleicht seine von Eifersucht gezwickte Kusine den wahren Grund meiner Besuche in der Rua do Gás wissen wollte und daher ihrem Vetter und Vertrauten den Auftrag erteilt hatte, die Wahrheit herauszufinden. Ein alter Affe geht nicht in eine Falle mit wenigen Bananen – sogleich suchte ich vor dem Freund das Mißverständnis zu beseitigen. Ich spielte den Bekümmerten, und das machte den Ruheständler verdutzt und etwas mutlos. Er möge ein Einsehen haben, aber als Militär konnte ich nicht zulassen, daß irgendjemand sich herausnähme, den Ruf eines Freundes wie João Fonseca, meines Teilhabers der ersten Zeit im Großhandel, zu beflecken:

»Das ist eine Verfälschung, eine Verleumdung!«

Eine solch heftige Erwiderung erschreckte Pergentino, der meinen Ärger zu beschwichtigen suchte. Er hatte durch einen Freund aus der Rua do Gás von meinen langen Abenden, von meinem Kommen und Gehen zu einem Kanarienhäuschen in einem verwunschenen Versteck erfahren. Da ich ein Frauenheld sei und ein Mensch, der nichts ohne bestimmte Absicht tue, hatte er bei dem Lavieren des Oberst sogleich Mädchenbeine vor sich gesehen:

»Ich nehme alles zurück, Freund Ponciano. Ich lasse Ihre Erklärung gelten.«

Mir war der Abschluß der Kontroverse lieb, der mein Ansehen bei Dona Esmeraldina nur erhöhen konnte. Und zufrieden, mit zigarrenbeschwertem Schnabel, nahm ich Pergentinos Aufforderung zu einem Bummel durch die Rua do Mafra an, wo seine alte Kindheitsliebe wohnte. Der gleiche Pilgergang Jahr für Jahr – jeden Abend fühlte sich der Ruheständler verpflichtet, am Fenster seiner Leiden zu kratzen, seine Seufzer abzuliefern und mit hängendem Haupt zu seinem Kopfkissen heimzukehren. Ich stupste den Freund:

»Euer Gnaden gehören zum Typ der verschwiegenen Leidenschaften, die einen Christen ins Friedhofsgrab treiben.«

Er gab keine Antwort. Es war, als hätte er die Sprache verloren. Ich bin barmherzig – ich kratzte nicht in seiner

Wunde, denn ich vermag den Kummer anderer zum eigenen zu machen. Unlustig begleitete ich den Ruheständler zum Landhaus der Rua do Mafra. Schummeriges Licht, das aus der Bettnische zu kommen schien, sickerte durchs Fenster. In jener tiefen Nachtstunde mochte der Mann der Dame sich drinnen seiner ehelichen Rechte erfreuen, während Pergentino sich draußen der Nachtluft aussetzen mußte. Ein Zugpfiff in der Ferne verwirrte Pergentinos Gemüt noch tiefer. Um den Notar aufzuheitern, erfand ich ein Lustabenteuer, das ich, ohne mein Patent zu beflecken, eingangs der Woche mit einer jungen feurigen Mulattin erlebt hatte:

»Gevatter, das war ein Getümmel, um einen Hengst lendenlahm zu machen.«

Pergentino im Brunnen seiner Kümmernisse kam nicht an die Oberfläche, noch nahm er von meinem Lügengarn Notiz, er, der immer wild war auf Erzählungen von Bettgeschichten und sabbernd Einzelheiten und Stimmungsbilder erfahren wollte – wie es war, wie es nicht war, ob das Rangelweibchen raffiniert oder eine Anfängerin gewesen sei. Und immer wollte der Notar am Ende der Berichte eine Beschreibung der Dirnen bekommen, ein Körperteil der ihn besonders anzog:

»Und ihr Nacken, Senhor Ponciano? Wie war ihr Nacken?«

In dieser Nacht vermochten keine zwanzig Nacken mit all ihrem reizvollen Drum und Dran Pergentino de Araújo von seinen trostlosen Hirngespinsten abzubringen. Ich schlug ihm auf die Schulter:

»Wachen Sie auf, Mann Gottes, die Schlafstelle ist das Bett.«

Nur mit Mühe, fast mit Hammerkraft, gelang es mir, den Ruheständler der Justiz Arm in Arm durch die Rua do Mafra weiterzuzerren. Zu allem Unglück seufzte in einem Landhaus der Ecke mit Gärtchen und Fontäne ein Klavier unter den Fingern eines bezopften jungen Mädchens. Wiederum von Erschlaffung befallen, blieb Pergantino dicht am Gitter stehen. Sein niedergeschlagenes und zugleich bockiges Wesen erweckte mein Mitleid. Und um nicht den guten alten Freund seinen trüben Erinnerungen allein zu überlassen, rief ich mir Dona Esmeraldinas Bild vor die Seele. Schon war ich wieder in der Laube ins Gespräch mit ihr vertieft, als aus dem Landhaus wie ein Bocksprung ein schmerzlicher Brustton drang, der das Geflecht der Kletterpflanzen ins Schaukeln versetzte und die Nacht erschütterte. Ich suchte mit dem Blick, woher das Getöse kam. Im Wohnzimmer, ans Klavier gelehnt, dröhnte die machtvolle Stimme vom Notariats-Peixotinho, eine mir von den Gerichtsverhandlungen bekannte Bohnenstange. Der Sänger entlockte seiner Kehle ein fades Liedchen, in dem er die Rolle eines in einen Himmelsstern vernarrten Kolibris sang. Ich fand das geschmacklos und respektwidrig. Das fehlte noch! Ein Notariatsschreiber, ein vereidigter Beamter, der sich zu dergleichen Unsinn hergab und die Vögelchen unseres Herrn Jesus Christus nachäffte. Das fehlte noch!

10

Mein Aufstieg vollzog sich zu rasch. Als das erste Jahr im Großhandel zu Ende ging, hatte ich die Gepflogenheiten des Zuckergeschäfts auf den Kopf gestellt. Man stand Schlange vor meinem Büro, und mancher Zuckernabob saß in Fontainhas Vorzimmer im Schwitzbad. Der immer gelecktere Angestellte vereinbarte die Termine und fertigte das Gros der Bittsteller ab. Selatiel de Castro rühmte bei einem Abendessen im *Goldenen Billardstock* meinen untrüglichen Riecher und meine kühnen Spekulationsspiele:

»Wenn Sie so weitermachen, enden Sie als Eigentümer einer Zuckerfabrik!«

In der Tat füllten die Gewinne meiner Firma die Geldkästen der Provinzbank. Von Weiden und Viehwirtschaft wollte ich nichts mehr hören. Wer den Oberst wie von der Tarantel gestochen sehen wollte, brauchte ihn nur an die Korralarbeit zu erinnern. Einmal wies ich Antão Pereira ab, weil der Stotterer die Stirn gehabt hatte, mich im *Familienhotel* mit dem Fall eines Giftschlangenbisses zu belästigen. Ich forderte ihn auf, sich einmal seinen Patron richtig anzusehen:

»Schauen Sie mich gut an, ob ich nach Tutu Militão aussehe.«

Um mir die Schnäbel meines Völkchens in der Stadt vom Hals zu halten, gab ich Juquinha Quintanilha volle Verfügungsgewalt:

»Was der Gevatter aufsetzt, unterschreibe ich mit einem Kreuz.«

An jedem Monatsende kam er und rechnete mit mir ab, bat um Maßnahmen, kaufte Nahrungsmittel und Werkzeuge ein. Widerwillig hörte ich mir seine Neuigkeiten an: Scherereien mit entlaufenem Vieh, Zeckenplage, der Zustand dieser oder jener Mastviehweide. Juquinha Quintanilha hatte Simeãos gesamtes Erbgut im Kopf – auf Frage folgte sofortige Antwort. Seinem Forstaufseherauge entging nicht der versteckteste Stamm, gleich ob er am Wegrand stand oder im tiefsten Dickicht. Der Gevatter war besonders stolz auf die Holzreserven von Mata-Cavalo:

»Wir haben Holz, um zwei oder mehr Sägereien einzurichten.«

Bei seinen ersten Besuchen im *Familienhotel* zeigte ich noch Interesse für dies und jenes. Ich fragte Juquinha nach Einzelnem, nach dem Gang der Korralarbeit, ob die Grenzpfosten auf der Seite von Major Badejo dos Santos' Besitz fest eingerammt seien, wie es mit dem Holzfällen stehe, er möge die Mondphasen und Jahreszeiten im Auge behalten:

»Monate mit Buchstabe *r* sind fürs Schlagen ungeeignet.«

Quintanilha gab in seiner schwerfälligen Art auf alles Antwort, peinlich genau wie es João Fonseca zu den Zeiten unserer Ein- und Verkäufe getan hatte. Im Verlauf der Monate hörte ich auf, Interesse zu heucheln. Außerdem empfing ich den guten Juquinha Quintanilha stets in Eile (»Gevatter, ich bin im Büro verabredet, ich muß einen großen Kauf unter Dach und Fach bringen«). Und kaum hatte er einen Fall vorgetragen, sagte ich in Nachahmung eines Oberlandesgerichtsrats, die Angelegenheit falle in seine ausschließliche Zuständigkeit:

»Dafür habe ich dem Gevatter einen Freibrief erteilt.«

Stolz auf das in ihn gelegte Vertrauen zeigte Juquinha seinen Goldzahn, kratzte sich am Kraushaar und ging zum Bericht der Nachrichten über. Sinhozinho war reisebereit, um seine Regierungsstellung anzutreten. Antão Pereira bat um Erlaubnis, zwei Hühnerhunde gegen einen Pakaspürhund einzutauschen, Dona Francisquinha schickte eine Sendung Getränke in Flaschen, Pater Malaquias bitte um Unterstützung der Armen von Santo Amaro. Stets beschloß der Gevatter seinen Bericht mit Nachrichten, die mein Herz erfreuten:

»Das Hahnenmännchen schickt viele Grüße.«

Beim Abschied versprach ich Juquinha Quintanilha stets meinen Besuch zum Monatsende. Er solle ein Spanferkel braten und die Freunde einladen:

»Sag er meiner guten Gevatterin Alvarina, daß ich ihr ein üppiges Geschenk mitbringe.«

Stets hielt ich die Hälfte meines Versprechens – das Geschenk ging ab, der Gevatter blieb. Ich muß sagen, daß mein Monat kaum ausreichte, um allen meinen Vorhaben nachzukommen. Überdies nahm Dona Esmeraldinas Schwäche für mich zu.

Fontainha diente als Postillon zwischen dem Büro und der Rua dos Frades. Es kam ein Billet (»Der Oberst wird am Sonntag eine Überraschung erleben«), es kam ein Blumenstrauß zum Schmuck meines Schreibtischs, es kam eine Sendung Kompott und Käschen, Leckereien, auf die ich immer versessen gewesen war. Wehe dem Ponciano, wenn er ein Samstag- oder Sonntagabendessen übersprang! Dann erhielt ich einen Verweis von Nogueira und Dona Esmeraldina:

»Tun Sie uns das nicht an, lassen Sie uns nicht wieder sitzen!«

Listenreich wie ich nun einmal bin, versäumte ich die eine oder andere Verabredung und setzte mich im *Familienhotel* an Hauptmann Totonho Monteiros Tisch. Dann erschien Dona Estefânia im schwarzen hüftengen Kleid, in dem ihre Sofaknetmaschine noch reizvoller wirkte. Doch kam es nur selten vor, daß ich mir das Abendessen in der Rua dos Frades entgehen ließ. Das eine um das andere Mal lud Nogueira Gäste dazu ein, Pergentino de Araújo, den großen Castro von der Provinzbank oder einen aus Niterói angereisten Oberlandesgerichtsrat. Wer diese Besucher nicht besonders zu schätzen wußte, war die Herrin des Hauses, und daraus machte sie kein Geheimnis. Sie tadelte sogar ihren Mann:

»Warum bringst du nicht gleich ein Schild an der Tür an wie an Gasthäusern?«

Eines Nachmittags, als ich Nogueiras Frau beim Abwickeln eines Knäuels Wolle behilflich war, vertraute sie mir, seit ich ihr Landhäuschen besuche, fände sie an niemandem mehr Gefallen, nicht einmal an Vetter Pergentino, trotz all ihrer Sympathie für ihn:

»Ich weiß nicht! Ich hab keine Geduld mehr mit ihm.«

Da die Dinge so standen und die Dame fast bezwungen war, hatte es keinen Sinn für mich, meine Samstage oder Sonntage im Rinderland, in Sobradinho oder in Mata-Cavalo zu verlieren, wie ich es Francisquinha versprochen hatte. Ich eröffnete mich Quintanilha, der eines Monatsendes meine Anwesenheit beim Fest von Santo Amaro forderte, bei einer Reiterveranstaltung, bei der ich stets mit dem besten Huf und dem prächtigsten Sattel auftrat. Ich zog Juquinha näher und holte aus meiner Tasche das Kontenbuch der Provinzbank. Er sollte ruhig, und natürlich vertraulich, von meinem in einem starken Jahr erworbenen Großhandelsgewinn Kenntnis nehmen:

»Zweihundert und soviel Pakete, Herr Gevatter! Zweihundert und mehr Contos-de-réis, ohne mich mit Rinderhörnen herumschlagen zu müssen, Seu Quintanilha!«

Mit Sinhozinho Manco ging ich gleichermaßen vor. Francisquinha wurde nicht müde, die Ferne ihres jungen Herrn zu beweinen. Soviel Gejammer brachte den Alten bei einer besonderen Gelegenheit dazu, die Stufen von Livro Verde zu erklimmen, um den Oberst umzustimmen. Noch staubig von der Eisenbahnfahrt, erschien er in Fontainhas Vorzimmer. Der Angestellte, wie es seine Gewohnheit war, fragte mit ausgestrecktem Finger nach Sinhozinhos Begehr:

»Was wünschen Sie, was wünschen Sie? Sagen Sie's gleich, ich habe nicht viel Zeit zu verlieren.«

Das Stimmchen des Reisenden ermutigte Fontainha, den Raum mit einer Ansammlung von Ausrufen und Forderungen zu füllen, doch angesichts von Sinhozinhos Knotenpeitsche ließ er rasch davon ab. Schon pfiff die Liane im Wind, als ich die beiden trennte. In seiner Wut scharrte der Alte auf dem Boden wie ein wilder Stier. Er wollte den Pomadenjüngling, koste es was es wolle, Mores lehren:

»Ich werde diesem Hundesohn Benehmen beibringen, Seu Ponciano.«

Wachsbleich, wieselflink, als befinde er sich in Pestgebiet, verschloß der Büroangestellte seine Angst im Klosett. Zur Beschwichtigung verfügte ich mich Arm in Arm mit Sinhozinho ins *Familienhotel*, bestellte für ihn ein Zimmer und empfahl ihn der Obhut des Hauptmanns Monteiro:

»Dies ist einer der Meinen, Sinhozinho Carneiro, ein mächtiger Mann auf den Weiden.«

Der Alte schlief in einem weichen Bett und gewann so viel Vergnügen an dem zahmen Leben, daß er zwei Wochen mit mir verbrachte. Im *Familienhotel* genoß er hohe Achtung und wurde wie ein Lord behandelt. Es war ein einziges »Major, schauen Sie dies, Major schauen Sie das«. Dergleichen Höflichkeitsfloskeln ungewohnt, knurrte er schließlich, er sei kein Mann eines Patents oder sonstwelcher Vorrechte:

»Ich bin Sinhozinho. Sinhozinho Carneiro, geboren und erzogen in Ponta Grossa dos Fidalgos.«

Sogleich nahm Totonho das Patent von seinen Schultern, doch der Rest des *Familienhotels*, von den Reisenden bis zum Küchenpersonal, bedachte ihn weiterhin mit dem verweigerten Titel. Solcherart wurde er wider Willen Major Carneiro. Ich fand dies erheiternd und war der erste, über des Freundes Patent zu scherzen. Mit verstellter Miene, als sei ich ein Fremder, fragte ich nach Major Sinhozinho Carneiro:

»Ein Großkopfeter mit schütterem Bart, der mehr als tausend Stück Vieh besitzt.«

Der Abschied tat mir weh, als der Alte seine Koffer packte. Ich hatte bereits mein Ohr an seinen hinkenden Gang gewöhnt. Bei jedem Tagesanbruch klopfte er als Ersatz für den Hahnenschrei an meine Tür. Er war ins Hotel gekommen, um den Oberst zu zähmen und Ponciano heimzuführen. Angesichts solcher Größe aber gab er meinem Vorgehen recht. Auch er stand vor einer Veränderung. Er sollte einen Regierungsposten mit leichtem Dienst und sicherem Einkommen erhalten. Sein Vetter, ein Politiker, hatte alles für die Zeit nach den Wahlen eingefädelt:

»Zahmes Pöstchen, Regierungsbetrieb.«

Ich schüttelte sein Schülterchen, machte ihm Mut:

»Ausgezeichnet, Herr Major. Die Weide bringt rein gar nichts mehr ein.«

Er reiste an einem Samstag mit Pflanzregen, jenem Regen, in dem eine Stiefelsohle Wurzeln schlägt. Wiewohl Frühaufsteher und Brummbär, hinterließ er einen guten Namen im *Familienhotel.* Ich brachte Sinhozinho im Zweispänner zum Bahnhof. Beim Pfiff der Lokomotive wollte ich ihm zwei Conto-de-réis in die Tasche stecken. Er lehnte mit finsterer Miene ab:

»Ich bin kein Mensch, der sich bestechen läßt, ich stehe nicht vor dem Bankrott.«

Als der Zug von der ersten Kurve verschluckt worden war, empfand ich innerliche Leere. Rasch wuchs ein Kummerknoten in der Kehle des Oberst Ponciano de Azeredo Furtado.

Mein Jahrestag wurde im Haus der Nogueiras mit einem

Freundschaftsessen gefeiert. Fontainha arbeitete in Gemeinschaft mit Dona Esmeraldina eine ganze Woche lang an den Geburtstagsvorbereitungen. Er tat geheimnisvoll und flüsterte in den Ecken. Abends fand ich das Landhaus in der Rua dos Frades schlafstill. Doch kaum trat ich über die Schwelle der Haustür, erstrahlte alles taghell, und eine Menschenmenge lief mir mit Hochs und Umarmungen entgegen. Fontainha im Abendanzug dirigierte die Begrüßungszeremonie, er sorgte für Stimmung. Angesichts solcher Freundschaftsbezeigungen sank ich Pernambuco Nogueira in die Arme. Für einen Oberst allein war das zuviel Güte. Ich sagte ergriffen:

»Vielen Dank, vielen Dank für alles.«

Arm in Arm schlenderte ich mit den Großen der Politik umher. Männer, die ich nicht kannte, waren zu Speis und Trank in die Rua dos Frades gekommen. Ich verspürte nur einen kleinen bitteren Stich, als ich Selatiel de Castro an Dona Esmeraldinas Schleppe hängen und seine Blicke an ihren Reizen kleben sah. Von weitem winkte der Finanzmann mir zu. Ich antwortete gemessen, wie es den Gesetzen der guten Erziehung entspricht:

»Schön guten Abend, schön guten Abend.«

Nach Beendigung gegenseitiger Komplimentierungen ankerte ich in der Nachbarschaft Pergentinos, den in einer Verandaecke ein fröhlicher Jungmädchenflor umgab. Von diesem Beobachtungsposten aus konnte ich Selatiels Manöver um Dona Esmeraldina überwachen. Mein Herzschlag drohte zu stocken, als ich den Finanzmann mit der Herrin des Hauses in den Verstecken des Gartens verschwinden sah. Ich war nicht mehr Ponciano – ich war nur noch auf das Blattwerk gerichtetes Auge und Ohr. Zum Glück beglänzte Korralmondschein, der das Winzigste erhellt, Landhaus und Umgebung. Und es dauerte nicht lange, bis Dona Esmeraldina völlig aufgelöst wie nach heftigen Umarmungen und nach einem »Halt-mich-oben-drück-mich-unten« auftauchte und nervös ihr Haar in Ordnung brachte. Hinter ihr, Blume im Knopfloch, erschien der große Castro quietschfidel, die Hand in der Tasche, als hielte er den Hauptgewinn umklammert. Ich dachte, die junge Frau sei verstimmt über Freiheiten, die er sich bei ihr herausgenommen habe. Doch sogleich merkte ich meinen Irrtum – sie war es, die aus eigenem Willen um Selatiels Hilfe bat, um die Stufen der Veranda zu erreichen. Sie sagte mit angewinkeltem Arm:

»Castro, haben Sie die Güte.«

Und mit gelöstem Lachen und Wangengrübchen betrat sie das Wohnzimmer. Ich wendete mich ab, um nicht Selatiel de Castros auffälliges Benehmen mit ansehen zu müssen. Ich heuchelte Interesse für das Geplapper der jungen Mädchen rings um Pergentino, der ein Ratespiel leitete. Auf Bitten des Ruheständlers nannte eine jede die Farbe ihrer Vorliebe – Rot verkörperte die Empfindung der Leidenschaft, Gelb die Verachtung und Weiß die Unschuld. Einen altmodischeren Menschen wie Pergentino konnte es nicht geben. Während der Pensionär die Mädchenschar mit dummen Witzen zu erheitern glaubte, betätschelte der große Castro von der Provinzbank im Halbdunkel die entblößten Stellen der Kusine Esmeraldina. Pergentino sprang auf der Veranda wie ein Irrlicht von Frage zu Frage:

»Was ist Dona Julinha Rochas Farbe? Hat die kleine Alice eine Schwäche für Blau?«

Als die Reihe an mich kam, weigerte ich mich, an dem Spiel teilzunehmen:

»Ich eigne mich nicht für diese Salonspielchen.«

Die jungen Mädchen erhoben Einspruch, schlugen in die Hände. Wollten, ich solle mitmachen, meine Lieblingsfarbe nennen. Eine von ihnen, Julinha Rocha, scheute sich nicht, mich am Ärmel festzuhalten. So standen die Dinge mit meinem »Soll-ich-soll-ich-nicht?«, als Dona Esmeraldina an Selatiel de Castros Arm herzutrat und um Erlaubnis bat, den Oberst zu entführen:

»Nur ein Augenblickchen.«

Pergentino verweigerte mit Unterstützung der Jungmädchenschar die Erfüllung ihrer Bitte. Er stampfte mit dem Fuß auf und zeigte sich resolut. Es war nicht schicklich, das Geburtstagskind Ponciano de Azeredo Furtado einem so erwählten Kreis zu entziehen:

»Das schickt sich nicht, meine verehrte Kusine.«

Ich wurde von einem Kordon aus Röcken umringt und fühlte mich plötzlich als Mittelpunkt wie ein von Gartenblumen umgebener Palmenstamm recht wohl. Ohne auf die Protestrufe einzugehen, holte Nogueiras Frau, Seiden und Spitzen durchbrechend, den Oberst aus seinem Tüllgefängnis:

»Kinderchen, nur einen einzigen Augenblick.«

Selatiel gab mit einer artigen Verbeugung Dona Esmeraldinas Arm frei. In diesen gehakt, erreichte ich den Hausflur und betrat das Gästezimmer, wo mich eine Geburtstagsüberraschung erwartete. Aus der Tiefe einer Schublade zog die junge Frau ein in Seidenpapier gewickeltes Päckchen:

»Haben Sie die Güte, Oberst.«

Ponciano, Mann der Korrale, besaß zu grobe Finger, um eine so kleine Schachtel sofort zu öffnen. Ich betastete und drehte sie, fast fiel das Geschenk auf den Fußboden. Angesichts meiner Ungeschicklichkeit bat Dona Esmeraldina um Erlaubnis und entschälte mit Stickerinnenhand das Präsent. Es war ein Paar feingearbeiteter Manschettenknöpfe, verziert mit einem großen *P*, in Gold eingelegt. Ich gestehe, das Andenken rührte mich zutiefst. Befangen sagte ich, eine so reiche Gabe gebühre mir nicht, sie sei eher geeignet für einen Akademiker.

Ihr Kopf am Leinen meiner Schulter, sagte ihr Blütenmund dicht an meinem Bart und ganz sanft:

»Der Oberst verdient noch viel mehr.«

Zum Übel meiner Sünden mußte ich diese zauberhafte Vertraulichkeit abbrechen, weil Fontainha an der Spitze einer Mädchensarabande meldete, das Abendessen sei aufgetragen:

»Herr Oberst, Dona Esmeraldina.«

In einer Welle von Spitzen und Seifenduft betrat ich den nach Geburtstagsregeln kerzenerleuchteten Festtagsraum. Ich setzte mich auf den Ehrenplatz zwischen der Hausherrin und Notar Pergentino de Araújo. Weiter weg unterhielt sich Selatiel de Castro mit Pernambuco Nogueira, der die Stirnseite des Tischs einnahm. Mir gegenüber erhob sich das erdige Gesicht des alten Gastão Palhares. Er war versessen auf Krankheiten und, wo immer er sich befand, begann er von Heilmitteln, Rezepten und ärztlichen Ratschlägen zu reden. Wollte von Pergentino wissen, ob die Wasserkur tatsächlich seine Milz gereinigt hätte:

»Nach Ihrem Aussehen zu schließen hat der Freund seine Kur gut genutzt.«

Ich wandte meine Aufmerksamkeit Dona Esmeraldina zu, die über ein ihr von der jungen Julinha Rocha anvertrautes Geheimnis lachte. Ihr Haar wogte im Kerzenschein wie Feuerwellen – ein unvergeßlicher Eindruck. Gemächlich, und so galant ich konnte, rühmte ich den Glanz des Festes, und um ihre Eifersucht ein wenig anzustacheln, warf ich ein Auge auf die zur Rechten ihres Mannes sitzende junge Frau:

»Was für ein zurückhaltendes, entzückendes Wesen.«

Dona Esmeraldina bewies, welch gute Kinderstube sie besaß. Sie pflichtete mir bei – die junge Cerqueira sei ein Mädchen mit vielen Gaben, von eigenartiger Schönheit, begabt am Klavier und noch begabter, ein gepflegtes Haus zu führen. Und zu mir geneigt:

»Eine gute Partie für den Oberst.«

Ich wollte den Scherz zurückgeben, doch die von Artur Fontainha angetriebene Dienstbotenschar rückte mit Terrinen und Tabletts ein. Der Bürovorsteher erwies sich bei dergleichen Gedenkfeiern als ein erfindungsreicher Geburtstags- oder Tauffestveranstalter. Er ließ die Herrin des Hauses zuerst bedienen. Und über meine Ohrmuschel gebeugt:

»Der Oberst muß sich gedulden. Etikette . . .«

Doch kaum hatte ich das Essen gerochen, als Pergentino Araújo zum Flug ansetzte. Mit dem Fuß seinen Stuhl zurückschiebend, räusperte er sich und bat ums Wort:

»Meine Damen, meine Herren.«

Völlig verdattert legte ich Messer und Gabel nieder. Dann, sein Glas empordrehend, lobte Pergentino den Oberst über den grünen Klee, und es fehlte nur, daß er mir Flügel andichtete und mich in den Himmel der Vögel steigen ließ. Alle meine mir angeborenen Tugenden breitete er auf dem Tisch aus und viele andere, die ich nicht besaß. Und schloß den Reigen seiner Rühmungen mit einem Ereignis, an das ich mich nicht mehr erinnerte: den Fall eines armen Karrenesels, den ich verteidigte und von den Schindereien seines Besitzers befreite. Und sein Glas eine Handbreit vor meinem Bart haltend:

»Auf die vielen guten Jahrestage, die Freund Ponciano de Azeredo Furtado noch feiern wird.«

Fontainha schlug in seiner Wut zu gefallen um ein Haar das

Glas der jungen Julinha Rocha in Scherben. Als das Kristall zur Ruhe gekommen war, hustete Nogueira, nachdem er den Schnabel mit dem Mundtuch gesäubert hatte, und erhob die Stimme. Wieder eine endlose Lobrede. Wieder verfiel ich meinem Bartgezwirbel, wie es meine Gewohnheit ist, wenn mein bescheidenes Innere angerührt wird. Nogueira, der wie im Gerichtssaal sprach, bot einige Betrachtungen hinsichtlich meines streitbaren Verstandes und schloß sein Preislied, indem er sein Glas auf meine Gesundheit hob:

»Zu Glück und Segen unseres Oberst.«

Ein Wort gab das andere, nun gab es kein Halten mehr. Nach dem Doktor meldete sich Fontainha. Er zog seine gestärkten Manschetten hervor, glättete sich das Haar und legte die Hände auf den Tisch, als wolle er seine Gedanken ordnen. Und plötzlich, ohne daß jemand es erwartet hätte, wetterte er gegen die Feinde des Oberst Ponciano de Azeredo Furtado, ein Geschmeiß von Neidhammeln, die nur den Fortschritt der Großhandelsfirma hemmen wollten. Und unterwürfig:

»Eine Firma, deren untertänigster Diener ich bin.«

Vom anderen Tisch, sein Nadelstrichschnurrbärtchen glättend, erhob der große Castro Einspruch:

»Das lassen wir nicht zu.«

Fontainha senkte den Kopf und dankte für die von Selatiel de Castro empfangene Unterstützung. Und immer giftiger werdend, schlug er sich auf seinen Brustpanzer und versprach, den Oberst selbst unter Einsatz des eigenen Lebens zu verteidigen:

»Niemand wird Euer Gnaden in meiner Gegenwart desavouieren dürfen!«

Mehr sagte er nicht, denn in diesem Augenblick, Instrument in der Faust, erschien auf der Veranda Peixotinho vom Notariat, ohne gerufen oder eingeladen worden zu sein:

»Ich bitte um die besondere Erlaubnis, das Geburtstagskind dieses Hauses ehren zu dürfen.«

Und ohne die Genehmigung abzuwarten, Gitarre dicht unter dem Kinn, legte er los zum ersten Gesang. Aufruhr folgte, allgemeines Stuhlrücken. Das Geburtstagsmahl war aufgelöst und ein jeder, mit Teller und Besteck bewehrt, suchte ein bequemes Plätzchen. Die jungen Mädchen, Kakerlaken vor dem

Sturm, umringten Peixotinho, der strahlte, von soviel Spitzensäumen umflort zu sein. Ein Käuzchengesicht, Schreiber in Pernambuco Nogueiras Kanzlei, bat Peixotinho, ein Liebeslied zu spielen:

»Das vom Grafen und der Prinzessin.«

Auf Drängen Fontainhas, der Schmähungen und Drohungen vergessen hatte, verteilten die Geladenen sich auf den Eisenstühlchen und -bänken des Gartens, ein guter Einfall, denn die Nacht schwamm in Helligkeit. In diesem Trubel und Gerenne der jungen Mädchen stellte Dona Esmeraldina mir die junge Cerqueira vor:

»Ist sie schön oder nicht, Oberst?«

Den Rest des Abends verbrachte ich neben ihr, in der Tat hatte sie mehrere Reize, auf die Schultern herabfallendes Haar und einen unverdrossen lachenden Mund. Auf der Veranda schüttelte Peixotinhos machtvolle Stimme die Nacht an ihren Flechten, bis die Fenster- und Vitrinenscheiben klirrten. Schlimm war allerdings, daß der gute Mann nur traurige Weisen mit tragischem Ausgang anstimmte. Ich sagte abwertend:

»Dieser Peixotinho ist ein Totengräber, finden Sie nicht, Dona Mocinha?«

Das junge Mädchen fand meine Bemerkung witzig, meinte aber, ich solle nicht mit ihm ins Gericht gehen:

»Der Ärmste, Oberst, ist doch zu Ihrer Ehrung gekommen.«

Ich dankte Gott für die gute Idee des Mädchens, auf der anderen Gartenseite Nelken zu pflücken. Frohen Herzens schritt ich mit ihr durch Alleen und Rasenwege, während Mocinha Cerqueira die Schönheit des Blattwerks pries. Ich solle doch die Mimosenlaube sehen und das Dahlienbeet:

»Sehen Sie doch, wie zaubrig, Oberst.«

Ich bestärkte sie in ihrer Bewunderung:

»Eine Pflanze von hohem Wert, Senhora.«

So gelangten wir zum Nelkenbeet, einer prachtvollen Rabatte. Wieder zurück, blieb das junge Mädchen in der Nähe der Veranda stehen, um eine aus dem Blattwerk hängende Glyzinientraube zu betrachten. Mit einemmal hüpfte aus einem Farnkrautgesträuch ein Laubfrosch auf die Spitze ihres Schühchens. Erschrocken stieß die Junge mit ihrem Hinterteil gegen meine Intimitäten, den Mittelteil des Obersten. Es war ein Nichts, eine Blitzsekunde, doch Zeit genug, um die Wohltaten der jungen Cerqueira abschätzen zu können. Mit bloßem Auge betrachtet und mit Stoff und Spitzen umhüllt, schien sie nicht besonders gut ausgestattet zu sein, doch ihre Haltung trog –, sie war schlank von außen und üppig von innen. Was die Verkleidungen der Damen betraf, so hatte Juju Bezerra recht gehabt:

»Seu Ponciano, Seu Ponciano, wer das Kleid sieht, sieht nicht das Fruchtfleisch.«

Und so ging in tiefer Nacht meine Geburtstagsfeier zu Ende. Mit einer Blume im Knopfloch, Andenken an das Mädchen mit den Nelken, zog ich heimwärts. Schon stieg Morgenduft aus den Höfen und Gärten der Rua dos Frades.

Die Geburtstagsfröhlichkeit dauerte nur einen Lidschlag. Vom Weidenland brachte Gevatter Juquinha am Wochenende böse Nachrichten. Mein Hahn, der kleine Rote, Major Lorenas Geschenk, war verschwunden und in einem Umkreis von zwanzig Léguas des Erbguts Simeãos nicht aufzufinden. Die Sache war die: die besagte Giftschlange, von der mein Mestize einmal an fleischiger Stelle gebissen worden war, hatte sich in den Kopf gesetzt, vor dem Hahnenhaus liederliche Ständchen abzuhalten. In einer Mondnacht türmte die Kobra Ring um Ring und bildete somit das mit seinen zwei Feueräuglein ausgestattete Giftbündel. Eine Herausforderung, die mit Eisen und Pulver bekämpft werden mußte. War der Tag vorbei, wagte kein Mensch in Sobradinho noch einen Schritt vor die Haustür zu setzen. Um diesem Unsinn ein Ende zu bereiten, legte Antão Pereira, von gehemmter Zunge, aber gutem Zielauge, einen Hinterhalt, doch vergebens, da der besuchende Surucucu tückischen Spürsinn besaß. Genau genommen schaltete und waltete er in den Weidennächten. Antão Pereira wurde von Saturnino Katerbart abgelöst, der vierzehn Tage lang nichts tat als, Finger am Abzug, das Treiben der Viper zu belauern. Nach Ablauf der zweiten Woche, als kein Schatten einer Schlange mehr zu sichten war, erklärte Saturnino Sobradinho für schlangenfrei:

»Sie hat sich verkrümelt, sie ist vor meinem Schießeisen weggelaufen.«

Juquinha Quintanilha hieß ihn persönlich seine Waffenwache einstellen:

»Sie kommt nicht mehr, Seu Saturnino. Sie treibt jetzt in einer anderen Gemarkung ihr Unwesen.«

Doch kaum hatte Saturnino sein Feuerinstrument eingezogen, als der Großwurm sanftmütiger und giftstrotzender denn je zurückkehrte. Zum reinen Zeitvertreib biß er ein Ferkel, das darauf wartete, zur Tauffeier abgestochen zu werden, und des Schadens nicht zufrieden, rollte er sein Ringelkleid, da er eine offene Tür fand, von der Küche bis ins Besuchszimmer. Wie die alte Francisquinha sehr richtig sagte, es fehhlte nur noch, daß er im Bett des Oberst genächtigt und Zigarren verlangt hätte. Nun beschloß der kleine Rote, eingedenk des Kobrabisses, die Verteidigung von Sobradinho auf seine Kappe zu nehmen. Am Morgen, während der Stalljunge das Wasser im Hahnenhaus wechselte, ergriff mein Preishahn die Flucht. Verschwand und ward nicht mehr gesehen, obgleich das Volk Wälder und Strauchdickicht durchstöberte. Der mit der Versorgung des Hahns beauftragte Bursche bat aus Angst vor meinem Zorn um Asyl in den Korralen von Caetano de Melo. Auf dem Flügel des Winds wurde Juquinha Quintanilha aus Mata-Cavalo gerufen. Was tun, was lassen? Der ins Bild gesetzte Gevatter kratzte sich am Kopf und entschied:

»Wir müssen den Hahn finden, und wenn wir die Feldjäger der Regierung um Hilfe rufen müssen.«

Nie zuvor von Leuten aus Sobradinho betretenes Gelände wurde immer wieder durchsucht – die Füße meiner Viehtreiber durchforschten Steppenland in einer Ausdehnung von zwanzig Léguas. Nachts, mit Fackeln ausgerüstet, durchsuchte das Völkchen Ödland, eine Aufgabe, die erst im reifen Morgen am Meeresstrand endete. Nichts, keine Spur vom kleinen Roten. Niemand hatte ihn erspäht, ihn erkundet, den Verschwundenen. Die alte Francisquinha versprach eine neuntägige Andacht und Antão Pereira dem wundertätigen Heiligen Antonius einen Wachshahn, sofern das Tierchen gesund und munter heimkehre. Am fünften Tag der Suche verfinsterte sich der Himmel Gottes und ein Wasserleintuch ertränkte alle Lande. Niemand war verrückt genug, um in diesem glitschigen Schlamassel spazierenzugehen. Juquinha, als Oberkommandierender, hieß die Kriegsoperation einstellen:

»Sobald der Regen nachläßt, geht die Suche weiter.«

In der gleichen Nacht ging während des Dauerwolkenbruchs ein Schnapshändler namens Quirino Dias in Sobradinho vor Anker. Der bis auf die Haut Durchnäßte klapperte mit den Zähnen. Francisquinha half ihm mit einem Arzneitrank aus Teer und Sarsaparille wieder auf die Beine. Gestärkt, in trockenem Zeug, erzählte der Branntweinbrenner, auf dem Wege von einem Handelsabschluß in Ponta Grossa dos Fidalgos habe er in der Nähe des Meers auf distel- und kaktusbestandenem Gelände inmitten freien Strandgebiets ein Schauspiel gesehen, das bisher kein menschliches Auge erblickt hätte: einen kleinen feuerfarbenen Hahn im Krieg gegen eine jacamaulförmige Giftschlange. Unter dem Regenguß sei es rasch dunkel geworden. Als religiöser Mensch dachte Quirino Dias, das Ganze sei eher eine Teufelei Beelzebubs, der stets die Stunde des Dunkelns wählt, um Schrecken und Qual zu verbreiten. Ohne abzusitzen, sprach er ein Stoßgebet, einen in solch mißlicher Lage wirksamen Spruch. Und durch die Macht der Heiligen vor den Fallen des Gehörnten befreit, schickte der Schnapsbrenner sich an, das jeder Hilfe und Zeugenschaft so ferne Gelände zu verlassen. Mittlerweile indes hatte eine Alptraumkraft Quirino und sein Pferd dermaßen gelähmt, daß der Schnapsbrenner nichts mehr von sich selber wußte und auch den Blick nicht mehr von Hahn und Schlange wenden konnte. Die Kobra zog den Mestizen in ihren Bann, als sei er ein Frosch, während das Hähnchen den Zauber mit Spornhieben zu brechen suchte. Der Rassehahn raste im Versuch, die Ringe der Giftschlange zu sprengen. Der Vernichtungskampf zog sich durch Disteln und Kakteen. Der Hahn wutentbrannt, der Surucucu in der Abwehr, thronend auf seinem Bündel aus Ringen, von wo aus er Schlag auf Schlag austeilte. Quirino Dias, fest im Sattel, begleitete im Schritt den Ablauf des Zweikampfs, der sich in die Länge zog. Nun schien sich das Kriegsglück dem Hahn zuzuneigen, da die Giftschlange Verletzungen am Kopf zeigte und ein Auge eingebüßt hatte. Genau genommen arbeitete die tödliche Schlangenzunge nur noch ehrenhalber. Tapferes Tier! Vom Hahn, der die Weichteile seines Gegners zu treffen verstand, in Fetzen gerissen, streckte die Giftschlange dennoch nicht die Waffen. Sie starb unter den Sporenhieben, ohne um Waffenruhe zu bitten. So trugen Hahn und Kobra ihren Krieg mit Feuer und Eisen bis zum Meeressaum. Und, ohne Angst vor Schweinsfisch oder Sirene, zerrten sie einander als furchtlose Krieger in einer endgültigen, unentwirrbaren Umarmung ins Seewasser hinein:

»Erst jetzt kam ich wieder zu mir.«

Doch obschon nun aus dem Zauberspuk entlassen, versuchte Quirino Dias gleichwohl die erschauten Wahrheiten abzuschätzen, ob nicht doch alles Teufelsmachenschaft sei oder Täuschung im regnerischen Nachmittag, da er, so weit er auch die Augen aufgerissen hatte, nicht an dergleichen Spinnereien glauben wollte. Mit seinem Lianenmesser, das er stets bei sich trug, kratzte er sich am Rippenbogen, um zu fühlen, ob er tot sei oder träume. Nach dem ersten Stich der Stahlspitze sprach er mit erloschener Kirchenstimme:

»Gott zum Gruß! Noch bin ich Quirino Dias mit seinem kleinen Schnapshandel in Macaé.«

Nach dieser Feststellung stob er, ein Gebet auf den Lippen, davon und dankte seinem Schöpfer, als er in einer Kneipentür ein Lichtchen schimmern sah. Er hielt, um sich einen Stärkungsschnaps zu Gemüte zu führen und erfuhr bei diesem Halt, daß das Volk von Sobradinho dem Lieblingskampfhahn des Obersten Ponciano de Azeredo Furtado auf den Fersen sei:

»Er ist seit Tagen verschwunden.«

Er fragte, welche Farbe er habe:

»Ist er rot, mit dünnen Beinen und Flaggenkamm?«

Als er somit wußte, daß er den Hahn des Obersten gesehen hatte, trank der Schnapshändler nicht sein Glas aus, galoppierte im Regenguß los und trug die Nachricht nach Sobradinho, wo alle Welt mit hängendem Kinn dastand, als stünde der Leibhaftige mit Bocksfuß vor ihnen. Nachdem ihre Verblüffung verraucht war, machten sich die Feldarbeiter, Juquinha Quintanilha an der Spitze, durch die finstere Nacht auf den Weg. Gegen Morgen gelangte mein Völkchen in das besagte Mohn- und Bromeliengebiet, welches der Schnapsbrenner erforscht hatte. Alles wurde durchfegt, durchschnüffelt, vermessen. Es blieb kein Nagelbreit Strand übrig, der von meinen Gehilfen nicht überprüft worden wäre. Sie fanden nur Spuren des Zweikampfes – Schuppen der Giftschlange und Hahnentritte in der Strandöde. Doch von der Person des kleinen Roten wurde nie mehr je etwas gesehen oder gehört.

Ich hatte also meinen Hahn verloren, bald verlor ich Juquinha Quintanilhas Dienste, denn ein Unglück kommt nie allein. Es geschah nämlich, daß der Gevatter, der verdorbenes Wasser getrunken hatte, tödlich erkrankte. Ich ließ Juquinha aus Mata-Cavalo kommen und wachte in schlaflosen Nächten an seinem Krankenbett. Er lag im Kreiskrankenhaus in einem Einzelzimmer, gut betreut von einem gewissen braven Pereira Nunes, da Dr. Coelho dos Santos gerade im Urlaub war und seine Sprechstunde geschlossen hatte. Nachdem die Gefahr vorüber war, berichtete Gevatterin Alvarina, nach Unserem Herrn Jesus Christus sei der Oberst Juquinhas Retter gewesen:

»Er hat es ihm an nichts fehlen lassen! An gar nichts!«

Zu meinem Leidwesen mußte der Gevatter die Leitung meiner Korrale, wo er fachmännisch über Rinder und Weiden geherrscht hatte, aufgeben. Denn Dr. Pereira Nunes hatte Juquinha geraten, den Beruf zu wechseln, wogegen der Mulatte sich sträubte. Es sei nicht richtig, den Oberst ohne Hilfe zu lassen:

»Das darf ich meinem Gevatter nicht antun, er ist so unendlich gütig.«

Ich wurde streng:

»Nein, mein Herr. Der Arzt hat es verordnet und basta.«

Mit seinen in Jahren harter Arbeit gemachten Ersparnissen kaufte der Gevatter eine halbe Alqueira Buschwald auf der Straße nach Capão, in einiger Entfernung von der Stadt. Der Kauf fand meinen Beifall – Juquinha verstand zu wählen. Der Boden war fruchtbar und versprach gute Ernten. Der Obstgarten war in ordentlichem Zustand, besaß eine Wasserleitung, der Bestand von Mango- und Aprikosenbäumen war ausreichend. Im Wohnhaus am Straßenrand richtete der Gevatter einen Kleinhandel ein. Ich half dem Freund mit fünf Contos aus, zinsfrei und rückzahlbar nach Wunsch, außerdem verschaffte ich ihm im Großhandel langfristigen Kredit. Ich erließ den Befehl an die Lebensmittelgroßhändler der Rua do Rosário:

»Als sei der Kunde ich.«

Infolge meines hektischen Lebens, das mich immer tiefer in Spekulationsgeschäfte verwickelte, fand ich keine Zeit, den Gevatter auf seinem Kleingut zu besuchen. Dona Alvarinas große Güte dagegen gelangte jedes Wochenende in Form von Süßigkeiten oder einem Korb mit Früchten ins *Familienhotel.* Ich packte die Geschenksendungen nicht aus – so wie sie ankamen, wanderten sie in die Rua dos Frades weiter. Dann und wann erschien Juquinha im Büro. Erstattete über seine Geschäfte Bericht (»Herr Oberst, ich habe das Trockenfleisch bezahlt, habe meine Kredite am Markt abgedeckt«), erbat den einen oder anderen Rat. Beim Abschied, den Hut achtungsvoll vor der Brust wie zur Zeit von Mata-Cavalo, fragte er nach meinen Aufträgen:

»Ich muß ziehen, wenn der Herr Oberst es erlaubt.«

Auf Bitten von Dona Esmeraldina übergab ich die von Juquinha hinterlassene Freistelle an einen Vetter von ihr, einen im Ingenieurwesen ausgebildeten jungen Mann, der in Rio de Janeiro keine Beschäftigung fand. Ohne ihn gesehen zu haben, erfüllte ich ohne weiteres Nachdenken den Wunsch der jungen Frau:

»Dona Esmeraldina hat nicht zu bitten, nur zu befehlen.«

Der junge Ingenieur ließ auf sich warten. Ein Brief nach dem anderen ging an ihn ab – keine Antwort, nichts. Bis ich eines Samstags, als ich zum gewohnten Abendessen kam, in der Rua dos Frades einem neuen Gesicht begegnete. Es war der Vetter der Nogueiras, geschniegelt und gewienert. Er schien gerade aus der Bügelanstalt zu kommen. Sein nadelfeines Bärtchen nach Art von Selatiel de Castro paßte besser zu einem Rampenlichtgalan als zu einem Urwaldgutsverwalter. Er war so hochgestochen, der Herr Doktor der Ingenieurswissenschaften, daß er nicht einmal vom Sofa aufstand, als ich eintrat. Er saß und blieb sitzen. Die Herrin des Hauses eilte einlenkend herbei:

»Oberst, das ist Vetter Baltasar da Cunha.«

Vom Sofa hob sich jenes Händchen, das ich aus Furcht, es zu zerquetschen, nur leicht drückte:

»Freut mich sehr, Doktor.«

Er erwiderte meine Höflichkeitsgeste nicht, mochte Dona Esmeraldina sich als Kusine noch so liebenswürdig bemühen, ihn zu einer entgegenkommenden Gebärde zu bewegen. Ich wandte ihm den Rücken und versuchte mit Pernambuco Nogueira, der im Besuchssalon einige Bittsteller des Gerichtshofs anhörte, ein Gespräch zu beginnen. Und während der Doktor wartete, lachte ich, meine Zigarre genießend, insgeheim im Gedanken an den Einödensturm, der dem Lackaffen seine Kräuselhärchen zerzausen würde. Beim ersten Winterstoß würde Vetter Baltasar unglückseliger umherhüpfen als ein Grünling auf einem Rinderhuf. Und meine Zigarrenasche abstreifend, sagte ich zu mir, wie es meine Art ist:

»Der Lump wird die Nase bald tiefer tragen und zahmer gehen als ein Prozessionspferd.«

Gegen Ende des Abendessens beim Nachtischkaffee gab ich Pernambuco Nogueira zu verstehen, der Verwandte sei eigentlich zu fein, um Weidenarbeiten zu leisten:

»Der junge Mann wird sich sehr wundern, Doktor. Mata-Cavalo ist ein widerborstiges Tier und hart im Geben. Dort weht ein strenger Wind.«

Nogueira beschwichtigte meine Bedenken. Vetter Baltasar sei im Sertãoleben bewandert und imstande, mein Erbgut gewinnbringend zu verwalten. Und seine Weste aufknöpfend, um sich auf sein Verdauungsschläfchen vorzubereiten:

»Ich wette, Freund Ponciano wird ein gutes Geschäft mit ihm machen.«

Dergestalt beruhigt, entließ ich Nogueiras mit allen, einst Juquinha Quintanilha übergebenen Vollmachten ausgestatteten Verwandten. Als Umzugsunterstützung nahm er fünf Contos in bar mit, außer einem Halbjahresvorschuß, den ich ihm auf Dona Esmeraldinas Bitten auszahlte. Doch auch so vergingen keine vierzehn Tage, bis der Herr Doktor Ing. die Stufen von Livro Verde mit der Bitte um eine neue Zahlung erklomm:

»Ich möchte im Wohnhaus Reparaturen vornehmen und ein Wasserreservoir einbauen lassen.«

Er sprach von oben herab, im Befehlston, als sei er der Besitzer. Wie ein König saß er mit übergeschlagenen Beinen da, den Finger im Westenausschnitt, Haargekräusel in der Stirn. Hätte er nur für einen Zwanziger Respekt, er würde sich nicht so herausputzen mit Lackstiefeletten und lackierten Fingernägeln. Was sollte das Volk der Windeinöden sagen, wenn es erfuhr, daß ein geschniegelter und pomadisierter Schnösel Herr war in Mata-Cavalo? Ich hörte bereits das Getuschel von Gatter zu Gatter:

»In Mata-Cavalo sitzt ein Weichling, ein Warmer.«

Fontainha, aus der gleichen Bagasse, schloß vom ersten Moment an Freundschaft mit dem Verwandten der Nogueiras. Nie erschien Baltasar da Cunha im Büro, ohne den Büroangestellten in Cafés und Billardsäle mitzuschleppen, wo sie vertraulich schwatzten. Und noch vertraulicher, wenn ich in der Nähe vorbeiging. Das Schlimmste war, daß Fontainha die Umgangsformen des Doktor Ing. nachäffte und sich auf der Oberlippe ein Regenwurmbärtchen wachsen ließ. Ich stellte den Burschen zur Rede:

»Finden Sie es richtig, daß ein Mitarbeiter von mir mit so einer Gemeinheit im Gesicht herumläuft?«

Vergebungsheischend krümmte er das Kreuz, sofort bereit, den Unsinn zu beenden:

»Ich säubere mir das Gesicht. Ich möchte den Herrn Oberst auf keinen Fall verstimmen, betrüben.«

Angesichts solcher Ergebenheit und Unterwürfigkeit erklärte ich das Gesagte für ungesagt. Er solle herumlaufen, wie er wolle. Und schon in freundschaftlichem Tonfall:

»Machen Sie mit Ihrem Gesicht, was Ihnen Spaß macht. Es ist Ihres.«

Im Verlauf der Monate wurde Vetter Baltasar immer anmaßender, fordernder. Einmal, gut gerüstet mit Quittungen und Rechnungen, ging ich zu Nogueiras Abendessen, entschlossen, reinen Tisch zu machen. Ich dachte mir eine ausgefeilte Rede aus und betrat das Landhaus mit der Absicht, Schluß zu machen mit Baltasar da Cunhas Übergriffen. Doch sogleich mußte ich meinen Verweis zurückziehen. Ich hatte Dona Esmeraldina noch nie so für ihren Vetter Partei ergreifen sehen. Auf meinen Arm gestützt, den Kopf halb gegen meine Brust gewandt, ging sie hinaus, um ihren Mann zu holen, der im Wohnzimmer in rechtswissenschaftlichen Büchern las. Lachend, Grübchen machend, bat sie, er solle die große Neuigkeit verkünden:

»Nogueira, erzähle dem Oberst alles, berichte!«

Ein Lesezeichen in sein Buch legend, schwor der Jurist, ich sei ein Günstling des Glücks:

»Der Oberst ist unter einem großen Stern geboren. Er ist ein Glückspilz.«

Und ohne zu säumen, bat er Dona Esmeraldina, sie möge aus dem Vorzimmer die Akten des Vetters Baltasar holen:

»Ein Bündel auf dem Klavier.«

Der Doktor Ing. legte meiner Beurteilung eine Liste von Werkarbeiten vor, von Entwässerung bis zu Wasserleitungen. Ich ließ den Blick über die gekritzelten Entwürfe gleiten, kratzte mich am Bart, sog an meiner Zigarre. Ich sagte nicht ja, ich sagte nicht nein. Der junge Mann müsse mir sein Vorhaben mündlich im Einzelnen auseinandersetzen:

»Es ist offenbar eine aufwendige Sache, ein umfangreiches Vorhaben, das bedacht sein will.«

Nogueira bat mich um eine Zigarre und pflichtete mir bei:

»Das ist richtig. Genau das habe ich Cunha gesagt.«

Ich behielt meine Strafpredigt für mich und wartete im Büro, daß der junge Ingenieur erscheine. In der Tat erklomm Baltasar da Cunha bald darauf die Treppen von Livro Verde. Als Fontainha seinen Schritt hörte, stellte er rasch einen Stuhl bereit und sorgte für alle Bequemlichkeiten des Doktors in meiner Nähe. In seinen Sitz gerekelt, den Finger im Westenausschnitt, ohne einen »Guten Nachmittag« oder sonst eine Höflichkeitsbezeigung, verkündete der Vetter der Nogueiras:

»Ich bin in der Rua dos Frades gewesen. Ich bin über alles im Bilde. Was ich aber nicht kann, ist Zeit verlieren.«

Und zog aus seiner Tasche all die Projekte für Mata-Cavalo, Kritzeleien, die kein Teufel verstand. Sein gezierter kleiner Finger zeigte auf die Verbesserungen, die er auf Simeãos Erbgut vorzunehmen und nicht vorzunehmen gedachte. Er sprach vom Eindämmen der Bäche, vom Trockenlegen der Sümpfe, von zwei Speichern und mehr fließendem Wasser im Haus. Er würde diese umfassenden Arbeiten für ein Butterbrot ausführen lassen, für eine Summe, die nicht der Rede wert war:

»Im höchsten Fall zweihundert Conto-de-réis.«

Fontainha, über das grandiose Werk staunend, klatschte in die Hände und zollte dem Unternehmungsgeist des jungen Ingenieurs Beifall:

»Eine gute Arbeit, eine sehr gute Arbeit.«

Ich lehnte ab:

»Das ist gesalzen, Doktor. Das überschreitet bei weitem meine Möglichkeiten.«

Es war, als hätte ich seine gesamte Verwandtschaft beleidigt, als hätte ich seine Person beschimpft. Brüsk packte er seinen Hut und steckte die Kritzeleien wieder ein. Da er im Büro nichts anderes zu tun hatte, erklärte er seinen Kontrakt von Mata-Cavalo für erledigt:

»Alles übrige geht Vetter Nogueira an.«

Und souverän und stolz stieß er so heftig gegen die Schwingtür, daß er Federn und Schrauben herauszusprengen drohte. Ich sah, daß ich die Gunst der Rua dos Frades einbüßen würde und hob die Stimme:

»Dr. Baltasar, Dr. Baltasar.«

Fontainha rannte zur Treppe, um den Erzürnten aufzuhalten. Sich ihm in den Arm werfend, redete er, gab er zu bedenken, setzte er sich für den Oberst ein, um den Doktor Ing. davon abzubringen, seine Verantwortung für Mata-Cavalo in den Wind zu schlagen:

»Das geht doch nicht an. Sie dürfen ihn nicht dergestalt vor den Kopf stoßen.«

Und schon gezähmt, wieder seinen Finger im Westenausschnitt, machte Baltasar da Cunha im Treppenhaus kehrt und wärmte von neuem den Stuhlsitz neben mir. Unterstützt von meinem Büroangestellten, brachte ich Entschuldigungen vor. Die Firma habe sich in großen Käufen engagiert, es gehe um eine halbe Ernte oder mehr. Sobald ich mein Obligo erfüllt habe, könnte die Arbeit ins Werk gesetzt werden:

»Es handelt sich um vorübergehende Verpflichtungen, wir sind in Kürze wieder flüssig.«

Mit den Fingern auf das Palisanderholz des Schreibtischs hämmernd, erwiderte Baltasar da Cunha, der Freundschaft für Fontainha und seinen Bitten zuliebe gäbe er dem Oberst einen

Monat Zeit, um das Projekt in Angriff zu nehmen oder fallen zu lassen:

»Länger warte ich nicht.«

Diese Bedingung fand ich unverschämt und hätte den Stolz des Frechlings um ein Haar durch Püffe und Fußtritte gebrochen. Doch auch diese Kröte schluckte ich noch und bat Baltasar da Cunha, zum vereinbarten Termin wiederzukommen:

»Dann hoffe ich über die notwendigen Geldmittel für die ersten Arbeiten zu verfügen.«

Und so wurde das besagte Projekt von Mata-Cavalo im September in Angriff genommen, ein Verbesserungswerk, das Erwähnung in der Presse fand. Auf diesen Zeitungsseiten, die rot zu umranden Fontainha nie vergaß, wurde der Oberst als kluger Unternehmer herausgestellt, der dem routinegewohnten Korralvolk als Vorbild dienen müsse. Ich las den Erguß wieder und wieder und bewahrte das Loblied in sicherer Schublade auf. Ich erfuhr zu meiner Freude durch Fontainha, Dona Esmeraldina habe den Text befriedigt zur Kenntnis genommen:

»Sie läßt Ihnen gratulieren, Herr Oberst.«

Für diese von den Gazetten gerühmten Großprojekte spuckte ich als Abschlagszahlung fünfzig Contos-de-réis aus, abgesehen von einem Kredit in gleicher Höhe, den ich zugunsten von Baltasar da Cunha bei der Provinzbank eröffnete. Ich muß sagen: der Lackaffe von Mata-Cavalo lernte sehr rasch den Weg zum Geld auswendig. Alle halbe Naselang erfand er Dinge – einen neuen Drahtzaun, Reisekosten für Hin- und Herweg nach Rio, ein Rassepferd mit Sattelzeug und sonstige Aderlässe. Hinter seinem Rücken wetterte ich:

»Seu Fontainha, das muß ein Ende nehmen.«

Sobradinhos Leute, die dienstlich in Mata-Cavalo auftauchten, kamen mit offenen Mündern heim. Das Erbgut in Aufruhr, praktisch auf den Kopf gestellt. Das Herrenhaus frisch gestrichen, der Fußboden glänzte frisch poliert, und in den Fenstern spiegelten neue Scheiben. Ein Pflanzenspezialist kam und setzte neue Blumenstauden ringsum die Veranda. Es wurde gemunkelt, der Herr Doktor Ing. werde bald eine Braut bringen, so großartig waren die Verschönerungsarbeiten. Sinhozinho indes ließ übellaunig sagen, ein Pferd habe es bei dem Herrn Doktor besser als das gesamte Weidenvolk. Die Sache artete dergestalt aus, daß Juquinha Quintanilha, der seit Monaten von der Verwaltungsarbeit der Einöden entbunden war, ins *Familienhotel* angereist kam und zu bedenken gab:

»Mein Gevatter muß sich das ansehen, mein Gevatter muß das Doktorchen an die Kandare nehmen.«

Was der gute Quintanilha nicht wußte: das Unglück des Gevatters war die Dame aus der Rua dos Frades, ihre Schönheit, ihr Wesen, das meinen Unmut bändigte. Mehr als einmal ging ich dorthin, fest entschlossen, den Kontrakt von Mata-Cavalo zu zerreißen. Ich trug alle meine Vorwürfe bis in die Landhaustür. Kaum war ich über die Schwelle getreten, vertrieben Dona Esmeraldinas pflanzengrüne Augen mit Hilfe ihrer Wangengrübchen meinen Zorn. In der vertraulichen Luft der Gartenlaube vergaß ich die Übergriffe des Vetters und löste mich auf in Wohlbefinden. Mehr als einmal lobte ich sogar den Vetter:

»Er hat Erfindungsgabe, er hat Verstand im Kopf.«

Ich verlor nur die Steigbügel, als ich in dem Rechnungswust auf den Unsinn mit den Tapeten und Polstermöbeln stieß, die der Herr Doktor für die Ausstaffierung seines Sertão angeschafft hatte. Ich stampfte mit dem Fuß auf, verdrehte mir den Bart:

»Seu Fontainha, der Mann hat den Kopf verloren. Er ist verrückt geworden, Seu Fontainha.«

Dokumentenbündel in der Faust, als sei das eine Keule, ging ich auf diese seine Unverschämtheit in der Person des Büroangestellten los und schäumte, mit der Rechnung auf Fontainhas Arbeitstisch hämmernd:

»Aus, der Hahn ist abgedreht. Ich zahle keinen Centavo davon!«

Außer mir vor Zorn stob ich durch die staubaufwirbelnde Schwingtür zum Vorzimmer hinein und hinaus. Er möge zur Kenntnis nehmen, daß Baltasar da Cunha im Irrtum war, wenn er annahm, ich werde ihn und seine Hirngespinste für den Rest seines Lebens finanzieren. Ohne mich einen Schritt von Livro Verde (»Aus diesem Zimmerchen, in dem Sie, Seu Fontainha, auf Ihrem Hintern sitzen«) zu entfernen, war ich genau über die

Vorgänge in Mata-Cavalo im Bilde, als sähe ich alles mit eigenen Augen:

»Mir entgeht nicht das Geringste.«

Je mehr ich redete, desto mehr Kraft gewann die Zunge der Azeredos Furtados und pfiff wie eine Peitsche. Eine Unverschämtheit dieses Baltasar da Cunha, sich Möbel für die Bequemlichkeit seines Hintern anzuschaffen, als sei ich ein Regierungsnabob oder der Besitzer einer Geldscheinfabrik. Er solle aus eigener Tasche bezahlen, was er ohne meine Genehmigung ausgegeben habe. Von mir bekäme er keinen Tostão mehr:

»Schluß mit dem Schwindel, Seu Fontainha.«

Der Büroangestellte wartete mit über seine Papiere gebeugtem Nacken, bis das Gewitter Ponciano de Azeredo Furtados draußen niedergegangen war. Er glich einer Ratte, einer herausgeputzten Maus.

Dann kam Dona Esmeraldinas Geburtstag, Dr. Pernambuco Nogueira schiffte sich in die Politik ein, ich erzielte in Marktspekulationen einige beträchtliche Gewinne. Ich revidierte mein Urteil über Baltasar da Cunhas Extravaganzen – ich zahlte die Rechnung der Polstermöbel. Da Nogueiras Frau die Vorhänge ihres Landhauses erneuern wollte, erbat ich mir ihre Erlaubnis, an Türen und Fenstern der Rua dos Frades Samt und Halbsamt aufzuhängen:

»Dona Esmeraldina möge die kleine Gabe übersehen.«

Meine Mühe machte sich bezahlt. Unerwartet erhielt ich einen Dank, der mein Herz anrührte. Eines Nachmittags, während sie Nadelarbeit tat, versprach die junge Frau, ein paar Tage in Mata-Cavalo zu verbringen:

»Sofern es dem Oberst recht ist.«

Wie es die Regeln der guten Erziehung erfordern, zeigte ich nicht meine Begeisterung, obwohl ich innerlich bubenhafte Purzelbäume schlug und in meiner Seligkeit über die Nachricht eine Bananenstaude pflanzte. Doch als Mensch mit gesundem Verstand übte ich Klugheit. Ich wies Dona Esmeraldina, damit sie noch zutraulicher wurde, darauf hin, daß Mata-Cavalo noch einiger Reparaturen und Verbesserungen bedürfe, bevor es eine Dame von ihrem Stand beherbergen könne:

»Ich hoffe die Arbeiten noch in diesem Monat beendet zu sehen.«

Ich verlor keine Zeit. Ich ließ Baltasar da Cunha durch einen Brief Fontainhas kommen, da unsere Beziehungen noch immer kühl und gespannt waren. Doch der junge Mann erschien und nahm meinen Auftrag bereitwillig entgegen. Er solle Mata-Cavalo ohne Zeitverlust hochmodern herausstaffieren:

»Ich möchte alles vom Guten und vom Besten haben, der Preis spielt keine Rolle.«

Der Vetter der Nogueiras, ungewohnt solcher Freizügigkeit, zeigte sich verwundert und verlor seinen Hochmut. Fontainha seinerseits, Zeuge meiner Rasereien wegen der Ausgaben des Doktor Ing., fiel aus allen Wolken. Doch sogleich faßte er sich wieder. Er machte seine fadendünnen Ärmchen weit auf und umfing darin Baltasar da Cunha. Der Doktor möge verstehen: wegen dieser und anderer Großzügigkeiten trenne er sich nicht von dem Obersten, der ein geistig hervorragender Mensch, ein Mann von Mut sei und weit voran auf dem Weg des Fortschritts. Und vor Cunha, der sich mit seinem Dufttüchlein die Stirn wischte, aufgepflanzt:

»Das ist es, was ich sage, Herr Doktor. Der Herr Oberst ist ein einsichtsvoller Mann.«

Den Bart um die Hand gerollt, sprach ich vom Naturell der Azeredo Furtados und ihrer langsamen Art, im Rindertritt zu gehen und vor der endgültigen Entscheidung alles sorgfältig zu überdenken:

»Ich gebe ein Kalb, um keinen Krieg anzufangen, und einen Korral, um ihn nicht zu beenden.«

Um diese großartigen Allüren aufrechtzuerhalten, mußte ich die Kassenschränke der Provinzbank öffnen und meine Barersparnisse zusammenkratzen. Baltasar da Cunha erhielt zwanzig Contos-de-réis, das Doppelte steckte ich in Pernambuco Nogueiras Politik, außer dem eigroßen Brillanten, mit dem ich Dona Esmeraldinas Finger zur Feier ihres Geburtstages versah. Der Teufel wollte es, daß ihr Vetter angesichts meiner Ungeduld, Mata-Cavalo zu verschönen, die Notwendigkeiten übertrieb. Keine Spielerei war ihm zu gering, er kaufte sogar ein Wandbild, eineinhalb Meter groß, um das Wohnzimmer des

Erbguts auszuschmücken. Da ich kein Kenner in den Künsten der Kleckserei bin, wußte ich das Gepinsel wenig zu schätzen, das einen Teich darstellte, in dem ein Gänsepaar mit verschlungenen Hälsen seine Hintern im bläulichen Gewässer kühlte, während ein Mädchen mit gepudertem Haar auf einer Gartenbank in Gesellschaft eines mit Spitzen und Berlocken geschmückten Galans ihren Fächer schwenkte. Das Dämchen schien in einem Kohlkopf zu sitzen, so umfangreich wirkte ihr Rockaufwand. Ich schaute und war nicht begeistert:

»Zuviel Kleider, zuviel Kleider.«

Da es eine feine Arbeit war, blieb das Kunstwerk im Büro hängen, in Erwartung sicheren Versands, was Pergentino de Araújo ermöglichte, die Erwerbung zu begutachten. Mit ihm kam Pernambuco Nogueira, dem daran lag, des Vetters Geschmack abzuschätzen. Ich stellte das Gemälde vor. Pergentino und Nogueira betrachteten es in allen Einzelheiten ein- und zweimal. Dem Justizbeamten im Ruhestand gefiel besonders das Blau des Himmels:

»Sehr schön, sehr passend.«

Nogueira hingegen verneinte dies und meinte, die Dame sei das Schöne an dem Bild:

»Sehen Sie doch ihre Haltung, sehen Sie ihre Wespentaille!«

Sie baten mich um meine Auffassung. Um weder den einen noch den anderen zu verstimmen, gab ich die Antwort eines Frauenhelden. Der Liederjan, der es mit einer derart über und über verkleideten Person zu tun habe, verlöre mehr als eine Stunde, bis er sie entblättert habe:

»Zuviel Kleider, Herr Gevatter. Das riecht mir nach Posamentierladen.«

Verblüfft blickte Nogueira Pergentino an. Und brach sogleich wie ein Besessener in donnerndes Gelächter aus, so daß ihm die Zigarre aus dem Schnabel fiel und auf den Teppich rollte. Mit halber Schlagseite über den Schreibtisch geneigt, bat der Doktor, ich möge mein Urteil wiederholen:

»Wie sagten Sie noch, wie sagten Sie noch?«

Ja, wäre ich nicht ein Glückspilz gewesen, mein aufwendiges Leben und meine Investitionen in der Politik hätten mich an den Bettelstab gebracht. Doch das Geld ging zur einen Tür hinaus und kam doppelt zum Fenster herein. Nie schwächten meine Ein- und Verkäufe meinen Kredit bei der Provinzbank. Die Taschen des Obersten platzten aus allen Nähten. Fontainha, der bei der Gründung des Büros von Besoldung nichts wissen wollte (»Ich arbeite zum Vergnügen, aus Freundschaft für den Oberst«), wurde langsam teuer. Ich mußte ihm ein Dutzend Mal aus der Klemme helfen. Ich zahlte die Zuwendungen und riet ihm:

»Seu Fontainha, Seu Fontainha! Schränken Sie Ihre Ausgaben ein!«

Er hing an mir wie eine Klette. Er nahm die Zwistigkeiten des Oberst als die seinen, er ahmte meine Ausbrüche nach, meine naturgegebene Gewohnheit, den Raum im Soldatenschritt zu durchmessen. Er war so rücksichtsvoll, daß er im Raum oder Vorraum, in dem ich mich gerade aufhielt, nicht einmal rauchte. Er wachte übertrieben besorgt über meinem Wohlergehen und havarierte fast das Gesicht eines Zigarrenverkäufers, weil dieser meine Lieblingsmarke nicht führte. Wenn mir im *Goldenen Billardstock* das Hähnchen nicht mundete, pfiff Fontainha den Küchenchef zurecht. Nogueira wurde nicht müde, seine Betreuung für mich zu rühmen:

»Der ist imstande, für den Oberst einen Mord zu begehen.«

Allerdings hatte er sich einige Monate lang auf die Seite von Baltasar da Cunha geschlagen, eine Neigung, die ich mit zwei Brüllern, auf die ich mich verstehe, stutzte. Rasch beschrieb der Büroangestellte eine Kehrtwendung und wollte als Beweis seiner Ergebenheit die Freundschaft mit dem jungen Ingenieur ganz abbrechen:

»Ich werde ihm sofort den Kopf waschen.«

Ich sah mich gezwungen, Fontainhas Zorn am Kragen zu packen, weil er wie ein Kampfhahn den Vetter der Nogueiras beschimpfen wollte:

»Benehmen Sie sich, benehmen Sie sich.«

Ich belohnte seinen Eifer mit einem Zweimonatsvorschuß. Und zog mit Rücksicht auf ihn aus dem *Familienhotel* aus. Nicht, daß ich über Totonho Monteiro, der sich stets um mein Wohl gesorgt hatte, zu klagen gehabt hätte. Sondern weil der Major nicht müde wurde, Fontainha die Schuld für die Auflösung meiner Firmengemeinschaft mit João Fonseca in die Schuhe zu schieben:

»Jammerschade, jammerschade. Und das mit dem Gevatter, einem aufrechten, einem wohlbestallten Mann.«

Über die üble Nachrede des Majors in Kenntnis gesetzt, stellte Fontainha ihn auf der Schwelle des *Familienhotels* zur Rede. Ein Wort gab das andere – Totonho griff zum Gürtel, als wolle er sein Eisen ziehen, Messer oder Pistole. Fontainha tat das gleiche. Angesichts dieses Gleichziehens nahm der eine vor dem anderen Reißaus. Der Büroangestellte rannte die Straße hinunter, und Totonho wurde im Keller seines *Familienhotels* gefunden, verstörter als ein Kater im Wasser. Ich mußte Fontainha recht geben, manövrierte aber so geschickt, daß Totonho Monteiro ein Abendessen zu meinen Ehren gab:

»Das soll etwas Großartiges werden und in der Presse erscheinen. Von einem Truthahn aufwärts.«

Ich bereute es nicht, den Major verlassen zu haben. Seit langem liebäugelte ich mit anderen Wohnwinkeln. In mir reifte die Idee, meine Koffer in ein passenderes Etablissement bringen zu lassen oder mein Haus in der Rua da Jaca wieder zu eröffnen. Fontainha zeterte, das *Familienhotel* sei ungeeignet für einen Mann, der einen Ruf am Ort habe, für einen Militär von meinem Vermögen:

»Das ist doch nicht mehr als eine Spelunke für Kommis, eine Herberge für Handlungsreisende.«

Der Krawall kam mir daher gelegen. Ich ankerte im *Fremdenhotel*, einem Haus ersten Ranges, einem Luxusetablissement, alle Vorhänge aus Halbsamt mit Berlocken. Läufer liefen vor dem Schuh durch die Gänge und Appartements, zur einen Seite hinein, zur anderen hinaus. Ich pries meine Wahl:

»Jawohl mein Herr. Etwas für einen Lord, Wohnstatt eines Doktors.«

Fontainha, stolzgebläht über meine Unterstützung seines Krachs im *Familienhotel*, überbot sich in der Betreuung seines Patrons. Er handelte den Pensionspreis aus, überwachte die Unterbringung meiner persönlichen Effekten und ließ durchblicken, der Oberst Ponciano de Azeredo Furtado lege Wert auf ein unabhängiges, gutaussehendes Zimmermädchen:

»Er ist ein angesehener Militär und wünscht absolute Diskretion.«

Als ich im *Fremdenhotel* erschien, küßte der Besitzer, ein Faß mit Mittelscheitel, fast meine Füße:

»Padilha, Diener Euer Ehren.«

Da ich Militär bin, gefiel mir die Art des Bäuchlings, der im Gespräch mit mir die Hacken zusammenschlug. Morgens eilte er herbei, um sich nach meinem Wohlergehen zu erkundigen, ob ich gut geschlafen hätte und alles zu meiner Zufriedenheit wäre. Er rieb sich die Hände, lachte über irgendeinen Gedankensplitter, den ich von mir gab:

»Euer Ehren haben viel Witz. Freund Fontainha hat recht. Euer Ehren haben viel Witz.«

Das *Fremdenhotel* gefiel mir, und mein Gefallen nahm im Lauf der Tage zu. Es dauerte nicht lange, bis vereinbarungsgemäß ein eher weißes als dunkles Zimmermädchen seinen Dienst bei mir antrat. Es öffnete die Tür zum Schlafzimmer und sandte jenen wohligen Geruch eines jungen Zickleins voraus. Ich wagte einen halben Blick, erkundete die Rundungen der Kammerzofe und beendete die Prüfung erst bei der Fußleiste der feingedrechselten Knöchel:

»Die Kleine kann jeden Tag nach sieben Uhr kommen.«

Sie wartete nicht, bis ich nach ihrem Namen fragte. Freimütig in Gebärde und Sprache berichtete sie, sie trage den Taufnamen Ritinha Guedes, den allerdings niemand benütze:

»Ich werde Titinha genannt.«

Im Schlangengang und Hüftengewoge entschritt sie. Quietschvergnügt glättete ich meinen Bart. Dem Oberst war geholfen, das lag auf der Hand. Das *Fremdenhotel* sorgte für mein Wohlbefinden.

Auf Bitten der zunehmend in mich vergafften Dona Esmeraldina räumte ich ihrem Mann einen Kredit bei der Provinzbank ein. Nogueira, der sich in der Wahlarbeit engagiert hatte, benötigte starken finanziellen Rückhalt. Ich unterzeichnete die Papiere während einer samstäglichen Laubenplauderei, fern vom Doktor, dem es peinlich war, den Obersten belästigen zu müssen. Bevor ich meine Unterschrift auf das Bürgschaftspapier setzen konnte, sagte die Dame des Hauses, sie ließe ihren Mann nur mit einer politischen Abordnung reisen, wenn der Oberst ihr jeden Abend in der Rua dos Frades Gesellschaft leiste:

»Das habe ich Nogueira bereits gesagt. Ich bleibe nicht allein im Landhaus.«

Ich brauchte keine Untersuchungen anzustellen – Dona Esmeraldinas wasserhelle Augen reinigten alle Unklarheiten und Zweifel. Sie war eine von meiner Rede bezwungene, ergebene Frau. Ponciano würde der hübscheste Rockzipfel ins Garn gehen, den je ein Azeredo Furtado der letzten hundert oder sämtlicher Jahre davor bearbeitet hatte. Nur schade, daß Juju nicht mehr lebte, um mitanzusehen, zu welchen Höhen ich mich aufgeschwungen hatte. Ich hörte förmlich die Stimme des Verstorbenen:

»Donnerwetter, Seu Ponciano. Das nenne ich mir zu wählen verstehen!«

Ein zweiter Kummer untergrub mein Stadtleben: meinen Verwandten Juca Azeredo nicht in meiner Nähe zu wissen, mit dem ich eng befreundet war, seit er in die Familie des Pires de Melo eingeheiratet hatte. Der würde meinen Geschmack preisen:

»Der Vetter geht in seiner Wahl langsam vor, doch er wählt ein Mädchen, das sich sehen lassen kann.«

Vor Glück fast aus meinen Stiefeln platzend, verließ ich die Rua dos Frades. Mit meinem Zigarrenrauch verpestete ich die Praça da Quitanda, wo ich eine Ladung Seife und Haarwasser kaufte. Ich sagte:

»Ich will das Teuerste, Ware, die man von weitem riecht.«

Nach getätigtem Einkauf erreichte ich die Rua do Rosário, ein dickes Paket mit Seifen und Duftfläschchen unter dem Arm. Dort stieß ich auf den alten Gastão Palhares, der mit hängendem Kopf und nachschleppendem Regenschirm einherschwankte. Wäre ich nicht in einem Meer von Seligkeit geschwommen, ich hätte den Gehsteig gewechselt und den Alten im Prozessionsschritt weitertraben lassen. Wie einen Pilaster pflanzte ich meine zwei Meter vor ihm auf:

»Auf einem Gehsteig für Militärs kommt kein Zivilist durch.«

Als Palhares meiner ansichtig wurde, breitete er die Arme aus und rühmte mein rotbackiges Aussehen:

»Geben Sie mir Ihr Rezept, geben Sie mir Ihr Rezept!«

Und an meinem Rockaufschlag hängend, bat er, wie es seine Manie war, ihm doch einen Rat wegen Stichen zu geben, die er seit einem Monat in den Leisten spürte. Und zeigte zur Bestätigung auf seine belegte Zunge und seine gelblichen Backen:

»Kennt der Oberst keine Rezepte für diese Beschwerden?«

Ich mußte den Alten enttäuschen:

»Bin ich ein Heilpraktiker? Ich kuriere meine Leiden mit Mädchenbeinen, Seu Palhares.«

Meines liederlichen Umgangstons ungewohnt, wich der pinselige und penible Palhares wie vor einem Maultiertritt zurück.

»Wie sprechen Sie mit mir! Ich bin eine Respektsperson!«

Da meine Mission erfüllt war, ließ ich den in seinem Anstandsempfinden getroffenen und beleidigten Palhares mitten auf der Straße stehen und genehmigte mir im *Goldenen Billardstock*, in Pergentino de Araújos kameradschaftlicher Gesellschaft, ein Zicklein nach besonderer Art des Hauses zum Abendessen. Dem Notar platzte vor Lachen fast der Hosenschlitz, als er von dem Scherz erfuhr, den ich mir auf Kosten von Palhares, einem Kirchengläubigen, einem Heiligenträger, einem Vater frommer Töchter geleistet hatte:

»Sie haben sich da einen Mordsspaß erlaubt. Ich hätte das verdatterte Gesicht des alten Palhares sehen mögen.«

Schon in vorgerückter Nachtstunde, nach langer Unterhaltung zog ich mich müde ins *Fremdenhotel* zurück, ohne Pergentino von meinen Fortschritten im Herzen der Kusine Nogueira berichtet zu haben. Und schlief auf der kleinen Schaukel dieser Hoffnung leicht und erklomm am nächsten Tag Schlag acht leicht die Stufen von Livro Verde, um eine bedeutende Transaktion, einen Kauf von Kristall- und Rohzukker abzuschließen. Ich war mit dieser Arbeit beschäftigt, bereit, die Händler der Rua do Rosário zu empfangen, als ich Pernambuco Nogueira inmitten seiner Politikerfreunde, Leute, die ich aus Cafés und von Eckenvertraulichkeiten kannte, kommen sah. Der Doktor kam, um mir seinen Dank für die Bürgschaft auf seine Anleihe bei der Provinzbank abzustatten:

»Ich weiß nicht, wie ich dem Freund Ponciano danken soll.«

Ich lenkte ab und drückte seinen Freunden die Hand. Der an der Spitze der Abordnung erschienene Fontainha war der lebhafteste von allen. Er bediente den einen und den anderen, machte es den Besuchern auf Sofas und Stühlen bequem. Ein Bleichgesicht mit Drahthals und rauchfarbenen Brillengläsern hüpfte mit gezücktem Bleistift vor mich hin, Fontainha stellte ihn blitzschnell vor:

»Mein Freund Nonô Portela, der in den Zeitungen schreibt.«

Da ich das Geschnüffel von Presseleuten nie ausstehen konnte und nie ausstehen werde, machte ich ein Armesündergesicht, und nach einem zweiten Bartzwirbeln war das Bleichgesicht bereits aus meinem Atemkreis gewichen und schwatzte mit Fontainha in einer Ecke des Vorzimmers. Das ergab eine Woche später eine ansehnliche Lobhudelei zu meinen Gunsten. Kaum war ich zu meinem Sieben-Uhr-Kaffee heruntergestiegen, berichtete mir Padilha, ich stünde in den Blättern. Und ließ mit frohlockendem Gebell die betreffende Zeitung holen:

»Sie wird dem Gast von Zimmer 23 ausgeliehen.«

Einen Schritt zurückweichend, las ich den Bericht in der Befürchtung, das Bleichgesicht habe sich für meine Mißachtung seiner Person zwischen den Zeilen gerächt, wie es in der Natur von Pressehengsten liegt. Ich muß sagen: ich fand alles wahrheitsgemäß dargestellt mit Ausnahme der etwas übertriebenen Behauptung, ich hätte in Verteidigung der von der Steuer Ausgebeuteten Blut geschwitzt dergestalt, daß ich mehr als einen Landarbeiter den Krallen der Regierung entrissen habe:

»Das ist eine Übersteigerung, eine Erfindung des Zeitungsschreibers.«

Im Büro, als Fontainha eintrat, zeigte ich ihm Portelas Gefasel:

»Sehen Sie sich diesen Unsinn an, diese faustdicken Lügen, Mann Gottes!«

Der Büroangestellte, in seinen Stuhl gerekelt, las laut, was die Zeitung bekräftigte. Mit dem Suchen eines Dokuments beschäftigt, tat ich, als höre ich nicht zu und tadelte ihn für seine Erfindung, mich für meinen Mut im Kampf mit der Einkommensteuer zu loben:

»Unsinn, eine völlig belanglose Sache.«

Nach beendeter Lektüre hob Fontainha Portelas Schreibkünste in den Himmel, seine Meisterschaft, die Dinge schwarz auf weiß zu sagen:

»Ein toller Hengst, ein Teufelskerl, dieser Portela.«

Abends, als ich das *Fremdenhotel* betrat, stand Padilha mit gekrümmtem Kreuz da und überreichte mir eine Briefschaft. Militärisch grüßend klappte er die Hacken zusammen und sagte, es sei eine Botschaft aus der Rua dos Frades:

»Im Auftrag von Dr. Pernambuco Nogueira.«

Es war ein duftendes Billet von Dona Esmeraldina mit Glückwünschen zu dem Lob, das mir die Presse spendete. Auch von Fonseca, den ich einen Tag danach auf der Straße traf, empfing ich Komplimente:

»Jawohl mein Herr! Der Oberst hat's geschafft. Sie kommen aus der Zeitung gar nicht mehr heraus.«

Bei meinem Freunde eingehakt, den ich seit der Liquidierung unserer Großhandelsfirma nicht mehr gesehen hatte, tadelte ich ihn für sein Verschwinden:

»Wo haben Sie sich so hochnäsig versteckt, daß man sie gar nicht mehr zu Gesicht bekommt?«

Mit unpäßlichem Brüstchen, darinnen tausendfältiges Katzengejaule, gab Fonseca dem Asthma die Schuld für seine Zurückgezogenheit. Das zog und zerrte, niemand könne sich einen Begriff davon machen. Nachts setze das Leiden ihm dermaßen zu, daß er nicht imstande sei, eine Feder zu heben. Und mutlos:

»Es ist wie Ersticken, es ist so schlimm, daß der Patient meint, er müsse sterben.«

Ich versuchte ihn aufzumuntern. Das sei nichts Ernsthaftes, er solle Ferien auf den Weiden machen. Nach der zweiten Arzneiflasche der alten Francisquinha werde er verjüngt zurückkehren:

»Sie mischt Ihnen einen Trank aus Froschschenkeln und Wäldlerkraut, der bei Asthma todsicher hilft.«

Er zog die Schülterchen ein, lachte matt, immer noch seine Halswickel zurechtrückend. Eingehakt schritt ich im Freundschaftsspaziergang mit Fonseca Richtung Provinzbank, wo eine

Portion Akten auf meine Unterschrift wartete. Vor dem Abschiednehmen erkundigte ich mich nach Dona Celeste und ihrer Vogelschar:

»Wie geht es der jungen Frau? Singt die Golddrossel noch immer so fröhlich?«

Ich versprach, nächstens an einem freien Sonntag in die Rua do Gás zum Abendessen zu kommen. Von seinem Wollzeug umhüllt, mahnte Fonseca mit seinem leidenden Stimmchen:

»Sie brauchen sich nicht anzumelden. Kommen Sie einfach, das Haus gehört Ihnen.«

Portelas Lobhudelei war nicht umsonst geschehen. Ich wurde um zweihundert Mil-réis geschröpft und um ein Abendessen im *Goldenen Billardstock*, das Bleichgesicht war im Bitten nicht bescheiden. Ich lud meinen Ärger über Fontainhas Nacken aus:

»Herr Gevatter, es lohnt mehr, einen Esel mit Biskuitkuchen zu füttern als diese Zeitungsmuffel mit Heu.«

Ganz verdattert erwiderte Fontainha, Freund Portela verstehe seinen Federhalter zu führen, und nicht jedermann entlocke ihm eine wohlwollende Schreibe. Wen der ablehne, der könne sich begraben lassen:

»Der macht ihm die Hölle heiß! Und bringt sogar Familienintimitäten aufs Tapet.«

Ich wies die Anspielung mit der Bemerkung zurück, Fontainha brauche nicht zu glauben, ich hätte Angst vor Gedrucktem:

»Ich breche dem Lumpen die Hörner, der mein ziviles oder militärisches Leben madig macht, Seu Fontainha!«

Im Gerichtsgebäude, wo ich wegen eines verschleppten Streitfalls erscheinen mußte, stieß ich auf Dr. Secundino Peralva, einen dürren, fast kahlen Alten, der nie an irgendjemanden das Wort richtete. Nogueira sprach von ihm nur zornentbrannt. Er sei ein halsstarriger, verbohrter Richter. Ausgerechnet der puffte mich im Flur in die Rippe und begann vertraulich:

»Meinen Glückwunsch. Ich habe den Artikel gelesen. Der Oberst vertritt ganz meinen Standpunkt.«

Und zog mich ohne weiteres in eine Ecke, wo er mir erzählte, auch er sei in seiner Jugend gegen die Mehlsteuer zu Felde gezogen und habe mit jungen Krakeelern Straßenlampen und Haustüren zerschmettert, was Linientruppen auf die Straße gelockt hätte:

»Fast wäre die Regierung darüber gestolpert. Es hing an einem Faden.«

Doch darüber schlief mein Ruf der Kühnheit eines Obersten, der sich der Steuergewalt entgegenstemmte, nicht ein. Als ich Tage später an einem Mittagessen zu Ehren Pernambuco Nogueira am Vortag seiner Wahlkampagne teilnahm, setzte ein gewisser Janjão Pereira schnurrbärtig zu einer schwungvollen Rede an und sagte, das Haus fühle sich durch die freundschaftliche Anwesenheit eines Militärs geehrt, der mehr als ein Dutzend Mal sein Leben für die Bedürftigen gegen die Übergriffe der Regierung aufs Spiel gesetzt habe.

»Dieser Militär ist der Oberst Ponciano de Azeredo Furtado.«

Nichts ahnend kaute ich einen Hühnerflügel, als Janjão Pereira mich mit seiner Huldigung überraschte. Dergestalt überrumpelt, fand ich keine Zeit, mir über den Schnabel zu wischen und mußte mit verschmiertem Gesicht den Beifallsregen der Umstehenden, voran Fontainha, über mich ergehen lassen:

»Sehr richtig! Sehr richtig!«

Am nächsten Morgen brach mein Büroangestellter, mit der Zeitung bewaffnet, mitten in meinen Sechsuhrschlaf ein:

»Sehen Sie sich das an: einfach fabelhaft, ganz großartig!«

Liegend, wobei mein Bart auf meinem Hemdeneinsatz ruhte, las ich Portelas Handschrift. In blumenreicher Sprache berichtete er von dem Bankett, von den aufgetragenen Gerichten, von der unter allen herrschenden großen Freundschaft, von den zartfühlenden Reden wie auch von der Ehre, die der Oberst Ponciano de Azeredo Furtado Dr. Pernambuco Nogueiras Huldigungsmahl mit seiner Anwesenheit erwiesen habe. Anschließend zählte er zu meinem Lobpreis die Dienste und Unterstützungen auf, die ich dem unterdrückten Volk gegen die Daumenschraube der unberechtigten Steuern und Abgaben geleistet habe. Und den Reigen seiner Preisungen beschließend:

»In diesem Kampf gegen Zügellosigkeit und Schlamperei werden wir stets auf seiten von Ponciano de Azeredo Furtados hochherziger Gestalt stehen.« Von Geburt an rechtlich gesinnt, konnte ich nicht umhin, die Bildung des Mägerlings anzuerkennen:

»Seu Fontainha, dieser Portela ist eine Leuchte. Ihm fliegt alles zu, Seu Fontainha.«

Wieder ließ ich dem Zeitungsschreiber eine Geldsendung in Höhe von zweihundert Mil-réis zukommen. Portela sträubte sich, das Geschenk entgegenzunehmen, nicht etwa aus Ehrenhaftigkeit, sondern weil er die Spende zu geringfügig fand:

»Bin ich einer für zweihundert Mil-réis, Seu Fontainha?«

Ungehalten wies ich die Unverfrorenheit mit der Warnung zurück:

»Seu Fontainha, sag er diesem Werwolfjungen, mehr bekomme er von mir nicht. Ich habe keine Predigt bestellt.«

Angesichts meiner Rechtsprechung steckte Portela die zweihundert ein und bat Fontainha freundschaftlich, er möge ihm beim Oberst einen Vorschuß von weiteren hundert besorgen. Ich war einverstanden:

»Das hört sich schon anders an, Herr Gevatter. Aber befehlen lasse ich mir nicht.«

Aufgrund dieser Presseplappereien »Der Oberst tat dies, der Oberst tat jenes« konnte sich mein Großhandelsbüro vor Zulauf kaum mehr retten. Menschenschlangen wollten mit mir sprechen. Viele dachten, ich beabsichtige, mich nächstens in den Krieg der Politik zu stürzen:

»Allem Anschein nach hat der Oberst Höheres im Sinn ...«

Ich mußte die Bittsteller enttäuschen:

»Keineswegs. Die Wahlgeschichte betrifft allein Nogueira, Dr. Pernambuco Nogueira.«

Ich konnte kaum noch auf die Straße gehen, ohne begrüßt und beglückwünscht zu werden. Auch hörte ich an Straßenekken manch einen tuscheln:

»Der Großbart dort ist der besagte Ponciano.«

Ich tat, als merke ich nichts, denn ich sah es nicht als Beleidigung an, als Rotbart oder Riesenkerl betitelt zu werden. Nur Spott ließ ich mir nicht gefallen, verächtliches Grinsen. Wenn der Kerl es an der gebührenden Achtung fehlen ließ, bekam er unversehens meinen Stampferfuß in seinen Bilderrahmen, so daß der Frechling in all seiner Schönheit aufs Gehsteigpflaster knallte. Und außer meinem Fußtritt erhielt er auch noch eine Abreibung:

»Das nächste Mal brech ich deinem Vater die Hörner dafür, daß er einen so ungehobelten Sohn in die Welt geschleudert hat.«

Ich sagte, ich konnte den Fuß nicht mehr auf die Straße setzen, ohne daß das Volk zusammenlief. Um mich diesen Verlegenheiten zu entziehen, mußte ich einen Pferdewagen mieten und benutzte sogar für kleine Strecken das Gefährt. Fontainha hieß mein Vorgehen gut:

»Der Herr Oberst kann keine Minute mit Unterhaltungen an Straßenecken verlieren. Er ist Geschäftsmann, hoher Militär.«

Der Oberst fühlte sich als Glückspilz und glückselig, auf der Welt zu sein. Nogueira, völlig der Politik verschrieben, war reisefertig. Sobald er den Rücken kehrte, würde Ponciano in den Genuß altverbriefter Rechte bei Dona Esmeraldina treten, einer schwierigen und wählerischen Dame. Vetter Baltasar, der nicht einmal zu ihrem Geburtstag erschienen war, hatte mit Mata-Cavalos Bauten und Verschönerungen alle Hände voll zu tun. Zu allem Glück tat Pergentino de Araújo, der dann und wann ins Landhaus gekommen war, nichts als seine neu aufgetretenen Furunkel auszudrücken. Genau genommen hatte ich freien Auslauf auf freier Bahn. Sich die Hände reibend, sagte sich Ponciano von einem Ohr ins andere:

»Das wird eine Mordslumperei.«

Mittlerweile bat ich Portela ohne Fontainhas Vermittlung, er möge doch eine schmuckvolle Kritzelei über mich in seiner Gazette veröffentlichen, etwas Leichtes, wo ich als galanter Weltmann aufträte, als Mensch, der in jedem Salon zu Hause sei:

»Etwas in diesem Tonfall, Seu Portela.«

Ich belebte seine Ideen mit zweihundert Mil-réis und weiteren hundert zur Geheimhaltung, niemand dürfe von dem Ulk erfahren, auch nicht Fontainha, nicht Dr. Pernambuco Nogueira, schon gar nicht der große Castro von der Provinzbank:

»Niemand, Seu Portela.«

Ich brauchte auf die Erfüllung meines Wunschs in Druckerschwärze nicht zu warten. Tatsächlich überbot der Hagerling meine Bestellung. Er erfand, ich sei reisebereit, mit bereits bezahlter Fahrkarte. Ich habe vor, in Bahia der Pate eines bildhübschen jungen Mädchens anläßlich ihrer Abschlußprüfung zu werden. Dabei erweckte er zwischen den Zeilen die Vermutung, der Oberst Ponciano de Azeredo Furtado werde womöglich um die Hand der besagten Schönen anhalten. Nach der Lektüre der Floskeln mußte ich einfach den Hut als Huldigung für das Kerlchen ziehen:

»Der Teufelskerl hat eine blühende Phantasie!«

Seifenblank und duftsprühend, Bart und Haupthaar von Fliederwasser triefend, erschien ich in der Rua dos Frades zur üblichen Abendmahlzeit. Allem Anschein nach hatte die Kriegslist das Herz Dona Esmeraldinas getroffen, denn sie begrüßte mich mit einem lustlosen »Guten Abend« von oben herab, ohne Fingerdruck. Nogueira, der, noch den Hut in der Hand, gleich darauf eintrat, beglückwünschte den Oberst:

»Jawohl mein Herr. Ich habe die Neuigkeit gelesen. Und unser Freund verrät kein Wörtchen davon und läßt unsereins in Unwissenheit hängen.«

Halb querköpfig stritt ich die Zeitungsnotiz ab:

»Falscher Alarm, Herr Doktor, Gazettengespinst.«

Das Abendessen war ein einziges Scherzen, der Doktor wollte unbedingt den Namen des jungen Mädchens wissen, doch ich verschanzte mich wie eine Schnecke in ihrem Haus. Und der Spaß fand erst ein Ende, als eine Abordnung von Politikern die Rua dos Frades betrat. Mir war die Invasion recht, die Dona Esmaraldina und ihre Eifersucht meinem alleinigen Einfluß und Willen überließ. Wäre ich nicht mit Verstand gerüstet gewesen und erzerfahren in Weibergeschichten, ich hätte Nogueiras Frau ihr Mißtrauen nicht auszureden vermocht. Nur mit Mühe ließ sie sich davon überzeugen, daß der Zeitungsartikel eine Fälschung sei. Ich schwor, dem Schreiberling des Tratsches die Hörner zu brechen:

»Und dabei bleibt es nicht, Dona Esmeraldina. Dem Kerl, der diesen Unsinn in Druckerschwärze umgesetzt hat, werde ich die Visage eindrücken.«

Nachdem ihre Eifersucht verraucht und ich wieder in Dona Esmeraldinas Gnade aufgenommen war, legte ich mich friedlich schlafen. Im Lauf der Woche tat ich nichts anderes als den Oberst auf Hochglanz zu bringen. Kein Duftwasser war gut, keine Brillantine war kostbar genug, um der Pflege meines Haars zu dienen. In neuer Kluft, in einem Staatsanzug aus teurem Stoff geleitete ich eines Samstagnachmittags Dr. Pernambuco zum Abschied auf den Bahnhof. Damit weihte der Doktor seine politische Tätigkeit ein. Er und seine Wahlabordnung würden weit reisen. Auf Bitten des Doktors ließ ich Fontainha die Gesandtschaft verstärken, damit er die Begrüßungszeremonien vorbereiten und das Freudengeschrei dirigieren könne. Auf dem Bahnhof, alle an Statur überragend, wohnte ich dem Abfahrtstrubel bei. Ich umarmte Nogueira, gab Fontainha Ratschläge, wurde von Portela um zwanzig Mil-réis geschröpft und beruhigte mich erst, als der Stationschef in roter Mütze die Strecke freigab. Die Lokomotive schnaubte noch beim Anfahren, und schon saß ich in meiner Kutsche und hieß den Kutscher zum Landhaus traben:

»Rua dos Frades, aber rasch, ich bin eilig.«

Bevor ich anlangte, warf ich einen prüfenden Blick auf meine Kluft, deren gestärkte Teile knisterten. Im Tor der Nogueiras zupfte ich mein duftendes Taschentuch hervor. Poncianos Wunderduft reichte klafterweit, sogar gegen den Wind. Beim ersten Ziehen am Glockenstrang erschien auf der Veranda, blendend schön, die Dame meiner Schwäche. Ich verspürte eine Leere, eine Beklemmung in der Brust, weshalb ich die Stufen ängstlichen Schrittes erklomm. Dona Esmeraldina, die meine Befangenheit gewahrte, scherzte:

»Herein, herein, wir haben keinen Hofhund!«

Und indem sie sich zum Wohnzimmer wandte:

»Mocinha, komm und schau, wer da eingetroffen ist:

Ich wurde von einer Welle Puderduft empfangen, die mein Haar- und Sacktucharom zurückschlug. Ganz aufgeregt bat die Herrin des Hauses um Entschuldigung. Sie und Mocinha wollten gerade ausgehen, um Verwandte von Nogueira zu besuchen, die auf einem entlegenen Obstgut wohnten:

»Seit einem Jahr schon bin ich diese Verpflichtung schuldig.«

Ein von Geburt an weniger gut erzogener Mann hätte sauer reagiert und sie an ihr Versprechen erinnert. Da ich aber Schnaps aus besseren Fässern bin und Zögling aus dem Register der Fratres, spielte ich den Galan:

»Aber bitte, Dona Esmeraldina, keine Sorge meinetwegen.«

Mittlerweile tauchte die junge Cerqueira, ihr Haar ordnend, in einem reiherweißen Kleid aus dem Flur auf. Sie begrüßte mich aufs höflichste – als sie vor mir stand, neigte sie den Kopf und gleich einer Rokokodame ein Schrittchen zurück:

»Oberst, welches Vergnügen.«

Ich ließ mich von ihr bezaubern, während die Dame des Hauses (»Ich bin verspätet, ich bin verspätet«) nach ihrem in einem Winkel ihres Schlafzimmers vergessenen Fächer suchte. Ich muß sagen: ich verließ die Rua dos Frades nicht leeren Auges. Während Dona Esmeraldina im Gang verschwand, musterte ich die Reize der jungen Cerqueira. Aus der Höhe meiner zwei Meter entdeckte ich alle Vorzüge. Ich brauchte bloß den Blick genießerisch über den Rausch der Spitzen gleiten zu lassen. Als alter Kaiman konzentrierte ich mich auf ihren Busenausschnitt, was das junge Mädchen in seiner Befangenheit veranlaßte, mir ihre betroffene Blöße zu entziehen. Um nicht in Verruf zu kommen, rühmte ich das reichverzierte Kleid:

»Sie haben Geschmack. Weiß steht Ihnen gut, es ist die Farbe, die ich am meisten liebe.«

Ohne weitere Obliegenheiten verließ ich das Haus der Nogueiras mit dem Versprechen, am nächsten Tag wiederzukommen:

»Ganz bestimmt, ganz bestimmt.«

Doch es stand geschrieben, daß der Enkel des Simeão von Sobradinho nicht die Abwesenheit des Doktors nutzen sollte. Eine leichte Ohrspeicheldrüsenentzündung fesselte mich zwei Wochen lang ans Bett des *Fremdenhotels.* Fast hätte ich die Gevatterin Alvarina aus Capão rufen lassen, was sich durch die vom Zimmermädchen Titinha empfangene Pflege als überflüssig erwies. Sie wachte Nacht und Tag an meinem Krankenbett. Ich gab Anweisung, niemand, der nicht diese Krankheit schon gehabt hatte, dürfe zu einem Höflichkeitsbesuch ins *Fremdenhotel* kommen. Damit befreite ich auch Pergentino von dieser

Verpflichtung, der schon fürchtete, er könne sich die Krankheit zuziehen und die Schwellung könne untere Regionen erreichen, wie es die abgeebbten Ohrspeicheldrüsenentzündungen an sich haben.

»Das kann einem einen Hoden kosten, Herr Gevatter, oder fast.«

Ans Bettholz gefesselt, an das Arztrezept gebunden, sah ich Nogueiras Zeit vergehen und damit meine Chance, Dona Esmeraldina für mich allein zu haben. Und fluchte, schon genesend, als ich erfuhr, daß Selatiel de Castro auf Einladung des Vetters Baltasar sich in der Rua dos Frades erging, während ich die Leiden der Ohrspeicheldrüsenentzündung ertrug. Der Bericht kam von Nogueira persönlich, der sich darüber beschwerte, daß der Oberst nicht im Landhaus erschienen sei:

»Meine Frau sagt, das sei sehr rücksichtslos von Ihnen, sie hätte Sie so gerne gepflegt.«

Fast riß ich mir vor Zorn den Bart aus. Abgesehen von meinem geschwollenen Gesicht, mit dem ich einem Krippenrind glich, war ich auch noch in den Ruf eines treulosen Freundes gekommen. Da ich aber ein Schlaukopf bin, nutzte ich die Gelegenheit, Nogueira zu beteuern, es sei nicht meine Art, in Abwesenheit des Hausherrn bei Freunden zu erscheinen:

»Überdies, Doktor, war ich durch diese Entzündung ans Bett gefesselt.«

Nogueira verwarf meine Bedenken. Wenn es jemanden gab, der im Landhaus nach Belieben ein- und ausgehen konnte, war es ich, der von Esmeraldina besonders geschätzte Freund der Familie:

»Unsinn, Ponciano. Machen Sie sich auf einen Verweis von meiner Frau gefaßt.«

Ich erschien vor Dona Esmeraldina, um mir den Kopf waschen zu lassen. Ich versichere, daß es sich gelohnt hat, Ohrspeicheldrüsenentzündung gehabt zu haben. Fast schloß Nogueiras Frau diesen Azeredo Furtado an ihre Brust. Sie schien völlig aufgelöst. Ich mußte ihr verspechen, bei der ersten Unpäßlichkeit in die Rua dos Frades zu eilen, worauf sie seidenweich sagte:

»Es würde mir Freude machen, Sie zu pflegen.«

Unter anderen Beweisen ihrer Wertschätzung sagte sie, ich hätte ihr sehr gefehlt, und in ihrer Verzweiflung, ohne Nachrichten von mir zu sein, habe sie sich eines Nachmittags sogar umgezogen, um auf einen Sprung ins *Fremdenhotel* zu gehen:

»Ich hätte nie gedacht, daß Sie mir so nahe stehen.«

Ich wurde weich – und in diesem Weichwerden fand ich die Rolle des Kinderschrecks, die Selatiel de Castro in der Rua dos Frados spielte, fast schon komisch. Die junge Frau erzählte nämlich, der Finanzmann sei ganz verdattert gewesen, weil er so oft mit Ponciano angesprochen worden sei:

»Der arme Castro. Ich werde Nogueira sagen, er soll sich bei ihm entschuldigen.«

Wieder war ich Herr der Rua des Frades. Die junge Mocinha Cerqueira, die nicht aus dem Landhaus wich, begann mir zarte Avancen zu machen – ein Blick, ein Kleid mit tieferem Ausschnitt, die Bitte, ihr doch eine Nelke im dunklen Garten zu pflücken, sowie andere Freiheiten eines Rockzipfels mit Hintergedanken. Mehr als einmal mußte ich ihre Wünsche erfüllen und mich auf Gartenwegen im Land der Kletterpflanzen verstricken. Bei einem dieser Ausflüge, während Dona Mocinha, halb vorgebeugt, sich mühte, einige Balsaminen aus ihrem Versteck zu holen, sah ich in ihrer weiten Bluse, in Nestern aus Spitzen und duftigem Tüll, ihre Brüste wie Rosenknospen schlummern. Allem Anschein nach hatte weder der Finger eines Mannes noch der Mund eines Kindes diese Körperteile berührt, die nur durch Brauch und Mißbrauch schwellen. Angesichts eines so hübschen Fundes sagte ich in einem meiner mir eigenen Selbstgespräche zu mir, während ich mir die Stirn mit meinem mit Kölnisch Wasser besprühten Taschentuch wischte:

»Wenn der Oberst einmal zwischen diese beiden Hügelchen fällt, wird niemand den Oberst mehr finden, nicht durch ein Gebet und auch nicht durch den Fahndungsdienst der Regierung. Niemand!«

Ich machte jedoch einen großen Bogen um die mir von dem jungen Mädchen gebotenen blühenden Reize und hielt meinen Bart abseits, damit Dona Esmeraldina nicht wieder eifersüchtig werden konnte. Zum Glück bat ein Onkel Dona Mocinhas namens Cerqueira, Besitzer einer Zuckerrohrpflanzung in Macaé, um ihre Betreuung in einem Krankheitsfall, worauf das junge Mädchen ziemlich mißgestimmt abreiste, um ihrer Verwandtenpflicht nachzukommen. Sie hinterließ einen besonderen Abschiedsgruß für mich:

»Sag dem Oberst, daß ich sehr an ihn denken werde.«

Ich atmete erleichtert auf und rauchte eine Zigarre zum Gedenken an des Alten Beschwerden. Mit ihres Onkels Cerqueira Leiden beschäftigt, ließ das junge Mädchen mir freie Hand in der Rua dos Frades. Nun konnte der Oberst seinen Verführerblick ungestört schweifen lassen und auf Entdeckerreisen gehen. Andererseits existierte der Anwalt meiner Streitfälle kaum mehr für mich. Er lebte im Wirbel der Politik, der Wahlkampfhast von Versammlung zu Versammlung. Das Landhaus wimmelte von Menschen, es ging zu wie in einem Ameisenhaufen. Nogueira fand kaum noch Zeit für seine Verdauungsschläfchen. Dona Esmeraldina klagte:

»Das ist kein Leben, Nogueira. Das ist Zwangsarbeit.«

Sobald das Kesseltreiben der Politik abgekühlt war, wollte ich Dona Esmeraldina, wie versprochen, auf einen Ausflug von einer Woche oder mehr nach Mata-Cavalo mitnehmen. Der Hemmschuh war Baltasar da Cunha. Kaum war eine Arbeit beendet, begann er schon die nächste. Es gab kein Halten mehr in Werkplänen und Kosten. Zartfühlend, um niemandem zu nahe zu treten, machte ich bei einem Abendessen Nogueira auf die entfesselte Bauleidenschaft seines Vetters aufmerksam:

»Der kleine Doktor will und will mit seinen Projekten nicht fertig werden.«

Ich hätte meine Bedenken nicht anmelden sollen. Es waren keine vierzehn Tage vergangen, als Baltasar da Cunha, wie von der Tarantel gestochen, die Stufen von Livro Verde heraufstieg. Er fegte mir seine Werkpläne auf die Schreibtischplatte mit der Aufforderung, ich solle mir den Stand der Arbeiten persönlich anschauen:

»Ich bin nicht da unten, um mir die Eier zu kitzeln wie viele Leute meinen, verstanden?«

Angesichts all der Kritzeleien und Ungehobeltheit war ich sprachlos. Ich hatte den jungen Mann nicht beleidigen wollen, weshalb ich ihn seinen Zorn seelenruhig auskosten ließ. Das Zimmer zornig von einer Ecke zur anderen durchschreitend, den Finger im Westenausschnitt, das Haar wie für ein Tanzfest gekräuselt, warnte Cunha, sobald ich mich noch ein einziges Mal in der Rua dos Frades beschwere, werde er seine Aufgabe in Mata-Cavalo hinschmeißen:

»Ich nehme meinen Hut und gehe. Ich bin nicht jedermanns Laufbursche.«

Und ohne weitere Fragen, hochfahrend wie er gekommen war, stob er die Stufen von Livro Verde hinunter, Fontainha im Schlepptau. Er glich einem Wirbelsturm.

Ich änderte mich nicht und ließ mich auch nicht gängeln. Von Baltasar da Cunhas Ungezogenheit verriet ich in der Rua dos Frades kein Wörtchen. Die Sache war erledigt und vergessen. Und als eine Zeitlang später der Doktor Ing. wieder ins Büro kam, sah er Ponciano mit offenen Armen, ohne Klage oder Mißmut. Eine Hand auf seiner Schulter, erbat ich mir Nachricht von den Weiden und wie die Rohrverlegung und die Verbesserungsarbeiten vorangingen:

»Ich höre, daß es eine große Sache wird, Doktor.«

Im Verlauf der Tage gab ich dem Grobian weitere Beweise meines gepflegten Umgangstons. Bis zum Überdruß verleugnete ich meine Natur. Während ich ihn wie eine Mimose behandelte, revanchierte Baltasar sich mit Beleidigungen und Beschimpfungen. Hatte die Stirn, mein Patent zu übersehen. Und bemerkte trocken:

»Ponciano, ich werde in Mata-Cavalo eine Töpferei einrichten.«

Im Verlauf der Monate erbat er sich nicht einmal mehr meine Zustimmung zu seinen Neuerungen und seinen Ausgaben. Wie sein Diener hatte ich die Unkosten zu begleichen, ohne Murren und Einwand:

»Her mit dem Zaster, Quittung folgt später.«

Soviel Unverschämtheit steckte schließlich Artur Fontainha an, der dazu überging, die Beobachtung des Zuckermarkts, Kauf- und Verkaufsverträge als untergeordnete Routinearbeit zu behandeln. So dauerte es nicht lange, bis er mir mit

Forderungen und Unverfrorenheiten aufwartete. Und mit mir verkehrte wie der Vetter von Nogueiras von Gleich zu Gleich:

»Rechnen Sie nicht mit meinen Diensten für den Rest der Woche, Seu Ponciano.«

In den politischen Kampf verstrickt, Klette an Nogueiras Rock, erschien er tagelang nicht im Büro, vergaß Buchhaltung und Briefwechsel. Er vernachlässigte die Ablage, sein Schreibtisch verstaubte wie Plunder beim Altwarenhändler. Wenn man ihn antreffen wollte, brauchte man nur in Cafés, in den Kreisen des Geldadels zu suchen. Allein um Auskunft über das eine oder andere Papier zu bekommen, mußte ich ihn eigenbeinig Dutzende von Malen in Billardsälen und politischen Versammlungen aufstöbern. Ich hatte gut mahnen:

»Seu Fontainha, wo stecken Sie bloß, Seu Fontainha?«

Er brummte. Und schob brummend die Schuld der Wahlschinderei in die Schuhe:

»Beschweren Sie sich bei Dr. Nogueira, sprechen Sie mit Dona Esmeraldina.«

Da er meine schwache Seite kannte, nahm der Büroangestellte sich neue Freiheiten heraus. Er erschien in Livro Verde nicht einmal mehr zum Monatsgehaltsempfang – er schickte einen Boten mit einem vorlauten Billet. Und damit nicht zufrieden, schröpfte er hin und wieder auf der Straße oder in Cafés die Tasche seines Chefs um hundert oder zweihunder Mil-réis:

»Buchen Sie es in mein Vorschußheft.«

Ich schluckte Beleidigungen. Und schluckte die größte von allen, als Baltasar da Cunha unter dem Vorwand, den Vetter im Krieg der Politik zu unterstützen, Mata-Cavalo sich selbst, dem Wind und den Vorzeichen der Eulen überließ. Er richtete sich in der Rua dos Frades ein und rieb sich den Hintern blank beim Caféschwatz neben Fontainha, der sich ihm täglich mehr anglich, nicht nur im Anzug, sondern auch in Gesten und Ticks. Ich hüpfte auf einem Bein: »Nein, so geht das nicht weiter!«

Wieder einmal eilte Dona Esmeraldina mit ihren Grübchen im Gesicht dem Verwandten zu Hilfe. Sie bat, ich möge mich mit Geduld wappnen – sobald die Siedehitze der Politik nachlasse, würde der Vetter zur Ableistung seiner Verpflichtungen zurückkehren:

»Außerdem ist der Wirrwarr bald zu Ende.«

Und ihr parfümiertes Fingerchen auf meinen zigarrekauenden Schnabel legend:

»Der Oberst weiß, daß er mit Warten nichts verliert.«

Mit einemmal war mir die Laube der Rua dos Frades verleidet. Seit Baltasar da Cunha im Landhaus wohnte, war Dona Esmeraldina nicht mehr dieselbe und fremd. Ich gab meine Samstags- und Sonntagsbesuche zum Abendessen auf. Um die junge Frau nicht in Verlegenheit zu bringen, erfand ich Abstecher nach Sobradinho, wo meine Dienste gefordert würden:

»Ich werde die Wochenenden nutzen, um einiges in den Korralen zu erledigen.«

Gelogen: Sobradinho bekam den Oberst nicht zu sehen. Ich blieb im *Fremdenhotel* und fand nicht einmal am Zusammensein mit Pergentino Gefallen. Brieflich abberufen, mußte der Notar eilends nach São Fidélis fahren, um seine Interessen in Land- und Geldgeschäften wahrzunehmen. An einem dieser müßigen Sonntage landete ich in Capão, in dem vertrauten Heim Juquinha Quintanilhas. Das war für die Gevatterin Alvarina ein Festtag, denn sie zog das prächtigste Tischtuch aus der Schublade und trug das zarteste Hähnchen auf. Ich aß für sieben Münder und hielt mein Mittagsschläfchen im Schatten der Pistazien. Am frühen Abend fuhr ich ins *Fremdenhotel* zurück und versprach der Gevatterin einen neuen Besuch:

»Und erfreuen Sie mich wieder mit einem so guten Hähnchen, Dona Alvarina.«

Schlimm war, daß meine Abwesenheiten von der Rua dos Frades Baltasar da Cunhas Gemütsverfassung keineswegs gut taten. Der junge Ingenieur geriet auf die schiefe Ebene. Eines Nachmittags, vor dem Eingang zum *Goldenen Billardstock* inmitten von Menschengewusel, in dem Zeitungsschreiber vorherrschten, forderte der Vetter der Nogueiras fingerschnippend von weitem eine Zigarre:

»Einen Rattenvertilger her!«

In Simeãos Enkel siedeten alle Wutblasen der Azeredos und Furtados. Um ein Haar hätte ich den Frechling an den Rockaufschlägen gepackt und ihm auf dem Gehsteig eine Abreibung verpaßt, wie es seine Respektlosigkeit verdiente. Das

Doktorchen hatte Glück. Aus dem *Goldenen Billardstock* tauchte Pergentino de Araújo auf, mit weitgeöffneten Armen fürs freundschaftliche Knochenbrechen:

»Oberst, Gott hat diese Begegnung herbeigeführt.«

Doch als er Baltasar da Cunhas nach der Zigarre ausgestreckte Hand sah, zuckte der Pensionär zurück, als sei des Doktors Faust der Kopf einer Giftschlange. Der andere benahm sich nicht anders. Ich stand starr zwischen den Feindseligen, ohne die Beweggründe zu ahnen. Erst später, in der Tür des Café Lord, fern von dem jungen Ingenieur, stieß Pergentino haßerfüllt aus:

»Stutensohn!«

»Was ist los, Pergentino? Was ist geschehen, Mann?«

Noch angewidert von Baltasars Gegenwart, eröffnete der Notar, noch immer von Haß erfüllt, mir die heillose Kunde:

»Wissen Sie, daß ich mit den Nogueiras gebrochen habe?«

Fast stürzte ich von der Höhe meiner zwei Meter herab, ohne glauben zu wollen, was ich hörte:

»Sagen Sie's noch mal, Mann, sagen Sie es noch mal.«

Zähnknirschend wie eine Kobra bei der Eiablage, nahm der Gerichtsbeamte im Ruhestand die Brille ab und bestätigte seine Entzweiung mit den Nogueiras:

»Es war gestern gegen Abend, wegen Selatiel de Castro.«

Ich nahm den Freund ins Büro von Livro Verde mit, ein so schwerwiegendes Ereignis durfte man nicht auf der Straße in der Nähe von Gazettenhengsten und Besserwissern abhandeln. Auf dem Stuhlrand hockend, seine Brille mit hängendem Kopf säubernd, packte Pergentino sein Bündel mit Kummer und Schimpf aus: durch die Rua dos Frades spazierend, war er auf die unselige Idee gekommen, der Kusine Nogueira eine Höflichkeitsumarmung zu entbieten, da er, in São Fidélis durch seine Land- und Geldgeschäfte abgehalten, sie über einen Monat nicht mehr gesehen hatte. Nach altem Brauch zog er nicht einmal am Glockenstrang der Haustür. Mit der Ungezwungenheit des Freundes und Verwandten trat er ein. Als er merkte, daß er schon tief im Gang stand, am Ende des Landhauses, wollte er in die Hände klatschen, hörte aber im Nähzimmer Scherzen und leises Gelächter. Dann blickte er hinein und empfing mitten ins Gesicht den Schlag – in einer Sofaecke vergnügte sich Selatiel de Castro schamlos an den oberen Reizen der Kusine Esmeraldina und ließ seinen Zigarrenschnabel ohne Widerstand von ihrem Hals auf andere entblößte Teile gleiten. Als Verteidigung wußte sie nur Unsinn zu sagen:

»Lassen Sie das, Castro, hören Sie auf mit Ihren Verrücktheiten, Castro.«

Ohne zu wissen, wie er sich verhalten sollte, wich er katzenleise zum Gartentor zurück und weckte das Haus mit der Hausglocke. Sogleich trat die Kusine äußerst sittsam an die Tür, als komme sie gerade von einer Nadelarbeit und nicht von einer Schäferstunde. Und da sie den Verwandten draußen stehen sah, warf sie ihm vor:

»Warum so zeremoniell, Vetter?«

Und mit der verschlagensten Miene von der Welt erzählte sie, bereits im Wohnzimmer, Selatiel de Castro (»Er ist in dieser Sekunde fortgegangen«) ließe sie in der Rua dos Frades keine Minute in Ruhe, so begierig sei er, ein Haus einzurichten und zu heiraten. Es sei eine Strafe; wegen einem Rat, wegen einer Anfrage über dies oder jenes käme er alle Augenblicke angelaufen. Er wolle sogar unbedingt, sie solle nach Rio reisen, um Möbel und Vorhänge für ihn auszusuchen, da Selatiels Braut von ihrer Klosterschule aus sich nicht um diese Dinge kümmern könne:

»Er ist ein Wirrkopf und will Ende des Jahres heiraten.«

Pergentino gab sich wohlerzogen. Er ließ die Kusine ihre Pantomime beenden; dann sprach er ein ernstes Wort und meldete seine Bedenken an. Sie solle sich im Umgang mit Selatiel de Castro mehr in acht nehmen, ein Weiberheld wie er scheue sich nicht, sich mit Varietéludern einzulassen. Und beendete seine Vorhaltung mit dem Rat:

»Die Kusine weiß, wie das Volk klatscht, es redet über das, was es sieht und was es nicht sieht.«

Doch Freund Ponciano müsse wissen: kaum sei er abends zu Hause angelangt, sei Fontainha erschienen, aufgeblasen, mit finsterer Miene, wortkarg. Und habe, noch bevor er eintrat, gewarnt, er komme in protokollarischer Mission und nicht zu einem Freundschaftsbesuch:

»Ich bin Überbringer eines Briefes des Dr. Pernambuco Nogueira.«

Nicht ahnend, was ihm bevorstand, versuchte er noch, Fontainha von seiner strengen Haltung abzubringen:

»Lassen Sie doch die Förmlichkeit, Mann. Wozu diese Friedhofsmiene?«

Der Büroangestellte wies jede Vertraulichkeit zurück. Und steif, zugeknöpft, noch immer wortkarg, bat er um Erlaubnis, gehen zu dürfen:

»Meine Mission ist erfüllt. Guten Abend.«

Und hinterließ auf dem Tisch zwei Briefbogen, ein für den Empfänger vernichtendes giftspritzendes Schriftstück. In hochtrabenden Worten, wie bei einer Gerichtsverteidigung, verwies Nogueira ihm seinen Rat, den er unter Mißbrauch der Gastfreundschaft, die er im Landhaus genoß, ohne Rücksicht auf Verwandtschaft und die Regeln der guten Erziehung Dona Esmeraldina zu erteilen sich herausgenommen habe. Und der Doktor bestimmte gegen Ende des Briefes, ihm, Pergentino de Araújo, sei es fortan ausdrücklich untersagt, auch von Ferne in der Rua dos Frades zu gehen, wo nur ehrbare und verdienstvolle Menschen wohnten:

»Und zwar in diesem Ton, Freund Ponciano, in diesem ungehobelten Ton.«

Ich sage ohne Übertreibung: wäre der Hut der Welt auf meinen Kopf gestürzt, er hätte keinen größeren Schaden angerichtet. Ich fand nicht einmal den Mut, von meinem Stuhl aufzustehen, als sei ich mit dem Hintern festgeschraubt. Pergentino, noch immer seine Brille ab- und aufsetzend, erzählte unablässig diesen oder jenen Teil des Briefes und kaute auf den Beleidigungen herum:

»So, Oberst, in diesem unverfrorenen Ton.«

Was in Ponciano de Azeredo Furtados Eingeweiden am eisenhärtesten stach, war die Erinnerung an das Sofa – Nogueiras Frau an Selatiels Schnabel klebend, mit heruntergerutschtem Ärmel und der Liederjan wie ein Milchsäugling in ihrem aufgeknöpften Ausschnitt zullend. Daher, als Pergentino meine Meinung erbat, fand ich keine Worte. Es war, als hätte Ponciano die Gabe des Sprechens eingebüßt.

Einen Armvoll Tage hindurch war ich zu nichts fähig. Fern von mir, weit weg von meinem fröhlichen Naturell, irrte ich umher. Es war ein hilfloses Leiden, ein Siechtum ohne Ende. Nachts tat ich kein Auge zu und seufzte bis in den frühen Morgen hinein. Da inzwischen ein Sprühregen fiel, der eher lästig war als näßte, blieb ich in meinem Bett des *Fremdenhotels* liegen. Ich wollte meinen Kummer löschen, die Trauer, die mein Inneres untergrub, lichten, hinterher würde der Oberst der Sippe der Nogueiras und ihrem Anhang zeigen, wer der Enkel des Simeão von Sobradinho war. Zur Einweihung dieses neuen Lebens ließ ich in Rio einen Rohrstock kaufen, der härter strafte als ein Paar Peitschen. Schon sah ich Selatiel vor mir zusammenbrechen und mich auf den Nacken des Schandbuben einschlagen:

»Da, Brut trüber Winkel! Da, Lumpensack!«

In der Wärme des Kopfkissens schärfte ich mit Hilfe des Regens meinen Rächergeist. Keiner sollte meinem Richterspruch entkommen. Ich sah bereits Baltasar da Cunha aus meinem Büro rennen, und ich gellend hinter ihm her:

»Da, noch mehr Zaster, Sohn einer Kuh, da!«

In Wahrheit kam es nicht zu dem Kauf des Rohrstocks. Nachdem der Regen aufgehört hatte, kam Fontainha mit einer Botschaft aus der Rua dos Frades ins Büro. Ich wunderte mich über seinen Besuch und spottete:

»Welch ein Wunder, Seu Fontainha! Haben Sie sich von Dr. Nogueiras Politik entfernt?«

Der Lackaffe spitzte sein Zahnstocherbärtchen und meldete, ohne meines ätzenden Tonfalls zu achten, Dona Esmeraldina Nogueira wünsche ein Wörtchen mit mir zu wechseln, da sie allein sei und mich vermisse:

»Sie erwartet den Oberst unbedingt im Laufe des Nachmittags.«

Ich ging hin. Ich konnte ihre Bitte nicht ausschlagen, um so weniger, als ich von ihr immer liebenswürdig empfangen worden war. In Anbetracht dieser Tatsache, denn ich spucke nicht auf den Teller, von dem ich esse, ließ ich meinen Einspänner nach der Verdauungszigarre gegen vier Uhr in der Rua dos Frades halten. Die Etikette übergehend, trat ich ein:

»Wie geht es Ihnen, Dona Esmeraldina, wie ist es Dr. Nogueira ergangen?«

Doch die Frau des Doktors zeigte mir ein Paar Grübchen, in denen der Oberst seine Kümmernisse begraben sollte. Entwaffnet, mit eingezogenem Gift, mußte ich die Klagen und Vorwürfe der jungen Frau ertragen. Daß ich keinen Wert auf eine alte Freundschaft lege, daß ich vielleicht der besagten Kleinen aus Rio verlobt sei:

»Das muß es sein, es kann nur dies sein.«

Im Erfinden bin ich flink. Ich schob die Schuld für mein Ausbleiben auf meine Pflichten im Büro und in Sobradinho:

»Ich bin völlig überlastet, Dona Esmeraldina.«

Ohne auf meine Erklärungen zu hören, schwor sie, der Oberst, der von so vielen Menschen, ja von einem Mädchen aus Rio umschmeichelt sei, wolle die alten Freunde lieber von hinten sehen:

»Recht haben Sie. So ist es einmal.«

Fast hätte ich losgelegt und die Gründe für meine Reserve geäußert, die Sofaszene aufs Tapet gebracht. Doch rechtzeitig zügelte ich meinen Unmut, und die Unterhaltung verlief reibungslos im Nachmittagswindchen. Voller Neuigkeiten berichtete Dona Esmeraldina, Mocinha Cerqueira vergäße in ihren aus Macaé gesandten Briefen nie, eine Extra-Umarmung für mich mitzuschicken:

»Ich vermute, daß ein echtes Gefühl dahintersteckt. Ich vermute es stark, Oberst.«

Von der jungen Cerqueira ging sie auf die Politik über – die Dame des Hauses erwähnte die große Hilfe, die ihr Vetter dank meines Einverständnisses Pernambuco Nogueira leistete, nicht zu reden von Fontainha, der nicht mehr ans Schlafen denke, und seiner Ergebenheit:

»Ich weiß nicht, was aus Nogueira ohne die beiden geworden wäre. Ich weiß es wirklich nicht.«

Und so, in der Vertraulichkeit der Stunde, wechselte die Plauderei auf andere Pfade über, bis auf dem Wellenkamm der Name Pergentino de Araújo auftauchte:

»Ich habe ihn mehr als vierzehn Tage nicht mehr gesehen.«

Es war, als sei ich in ein Wespennest getreten. Dona

Esmeraldina sprang von ihrem Stuhl auf, und tief gekränkt erzählte sie umschweifig den begründeten Ärger, den der Anverwandte Araújo ins Landhaus gebracht habe. Friedlich sei sie an ihrer Näharbeit gesessen, als Pergentino, ohne in die Hände zu klatschen oder die Glocke zu ziehen, völlig von Sinnen eingetreten sei. Zunächst habe sie geglaubt, ihr Vetter sei von einem Schwindelanfall oder einer anderen Beschwerde ereilt worden, so wachsbleich habe er ausgesehen. Sie wollte schon zu ihrem Flaschenschränkchen eilen, doch er habe sie auf ungebührliche Weise daran gehindert und sie zu betasten begonnen. In ihrer Harmlosigkeit habe sie noch mit Pergentino gescherzt:

»Hat der Vetter getrunken oder ist er in seinem Normalzustand?«

Da er aber seine Handgreiflichkeiten nicht einstellte, verwies sie ihm sein ausfallendes Benehmen und machte ihn darauf aufmerksam, daß er sich in einem Familienhaus befand:

»Ich bitte mir Respekt aus, bedenken Sie doch, wo Sie sind.«

In diesem Augenblick habe der Frechling geringschätzig gegrinst und über ihre Beziehungen zum Oberst und zu Selatiel de Castro gestichelt. Angesichts einer derartigen Verleumdung habe sie keinen anderen Ausweg gefunden, als die Dienstboten zu rufen und Araújo vor die Tür zu setzen:

»Ich habe Nogueira nicht alles erzählt aus Furcht, es könne Unheil daraus entstehen.«

Ich fing Feuer. Stehend, vor Wut schäumend, gab ich zurück, niemand solle es wagen, einen Azeredo Furtado ungestraft zu schmähen:

»Niemand, Dona Esmeraldina! Ich werde den Rüpel zerquetschen, wie man ein faules Ei zerquetscht.«

Und ich stampfte mit Stiefelgewalt auf den Fußboden, als krümme sich der Vetter unter meiner Sohle. Soviel Rachgier beunruhigte die junge Frau. Ich solle mir das zweimal überlegen, solle meine Stellung als Geschäftsmann bedenken, als angesehener Mensch:

»Haben Sie doch ein Einsehen und machen Sie keine Kindereien.«

Und in sanfterem Ton bat sie, ich möge die Streitigkeiten als erledigt oder als ungeschehen betrachten. Nogueira habe ihn bereits in einem strengen Brief für sein unverschämtes Benehmen zur Rede gestellt. Überdies finde sie, Pergentino wirke seit einiger Zeit ziemlich geistesverwirrt. Und wenn es so sei, müsse man in der Tat Mitleid mit ihm haben:

»Der Ärmste! Möglicherweise endet er wie Onkel Epaminondas.«

Und todtraurig und voller Empfindung erzählte sie mir, da ich doch zur Familie gehöre, den Fall von Pergentinos Onkel, des alten Epaminondas, der sich eine Eisenbahnmanie zugelegt hatte – und an den Straßenecken pfiff, an den Türen Fahrgäste einsammelte und eine riesige Ölkanne spazieren trug, um das Räderwerk zu schmieren. In tiefer Nacht sei er durchs Haus gerannt und habe wie eine Lokomotive geschmaucht, so daß bei Vollmond kein Mensch das Züglein des alten Epaminondas in seinen vier Wänden zum Halten gebracht habe:

»Er ist in der Gummizelle gelandet, Oberst.«

Ich bekam Mitleid und erklärte Dona Esmeraldina sogleich, die Unstimmigkeit mit Pergentino sei schon jetzt erledigt:

»Als hätte es nie etwas gegeben. Für mich ist der Fall tot und beerdigt.«

Für mein Entgegenkommen empfing ich von ihren wasserhellen Augen ein ganz besonderes Versprechen. Als neuer Ponciano de Azeredo Furtado, von Kummer erlöst, von Voreingenommenheiten befreit, verließ ich das Landhaus. Auf der Straße führte mich ein aus den Hinterhöfen wehender Jasminduft in die Kindheit zurück, in meine schwalbenfrohen Kindertage.

Ich brauchte nicht mit Pergentino de Araújo zu brechen. Von Nogueiras Brief betroffen, mußte der Notar eine rasche Verschärfung seines Milzleidens hinnehmen und verschrieb sich für den Rest des Jahres seiner bereits abgeschlossenen Wasserkur. Dies war mir nicht unangenehm, denn so verschwand der alte Junggeselle aus meinem Blickfeld. Selatiel de Castro, wie ich von des Frechlings böser Zunge getroffen, gedachte in den Kurort zu reisen und dort Pergentino rücksichts- und gnadenlos zu richten:

»Das ist beschlossene Sache. Das Brillenfutteral muß von mir eine Abreibung einstecken. Ich werde dem Schuft eine Lektion erteilen.«

Mit guten Worten und Ratschlägen brachte ich den Finanzmann von seinem Vorhaben ab, das nicht zu einem Direktor eines Kreditinstituts passe:

»Im übrigen ist der Fall bereits abgeurteilt, Freund Castro.«

Selatiel spitzte sein Zahnstocherbärtchen, wiegte den Kopf und fügte sich meiner Ansicht:

»Der Oberst hat recht. Der Fall ist beigelegt.«

Nach Bereinigung dieses Mißverständnisses hatte die junge Frau der Rua dos Frades meine uneingeschränkte Ergebenheit ein für allemal erworben. Da Baltasar da Cunha in politischer Mission außerhalb, in der Wildnis von Santa Bárbara weilte, nahm ich wieder meine Abendessen im Landhaus wahr, genoß an zwei oder drei Samstagen die Gartenlaube und hängte der Herrin des Hauses ein hübsches Geschenk um den Hals. Der Grund zu meiner Handlungsweise war die liebevolle Art, mit der Nogueiras Frau sich an den Tag erinnerte, an dem sie mich kennengelernt hatte. Ein so wesentliches Andenken durfte nicht als weiße Wolke übergangen werden, weshalb ich meinen Dank in Form eines doppelstrangigen echtgoldenen Halsbandes in die Rua dos Frades schicken ließ. Angesichts der Größe dieser Erinnerungsgabe fand Dona Esmeraldina kaum Atem, um mir zu danken:

»Oberst, Sie übertreiben. Ich bin ganz befangen, Oberst.«

Mehr als ein Freund, der den großen Azeredo Furtado so freigiebig sah, glaubte, ich hätte die Verstandeskräfte verloren und wäre dem Wahnsinn verfallen. In diese feinmaschige Falle fiel Juquinha Quintanilha. Ich empfing den Gevatter in alter Einödenfreundschaft und fragte nach seiner Frau, dankte für die mir von Dona Alvarina übersandten Eierkuchen:

»Die Gevatterin ist so gütig. Ich bin ihr großen Dank schuldig.«

Unsere Unterhaltung verlief freundschaftlich, bis Juquinha mit ernster Miene, den Hut unbehaglich drehend, berichtete, das Weidenvolk mache sich über mein Auftreten und meine Sucht, den Galan zu spielen, lustig:

»Über nichts sprechen die Leute in den Zügen und in den Läden von Santo Amaro mehr.«

Ich packte Juquinhas Bericht beim Schopf und sagte, der Gevatter solle den über mich umgehenden Klatsch wiederholen:

»Was sind das für Hirngespinste, Seu Quintanilha? Sagen Sie das noch mal, dicht vor meiner Ohrmuschel, Seu Quintanilha.«

Der Mulatte bestätigte: das Völkchen der Korrale spotte, lache über meinen Lebensstil mit Pferdewagen, über mein geschniegeltes Aussehen und meine Lackstiefel. Das Schlimmste aber sei, daß Pater Malaquias nur darauf warte, von Stichen im Knie befreit zu sein, um ins *Fremdenhotel* zu kommen und mit mir abzurechnen:

»Das weiß ich durch einen Mund, der nicht lügt, durch ein Patenkind von ihm.«

Als Antwort ging ich auf den Gevatter los, ein Geldbündel wie einen Maiskolben schwingend, und verbat mir die Unverfrorenheit der Viehtreiber, Leute, die vor Neid platzen, einen Christen in sauberem Hemd und gewichsten Schuhen zu sehen:

»Das ist ein Haufen Mastschweine, Seu Quintanilha. Eine Horde Beutelratten stinkt weniger als dieses Gezücht von Lügenzungen, Seu Quintanilha.«

Der Gevatter, bereuend, Überbringer dieses Ärgernisses zu sein, versuchte meinen Zornesknoten mit den Erinnerungen an die vielen Freundschaften, die ich auf den Weiden geschlossen hatte, zu lösen. Juquinha wünschte nichts anderes als die Unterhaltung abzubrechen, das Gesagte ungesagt zu machen und seelenruhig zu seinem Kleinhandel nach Capão zurückzukehren. Das ließ ich nicht zu. Zornentbrannt, Schaum im Mundwinkel, sprang ich, die Luft des Büros mit meiner Geldrolle peitschend, vor ihn hin:

»Schauen Sie sich das an, Seu Quintanilha. Das ist lebendiges Gold. Ich mache damit, was ich will. Ich kann es auch zerreißen, Seu Quintanilha.«

Und vor dem entsetzten Gevatter zerfetzte ich wie ein Besessener eine Hundert-Mil-réis-Note in winzige Schnitzel:

»Ist mir egal. Ich zerreiße hundert und zerreiße auch tausend, Seu Quintanilha.«

Zu allem Unglück stieg in diesem Augenblick ein kleiner Mulatte, der Pernambuco Nogueira bei seiner Gerichtsarbeit half, die Stufen hinauf. Er wollte sich nach Fontainhas Verbleib erkundigen und nahm die Nachricht mit auf den Weg, der Oberst von Livro Verde zerreiße Banknoten der Regierung, ihm sei der Grips ausgelaufen, Größenwahn habe ihn benebelt. Das führte dazu, daß eines Abends vor der Tür zum Klub der Politiker ein Frackfatzke aus Baltasar da Cunhas Gefolge die Stirn hatte, mich im Scherzton zu fragen, ob der Oberst seine Zigarren mit Tausend-Conto-Noten anzünde:

»In der Stadt wird über nichts anderes geredet.«

Doch schon holte Poncianos Faust sich von dem Schnabel des Naseweis Satisfaktion, der schwindlig und mit blauem Auge auf den Gehsteig stürzte. Nach getaner Arbeit meinen Rockärmel glattziehend, fragte ich die Herumstehenden spöttisch:

»Wer von den Herrschaften wünscht noch zu erfahren, ob ich mir meine Zigarren mit Noten der Staatsbank anzünde?«

Durch diesen Tumult vor dem Eingang zum Klub der Politiker tötete ich im Keim das Gerücht, ich verbrenne Conto-Noten mit dem Rauch meiner Flor de Ouro. Doch um zu zeigen, daß ich mir nichts aus Geldscheinen, großen oder kleinen, machte, ließ ich mir eine Dauerloge für eine aus Rio angereiste, berühmte Varieté-Tournee reservieren. Hoch oben stellte Simeãos Enkel fast jeden Abend seinen Vollbart zur Schau, und wenn ich wegen dieser oder jener Abhaltung nicht erschien, genoß der aus Santa Bárbaras Gestrüpp herbeigeeilte Baltasar da Cunha in Gesellschaft von Fontainha und dem besagten Portela der Gazetten das Vorrecht der Loge. Samstags saß Dona Esmeraldina neben mir, prachtvoll, bildhübsch, bedeckt mit Juwelen und Düften. Zu Wahlzwecken lehnte ihr Mann an der Brüstung, um von aller Welt gesehen zu werden. Er begrüßte den einen, winkte einem anderen ein Adieu zu. Häufig verließ er seinen Platz und verteilte unter den Damen der anderen Logen Handküsse. Dona Esmeraldina lachte und winkte mit dem Fächer, während ich, über ihren Nacken geneigt, mit Vertraulichkeit auftrumpfte und laut sprach, um im Parkett bemerkt zu werden. Stets fröhlich, erkannte Nogueiras Frau die anwesenden Familien und Bekannten:

»Die dort im Spitzenkleid ist die Witwe von Pederneiras. Der Herr mit Pincenez ist ihr Vater.«

Der große Castro brachte trotz seines Rentenvermögens nicht den Schneid auf, eine Dauerloge zu nehmen. Er segelte im Schlepptau des Obersten, schlenderte durch die Gänge, vermengte in den Pausen seinen Zigarrenrauch mit dem meinen und dem Pernambuco Nogueiras. Er versäumte keine Gelegenheit, meine und des Doktors Aufmerksamkeit auf die vorbeiflanierenden Rockzipfel zu lenken:

»Mordsweib, Seu Ponciano! Die Frau von Cardoso. Schauen Sie sich die Beweisstücke ihrer Nachhut an, Herr Doktor.«

Selatiel wußte am meisten die Gesellschaft der Bühnendamen zu schätzen und verstieg sich einmal dazu, mir eine Komikerin namens Zizi in die Loge zu bringen, die außerhalb der Rampenlichter ihre Beine eine Handbreit über dem Knie zeigte, in der Tat ein brauch- und dienstbares Dickerchen. Da Dona Esmeraldina zugegen war, setzte ich die Miene eines Todeskandidaten auf, eines ernstgesonnenen Bürgers, wie ich sie bei den Prozessionen in meinen Tagen als Baldachinträger gezeigt hatte. Innerlich indes genoß ich, lustig wie ein alter Bock auf Zickleinweide, die Reize der kleinen Zizi und besonders die Polster ihrer edleren Körperteile wie auch ihres Untergestells, die ein Liederjan gerne in einem Laden unter einer Glasglocke zum Ergötzen aller und zu einem bestimmten Besichtigungspreis pro Kopf dargeboten hätte. Wem das Schauspiel nicht gefiel, war Dona Esmeraldina. Denn wie von der Schlange gebissen und vielleicht aus Eifersucht auf mich, machte sie beim Anblick der schlaff an Selatiels Arm hängenden Varietépuppe kurz entschlossen kehrt und riß beim Verlassen der Loge fast Samtvorhänge und Litzenbesatz mit:

»Mit Verlaub, mit Verlaub.«

Von ihrer brüsken Bewegung befremdet, fand Nogueira nur noch die Zeit, seinen Hut zu packen und hinter ihrer Schleppe dreinzuhasten:

»Wie töricht, wie töricht!«

Völlig vergebens versuchte ich noch, die Entrüstete aufzuhalten. Auf dem Weg zum Ausgang schwor sie, mit dem Fächer schlagend, nie mehr den Fuß in ein Theater zu setzen:

»Ich lasse mich nicht von diesen Schlampen beleidigen.«

Damit flossen die gemeinsamen Logensamstage den Bach hinunter. Und zu diesem Kummer gesellte sich im Lauf der Woche ein neuer. Nicanor do Espírito Santo, der zu Lebzeiten des kleinen roten Hahns als Postillon zwischen Ponta Grossa und der Veranda meines Erbguts gedient hatte, wünschte Nazaré zu ehelichen, zu welchem Behuf er die Fürsprache seines Gevatters und meines Freundes Caetano de Melo mitbrachte. Die Übereinkunft lief nach Wunsch, bis sie an Dona Francisquinha scheiterte. Die Alte bestimmte:

»Sie heiratet nur, wenn der junge Herr in der Stadt seine Genehmigung erteilt.«

Um das Hindernis zu beseitigen, entsandte Caetano de Melo seinen Buchhalter, den alten Crispim Ramalho, mit einem Empfehlungsschreiben an mich ausgestattet, in Sondermission ins *Fremdenhotel*. Ramalho hob vor meinen Augen die Verdienste des Nicanor do Espírito Santo in den Himmel, er beende gerade das letzte Jahr seiner Schreinerlehre und besäße als Geschenk seines Paten bereits eine voll eingerichtete Werkstatt, außer einer kleinen, gutbewässerten Weide und einem Stück Ackerland:

»Der Herr Doktor rechnet voll mit der Zustimmung des Oberst.«

Als ich Nazaré das letzte Mal in Mata-Cavalo gesehen hatte, war die kleine Rotbraune erblüht – wenn sie dort weiterlebte, ohne ihre Utensilien zu gebrauchen, würde sie wahrscheinlich ihren Saft verlieren und wie eine Jenipapofrucht schrumpfen. Sie war die edelste, je auf den Weiden gewachsene Mädchenperle. Trotz alledem nahm Crispim Ramalho die erbetene Zustimmung mit. Des schönen Aufenthalts in Ponta Grossa in Gesellschaft des verstorbenen kleinen Roten gedenkend, tat ich Caetano de Melo und seinem Patenkind den Gefallen. Großzügig verzichtete ich auf Nazarés besondere Naturgaben. Wieder ging mir ein Stück von Sobradinho verloren.

11

Endlich, an einem wind- und wolkendurchstobenen, waffenwilden Sonntag kam die Wahl. Allein für den Landauer, mit dem ich den einen zu Hause abholte und den anderen zur Wahlurne fuhr, gab ich ein Vermögen aus. All die Großzügigkeit, dieses freie Verschwenden geschah natürlich nicht ohne Grund. Für den, der zu lesen weiß, ist eine Andeutung eine Inschrift – ich entnahm sie einer Unmutsäußerung Dona Esmeraldinas eines Abends, als das Landhaus zu einem Versammlungsort wurde, Menschen alle Stühle besetzten und sich Freiheiten herausnahmen, die ihnen niemand gewährt hatte. Händeringend beschwerte sie sich über den von den Politikern verursachten Wirbel – seit Monaten wisse sie nicht mehr, was ein beschaulicher Sonntag im Frieden der Gartenlaube sei:

»Aber ich habe Nogueira bereits gewarnt. Wenn dieser Zirkus vorbei ist, flüchte ich und erhole mich auf dem Lande.«

Und um das Gesagte zu unterstreichen, zog sie einen Stapel ärztlicher Verordnungen aus der Schublade, alle mit der Auflage, einen Monat an einem ruhigen Fleckchen auszuspannen:

»Ich halt's nicht mehr aus. Ich werde von der Bildfläche verschwinden und mich in ein Urwaldtier verwandeln.«

Ich zählte an den Fingerspitzen die bis zum Wahltag fehlenden Tage und sah in Gedanken bereits die junge Frau aus dem Landhaus mit mir an einem einsamen, von Pitangas bestandenen Ort ungestört schmusen. Nachts würde das hemmungslose Bett gleich nach dem Abendessen bis über den Hahnenschrei hinaus ächzen. Das klatschsüchtige Völkchen würde genug Stoff für manche Haustür und manches Fenster haben. Wer an Sobradinho vorbeigehen und die junge Frau ostentativ auf der Veranda sähe, würde verbreiten, ich hätte mir unter dem eigenen Dach eine Geliebte angeschafft:

»Der Oberst ist bedient, der Oberst weiß zu wählen.«

Ich erhielt von Dona Esmeraldina weitere Zusagen, daß sie bereit sei, ihren Erholungsurlaub in Poncianos Buschwäldern zu nehmen. Etwa vierzehn Tage vor der Wahl, bei einem neuen

Ausbruch gegen den politischen Aufruhr, beklagte sie, daß Vetter Baltasar, der in Nogueiras Wahlkampf völlig auf- und unterging, nicht vereinbarungsgemäß die Arbeiten in Mata-Cavalo beendet habe:

»Ein Jammer, nicht wahr, Oberst?«

Ich antwortete leichthin, daß ich, um die Ehre ihrer Anwesenheit genießen zu dürfen, Sobradinho im Handumdrehen auf Hochglanz bringen würde, Sobradinho sei stets ein behagliches, luftiges Herrenhaus gewesen, in dem sie nach Wunsch schalten und walten könne:

»Ich lege Sobradinhos Schlüssel in Ihre Hände, Dona Esmeraldina.«

Und unter der Voraussetzung, daß sie dort auszuspannen gedenke, traf ich im Hinblick auf zusätzliche Bequemlichkeit entsprechende Vorkehrungen und ließ mein Empfangszimmer mit einer Garnitur von Polsterstühlen sowie einem Teppich im Wert von einem Conto-de-réis ausstatten, der die seit den Tagen meines Großvaters vor dem Sofa liegende Rinderhaut ersetzen sollte. Außerdem ließ ich Sobradinhos Fußböden mit Wasser und Seife schrubben:

»Ich will alles blitzsauber sehen, kalkweiß wie eine Altardecke.«

Andererseits suchte ich meine Differenzen mit dem Doktor Ing. und seinem Adlatus Fontainha aus der Welt zu schaffen. Ich bat Dona Esmeraldina, das Gelände zu sondieren, da mein einziges Ziel in all dem Gehetze sei, mir ihre Freundschaft zu erhalten und Dr. Nogueiras Aufstieg in der Politik zu fördern:

»Und oben anzukommen, im Regierungspalast.«

Die Wirkung dieser meiner Kriegslist ließ nicht lange auf sich warten. Denn bald darauf, als ich in der Apotheke Brito Zahnpulver kaufte, schröpfte Baltasar da Cunha meinen Geldbeutel um ein Conto – der Überbringer der Bitte, Portela von den Gazetten, steckte gleichfalls seinen Teil ein, hundert Milréis und zwei Zigarren. Als Gegenleistung versprach er eine neue Lobeshymne auf mich drucken zu lassen:

»Etwas Hochfeines, ähnlich wie die der Heiratsabsichten.«

Und am Wahlmorgen klopfte Fontainha zu meiner Überraschung seidenweich wie einst im Büro am Portal des *Fremden-*

hotels. Es war wieder der Fontainha mit krummer Wirbelsäule, frei von jeder Anmaßung. Er ersuchte um eine Verstärkung in Geld, um das Wählervolk unterstützen zu können. Er bat um zweihundert, ich gab ihm das Doppelte:

»Der Überschuß, Seu Fontainha, ist für das Feuerwerk der Gedenkfeier.«

Abends erschien ich sorgfältig angezogen in der Rua dos Frades. Der Wind kräuselte das Buschwerk, daher hielt ich das Landhaus für leer. Irrtum – die politische Kundschaft verstopfte alles, Veranda und Fenster, auch alle Gartenstühle waren besetzt. Ich blieb in einem Menschenknäuel stecken. Doch als Nogueira meinen schrankartigen Umriß sah, schrie er aus der Mitte des Raums:

»Kommen Sie und beglückwünschen Sie den Abgeordneten, Mann Gottes.«

Mit offenen Armen, seinen Zigarrenrauch mit dem meinen vermengend, schwor Nogueira, die Wahl habe er bereits in der Tasche:

»Ich sage noch mehr, Seu Ponciano, hätte ich meine Stärken gekannt, ich hätte mich als Senator aufstellen lassen.«

Er konnte seine Prahlerei nicht fortsetzen – Fontainha, der in diesem Augenblick frohlockend von der Straße hereinstob, berichtete, auf dem Morro do Coco gehe es zu wie im Irrenhaus:

»Portela war gerade dort. Man hört an den Urnen nur den Namen des Doktors.«

Nogueira, fidel wie ein Puter auf dem Hühnerhof, rief Vetter Baltasar:

»Cunha, komm und hör dir das an.«

Der junge Ingenieur löste sich aus einem Trupp von Freunden, kam auf den Ruf des Verwandten näher und ging an mir vorbei, als sei ich ein Stuhl oder ein Sofa, ohne ein Nicken oder sonst eine Höflichkeitsbezeigung. In der Mitte des Raums glich Fontainha einem Besessenen, aufgeregter als alle anderen über Nogueiras todsichere Überlegenheit an den Urnen von Morro do Coco:

»Sowas hat man noch nie gesehen, alle Welt glotzte mit offenem Mund.«

Dona Esmeraldina, in ein schwarzes Kleid gezwängt, das gut zu ihrer hellen Haut paßte, lief erschrocken herbei, um den Grund für Fontainhas Gezappel zu erfahren. Trotzdem gönnte sie meinem Anzug einen ganz besonderen Blick. Ich ließ mich nicht lumpen und bewies meine gute Erziehung:

»Meinen Glückwunsch, Dona Esmeraldina, zum Vorsprung des Doktors.«

Die von den einen und anderen mit Aufmerksamkeiten verwöhnte junge Frau ging rasch im Glückwunschwirbel unter und wurde meinen Augen für den Rest des Abends entzogen. Ziellos gelangte ich auf die Veranda, wo der alte Palhares, über die Schulter eines ausgemergelten, sehbehinderten, von Geburt scheelen Kerlchens geneigt, die Luft mit seinem Geschwätz verpestete. Offensichtlich ging es um irgendwelche Beschwerden, da Palhares seine Betrachtungen mit Tastbewegungen ins Leere hinein begleitete. Ein Hauch von fauligem Wasser, von Arzneifläschchen entströmte ihnen und drohte das ganze Landhaus anzustecken. Ich versuchte den Oberst in einem Eckchen des Salons unterzubringen, wo ein Jüngling mit Hottentottenhaar hinter einer Schildpattbrille die gesamte Regierungskamarilla ins Kittchen zu packen versprach:

»Diebe sind's, Gauner!«

Ohne von jungen Weiblichkeiten und der als Gastgeberin beschäftigten Dona Esmeraldina beachtet zu werden, wurde ich den Trubel bald leid und verließ die Rua dos Frades auf leisen Sohlen und kleinmütig:

»Schön guten Abend allerseits. Ich muß gehen.«

Ich kehrte am nächsten Tag zurück, wieder verpestete die gleiche Ansammlung die Räume des Landhauses. Verärgert stellte ich meine Besuche für die nächsten vierzehn Tage ein. Als das Glücksrad sich zu Ungunsten des Doktors drehte, ließ ich meine freundschaftliche Miene wieder sehen, damit der Doktor nicht argwöhnte, Simeãos Enkel sei nur ein Freund in fröhlichen Tagen. Ich fand das Wohnhaus verändert, entvölkert, leer von der Veranda bis in die Hausflure. Nur ein halbes Dutzend Unentwegter tuschelte in den Ecken wie bei einer Totenwache. Der einzige, der noch das Banner hochhielt, war Fontainha; zuversichtlich versprach er eine Wende beim Schluß der Zählung:

»In Macaé holt der Doktor wieder auf. In Macaé habe ich nur Freunde.«

Dann kamen die Zahlen aus Macaé, und Nogueira rutschte immer mehr an den Schwanz der Gewählten. Das Landhaus leerte sich immer mehr, bis auch der letzte Unentwegte nicht mehr gesehen ward. Es blieb nur ein ranziger Geruch von Wahlversammlung und Zigarrenrauch, den Dona Esmeraldina und ihre Dienstbotenschar mit Hilfe von Putzmitteln und Kreolin verscheuchte. So endete Pernambuco Nogueiras Politikerkarriere in einem mit Seife und Wasser gefüllten Eimer.

Ich kehrte zu meiner Büroarbeit zurück. Fontainha, matt und ausgehöhlt, tat das gleiche. Erleichterten Herzens sah ich den Pomadenjüngling, von neuem unterwürfig und ganz meinen Interessen ergeben, unseren Großhandelsaufgaben nachgehen. Er schmückte die Räume von Livro Verde mit Blumenvasen, außer anderen Maßnahmen für meine Bequemlichkeit. Von Besorgnis überquellend, meinte er, der Oberst habe eine Erholung im Busch nötig:

»Sie müssen neue Kräfte sammeln, einen halben Monat ausspannen.«

Ich lachte innerlich, das mußte Dona Esmeraldinas Kunstgriff sein, die schon Anstalten traf, um ihrem Versprechen gemäß mit mir in Sobradinhos Einöden unterzutauchen. Ich drehte ihm meinen Bart zu, pflichtete ihm bei:

»Freund Fontainha hat recht. Ich brauche eine Erholung.«

Auf Bitten des Büroangestellten zahlte ich Baltasar da Cunha, der bereit war, nach Mata-Cavalo zurückzukehren und die begonnenen Bauarbeiten abzuschließen, zwei Monatsgehälter Vorschuß. Ich zahlte mehr als das Verlangte:

»Ist gern geschehen, Seu Fontainha, ist gern geschehen.«

Da die Wunde der Wahlniederlage noch offen war, vermied ich die Rua dos Frades und Dona Esmeraldinas schöne Augen. Das gehörte sich so, denn ich wollte mit meiner Gegenwart den Kummer des Doktors, der sicherlich wütend war, nicht noch vermehren. Doch ich irrte. Als gegen Ende des Monats die Blätter die Wahlergebnisse bekanntgaben, traf ich Nogueira auf der Praça da Quitanda kreuzfidel. Die Zeitung schwenkend, sagte er, ich solle mir seine Mordszahl im Krieg der Urnen einmal gut beschauen:

»Schauen Sie sich das an! Ich hätte nie mit einem so hohen Stimmenergebnis gerechnet, Seu Ponciano.«

Er glich keineswegs einem politischen Verlierer, der in größeren Schulden steckte als ein Bankrotteur. Er deutete auf das Zeitungsblatt, als berichte es über einen gewaltigen Urnenerfolg:

»Schauen Sie, Ponciano, fabelhaft. Stimmen an Plätzen, auf die ich nie gehofft hattc.«

Und mit seinem prahlerischen Organ, das über die Praça da Quitanda fegte, schob Nogueira die Schuld dafür, daß er nicht als Sieger, stimmenschwer wie ein alter Senator, aus dem Wahlkampf hervorgegangen war, der Regierung in die Schuhe:

»Aber dabei bleibt es nicht, Seu Ponicano. Man wird von mir hören.«

Und mit dem Handrücken auf die Zeitung schlagend, schwor er, die Kamarilla werde etwas erleben:

»Ich werde Zeitungsartikel schreiben. Ich weiß von Korruption, ich weiß von Schmutzgeschäften. Die Gefängnisse werden kaum Platz haben für so viele Ratten.«

Beim Abschied lud ich Nogueira zum Mittagessen in den *Goldenen Billardstock* ein, um seinen Entschluß zu feiern, die Regierung und ihre Kumpane in den Senkel zu stellen:

»Ich meine es, Doktor. Ich meine es ernst.«

So wurde felsenfest vereinbart, daß das Eß- und Trinkgelage mit Nogueira zwei Tage später stattfinden sollte. Doch zu meinem Bedauern konnte der Doktor aus der Rua dos Frades das anberaumte Gedenkmahl nie genießen. Es begab sich nämlich, daß während ich im Büro saß und Fontainha im Vorzimmer wieder mit seinen Papieren hantierte, Dona Esmeraldinas Vetter im Auftrag von Gott weiß welchem Teufel erschien. Der Besuch befremdete mich, da ich Baltasar da Cunha bei seiner Ingenieursarbeit in Mata-Cavalo vermutete. Ohne meine Anwesenheit zu ahnen, fragte er, in welchem Loch er wohl den Urwaldhauptmann, seinen Chef, einen gewissen Ponciano de Azeredo Furtado, antreffen könne. Und gewohnheitsgemäß spottend:

»Im Trog oder unter dem Joch, Seu Fontainha?«

Eine derartige Beleidigung hatte kein Azeredo Furtado seit Menschengedenken einstecken müssen. Und während Fontainha auf der anderen Seite der Zwischenwand mit dem Doktor Ing. flüsterte, hielt ich mühsam die Rachegelüste zurück, welche meine Herzkammern bedrängten. Das war Baltasar da Cunhas Glück. Denn als die Wut des Oberst ihre Schranken sprengte und alles vor seinen Stiefelspitzen fortflog, hatte der Rüpel bereits das Weite gesucht. Um meinen Zorn nicht zu vergeuden, goß ich ihn über den Kopf des Büroangestellten aus:

»Seu Fontainha, was denkt sich eigentlich dieser Doktor, Seu Fontainha? Glaubt er, ich sei ein Hampelmann, der seine Grobheiten nicht merkt, Seu Fontainha?«

Zu meiner Verwunderung schloß der Gekränkte seinen Schreibtisch mit einem Ruck ab und wies meinen Einwand mit in den Wind gerecktem Finger zurück:

»Wie sprechen Sie eigentlich! Der Doktor ist kein Korralbursche. Er ist akademisch gebildet und verdient Respekt.«

Und Hals über Kopf hastete er die Treppe hinunter. Es war ein Rettungslauf – um ein Haar hätte mein rinderhornverbiegender Griff den Flüchtigen am Schlawittchen zu fassen bekommen. Zornentbrannt rannte ich noch auf den Balkon von Livro Verde, von wo aus ich meine vom Stadtleben verrostete mächtige Weidenstimme erschallen ließ:

»Komm her, Sohn einer Sau!«

Unten liefen rings um Fontainha Leute zusammen, der hochentrüstet auf dem Gehsteig eine Kundgebung zusammenscharen wollte, was ich, die Stufen zwei um zwei hinunterpolternd, rasch vereitelte. Kopflos rennend, verschwand der Lackaffe hinter der ersten Straßenecke. Mitten auf der Straße schrie ich mit hocherhobener Hand noch einmal:

»Lumpenkerl! Hundesohn!«

Als die Nachricht in die Rua dos Frades gelangte, gab es dort einen gelinden Aufruhr. Fontainha bat bei den Nogueiras um Asyl, und Baltasar da Cunha nahm sich die Schmerzen des Freundes zu Herzen. Er brach seine Verpflichtung als Ingenieur meiner Bauvorhaben. Und konstatierte:

»Ich setze keinen Fuß mehr auf Mata-Cavalo.«

Im Kielwasser des Krawalls kam Pernambuco, um sich über Geschehenes und Getanes ein Bild zu machen. Ich wies die Beleidigungen des jungen Ingenieurs zurück und machte aus Fontainha Kleinholz:

»Ein Straßenköter, Doktor, ein Lapperkerl, den ich, genau genommen, mit zerrissenem Hosenboden vor der Tür der Provinzbank aufgelesen habe.«

Nogueira drehte und wand sich und durchmaß den Besuchssalon mit seinen blankgewichsten Halbstiefeln, wischte sich die Stirn und sprach. Ich ließ der Zunge des Doktors freien Lauf, wie er es vor Gericht tat. Zum Schluß, wie einer, der einem einen Gefallen erweist, sagte er, ich solle mich in acht nehmen:

»Ich bin ein Freund des Oberst, ich bin ein Vetter von Baltasar.«

Doch schon saß mir ein Floh im Ohr, ich wirbelte meinen Bart herum. Und dicht vor des Doktors Nase, so daß kein Blatt Papier mehr dazwischen Platz gefunden hätte, fragte ich etwa so:

»Worauf will denn Freund Nogueira hinaus?«

Sich die Stirn mit duftendem Taschentuch wischend, wies der Doktor mit diesem und jenem Beweisgrund darauf hin, daß Baltasar da Cunha, Hoch- und Tiefbauingenieur mit Diplom, jeden Betrag für seine in Mata-Cavalo durchgeführten Arbeiten fordern könne, das Gesetz sei auf seiner Seite. Wenn ich vor Gericht gehen wolle, gäbe es für mich kein Entkommen:

»Der Oberst verliert in allen Instanzen.«

Ich wurde zornig. »Dann, Herr Doktor, komme ich eben in Verruf und lande womöglich noch mit dem Hintern auf der Anklagebank.«

Angesichts meines Bartgezupfes bat Nogueira um Einsicht. Er würde nicht zulassen, daß eine so große Freundschaft ein so schmähliches Ende nehmen solle. Andererseits läge es auf der Hand, daß Vetter Cunha mit der Hilfe eines Landgerichtsrats seine Sache todsicher gewinnen werde:

»Und zwar ohne Berufung, Ponciano. Ohne Berufung.«

Angesichts einer so faustdicken Beleidigung sprang des Oberst Schlangennatur aus seinem Mund. Mit zwei Faustschlägen auf den Schreibtisch forderte ich Nogueira heraus, einen Prozeß gegen meine Person anzustrengen:

»Es ist mir sogar lieb, Doktor. Ich wünsche nichts lieber, Doktor.«

Nogueira, der Ponciano de Azeredo Furtado nur in Stadtkluft kannte und nie als ungehobelten Wäldler, suchte seine Gelehrsamkeit meiner gereizten Nähe zu entziehen. Er betrachtete die Unterredung als abgeschlossen und hatte es so eilig, daß er auf dem Sofarand einige Gerichtsakten liegen ließ. Ich sah Nogueira auf der Treppe verschwinden und hinter ihm mein Urteil:

»Filou!«

Des Doktors ledig, kühlte ich den Rest meines Zorns an Möbeln und Geräten. Der Papierkorb stieg wie ein Luftballon, den Spucknapf zertrümmerte ich mit meiner Stiefelspitze. Und als Selatiel de Castro eine Viertelstunde später die Stufen von Livro Verde erklomm, steckte ich noch tief in meinem Kummer. Als er das verwüstete Büro sah, ein Schlachtfeld in Aufruhr, wich der Finanzmann, seinen Besuch bereits bereuend, einen Schritt zurück. Ich hieß ihn eintreten:

»Kommen Sie. Es sind keine Hunde da, auch keine Kobras.«

Selatiel ging sofort in medias res des Streitfalls. Sagte, er sei über den Wirbel im Bilde, eine Sache ohne Hand noch Fuß, die leider sehr gegen meine Bildung und die des Doktors spreche:

»Kindereien, Dummheiten.«

Ich verhinderte, daß Selatiel Platz nahm. Und entgegnete sofort, daß ich mir keine Beschimpfungen gefallen lasse. Der Doktor und sein Vetter sollten sich gefälligst um ihre Rechte kümmern, ich werde für meine einstehen. Und mich vor dem Finanzmann aufpflanzend, zeigte ich ihm meinen Bart:

»Ich verwende diesen Gebrauchsgegenstand nicht als Verzierung. Ich bin kein Oberst von Regierungs Gnaden.«

So wie Selatiel de Castro eingetreten war, ging er fort, schlaff und gescheiterten Auftrags. Damit er nicht beleidigt abzog, begleitete ich den Finanzmann bis an die Haustür. Er dankte für die Höflichkeit, und während er sich den Hut zurechtsetzte, bat er, ich möge mir die Sache noch einmal überlegen und Dona Esmeraldinas Wertschätzung meiner Person in Betracht ziehen:

»Das ist eine Freundschaft, die der Oberst werthalten sollte.«

So war der Stand der Feindseligkeit, und ich schliff meine Waffen gegen den Doktor und seine Kamarilla, als ein halbes Dutzend Tage danach eines Morgens, als der Laufjunge gerade seinen Reinigungsdienst beendet hatte, ein Pferdewagen vor der Tür von Livro Verde hielt. Ich blickte im richtigen Augenblick, um einen bestimmten Spitzenhut heraufkommen zu sehen, und darunter das hübsche Gesicht von Nogueiras Frau. Ein Zittern durchlief mich von Kopf bis zu den Füßen, denn ich war nicht auf eine so duftige Begegnung vorbereitet. Ich empfing Dona Esmeraldina am Kopf der Treppe und half sogar ihrem spannenkleinen Füßchen die letzte Stufe zu bezwingen. Allein der Anblick ihres Grübchenlächelns machte einen anderen Menschen aus mir. Ich glich nicht mehr dem Mordsoberst, der Möbel und Gebrauchsgegenstände demoliert. Meine Haßgefühle nahmen eines nach dem anderen die Beine unter den Arm und verschwanden. Dona Esmeraldina blieb mitten im Raum stehen, um die Büroabteilungen besser überschauen zu können. Sie pries die Schränke und zog eigenhändig die Fenstervorhänge zurück:

»Mit Verlaub, mit Verlaub.«

Sie legte nicht den Finger auf den Abszeß des Zwistes. Es war, als gäbe es ihn nicht. Beim Fortgehen lud sie, bildhübsch, das Sonnenschirmchen in den Fingerspitzen, den Oberst zum Abendessen im Landhaus ein:

»Ich lege größten Wert auf Ihr Kommen. Es ist Nogueiras Geburtstag.«

Ich streckte die Waffen. Begraben in den Grübchen von Dona Esmeraldinas Gesicht, endete der Krieg zwischen dem Oberst und dem Doktor aus der Rua dos Frades.

Mit einem üppigen Geschenk bewaffnet, einem Spazierstock mit goldenem Knauf, ließ ich meinen Landauer am vereinbarten Abend, einem Montag, vor der Tür der Nogueiras halten. Das Haus war abgeschlossen, das Portal verriegelt. Die kleine Julinha Rocha, die gerade vom Litaneienbeten kam, meldete, Dona Esmeraldina und der Doktor seien vor Tagen schon zur Kur abgereist:

»Nur der Vetter Baltasar ist noch da.«

Ich bin kein Mensch, der sich abspeisen läßt, weshalb ich Vergessen vortäuschte:

»Sie haben ganz recht. Ich bin ein Wirrkopf. Der Doktor hat sogar noch am Vortag seiner Abreise mit mir zu Mittag gegessen.«

Im tiefsten Innern, ich gestehe es, jedoch war ich vernichtet und fühlte Eiseskälte in der Magengrube und einen Stoß in der Brust. Ich schlief schlecht und war von einer Bockigkeit ohne Ende befallen. Doch glaubte ich, daß all der Trauerwind langsam schwächer wehen würde, worin ich mich jedoch täuschte, denn mein Leiden nahm im Lauf der Woche nur noch zu. Die Stiche ließen mir keine Ruhe. Auf dem Kopfkissen des *Fremdenhotels*, Pansen nach oben, zählte ich die Stunden und sah manchen Tag anbrechen, ohne ein Auge zugetan zu haben. Es war, als sei ich ein erstmals verliebter Junge. Es war, als sei der Oberst Ponciano de Azeredo Furtado von einem Rinderleiden befallen, das den Kranken welk macht und willenlos. Ich lebte von der Erwartung eines Briefes oder Billetts Dona Esmeraldinas. Ich brauchte bloß die Halle des *Fremdenhotels* zu betreten, und schon meldete Padilha, die Hacken militärisch zusammenschlagend, es sei nichts angekommen:

»Der Bote ist schon dagewesen. Somit erst morgen wieder, Herr Oberst.«

Angesichts meines so trübsinnigen und verstörten Wesens trat eines Abends Titinha, das Zimmermädchen, mit einem Rautenzweiglein ein, das zum Austreiben von Mattigkeit dienen sollte. Sie sah sich im Raum um und schwor ohne Umschweife:

»Der Oberst braucht eine Erleichterungsandacht.«

Und auf dem Bettrand begann Titinha mit ausgestreckten Beterhänden, ohne meine Zustimmung abzuwarten, ihre Anrufung, während ich, benommen von den Rautenblättern, auf meinem Kopfkissen ruhte. Die Hand der Mulattin ließ ihren grünen Zweig von meinem Nabel zu meinem Bart gleiten, um alle Mattigkeiten des Patienten mit der Wurzel auszuziehen. Die Gesundbeterin war mit ihrer Büste eine halbe Handbreit von meinem Feuerhaar entfernt und in ihre Andachtsübung vertieft, als aus ihrem Kattunausschnitt, ich weiß nicht wie, zitternd wie ein Wackelpudding, ihre Paar wohlgeborener und wohlgeformter Polster heraussprang. Ich sage und wiederhole es: wenn in diesem Marktflecken jemand mit diesen Gebrauchsgegenständen umzugehen weiß, diesen Blusenauswüchsen, dann bin ich es, ein auf Freudenhäuser und entgleiste Mädchen geeichter Militär. Ich gehe zartfühlend, mit tastender Hand, mit appetitanregendem Bartgekitzel vor. Die Gesundbeterin gab also ihren Ausschnitt preis, und schon stellte der Oberst in einem Wirbel von Leintuch und Kopfkissen Brauch und Mißbrauch zur Schau, die er von seinem Patent zu machen verstand. Den Rest der Nacht verbrachte ich im Genuß aller schöner Dienstbarkeiten der Stubenmädchen. Als gegen Ende der Lustbarkeit im Morgengrauen die Hähne krähten, sagte ich, meinen Bart säubernd:

»Die Kleine kann jedes Wochenende wiederkommen.«

Und so, auf Mulattenflanken reitend, fegte ich die Tage fort. Vierzehn Tage vergingen, weitere vierzehn bogen um die Ecke – von den Nogueiras: nichts. Dann, eines Nachmittags, erfuhr ich durch Portela, der Doktor habe mit der Regierung Frieden geschlossen und erwarte einen bedeutenden Posten in einer Amtskanzlei von Niterói. Das durfte stimmen – Baltasar da Cunha, der mit halber Schlagseite, fern von Cafés und Billardsälen, in seinem Schneckenhaus der Rua dos Frades dahingelebt hatte, steckte wieder seine Finger in den Westenausschnitt, natürlich in Gesellschaft von Fontainha, einem zweiten Schlawiner, der aus Angst vor meinem bloßen Schatten um Ecken stob und über Mauern setzte. Ich sagte vom Mund zum Ohr:

»Nogueira, das dreckige Schwein, wird vom Viehtrog der Regierung fressen.«

Mittlerweile mußte ich in meinem Großhandelsgeschäft einen empfindlichen Rückschlag einstecken. Ich verlor eine Summe, die jeden, der nicht Simeãos Enkel war, erschüttert hätte. Zu allem Überdruß kam von den Weiden eine finstere Nachricht. Ein überraschender Regenguß schwellte Bäche und Sümpfe, und das brachte Sobradinho und Umgebung beträchtliche Schäden. Francisquinha mußte an der Spitze ihrer Negerinnen im Ochsenkarren nach Ponta Grossa dos Fidalgos übersiedeln, wo sie von Dr. Caetano de Melo gastfrei aufgenommen und beköstigt wurde. So richtete sich die Alte dort ein, da die Hochzeit ihrer Patentochter Nazaré mit dem Schützling des Doktors bevorstand. Ich ordnete an, daß Juquinha für mich die Schäden der Weiden abschätzen solle. Ohne an die Nachteile für seinen Kleinhandel zu denken, machte sich der Gevatter an die Besichtigung. Er brachte, zurückgekehrt, ein betrübliches Ergebnis mit – die Wasserflut kostete mich über hundert Contos, nicht mitgerechnet die eingebüßte Stückzahl Vieh und die fortgeschwemmten Pflöcke:

»Hundert und noch einiges dazu, Gevatter.«

In der Hoffnung, den Verlust der Überschwemmung mit Gewinnen im Handel decken zu können, stürzte ich mich in Spekulationen. In weniger als zwei Wochen kaufte ich über einen Schuppen voll mit Roh- und Kristallzucker. Der Bart des Oberst wich nicht aus den Handelshäusern der Rua do Rosário, in denen er herumspionierte. Ich wollte den Pulsschlag der Käufer und Verkäufer fühlen. Alle Welt befürchtete einen Preiseinbruch, und das bot Poncianos Übermut freie Bahn. Ohne genügende Geldreserven bat ich die Provinzbank um eine Anleihe. Selatiel zuckte nicht mit der Wimper:

»Soviel der Oberst wünscht. Sie haben bei uns unbegrenzten Kredit.«

Selatiel de Castro brachte mir eigenhändig einen gewissen Lobão Siqueira, einen Zuckermühlenbesitzer, ins Büro. Siqueira steckte in der Klemme, konnte vor Schulden sich kaum retten, die raffgierigen Wucherer witterten bereits Unheil. Da ihm kein anderer Ausweg übrig blieb, war er bereit, den Ertrag einer ganzen Ernte zum Preis eines Erhenkten abzustoßen:

»Machen Sie mir einen Preis, Oberst.«

Ich kratzte mich am Bart, ging auf und ab, wie ich es in Stunden der Entscheidung zu tun beliebe. Selatiel, mit übergeschlagenen Beinen behaglich auf dem Sofa sitzend, schürte meinen Mut:

»Am Geld soll's nicht liegen, Freund Ponciano.«

Das Geschäft war eines der besten, Fleisch ohne Knochen. Ich packte den Kauf bei den Hörnern und war somit Herr der Ernte des Mühlenbesitzers. Der Abschluß wurde bei einem

Eintopf im *Goldenen Billardstock* besiegelt, Portela, der eine gute Tafel von weither roch, nahm an dem Festmahl teil, und unter dem Vorwand, die Büttel liefen ihm das Haus ein und drohten, seine Einrichtung mitzunehmen, entsteißte er mir wieder einmal zweihundert Mil-réis. Der große Castro, den Bauch prall vom Hühnergericht, schlug mir auf die Schulter und verkündete:

»Es ist, wie ich sage. Es gibt für gewagte Geschäfte keinen wie den Oberst.«

Der Kauf erregte so großes Aufsehen, daß Fonseca, seine warmen Wickel vergessend, nach Livro Verde gerannt kam. Vom Asthma gequält und vom Pfeifen seiner spillerigen Brust belästigt, hatte er nicht den Mut, die Stufen zu erklimmen. Ich stieg hinunter, um den Freund zu begrüßen, der mich wegen meiner Handlungsweise sofort tadelte:

»Hat der Oberst den Verstand verloren? Das Volk von der Rua do Rosário ist über solche Käufe ohne Hand und Fuß völlig aus dem Häuschen.«

Und immerzu seine Halswickel festzerrend, wies er darauf hin, daß der Markt im Abrutschen sei, und zwar bis zum Erdgeschoß, und daß Zucker schließlich nicht mehr wert sein würde als Sägemehl. Sein Rat sei, ich solle meine Stocks zu jedem Preis losschlagen:

»Selbst mit Verlust, selbst zum halben Preis.«

Ich lenkte ab, denn darin bin ich Meister und Doktor. Wie ging es der orangenfarbenen Singdrossel? Und die Glut meiner Zigarre belebend:

»Und wie geht es dem Schalk? Ist er noch immer ein so guter Sänger?«

João Fonseca hatte wirklich einen Eulenschnabel. Das Echo seiner Schmähungen war noch nicht verhallt, als der Zuckerpreis schon sank. Niemand hat je einen ähnlichen Sturz erlebt. Aasgeierwind fegte durch die Rua do Rosário, brachte mächtige Firmen zu Fall und sogar in Rio kreditwürdige Kaufleute an den Rand des Ruins. Über Nacht sah ich alle meine Gewinne zerrinnen wie Melasse in einem löchrigen Kürbis. Ich zuckte die Achseln:

»Geld kommt, Geld geht.«

Ich rauchte weiter meine Zigarren vor der Tür der Cafés, pompöser noch als in den fetten Tagen. Schlimm war nur, daß die Provinzbank angesichts der Kalamität mir die Eintreibungsschrauben anzog. Im dritten Monat des Unheils erhielt ich durch einen Boten die Mitteilung, die Wucherer drohten, meine Schulden gerichtlich einzuziehen. Kaum hatte ich den Zahlungsbefehl gelesen, machte ich mich auf die Suche nach Selatiel, den ich seit über einer Woche nicht mehr gesehen hatte. Angelangt, fragte ich, das Dokument in die Luft haltend:

»Wo ist der Lump, der diese Ungeheuerlichkeit gekritzelt hat?«

Alle hockten mit gesenktem Kopf über ihre Papiere gebeugt, keiner machte den Schnabel auf. Mühsam und fahrig teilte mir ein Männchen, das hinter einem Drahtgitter mit Geldzählen beschäftigt war, mit, Selatiel de Castro sei nicht da und werde nicht in Kürze zurückerwartet:

»Er wurde nach Rio gerufen und fährt von dort in Kur.«

Wieder fragte ich das Männchen:

»Wenn es Sie nicht belästigt, wer ist in seiner Abwesenheit für die Leitung dieses Stalls verantwortlich?«

In diesem Augenblick trat aus einer kleinen Schwingtür ein blatternarbiger Warmer mit Nelke im Knopfloch und Puder im Gesicht. Höflich bat er, ich möge eintreten:

»Seabra, zu Diensten. Mit wem habe ich die Ehre?«

Ich stellte Namen und Patent vor:

»Oberst Ponciano de Azeredo Furtado.«

Das Kerlchen war von hastigem Naturell, er schien Ameisen im Gesäß zu haben. Es stand keine Sekunde still und verzog seinen Mund mit äffischem Getue. Ich setzte mich ihm gegenüber und breitete das ungehobelte Schreiben auf seinem Schreibtisch aus:

»Ich habe diese Unverschämtheit erhalten und bin gekommen, um den Fall ins reine zu bringen.«

Der Blatternarbige öffnete eine Schublade, aus deren Innerem er einen Stapel Papiere hervorholte. Mit flinkem Finger drehte und wendete er meine längst überfälligen Wechsel. Innerlich jubelte der Schweinehund vom Schwanz bis zum gepuderten Nacken. Äußerlich gab sich Seabra sammetweich:

»Verzeihen Sie die Belästigung, verzeihen Sie die Unannehmlichkeit.«

Er rechnete nach, zog ab, schlug dazu, unterteilte, summierte die aufgelaufenen Zinsen und überschlug den Betrag meiner Verpflichtungen. Alles in allem schuldete ich der Provinzbank nahe an vierhundert Conto-de-réis, abgesehen von den Vorzugswechseln des Dr. Pernambuco Nogueira mit meiner Bürgschaft, die gleichfalls seit mehreren Monaten verfallen seien. Und er erklärte abschließend:

»Ich kann nichts machen. Orders von oben.«

Ich kratzte mich am Kinn, bat um neue Zahlungstermine, was keine Gefälligkeit sei, da ich den Kassenschränken der Kapitalisten bereits erhebliche Gewinne eingebracht hätte:

»Ich arbeite mit Selatiel seit der Gründung meiner Firma.«

Seabra, der meine gutmütige Redeweise merkte, wurde zusehends anmaßender, weniger entgegenkommend, und schob alle Höflichkeit beiseite. Er schlug sogar auf den Tisch und betonte, die Kapitalisten aus Rio, Persönlichkeiten höchster Kreise, könnten die Zügel nicht locker lassen, eine Bank sei ein gewinnbringendes Unternehmen und kein Wohltätigkeitsverein. Und gab in dieser Tonlage immer freimütiger Selatiel, einem Menschen mit weitem Herzen, der niemandem Nein sagen konnte, die Schuld an den Schwierigkeiten, in denen sich die Provinzbank augenblicklich befinde:

»Aber damit ist jetzt Schluß. Ein geplatzter Wechsel muß bezahlt werden, koste es was es wolle.«

Und die Wechsel verwahrend, stand das Persönchen auf wie jemand, der eine leidige Unterhaltung zu beenden wünscht. Ich tat das gleiche – ich reckte meine zwei Meter Oberst vor seiner Nase und ließ mein Handgelenk wie einen Stößel auf die Schulter des Blatternarbigen sausen. Ich sah das Kerlchen auf seinem Stuhl zusammenklappen, völlig abgetakelt, weißer als seine Puderschicht. Dies getan, sagte ich in erzieherischem Tonfall:

»Junger Mann, der Sie so gut reden, jetzt werden Sie sich in aller Ruhe, ohne Ihren kleinen Hintern von dem Holzsitz loszuheben, anhören, was ich Ihnen zu sagen habe.«

Ich zündete eine Zigarre an, durchräucherte das Lokal mit

meinen ersten Stößen und befahl ihm schließlich, mit einem Bleistift zu notieren, was ich den Wucherern von Rio de Janeiro mitzuteilen habe. Man möge bedenken, daß ich mich zwar in vorübergehenden Schwierigkeiten befände, aber reich sei an Land und Weiden, imstande, die Leih- und Wucherstube zu kaufen, welche die Provinzbank sei. Und mit dem Finger auf seinen Bleistift deutend:

»In diesem Sinne, Seu Seabra, in diesem Sinne.«

Ohne ein weiteres Wort nahm ich meinen Hut und schritt zum Ausgang. Hinter mir trippelte, schon wieder wohlerzogen und vergebungheischend, Seabra mit dem Versprechen, sich für mich zu verwenden:

»Unverzüglich! Unverzüglich!«

Noch war kein halber Monat vergangen, da erhielt ich aus Heimtücke eine neue Mitteilung der Provinzbank. Nun lag die Angelegenheit in der Hand des Rechtsanwalts zwecks gerichtlicher Eintreibung. Der Überbringer des Zahlungsbefehls, dem ich einmal in einer Geldverlegenheit ausgeholfen hatte, erzählte mir sogar, Seabra habe mich hinter meinem Rücken aufs übelste angeschwärzt und geschworen, er werde einen weiteren Wälderoberst abstechen, und wenn ich den Zaster nicht innerhalb der gesetzten Frist ausspucke, Poncianos Ländereien und sonstige Güter meistbietend versteigern. Der Schurkenstreich geschah mit Zustimmung von Selatiel de Castro, der die Falle gestellt und mir die ersten Köder vorgehalten, den Rest des Lumpenstücks jedoch Seabra überlassen hatte:

»So gehen die Wucherer immer vor.«

Zum Abschluß seines streng vertraulichen Berichts sagte der Überbringer der Dokumente, der Oberst möge sich in acht nehmen – Seabra habe eine schwarze Seele, er sei imstande, einem Krüppel die Krücke wegzunehmen, er sei ein Judas manchen Verrats:

»Er kommt eigens aus Rio für diese Machenschaften.«

Ich erneuerte die Freundschaft des Boten mit hundert Milréis und einer festen Umarmung:

»Gut denn. Diese Gaunerbande weiß nicht, wer Ponciano de Azeredo Furtado ist, Herr Gevatter.«

Gegen die Wand gedrückt und in eine Sackgasse geraten,

verschleuderte ich mit der Eile des Sterbenden mein Erbgut Mata-Cavalo. Ich verkaufte es mit allem Inhalt ohne das Recht, auch nur Porzellan und Schränke zu entfernen. Ich gestehe, der Verlust ging mir nicht sonderlich nahe. Mata-Cavalo, Land der Werwölfe und Sumpffiebergewässer, ist nie mein Lieblingsgut gewesen. Weideland, das hinterrücks ausschlug, wild wie es geboren war, durchzogen von Verrücktheiten und Hirngespinsten, imstande, die gutwilligste Hand fortzustoßen. Als ich in der Stunde der Unterschriften erfuhr, daß die Käufer dort Zuckerrohr anpflanzen wollten, lachte ich zum Scheibensplittern. Sie kannten nicht die Lockungen und Listen dieses anscheinend den Teufeln verschriebenen Bodens, seinen Haß auf alles, was nicht Sumpfholzgras und Wälderbesenkraut hieß. Vor dem Eingang zum Notariat, Geld in der Tasche, spöttelte ich:

»Es ist gesegnetes Land. Es gibt alles her.«

Mit den Scherben von Mata-Cavalo trug ich meine Schulden im Handel ab und erneuerte meinen schwachgewordenen Kredit. An dem Nachmittag, als ich in der Provinzbank zur Endabrechnung erschien, fegte Angst durch das Wucherhaus. Vor der Kassenschranktür zahlte ich die vierhundert Contos und rettete noch aus den Krallen der Justiz Pernambuco Nogueiras Wechsel. Nach Beendigung der Operation fragte ich die Schreiber, wo ich einen gewissen Seabra antreffen könnte, einen Blatternarbigen, der mit dem Kinn zucke und sich Mädchenpuder auf den Schnabel schmiere:

»Ich möchte ein Wörtchen mit ihm wechseln, eine Angelegenheit von ein oder zwei Ohrfeigen.«

Da Seabra wußte, daß ich ihm auf den Fersen war, hatte er mehrere Tage nicht seinen Hocker gedrückt. Doch wen treffe ich eines Abends in der Tür des *Goldenen Billardstocks,* galant wie immer, Nelke im Knopfloch und Puder in den Nüstern? Den Blatternarbigen von der Provinzbank. Inmitten eines Völkchens von Stoffverkäufern der Rua do Conselho machte er sich wichtig. Und schon packte mein langer Arm den Schandbuben und hob ihn leicht wie Puppengewicht. Bei dieser Abfertigung flog der schuldeneintreibende Halsabschneider vom *Goldenen Billardstock* auf die andere Straßenseite, Kopf voran durch die Luft, wie eine billige Postsendung. Seabra schien sich auflösen zu wollen, endlich landete er mit dem Hintern auf dem harten Gehsteig. Nach getaner Arbeit schlenderte ich im Verdauungsschritt in Richtung Café Lord, wo ich die Leere meiner Tasche mit Zigarren füllte. Ein Mulatte, der Tabak kaufte, erzählte, ein Kutschwagen habe jemand vor der Tür des *Goldenen Billardstocks* überfahren:

»Der Ärmste hat sich den Steiß im Kies aufgeschürft.«

Ich schlief friedlich, auf Engelskissen. Und so glückselig, daß ich die prallen Schenkel des Stubenmädchens verschmähte. Dieses Glück hielt zwei gute Wochen an und endete erst, als mein Herz erfuhr, wie niedergeschlagen João Fonseca wegen des Preiseinbruchs war. Der Unglückswind hatte auch in sein Fenster hineingeweht. Die Nachricht gelangte durch Major Totonho Monteiros Mund vom *Familienhotel* zu mir. Ich eilte in die Rua do Gás, um ihm Mut zu machen. Seine Lebensgefährtin Dona Celeste saß trauervoll in einer Ecke des Wohnzimmers, da Fonseca, von den Verlusten erschüttert, Arzneitränke und Erfrischungen zurückwies. Ich versuchte den Freund aufzuheitern, der gegen das Katzengekeuch des Asthmas ankämpfte:

»Was soll das heißen, Fonseca? So leicht fällt man nicht um, Mann Gottes. Wir sind doch nur gestolpert.«

Mit trostloser Miene und eingefallenem Gesicht gab er keine Antwort. Kummervoll verließ ich die Rua do Gás. Ein Tränenkloß erstickte meine Kehle. Ich hinterließ in der Hand seiner jungen Geliebten zwei Conto-de-réis. Mehr war von Mata-Cavalo nicht übriggeblieben.

12

Wer angesichts all des Unglücks ringsum glaubte, ich sei ein geschlagener Mann, täuschte sich: ich war gewachsen. Es war wie eine Wiedergeburt. Im Gegenwind sehe ich Ponciano de Azeredo Furtado am liebsten, Oberst aus eigener Kraft und Herr der Weiden durch Erbrecht. Im Wirbel der Widrigkeiten habe ich nicht einmal auf mein schneidiges Auftreten verzichtet, nicht einmal mein Patent entehrt. In meinem Mundwinkel stak wie immer eine Zigarre der besten, der feinsten Marke. Wo Ponciano war, da wehte auch sein Rauch. Plötzlich redete ich wieder mit der Korralstimme, welche städtische Erziehung und Manieren als wertlos verdrängt hatten. Ich brauste auf, ich wetterte! Keiner solle glauben, Simeãos Enkel würde jetzt den Nacken beugen, den Blick auf die Fußspitze senken; diese Art zu gehen mochte zu den Bankrotteuren der Rua do Rosário passen. Nie würde ich ein Juventino Ferreira von der Firma Gebrüder Ferreira werden, der nach dem ersten Preiseinbruch gleich den Mut verlor und nur noch vom Friedhof sprach. Er war eine geachtete Persönlichkeit, ein Mann rauher Kehle, goldene Uhrkette von einer Seite des Bauchs zur anderen und Regenschirm mit Silbergriff über dem Arm. Er beherrschte den Großhandel in Roh- und Kristallzucker, sein Kauf- und Verkaufsbüro wimmelte stets von Boten und Buchhaltern. Sein Arm war lang – er reichte von der Rua do Rosário bis zum Großmarkt von Rio de Janeiro, wo er sich einen Namen gemacht hatte und Kredit genoß. Doch all die Größe war nichts als Täuschung. Innerlich war Juventino Ferreira nur ein vermoderter Stützbalken, ein Kerlchen aus Stoff und Papier. Da er dem Stoß der Verluste nicht gewachsen war, entwich er anhand einer Flintenkugel. Ich ging zu seiner Beerdigung, trug einen Griff des Sargs, ermutigte die Entmutigten. Wer in der Klemme sitze, könne mit mir rechnen:

»Ich habe bedeutende Finanzierungsangebote von einigen Kapitalisten aus Rio.«

Ponciano de Azeredo Furtado rülpste Hochmut, sei es wo es

wolle, in den Gängen des Justizgebäudes oder in einer Regierungskanzlei. Niemand trat mir auf die Hühneraugen oder ritt auf der Kruppe meiner Nöte. Wenn ein von der Zuckerpleite Befallener sein Unglück beklagte (»Oberst, mein Leben ist am Ende«), sagte ich, er solle sich schämen:

»Sowas! Ein Mann ist ein Mann und eine Katze ist eine Katze!«

Juquinha Quintanilha, der von den Bedrängnissen seines Gevatters erfuhr, brachte aus Capão einige verwahrte Juwelen, die ich im Krieg der fälligen Wechselschulden zu Geld machen könne:

»Es wäre mir eine Genugtuung, wenn der Oberst dies nicht zurückwiese.«

Ich lehnte die Güte des Mulatten dankend ab:

»Behalten Sie Ihr Gold und Silber, Gevatter. Ich habe ein dickes Geschäft eingefädelt.«

Um ein paar Restschulden zu begleichen, entschloß ich mich, das Haus in der Rua da Jaca in flüssige Münze umzusetzen, denn es war von Januar bis Dezember verriegelt, unbewohnt, ein Tummelplatz der Mäuse. Ich hieß das Herrenhaus lüften, Räume und Veranden schrubben, das Zyperngras scheren, den Obstgarten von Unkraut und Eibisch säubern:

»Ich möchte alles schön und luftig haben, wie für den Empfang einer Braut oder eines hohen Besuchs.«

Darüber erfuhr ich, daß mein Nachbar zur Rechten, ein im Trockenfleischhandel reichgewordener Bürger, zu seinem Ergötzen beschlossen hatte, die Axt an den Jackbaum meiner Kinderzeit zu legen, unter dem ich beim Knabenspiel dem Ansturm der Lausbubenbande standgehalten hatte. Eine derartige Bosheit durfte nicht ungeahndet bleiben. Ich klopfte also an der Türe des Kaufmanns, um mit lauter Stimme zu erfahren, was an alldem wahrhaft wahr sei. Bestätigte doch der hochfahrende Tropf, ohne meine zwei Meter von Stiefel zu Hut in Betracht zu ziehen, die nichtswürdige Tat! Baumwerk, das die Nase in seinen Innenhof strecke und Schatten werfe, sei der Axt verfallen. Mehr sagte der Frechling nicht, denn Poncianos herabsausender Arm schlug die Anmaßung entzwei. Ich warnte noch, während der Viehkerl fiel:

»Beim nächsten Mal bleibt von dir nichts übrig.«

So rächte ich den Jackbaum meiner grünen Jahre. Nachdem ich Gerechtigkeit geübt hatte, und das Mißverständnis aus der Welt geräumt war, verkaufte ich das Haus der Rua da Jaca, doch unter Sicherstellung der Hartholzmöbel und der silbernen Bestecke, die so viele Münder von Azeredo Furtados ernährt hatten. Mit dem Erlös beglich ich die letzten Verpflichtungen, ohne zu vergessen, der Gevatterin Alvarina Quintanilha ein Geschenk zu verehren. Die gute Senhora erhielt feuchten Auges ein Stück feinsten Tuchs, dazu eine Garnitur Duftfläschchen. Da die Negerin Nazaré am Vorabend ihrer Hochzeit stand, ließ ich ihr nach Ponta Grossa dos Fidalgos ein Andenken in Form von Spitzen und Satin zugehen. Ich wußte, daß ich mir damit Francisquinhas Dank verdiente, die ganz mit der Aussteuer ihres Patenkinds beschäftigt war, so daß sie nicht so rasch nach Sobradinho, ihrer natürlichen Heimat nicht nur durch Vorliebe, sondern auch durch Anrecht, zurückzukehren gedachte. Doch die schönste Gabe ging an sie – ein Rosenkranz aus Elfenbein und Gold, wie es im Umkreis von hundert Léguas Weidenland unter wohlhabenden Leuten keinen zweiten gab. Mit dem Andenken sandte ich eine scherzhafte Botschaft:

»Sagen Sie seiner Besitzerin, es gibt keinen Himmelsriegel, der solcher Schönheit widersteht.«

Den restlichen Erlös aus der Rua da Jaca gab ich für das durch die Sintflut beschädigte Sobradinho aus. Für die Reparaturen stellte ich den Stammler Antão Pereira an, der im *Fremdenhotel* erschien und von mir freie Hand erhielt:

»Ich möchte das Herrenhaus meines Großvaters wie früher sehen, weißgekalkt und würdig.«

Schade, daß ich unter diesen Umständen nicht mit den Diensten Saturnino Katerbarts rechnen konnte, der Juquinha Quintanilhas Vorbild gefolgt war – er hatte in Poço Gordo ein Lebensmittelgeschäft eröffnet. Jedes Mal, wenn er auf Einkaufsreise kam, vergaß er nicht, auf einen Sprung die Höhe von Livro Verde zu erklimmen. Es war, als sei ich noch sein Chef, dem er Achtung und Rücksicht schuldete. Er war einer derer, die mir zu Hilfe eilten, als er von der Zuckerbaisse erfuhr. Er wollte mir den Barbestand seines Kleinhandels überlassen:

»Verzeihen Sie den bescheidenen Betrag, Herr Oberst.«

Tief gerührt umarmte ich den Mulatten. Er möge sich keine Sorgen machen. Ich brauchte keine Hilfe, da es bekannt sei, daß ich ein Mann war, der mit der Garantie eines Barthaars meine dreihundert Conto-de-réis am Markt flüssig machen könne:

»Oder mehr, Freund Saturnino. Oder mehr!«

Es tat mir wohl, so viele Freundschaftsbeweise zu spüren. Die Zuneigung der Weidengründe keimte und blühte. Sinhozinho Carneiro, als die Nachricht von meinem Zusammenbruch zu seiner abgelegenen kleinen Weide drang, wartete keine Bestätigung ab. Bewaffnet mit Messer und Flintenrohr kam er in die Stadt gelaufen. In seiner Unwissenheit glaubte er, ein so großer Verlust müsse in einem Kampf auf Leben und Tod wiedergutgemacht werden. Nach einer Woche, als sein Zorn und seine Drohungen verraucht waren, schickte ich den Freund zu seinen Korralen zurück. Niemand sei schuld an der bösen Geschäftslage:

»Das gehört dazu, Sinhozinho. Es gehört zum Spiel um Gewinn und Verlust.«

Versöhnt zog der Alte ab, hinterließ aber eine traurige Nachricht. Pater Malaquias wirkte nicht mehr in Santo Amaro, er war an einen Ort versetzt worden, wo seine Anwesenheit nötiger war, ein Gebiet im Sertão, wild wie die Waffen, die nur seine Güte zu zähmen vermochte. Da dieses Ketzervolk seit Jahren ohne Messe und Weihwasser lebte, zog Malaquias dorthin und richtete den ersten Stützbalken einer Kirche auf:

»Seit einem Monat schon kommt er nicht mehr nach Santo Amaro.«

Ich bat Sinhozinho, er möge Hochwürden, wenn er dazu Gelegenheit habe, ein Wörtchen zu meinen Gunsten sagen:

»Sag er dem Pater, ich werde ihm einen Sonderbesuch abstatten.«

Das Bedauern über Malaquias Azevedos Weggang von den Korralen wurde durch eine Befriedigung wettgemacht, die mir bald darauf zuteil wurde. Eines Nachmittags, am Eingang zur *Großen Flinte*, paffte ich meine Zigarre, ein Jungmädchenpistölchen bewundernd, als ich Vetter Juca Azeredo sah, den die Verlobung mit der Tochter Pires de Melos meinem Gesichtskreis entzogen hatte. Ich tat, als sähe ich den Verwandten nicht, indem ich den Kopf beim Abstreifen der Zigarrenasche neigte und gleichzeitig den Schritt in Richtung Praça da Quintanda beschleunigte. Ich war keine zehn Spannen gegangen, und schon wurde ich von einer sicheren Hand festgehalten:

»Wie geht's diesem Oberst, den ich seit über einem Jahr nicht mehr zu Gesicht bekomme?«

Eine Umarmung kam, eine zweite erwiderte sie. Ich fühlte, daß Juca Azeredos alter Respekt nicht geschrumpft war. Der Verwandte, ferngerückt in den Tagen meiner Größe, wollte mir in der Stunde des Unglücks als Freundschaftsdienst Hilfe und Beistand bringen:

»Ponciano braucht kein Wort zu verlieren. Ich weiß alles. Was mir gehört, gehört dem Vetter.«

Ich antwortete im gleichen Geist. Sollte er zufällig Geld nötig haben, würden wir gemeinsam zu den Bankhäusern laufen, denn kein Geldinstitut würde sich weigern, einen Azeredo Furtado zu bedienen:

»Keines, Juca. Keines!«

Der Rest der Woche verging mit der Erneuerung unserer Freundschaft, mit Erinnerungen an Hahnenkämpfe, an die Fälle des Werwolfs und der Sirene. Als die Wasserjungfrau zur Sprache kam, vergaß Juca Azeredo nicht zu bemerken, wie oft und rühmend Major Serapião Lorena von mir sprach. Jedes Mal, wenn dieser in Paus Amarelos übernachtete, wich mein Name nicht mehr aus des Alten Mund:

»Er hat versprochen, den Vetter dieser Tage zu besuchen.«

Ich meinerseits wollte über seine Heiratsabsichten Bescheid bekommen:

»Wird es was oder wird es nichts, Herr Gevatter? Ich möchte mein Stück Hochzeitstorte abbekommen.«

Juca bestätigte – er werde in den Stand der Ehe treten, sobald der alte Pires de Melo von einer Beschwerde befreit sei, die ihn in Windzeiten aufs Bett werfe:

»Ich habe die Hochzeit schon zwei Mal angesagt und wieder abgesagt.«

Und er scherzte mit mir und sagte, ich solle eine ähnliche Verpflichtung eingehen:

»Der Vetter braucht eine Rippe.«

Vierzehn gutgezählte Tage behielt ich Juca Azeredo unter meinen Fittichen. Er blieb an mir festgehakt wie ein Jochochse und ließ mich keine Minute am Tag allein. Abends ging er zum Übernachten zu außerhalb der Stadt wohnenden Verwandten der Pires de Melo. Eines Sonntags begleitete ich Juca Azeredo zum Zug. Er bestand darauf, daß ich sein Trauzeuge sei; der erste Sprößling dieses Bundes solle mit dem Weihwasser den Namen Ponciano erhalten:

»Das ist beschlossene Sache, Vetter. Dann wird es einen zweiten Ponciano in der Familie geben.«

Ich spürte einen Druck in der Brust, einen Kloß in der Kehle, als ich die gutgemeinte Überlegung erfuhr. Ich fand keine Worte des Dankes, keinen Handschlag fürs Lebewohl. Wie eine Treff-Zwei stand ich mitten auf dem Bahnhof, als der Zug Juca Azeredo zu seiner Schnapsfabrik entführte. Jawohl mein Herr! Man lebt und lernt. Genau in der Stunde, da ich zu versinken, da ich ein für allemal erledigt schien, empfing ich ein Geschenk wie dieses. Einen Patensohn mit langer Unterschrift:

»Ponciano de Azeredo Furtado e Melo.«

Ein guter Name für einen gesetzesgerechten Doktor.

Ich wollte meinem wertlos gewordenen Großhandelsbüro Lebewohl sagen. Gerade als ich mit aufgekrempelten Ärmeln Schubladen leerte und Papiere zerriß, sah ich Fontainha, ganz in Schwarz, als komme er einen Toten beweinen, die Stufen emporsteigen. Portela im Schlepptau, bat er, eintreten zu dürfen:

»Ich komme in einer Angelegenheit, die Euer Gnaden interessiert.«

Über seine Gegenwart verwundert und eingedenk der Lügen und Übergriffe Fontainhas, war ich zunächst versucht, den Lumpen auf die Straße zu setzen. Mühsam unterdrückte ich dieses Verlangen und, ohne des Büroangestellten zu achten, erwiderte ich noch mühsamer Portela:

»Sprechen Sie, sprechen Sie.«

Fontainha blieb bockig, mit finsterer Miene stehen. Portela griff ein und übernahm das Reden. Ich möge ein Einsehen haben, aber der Besuch des Freundes Fontainha habe offiziellen Charakter, er könne daher nicht in der Hast abgespeist werden:

»Er ist wichtig und benötigt seine Zeit, Herr Oberst.«

Ich ließ meine Papiere liegen und kratzte mich am Bart. Und zuckte zusammen – vielleicht kamen die beiden Filous im Auftrag von Dona Esmeraldina oder von Dr. Nogueira. Bei diesem Gedanken veränderte ich sogleich meine Haltung zu einem ausgelassenen, fast freundschaftlichen Tonfall. Meine Hemdsärmel herabstreifend, fragte ich, ob ich einen Gehrock anziehen und ein Protokoll aufsetzen solle wie im Gerichtssaal oder in einer Regierungskanzlei:

»Nehmen die Freunde keinen Anstoß daran, daß ich im Straßenanzug vor ihnen stehe?«

Spottend, scherzend zog ich meinen Rock an, nachdem ich einen Stuhl zu den beiden Emissären herangezogen hatte:

»Sehr gut, sehr gut. Ich stehe den Herren Doctores zur Verfügung.«

Fontainha in seinem förmlichen Schwarz trug sein Anliegen vor. Wie Freund Portela bereits betont habe, sei seine Mission von Tragweite, er wisse nicht, wo er beginnen solle. Der Fall sei der: Dr. Baltasar da Cunha beabsichtige, einen Prozeß gegen mich anzustrengen, da ich, wie alle Welt wisse, seine in Mata-Cavalo durchgeführten Arbeiten nicht abgegolten habe. Der Doktor verlange, daß ich die von ihm geleisteten Dienste nach dem Tarif der Ingenieure in Höhe einiger Contos-de-réis begleiche:

»Dies wird Dr. Cunha vor Gericht einklagen.«

Mittlerweile war Portela von seinem Sitz aufgesprungen:

»Wir möchten dem Oberst diesen Ärger ersparen.«

Ich beförderte das Lumpen-Duo nicht auf die Straße, wie es meiner Gewohnheit entsprochen hätte. Ich wollte sie zeigen lassen, bis zu welchem Punkt die Unverfrorenheit des besagten Grauesel-Doktors gehen könne. Ich zwirbelte meinen Bart und sagte halb gebückt, wie aus Angst vor dem Strafgesetz, nachdenklich:

»Zum Teufel, zum Teufel. Ich will keine Scherereien vor Gericht.«

Wie ein Affe im Maisfeld ging Fontainha dem Oberst alsbald

auf den Leim. Er blähte sich, steckte den Finger in den Westenausschnitt, nach Baltasar da Cunhas Vorbild, und drängte auf Antwort:

»Der Doktor kann nicht warten. Das Gesetz ist auf seiner Seite.«

Wieder mischte Portela sich ins Gespräch. Ich solle an die Gefahr denken, die mir ausgerechnet bei einem Streitfall gegen den Vetter von Pernambuco Nogueira drohen könne. Daher sei es ratsam, alles gütlich zu bereinigen, die Streitaxt zwischen vier Wänden zu begraben, und fertig:

»Alle Welt ist zufrieden, und die Freundschaft bleibt erhalten.«

Fontainha stimmte zu. Das Beste sei, der Oberst packe das Übel an der Wurzel, um so mehr als kein Mensch bei einem gerichtlichen Streitfall den Mut aufbringen werde, einen Verwandten von Pernambuco Nogueira am Vorabend von dessen Übernahme eines Regierungspostens in Verlegenheit zu bringen:

»Kein Mensch, denn kein Mensch ist verrückt.«

Der Fall war nämlich, daß Dr. Baltasar da Cunha, um seinen Prozeß rückgängig zu machen, eine Vergütung in der Höhe von dreißig Conto-de-réis forderte, und daß er, Fontainha, in Anbetracht der in Mata-Cavalo durchgeführten Bauverbesserungen diese Summe für eine Bagatelle halte:

»Damit zahlen Sie nicht einmal den dritten Teil der aufgewendeten Arbeit.«

Ich warf ein:

»Senhor Fontainha, haben Sie ein Einsehen. Das ist sehr viel Geld.«

Portela legte sich halbseiden ins Mittel. Der Oberst sei doch ein Freund, er gehörte doch zur Clique der Nogueiras, er verdiene Rücksichtnahme. In der Tat sei der Betrag von dreißig Contos kein Pappenstiel, den irgendwer im Kassenschrank bereithalte. Ich solle die Summe abzahlen, in zwei oder drei Raten:

»Baltasar ist ein Freund, Baltasar wird sich damit einverstanden erklären.«

Ich dankte Portela für seine Überlegungen zu meinen Gunsten. Und mit dieser scheinheiligen Geste stand ich vom Sofa auf und ging in die andere Bürohälfte hinüber wie jemand, der den geforderten Geldbetrag holen will. Zur größeren Wirkung des Affenzirkus öffnete ich eine Schublade, holte Papiere heraus, hantierte mit Bündeln. Wieder zurück, bekräftigte ich, eine solche Wohltat könne ich ohne gebührende Feier im *Goldenen Billardstock* nicht übergehen:

»Die Freunde sind dazu herzlich eingeladen.«

Höflich meinen Dank bekundend, nahm ich die beiden Missionäre bei ihren fadendünnen Ärmchen und, ihrer gewiß, schritt ich in Richtung Treppe, wo ich meine endgültige Entscheidung zum besten gab:

»Sehr gut. Ihr Besuch war mir eine Ehre und eine große Lehre.«

Und ohne weitere Umschweife schüttelte ich die Kerlchen die Treppe hinunter wie jemand, der seinen Teppich zum Fenster hinaus schüttelt. Halsüberkopf, wie in einem Gang sich stoßendes Vieh, stürzten sie hinunter, gehetzt von meinem Bellen:

»Raus mit euch, ihr Köter, ihr Söhne einer Hündin!«

Abends im *Fremdenhotel* erfuhr ich durch die Gazetten, Dr. Pernambuco Nogueira sei wieder in der Stadt, um ein paar Prozesse zu Ende zu bringen, worauf er sich in Niterói als Rechtsanwalt niederlassen werde. Ein Juckreiz der Sehnsucht nistete noch in mir, und sofort plante ich, meine Zwistigkeiten in der Rua dos Frades ins reine zu bringen. Ich würde dort einfach erscheinen, um Eintritt bitten, und alles übrige der Redegewandtheit des Doktors überlassen. Doch kaum war der Gedanke gefaßt, mußte ich ihn auch schon aufgeben, da ich durch die junge Mocinha Cerqueira, der ich beim Verlassen der Kirche begegnete, von Dona Esmeraldinas Abwesenheit erfuhr:

»Sie ist in Rio geblieben, im Haus von Verwandten.«

Ich erfreute mich nicht einmal an den feuchten Augen, die das junge Mädchen meiner Begutachtung bot. Bedrückten Herzens machte ich mich zu Nogueiras Kanzlei auf, wo ich frei von Voreingenommenheit und Haß anlangte. Mir war es nur darum zu tun, unsere Mißverständnisse auszulöschen und dem Doktor seine Vorzugswechsel als Freundschaftsgeschenk auszuhändigen. Anzukommen und zu sagen:

»Hier ist Ihre Verpflichtung, tot und begraben, Doktor.«

Mit dieser Absicht und mit gütegetränktem Herzen erschien ich vor dem Anwalt meiner Rechtssachen. Pernambuco Nogueira hinter seinem Schreibtisch bediente gerade einen rundlichen Menschen mit angeborener Eulenmiene, kugelrundem Gesicht und engstehenden Äuglein. Da ich in seinem Büro ausund einging, klopfte ich nicht an. Trat ein und streckte die Arme aus:

»Welches Glück, Sie zu sehen. Ich weiß bereits alles. Hab's in den Gazetten gelesen.«

Soviel Freude wurde mir nicht mit gleicher Münze heimgezahlt. Nogueira sagte trocken:

»Ich bearbeite gerade ein paar eilige Fälle mit Dr. Macedo Costa. Haben Sie die Güte und warten Sie im Vorzimmer.«

Die Aufforderung schmerzte empfindlicher als ein Messerstich im Rücken. Der Rundling, der mich mit seinem Eulenauge belauerte, strafte mich gleichzeitig durch Mißachtung. Im Nu takelte ich mein freundliches Wesen ab und kehrte ins Wartezimmer zurück, ein Gemach zu klein für soviel Haß. Ich überprüfte meinen Bart im Spiegelchen des Schirmständers – da war er, ein Stück, das sich nicht von wem auch immer, Doktor oder König, mißhandeln ließ. Ich fuhr mit dem Finger des Verliebten darüber, während ich in der Höhle meiner Brust das Wispern meines Zorns nährte. Nogueira sollte eine Lektion erhalten, die er sich wie ein Jaguarfell oder ein Hirschgeweih an die Wand hängen könnte. Sohn einer Stute! Einen Militär von meiner Statur, Helfer seiner Nöte bei mehr als einer Gelegenheit, mit einem Fußtritt zu empfangen! Ponciano, der in der Rua dos Frades stets fürstlich empfangen und im weichsten Sessel mit der üppigsten Tafel bewirtet worden war. Und nun diese Verachtung:

»Haben Sie die Güte, draußen zu warten.«

In solcher Niedergeschlagenheit käute ich Erinnerungen wieder, als Nogueira von der anderen Seite rief:

»Haben Sie die Güte, haben Sie die Güte.«

Ich blieb vor dem Schreibtisch stehen, ohne zum Platznehmen aufgefordert zu werden. Das Eulenauge nagelte mich fest, das gleiche tat Pernambuco Nogueira. Der Schmalzaffe wartete nicht darauf, daß ich die Stimme erhebe. Er stellte fest, er sei Anwalt des Dr. Baltasar da Cunha, was ihm zur Ehre gereiche. Da ich die Freunde des jungen Ingenieurs rücksichtslos behandelt hätte, als sie mir einen Vorschlag zur Güte überbrachten, bliebe ihm kein anderer Weg als der Rechtsweg offen:

»Und den werde ich schon morgen beschreiten.«

Pernambuco, in seinem Sessel thronend, glättete seinen schütteren Schnurrbart, entrückter als eine Wolke im Hochsommer. Ich unterbrach Macedo Costa nicht. Und je tiefer er in den Kern der Sache eindrang, desto lebhafter wurde er. Während einer Pause, die er machte, um Luft zu schöpfen, bat ich Nogueira mit gekränkter Miene, er möge als Landgerichtsrat in der Sache auftreten:

»Ich hätte gerne Ihr Gutachten.«

Mit an der Rückenlehne ruhendem Kopf und in die Weite schweifendem Blick erinnerte Nogueira daran, daß er mehr als einmal deutlich erklärt habe, der Fall sei verloren:

»Bitten Sie um einen Vergleich. Die Sache ist unerfreulich. Jedenfalls geht sie nur Sie an. Ich wasche meine Hände in Unschuld.«

Der Dickwanst Macedo Costa, von Nogueiras Richterspruch gestützt, wurde aufsässig:

»Ich will keinen Vergleich, ich will gar nichts.«

Das war zuviel für ein Oberstpatent. Mit dem Zeigefinger auf seinen Schnabel deutend, bat ich mir Respekt aus, ich sei nicht hierher gekommen, um mir Rüpeleien gefallen zu lassen, sondern erwarte höfliches Benehmen. Für wen hielte er sich eigentlich? Herrscher der Rechtsprechung, Herr der Landgerichtsräte? Er solle sich einmal meine Statur einprägen:

»Ich habe nicht umsonst das Format einer Palme erreicht, Herr Doktor.«

Bei diesem rednerischen Vorstoß reichten meine zwei Meter schon fast bis zur Decke über den Diplomträgern. Nogueira, der meinen Feuerkopf kannte, bat um Einsicht, während der andere Doktor, Taschentuch vor der Stirn, mit bibbernden Backen sagte:

»Ich bin nicht für Aufregungen. Ich bin Berufsanwalt, ein Mann des Rechts und des Gesetzes.«

Ich brachte das Tischchen mit Faustschlägen zum Erzittern. Er solle ruhig das Gesetz gegen mich in Bewegung setzen, er werde nicht der erste und nicht der letzte sein:

»Es ist mir sogar recht, Herr Scheißdoktor. Es amüsiert mich sogar, Herr Werwolfjunges.«

Und um zu zeigen, wie wenig ich mir daraus machte, platzte ich schallend heraus und öffnete im Schlepptau meines Spottes die Schleusen von Schimpf und Haß. Das Eulengesicht versuchte sich halb und halb aus dem Staub zu machen. Doch meine Schwellfinger drückten den Dickwanst still auf seinen Strohstuhl:

»Ohne meine Order verläßt kein Stänker diese Höhle.«

Ich sagte, was ich zu sagen hatte, in strengem Tonfall und häufiger noch in Scherz und Gelächter. Zum Abschluß meines Vortrags zog ich Nogueiras Schuldwechsel aus der Tasche, die ich den Krallen der Wucherer entsteißt hatte und sagte, er solle gefälligst die Unterschrift prüfen. Zugleich warf ich die Tratten verächtlich auf die Schreibtischplatte:

»Ich will nicht die Papiere eines Subjekts in der Tasche behalten, der nicht einmal Freundschaften hochzuhalten weiß. Hier, wischen Sie sich den Hintern damit ab.«

In der Bürotür, Hut auf den Kopf gestülpt, schleuderte ich ihnen meinen letzten Fluch entgegen:

»Diebsgesindel! Gaunerbande!«

Ich hatte geglaubt, mit den Nogueiras aus der Rua dos Frades im Leben und Tod verbunden zu sein. Ich hatte mir Dona Esmeraldina nie fern und endgültig von mir getrennt vorstellen können, ohne ein Ziehen in der Magengrube zu spüren. Nun hatte Nogueiras Undankbarkeit genügt, um alles zunichte zu machen, in Rauch aufgehen zu lassen. Kaum dem Zwist entronnen, war ich, als ich auf die Straße trat, ein neuer Ponciano de Azeredo Furtado, frei von Verbindlichkeiten, ledig aller Beleidigungen. Ich machte mir nur Luft:

»Diebe! Gauner!«

Und so, im Verlauf der Tage, gingen mir die Nogueiras aus dem Sinn. Ich sah den Doktor wie von weitem, Dona Esmeraldina war in meiner Zuneigung verblaßt. Und als ich vierzehn Tage später erfuhr, wie abfällig er von mir sprach, lachte ich nur.

Der Haderlump verbreitete Lügenmärchen über mein Tun und Lassen und verstieg sich sogar zu der Behauptung, ich hätte mich an der Ehre seiner Gattin vergehen wollen, was mir einen derben Verweis und ewige Verbannung aus der Rua dos Frades eingetragen habe. Der alte Gastão Palhares, der von des Doktors übler Nachrede erfahren hatte, den Militärs gewogen und mit den Nogueiras eng befreundet war, wünschte, ich solle die Beschuldigung widerlegen und die Ehre meines Patents verteidigen:

»Sie müssen handeln, Sie müssen handeln.«

Ich zog Palhares in eine Ecke und bestätigte ihm, dicht an seinem Ohr, meinen unerlaubten Übergriff. Tatsächlich hätte ich eine zartfühlende Prüfung gewisser Rundungen Dona Esmeraldinas vorgenommen, als leichtes Vorgericht, als Appetitanreger; das Hauptgericht, müsse Freund Palhares wissen, sei für später in einem verlassenen Landwinkel vorgesehen gewesen. Und den guten Alten am Ärmchen fassend:

»In Sobradinho, Seu Palhares. Ein vierzehntätiger Bummelaufenthalt, Seu Palhares.«

Der Alte, Brillenträger, Vater einer zahlreichen Familie, wartete nicht das Ende ab. Er war so vor den Kopf geschlagen, daß er grundlos seinen Regenschirm aufspannte und in dieser Haltung die Straße hinuntertrottete. Ich blickte himmelwärts auf der Suche nach einem Tropfen Wasser oder dem Kohlschwarz einer Wolke. Der Nachmittag war strahlend, der Himmel schwalbenklar.

Ich schloß die Pforten meines Großhandelsbüro. Möbel und Geräte nebst anderem Zubehör wurden für ein halbes Dutzend Zwanziger an einen Althändler der Rua Formosa verschleudert. Der Pfennigfuchser feilschte, machte die Hölzer herunter, sprach den Vorhängen jede Qualität ab, allerdings höflich und vergebungheischend:

»Diese Sachen lassen sich nicht verkaufen, Senhor. Ich übernehme sie, um mein Warendépôt damit auszustaffieren.«

Nach beschlossenem Handel heftete der Trödler den Röhrenblick auf meine dicke Uhrkette. Mit dem Finger auf das Stück zielend, fragte er, ob ich mich nicht von ihr trennen wolle:

»Ich gebe Ihnen fünfhundert Mil-réis für die Garnitur. Ich brauche sie mir nicht erst anzusehen. Fünfhundert Mil-réis.«

Ich rief den Pfennigfuchser zur Ordnung. Der Naseweis solle nicht glauben, ich stecke in Geldschwierigkeiten. Wenn ich wollte, sei ich Manns genug, seinen gesamten Gerümpelladen in bar zu kaufen, ohne mich vom Fleck zu bewegen. Und dem Althändler fast meinen Bart ins Gesicht stoßend:

»Und nehme noch als Gewichtsausgleich den Hintern Ihrer Mutter, jawohl, mein Herr.«

Ich kehrte ihm den Rücken. Niemand, und mochte er noch so reich sein, durfte sich vor mir etwas herausnehmen, ohne sofort mit Mund oder Arm zurechtgewiesen zu werden. Im *Fremdenhotel* wurde ich, sonst so friedlich und entgegenkommend, griesgrämig. Wegen der kleinsten Beanstandung krakeelte ich durch die Gänge. Schon begann Baltasar da Cunhas Prozeßklage zu sieden. Ich stieg mehr als ein Treppchen zu Anwälten hinauf und hinab. Niemand wollte meine Rechte verteidigen, da der Gegenanwalt Pernambuco Nogueira war. Der Gerichtsklüngel war ein Herz und eine Seele. Kein Jurist würde einen Kollegen am Vorabend einer Regierungskarriere verstimmen wollen. Keiner. Die Antwort war stets die gleiche:

»Bedauere, ich bin mit Verpflichtungen überlastet.«

Da mir keine andere Tür mehr verblieb, an die ich hätte klopfen können, spannte ich für meine Gerichtsfehde die Dienste von Serafim Carqueja ein, eines schmierigen Mulatten, der davon lebte, Prozeßakten in Bewegung zu setzen, eines Zungendreschers der Gerichtssaalwinkel. Ich hatte ihm einmal ausgeholfen, es war eine Bagatelle gewesen, an die ich mich nicht einmal erinnerte. Carqueja, der meine Wohltat nicht vergessen hatte, stellte die Waffen seines Lehrgangs zu meiner Verfügung:

»Der Oberst zahlt keinen Tostão. Es ist mir ein Vergnügen, dem Oberst zu Diensten zu sein.«

Carqueja war so arm, daß er nicht einmal über eine Kanzleiecke verfügte. An einem Caféhaustisch oder im hintersten Winkel einer Schenke in der Nähe des Kreiskrankenhauses übte er seinen Beruf aus. Doch auch ohne Hab und Gut hielt der Mulatte sich wacker gegen Macedo Costas Können. Ich sah sofort, daß Serafim Carqueja über genügend Kniffe und Rekurse verfügte, um den Darlegungen der Gegenseite zu begegnen:

»Ich arbeite schon dreißig Jahre in den Gerichtsfluren. Irgendein neugebackener Juristenschnösel kommt da nicht gegen mich an.«

Tatsächlich zog der Prozeß sich in die Länge und Breite. Auf den Tischen der Schreiber und Doktoren häuften sich die Zettel, die Zahl der Einsprüche und Gutachten schwoll an. Wie in den Tagen meines Kriegs gegen Dantas Mesquita wich Poncianos Zigarre nicht aus den Gängen des Gerichtsgebäudes. Der große Macedo wurde wütend und erhob Einspruch. In einem Streitgespräch wurde er in Anwesenheit von über einem halben Dutzend Augen und Ohren ausfällig gegen den armen Carqueja. Er forderte eine Anweisung von oben, damit ich nicht in den Papieren schnüffeln und nicht den Fortgang des Streitfalls verfolgen könne:

»Ich werde um Maßnahmen ersuchen, ich werde diesen Mißbrauch abstellen.«

Zum Glück kam ich genau in der Minute, als Macedo Costa den Verteidiger meiner Rechte bedrohte. Da ich Serafim lehmbleich und beleidigt sah, wollte ich wissen, ob ein Werwolf in der Nähe umgehe:

»Nur der Werwolf macht soviel Wirbel.«

Eingedenk meines Vorgehens in Nogueiras Kanzlei, suchte der Krakeeler sich durch die erstbeste Tür in Sicherheit zu bringen. Carqueja, im Besitz meiner Unterstützung, gewann an Statur. Er setzte die Miene eines Volljuristen auf, sprach mit Sicherheit, zitierte Fälle und Urteile. Ich versprach, sobald meinem Fall Gerechtigkeit widerfahren sei, Macedo Costa und dazu Baltasar da Cunha dicht vor dem Eingang zum *Goldenen Billardstock* die Hörner zu zerschlagen.

»Damit es jedermann sehen kann, damit diesem Lumpenpack eine Fibellektion erteilt wird.«

Zwei Monate beschäftigte sich der durch Berufungen und Gutachten zunehmend aufgebauschte Prozeß die Gelehrsamkeit der Anwälte dahin. Serafim Cerquejas armes Ärmchen war zu kurz, um ein so umfangreiches Aktenmaterial zu tragen. Er verbrachte seine Tage beim Studium und Durcharbeiten der Schriftstücke in seiner Art, die Nase dicht über die Buchstaben zu schieben, da er durch die langjährige Beschäftigung mit Richtergekritzel schlechte Augen bekommen hatte. Ich versprach, ihm eine neue Brille auf die Nase zu setzen:

»Brillengläser vom Feinsten und Besten, Herr Gevatter.«

Serafim Carquejas uneigennützige Hingabe zahlte sich aus. Eines Montags gelangte der Fall zur letzten Beurteilung und landete in den Krallen eines neugebackenen Richters, den ich nicht einmal kannte, namens Perlingeiro de Sá Meneses. Der Jurist fällte mit einem Federstrich das Urteil zu meinen Gunsten und beschimpfte noch die Kläger, die zur Zahlung der Prozeßkosten und anderer Justizlaunen verurteilt wurden. Im Eingang des Gerichtsgebäudes, die herrische Zigarre zwischen den Fingern, bellte ich:

»Kapiert, du!«

Ich hängte mich an Serafim Carquejas Fersen, um seine Honorarforderung zu erfahren. Der Verteidiger meiner Streitsache saß im hintersten Winkel seines Cafés, die Nase in Inventurpapieren vergraben. Ich sagte, er möge aufstehen:

»Umarmen Sie mich, Herr Doktor. Wir haben rundherum gewonnen und dem Gegner nicht einmal das Recht zur Berufung gelassen.«

Carqueja wollte nichts von Bezahlung wissen. Ich möge die üblichen Sporteln begleichen, Stempelgebühren, Notariatskosten, Nachforschungen und so weiter und so fort:

»Ein geringfügiger Betrag.«

Ich widersprach:

»Herr Doktor, ich kann Ihr Opfer nicht annehmen. Sagen Sie, was ich Ihnen schulde.«

Ohne auf meine Worte zu achten, zog Carqueja ein abgegriffenes Heft aus der Tasche und begann, die besagte Kostenrechnung aufzustellen. Nase auf dem Papier, zählte er und zählte wieder. Damit nicht zufrieden, machte er die Neuner-Probe, und erst dann verkündete er die Summe meiner Schuld:

»Einhundertachtzig Mil-réis. Da der Oberst mir bereits einen Vorschuß von zweihundert gegeben hat, schulde ich ihm genau zwanzig Mil-réis.«

Und stöberte in seinem Rock in der Absicht, den Saldo des Streitfalls zu begleichen. Ich warf ein:

»Das fehlte noch gerade, Seu Carqueja. Nennen Sie den Preis für Ihre Dienstleistungen, Mann Gottes.«

Es war unmöglich, ihm einen Tostão aufzudrängen. Abgerissen, in seinem an den Ellbogen durchgescheuerten Rock, mit seiner seit Jahren verblichenen Krawatte, zeigte Serafim Carqueja die Haltung eines Königs. Ich solle meine Ersparnisse behalten und ihm meine Freundschaft bewahren:

»Das reicht mir, das reicht mir.«

Der Mulatte war Goldstaub wert. Ein Pernambuco Nogueira, selbst mit Regierungshilfe, selbst mit Diplomring am Finger, konnte ihm nicht das Wasser reichen. Es wäre ein Mangel an Respekt gewesen, hätte man beide mit derselben Elle messen wollen. Angesichts der Größe dieses Aktenschleppers schrumpfte Nogueira zu Rattenwinzigkeit. Plötzlich war er eine Kreatur, die Erbarmen und Mitleid verdiente, ein armer Teufel:

»Bedeutungslos.«

Doch meine Freude, Baltasar da Cunha vor Gericht vernichtet zu sehen, wurde mir durch eine aus der Rua do Gás kommende traurige Nachricht vergällt. Im *Fremdenhotel* erwartete mich abends Dona Celestes Nachricht vom Tode João Fonsecas. Ohne den Hut abzunehmen, eilte ich der jungen Frau zu Hilfe, da sein Gevatter, der Hauptmann Totonho Monteiro, längere Zeit abwesend war. Ich fand die Lebensgefährtin des Verstorbenen in Tränen gebadet, in den Armen der Nachbarn. Der Tote war für die Beerdigung hergerichtet. Ich mußte die notwendigen Papiere besorgen und die Friedhofskosten begleichen, wofür ich das mitgebrachte Geld ausgab. Ich konnte Fonseca nicht in einem Sarg des Bezirkskrankenhauses beerdigen lassen wie irgend jemand ohne Schutz noch Freundschaft. Ich bestimmte sogleich:

»Er soll eine Beerdigung erster Klasse bekommen.«

Ich wählte den besten Sarg, außen vergoldet und innen gepolstert. Ich überprüfte die Bretter, damit kein herausstehender Nagel sein dürres Körperchen verletze. Bei dieser Lauferei warf ich dem Althändler aus der Rua Formosa meine goldene

Kette in den Rachen, und dazu Uhr und Medaille. Mit dem Erlös bettete ich João Fonseca in einen prunkvollen Sarg, damit manch einer dächte, hier werde ein reicher Toter begraben. Und ich tat nicht noch mehr, weil Fonsecas Freunde nicht erschienen. Er ging in Einsamkeit zur letzten Ruhe, ich an der Spitze des Leichenzugs und dreier Mietskutschen, die ich kommen ließ, um die Trauergemeinde zu vergrößern. Nach getaner Barmherzigkeit kehrte ich zu meiner Aufgabe zurück, Fonsecas Lebensgefährtin zu trösten:

»Sie können mit mir rechnen, in Rat und Tat, auch wenn Sie größere Summen benötigen.«

Da ich im Häuschen der Rua do Gás einen Rest hartnäckigen Totengeruchs fand, der den Toten nicht hatte begleiten wollen, ließ ich alle Zimmer lüften sowie Türen und Fenster weit aufmachen. Nach dieser Vorkehrung entgifteten Mondschein und Nachtwind alles, so daß kein Winkel nicht durchleuchtet und durchpustet blieb. Dann unterhielt ich mich noch ein Weilchen auf der Veranda mit einigen von der Beerdigung übriggebliebenen Nachbarn. Gegen Mitternacht verabschiedete ich mich:

»Alles Gute, Dona Celeste, ich muß mich aufmachen.«

Man sehe und staune! Ich hatte das Haus des Verstorbenen mit leeren Händen betreten und verließ es mit einer orangefarbenen liederfrohen Drossel, einem Andenken Fonsecas an seinen Großhandelsfreund. Schon vierzehn Tage vorher, kurz vor seinem Ende, hatte er angeordnet, daß das Tierchen bei der Aufteilung seiner Hinterlassenschaft dem Oberst Ponciano Azeredo Furtado zufalle. Als er das bestimmte, hatte er sogar einen seiner seltenen Augenblicke der Fröhlichkeit:

»Der Oberst wird seinen Spaß, seine helle Freude an der Orangefarbenen haben.« Als Dona Celeste mir die Gabe weinend überreichte, fühlte ich ein Reißen im Herzen, jenen Kloß in der Kehle, der so oft den Stolz meines Patents zunichte zu machen drohte. Käfig unter dem Arm, segelte ich mit bedrückter Brust im Mondschein davon. Bevor ich das *Fremdenhotel* betrat, unterdrückte ich an einer Straßenecke einen Andrang von Tränen, die meinen Augen entweichen wollten. Im Innern zerfloß Ponciano.

13

Fonseca war tot, das Jahr war tot. Ich verzichtete auf manches, nur nicht auf meine Zigarre. Ich beschimpfte Padilha dergestalt, daß der Mensch um Hilfe schrie und nach der Obrigkeit rief. Da er einen Büttel nach dem anderen an meinen Fersen sah, dachte der Geschäftsführer des *Fremdenhotels*, das Ende des Obersten sei gekommen. Als erste hinterhältige Maßnahme forderte er das von mir bewohnte Appartement unter sofortiger Zahlung der Rückstände zurück. Schwammig, geschwätzig bedeutete er mir, ein Doktor der Regierung wünsche sein Zimmer mit dem meinen zu tauschen:

»Ein hochgestellter Beamter, der repräsentieren muß.«

»Wenn der ein schöneres Appartement braucht, so brauche ich es auch.«

Später argumentierte Padilha, das *Fremdenhotel* sei ein respektables Etablissement, weshalb er mein Benehmen in gewissen Nachtstunden beanstande, wenn ich das Zimmermädchen für Dienste, über deren Art jedermann Bescheid wüßte, in Anspruch nähme. Das Schlimmste war, daß die Mulattin, die mein Zimmer saubermachte, sich bei Padilha beschwert hatte und mich für ihr Unglück verantwortlich machte; ich hätte sie, die nie eine Dirne gewesen sei, mißbraucht und ihr die Jungfernschaft ohne ihre Zustimmung geraubt. Mit Hilfe dieser falschen Anschuldigung rückte Padilha mir auf den Leib. Und schwor, ich würde keine Nacht mehr im *Fremdenhotel* bleiben können:

»Ich werde den Fall vor die Advokatenbank tragen.«

Plötzlich war bei mir der Ofen aus – und ich legte los, wie das meine Art ist. Ich kippte einen Tisch um, zerschmiß ein Glas, teilte einen Kinnhaken nach dem anderen aus. Padilha rannte hilfeschreiend auf die Straße. Ich erklärte rundweg:

»Ich setze keinen Schritt aus diesem Scheißhaufen! Ich bin mit meinen Zahlungen auf dem laufenden und möchte sehen, wer Mark hat, sich mit mir anzulegen.«

Spät abends kehrte Padilha unter der Schirmherrschaft eines

Juristen zurück, eines Männchens mit guten Manieren. Schon bei meinem zuversichtlichen Händedruck sah er, daß der Oberst kein Knopflochblümchen war. Ich ließ das Vertreterchen des Gesetzes gar nicht erst zu Wort kommen. Sondern lud meine Beschwerden auf Padilhas Buckel ab. Was dachte er eigentlich von mir? Über eineinhalb Jahre wohnte ich jetzt im *Fremdenhotel*, und nicht ein Mal hatte er die Zeit gefunden mir zu sagen, daß ich vom Zimmermädchen andere Dienste forderte als die, zu denen es verpflichtet war. Wieso kam er jetzt erst mit hocherhobenem Finger, da doch bekanntlich in den nach hinten gelegenen Zimmern so unbekümmert gelumpt wurde, daß es die Nachbarschaft belästigte. Und ich fragte:

»Wieso, Senhor Padilha, wieso?«

Und mich mit haßgeweiteter Brust vor dem Doktor aufpflanzend, schwor ich, kein Sohn einer Stute werde mit seinen Hufen auf meinen Rechten herumtrampeln:

»Der muß erst noch geboren werden, Doktor. Ja, das muß er.«

Ich gebe zu: Padilhas anverwandter kleiner Rechtsberater war nicht auf den Kopf gefallen. Er besänftigte und betätschelte meine Bitterkeit. Sagte, er kenne den Oberst Ponciano de Azeredo Furtado vom Gerichtshof her:

»Ich bin ein Freund von Carqueja. Euer Ehren kennen doch Carqueja gut.«

Das war Wasser auf meine Glut. Einen Juristen, der mit Serafim Carqueja befreundet war, konnte ich nicht unliebsam behandeln. Rasch wechselte das Mißverständnis den Umgangston und endete in Kameradschaft beim Abendessen, von dem bereits wieder willfährigen und gezähmten Padilha eigenhändig aufgetragen:

»Der Herr Oberst soll bleiben, so lange er will, und zahlt seine Rechnung, wann er will.«

Ich sagte, ich würde in zwei Monaten ausziehen:

»Ich beabsichtige, ein Stadtpalais in der Rua do Mafra zu erwerben.«

Etwa vierzehn Tage vor der vereinbarten Zeit verließ ich das *Fremdenhotel.* Auf Bitten der Gevatterin Alvarina ließ ich meine Siebensachen nach Capão schaffen, wo ich in einem luftigen Zimmer ungestört unterkam. Ein Resedenpflänzchen wuchs vor meinem Fenster. Dort nagelte ich auch den Käfig meiner orangenfarbenen Singdrossel aus Sicherheitsgründen fest, damit João Fonsecas Lieblingsvogel den Tagesanbruch in aller Behaglichkeit genießen könne. Ich schob meinen Bart dicht an sein Öhrchen:

»Euer Gnaden wird dem hiesigen Schwingen- und Schnabelvölkchen zeigen, was ein wohlerzogenes Kehlchen ist.«

Gesagt, getan: Angesichts so vieler Jackbäume und anderer Stämme erfand das Tierchen eine Reihe neuer Lieder. Es jubilierte, daß es in entlegenen Kleingärten gehört und bewundert wurde. Juquinha, der als Kind ein leidenschaftlicher Vogelliebhaber gewesen war, übernahm die Betreuung des Sängers. Wechselte das Wasser, wählte das Vogelfutter und dachte immer daran, daß Gevatter Ponciano Glück bei gefiederten Tieren gehabt hatte:

»Nach dem Hahn, dem kleinen Roten, jetzt die orangenfarbene Singdrossel mit heller Brust.«

Ich erfand mir einen weiteren Grund zum Stolz – den Weg von Capão ins Café Lord, eine gute Stunde Ritts, legte ich im Sattel zurück, auf einem Mucker mit hübscher Musik in den Hufen, einem gut zugerittenen Tier, das Vetter Juca Azeredo meinen Sporen zur Verfügung gestellt hatte. Leute blieben stehen, um das Prachtstück zu bewundern, den handgefertigten Sattel und die silbernen Sporen. Je spärlicher das Geld floß, desto großartiger trat ich auf. Wenn ein Bekannter an Straßenecken und Türen des Geschäftsviertels nach meinem Ergehen fragte, kam meine Antwort rasch von der Höhe meines Muckers:

»Ich segle mit Rückenwind und liebäugle mit einer Zuckerfabrik.«

Es wurde gemunkelt, ich sei nicht recht bei Trost und hätte Vögel im Oberstübchen. Ich wollte aber nur nicht, daß ein Kuhsohn über meine Verlegenheiten lachte. Auf der Praça da Quitanda überließ ich einem Zwanziger-Burschen die Zügel meines Reittiers und machte mich mit auf dem Gehsteig nachklirrenden Sporen auf zu einem Bummel durch die Handelshäuser der Rua do Rosário. Am meisten machte mir Spaß, den Klüngel der Geldverleiher, der Wucherer von Banken und

Wechselstuben aufs Korn zu nehmen. Eines Nachmittags stieß ich ohne Voranmeldung oder »Mit Verlaub« die Schwingür der Kreditbank auf. Ruppig das Lokal mit meinem Zigarrenrauch verpestend, fragte ich, über den Schalterkäfig der Kasse gebeugt, ob die Wechselstube imstande sei, mir einen Geldposten sicher zu verwahren:

»Ich habe Dinge im Ausland zu erledigen, so daß ich wohl mehrere Jahre fort sein werde.«

Ein Vierschrot mit Federhalter hinter dem Ohr, schon zerfließend und dienstbereit, bat (»Ich will nicht unterbrechen, will nicht unterbrechen«), wie hoch wohl der Depositenbetrag sei:

»Wenn es Euer Ehren nicht ungelegen kommt.«

So tuend, als spreche ich leise vor mich hin, machte ich meine Rechnung, kratzte mich am Bart und warf hin:

»Keine große Summe, so etwa achthundert Pakete, neben etlichen Wertpapieren und Erbjuwelen.«

Der Wucherer mit Federhalter hinter dem Ohr zog seinen Nacken zurück und kam in den Schalterraum gerannt, um Ponciano an die Tür zu begleiten. Er faßte den Zügel meines Muckers, als sei er Janjão Caramujo oder sonst ein Straßenjunge der Praça da Quitanda. Er rühmte die stolze Haltung des Pferds, die Schönheit des Sattels und die getriebene Arbeit der Sporen:

»Herrlich, prachtvoll.«

Ich erwiderte, ich hätte seinetwegen ein paar gute Conto-deréis zurückgewiesen:

»Nur für das nackte Tier, ohne Silberzeug und Zubehör.«

Ich spielte mich gerne dergestalt auf, um die Speichelleckergesichter der Geldverleiher zu sehen, die heilloseste Menschenrasse unter allen. Ich ließ ein paar Worte über den Kauf einer Zuckermühle fallen und fädelte sogar Verhandlungen mit den bankrottgegangenen Besitzern einer Zuckerfabrik ein. Als ich erfuhr, daß der Maschinenpark alt und der Ausstoß gering sei, wies ich das Angebot zurück:

»Alteisen interessiert mich nicht, Herr Gevatter!«

Seit ich im Großhandel ausgerutscht war, hatte ich mich verändert. Jeden Tag, der verging, kam der Buschwaldoberst stärker zum Vorschein, bösartig und raubtierhaft. Wenn ich auf meinem Gehsteig entlangschritt und von einem Bekannten nicht mit der Aufmerksamkeit von früher begrüßt wurde, verlor ich sogleich die Beherrschung. Das passierte dem Hauptmann Anísio Cavalcanti, Besitzer einer Feuerwerksfabrik in der Rua do Príncipe, der in enger Verbindung mit den Politikern und ihren Festen stand. Er bog um eine Ecke, um nicht mit mir sprechen zu müssen. Ich hängte mich an seine Fersen und stellte den Kerl vor dem Eingang des Schreibwarengeschäfts *Bronzefeder:*

»Herr Hauptmann, ist Ihnen Ihr Patent so zu Kopf gestiegen, daß Sie nicht mehr Ihre Vorgesetzten grüßen?«

Der Feuerwerksfabrikant wurde klein und zog den Schwanz ein. Ich wetterte gegen seinen Mangel an Achtung. Wenn er meine Haltung zur Kenntnis nähme, würde er sehen, daß die Zuckerbaisse meine Statur um keinen Fingerbreit kürzer gemacht habe. Und ich tat einen Schritt zurück, damit er freie Aussicht auf mich bekam:

»Schauen Sie, Hauptmann. Und beachten Sie, daß ich eher gewachsen, eher noch stattlicher geworden bin.«

Doch vor allem Baltasar da Cunhas Abenteuer gab Anlaß zu Redereien. Ich kam auf meinem Mucker geritten und hatte nichts weniger im Sinn als an Nogueiras Undankbarkeit zu denken, als ich den Doktor Ing. in einen Sessel des *Salon Chic* gerekelt sah, in Artur Fontainhas Gesellschaft. Ich wollte friedlich weiterreiten und Hemdenstoff für die Schere meiner Gevatterin Alvarina kaufen, denn an Hemden fehlte es mir. Dabei flogen mir ein paar spöttische Ausrufe an den Kopf, und schon erschien im Eingang zum *Salon Chic* ein Mägerling mit gezückter Schere. Eine Lachsalve erschütterte den Barbiersalon und Umgebung. Ich gab vor, die Beleidigung nicht wahrgenommen zu haben – doch durch einen Seitenblick sah ich das Kerlchen, das so tat, als schneide er mir den Bart ab. Seelenruhig saß ich ab und schritt in den Bazar Aliança hinein. Dort bat ich um eine hell pfeifende Peitsche, wirksam wie das Wurfgeschoß eines Wäldlers:

»Eine mit Knoten, junger Mann, die wie wahnsinnig flitzt.«

Wenn Gott der Welt ein Werkzeug geschenkt hat, mit dem ich umzugehen weiß, ist es die besagte Flitzpeitsche. Ich ließ den Lianenschwengel vor der Nase des erschrockenen Verkäufers pfeifen wie Wind und Schlange. Dann manövrierte ich meine zwei Meter Ponciano durch die Tür des *Salon Chic.* Baltasar da Cunha mit eingeseiftem Schnabel gab vor, in abgegriffenen Almanachen des Barbiersalons zu blättern. Fontainha, der mein reizbares Ingenium kannte, versteckte seinen Rüssel in den Tiefen des Raums. Spottend erkundigte sich der Mägerling bei mir, ob ich Bart- oder Haareschneiden wünsche:

»Oder beides zusammen, Herr Doktor?«

Als Antwort schwang ich die Liane über dem Witzbold. Die Peitsche traf erst die Seifenschalen seines Schülterchens, wirbelte sodann um seinen Rücken und hatte noch genügend Kraft, um den Hintern des Rüpels schmerzhaft zu verdreschen. An empfindlicher Stelle getroffen, krümmte sich der Barbier und brach jäh zusammen. Von der Straße tönte es herein:

»Der Rotbart schlägt alles tot.«

In dem nachfolgenden Durcheinander rutschte der Ingenieursjüngling mit einseitig rasiertem Gesicht von seinem Stuhl und gewann die Straße, schutzloser als der Vater der Teufel in einer Heiligenkapelle. Dort zeigte meine Rächerliane dem Lumpengauch, wie weitreichend der Arm des Obersten ist. Mit einem tückisch zischenden Peitschenhieb machte ich auf seinem Rücken alle von der Meute der Nogueiras empfangenen Beleidigungen zunichte:

»Da, Sohn einer Hündin!«

Der Pomadenjüngling, jaulend wie ein verschreckter Köter, floh mit eingezogenem Schwanz in einen Posamentierladen; niemand weiß, wie er hinein- und wieder herauskam. Nun verkündete ich wie Hahnenschrei:

»Der wird für den Rest des Monats rot pissen.«

Fontainha bekam im Vorübereilen auch sein Teil ab, einen Peitschenschlag, wie nur ich ihn zu verpassen weiß – von oben bis hinunter in die Leisten. Er stand nicht wieder auf. Wie tot lag er hingestreckt mitten auf der Straße. Wieder brüllte ich zu ihm hinab:

»Hast du kapiert, Rabenaas?«

Entschädigt, mit geläutertem Patent, saß ich auf und ließ meinen Mucker auf der Hinterhand steigen. Und hoch oben schleuderte ich die Lianenpeitsche meiner Rechtsprechung in das Barbierlokal hinein, begleitet von meinem Ratschlag:

»Steck sie in einen Rahmen und häng ihn als Andenken an den Oberst Ponciano de Azeredo Furtado an die Wand.«

Rasch verbreitete sich die Nachricht, Baltasar da Cunha und Dr. Nogueira hätten die Obrigkeit um Maßnahmen ersucht, und die Regierung würde dies und jenes unternehmen. Serafim Carqueja, über den Wirbel in Kenntnis gesetzt, kam hilfsbereit angelaufen. Er wollte, ich solle mich in Capão versteckt halten und nicht in der Stadt erscheinen:

»Es ist das Beste, was der Oberst tun kann.«

Ich wies den Ratschlag des guten Carqueja zurück:

»Bin ich ein Mensch, der sich versteckt, Freund Serafim? Mein Platz ist am Eingang zum *Goldenen Billardstock.*«

Und genau dort verkündete ich meinen Schiedsspruch, nicht von den Tischen der Cafés und von den bevölkertststen Straßenecken zu weichen. Auf diese Weise legte sich der Sturm. Kein Gerichtsbüttel kam, um den Oberst vorzuladen, und von Pernambuco Nogueira hörte ich eine Woche nach dem Krawall, daß er den besagten Regierungsposten in Niterói angetreten habe. Als Entgelt für die neue einflußreiche Stelle verachtete er nunmehr seine früheren Freunde, was ihm eine gesalzene Zeitungsabreibung eintrug. Die genannte Gazette betonte unter anderen Herabwürdigungen, Pernambuco Nogueiras Übernahme der Öffentlichen Reinigung passe zu seinem Mülleimercharakter. Und druckte zum Abschluß in Großbuchstaben:

»NOGUEIRA, ANWALT AN GEFÄNGNISTOREN, HAT WAS ER VERDIENT: DIE VERACHTUNG DES VOLKS.«

Ich fand das lustig und lachte laut und auffällig. Ich stand an der Tür vom Café Lord, halbgerauchte Zigarre im Schnabel, großen Hut in den Nacken geschoben. In dieser Haltung sagte ich so laut, daß ich in einer Entfernung von vielen Klaftern gehört werden konnte:

»Das mit dem Mülleimer ist gut, und stimmt haargenau. Es paßt wie ein Handschuh auf die Hörner des Rüpels.«

Um die Beleidigung der Zeitung abzuschwächen, veranstalteten Nogueiras Freunde ein Bankett für viele Gedecke. Der

Halunke von Selatiel de Castro verschob seine lange Reise, um am Festmahl für den Doktor teilzunehmen. Im Lauf der Woche war in den Blättern von nichts anderem die Rede – das Regierungsvölkchen, nun ein Herz und eine Seele mit Nogueiras Schamlosigkeiten, zollte ihm Kratzfüße und Speichelleckerei. An einem Mittwoch las ich am Tisch des *Goldenen Billardstocks* Einzelheiten über den Festschmaus. Dem Tonfall nach mußte die Besprechung der Feder Portelas entstammen, der für diese Lobhudeleien ja bestens geeignet war. So berichtete das Blatt, der Financier Selatiel de Castro habe eine lange Reise unterbrochen, nur um neben seinem intimen Freund, Dr. Pernambuco Nogueira, sitzen zu können. Und nach weiteren Betrachtungen zählte die Chronik die Reden auf – eine rühmlicher als die andere. Nach dem Truthahn war die Festgesellschaft in offenen Kutschen in die Rua dos Frades gefahren, wo ein Vortrags- und Klavierabend folgte. Peixotinho vom Notariat, der maßgeblich an der Huldigung teilnahm, erschien überraschend, eine Serenade befehligend, die bis ins Morgengrauen dauerte.

»Werwolfmeute, Gangsterbande!«

Angewidert ließ ich das Gazettenblatt auf den Fußboden fallen, und damit nicht zufrieden, zerschliß ich es mit meinem Stiefel. Es war, als trampelte ich auf der Rua dos Frades herum, auf den Nogueiras, auf aller Welt:

»Gesindel, Schiebersippe!«

Noch hallte das Echo des Banketts nach, als ich eines Nachmittags auf der Praça da Quitanda in einer Luxuskutsche Dona Esmeraldina und Selatiel de Castro sah, den Halsabschneider Castro von der Provinzbank. Da saß der Haderlump stattlich und selbstbewußt, Stöckchen zwischen den Fingern und eine ausgegangene Zigarre im Mund. Als Nogueiras Frau mich wie angewurzelt auf dem Gehsteig stehen sah, senkte sie den Blick. Ich sage es und lüge nicht: ich spürte nicht die geringste Regung in meiner Brust. Es war, als habe sich all das vor Urzeiten abgespielt und sei längst in einer Schublade vermodert. Ich zuckte die Achseln:

»Kuh!«

Wegen einer Angelegenheit von Abgaben und Steuern sah ich mich gezwungen, nach Sobradinho zurückzukehren. Es war an der Zeit. Der städtische Stil ertrug nicht mehr den Urwaldoberst, der ich war. Mein Weidengebrüll fegte weithin und schlug jedermann in die Flucht. Ponciano de Azeredo Furtado trieb alles auf die Spitze. Ich nahm an einer Prozession zu Ehren Unserer Lieben Frau von der Niederkunft teil. Mein Gesang schwoll dergestalt, daß der Pater, ein neuer Meßdiener im Amt, gelaufen kam und bat, ich möge mein Organ mäßigen:

»Leiser, leiser.«

Ich fluchte:

»Ich singe nicht leiser. Ich bin so geboren und werde so sterben, Herr Vikar.«

Aber meine Rückkehr auf die Weiden fiel nicht so aus, wie ich es mir vorgenommen hatte. Juquinha Quintanilha nämlich, der mir über einen Steuernachlaß berichten wollte, zeigte eine entrüstete Miene. Hinter verschlossener Tür erzählte der Gevatter leise, ein Regierungsschreiber, den er seit kurzem kannte, habe ihm von einer Gaunerei gesprochen, die gegen einen gewissen Ponciano de Azeredo Furtado ausgeheckt werde. Der Steuerschreiber habe nicht im entferntesten geahnt, daß Juquinha Quintanilha ein Herz und eine Seele mit mir sei. Völlig unbefangen habe er seiner Zunge freien Lauf gelassen. Er betonte, hinter dem Manöver stehe die starke Hand der Regierung. Man sei dabei, Poncianos Verpflichtungen festzustellen, seit die Welt Welt sei, vermehrt durch die aufgelaufenen Zinsen und sonstigen Erfindungen des Steuerpersonals. Man beabsichtige, das Gericht einzuspannen und mir den Prozeß zu machen, ein Anschlag von tückischen Ausmaßen:

»Der besagte Oberst wird zirpen, ohne eine Zikade zu sein.«

Juquinha hatte noch nicht geendet, da griff ich bereits nach Kisten und Koffern. Und rief nach Dona Alvarina:

»Gevatterin, packen Sie mir meine Siebensachen. Ich will diesen Regierungshunden zeigen, wer ihr Gevatter Ponciano ist.«

Und schon entzündete ich Kriegsrauch. Beim Althändler der Rua Formosa verscherbelte ich ein paar restliche Erbstücke, einen schweren Reif und zwei Eheringe, die ich für den Fall einer plötzlichen Eheschließung aufbewahrt hatte. Diese Wertstücke leisteten jetzt der dicken goldenen Uhr Gesellschaft, die ich beim Tode João Fonsecas verschleudert hatte. Mit gutgefüllter Hosentasche kehrte ich rasch nach Capão zurück. Ich verbrachte eine schlaflose Nacht und hörte der Gevatterin Alvarinas Weinen und Juquinhas tröstende Stimme. Sicherlich vergoß die gute Senhora Tränen um mich. Hätte ich es damit nicht an Respekt ermangeln lassen, ich wäre Manns genug gewesen, ins Schlafzimmer der Gevattern einzutreten und den beiden kraft meiner Rede Mut zu machen:

»Das ist nicht der Rede wert, Dona Alvarina. Eine Unannehmlichkeit, die ich mit ein paar Brüllern bereinige, Gevatter.«

Am Morgen, beim ersten Liedchen der orangefarbenen Singdrossel, sprang ich aus dem Bett, und schon wartete der Gevatterin Kaffee in einer Tauffestkaffeekanne auf mich, einem feinziselierten, bauchigen Prachtstück. Vor Kummer niedergedrückt, machte Dona Alvarina mir liebevoll einen Reisekorb mit einem Huhn und anderem Mundvorrat zurecht. Und gesellte zu all den Wohltaten eine Flasche Ingwerbier ihrer besonderen Herstellung:

»Damit der Gevatter im Zug seinen Durst stillen kann.«

Beim Abschiednehmen vermochte die Gevatterin vor lauter Schluchzen weder zu sprechen noch zu winken. Ich ließ sie mit einer ermunternden Umarmung zurück:

»In spätestens einer Woche bin ich wieder da. Sie brauchen nicht einmal das Bett abzuziehen.«

Als ich auf dem Rücken meines Muckers Capão aus den Augen verlor, rief ich ihr meinen letzten Dank zurück. Quintanilha begleitete mich als Kofferträger zum Bahnhof. Er wünschte, ich solle den Streit nicht auf die Spitze treiben:

»Gevatter, Regierung ist Regierung, sie hat unbegrenzte Macht.«

Im Zug, meine orangefarbene Singdrossel wie einen Fahrgast neben mir, überschlug ich mein gerettetes Vermögen. In Wahrheit kehrte Simeãos Enkel mit leerem Beutel, doch reich an vielen wertvollen Erfahrungen zurück. Einer, der wie ich hochherzig geboren, schon ein grauumwölktes Haupt zur Schau trug, durfte sich nicht über die Stiche von Schlangenläusen und sonstigem niedrigem Gewürm ärgern. Im übrigen war dessen Beutel nicht leer, der wie ich einen Vogel vom verstorbenen João Fonseca geerbt hatte. Viele andere besaßen Truhen voll mit Brillanten und Diamanten, doch nur der Oberst Ponciano besaß mit dem Kehlchen seiner Singdrossel solch sammetweichen Gesang. Daher dachten die eiligen Reisenden auf dem Bahnhof, ich müsse einen Gehirnschaden haben, als ich einen Fahrschein für meinen kleinen Sänger verlangte:

»Ich möchte ohne Rücksicht auf Kosten einen bequemen Sitz für den kleinen Hintern meiner Drossel, die ein kostbares Geschenk ist und die ich nicht gegen die Silber- und Goldschätze des mächtigsten Sultans von Arabien vertausche.«

Ich war als Rakete aufgestiegen und als verkohlter Pfeil zu Boden gesunken. Den Gewinn aus den drei Jahren meiner Abwesenheit von den Weiden hatte ich in der Stadt in Form von Wohltaten und Vergünstigungen, von Schwierigkeiten, in die ich mich um anderer willen eingelassen hatte, ausgegeben. Doch nichts von all dem, nicht die Zuckerbaisse, nicht die von den Nogueiras erlittenen Beleidigungen hatte meinen Kriegermut zu brechen vermocht. Ich hatte das Oberstpatent mit dementsprechenden Vorrechten nicht auf einem Geschenktablett der Regierung erhalten. Ich würde den Steuergeiern zeigen, daß die Regierung nicht mit einem Wisch der Justiz die Hand auf mein Grundrecht legen konnte:

»Weder mit einem Wisch noch ohne einen Wisch.«

In Santo Antônio nahm der Zug Stückgut auf und zwei oder drei Handlungsreisende. Dann fuhr er weiter, und als er an der Zuckermühle des Vicomte vorüberkam, sagte ich laut, wie ein Geistesgestörter:

»Die werden nicht mit mir machen, was sie mit dem gemacht haben. Sie werden es nicht, denn Gott ist groß und mein Arm fällt das dickköpfigste Rind.«

Dabei deutete ich auf das Gerippe der Zuckerrohrfabrik, welches beschämt vor dem Fenster vorrüberzog. Mehr als ein Reisender blickte verblüfft auf, ohne den Grund zu meinem derben Ausbruch zu ahnen. Mit meiner Zigarre bewaffnet, erteilte ich über das Unglück, das den Vicomte tödlich getroffen hatte, eine Lektion. Nie hatte es eine bessere Mühle gegeben.

Der von ihm fabrizierte Zucker war weiß gewesen wie Meeresschaum. Doch der Arme mußte Belastungen und Steuern von einem solchen Ausmaß hinnehmen, daß er nicht standhielt. Eines Tages erlosch das Feuer im Kessel und wurde ein Nest der Beutelratten, eine von Geifer und Fledermausflügeln verpestete Stätte:

»Alles durch die Schuld der Regierung, durch den Schlendrian der Politiker, denn all das ist ein und dasselbe Pack.«

Ein Rotbrauner, der auf einer hintern Bank eine Strohzigarette rauchte, stimmte meinen Lehren zu:

»Der Oberst hat vollkommen recht.«

Und so ließ ich von Station zu Station Gauner und Diebe Revue passieren und nahm sie aufs Korn. Ein Reisender gesellte sich zu mir, und ich, die vernichtende Zigarre zwischen den Zähnen, ließ meinem Haß freien Lauf. Ein kleiner Stutzer, der in einer fernen Ecke Zeitung las, wetterte gegen die Rauchschwaden meiner Flor de Ouro. Doch sobald er Ponciano de Azeredo Furtado in seiner Palmenstatur vor sich sah, besann er sich eines Besseren. Er hatte nie gedacht, daß ein Christ vom Fuß bis zum Hut so groß sein könne. Mein Handgelenk vor seine kleine Visage gestreckt, fragte ich in erzieherischem Tonfall:

»Sind Euer Ehren eine Dame, die keinen Zigarrengestank verträgt?«

Ich führte das Possenspiel nicht weiter, weil meine Aufmerksamkeit unversehens auf dem Gesicht eines Steuereinnehmers aus Jordão Tibiriçás Kamarilla haftenblieb. Mit geweiteter Brust schwor ich bellend, niemand, keine Regierung, kein Landgerichtsrat, kein Nichts werde es wagen, auf dem Sattel von des alten Simeãos Enkel zu reiten:

»Nur unser Herr Jesus Christus. Nur Er.«

Der Abgabeneintreiber verschwand im Gewirr der Gepäckstücke, aus dem der Angsthase erst beim Halt in São Gonçalo tauchte. Meinem Arm entzogen, begann er eine Unterhaltung mit dem Stationsvorsteher und deutete auf mich, als sei er soeben den Klauen eines völlig Verrückten entkommen. Ich machte mich zum Aussteigen bereit. Darüber schnaubte die Lokomotive, die Räder knirschten, und der Zug fuhr ab. Das

Gesicht mit wehendem Bart aus dem Fenster gestreckt, mußte ich aussehen wie der leibhaftige Satan, denn sowohl der Stationsvorsteher wie der Steuerblutsauger verschwanden zwischen Trockenfleischseiten, die auf dem Markt von São Gonçalo verkauft werden sollten. Ich sandte ihnen meinen Kriegsschrei nach:

»Diebsgesindel!«

Dies getan, spuckte ich meinen Ekel aus und setzte mich wieder dicht neben meine orangenfarbene Singdrossel. Während der restlichen Reise zullte ich an meiner halberloschenen Zigarre ohne große Rauchentfaltung, da das Schaukeln des Zugs selbst ein Puppenauge zum Einnicken bringt. Von diesem Branntwein eingelullt, schlief ich ein und wachte erst in Santo Amaro beim Knirschen der Räder auf. Von der Wagentür aus meldete ich meine Rückkehr:

»Ich bin gekommen, um den Regierungslumpen zu zeigen, wer Ponciano de Azeredo Furtado ist.«

Mit langen Schritten, Reisesack und Singdrossel am Finger, erreichte ich den Eingang zum Bazar Almeida, wo ich dicke Munition bestellte:

»Sie können mir die Ware herunterholen, ich kaufe alles, was großkalibrig ist.«

Schon war ich von verwunderten Leuten umringt, die unbedingt wissen wollten, welche Kobra den Oberst von Sobradinho gebissen hätte. Bart um die Hand gewickelt, beleidigte ich die Regierung und ihre Handlanger, und je mehr ich sie beleidigte, desto mehr Geschmack fand ich an meinen Beleidigungen. Ich erkundigte mich nach Jordão Tibiriçá:

»In was für einem Loch haust dieser Halunke?«

Es war, als hätte der Oberst in ein Werwolfnest gestochen. Blitzschnell war der Bazar Almeida menschenleer, so daß niemand mehr meinen Ausbruch mit anhörte. Ich ließ jedoch nicht locker. Ich wetterte mit Zorneswind gegen die kleinen Leute von Santo Amaro, die angesichts einer Beschimpfung gegen Jordão Tibiriçá wie Espenlaub zitterten. Von der Türe aus schrie ich:

»Schwulenbande! Ich werde dem ganzen Lumpenvolk Weiberröcke anziehen.«

Flugs ließ ich auf einem geliehenen Maulesel Santo Amaro hinter mir. Die Mittagszikaden zirpten am Fuß der Bäume und im spärlichsten Busch. Noch in den Telegrafendrähten summte ihr Lied. Der aus dem Blattwerk dringende Lärm steckte schließlich meine Drossel an, die stets bereit ist, ihre Meisterschaft zu zeigen. Angesichts einer so wohlerzogenen Kehle verloren die Zikaden die Lust und ließen die Singdrossel allein ihre Gesangsstunde geben. Soviel Harmonie bewundernd, ermunterte ich laut ihr Zwitschern:

»Euer Gnaden singen besser als ein Operntenor.«

So tönte die Musik dahin, ich voller Lobes und die Drossel trillernd, als auf einem Teufelsfeigenbaum ein Rabe den guten Gang der Reise verdüsterte. Nun war es aus mit der Ruhe des Obersten – das häßliche Flügelpaar verfolgte meinen Eselstrab weit in den Sertão hinein. Verägert rief ich, er solle sich an seine Rabenmutter hängen:

»Widerbiest, Teufelsbrut!«

Ich stieß auf niemanden, der eines Worts würdig gewesen wäre – nur auf Weidenjungen oder Vogelfänger. Einem Stiefelträger für ein »Guten Tag, wie geht's, wie steht's« begegnete ich den ganzen Tag nicht. Verstummten Mundes und mit ausgedörrter Kehle traf ich in Sobradinho ein. Der Mittag mußte auf drei Uhr zugehen, ich schätzte es am Baumschatten. Kein Mensch, kein Tier im Umkreis von Simeãos Haus. So verlassen war es nur in lange verflossenen Tagen der Seuche gewesen, in längst entrückter Zeit, als der böse Atem der Sümpfe ohne Rücksicht auf Gebet und Arzneimittel Ausdünstungen und Sumpffieber ausgesandt hatte. Ich stieg vom Maultier ab und beschrieb einen Bogen, um Sobradinho durch die Hintertür zu betreten, wo zu Lebzeiten des kleinen Roten sein Käfig und seine Stange gestanden hatten. Am Fuß der Freitreppe blieb ich stockenden Herzschlags stehen. Vogelkraut, vom First herabwachsend, hatte seine Finger in den Mauerritzen vergraben. Juquinha hatte recht – der anhaltende Regenguß hatte dem Herrenhaus meines Großvaters übler mitgespielt als zuvor in zweihundert Jahren. Bekümmert betrat ich das Eßzimmer, von wo aus in siebzig Wintern Simeão seine vielen Léguas Korrale und Weidenland überwacht hatte. Eilends bemüht, Fenster und

Türen zu öffnen, stieß ich gegen einen Haufen Sättel und Zaumzeug, und schon polterte ich los:

»Geh und belämmere deine Mutter!«

Nach wiederhergestelltem Frieden glaubte ich in den hinteren Räumen Schritte zu hören:

»Seu Antão, Seu Antão Pereira?«

Es war weder Antão noch sonst jemand. Genau genommen war es wohl eine im Nachmittag verirrte Eule, vielleicht aber wartete auch ein Spuk der Finsternis die nächtliche Stunde ab. Aus Vorsicht, doch nicht aus Angst, errichtete ich mein Standquartier auf Sobradinhos Veranda. Von unten tönte das reine Lied der orangefarbenen Singdrossel herauf. Wieder glaubte ich Schritte zu vernehmen, weshalb ich rief:

»Kommt nur, Leute vom Haus. Der Oberst ist wieder da.«

Wie lediger Wind lief Poncianos Stentorstimme übers freie Feld, zerriß die Nachmittagsschläfrigkeit und besaß noch Kraft genug, um einen Kuckucksschwarm zu verscheuchen, der auf einem wurmstichigen Lattenzaun lungerte. Ich wiederholte meine Aufforderung:

»Leute vom Haus, kommt heraus!«

Aus dem Schatten der Kasuarinen tauchte langsam eine Gestalt. Es war Janjão Caramujo, schwankend vom Schnapsschlaf. Höchst verwundert verschränkte ich die Arme. Vor Jahren hatte ich den Neger in genau der gleichen Stellung einer alten fetten Eidechse beim Sonnenbad verlassen. Ich war lange weggeblieben, hatte mich geregt und gewendet. Hatte Geld gescheffelt und vergeudet und hatte mehr als einem jungen Mädchen den Kopf verdreht. Kam zurück und fand Janjão Caramujo wie immer wachsam, wie immer Sobradinhos alter Freund. Soviel Hingabe ging mir zu Herzen, und ich polterte die Stufen hinunter, um den Alten an meine Brust zu schließen:

»Seu Janjão, wie froh bin ich, Sie zu sehen.«

Solcher Güte und Höflichkeit ungewohnt, strauchelte der Pferdepfleger zurück. Kaum erkannte er den Oberst, doch dann sanken er und ich einander in die Arme. Ich schüttelte den Neger kräftig mit meiner Umarmung:

»Seu Janjão, Euer Gnaden haben sich überhaupt nicht verändert.«

Von den Komplimenten ging ich auf Sobradinhos Zustand über. Wo steckte Antão Pereira, der sich um das vernachlässigte Herrenhaus nicht kümmerte? Was war aus dem Batzen Geld geworden, den ich ihm in die Tasche gesteckt hatte, damit er davon Reparaturen und andere Dienstleistungen begleiche? Und auf den Wildwuchs auf den Dachfirsten des Hauses deutend:

»Wo treibt sich dieser Unmensch herum, Seu Janjão, der nicht sieht, wie das Vogelkraut meine Veranda überwuchert?«

Janjão, über meine Gegenwart fassungslos, hatte nicht die Kraft, seinem Patron zu antworten. Ich sagte, er solle mit heraufkommen und mit mir eine Inspektion vornehmen, ob nicht in einer Wohnzimmer- und Kammerecke eine von den Regenmassen vergessene Brillenschlange hause. Und scherzend:

»Im übrigen sind Sie doch ein Spezialist im Hausputz.«

Weit öffnete der Neger Türen und Fenster, und schon wehte der Wind herein und verscheuchte den Schimmelgeruch des verriegelten Hauses. Nach beendeter Lüftung untersuchte ich die Widerstandskraft des Fußbodens, ob er nicht an einer Stelle morsch sei und durch neue Riemen ersetzt werden müsse:

»Ich werde all das vom Werkmeister prüfen lassen.«

Am meisten hatte der Verputz durch die Überschwemmung gelitten, ich sah es mit eigenen Augen – die Feuchtigkeit hatte mehr als eine Mauer untergraben. Doch Janjão solle wissen, daß der Oberst Malerpinsel und Tischlerhobel in Bewegung setzen werde, damit Sobradinho vom Dach bis zu den Wassergräben wieder bildschön erstrahle:

»Seu Janjão, niemand wird nach Beendigung der Arbeiten das Haus des alten Simeão wiedererkennen. Ich werde sogar ein Wandgemälde aus der Stadt kommen lassen.«

Das gesagt, stieg ich zum Waffendachboden hinauf, es war ein Kampf, Schlösser und Hängeschlösser zu öffnen. Janjão staunte, so viele Arten von Feuerrohren zu sehen. Ich nahm das eine oder andere in die Hand und zeigte dem Neger das Holz der Kolben:

»Hartholz, sowas gibt es heute nicht mehr, Seu Janjão.«

Ich hatte gefürchtet, das Munitionslager, eine teufelsschwere

Truhe, könnte durch die Regenplage gelitten haben. Zu meiner Freude war alles trocken und durchaus brauchbar. Janjão, der diesen Teil von Sobradinho nie zu sehen bekommen hatte, kratzte sich am Kinn und machte über den Schießprügeln große Augen. Und bekam fast einen Herzschlag, als ich ihm eine Doppelflinte verehrte, imstande, den üppigsten Jaguar oder sonst ein gleichwertiges Tier zu zerfetzen:

»Sie gehört Ihnen. Hier, nehmen Sie Ihr Geschenk in Verwahrung, Seu Janjão.«

Im späten Nachmittag kam Antão Pereira, noch stammelnder als ich ihn vor Jahren verlassen hatte. Er wollte nicht glauben, daß der Oberst zurückgekehrt sei. Ich klopfte ihm auf die Schulter:

»Und diesmal für immer, Seu Pereira, für immer. Sonntag werde ich die alte Francisquinha persönlich in Ponta Grossa dos Fidalgos abholen.«

Es kostete Mühe, Antão aus seiner Verwunderung zu ziehen. Er wiegte den Kopf und ließ den Hut in den Fingern kreisen. Hätte ich ihn benachrichtigt, eine Botschaft oder ein Billett gesandt, er hätte das Haus in Ordnung gebracht. Er hätte nie gedacht, der Patron könne in Sobradinho auftauchen, denn auf den Weiden galt es für ausgemacht, daß der Oberst die Korrale gegen einen Fabrikschornstein einzutauschen wünsche. Ich bestätigte das Gerücht nicht und entkräftete es auch nicht:

»Ich habe diese Absicht, habe aber noch keinen endgültigen Entschluß gefaßt.«

Ich bat Antão, er möge sich in aller Ruhe die mitgebrachten Neuigkeiten anhören. Und mit meiner Art, den Fußboden abzumessen, Bart voraus und Hände auf dem Rücken, begann ich:

»Sitzen Sie gut? Denn Sie werden staunen, Gevatter.«

Ich war in meiner Erzählung schon fortgeschritten, Pereira war auf dem laufenden über den Vernichtungskrieg, den ich gegen die Steuerstrolche plante, als Janjão Caramujo, stolz auf seine Doppelflinte, von unten aus den Kasuarinen heraufschrie, als müsse er einem Eindringling wehren. Ich lief auf die Veranda, befürchtete, ein Büttel mit einem Zahlungsbefehl der Regierung sei gekommen. Doch ich sah einen Menschen im

Gespräch mit Janjão, der meinem Herzen nahe stand. Ich schrie von meinem Ausguck herunter:

»Seu Tutu, kommen Sie rasch herauf, damit Sie meine Neuigkeiten erfahren.«

Der stets die Förmlichkeit übertreibende Mulatte bat um Erlaubnis, dem Oberst Ponciano, seinem Patron und Paten, eine Umarmung geben zu dürfen. Ich umarmte den dunklen Braunen, wie ich Menschen meiner besonderen Wertschätzung an mich zu drücken liebe, knebelfest, zum Knochenbrechen:

»Jawohl mein Herr, ich war gar nicht gefaßt auf so einen stattlichen Besuch.«

Tutu sagte, beim Besuch eines kleinen Mädchens mit einem Bauch voller Würmer habe er auf dem Wege durch Santo Amaro das Allerneueste, von dem im Kleinhandel am meisten gesprochen wurde, erfahren: meine Ankunft mit dem Morgenzug. Er sei daher sofort herbeigeeilt, um mir seinen tiefgefühlten Dank zu übermitteln für alles, was ich für ihn in den Tagen getan hätte, als er wegen seines Räudeleidens sich am Rand des Grabes befunden habe:

»Ich bin Euer Gnaden sehr dankbar.«

»Sie haben mir für gar nichts zu danken. Wie geht es Ihrem Schlangenhandel, Seu Tutu?«

In seiner ehrerbietigen Redeweise bat Militão um die Erlaubnis, mir von einigen Erfolgen zu berichten. Während der Oberst in der Stadt weilte, habe er, von der Kralle seiner Krankheit befreit, Fortschritte in der Heilkunde gemacht, er habe neue »Sympathien« erlernt wie die Heilung von Erschlaffung, von Wasserbauch, von schwachem Brustbein, von eingefallenem Fleisch, außerdem ein Stärkungsmittel erfunden, das im Fall von Schwäche sehr gut wirke:

»Ich bin dabei, den Beruf des Schlangenbißheilers aufzugeben, Patron.«

Ich unterbrach ihn scherzend:

»Allem Anschein nach haben Sie die Stelle des verstorbenen Juju Bezerra eingenommen.«

Im Wellenschlag der Unterhaltung (»Wie geht es Sinhozinho, wo steckt Dioguinho vom Brunnen?«) kam der Name Jordão Tibiriçá aufs Tapet. Von unwiderstehlichem, mich völlig überraschenden Haß gepackt, krakeelte ich plötzlich wie ein Besessener mitten im Raum los. Es war eine Kraft, die aus meinem Innersten aufschwoll und aus meinem Mund sprudelte. Ich beschimpfte den Steuereintreiber und beleidigte in einem bösartigen Atemzug Nogueira und seine Kamarilla:

»Alles ein Diebsgesindel, eine Gaunerbande.«

Tutu und Antão Pereira, die glaubten, ich hätte den Verstand verloren, kamen herbeigeeilt, um mein verstörtes Gemüt zu besänftigen:

»Herr Oberst, um der Liebe Gottes willen, um der Liebe Gottes willen, Herr Oberst.«

Ich beachtete das Flehen der Bittsteller nicht und rannte auf die Veranda, noch immer bellend und gegen die Regierung wetternd. Haßgetrieben lief ich hin und her. Des Obersten Bart litt am meisten durch diesen Ausbruch – ich zwirbelte und entzwirbelte ihn dergestalt, daß er einmal ein Schraubengewinde, dann eine Wendeltreppe wurde. Und dieses Zubehör beim Pendeln zwischen Salon und Veranda einrollend, sprach ich mein Urteil. Keine Regierungskanaille werde mit seiner Pestpranke den Boden meines Erbguts beschmutzen:

»Keine, Seu Tutu. Keine, Seu Antão.«

Und kniend, als hielte ich eine Schußwaffe im Anschlag, tat ich, als schösse ich von hinter den Verandasäulen her. Dabei ratterte meine Zungenschnarre wie ein Repetierkarabiner:

»Ta-ta-ta-ta-ta-«

Schon sah ich einen Justizbüttel im Schutz der Feldjäger der Regierung durch Gitter und Gatter auf Sobradinho vorrücken. Ich rief Pereira, der schlimmer stotterte denn je:

»Seu Antão, dort kommt einer. Sehen Sie das Feuerauge des Frechlings!«

Dicht neben mir spähte Pereira in das verheerte Gebiet, hatte aber die Stirn, die Anwesenheit des Büttels in nächster Umgebung eines Zitronenkrautstrauchs zu leugnen. Ich möge sein schwaches Sehvermögen entschuldigen. Was wie Glut aussehe, könne sehr wohl das Feuer der Leuchtkäferchen sein, da bereits der Abend einbreche:

»Mehr ist das nicht, Herr Ob . . . Ob . . . Oberst.«

Ich schäumte vor Wut und gab seinen Augen die Schuld:

»Seu Pereira, was Sie vor allem brauchen, ist ein Paar Lederbrillen.«

Wiederum schwor ich brüllend, ich tausche meine Augen nicht gegen die Augen eines kleinen Jungen ein, Gott sei Dank hätte ich nie ein Brillengestell auf der Nase gebraucht, um mit sicherem Schuß auf eine Entfernung von vielen Klaftern einen Skorpion zu zerfetzen:

»Jeder, der mir über den Weg läuft, muß daran glauben, Seu Pereira. Ich bin kein Mensch von Lügenmärchen, Seu Pereira.«

Ich zerrte Tutu herbei und deutete aufs freie Feld:

»Sag er mir, Euer Gnaden, Mann des Buschwalds, der sieht, was niemand sieht, sag er mir ehrlich, ob dort hinter den Kasuarinen nicht ein Lausbub sich über mich lustig macht?«

Und ohne auf eine Antwort zu warten, lief ich, wie vom Messer gestochen, in Richtung Waffenboden von Sobradinho, um mir eine Waffe zu holen. Im Gerumpel meines Kopfs hörte ich den Kampfeslärm von Regierungstruppen. Und vor dem Treppenhaus, den Stiefel auf die erste Stufe setzend, brüllte ich los:

»Lumpenbande! Ich werde euch alle abknallen.«

Dann, im Versuch bemüht, die Treppe zum Boden, zwei Stufen auf einmal nehmend zu bezwingen, fühlte ich einen Stich mitten in der Brust – mein Knie knickte ein, und ich fiel vornüber. Tutu, der mir auf den Fersen folgte, schrie mit halberstickter Stimme:

»Seu Antão, kommen Sie rasch, der Oberst ist in Todesnot.«

Mit den letzten Kräften nahm ich noch das immer fernere Gerenne wahr – Tutu bat um eine Kerze, Antão Pereira weinte. Seidenweicher Schlaf, einer, der unsere Augen gütig schließt, nahm diesen Azeredo Furtado von Santo Amaros Weiden gefangen. Als ich nach weiß Gott wie langer Zeit meiner inne wurde, war ich schon weit, auf Badejo dos Santos' Ländereien. Ich war aus Sobradinho fortgeeilt, ohne zu wissen wie und auf welchem Pferderücken und mit welchen Pferdebeinen. Ich machte die ganze Reise in Blitzesschnelle – der sinkende Abend, den ich auf der Veranda meines Großvaters verließ, war derselbe, der des Majors Buschwald überschattete. Ich bewegte mich leicht wie ein Vogel, ohne meinen Stiefel zu gebrauchen, ohne die Kraft meiner Beine. Diese Kunstgriffe kamen mir komisch vor:

»Der Oberst hat's teufelsdick hinter den Ohren. Wer kann gegen seine Erfindungen an?«

Das Komischste war, daß ich keine Stiche mehr in der Brust spürte, nicht mehr den Stachel, der mein Fleisch auf dem Treppchen zum Schuppen gequält hatte. Es war Freude über Freude, Fröhlichkeit über Fröhlichkeit. Im Traum schätzte ich die Besitzungen des Freundes Badejo ab. Und vom Erzittern eines Strauchs fortbewegt, erinnerte ich mich einer Erzählung der Bevölkerung von einer Riesenschlange, die in einem Wasserloch auf des Majors Landgebiet ihr Unwesen trieb. Die uralte Verhexte tauchte bei Einbruch der Nacht im Schein des Abendsterns aus ihren Tiefen, um auf Buschwaldschneisen und -pfaden ihr Vernichtungswerk zu treiben. Wer ihr begegnete, war verloren und verlor auf immer den Kopf. Sogleich überfiel ihn Gedankenschwäche, die kein Arzt heilen konnte. Wenn Badejo dos Santos, Eigentümer eines Patents, dies nicht als Beleidigung auffassen würde, ich war Oberst genug, die Großschlange zu zertreten und seine Weiden von dergleichen Übel zu säubern. Um aber einen Zusammenstoß zu vermeiden und sein Machtwort übergehen zu können, beschloß ich, vom Gutsgebiet des guten Freundes und Nachbarn weiterzuziehen, weshalb ich meinen Schritt beschleunigte. In der Eile geriet ich in nächste Nähe eines Hundes, der ein Meerschweinchen belauerte. Als es mich gewahrte, zog das Tier den Schwanz ein, sträubte den Sägerücken und entfloh in Todesstöhnen. Ich scheuchte den Angsthasen:

»Geh und prophezeie deiner Mutter in der Hölle, du Ekel.«

Eine Aasgeierbande rauschte hoch oben der Nacht voraus. Es war die Stunde der Eulen. Ohne genaues Ziel schlenderte ich bald da, bald dort. Plötzlich sprang mir in einer Lichtung Badejo dos Santos' Haus entgegen; ich kannte es nur vom Vorbeireiten und hatte nie seine Veranda oder sein Eßzimmer betreten. Es hieß, der Major verwahre hinter sieben Schlössern und Riegeln eine Nichte von großen Verdiensten, Trägerin einer Garnitur feingedrechselter Beine, außer reizvollen Hüften, in ihrer Üppigkeit weithin sichtbar. Daher schien es mir angebracht, dort zu erscheinen, der Höflichkeit der Korrale zu entsprechen (»Ich bin wieder da, Major, und stehe Ihrer Freundschaft zu Diensten«), und mit eigenen Augen die gerühmten Schönheiten und Vorzüge seines Schützlings abzuschätzen. Ich rieb die Hände im Wind dieses Gedankens:

»Sehr gut, sehr gut. Der Oberst hat einen großartigen Einfall.«

Nach getroffenem Entschluß glättete ich meinen Bart, entfernte ein paar Affenkrautstacheln von meiner Leinenhose – und bog in die Landstraße ein, einen steinfreien, gepflegten Weg, der sogar zu schade war für Viehhufe und Ochsenkarrenräder. Doch ich hatte noch keine zehn Klafter zurückgelegt, als aus dem Dunkel eines Bambuswäldchens die prachtvolle tausendhörnige Herde tauchte. Sogleich war der Weg von einem Rand zum anderen blockiert, und es fehlte nicht viel, daß die Spitze eines Rinderhorns meinen Arm durchbohrt hätte. Durch einen Katzensprung wich ich der Gefahr aus. Doch mein Satz fiel so genial und maßlos aus, daß Ponciano durchs Unterholz sauste und im Vogelflug auf der anderen Seite vor den Hufen der Viehherde landete. Es war doch erstaunlich, daß Simeãos Enkel nahe an sechzig so gelenkige Jugendsprünge vollführen konnte. Ein Hirte, der im Kot des Viehs marschierte, eilte flugs vorüber, ohne meiner Person einen Blick zu gönnen. Ich riß den Rachen auf:

»Sohn einer Kuh, wo hast du dein Drecksblindgesicht!«

Der Rüpel verschwand im Staub, ohne meiner zu achen. Ich beschloß, die Nacht zu genießen, die der Mond zu beglänzen begann. Überdies mußte ich einige Zeit herumbringen, um den Major nach dem Abendessen aufzusuchen und nicht etwa vorher, was der Etikette widersprach. Ich zog denn meiner Straße und verlor mich in der Betrachtung der einen und anderen Schönheit. Ich habe ein menschliches Herz und nicht nur einen Blick für die Wohltaten von Weiden und Korralen. Ich weiß eine hübsche Pflanze zu schätzen, einen kleinen Falterflügel, und niemand hat in all den Jahren meines Lebens den Vögeln meines Himmels und den Tieren meiner Wälder ein Unrecht angetan. Daher blieb ich auf meiner Wanderung durch des Majors Einöden in der Betrachtung einer Lilienschar stehen, die in einem bösartigen Sumpf fauliges Wasser trank. Ich war ganz in Bewunderung dieser zarten Gebilde vertieft, als ich auf der Seite, wo der kuhwütige Viehtreiber verschwunden war, Schritte hörte. Vielleicht wollte der Frechling seine beleidigte Mutter rächen, da ich weiß, wie schwerfällig im Kopf Korralleute sind. Daher versteckte ich mich im Dunkel eines Höllenfeigenbaums. Mit diesem militärischen Manöver wollte ich mir die Vorteile der Überraschung sichern, was in einem Straßenkrieg so viel wert ist wie eine halbgewonnene Schlacht. Die Schritte kamen immer näher. Ich sprach zu meinen Westenknöpfen:

»Das muß ein Kuhflegel sein. Er und kein anderer Lebender.«

Ich schärfte den Blick und sah vor mir, in Entfernung eines ausgespannten Rinderfells, aufgetaucht von weiß Gott woher, einen gewissen Hauptmann Felisberto das Agulheiras, den eine Lanzenschlange vor vielen Jahren zu Tode gebissen hatte. Der Hauptmann, gläubiger Anhänger des Heiligen Benedikt, hatte immer geweihte Medaillen um den Hals getragen. Auf längeren Reisen hatte er auf einem besonderen Maulesel stets einen Hausaltar und Weihwasser mitgeschleppt. Er lebte in großer Angst, als Ketzer und ohne die Wohltaten der Religion zu sterben. Ohne Furcht zu zeigen, fragte ich die Erscheinung:

»Wenn Sie mir die Frage gestatten, Hauptmann, was suchen Euer Gnaden in diesen Einöden Lebender, wenn alle Welt weiß, daß Ihre Person seit unvordenklichen Zeiten der Sicherheit eines Grabs übergeben wurde?«

Der Hauptmann versenkte sich ins Gebet, damit die Heiligen meinen Geist erleuchten möchten. Bei genauerem Hinschauen gewahrte ich, daß der Verehrer des Heiligen Benedikt mit Flügeln ausgestattet war, und ich brauchte nur diese Instrumente des Himmelsvolkes zu sehen, um in Gelächter auszubrechen. Angesichts eines Felisberto in Reihergestalt mit Federn statt Armen fragte ich scherzhaft:

»Hat der Hauptmann ein Engelspatent erworben?«

Der Mann mit dem Lanzenschlangenbiß ließ den Rosenkranz sinken und flehte mich an, Barmherzigkeit zu üben. Er befinde sich auf einer Einödmission zur Hilfe etlicher und anderer:

»Die Welt ist ein Sündenpfuhl und ein jeder schleppt seine Buße mit sich herum.«

Die Redeweise des Hauptmanns war so bewegend und trostlos, daß ich die Lust am Spotten verlor. Bald liefen zwei Rinnsale durch meinen militärischen Bart. Mit gefühlvollen Worten berichtete Felisberto das Agulheiras, wie die Bosheit der Teufel, wie ihre Quälereien und Listen geartet seien. Als ich den Hauptmann so tränenreich sah, streckte mein gewitzter Genius den Kopf vor. Als stark bedürftiger Pilger flehte ich Felisberto das Agulheiras an (»Im Namen des Heiligen Georg und aller übrigen Heiligen des Himmelreichs«), er möge mir bei dieser einmaligen Gelegenheit sagen, in welchem Unterschlupf der Finstere hause. Ich gedächte, diesem Giftkorb die Armesstärke eines Azeredo Furtado zu zeigen:

»Hauptmann, ich beabsichtige, mit ihm das zu tun, was ich mit dem Großtuer von einem Werwolf getan habe, der die Kreuzwege von Paus Amarelos verpestete.«

Kaum hatte ich mein Versprechen bekräftigt, spürte ich in der Nase den Gestank der Schwefelvölker. Allem Anschein nach mußte das Schwein in der Nähe umgehen, mit glimmendem Horn, bereit, Rache zu üben. Schlimm war nur, daß der Verehrer des Heiligen Benedikt, der so heftig um mein Erbarmen geworben hatte, als erster das Weite suchte und nichts als hastiges Flügelschlagen zurückließ. Ich blieb allein auf der Landstraße zurück wie in der Werwolfnacht. Kein Windchen wehte, nicht einmal der Buschwald war Herr genug, ein Blättchen zu regen. Hinter der Brandrodung schlich der bockbeinige Großkerl umher. Ich konnte sein geringschätziges leises Lachen hören und seine Kohlenglutaugen sehen. Ich mußte meinen Kragen lockern, um der Hundertbackofenhitze zu wehren, die von dem durch den Vater der Teufel verpesteten Gebiet herüberdrang. Ich versuchte nicht, ein Wort mit ihm zu wechseln, da dieses Verfahren nicht in den Büchern meiner Lektüren geschrieben stand, noch in den von mir in der Schule der Mönche erlernten Praktiken. Ich tat, was jeder getaufte Christ tun muß. Niederkniend bat ich mit gesenktem Kopf um Schutz aus der Höhe:

»Heiliger Georg, Heiliger Onophrius, Heiliger Josef!«

Bußfertig rief ich die Heiligen meiner besonderen Verehrung an, und schon streifte ein Paar Flügel meinen Kopf. Höchst verwundert sah ich dort oben in Form eines Engels einen Knaben schweben, der in meiner Kindheit Erde gegessen hatte und verstorben war. Als das Kerlchen in der Nähe eines Cherubs vorübersegelte, der auf einem Wolkensaum den Mondschein genoß, sprach es mit seinem Himmelsmündchen etwa folgendermaßen:

»Da reitet der Oberst Ponciano de Azeredo Furtado auf seinem Mauleselchen, um Werwölfe zu entzaubern. Er zieht in den Teufelskrieg, denn der Oberst hat vor nichts Angst.«

Jetzt erst merkte ich, daß ich im Sattel saß, gut beritten und gut mit Waffen ausgestattet. Das mußte ein Geschenk des Heiligen Georg sein, der immer den Wert des Steigbügels und der Zügelkraft zu schätzen gewußt hat, seit er mit einem Drachen gekämpft und dem Bösen den Todesstoß versetzt hat. Ich ritt aber nicht nur einen trittsicheren Maulesel, wie ich auch die schönste Oberstenuniform trug. Reinseidener Bart und welliges schimmerndes Haar meiner zwanzig Jahre. Ich war von neuem Ponciano de Azeredo Furtado aus den Tagen, da ich dem Riesen aus dem Pferdezirkus den Hals umdrehte. Gestorben waren die Beleidigungen, die ich empfangen hatte und die Angriffe, die ich hatte zurückschlagen müssen. Es war, als sei ich in dieser Stunde geboren, frei von Kümmernissen und Feindseligkeiten. Keine zwanzig Teufel mit schwärzesten Haßgelüsten vermochten unter den gegebenen Umständen das Geringste wider mich. Sehr fern und abschiedsgleich drang von neuem das Stimmchen des erde-essenden Engels zu mir:

»Da reitet der Oberst Ponciano de Azeredo Furtado auf seinem Kriegsmauleselchen.«

Ich blickte um mich. Flammenglut und Hufgeklapper drang halsüberkopf aus der Brandrodung. Das war der Teufel bei seinem wüsten Tun. Er sollte erfahren, wer Simeãos Enkel war, Oberst durch Tapferkeit und Herr der Weiden durch Erbrecht. Ohne Furcht, mit geblähter Brust, kitzelte ich mein Schießeisen und streifte mit meinen Sporen den Bauch des Maulesels vom Heiligen Georg. Das Teufelskerlchen mit seidenweichem Maul gehorchte meinem Befehl. Lotrecht fiel der Mondschein vom

Himmel. Mit Wolkenhufen, höher über den Bäumen als ein Vogel, galoppierte ich dahin. Unter meinem Sattel zogen die Sümpfe vorbei, die Korrale, alles, was keinen Nutzen mehr brachte dem, der einen Todeskampf kämpfen wollte gegen den Vater aller Bosheiten. Ein Leuchten umfloß meine Gestalt. Vom Meer ertönte ein Gesang von nie erhörter Schönheit. Es war wohl der Gesang des anbrechenden Tages.

Glossar

alqueire
Flächenmaß: 2,5 ha

arroba
Gewichtsmaß: etwa 15 Kilo, 13,8 Liter

Conto-de-réis
Alte Währungseinheit: zehn mal hundert Mil-réis. Entspricht im heutigen Geldsystem Brasiliens einem Cruzeiro

Dona
Anrede der Frau

Légua
Längenmaß: 6 Kilometer

Pitanga
Strauchartige Pflanze der Gattung Eugenia und ihre Beerenfrucht

»Pöbelschwanz«
»rabo de arreia«: Capoeira-Figur: Handstand und Herumwirbeln der Hacken, um den Gegner ins Gesicht zu treffen. Capoeira: aus Angola stammendes Angriffs- und Verteidigungsspiel

Sanhassu
Sanhaço: Ave. Thraupis sayaca, Lin.

Senhor
Herr

Senhora
Frau, Herrin, Dame

Seu
Landläufige Abkürzung von Senhor: Herr, meist in der Anrede gebraucht

Sinhá
Landläufige Abkürzung von Senhora: Dame, meist in der Anrede gebraucht: gnä' Frau

Sertão
das spärlich besiedelte Landesinnere, insbesondere das Hinterland des Nordostens

Sossego
Name eines Orts: Ruhe

Surucucu
Anakonda

Tostão
alte Münze im Wert von zehn alten Centavos

Vintém
alte Münze im Wert von 20 Réis: ein Zwanziger

Alphabetisches Gesamtverzeichnis der suhrkamp taschenbücher